HEYNE <

W0353418

Das Buch

Als Schmied an den Hof von Burgund gekommen, tötet der junge Krieger Siegfried den Drachen Fafnir und wird zum Verbündeten des Königs Gunther. Reich durch das Gold der Nibelungen und unverwundbar durch das Blut des Drachen, fordert Siegfried den Thron des Nachbarreiches Xanten als sein Erbrecht. Die schöne Kriemhild, Gunthers Schwester, soll an seiner Seite regieren. Doch ein altes Gesetz fordert zuerst die Vermählung des Königs von Burgund, und als Gunther Brünhild, die gefürchtete Regentin von Island, als Braut erwählt, zieht Unheil über das Land: Seit einer Begegnung in Kindertagen brennt das Herz der isländischen Königin für Siegfried, und einem anderen wird sie sich nur im Kampf ergeben. Gunther und Siegfried schließen einen Pakt, der ihnen beiden das Eheglück sichern soll. Doch im Verrat legen sie die Saat, die nur in Blut gedeihen kann, und unter den Augen der Nibelungen erfüllt sich das Schicksal derer, die das Gold berührten ...

Die Autoren

Wolfgang Hohlbein, 1953 in Weimar geboren, ist der erfolgreichste deutsche Fantasy-Autor. Seit er 1982 gemeinsam mit seiner Frau Heike den Roman »Märchenmond« veröffentlichte, arbeitet er hauptberuflich als Schriftsteller und hat sich mit zahlreichen Büchern und Serien eine große Fangemeinde erobert.

Torsten Dewi, Jahrgang 1968, war lange Jahre als Journalist und TV-Development-Manager tätig, bevor er sich als Autor selbstständig machte. Er hat etliche verfilmte Drehbücher – darunter »Sumuru« und »Apokalypse Eis« – sowie erfolgreiche Romane zu TV-Serien geschrieben.

WOLFGANG HOHLBEIN
TORSTEN DEWI

DER RING DER NIBELUNGEN

ROMAN

ORIGINALAUSGABE

WILHELM HEYNE VERLAG
MÜNCHEN

Umwelthinweis:
Dieses Buch wurde auf
chlor- und säurefreiem Papier gedruckt.

Redaktion: Ralf Oliver Dürr

www.heyne.de
Printed in Germany 10/04
Umschlaggestaltung: Nele Schütz Design, München
Satz: hanseatenSatz-bremen, Bremen
Druck und Bindung: GGP Media GmbH, Pößneck

ISBN: 3-453-53026-8

1

Sieglinde und das Ende des Krieges

Es war leicht in dieser Nacht, sich von den eigenen Sinnen täuschen zu lassen. Sieglinde musste sich nicht besonders anstrengen. Sie legte sich auf die Felle zurück, die in der hintersten Ecke gestapelt waren, und schloss die Augen. Der Weg, der fort von Wahn und Furcht führte, war der Weg in den Traum.

Das flackernde Licht brennender Pfeile, die wie leuchtender Regen auf die Zelte prasselten, wurde zu einem behaglichen Lagerfeuer. Der schweflige Geruch sengenden Menschenfleischs wurde zum Bratengeruch eines Ebers, der am Spieß grillte. Und das Stöhnen sterbender Männer auf dem Schlachtfeld wurde zum leisen Seufzen einer Liebesnacht.

Die Krieger, die draußen brüllten und rannten – sie waren nun die fröhliche Gesellschaft eines rauschenden Festmahls.

Sieglinde atmete langsam und ganz ruhig. Ihr Herzschlag fiel vom Galopp in den Trab zurück, und ihre Hände lösten sich. Sie wartete darauf, dass es vorbeiging. Dieser Krieg, diese Schlacht, dieses Gemetzel – es ging schon zu lange nicht mehr um Sieg oder Niederlage.

Es ging um Ruhe, die wieder einkehren musste. Ruhe, um die Felder rund um Xanten zu bestellen. Ruhe, um das Vieh zu füttern, damit es durch den Winter kam, der vor der Tür stand. Ruhe, um die Kinder zu zeugen, die im nächsten Sommer das Licht der Welt erblicken sollten.

Die Decke, die vor dem Eingang hing, wurde grob beiseite gerissen.

Sieglindes Hand fand unter dem Fell den Griff eines Dolches. Sollte der Feind gekommen sein, seinen Sieg durch die Schändung der Königin zu vollenden, würde er nur eine Leiche finden.

Eine hünenhafte Gestalt trat in das Zelt – metallene Platten baumelten an Lederriemen herab, und das Wams war zerrissen und von Blut und Schmutz so überzogen, als käme sie geradewegs aus Utgard, dem Reich der Ungeheuer.

»Mein König!« Sieglinde sprang auf.

Sie flog ihrem Gatten förmlich in die Arme, und Siegmund drückte sie an sich, als wolle er ihr das Leben aus dem Körper pressen. Seine Haare hatten sich aus den Zöpfen gelöst, und ihr Gesicht tauchte wie in ein Kissen, als er sein müdes Kinn auf ihre nackte Schulter legte.

Der König von Xanten roch nach Schweiß, Blut und dem Unrat des weiten Ackers, auf dem sie sich dem Heer von Hjalmar gestellt hatten.

Sieglinde konnte spüren, dass er zitterte. Hinter ihr fiel etwas aus seiner Hand auf den Boden, aber sie wagte nicht, sich aus seiner Umarmung zu lösen.

Kein Wort wurde mehr gesprochen.

Sie hörte ein leises Geräusch, als sich seine Finger zur Faust ballten und den Stoff ihres Kleids am Rücken zerrissen. Es war immer noch der Traum. Ihr Traum, dass mit geschlossenen Augen die Wirklichkeit zu bannen war. Dass nicht geschah, was nicht geschehen durfte.

Und Siegmund wollte den Traum ein letztes Mal mit ihr teilen.

Sieglinde hielt immer noch den Dolch in der Hand. Wie Siegmund ihr das Kleid vom Leib riss, so durchschnitt sie nun die Riemen, an denen die Reste seiner Rüstung hingen. Klappernd fielen sie zu Boden.

Unter dem Kleid war sie nackt, denn als sie trotz seines Verbots in einfacher Tracht von der Burg zum Schlachtfeld geeilt war, hatte sie sich des letzten Diensts erinnert, den sie ihm noch leisten konnte.

Er stieß sie grob und müde zugleich auf die Felle zurück. Sein edles Gesicht, von einem ungezügelten Bart umwuchert, verzog sich im Schmerz, als er das Wams über den Kopf zog.

Sie konnte nun die Wunden sehen. Schwertwunden, Pfeilwunden, Messerwunden, Bisse von wilden Hunden, die Hjalmars Truppen mitführten. Keine der Wunden war versorgt worden, und aus einigen quoll bereits Eiter aus entzündetem Fleisch.

Sie wollte aufstehen, ihm helfen!

Doch sein Gesichtsausdruck ließ sie innehalten. Der Anblick ihres nackten, weichen Körpers im flackernden Licht beruhigte ihn, gab ihm Frieden. Er brauchte den Zuspruch ihrer Seele, nicht ihrer Hände.

Siegmund sah sie mit derselben Liebe an, mit der er um sie geworben hatte, als sie kaum siebzehn gewesen war. Er hätte jede Prinzessin der umliegenden Königreiche freien können. Xanten war ein starkes, stolzes Land, und es hatte einen starken und stolzen König. Doch er hatte sie erwählt – die Tochter eines einfachen Grafen.

Zuerst hatte sie geglaubt, er wolle nur ihre Gunst als Kebse, bis sich eine geeignete Königin fand. Es wäre nicht ihre Entscheidung gewesen, sein Ansinnen abzulehnen.

Doch dann hatte sie diesen unbeschreiblichen Ausdruck völliger und reiner Liebe gesehen, mit dem er sie ansah. An diesem Tag war sie seine Verlobte geworden – und in dieser Nacht seine Frau.

Siegmund beugte sich über Sieglinde, und sie versuchte, seinen muskulösen Brustkorb zu streicheln. Es war schwer, dabei nicht ständig in offene Wunden zu fassen. Ihre Finger fanden das Muttermal in der Vertiefung zwischen dem Schlüsselbein und der linken Schulter.

»Meine Königin«, flüsterte Siegmund heiser.

Er sprach nicht von ihrem Rang, ihrem Stand. Das alles war bedeutungslos, war es immer gewesen. Er betonte das Wort *meine*. Sie war *sein*.

Dann nahm sie ihn mit in ihren Traum.

Es war erstaunlich, wie schnell ihre Körper zueinander fanden, wie geschmeidig ihre Bewegungen noch waren – als würde ihre unversehrte Gestalt seinen geschundenen Leib heilend umfangen. Sie trank nicht nur seine Liebe, sie trank auch seinen Schmerz, seine Angst und seine Verzweiflung.

Sieglinde hatte nie den Körper eines anderen Mannes gespürt, nie spüren wollen. Siegmund war ihr König, ihr Mann, ihr Leben. Sie liebten sich mit der Verzweiflung zweier Menschen, denen nur noch dieser Abschied geblieben war. Denen die Zeit davonlief.

Und die Zeit lief ihnen davon.

Siegmunds Körper hatte sich ihr kaum zitternd ergeben, seine Muskeln sich kaum entspannt, als draußen vor dem Zelt der Klang eines Schwertknaufs ertönte, der auf einen Brustpanzer geschlagen wurde.

Der König von Xanten stand auf, vorsichtig, um seiner Geliebten nicht aus Versehen wehzutun. Er küsste ihre Brüste, wie er es immer nach dem Liebesakt tat.

Siegmund zog sein Beinkleid hoch und ging leicht humpelnd zum Eingang des Zelts.

Es war Laurens, sein treuer Heerführer. Der linke Arm war ihm kurz unter dem Ellbogen von einer feindlichen Streitaxt abgeschlagen worden, aber das hatte ihn nur für kurze Zeit vom Schlachtfeld fern halten können.

Auch Laurens wusste, worum es ging. Es ging um Xanten.

Der Krieger hatte keinen Blick für den schweißbedeckten Körper seiner Königin, der im Halbdunkel zu sehen war. Er schaute seinen König seltsam unbewegt an: »Sie kommen.«

Siegmund wusste, was das bedeutete. Es ging nicht um einen weiteren Angriff der dänischen Truppen, die seit Monaten mit schierer Mannsgewalt gegen Xanten anrannten, um das Königreich zu erobern. Es ging um *den* Angriff.

Hjalmars Streitmacht hatte wohl die Verstärkung bekommen, von der die Späher berichtet hatten.

Siegmund fuhr sich müde über die Augen, dann blickte er an Laurens vorbei nach draußen.

Die Sonnenscheibe ging hinter den Hügeln auf. Ihr Rund war noch nicht zu sehen, aber ihr Licht tauchte den Horizont in Helligkeit.

Und der Horizont *lebte*.

Es war wie eine schwarze Welle, die träge auf das Schlachtfeld zuwogte. Eine Welle aus Leibern, Mensch und Pferd, aus Eisen und Leder. Entferntes Geschrei ertönte wie eine Brandung am Fels.

Siegmund nickte und füllte seine mächtigen Lungen mit Morgenluft.

Sieglinde war niemals dabei gewesen, wenn der König und seine Getreuen sich auf die Schlacht vorbereiteten. Sie hatte Karten entfaltet, doch diese niemals zu lesen gelernt. Alles, was sie über den schon drei Jahre dauernden Krieg mit Dänemark wusste, war, was sie am Körper ihres Mannes sehen konnte. Und es stand nicht gut.

Hjalmar hatte heimlich ein riesiges Heer aufgebaut, unterstützt von friesischen Horden und Söldnern aus den Südlanden. Es gab Gerüchte, dass er mit den alten Göttern im Bund stand, vielleicht sogar von den Isländern unterstützt wurde. Hakan von Isenstein war schon immer unberechenbar gewesen.

Die benachbarten Königreiche hatten sich aus den Kämpfen herausgehalten. Es war das alte Gesetz: Um sicher auf der Seite des Siegers zu stehen, musste man das Ende des Krieges abwarten. Sachsen, Burgunder, Franken, sie alle hatten lediglich ihre Grenzen geschlossen und ihre Späher geschickt.

Sieglindes Blick fiel auf den Gegenstand, den Siegmund hatte fallen lassen, als er zu ihr kam.

Es war Nothung, das Schwert der Götter. Und es war zerbrochen!

Seit Anbeginn der Dynastie, seit die Ahnen erste Steine aufeinander stellten, um Xanten zu gründen, war Nothung das Symbol des Königshauses gewesen. Der Legende nach war es in einem Feuerstrahl direkt aus Asgard gekommen und von Thors Donner begleitet in die Erde geschlagen. Zu groß und rau für einen Mann, hatten zehn Schmiede es zehn Tage lang behauen. Zehn Tage, in denen es glühte wie von Sonnenfeuer. Und danach war es König Rutger zum Geschenk gemacht worden.

Das Götterschwert stand für Xanten – stark, unbesiegbar, kühn. Seit drei Generationen zierte es das Abzeichen des Reiches und hatte den Ast ersetzt, auf dem der Xantener Adler saß. Seitdem breitete er seine stolzen Schwingen über der mächtigen Klinge aus.

Und nun war es zerbrochen.

Knapp unter dem Griff, der leicht zwei großen Männerhänden Halt gab, war die Klinge geborsten. Die Waffe hatte all ihren Glanz verloren, jetzt war sie matt und stumpf. Wenn Sieglinde eines weiteren Zeichens bedurft hätte, so wäre es dies gewesen.

Siegmund sah sie noch einmal an. Die Liebe, die ihn an ihrer Seite hätte halten können, war aus seinem Blick gewichen. »Die Zeit ist gekommen.«

Sieglinde flehte ihren Gatten nicht an zu bleiben. Mit Tränen in den Augen tastete sie nach dem Kleid, das auf dem Boden lag.

»Du wirst ihr Schwert und Schild sein«, befahl Siegmund seinem Getreuen.

In jeder anderen Situation hätte Laurens protestiert und darauf bestanden, sein Leben an der Seite seines Königs zu geben. Aber er wusste, dass Siegmund ihn um einen höheren Dienst bat – den Erhalt des Hauses von Xanten.

»Wir werden uns in die Burg zurückziehen und Boten mit der Bitte um Asyl in alle Himmelsrichtungen schicken«, versprach der tapfere Krieger.

Siegmund schüttelte den Kopf. »Die Burg wird fallen, sobald wir fallen. Und von den anderen Königen wird keiner es wagen, die rechtmäßige Königin von Xanten vor Hjalmars Häschern zu verstecken. Ihr müsst fliehen – in die Unkenntlichkeit. Niemand darf eure wahren Namen erfahren. Sucht Zuflucht bei Regin, dem Schmied meines Vaters. Er lebt flussabwärts, fünf schnelle Tagesritte entfernt.«

»Was wird werden?«, fragte nun Sieglinde, als sie sich erhob und das Kleid um ihren Körper band.

Siegmund sah sie ein letztes Mal an. »Wenn ich dir geben konnte, was die Götter uns so lange versagten, wird Hjalmar büßen. Nehmt das zerbrochene Schwert und bewahrt es für diesen großen Tag. Dafür musst du leben.«

Ohne eine Antwort abzuwarten, drehte er sich um und wankte erschöpft ins Freie, um seine letzten Männer in die verlorene Schlacht zu führen. Er bückte sich noch einmal und wand einem gefallenen Krieger das Schwert aus der Hand. Dann ging er aufrecht dem Tod entgegen.

»Es wird kein Leben sein ohne dich, mein König«, flüsterte Sieglinde.

Sie hatte gelernt, ihre Gefühle zu beherrschen. Der Thron war mehr wert als das Herz, und der Thron verlangte nun, dass sie von Siegmund Abschied nahm.

Sie kämpfte dagegen an. Und verlor.

»Siegmund ...!«, schrie sie und stürzte auf den Ausgang zu, um ihrem Mann zu folgen. Auf das Schlachtfeld, in den Tod – alles, nur um ein paar Sekunden länger an seiner Seite zu sein.

Laurens fing sie mit seinem gesunden Arm ab und drängte ihren strampelnden Körper ins Zelt zurück.

Es dauerte nicht lange, bis ihr Widerstand zerbrach wie ihr Herz. Ihr schmaler Leib sackte in sich zusammen, und aus dem Schluchzen wurde ein Wimmern.

Laurens ließ sie los und sah ihr in die Augen, aus denen die Tränen jeden Glanz gewaschen hatten. »Ich werde tun, was immer nötig ist, um den Befehl meines Königs zu befolgen. Wenn euer Leid so unerträglich ist, dann bittet mich, euch niederzuschlagen. Wenn ihr erwacht, werden wir weit fort sein.«

Es klang wie ein Scherz, aber Laurens fiel nichts Besseres ein, um der Königin in diesem Moment beizustehen. Er wusste, dass er nichts sagen konnte, um ihr diesen Augenblick zu erleichtern.

Mit dem Handrücken wischte Sieglinde die Tränen fort. »Mein König hat niemals die Hand gegen mich erhoben – ich werde dir nicht das Recht dazu geben.«

Laurens zuckte mit den Schultern. In seiner Brust schlug das Herz eines Soldaten, und er machte sich gewissenhaft daran, den Auftrag seines Herrn zu erfüllen. Er rollte das zerbrochene Schwert in ein Tuch und verknotete es mit einem Lederriemen, der auf dem Boden lag. Dann legte er seine Rüstung ab und den Umhang, der das Symbol Xantens trug. Auch er tauschte sein reich verziertes Schwert gegen die einfache Klinge eines Kriegers. Trotz seines fehlenden linken Arms war er flink und konzentriert.

»Meine Königin, hinter dem Zelt stehen einige Pferde. Wir werden zum Fluss reiten und versuchen, an den Ufern südwärts zu reisen. Seid ihr bereit?«

»Sieglinde«, sagte die Herrscherin tonlos, während sie den Rücken straffte. »Keine Königin mehr. Nenn mich Line, wie es meine Kinderfrau tat.«

Laurens sah sie überrascht an, als müsse er sich erst an den Gedanken gewöhnen, seine Herrscherin auf Augenhöhe anzusprechen.

Dann nickte er. »Line.«

Die Schreie vom Schlachtfeld kamen immer näher, und es war nur noch eine Frage von wenigen Augenblicken, bis Hjalmars Krieger das Lager erreicht haben würden. Mit seinem Schwert durchschnitt Laurens die Rückseite des Zelts und bedeutete Sieglinde hindurchzuschlüpfen.

Sie fanden sechs Pferde, mit Decken überworfen und dem ledernen Zaumzeug aneinander geknotet. Laurens wählte zwei, die graubraun wie die aufgewühlte Erde waren. Er hielt Sieglinde seine schwielige rechte Hand hin, damit sie leichter auf den Rücken ihres Tieres aufsteigen konnte, doch sie schüttelte nur knapp den Kopf und saß binnen eines Herzschlags hinter der Mähne.

Sie mussten die Ebene schnell hinter sich lassen, damit die Dänen nicht merkten, dass die Königin von Xanten floh.

Der Weg zum Fluss hinab hätte sie noch ein paar hundert Schritte an den Ausläufern des Kampfes entlang geführt. Daher ritten sie zuerst vom Schlachtplatz weg, gen Osten.

Kaum hatten sie die Zelte hinter sich gelassen, war der Weg frei, und sie konnten die Pferde zu einem wilden Galopp antreiben. Kein Krieger aus Xanten versuchte, sich aus der verlorenen Schlacht davonzustehlen, sein Leben nicht dem Land zu opfern.

Für einen Moment fragte sich Sieglinde, ob es auch ihre Pflicht gewesen wäre, an der Seite Siegmunds zu sterben. Sie hatte ihm Treue bis in den Tod geschworen – und darüber hinaus.

Nein! Ihr Tod hätte keinen Gewinn bedeutet, nur einen weiteren Kopf für die Speerspitzen der dänischen Horden. Sie musste leben, und sei es nur für die Rache.

Langsam gab das Tageslicht der Welt ihre Farben zurück. Sieglinde war bereits im Sattel gesessen, noch bevor sie laufen konnte. Trotz ihrer zarten Gestalt führte sie das Tier fest und entschlossen. Auch Laurens war nicht anzumerken, dass ihn der Verlust seines Arms behinderte. Seine rechte Hand packte das Zaumzeug fest, und der Stumpf des linken Arms hielt kreisend die Balance des drahtigen Körpers.

Obwohl Sieglinde es versuchte, gelang es ihr nicht, sich mit der bevorstehenden Reise zu befassen. Ihre Gedanken schweiften immer wieder zu Siegmund.

Sie hatte gehört, dass manche Frauen einen Stich im Herzen spürten, wenn der Gatte auf dem Schlachtfeld starb. Aber das war Weibergeschwätz, naives Gerede von Hofdamen, denen die Barden mit ihren Liedern den Kopf verdreht hatten.

Sieglinde wusste auch, dass Siegmund mittlerweile tot war. Es war keine Eingebung, kein Gesicht. Es war die schlichte Erkenntnis, dass Xantens Heer hoffnungslos unterlegen war und dass der Tod des Königs für Hjalmar der einfachste Weg war, das Ende des Waffengangs zu erreichen.

Der schneidende Wind trocknete die Tränen, die der Königin über die Wangen liefen. Sie dachte daran, die Götter um Hilfe anzurufen. Aber wo waren die Götter in den letzten Monaten gewesen? Entbehrte Xanten nicht schon lange ihrer Gunst? Die Niederlage konnte kein Zeichen von Odins Gerechtigkeit sein. Wenn die Götter von diesem Krieg wussten, dann waren sie missgünstig und niederträchtig, weil sie ihn zuließen.

Vielleicht hatte Henna aber Recht. Henna war eine von Sieglindes Hoffrauen, und vor kurzem hatte die Königin sie beim Beten ertappt – mit einem Kreuz!

Sieglinde war es einerlei, welchen Göttern Henna ihre Gebete schickte. Aber in dem Schwall der Worte, mit dem sie ihren neuen Glauben verteidigt hatte, waren Sieglinde viele wunderliche Dinge zu Gehör gekommen.

Der Gott der ... Christen, so nannten sie sich wohl – er war allumfassend. Und vergebend. Er suchte nicht Vergeltung für die Fehlbarkeit der Menschen. Seine Gnade war nicht Willkür, sondern Versprechen. Sein Reich war ein Reich des Friedens, in dem nicht die Krieger mit Met und Jungfrauen empfangen wurden, sondern die Gerechten.

Ein kurzer, scharfer Pfiff von Laurens riss Sieglinde aus ihren Gedanken. Mit dem Kopf deutete der Soldat nach Süden. Sie hatten den Rand des Waldes erreicht, durch den ein halber Tagesritt nach Xanten führte. Doch sie würden die von Karren und Hufen festgetretenen Wege nun verlassen und sich durch das Gehölz in Richtung Rhein vortasten. Sieglinde war froh, dass der Tag anbrach. Wenigstens konnten sie im Morgenlicht im sanften Trab verbleiben, wo sie sich des Nachts dem vorsichtigen Schritt der Pferde hätten beugen müssen.

Sieglindes Hände verkrampften sich im Zaumzeug, als sie daran dachte, dass die Bewohner der Burg vermutlich nicht einmal rechtzeitig erfahren würden, wie die Schlacht ausgegangen war, bevor die Krieger Hjalmars die Stadtmauern erreichten. Die Berichte von der Grenze ließen nicht erwarten, dass sie beim Gesinde des Königs Gnade walten lassen würden. Es war ein weiteres Gesetz des Krieges – töte viele, um die Furcht aller zu erreichen. Kein Kriegsherr hatte die Zeit, sich den Respekt eines besiegten Volkes zu verdienen. Er musste mit Schrecken regieren, bis lähmende Gewöhnung die Bevölkerung müde machte, bis die Sorge um Vieh und Feld mehr wog als um den rechtmäßigen König.

Die Pferde trabten nun langsam genug, dass Sieglinde mit Laurens sprechen konnte. »Wer ist dieser Regin, von dem Siegmund gesprochen hat?«, fragte sie.

»Man sagt, er sei ein Nachkomme einer der Schmiede, die Nothung aus dem Atem Odins schlugen. Er war lange Jahre Waffenmeister von Siegmunds Vater. Als Hendrik abdankte, verließ Regin Xanten. Nur wenige Menschen wissen, wohin er ging.«

Sieglinde senkte ihren Kopf ein wenig, um nicht von niedrig hängenden Zweigen getroffen zu werden. »Und wir können ihm vertrauen?«

Trotz der Gefahr, in der sie sich befanden, hielt Laurens sein Pferd an und sah seiner Königin ernst in die Augen. »Von diesem Tage an dürft Ihr *niemandem* mehr trauen, hört Ihr? Euer Leben, Eure Vergangenheit – es wird eine Lüge sein, die Ihr von Herzen kommend erzählen müsst. Jede edle Seele, die Euch begegnet, wird von dem Gold, das Hjalmar auf Euren Kopf aussetzt, in Versuchung geführt.

Und Ihr habt nicht mehr die Möglichkeit, Loyalität als Gegengewicht in die Waagschale zu legen.«

Sieglinde wollte etwas einwenden, aber Laurens war noch nicht fertig. »Sollte der Tag kommen, an dem Ihr allein überleben könnt – dann müsst Ihr Regin in der Nacht darauf die Kehle durchschneiden. Sein Nutzen ist dann geringer als die Gefahr, die sein Wissen darstellt.«

Er wartete nicht einmal ab, ob sie etwas erwidern wollte, sondern trat seinem Pferd in die Flanken.

Die Königin, die nun keine mehr war, folgte ihm. Dabei überlegte sie, ob auch Laurens ein Mitwisser war, dessen es sich zu entledigen galt. Laurens selbst hatte sich diese Frage schon beantwortet.

Der Rhein führte viel Wasser in diesen Wochen. Breit und träge wälzte er sich nordwestlich auf das Meer zu. Die vielen kleinen Nebenarme, in denen das Wasser lange stand, versorgten ihn mit einem weichen fauligen Geruch, der als leichter Dunst über der Oberfläche waberte.

Es gab keinen Fluss weit und breit, der vergleichbar viele Aufgaben erfüllte und so viel zur Entstehung der angrenzenden Königreiche beigetragen hatte. Handelsgüter aus Rom und Byzanz wurden mit Hilfe von großen Flößen auf dem Strom bis zum Meer getrieben, wo Schiffe den Transport in die Nordländer übernahmen. Es gab üppige Weinberge an seinen Tälern am Oberlauf, und ihr vergorenes Gold galt dem der Franken als ebenbürtig.

Der Rhein verband Reiche wie eine flüssige Straße, die nicht durch Krieg oder Heimtücke eingenommen werden konnte. Wer den Rhein blockierte, stoppte das Herzblut des eigenen Landes. Auch aus diesem Grund hatte es zwischen Xanten und Burgund seit Generationen keinen Krieg mehr gegeben.

Aber die Quellen des Rheins speisten nicht nur das Flussbett mit Wasser, sondern auch die langen Winterabende mit Legenden. Es gab Geschichten sonder Zahl, und Sieglinde hatte viele davon von ihrer Mutter gehört. Da war die junge Maid, die auf einem Felsen nahe einer Flussbiegung saß und deren betörende Schönheit den Schiffern Unheil verhieß. Oder die Schätze, die von den wässernen Jungfrauen im Rhein eifersüchtig bewacht wurden. Manchmal warfen die Händler, wenn sie die Nähe der Nymphen zu spüren glaubten, Opfergaben über Bord. Diese wurden dann von den Jungen aus den anliegenden Dörfern mit großer Geschicklichkeit wieder an die Oberfläche geholt, wenn die Schiffe außer Sichtweite waren.

Und natürlich die Nibelungen. Ihnen gehörten weite Teile von Odins Wald, nördlich von Worms und westlich von Mainz. Das heißt, natürlich *gehörte* ihnen der Wald nicht. Sieglinde hatte das Glück gehabt, mit einem wachen Geist gesegnet zu sein, und sie wusste, dass die Geschichten von den Nibelungen, jenen sagenhaften Zwergen aus der Zeit vor der Zeit, nur brüchige Schauermärchen waren, deren Löcher mit immer neuen Hirngespinsten gestopft wurden.

Das war nicht verwunderlich – Odins Wald war dicht und schwer zu durchqueren. Schon die Römer hatten vor Jahrhunderten die Wasserstraße bevorzugt, um die germanischen Stämme zu unterjochen und ihr Reich bis fast an die Küste auszudehnen. Es gab viele Wölfe und Luchse in dieser Gegend, und jeder, der von seinen Reisen nicht zurückkehrte, galt schnell als »in Odins Wald geblieben«. Über die Generationen wurde daraus ein wildes Netz aus Fabeln gesponnen, und seither munkelte man von kleinwüchsigen Waldläufern, deren Anblick Unheil brachte.

Sieglinde mochte den Rhein. Als die Hufe ihres Pferdes erstmals Wasser aufspritzen ließen, empfing sie trotz der

Trauer und des Todes, der sie seit Tagen umgeben hatte, so etwas wie eine noble Ruhe.

Der Rhein war ein Garant für Beständigkeit. Weder Krieg noch Tod konnte ihn zwingen, und in Zeiten der Veränderung hielt er seinen Lauf mit behütender Gemächlichkeit.

Sie hatten es tatsächlich geschafft, durch die Wälder an Xanten vorbei zum Fluss hinabzureiten, ohne von versprengten Trupps in Hjalmars Sold gesehen zu werden. Zweimal hatten sie angehalten und den Geräuschen des Waldes gelauscht. Es waren Stimmen darunter gewesen, doch sie entfernten sich nach kurzer Zeit wieder.

Nun, da sie das aufgeschwemmte Ufer des Flusses erreicht hatten, konnten sie hoffen, ohne Spuren südwärts zu reisen.

Laurens sprang von seinem Pferd und stand bis zu den Knien im Wasser. Dann beugte er sich vornüber und tauchte seinen Kopf unter. Als er ihn wieder in die Höhe riss und die Tropfen aus seinen Haaren spritzten, schien es genauso eine Taufe wie eine simple Erfrischung zu sein.

Er sah Sieglinde einen Moment lang an. »Der Krieg ist nun für uns vorbei. Kein Sieg, kein Ruhm.«

»Aber vorbei trotz alledem«, sagte die Königin.

Laurens sah ein wenig mürrisch die Böschung hinauf. »Möchtet Ihr ein wenig rasten?«

Sieglinde schüttelte den Kopf. »Und Gefahr laufen, den Dänen doch noch in die Hände zu fallen? Eher reite ich, bis ich tot aus dem Sattel in die Fluten falle.«

Laurens sah sie mit ehrlicher Bewunderung an und bestieg wieder sein Pferd. »Ihr seid eine starke Königin. Ich gebe zu, als Siegmund Euch erwählte, da dachte ich ...«

»... wie auch der Rest des Volkes«, beendete Sieglinde seinen Satz. »Und wie der Rest des Volkes hast du dich geirrt. Doch ich sage es dir erneut – ich bin nur noch eine starke

Frau. Die starke Königin starb im Morgengrauen an der Seite ihres Mannes.«

»Line«, murmelte Laurens, als müsse er sich zwingen, den Namen auszusprechen. »Line.«

Dann ritten sie weiter. Das Wasser, das am überschwemmten Ufer die Beine der Pferde umspülte, platschte immer wieder hoch und lief prickelnd an Sieglindes Beinen herab. Es kühlte ihre geschundenen Füße.

Regin legte sich immer früh zur Ruhe. Nach Einbruch der Dunkelheit gab es in Odins Wald nichts, was zu erforschen wert gewesen wäre. Und in seiner Einsamkeit gab es auch niemanden, mit dem er noch Gespräche hätte führen können.

Doch heute Abend war es anders. In der Schmiede waren die Kohlen längst ausgeglüht, und das hölzerne Geschirr seines Abendessens hatte er im Bach gewaschen.

Nun stand er auf dem kleinen Platz, den er vor seiner Behausung von allen Bäumen befreit hatte, als er vor vielen Jahren in diesen Wald gezogen war. Es war stockfinster, kein Mond strahlte durch die Baumwipfel, und selbst die Sterne schienen schwächer als sonst zu leuchten. Es waren die Geräusche einiger Nachttiere zu hören, die nun auf Beutefang gingen. Nichts darunter, vor dem der Schmied sich hätte zu verstecken brauchen.

Regin brauchte sich sowieso vor nichts und niemandem zu verstecken. Er war Teil des Waldes, und der Wald würde ohne ihn ebenso wenig leben wollen wie er ohne den Wald.

Er schnüffelte. Dann horchte er.

Doch die Beunruhigung, die er verspürte, kam nicht von äußerer Gefahr. Sie hatte ihren Ursprung in seinem Inneren. Etwas, dem er tief in seiner Seele verbunden war, war aus den Fugen geraten. Es war, als ob die Götter die Figuren in ihrem ewigen Spiel neu aufstellten und die Konstellationen sich verschoben.

Regin setzte sich auf den Waldboden. Er legte die Handflächen auf die Erde, als müsse er die Schwingungen der Welt in sich aufnehmen.

»Siegmund«, flüsterte er leise.

Und die Erde antwortete ihm.

Sie sprach von einer neuen Aufgabe, die seines Weges kommen würde.

Tage vergingen in verdächtiger Ruhe, und es bedurfte großer Willenskraft, nicht unaufmerksam zu werden. Laurens war klar, dass Hjalmars Boten, wenn sie es wirklich auf die Königin abgesehen hatten, mittlerweile in allen wichtigen Städten von einer stattlichen Belohnung gekündet hatten. Er konnte nur hoffen, dass der Dänenkönig zu beschäftigt sein würde, seinen noch brüchigen Sieg zu festigen. Und dann würde er sicher zuerst im Umland von Xanten suchen lassen.

Es war nicht leicht voranzukommen. Die großen Straßen und Wege mussten Sieglinde und Laurens ebenso meiden wie die Siedlungen und Städte. Der Rhein, an dessen unwegsamem Ufer sie sich halbwegs ungestört fortbewegen konnten, wand sich durch die Landschaft wie eine zappelnde Schlange in der Hand eines Jägers. Die Strecke wurde dadurch erheblich verlängert. Immer, wenn ein Schiff oder ein Floß in Sichtweite kam, schlugen sie sich ins Unterholz und warteten. Es war nicht zu erwarten, dass man sie bereits überall suchte, aber schon die Erinnerung an das seltsame Paar auf der mühsamen Route barg Gefahr.

Die Pferde hielten gut durch. Angesichts des unsicheren Untergrunds aus Stein, Kies und Schlick tasteten sie sich langsam voran, und Ruhepausen waren selten nötig.

Wenn der Abend kam, banden Sieglinde und Laurens die Tiere außer Sichtweite des Flusslaufs an und suchten sich einen geschützten Platz für die Nachtruhe.

Laurens war es, der Nahrung besorgte, und trotz seiner mangelnden Ausrüstung brauchte er nie lange, um ein Rebhuhn oder ein Kaninchen zu erlegen. Das Feuer hielten sie klein, um nicht unnötig Aufmerksamkeit zu erregen. Das Fleisch des Essens war kaum durch, da schaufelte Laurens wieder Erde auf die Flammen.

Sieglinde tat ihr Bestes, um die Mühsal der Reise zu lindern. Sie sammelte Holz, bereitete die Spieße vor und glättete den Boden für die Nachtruhe. Anfangs musste sie es tun, wenn Laurens auf der Jagd war, denn es war dem Krieger sichtlich unwohl, seiner Herrscherin bei körperlicher Arbeit zuzusehen. Aber Sieglinde setzte sich durch.

Was sie nicht verhindern konnte, war Laurens' Entschiedenheit, mit der er sie zu bewachen verlangte. Er war sich bewusst, dass auch sein Körper Schlaf brauchte. Trotzdem legte er niemals die geschnürten Lederstiefel ab, hatte das Schwert immer an seiner Seite, und bevor er Sieglindes ruhigen Atem hören konnte, schloss er die Augen nicht.

Am Morgen des vierten Tages erwachte er früh und fand den Platz neben sich leer. Er griff nach seiner Waffe und sprang auf. Es gab eigentlich keinen Grund, besorgt zu sein. Wahrscheinlich war Sieglinde nur einige Schritte gegangen, um die Knochen des gebratenen Hasens vom Vorabend im Erdreich zu vergraben.

Er suchte sie in mehreren Richtungen, bis er an die Böschung kam, die zum Fluss hinunterführte. Beim letzten Hochwasser hatte der Strom das Ufer unterspült, und die Wurzeln einiger Bäume hatten den Halt verloren. Sie waren nach vorne geknickt und hingen mit ihren Kronen halb in den Rhein. Im Gewirr aus Ästen und Blättern konnte Laurens Sieglindes Gestalt ausmachen. Im Schutz der Bäume stand sie nackt im Wasser und wusch ihr Kleid.

Es war ein seltsamer Anblick. Bis zu diesem Moment war es Laurens unmöglich gewesen, in Sieglinde etwas anderes zu sehen als seine Königin. Selbst als sie nackt im Zelt seines Herrn gelegen hatte, war sein Blick an ihrem Körper vorbeigeglitten wie etwas, das zu sehen er angesichts seines Ranges nicht vermochte.

Er trat auf einen Ast, und Sieglinde horchte auf. Sie sah ihn unverwandt an, ohne Scheu, ohne Reiz. »Guten Morgen.«

Laurens nickte knapp und drehte sich um. Es war nicht so, dass er Sieglinde begehrte. Aber sie war eine Frau, und sie war unbekleidet. Er dachte daran, die Lagerstätte zu räumen, als sie ihn zurückrief. »Gib mir deine Kleider, und ich werde sie auch waschen.«

Laurens presste die Antwort zwischen den Zähnen hervor. »Das wird nicht nötig sein.«

»Laurens«, rief Sieglinde streng. »Es *ist* nötig. Wenn unsere Pferde uns nicht verraten – unser Gestank wird es gewiss. Und wenn wir es bis zu Regins Schmiede schaffen, will ich von ihm nicht als alte Hexe mit einem Hammer erschlagen werden!«

Laurens seufzte – weniger, weil ihm der Gedanke missfiel, sondern weil er wusste, dass Sieglinde Recht hatte. In der letzten Nacht hatte sein eigener Geruch es ihm schwer gemacht, einzuschlafen. Es kratzte und juckte überall, Schweiß, Blut und Dreck hatten sich im Stoff zu einer dunklen Kruste verbunden, die an seinen Beinen schabte und seinen verbliebenen Arm wund rieb.

Er sprang die Böschung hinab zum Ufer. Dort warf er das Schwert hin. Dann löste er die Riemen seiner ledernen Stiefel, legte sie beiseite und watete in den Rhein. Er wartete, bis das Wasser bis zu seiner Hüfte stand, bevor er die Beinkleider auszog und sie Sieglinde gab. »Das müsst Ihr nicht tun.«

Sieglinde breitete ihr Kleid über einen tief hängenden Ast und walkte Laurens' Hose, dass sich das klare Wasser sofort wölkend trübte. »Ich werde viele Dinge wieder tun müssen. Dinge, die ich tat, als ich jung war, und die ich glücklicherweise nicht verlernt habe. Es mag dir seltsam vorkommen, Laurens – aber manchmal neidet die Königin der Magd ihre Arbeit.«

Laurens zog sich sein grob gestricktes Unterkleid aus und tunkte es in das Wasser. »Und der Krieger dem Bauern.«

Plötzlich hielt Sieglinde inne und hob abwehrend die Hand. Sie hatte etwas gehört. Auch Laurens hielt den Atem an.

Es war ein Platschen, das Schlagen von Rudern ins Wasser. Es kam von flussabwärts.

»Sollen wir uns verstecken?«, flüsterte Sieglinde.

Es war schwer zu sagen, wie weit das Schiff hinter der nächsten Flussbiegung trieb. Laurens sah sich grimmig um und schüttelte den Kopf. »Die Baumwipfel geben uns ausreichend Tarnung. Wir sollten aber so weit wie möglich ins Wasser.«

Der Krieger und die Königin knieten nieder und setzten sich dann auf die rund geschliffenen Steine, die das Flussbett füllten. Das Wasser ging ihnen bis zum Kinn. Es war kalt und trug die Ahnung des Winters in sich.

Laurens konnte sich kaum erinnern, wann er das letzte Mal so etwas wie ein Bad genommen hatte. Als Soldat reinigte er sich meistens am Trog, aus dem die Pferde tranken. Oder er ließ sich von einer Magd, die seine Gesellschaft wünschte, mit einem Krug Wasser übergießen.

Nun saß er hier, nackt neben seiner Gebieterin, und hoffte darauf, nicht gesehen zu werden, ganz gleich, von wem. Er verfluchte es, nicht mehr im Krieg zu sein. Auf dem Schlachtfeld brauchte man sich nicht zu verstecken. Und man kannte den Gegner.

Es vergingen bange Minuten ... Schließlich erschien der Schädel eines Wolfes aus der Biegung des Flusses. Eine Bestie mit aufgerissenem Maul, schwarz glänzenden Augen und tiefgrauem Körper.

Sieglinde atmete hörbar ein und hielt dann erschrocken den Atem an. Laurens blickte sich um und vergewisserte sich, dass sie nicht zu sehen waren.

Das Kleid! Sieglinde hatte es auf dem Ast hängen gelassen, und trotz seiner erdigen Farben würde es aus dem Blättergewirr herausstechen.

Laurens hob den rechten Arm langsam, um nicht zu viel Geräusch zu verursachen. Seine Finger packten den Stoff und zogen ihn mit einem Ruck unter die Wasseroberfläche.

Der Wolfsschädel, der mit starrem Blick über das Wasser glitt, zog nun ein Schiff hinter sich her. Es war ein isländisches Langboot. Wenig Tiefgang, dafür am Bauch weit gewölbt, um viel Ladung aufnehmen zu können. Zwölf Ruderer auf beiden Seiten, dazu ein vom Wind nur wenig geblähtes Segel.

Auf dem Segel prangte das Zeichen des Königshauses Istenstein. Der Wolf, auf dessen Rücken sich ein Rabe festgekrallt hatte.

Sieglinde warf Laurens einen fragenden Blick zu, doch dieser schüttelte stumm den Kopf.

Er wusste auch nicht, was die Isländer so weit den Rhein hinauf führte. Sie waren selbst so etwas wie ein Sagenvolk. Von einer fernen Insel aus unwirtlichem Stein stammend, hatten Hakans wilde Gesellen wenig mit den von den Römern zivilisierten Stämmen nördlich der Alpen zu tun. Die Isländer hatten den Ruf, Barbaren wie die Hunnen zu sein. Schriften und Musik waren ihnen ebenso zuwider wie das Studium der Natur, wenn es nicht gerade um die Erlegung von Beute ging.

Es hieß, die Isländer würden das wenige, das sie ihrem Land abtrotzen konnten, durch Raubzüge in die Nordländer ergänzen, ohne dabei jemals einen offenen Krieg vom Zaun zu brechen.

Das, was Sieglinde und Laurens zu sehen bekamen, konnte diese Geschichten nur bestätigen. Die Krieger, die mit mürrischen Gesichtern an der Reling lehnten, waren groß gewachsen, und die übergeworfenen Bärenfelle betonten ihre breiten Schultern. Im Gegensatz zu den Dänen zierten keine Helme ihre Schädel, und ihre Haare waren grob geflochten.

Die meisten von ihnen trugen keine Unterkleider, sondern hatten einfache Lederstücke mit Riemen um ihre muskulösen Körper gebunden. Einige von ihnen trugen schwere Streitäxte in Schlingen auf dem Rücken. Einer pinkelte ins Wasser, während er in ein verkohltes Stück Fleisch biss.

Sie sahen nicht aus wie eine Gruppe reisender Krieger – sie sahen aus wie ein Rudel Ratten, das die Pest im Gepäck hatte, um alles, was es berührte, krank und irr zu machen.

Das erste Schiff zog ein weiteres nach sich, und dann noch eins im Gefolge. Alles in allem vielleicht hundert Mann, schätzte Laurens. Es war möglich, dass die Isländer nach dem schnellen Fall von Xanten beschlossen hatten, ihre frei gewordenen Truppen zum Kundschaften zu nutzen. Auf Raubzug konnten sie kaum sein – der Fall Xantens hatte ihnen auch die Schatzkammern König Siegmunds eröffnet.

Laurens war froh, dass seine Stiefel und sein Schwert am

Ufer außer Sichtweite lagen – und wütend, dass das Schwert nicht in seiner Hand lag. Es war unvorsichtig gewesen – und dumm. Er versprach sich selbst, diesen Fehler nicht zu wiederholen.

Es währte eine endlose halbe Stunde, bis die isländischen Schiffe wieder außer Sichtweite waren. Dann sah Laurens Sieglinde an. Sie zitterte, und ihre Lippen waren bleich.

»Ihr müsst aus dem Wasser. Ich werde ein Feuer entzünden. Dann können wir uns wärmen und die Kleidung trocknen.«

Sieglinde nickte.

Der Fünftagesritt, von dem Siegmund gesprochen hatte, dauerte etwas mehr als eine Woche. Den letzten Tag ritten Sieglinde und Laurens durch die Ausläufer von Odins dichtem, finsterem Wald. Zeitweise mussten sie die Pferde an ihren Zügeln hinter sich her führen, um voranzukommen.

Odins Wald schien, als habe der Göttervater die riesigen Bäume mit den Händen zusammengeschoben, damit ihre Wipfel ein Dach bildeten, das kaum Sonnenlicht durchließ. Die Stämme wuchsen kreuz und quer, sich überschneidend und umschlingend. Der Boden war trocken und kühl, und überall warfen knorrige Wurzeln ihre festen Schlingen. Erneut stiegen Lauren und Sieglinde ab, um das Unterholz zu durchdringen.

»Woher weißt du, wo wir Regin finden?«, fragte Sieglinde.

Laurens antwortete nach kurzem Zögern. »Der König sprach oft davon, Euch hier vor Hjalmar zu verstecken.«

Sieglinde war augenscheinlich überrascht. »Das alles war geplant? Siegmund wusste vor dem schicksalhaften Morgen, dass der Krieg verloren war?«

Es war offensichtlich, dass Laurens nicht gerne darüber sprach. »Er musste es nicht sagen. Jeder der Heerführer wusste es. Die Schlacht war verloren, bevor sie begann.«

»Aber warum dann das Blutvergießen? Warum hat er Xanten nicht Hjalmar überlassen – und Tausenden von Kriegern den Tod erspart? Frauen sind Witwen geworden, Kinder wurden Waisen!«

Sie hielt inne, aber es war leicht für Laurens, ihren Gedanken zu Ende zu spinnen. »Und Männer wurden zu Krüppeln?«

»Das meinte ich nicht«, sagte Sieglinde leise.

»Doch, Ihr meintet es«, knurrte Laurens. »Aber Ihr habt es nicht verstanden. Was für ein König wäre Siegmund gewesen, wenn er sein Reich kampflos einem Unhold wie Hjalmar überlassen hätte? Es war seine erste Aufgabe, Xanten zu schützen. Und diese Aufgabe war nicht weniger erstrebenswert, nur weil sie scheitern musste. Was für ein Mann ist das, der nur Siege erringen will? Ein Feigling ist er! Und König Siegmund war vieles – doch er war kein Feigling! Bin ich wütend, weil ich meinen Arm für eine verlorene Sache gegeben habe? Nein. Ich bin wütend, nur *einen* Arm gegeben zu haben!«

Bei den letzten Sätzen war Laurens immer lauter geworden, und als er sich ertappte, seiner Herrin gegenüber die Stimme erhoben zu haben, verstummte er.

Sieglinde antwortete nicht. Politik war immer die Sache der Männer gewesen, und das Ende der Politik war scheinbar immer der Krieg. Die Geschichte hangelte sich von Schlacht zu Schlacht, und die kurzen Friedenszeiten waren den Chronisten zumeist keine drei Zeilen wert. Laurens war ein Krieger – und es war nicht zu erwarten, dass er jemals etwas anderes sein würde.

Der Soldat hielt inne. »Dort.«

Er deutete mit dem Arm durch das Zwielicht des Waldes. Sieglinde kniff die Augen zusammen.

Da war etwas. Wenig mehr als eine halbrunde Form, ein dunkler, grob geschwungener Hügel, der sich an den Waldboden schmiegte. Es wäre leicht gewesen, ihn für eine natürliche Erhöhung zu halten – wenn aus der höchsten Stelle nicht eine dünne Rauchfahne gestiegen wäre. Es musste Regins Schmiede sein.

Sieglinde versuchte, sich nicht über den Widersinn einer Schmiede in dieser einsamen Gegend Gedanken zu machen. Manchmal schien es, als wäre die Bestimmung vieler Dinge bewusst vor den Menschen verborgen.

Als sie näher kamen, wurden die Umrisse der Schmiede deutlicher. Die Halbkugel, die zum Boden hin flach auslief, war aus Holzscheiten gebaut, die mit Pech abgedichtet waren. Diese waren allerdings kaum noch zu sehen, denn der Wald hatte sich im Verlauf der Jahre – oder Jahrzehnte, Sieglinde konnte es nicht sagen – des Bauwerks bemächtigt und es mit dicken Moosflechten und Gräsern überwuchert. Es sah nun tatsächlich wie ein Hügel aus, der einen höhlenartigen Eingang zu haben schien, ein schwarzes Maul unter grüner Haube.

Der Durchmesser der Waldhütte mochte an die zwanzig Schritte betragen, und Sieglinde bemerkte schräg hinter dem Hauptbau noch einen weiteren, kleinen Hügel, der vielleicht als Schlafstatt oder Lager diente.

Obwohl Sieglinde noch niemals eine solche Bauweise gesehen hatte, erkannte sie die Vorteile auf Anhieb: Die Gräser schützten das Haus vor Wind und Regen und hielten im Winter die Kälte ab. Es war unauffällig und ideal für jemanden, der keinen Wert auf durchreisende Gesellschaft legte.

Sie hörte nun das kräftige, aber deutlich gedämpfte Schlagen von Metall auf Metall. Offensichtlich hielten die Wände der Hütte auch den Lärm bei sich, so gut es ging.

»Woher wissen wir überhaupt, ob er uns aufnehmen wird?«, wollte Sieglinde wissen. »Schließlich steht er nicht mehr im Dienst des Königs.«

»Nicht in seinem Dienst, aber in seiner Schuld«, murmelte Laurens.

Er wollte fortfahren, aber die Schläge in der Behausung hatten schlagartig aufgehört. Laurens sagte sich, dass Regin ihr halblautes Gespräch unmöglich gehört haben konnte, als bereits die Gestalt des Schmieds im Eingang der Hütte auftauchte.

Sieglinde wusste nicht, was sie erwartet hatte. Vielleicht einen alten, knorrigen Mann mit kräftigen Händen und lederner Haut – so, wie man sich einen Schmied am Ende seines Lebenswegs vorstellte. Aber Regin entsprach diesem Bild in keinster Weise. Er war sehr klein, fast von geduckter Gestalt. Aufgrund seiner überbreiten Schultern schwangen die muskulösen Arme frei hin und her, ohne auch nur in die Nähe seines Oberkörpers zu kommen. Sie waren so lang, dass der kurze Hammer, der in Regins rechter Faust steckte, über den Boden schleifte. Struppige schwarze Haare wurden nur mühsam von einer Kappe gebändigt, und strahlend blaue Augen blitzten unter ebenso dunklen Brauen hervor. Um den Brustkorb war eine lederne Schürze gebunden, und die Beine waren bis zum kurzen Beinkleid ebenfalls in Leder gehüllt. Er sah aus wie dreißig, vielleicht vierzig Jahre.

Am meisten fielen Sieglinde jedoch seine Hände auf. Sie waren schmutzig, das war kein Wunder, aber selbst auf die zwanzig Schritte, die sie noch von der Hütte entfernt sein mochten, konnte sie die glatten, vom Leben unangetastet wirkenden Finger sehen, die eher einem Barden als einem Schmied zur Ehre gereicht hätten. Keine Narben, keine Hornhaut, selbst die Nägel waren wie von Quarzsand poliert.

Regin sagte kein Wort und stand nur im Eingang seiner Hütte. Sieglinde und Laurens gingen langsam und schweigend auf ihn zu.

Der Schmied erkannte Laurens und folgerte, was geschehen war, denn der Wald hatte ihm vom Krieg und von Siegmunds Tod erzählt. Es war nicht schwer zu erraten, wen der treue Gefährte des Königs von Xanten hierher geleitete. Auch der Grund des Besuchs stand damit fest. Und der Schmied brauchte keine Bitte, die anzunehmen er sowieso verpflichtet war.

Auch Laurens wusste, dass Regin ihn erkannte und dass der Schmied die notwendigen Schlüsse ziehen würde. Sieglinde wurde befangen und atmete tief ein, als wolle sie das Schweigen brechen. Laurens griff ihre Hand und drückte sie leicht, um sie davon abzuhalten.

Regin ließ den kleinen Hammer fallen und fiel auf die Knie. Er senkte den Kopf, bis das Kinn seine schmutzige Brust berührte. »Mein Leben für Euer Leben, Majestät.«

»Ich wünschte, ich könnte dir versprechen, dass es dazu nicht kommen wird«, sagte Laurens. »Steh auf.«

Regin hob leicht den Kopf und sah Sieglinde an. Auch sie bedeutete ihm, sich zu erheben. Regin stand auf.

»Keine Königin«, erklärte Sieglinde. »Line ist mein Name, und für die Zeit, die ich absehen kann, werde ich deine Gehilfin sein, so gut ich es vermag. Wenn Xanten nicht frei ist – bis ans Ende meiner Tage.«

Es fiel Regin sichtlich leichter als Laurens, Sieglinde nicht länger als Königin von Xanten zu betrachten. »Line also. So sei es.«

Er drehte sich kurz um, blickte in die Hütte und erschrak ein wenig. »Oh, mein Tagewerk! Einen Augenblick.«

Der Schmied eilte in seine Werkstatt. Laurens und Sieglinde banden ihre Pferde an einen Baum und folgten ihm.

Es war heiß in diesem fast kuppelförmigen Raum, der durch keinerlei Wände unterteilt war. Überall standen Werkzeuge und all jene Dinge, die ein fleißiger Schmied benötigte – Metallbarren, Hämmer, ein riesiger Blasebalg, ein Amboss und mehrere Tauchbecken. Zwei große Holzkisten enthielten die Zeugnisse von Regins Handwerk.

Mit einer Zange nahm der kleinwüchsige Mann ein glühendes Metallstück vom Amboss, das er sogleich in ein Wasserbecken tauchte, in dem es zischend sein Licht verlor.

Sieglinde war angetan als auch erstaunt. Diese Werkstatt war anders als jede Schmiede, die es bei Hofe gegeben hatte. Grob, einfach, unaufgeräumt. Doch sie strahlte eine Ruhe und Wärme aus, die beruhigend wirkten. Es war, als wäre sie Teil des Waldes, Teil der Natur.

»Was machst du gerade?«, wollte sie wissen.

»Eine Sichel«, murmelte Regin und rieb das erkaltete Metall mit einem Stück Leder ab. »Gute Sicheln gibt es nie genug.«

Auch in den Kisten lagen nur Werkzeuge, aber keine Waffen, wie Laurens nun erkannte. »Du fertigst keine Schwerter, keine Pfeilspitzen?«

Regin sah ihn verächtlich an. »Der Krieg ist vorbei – verwesende Leichen und Hunger, davon haben wir derzeit genug. Waffen auch. Ihr Wert ist gering, wenn Frieden und Not herrschen.«

Regin schöpfte etwas Wasser aus dem Tauchbecken und wusch sich das Gesicht. Dann trocknete er sich mit einem groben Lappen ab. Als er halbwegs von Schmutz und

Schweiß befreit war, schien er noch jünger auszusehen als vorher. Auch das Fehlen jeglichen Bartwuchses fiel Sieglinde auf. »Man sagte mir, du seist schon der Schmied von Hendrik gewesen, dem Vater Siegmunds.«

Regin grinste nur schief. »Die Götter haben mir ein langes Leben geschenkt.«

Es war offensichtlich, dass damit alles gesagt war, was preiszugeben er als nötig erachtete. Und Sieglinde, die ihn in der Not um Hilfe bitten musste, würde nicht fordern, was man ihr nicht bot.

Sieglinde und Laurens aßen mit Hunger. Es lag nicht so sehr an der Leere in ihren Mägen. Es war vielmehr der Genuss, nach Tagen, in denen es nur halbrohes Fleisch gegeben hatte, endlich wieder einmal eine richtige Mahlzeit zu bekommen, die mit Soße, Gewürzen und Kräutern einherging.

Und Brot. Sieglinde war überzeugt, noch nie in ihrem Leben so köstliches Brot gegessen zu haben.

Sie saßen in dem kleinen Beihaus, das Regins Schlafraum und seine Kochstelle beherbergte. Wie es schien, hatte sich der Schmied hier in den letzten Jahren recht gut eingerichtet.

»Wie kommt es, dass du dir eine Schmiede in der Wildnis gebaut hast?«, fragte Laurens, während er einen Bissen Brot kaute, den er durch die dunkle Soße gezogen hatte.

»Ich bin gerne allein«, antwortete Regin, und ein kurzer Seitenblick zu Sieglinde machte deutlich, was er damit meinte. »Und ich arbeite in niemandes Auftrag. Einmal im Jahr nehme ich meine Ware und verkaufe sie flussauf und flussab. Ich habe mein Auskommen.«

»Der König hätte deine Hilfe brauchen können – Xanten hätte deine Hilfe brauchen können«, knurrte Laurens.

»Nicht einmal die Götter hätten Xanten retten können«, hielt Regin dagegen.

Es war eine Beleidigung, die jedem Soldaten im Dienste Siegmunds galt. Laurens' Hand griff nach seinem Schwert, und als er aufstand, fiel sein grob gezimmerter Schemel hintenüber.

»Es steht dir nicht zu, uns zu verspotten!«, rief er wütend.

Regin blieb sitzen. »Steck dein Schwert fort, oder ich werde dich töten.« Er war völlig ruhig, während er sprach. Und trotzdem – es bestand für Sieglinde kein Zweifel, dass Regin sein Hausrecht durchzusetzen in der Lage war.

Es war sichtlich schwer für Laurens, die Sache auf sich beruhen zu lassen, ohne sein Gesicht zu verlieren, darum schlichtete Sieglinde: »Bitte, Laurens, nimm wieder Platz. Auch wenn jeder von uns den Krieg anders bewertet – es ändert doch nichts daran, dass er vorbei ist. Unser Blick sollte in die Zukunft gerichtet sein.«

Der Soldat nahm wieder Platz. Er erhob seinen Becher. »Auf die Zukunft. Wenn in Xanten wieder unsere Flagge weht und die Kinder mit Hjalmars blankem Schädel spielen.«

Regin stieß mit ihm an. Der Schmied war nicht besonders nachtragend.

Regin und Laurens hatten ihr Nachtlager in der Schmiede aufgeschlagen, damit Sieglinde das Beihaus für sich hatte. Sie hatte nichts davon wissen wollen, aber die beiden Männer hatten darauf bestanden.

»Morgen«, verkündete Regin, »werde ich die ersten Bäume fällen, und bevor der Winter kommt, werdet Ihr Eure eigene Behausung haben. Irgendwo in einer Truhe ist auch noch ein Ballen Tuch – wenn Ihr mit Nadel und Faden umgehen könnt, wartet er nur darauf, zu einem neuen Kleid geschneidert zu werden.«

Sieglinde nickte dankbar, und die beiden Männer verließen das Beihaus. Sie legte ihre Kleidung ab und setzte sich auf das Holzgestell, das Regin als Bettstatt diente. Von der Feuerstelle strahlte noch die Kohle, und Sieglinde zog nur ein dünnes Leintuch über ihren Körper.

Sie dachte darüber nach, was Laurens gesagt hatte. Es bestand kein Zweifel daran, dass der alternde Soldat seinen letzten Atemzug der Befreiung Xantens von Hjalmars Joch widmen würde. Und es bestand ebenso wenig Zweifel, dass diese Befreiung mit einem erneuten Krieg einhergehen würde. Ein Krieg, den nur jemand führen konnte, der Xantens Thron beanspruchen konnte.

Sie strich sich vorsichtig über ihren flachen Bauch. Es würde noch Wochen dauern, bis Siegmunds Geschenk an sie zu sehen sein würde. Wochen, in denen sie sich Gedanken machen musste, ob die Zukunft, von der Laurens träumte, auch die ihre war. Oder die ihres Kindes. Sie war sich auch nicht sicher, was Regin anging. Er war ein seltsamer Bursche, und hinter seinem schlichten Äußeren hauste ein komplizierter Geist, das war offensichtlich.

Aber sie hatte Zeit. Neun Monate, bis sich entschied, ob sie eine Prinzessin zur Welt bringen würde, die einen Prinzen heiraten musste, um mit dem Heer seines Vaters Xanten zu erobern – oder ob ihr Kind ein Krieger sein würde, dessen Geburtsrecht und Vision den Aufstand gegen Hjalmar schüren würden.

Nichts wollte sie weniger, zu nichts war sie jedoch mehr verpflichtet. Ihr Erbe würde der Erbe Xantens sein.

Laurens blieb kaum drei Tage, um Regin zu helfen, die Bäume für das neue Beihaus zu fällen. Dann verkündete er, dass es für ihn an der Zeit war, wieder ins Land zu ziehen.

»Ich muss sehen, was von Xanten übrig ist und welche Männer in den Kerkern verrotten«, erklärte er, bevor er sein Pferd bestieg. »Dem Feind ist derzeit durch Schwertkraft nicht beizukommen – aber vielleicht lässt sich seine Macht von innen zersetzen.«

Sieglinde reichte ihm einen Beutel mit Proviant und ein neues Hemd, das sie für ihn genäht hatte. »Die Götter mögen mit dir sein. Und mit Xanten.«

Laurens nickte dankbar. Er wusste, dass Sieglinde ihn nicht bitten würde, jemals wiederzukommen. Ihre Wege trennten sich an diesem Ort, in dieser Stunde.

Der treue Soldat deutete auf die Teile von Nothung, die immer noch in Leder gewickelt waren und neben dem Eingang der Schmiede lagen. »Vergrabt das Schwert an jener Eiche, um es zu bewahren, bis sein rechtmäßiger Besitzer Verwendung dafür findet. Bis dahin werde ich für das freie Xanten kämpfen und mein Blut der Freiheit opfern.«

Er sagte es, als sei es eine Gefahr, die er als gegeben hinnahm. Als sei sein Leben nur noch das Warten, bis der Tod ihn von der Schmach erlöste, im Krieg nicht bis zum bitteren Ende gefochten zu haben.

Regin reichte Laurens sein Schwert. »Ich habe es noch einmal nachgeschliffen. Es ist sicher kein Prachtstück, aber es reicht, um jedem vorlauten Wegelagerer die Ohren abzuschneiden.«

Laurens nickte erneut. »Gebt auf die Kö... gebt auf Line Acht, als hinge mehr als nur Euer Leben daran.«

Es war so sehr eine Bitte, wie es eine Warnung war. Er wartete die Antwort des Schmieds nicht mehr ab, sondern trat seinem Pferd in die Seite.

Hinter der Schmiede, auf der entgegengesetzten Seite, aus der Sieglinde und Laurens gekommen waren, gab es einen schmalen Trampelpfad, der Regins Worten zufolge nach einem kurzen Ritt in einen breiteren Weg mündete, der am Ende des Tages zu einer Straße führte. Diese würde Laurens wieder unter Menschen bringen.

Sie sahen dem Soldaten nach, bis er im Wald verschwunden war. »Ich werde das Schwert vergraben«, sagte Regin schließlich. »Wenn du willst, kannst du dich derweil um das Essen kümmern.«

Es erstaunte Sieglinde, wie leicht Regin in einen vertrauteren Tonfall verfiel, nachdem Laurens weg war. Sie nickte. »Und danach werde ich deine Schmiede fegen. Es liegen so viel Holzspäne herum, dass der Funkenflug schnell ein Feuer auslösen kann.«

Regin lachte, während er sich nach Nothung bückte. »Gut gedacht. Aber überarbeite dich nicht – du trägst nicht nur den ersten Erben Siegmunds unter dem Herzen, sondern auch den letzten.«

Mit diesen Worten ging er zur Eiche, um Nothung zu vergraben.

2

Siegfried
und der Fluch des Blutes

Die Äste peitschten in Siegfrieds Gesicht, und der Waldboden erzitterte unter einem dumpfen Poltern, wann immer seine Füße ihn wie Hämmer einen Amboss trafen. Dornen rissen Haare von seinem Kopf, aber er beachtete es nicht. Sein Blut kochte, und in den Ohren hörte er nur seinen eigenen dröhnenden Herzschlag.

Licht und Schatten wurden zu fließenden Linien, die an seinen strahlend blauen Augen vorbeischossen, als habe Siegfried den Weg nach Asgard gefunden.

Seine muskulöse Brust hob und senkte sich mit jedem Atemzug, und wann immer er einen am Boden liegenden Baumstamm mit einem mächtigen Satz übersprang, breitete er die Arme wie ein junger Adler aus.

Siegfried rannte so schnell wie keiner, den er kannte – und doch hatte er das Gefühl, noch lange nicht an die Grenzen seiner Kraft gegangen zu sein.

Der Eber war jetzt in wilder Flucht, schlug Haken, suchte ein Versteck, das für seinen Verfolger zu klein war. Aber seine letzte Stunde hatte bereits geschlagen, als Siegfried ihn auf dem Rückweg aus dem Dorf entdeckt hatte.

Weiter vorn nahm der Jäger eine armdicke Wurzel wahr,

die in einem hüfthohen Bogen aus dem Boden ragte und auch wieder in ihm verschwand.

Das war der richtige Ort! Siegfried beschleunigte seine Schritte noch ein wenig und kam dem Wildschwein so nahe, dass er dessen Schwanz fast mit der Hand greifen konnte.

Der Eber tauchte unter dem Wurzelbogen durch. Siegfried stieß sich vom Boden ab und sprang mit beiden Füßen auf das Holz, das sich unter seinem Gewicht durchbog. Dann drückte er die Beine durch und wurde wie von einem Bogen durch die Luft geschleudert. Ein paar Herzschläge lang schien er zu fliegen, und er genoss das Gefühl der unendlichen Freiheit, die darin lag. Dann prallte sein starker Körper auf den Eber und riss ihn um. Sie rutschten noch ein paar Schritte über den Waldboden.

Das Tier versuchte nun, Siegfried mit seinen Hauern zu erwischen und sich freizustrampeln. Es schlug wild mit den Klauen aus, die leicht die Knochen eines Mannes zu brechen vermochten.

Siegfried empfand Freude bei der Jagd, und der Sieg über das kräftige Wildschwein war wie ein Rausch. Aber ihm lag nichts daran, den Eber über Gebühr zu quälen. Mit dem rechten Arm griff er unter den Hals des Tieres, und mit dem linken packte er die geifernde Schnauze. Dann brach Siegfried seiner Beute mit einem schnellen Ruck das Genick. Die Beine des Wildschweins zuckten noch ein wenig. Dann lag es still.

Siegfried stand keuchend auf, zufrieden mit der ganzen Welt. Er wuchtete sich die Beute auf den Rücken und machte sich auf den Weg zur Schmiede.

Es war nicht mehr weit. Nach einer knappen halben Stunde konnte er den künstlichen Hügel der Schmiede und die beiden Beihäuser erkennen.

Als er an dem kleinen Steinhaufen vorbeikam, der nur ein paar Schritte von seinem Beihaus entfernt stand, hielt Siegfried kurz inne, wie er es immer tat. »Sei gegrüßt, Mutter.«

Dann ging er weiter ... Es war eine Geste des Respekts, aber keine Trauer lag darin. Warum auch? Siegfried hatte seine Mutter nie kennen gelernt.

Regin hatte seine Arbeit unterbrochen, als er Siegfried kommen hörte. Die Ohren des kleinen Schmieds waren wirklich vortrefflich, und es war anzunehmen, dass er an der Schwere der Schritte erahnt hatte, was sein Schützling herbeischleppte.

Siegfried hievte das Schwein von seiner Schulter und warf es vor Regin, der aus der Schmiede kam, auf den Boden.

»Noch ein Eber?«, knurrte Regin missmutig.

»Ein prächtiges Tier.« Siegfried grinste. »Es hat einen fairen Kampf bekommen.«

Regin trat auf Siegfried, den er wie seinen eigenen Sohn aufgezogen hatte, zu – und schlug ihm mit der flachen Hand ins Gesicht. Nicht stark, aber stark genug, um sein Missfallen auszudrücken. »Der dritte Eber diesen Monat! Dazu ein Bär. Viele Füchse. Hasen ohne Zahl.«

»Ich bin ein Krieger, und Krieger müssen viel essen!«, tönte Siegfried.

Regin grinste schief. »Um ein Krieger zu sein, braucht es einen Mann. Und du bist kaum vierzehn Jahre alt. Außerdem haben wir mittlerweile Vorräte für die nächsten drei Winter. Wie soll ich einen weiteren Eber unterbringen? Du wirst ihn vergraben müssen, damit er keine Raubtiere anzieht.«

Siegfried lachte, und es war dieses Lachen, das ihn so unwiderstehlich machte. Er war stark, schön, tapfer – und kaum noch zu bändigen. Die Stärke eines Kriegers und der Wille eines Königs erfüllten ihn mit einer Kraft, die er nicht zu nutzen wusste.

Regin seufzte. »Sieh zu, dass du dich im Bach wäschst, bevor du zum Essen ins Haus kommst.«

Der Junge sah an sich hinunter. In der Tat war er von oben bis unten verdreckt – wie eigentlich jeden Tag. Darum trug er auch nur noch die kurzen ledernen Hosen und die geschnürten Stiefel. Regin war es leid, jeden zweiten Tag die Hemden seines Schützlings zu waschen.

Mit federnden Schritten machte sich Siegfried auf den Weg zum Wasser, während Regin damit begann, den toten Eber aus dem Weg zu schleifen. Das Tier war ziemlich schwer, und wieder einmal fragte sich Regin, woher Siegfried seine Kraft nahm. Der Junge war mehr als das Kind seiner Eltern, so viel stand fest. Die Götter erwiesen ihm ihre Gunst und hatten anscheinend Großes mit ihm vor.

Regin ging in sein Beihaus und rührte im Kessel den schweren, dicken Eintopf, den er seit Stunden köcheln ließ.

Der kleine Bach, der unweit der Schmiede den Wald durchschnitt, war kaum einen Fußbreit tief, und sein Bett war uneben. Er gurgelte und sprudelte, als verschlucke er sich dauernd an sich selbst.

Siegfried machte sich nicht die Mühe, seinen Körper nach und nach zu waschen. Er legte sich, so, wie er war, in den Bach hinein. Der Länge nach, mit dem Kopf gegen die Strömung, damit das Wasser nicht in seine Nasenlöcher lief.

Es war kühl und entspannend, hier zu liegen. Das Wasser trug Schmutz und Schweiß von seinem Körper davon. Siegfried schloss die Augen, kratzte sich an dem Muttermal neben seiner linken Schulter und ließ dann seine Handflächen unter Wasser über die glatten Steine streichen.

Er war froh, nicht in Eile zu sein. Die Sonnenscheibe berührte zwar schon den Horizont, aber in dieser Vollmondnacht würde er den Weg zurück mühelos finden. Und der Eintopf von Regin kochte sowieso für Stunden, da konnte er hier noch ruhig ein wenig ausruhen.

Er döste ein wenig, zufrieden mit dem Tag.

Siegfried wusste nicht, wie lange er so gelegen hatte. Seine Gedanken waren ganz weit weg, bei den Kriegern an den Höfen. In seinem Geist sah er sie auf Pferden sitzen, ihre Schwerter schwenkend. Er sah Standarten und Fahnen, Trompeter und Gaukler.

Es gab hier im Wald nicht viel zu erleben, und Regin weigerte sich, von seiner Zeit bei Hofe zu berichten. Zu den wenigen Geschichten, die Siegfried von klein auf kannte, gehörte die seiner Mutter Line. Manchmal schien es, als würde der Schmied ihm immer wieder von seiner Mutter erzählen, weil es ihm selber half, die Erinnerung an die junge Frau nicht verblassen zu lassen. Obwohl Regin Siegfried jede Einzelheit der ersten Begegnung mit Line erzählt hatte, konnte der Junge es sich nicht vorstellen. Es war kein *Gefühl* da, mit dem er das Wort »Mutter« ausfüllen konnte.

Line war eine einfache Frau gewesen, und Regin hatte sie Siegfried immer als »schlichtes Gemüt, von einfacher Schönheit« beschrieben. Ihre Eltern hatten sie wegen einer Liebelei verstoßen, und nur Regin hatte die Gnade besessen, sie als Magd zu sich zu nehmen. Da war sie schon schwanger mit Siegfried gewesen. Sie war bei seiner Geburt gestorben und hatte Regin noch auf dem Sterbebett das Versprechen abgenommen, aus ihrem Sohn einen guten Schmied zu machen.

Eine gewöhnliche, anspruchslose Frau war sie gewesen.

Und Siegfried, obwohl er sich der Frau aus den Geschichten nicht verpflichtet fühlte, wollte das Versprechen ehren, das gegeben worden war.

Es ging ihm dabei um Regin. Der kleine Mann, über den die Dörfler tuschelten, dass er nicht älter werden wollte, hatte ihm den Vater und die Mutter ersetzt. Er hatte ihm die Kunst des Schmiedens und die Geschicklichkeit bei der Jagd beigebracht. Er hatte ihn besser behandelt als die meisten leiblichen Söhne, die Siegfried aus dem Dorf kannte. Er war dankbar und entschlossen, diese Dankbarkeit durch Treue zu entgelten.

Aber es brannte in ihm, heiß und wild. Manchmal zuckten seine Beine, als wollten sie am Boden scharren wie ein Pferd, das wegzulaufen gedenkt.

Etwas piekste ihn in die Brust. Ganz sacht.

Das war seltsam. Es konnte kaum ein Tier des Waldes sein, denn die hielten sich von Siegfried fern. Und die Stechmücken mieden das Wasser des Flusses, um sich an einem Reh leichtere Blutbeute zu holen.

Der Stich auf und in seiner Brust wurde fester – und schmerzhafter. Siegfried öffnete die Augen.

Der Himmel war schon dunkelgrau erblasst, und die dichten Baumwipfel wehrten die letzten verirrten Sonnenstrahlen ab. Es war nicht leicht, in diesem Dämmerlicht die Umrisse der Gestalt auszumachen, die mit einem Speer über ihn gebeugt stand.

Die Gedanken in Siegfrieds Kopf, eben noch träge und ziellos, hetzten nun umher, auf der Suche nach einem Ausweg, der ihm aus diesem Dilemma helfen konnte.

Kampf? Er hatte wenig Kampferfahrung, und sein Gegner stand in voller Rüstung. Siegfried hatte auch keine Waffe, und der reich verzierte Speer, der seine Brust wie eine Zielscheibe anvisierte, war eindeutig von höchster Qualität. Und zu guter Letzt – er lag auf dem Rücken und würde vermutlich nicht einmal bis auf die Knie kommen, bevor sein Herz von der Spitze durchbohrt war.

Er blieb ruhig liegen und atmete so flach, dass sein Brustkorb sich kaum noch der Speerspitze entgegenhob. Der Gegner, der ihn so feige überrascht hatte, kam aus den Nordländern. Die Kleidung aus grobem Leder und viel Fell ließ darauf schließen. Und der lederne Helm, den Siegfried im Halbdunkel ausmachen konnte, trug keine Zeichen eines hohen Hauses.

Er fragte sich, was nun geschehen würde. Der Fortgang dieser seltsamen Begegnung lag nicht in seiner Hand.

Die Gestalt, die über ihm stand, zog den Speer leicht zurück. »Sieh an, er lebt. Nicht, dass er es verdient hat – unvorsichtig, wie er war.« Die Stimme, die unter dem Helm dünn und hell klang, war voller Hohn und Spott.

»Es ist mein Wald«, presste Siegfried nun hervor. »Kein Gegner kann sich hier mit mir messen.«

»Dann sollte er eine Mauer um seinen Wald ziehen«, schlug der fremde Krieger vor. »Was ist das für ein Kerl, der keinen Gegner hat und nicht gleich auszieht, einen zu finden?«

Endlich nahm die Gestalt den Speer zurück und trat einen Schritt vom Bach weg. Siegfried konnte sich aus seiner würdelosen Lage erheben. Doch er blieb im Wasser stehen, unsicher, was sein Gegenüber nun vorhatte.

Er war etwas überrascht – der nordländische Krieger war nicht so groß gewachsen, wie es seine Landsleute in den Kriegsgeschichten immer waren. Muskulöse, aber schmale Arme schauten aus den Fellen hervor, und Siegfried bemerkte kleine Füße, die auch in Fellstiefeln nicht größer waren als seine eigenen, wenn er kein Schuhwerk trug.

Er hatte noch nie einem bewaffneten Gegner gegenübergestanden, und von den Gepflogenheiten unter Kriegern wusste er nichts. Aber er war nicht tot, und angesichts der Leichtigkeit, mit der dieser Fremde das hätte ändern können, musste er sich wohl glücklich schätzen.

»Ich bin Siegfried, Sohn von Regin dem Schmied«, gab er die halbe Wahrheit preis. »Wer greift einen unbewaffneten Mann an?«

Die Gestalt trat auf ihn zu. »Mein Name ist Brun ... Brungar. Wäre es ein Angriff gewesen – der Bach würde dein Blut schon zum Rhein tragen. Aber ich suche Gegner, keine Opfer. Zeige er mir einen Mann, und ich zeige ihm einen Kampf.« Da war er wieder, dieser seltsame hohe Klang in der Stimme.

Siegfried streckte den Rücken. »Ich bin ein Mann – und ein Krieger! Wären wir in gleicher Lage ...«

Brungar spuckte auf den Waldboden. »Er denkt, meine Waffe ist alles, was mich ihm überlegen macht?«

Siegfried ärgerte sich über die seltsame Art, wie sein Gegner über ihn sprach. »Es wäre leicht zu beweisen.«

Brungar dachte nicht eine Sekunde nach, sondern rammte den Speer in den Boden, wo er fast zwei Handbreit versank. »Er soll die Gelegenheit bekommen. Kämpfe.«

Damit hatte Siegfried nicht gerechnet. Die meisten Jungen im Dorf gingen jeder Rauferei mit ihm aus dem Weg, weil er so stark wie sonst keiner war. Trotz seiner wilden Natur hatte Siegfried noch nie wirklich kämpfen müssen.

Unsicher machte er einen Schritt nach vorne. Brungar ging einen Schritt zurück. Siegfried setzte nach, der fremde Krieger hielt den Abstand.

Das ging ein paar Schritte lang so, und Siegfried wurde ungeduldig. Was für ein Kampf war das?

»Hast du vor zu fliehen?«, fragte er, halb spottend, halb hoffend.

»Er wollte diesen Kampf – nun muss er ihn sich holen«, knurrte Brungar.

Das hatte sich Siegfried schon gedacht – und war mit einem kräftigen Satz nach vorne gestürmt, bevor sein Gegner zu Ende gesprochen hatte. Beide Arme streckte er aus, um die seltsame Gestalt, die ihn in seinem Wald überfallen hatte, zu packen.

Brungar trat in einer fließenden Bewegung nach rechts zur Seite, packte Siegfrieds linkes Handgelenk und drehte es nach außen.

Noch nie hatte der junge Mann einen Schmerz wie diesen verspürt. All die Knochenbrüche, die er sich als Kind zugezogen hatte, waren kaum ein Dornenstich dagegen. Es war, als würde ein Dolch in seinen Unterarm schneiden und sich im Knochen den Weg zum Ellbogen sägen.

Er schrie, und sein Körper folgte unwillkürlich der Bewegung seines Gegners, um die Pein zu lindern. Siegfried drehte seinen Oberkörper nach links, während seine Beine noch geradeaus stolperten. Er sah den Ballen von Brungars linker Hand, doch an ein Ausweichen war nicht mehr zu denken.

Der ganze Schwung, den er in seinen Angriff gelegt hatte, zerplatzte förmlich, als er unter dem Kinn getroffen wurde. Sein Leib, trotz der jungen Jahre nicht knabenhaft schlank, überschlug sich in der Luft und krachte dann hart auf den Waldboden.

Brungar hatte derweil Siegfrieds Handgelenk nicht losgelassen, und es kündete mit einem lauten Knirschen davon, dass es drehend brach. Das Gesicht in der feuchten Erde, brachte Siegfried nicht einmal einen erneuten Schrei hervor.

Endlich ließ Brungar Siegfrieds Hand los. Dann drehte er den Körper des Besiegten auf den Rücken. Siegfried stöhnte.

»Ich rate ihm, sich weiter im Wald zu verstecken«, flüsterte Brungar und beugte sich über ihn. »Der unvorsichtige Krieger und der dumme Junge sind Gefährten schnell im Tode.«

Siegfried versuchte, etwas zu sagen, aber er spuckte nur ein wenig Erde aus.

Brungar beugte sich etwas tiefer. »Ich höre – großer Krieger?«

Darauf hatte Siegfried gewartet – sein gesunder Arm schoss nach vorne und umfasste Oberkörper und Arme von Brungar, sodass er diesen an sich heranziehen konnte. Dann schlug er seinen Schädel, so heftig es ging, an den seines Gegners. Brungar, durch den Kopfstoß verwirrt, zappelte hilflos und versuchte mit einer Hand, nach dem Speer zu tasten, der nicht weit entfernt im Boden steckte.

Siegfried zog die Beine an und umschlang damit Brungar an der Hüfte. Er presste die Schenkel mit aller Kraft, die ihm verblieben war. Dabei hatte er Blitz und Funkenregen vor den Augen, und der Schmerz seiner unbrauchbaren linken Hand zehrte an seiner Kraft. Aber er war entschlossen, nicht loszulassen. Die Füße hatte er hinter Brungar verhakt, um noch mehr Druck auf die Körpermitte seines Gegners ausüben zu können.

Ihre Körper waren aneinander gepresst, als wollten sie verschmelzen. Brungar ächzte vor Schmerzen.

Siegfried spürte den Atem des Gegners warm auf seinem Gesicht. »In ... meinem Wald ... fürchtet dieser ... Mann ... keinen Krieger!«

Nun nutzte Brungar die Gelegenheit, um Siegfried die Stirn an die Schläfe zu rammen. Dabei rutschte ihm seine Lederkappe vom Kopf.

Es war keine Überraschung, dass dabei lange schwarze Haare ihren Weg fanden und kitzelnd über Siegfrieds Gesicht strichen. Doch sie waren nicht struppig und knotig – sondern weich und sorgsam gebürstet.

Für einen Moment schloss Siegfried die Augen, um den Schmerz in seinem Kopf zurückzudrängen. Als er sie wieder öffnete, tanzten weiter flammende Schleier in seinem Blick. Es gelang ihm nur mühsam, die Augen, den Mund, die Nase und den schwarzen Schopf Brungars zu einem Gesicht zusammenzusetzen.

Es war nicht das Gesicht eines nordländischen Kriegers. Es war nicht einmal das Gesicht eines Mannes. Es war das Gesicht eines jungen Mädchens! Siegfried war überzeugt, einem Zauber zu unterliegen, der seine Sinne narrte.

Brungar versuchte, sich aus Siegfrieds Griff zu lösen, aber der rechte Arm hielt ihn wie ein Eisenstab, und auch die Beine, die immer noch die Taille umschlangen, gaben nicht nach.

»Du ... bist ...«, keuchte Siegfried unter großen Schmerzen.

Brungars blasses Gesicht mit den dunklen Brauen und kohlefarbenen Augen kam ihm so nahe, dass er die Lippen fast auf seinen spüren konnte.

»Brunhilde«, zischte der Krieger, der nun eine Kriegerin war.

Dann biss sie ihn in die Wange, bis Blut floss. Der Schmerz lenkte Siegfried gerade genug ab, dass Brunhilde sich aus seinem Arm winden konnte und ihre Arme freibekam.

Sie handelte viel zu schnell, als dass Siegfried es hätte verhindern können. Ihre linke Hand griff seinen linken Arm und hob ihn leicht an. Die Rechte packte Siegfrieds gebrochenes Handgelenk und drehte einmal kräftig daran.

Zum zweiten Mal schrie Siegfried – das war mehr, als er jemals zuvor in seinem ganzen Leben geschrien hatte. Er konnte nicht anders – seine Beine erschlafften, und Brunhilde sprang auf.

Ein paar Herzschläge lang brauchte sie, bis sich ihre Atmung wieder beruhigt hatte. Dann drehte sie sich ohne ein Wort um und griff nach ihrem Speer. Sie schien ihres Weges gehen zu wollen.

Ein Rabe krähte von einem Ast. Brunhilde legte den Kopf schräg, als höre sie dem Tier zu. Dann wandte sie sich zu Siegfried und bot ihm ihre Hand. »Hoch mit ihm.«

Siegfried hatte keine Lust, sich von einem ... einem Mädchen auf die Beine helfen zu lassen, aber es mangelte ihm an Wahlmöglichkeiten. Sein Kopf dröhnte, sein linkes Handgelenk war nicht zu gebrauchen, und jeder Muskel in seinem Körper brannte wie Feuer. Am liebsten wäre er liegen geblieben – oder hätte versucht, sich einfach wieder in den kühlen Bach zu rollen.

Er nahm ihre Hand, und sie zog ihn mit erstaunlicher Leichtigkeit auf die Füße. Siegfried stand nun Auge in Auge vor der Kriegerin, die ihn eindeutig besiegt hatte. Wieder waren ihre Gesichter einander sehr nah. Nur hatte diesmal keiner von beiden den Drang, diese Nähe zu brechen.

Siegfried hatte ein unbestimmbares, neues Gefühl. Die Niederlage traf ihn tief, aber da war noch mehr. Er wollte wissen, wie Brunhilde roch, aber er fürchtete, dass sie es bemerkte. Stattdessen starrte er sie an.

Es war schon fast dunkel, aber Brunhilde strahlte im Mondlicht. Ihre Haut war wie Elfenbein, denn da, wo sie herkam, gab es den Geschichten nach nicht viele Sommertage. In deutlichem Gegensatz dazu standen ihre schwarzen Augen und das ebenso schwarze Haar. Sie hatte hohe

Wangenknochen, und die Augen standen leicht schräg, wie bei einer Katze. Es war ein stolzes Gesicht, geprägt von gutem Blut. Keine Schönheit, die unter der Last des Alters leicht vergehen würde.

Auch Brunhilde sah den zerzausten Jungen an, den sie gerade in seine Schranken verwiesen hatte. »Hat er genug?«, fragte sie leise.

Sie hob die Hand, und er zuckte leicht zurück. Doch sie wischte ihm nur ein wenig Blut von der Wange.

Aus der Ferne war ein Horn zu hören, und zum ersten Mal zeigte Brunhildes Gesichtsausdruck so etwas wie Angst. »Das sind meine Leute. Ich muss weg.«

Sie wollte ihre Hand von Siegfrieds Gesicht zurückziehen, doch er hielt sie mit seinem gesunden Arm fest. »Geh nicht!«

Sie sah ihn an, und ein sanftes Lächeln huschte über ihr Gesicht. »Man lässt König Hakan nicht warten.«

Die Antwort überraschte Siegfried so sehr, dass er sie losließ. »König Hakan? Du kommst aus Island?«

Brunhilde pfiff kurz und scharf, und irgendwo aus dem Dunkel im Unterholz trabte ein kleines schwarzes Pferd herbei. Die junge Kriegerin nahm drei Schritte Anlauf und saß schnell auf ihrem Tier, ohne die Hände benutzt zu haben. »Will er mich wiedersehen?«

Siegfrieds Herz klopfte so stark, dass es ihm fast die Zunge lähmte. »Wenn die Götter es erlauben.«

Brunhilde lachte. »Die Götter würden ihm weniger Steine in den Weg legen als mein Vater. Wenn er weniger Narr und mehr Mann ist, soll er nach Island kommen. Ich werde auf ihn warten.«

Sie gab ihrem Pferd einen Tritt, und es galoppierte los. Der Rabe auf dem Baum stieß sich ebenfalls ab, um das Mädchen zu begleiten, das wohl seine Herrin war.

»Aber wie werde ich dich finden?«, rief Siegfried ihr hinterher.

Er konnte ihre Gestalt in der Nacht schon nicht mehr erkennen, als ihre Stimme eine letzte Antwort gab: »Jeder weiß, wo Island liegt. Und in Island weiß jeder, wer Brunhilde ist!«

Die Dunkelheit verschluckte sie endgültig. Siegfried stand noch lange da, wieder allein im Wald. Seine Gedanken waren wirr, sein Körper schmutziger, als er es nach der Eberjagd gewesen war, und die linke Hand hing wie ein nasser Lederbeutel an seinem Arm und schmerzte.

Schließlich entschloss er sich doch, so gut es seine ramponierten Knochen zuließen, ein weiteres Mal in den kleinen Bach zu steigen.

Er versuchte, weder auf den Schmerz zu achten, noch beständig an Brunhilde zu denken, doch beides misslang. Siegfried war es nicht gewohnt zu verlieren – schon gar nicht im Kampf mit einem Mädchen. Doch es machte ihm nun erstaunlich wenig aus. Brunhilde war keines der dummen Hühner aus dem Dorf. Ihre Kraft war eine Herausforderung, und ihre Einladung schien ein Versprechen.

Er wollte ... nein, er würde ... nein, er *musste* sie wiedersehen!

Es knackte leise, als sich wieder eine Gestalt im Mondlicht näherte. Siegfried wusste, dass es nicht Brunhilde sein konnte – und doch hoffte er darauf.

Regin war sichtlich überrascht, seinen Ziehsohn, der vor wenigen Stunden noch kraftstrotzend durch den Wald gesprungen war, völlig erschöpft und sichtlich verletzt vorzufinden.

»Bei den Göttern – was ist mir dir geschehen?«, fragte der Schmied besorgt, während er sich neben Siegfried hockte und vorsichtig das gebrochene Handgelenk betastete.

Siegfried verzog das Gesicht – aus Schmerz ebenso wie aus Scham. »Es war ... waren Isländer.« Das war zumindest nicht völlig gelogen.

Regin blickte sich um. »Hier im Wald?«

»Sie kamen vom Rhein«, erzählte der Junge. »Vielleicht suchten sie Wild für ihre Heimreise.«

Der Schmied packte Siegfried beim gesunden Arm und half ihm auf die Füße. »Du lügst schlecht. Es ist kein Talent, das dir angeboren war – und ich sah keinen Nutzen darin, es dir beizubringen.«

So gut es ging, stützte sich Siegfried auf den viel kleineren Mann. »Es tut mir Leid. Aber ich ... ich ...«

»Bah«, knurrte Regin nur. »Spare deinen Atem für den Heimweg. Wenn die letzten Stunden nur dir gehören sollen, dann behalte sie auch für dich.«

Sie gingen schweigend. Und an diesem Abend, zum ersten Mal, aßen sie auch schweigend.

»Zieht die Planke ein«, knurrte Hakan von Isenstein grimmig. »Wenn sie nicht rechtzeitig kommt, wird sie uns hinterherreiten müssen.«

Eolind nickte unglücklich. »Mein König, wenn der Prinzessin etwas zustoßen würde, dann wäre das für Island ...«

Der beleibte König von ungepflegtem Äußeren schlug dem Ratgeber mit seiner riesigen Pranke jovial auf den Rücken.

»Ha! Sie ist die Tochter Hakans, die künftige Königin Islands! Die Götter stehen auf ihrer Seite, und wehe dem, der sich mit ihr anlegt. Sie würde ihm die Knochen im Leibe brechen! Mit bloßen Händen!«

Eolind sorgte sich immer, wenn es um Brunhilde ging. Das Mädchen war wild und unberechenbar – ihre Wutausbrüche waren auf Burg Isenstein gefürchtet. Was aber noch schlimmer wog – sie benahm sich wie ein Kerl, und wie ein ungehobelter noch dazu.

Eolind hatte jahrelang versucht, Brunhilde in Ermangelung einer Mutter die Feinheiten der höfischen Etikette beizubringen – an einem Hofe, der nichts weniger schätzte als Etikette. Für Hakan, der in vierter Generation männlicher Thronfolger war, bedeutete gutes Benehmen nichts. Aber das Fehlen eines männlichen Erben bedingte, dass Brunhilde Island in die Ehe mit einem König vom Festland einbringen oder einen Adligen vom Festland zu sich an den Hof holen musste. Beides würde die Fähigkeit erfordern, als Gemahlin eine gute Figur zu machen.

So, wie es derzeit aussah, würde Brunhilde allerdings ihren Zukünftigen mit Waffengewalt ins Schlafgemach zwingen müssen. Oder der Gemahl würde Waffengewalt benötigen, sie zu erobern.

Eolind winkte zwei Kriegern, die nun die schwere Holzplanke, über die die Isländer ihre Schiffe verließen, einzuziehen begannen.

In diesem Augenblick brach ein Rabe aus dem Wald in das Mondlicht. Ihm folgte ein Kampfschrei wie aus den Untiefen von Utgard. Mit einer Handbewegung bedeutete Hakan seinen Männern, die Planke wieder fallen zu lassen.

Wie eine getriebene Bestie durchbrach ein schwarzes, stämmiges Pferd das Unterholz, angetrieben von einer Reiterin, die mit ihm verschmolzen war.

Das Tier sprang von der Böschung auf den Strand, und ohne zu verlangsamen, preschte es über die Planke auf das Deck. Kurz schien es, als würde das Pferd, vom eigenen Schwung getragen, an der anderen Seite des Schiffes über Bord stürzen. Doch Brunhilde riss entschlossen am Zügel, und schlitternd kam der Gaul zum Stehen. Er hatte den

Kopf noch nicht gesenkt, da knallten Brunhildes Füße bereits auf das Holz.

»Ihr wolltet doch nicht ohne mich ablegen, mein König?«, fragte sie spöttisch.

Hakan lachte kehlig. »Und dieses arme Land dem Untergang weihen? Island mag keine Freunde haben – aber es braucht auch keine Feinde.«

Eolind konnte abschätzen, wie viel Wahrheit in diesen Worten lag. Hinter Hakans wildem Auftreten verbarg sich ein scharfer politischer Verstand, dem es immer gelungen war, Island aus den Kriegen des Festlands herauszuhalten. Auch als vor fünfzehn Jahren Hjalmars Gesandter vorgesprochen hatte, um für Unterstützung gegen Siegmund zu bitten, war er von Hakan unverrichteter Dinge wieder fortgeschickt worden.

Island wurde als Inselreich kaum beachtet, denn es lag außerhalb der Handelswege und lohnte die Besatzung nicht. Aber wenn es sich in Kriege einmischte, die nicht seine waren, machte es sich zum Ziel, und sei es nur um der Vergeltung willen. Hakan hatte deshalb von jeher alle Bündnisse strikt abgelehnt. Auch auf dieser Reise, die Brunhilde bei den Höfen des ganzen Kontinents bekannt machen sollte, war er seiner Linie treu geblieben.

Brunhilde band ihr Pferd fest. »Ich habe Hunger.«

Es überraschte Hakan, dass seine Tochter nicht weiter stichelte, wie er es gewöhnt war. »Was hast du denn heute erlebt?«

»Nichts, was zu deinen Lebzeiten noch von Belang wäre«, sagte sie geheimnisvoll und machte sich auf den Weg zu den Vorräten.

Der König, der es gar nicht vertrug, wenn man ihm den Rücken zudrehte, trat der Tochter mit seinem breiten Fuß in den Hintern, dass sie drei Schritte nach vorne stolperte.

»Brunhilde! Ich will eine Antwort – oder du verbringst den Rest der Reise mit Rudern!« Es war diese Art von Erziehung, die aus Brunhilde den Raufbold gemacht hatte, der sie war.

»Ich habe jemanden getroffen«, verkündete das Mädchen mit gefährlicher Beiläufigkeit in der Stimme. Sie nahm ein Stück gepökeltes Salzfleisch und biss hungrig hinein.

»Jemanden? Wen?«, verlangte Hakan zu wissen.

»Den zukünftigen König von Island.«

Es war ein doppeltes Duell.

In der Schmiede, mit der Zange in der linken und dem Hammer in der rechten Hand, kämpfte Siegfried mit dem Eisen, dem er auf dem Amboss durch seinen Willen Form zu geben suchte. Und er kämpfte, vielleicht noch verzweifelter, gegen sein Ungestüm.

Die Kunst des Schmiedens erforderte die Fähigkeit zu harter Arbeit, Kraft in den Armen und die Zähigkeit, Funkenflug und Feueratem zu widerstehen. Das alles war Siegfried gegeben. Mehr noch – er genoss es. Aber Schmiedekunst war auch Präzision, Vorsicht und das Wissen, wann das Metall seinen Eigenschaften gemäß perfekt war und wann jeder weitere Schlag mit dem Hammer die gesamte Mühe zunichte machen konnte.

Es war diese Vorsicht, die Siegfried oft vermissen ließ. Manchmal hatte er das Gefühl, die meiste Zeit damit zu verbringen, zerbrochene Werkstücke wieder einzuschmelzen. Doch er wurde besser. Regin war ein guter Lehrmeister, so streng wie geduldig. Immer häufiger blieb er der Schmiede fern, wenn sein Ziehsohn sich abmühte. Er konnte an den Hammerschlägen bis auf hundert Schritte hören, wie die Arbeit voranging. Heute hatte der Junge ihn mit Stolz erfüllt.

Zufrieden rieb Siegfried die erkaltende Sense mit einem Lederlappen ab. Es war ein ordentliches Stück, und es würde dem Bauern, der es kaufte, gute Dienste leisten.

Regin stand im Eingang der Schmiede und sah seinen Ziehsohn im Schein der noch glühenden Kohlen stehen. Der Junge hatte sich nicht einmal die Lederschürze angezogen – die Funken, die bei seiner Arbeit aufstoben, fraßen sich in seine nackte Haut, und es schien ihm nichts auszumachen.

Siegfried schwang die Sense ein wenig hin und her und wie ein Schwert.

»Sei vorsichtig«, warnte Regin. »Wenn du die Klinge irgendwo anstößt, bevor sie vollends erhärtet ist, war die ganze Arbeit umsonst.«

Siegfried strahlte, denn die Worte des Schmieds bedeuteten Anerkennung für ihn. »Ich beginne sogleich mit der nächsten!«

Regin schüttelte den Kopf. »Zuerst wird gegessen.«

»Aber ich will noch besser werden!«, protestierte Siegfried.

Regin reichte ihm einen feuchten Lappen, damit er sich den Schweiß abwischen konnte. »Du wirst von Tag zu Tag besser. Aber du kannst es nicht erzwingen – so, wie ein Baum nicht schneller wächst, nur weil du ihn alle Stunde gießt, statt auf den Regen zu vertrauen.«

Siegfried wischte sich über das Gesicht. »Weißt du, was ich wirklich gerne schmieden würde?«

Der Schmied seufzte. »Natürlich. Und du kennst meine Antwort.«

»Es wäre doch nur für mich – nicht für den Krieg«, beharrte Siegfried. »Ich möchte damit umgehen lernen. Was ist, wenn eines Tages Soldaten kommen? Dann muss ich uns doch verteidigen können!«

»Ich wälze mich des Nachts furchtsam auf meinem Lager, ein fremder König könne Anspruch auf meine mit Schätzen überfüllte Schmiede erheben«, brummte Regin. Er schlug Siegfried freundschaftlich auf den Rücken. »Hoffentlich können wir vorher noch essen.«

Widerwillig legte Siegfried das Werkzeug beiseite und warf etwas Sand auf die Kohlen. »Ich mag es nicht, wenn du dich lustig über mich machst. Ich bin siebzehn! Ich bin ein Mann!«

Es war offensichtlich, dass Siegfried etwas erleben wollte – erleben musste. Der Wald war schon lange zu klein für sein starkes, tapferes Gemüt. Er war wie ein Bär, den man angekettet hatte. Alles gute Essen dieser Welt und alle Fürsorge von Regin konnten nicht ändern, dass er nicht das bekam, was er brauchte. Abenteuer, Heldentaten, Ruhm und Ehre.

Der Schmied hatte gehofft, den Jungen auf ein bescheidenes Leben vorbereiten zu können, wie er es Line versprochen hatte. Aber das war unmöglich.

Sie betraten das Beihaus, und Siegfried setzte sich an den Tisch. Regin gab ihm zwei Kellen Eintopf in die Holzschale, und der Junge begann sofort, ihn in sich hineinzuschaufeln.

»Eines Tages wirst du ersticken, weil du so schlingst«, mahnte der Schmied, »und dann wird nie ein großer Krieger aus dir.«

»Mette sagt, dass jedes Heer der umliegenden Königreiche mich nehmen würde«, brummelte Siegfried mit vollem Mund.

»Mette?« Regin schnaubte verächtlich. »Sie hat ihren Mann und ihre beiden Söhne an den Krieg verloren – sie sollte es besser wissen.«

Es passte ihm nicht, dass Siegfried sich mit einer Frau

traf, die offensichtlich nur seine Lenden begehrte. Aber da war sie nicht die Einzige – im Dorf war Siegfried bei den Männern nicht gern gesehen, denn es gab kaum eine Ehefrau, die nicht ein Auge auf seine prächtigen Schenkel warf. Siegfried hatte leichtes Spiel bei den Mädchen – doch glücklicherweise noch keine große Ahnung, was die Regeln des Spiels waren.

»Im Dorf heißt es, die Sachsen und die Dänen könnten einander bald den Krieg erklären«, fuhr der Junge fort.

Regin gefiel diese Nachricht nicht. Sie bedeutete neue Unruhe. Seit dem Fall Xantens hatte es keinen größeren Kampf mehr gegeben. Wenn es Hjalmar gelang, nach Xanten auch die Sachsen zu unterjochen, dann war seine Macht im Norden kaum noch zu brechen.

Andererseits – wenn Thalrich Hjalmar einen verlustreichen Waffenstillstand abtrotzen konnte, dann war der Dänenkönig so verwundbar wie lange nicht mehr.

Es war schon lange nicht mehr seine Aufgabe, sich über Politik und Kriege Gedanken zu machen – und die Frage, warum das eine immer das Ergebnis des anderen war. Aber er wusste, dass Siegfrieds Schicksal eng mit dem Schicksal Xantens verknüpft war. Regin hatte nicht vor, seinen Ziehsohn als rechtmäßigen Erben Siegmunds in den sicheren Tod zu schicken. Er hoffte inständig, die Götter würden dem Jungen ein Leben in Frieden und Bescheidenheit erlauben.

»Wir sollten Waffen schmieden.« Siegfried schnalzte mit der Zunge. »Sie steigen im Preis.«

»Keine Waffen«, knurrte Regin. »Du weißt, wie ich darüber denke.«

Siegfried seufzte. Natürlich wusste er das. Regin erzählte es ihm ja immer wieder.

»Vielleicht sollten wir an den Hof von Xanten gehen«,

schlug Siegfried nun vor. »Wenn wir schon keine Waffen schmieden – Rüstungen und Werkzeug dürften ebenfalls gesucht sein.« Er nahm sich noch mehr Eintopf aus dem Kessel.

Regin mühte sich, eine Antwort zu finden, die den Jungen nicht enttäuschte. Enttäuschungen waren wie Wasser, das auf einen Stein tropfte und ihn langsam durchbohrte.

»Wir werden an den Hof gehen«, nickte er schließlich.

Siegfried war von der Antwort so überrascht, dass er den Eintopf, den er gerade im Mund hatte, wieder in die Holzschüssel spuckte. Regin ermahnte sich, dem Jungen noch etwas mehr Tischmanieren beizubringen.

»Wirklich? Wir gehen nach Xanten?«

Siegfried hatte in seinem jungen Leben schon einige Dörfer gesehen und auch die eine oder andere Stadt. Er hatte bei Festen den Gauklern zugeschaut und kleineren Turnieren beigewohnt. Aber noch nie war er bei Hofe gewesen. Alles, was er davon wusste, hatten ihm durchreisende Söldner erzählt.

Aber da war noch mehr – Xanten lag auf dem Weg nach Norden. Und im Norden lag auch Island. Er hatte Regin nie von seiner Begegnung mit Brunhilde erzählt, doch Siegfried dachte noch immer an das Mädchen, das ihn bei dem Bach besiegt hatte. Sie hatte ihm schließlich ein Andenken gelassen – das steife linke Handgelenk, das manchmal, wenn ein Sturm aufzog, durch Schmerzen auf sich aufmerksam machte. Er fand es passend, dass er deshalb in den wildesten Gewitternächten an die junge Kriegerin denken musste.

Wenn sie in Xanten waren, dann konnten sie vielleicht auch nach Island weiterreisen! Drei Jahre lang hatte er an sie gedacht, heimlich und mit heißem Verlangen. Drei lange

Jahre, in denen er manchmal so verzweifelt gewesen war, dass er auszureißen erwogen hatte.

Regin schüttelte bedächtig den Kopf. »An den Hof – ja. Nach Xanten – nein.«

Siegfried sah ihn verständnislos an. »Aber wenn nicht nach Xanten – wohin dann?«

Regin hatte sich die Antwort auf diese Frage schon seit einigen Tagen überlegt. Es war klar, dass Siegfried eine Gelegenheit brauchte, seine Neugier und seine Kraft auf die Probe zu stellen. Doch es war zu erwarten, dass er an einem Hof in Feindeshand schnell in Schwierigkeiten geraten würde. Nein, vielleicht war Xanten Siegfrieds Schicksal, aber die Götter würden Regin nur mit Gewalt dazu bringen können, den Halbwüchsigen einem Rudel von Barbaren vorzuwerfen.

»Wir reisen nach Burgund«, knurrte er schließlich, den Blick seines Schützlings geflissentlich meidend.

Für einen Moment schien es, als verließe alles Ungestüm den Körper des jungen Siegfried. Er wurde bleich und stellte mit übergroßer Vorsicht die Schüssel auf den Tisch.

»Burgund?«, hakte er nach.

»Tu nicht so, als seist du mit tauben Ohren auf die Welt gekommen!«, bellte Regin.

»Du selbst hast doch immer gesagt, die Burgunder seien weibische Narren, die den neuen Göttern huldigten und an der Zitze Roms hingen«, hielt Siegfried entgegen.

Kaum etwas hielt Regin für so wahr wie diese Worte. Gundomar von Burgund war ein Vasallenkönig, der seine Krone der Gnade des römischen Kaisers verdankte. An seinem Hof hatte man die feinen Sitten Roms angenommen. Überall trug man prächtige Kleider, und selbst die Männer schmückten sich mit Gold und Juwelen. Gewürze aus dem Orient bröselten sie in die Speisen, mit Düften benetzten sich ihre Frauen. Selbst einfache Untertanen durften lesen und schreiben erlernen. Doch nicht etwa die eigene Sprache – nein, es war Latein!

Was Regin aber am meisten zuwider war – in den Tavernen von Rom bis nach Dänemark munkelte man, dass Gundomar mit dem Gott der Christen liebäugelte und in Worms sogar eine Kirche hatte bauen lassen!

»Burgund ist kein Hof für Krieger«, erklärte Siegfried mürrisch, sein weniges Wissen in die Waagschale werfend. Und vor allem lag Burgund im Süden – weit weg von Brunhilde.

»Dann ist er genau der Ort für dich«, erklärte Regin fest.

Er legte seinem Ziehsohn versöhnlich die Hand auf die Schulter. »Siegfried, ich weiß, wie sehr dein Herz nach Abenteuern dürstet. Wenn du bereit bist, werden sie dich finden.«

Die Antwort war dem Jungen nicht genug. Aber er wusste, dass Regin nicht mit sich reden ließ.

»Man erzählt sich seltsame Dinge von Burgund«, sagte er stattdessen.

Regin, der eine weitere Ausrede erwartete, tat gelangweilt. »Man erzählt sich auch seltsame Dinge von uns, da bin ich sicher.«

Siegfried stellte seine Schale weg. »Nein, das meine ich nicht. Man sagt, die Burgunder hätten ihre Grenzen geschlossen und den Handel fast vollständig eingestellt. Es geschähen wunderliche Dinge in den Wäldern um Worms.«

Regin spuckte auf den Boden. »Das kommt davon, wenn man sich mit dem Christengott einlässt.«

Siegfried beugte sich über den Tisch, als habe er Angst, seine Worte könnten von fremden Ohren belauscht werden. »Benno sagt, ein Söldner hat ihm von Ungeheuern erzählt, die Worms belagern.«

»Glaubst du daran?«, fragte Regin scharf. Er hoffte, Siegfried vernünftiger erzogen zu haben.

»Nein, natürlich nicht«, prahlte der Junge und lehnte sich betont lässig zurück. »Es gibt doch keine Ungeheuer.«

Die Überheblichkeit hielt nur drei Herzschläge lang. »Es sei denn, eine Bestie aus Utgard ist entkommen? Oder mehrere? Vielleicht eine Prüfung Odins!«

Regin war klar, dass es nicht darum ging, ob irgendein Gewürm vor den Toren von Worms Jungfrauen fraß. Es ging um die *Möglichkeit,* um die *Chance,* dass endlich ein Abenteuer ins Haus stand.

Er entschied sich, Siegfried seine Träumereien zu lassen. Sie würden ihn schnelleren Schrittes nach Burgund treiben als die Aussicht auf Gewinn durch den Verkauf der geschmiedeten Werkzeuge. »Nun, wenn dem so ist, brauchst du dich nicht über den Mangel an Abenteuern zu beklagen.«

Siegfried lächelte triumphierend. »Aber dann brauche ich ein Schwert!«

»Sollte das der Fall sein, wird dir der Hofschmied von Burgund sicherlich zur Seite stehen.«

Damit war die Debatte beendet.

Isenstein war eine Felsenburg, wie es auf der Welt keine zweite gab. An der Südspitze Islands in einem Fjord gelegen, dessen Zugang zum peitschenden Meer kaum eine Schiffsbreite überschritt, thronte sie fast auf mittlerer Höhe zwischen dem steinigen Strand und dem Kraterrand eines Vulkans, der an Tagen schlechten Wetters in grauschwarze Wolken gehüllt war.

Die Vorfahren Hakans hatten ein Plateau direkt in das Vulkangestein gehauen, aus dem die Insel geschaffen war. Dann hatten sie den abgetragenen Stein in Quader gemeißelt und daraus die Außenmauern des Königssitzes hochgezogen. Schwarz, porös und kalt waren sie, mit Zinnen, die sich nach vorne zu lehnen schienen, als wollten sie jeden Besucher anspringen. Der Vulkan war die Burg, und die Burg war der Vulkan.

Hier oben, in den Spalten und Rissen des Steins, pfiff der Wind unablässig in klagenden Tönen. Er war wie eine Musik, die niemals verstummte, und die vielen Balladen, die man am Hofe sang, waren ihm in Stimme und Klang sehr ähnlich. Im Gegensatz zu den Burgen auf dem Festland bestand in Island keine Notwendigkeit für einen Burggraben oder eine Zugbrücke.

Nur eine große, geschwungene Freitreppe, ebenfalls dem Vulkanberg abgetrotzt, führte in einer Unendlichkeit von Stufen zum großen Doppeltor aus Eschenholz, das sechs Männer brauchte, um sich öffnen zu lassen.

In Island war zehn Monate Winter, und die Menschen, die hier lebten, waren ein Widerschein der schier endlosen Kälte und Dunkelheit. Zäh, schweigsam und von einem Willen, der nicht zu brechen war.

Brunhilde stand auf der Zinne, die rechts über dem Burgtor in mächtigem Schwung bis in den Berg führte. Ein eisiger Wind wehte hier oben, und vereinzelte Schneeflocken tanzten mit ihm.

Die junge Frau, zu der die Königstochter in den letzten drei Jahren geworden war, starrte auf den schmalen Fjord, der zum Ozean führte, als könne sie das Schiff, auf das sie so sehr wartete, herbeizwingen. Ihr Gesicht verriet nichts von der Verzweiflung, die ihr Herz in diesen Tagen zu brechen drohte.

Die Tür eines der Türme, die in den Wohnbereich führte, öffnete sich, und Eolind trat heraus. Er hatte sich einen Fellmantel umgeworfen, der seine hagere Gestalt fast völlig umhüllte. Für eine Weile stand er neben Brunhilde und sah ebenfalls zum Fjord hinaus. Es war, als wolle er sehen, was sie sah. Und er sah nichts.

»Wie geht es ihm?«, fragte Brunhilde schließlich, und es fiel ihr schwer, die sorgenschwere Stimme gegen den Wind zu erheben.

»Er ist ein Krieger – er weiß, dass es sein letzter Kampf ist«, antwortete Eolind. »Aber er wird ihn führen, bis der Tod selbst ihn mit Respekt empfängt.«

»Er ist ein Narr«, widersprach sie bitter. »Es ist keine Schande darin, sich dem nächsten Leben zu ergeben. Ich habe gesehen, welche Schmerzen er leidet.«

Hakan lag schon seit drei Monaten danieder, und die Quacksalber des Hofes hatten ihm von Anfang an ein schnelles Ende prophezeit, dem er sich wie ein störrisches Pferd widersetzte.

»Er sorgt sich um das Reich«, bemerkte Eolind.

Nun endlich drehte sich Brunhilde zu dem Mann, der seit mehr als vierzig Jahren ihrem Haus diente. »Und das Reich sorgt sich um ihn. Aber Island wird nicht untergehen, nur weil sein König den Tod als Freund empfängt. Hat mein Vater so wenig Vertrauen zu mir zu meiner Fähigkeit, das Land zu führen?«

Eolind schüttelte den Kopf. »Ihr werdet eine vorzügliche Herrscherin sein, und er weiß das. Aber mit euch auf dem Thron wird jeder König begehrliche Blicke auf Island werfen, der euch zu einer Hochzeit zwingen kann.«

Brunhilde wusste, dass ihr Ratgeber die Wahrheit sprach. Sie brauchte einen starken Gatten – aber wenn dieser ein König war, würde Island in seinem Besitz aufgehen. »Ich werde dem Thron Islands Ehre machen«, knurrte sie. »Aber heiraten werde ich nur, wer meiner würdig ist.«

Eolind seufzte vernehmlich. »Nicht weniger wünsche ich

Euch, aber – wie viele Freier könnt Ihr zurückweisen, bis einer von ihnen die Schmach nicht hinzunehmen bereit ist? Bis er beschließt, zu nehmen, was ihm nicht gegeben wurde?«

Brunhilde legte beide Fäuste auf die Zinne. »Ich werde den Mut und die Entschlossenheit der Bewerber brechen müssen, ohne ihre Eitelkeit zu verletzen. Jeder braucht eine gerechte Chance, an der er jedoch scheitern wird. Es wird ... Prüfungen geben.«

Wieder einmal erschauderte Eolind angesichts der Stärke und Entschlossenheit, die Brunhilde in ihrem Alter schon aufbrachte.

3

Burgund und die Rache der Götter

»Wir hätten im Dorf ein Pferd *leihen* können«, knurrte Siegfried – sicher zum hundertsten Mal auf dieser Reise.

Regin ging unbekümmert neben dem Karren her, der das Werkzeug und die übrigen Erzeugnisse aus der Schmiede trug und den sein Gehilfe wie ein Ochse die schmutzige Straße entlang durch den Regen zog.

»Warum?«, fragte der Schmied scheinheilig. »Dann hätte ich ein weiteres Maul zu stopfen gehabt, und deine Kraft kostet nichts.«

Er verschwieg die Tatsache, dass Siegfrieds Leistung in der Tat beträchtlich war – manchmal musste Regin zügig sein, um mit dem Jungen mitzuhalten. Jeden Abend überraschte es ihn, dass Siegfried noch die Kraft hatte, einen Bissen Brot zu sich zu nehmen.

»Mit einem Pferd hätten wir *beide* auf dem Karren mitfahren können«, konterte der junge Mann.

Sie waren schon seit mehr als zwei Wochen auf dem Weg nach Worms. In Koblenz hatten sie für zwei Tage Rast gemacht, weil es sich anbot, dort bereits ein paar Werkzeuge auf dem Markt anzubieten. Die Stadt war von einer starken

Mauer umgeben, und im Gasthof hatte es gutes Essen und eine weiche Lagerstatt gegeben.

Tatsächlich war es Regin gelungen, einige Sensen, Sicheln, Beile und Spitzhaken an den Mann zu bringen. Dabei waren ihnen auch die Geschichten zu Ohren gekommen, von denen Siegfried berichtet hatte.

Wie es schien, stand es wirklich schlecht um Worms. Niemand wusste etwas Genaues, aber viele, die dorthin gereist waren, waren nicht zurückgekehrt. Und die wenigen, die kurz vor dem Rheintal kehrtgemacht hatten, berichteten von einer Gegend, die scheinbar der Rache der Götter anheim gefallen war.

Siegfried hatte diesem Geschwätz mit Begeisterung gelauscht, versprach es doch Ruhm und Ehre dem, der sich lebend nach Worms durchzuschlagen vermochte. Regin hingegen hielt nichts auf solches Gerede.

In Mainz waren die düsteren Mutmaßungen allerdings schon handfester geworden. Und schauriger. Ehemalige Soldaten aus dem Heer des Königs zeigten grimmig ihre Stümpfe, an denen einmal Arme und Beine gewesen waren. Politische Gesandte versprachen viel Geld für sicheres Geleit nach Süden, ohne jedoch zuverlässige Führer zu finden. Die Menschen fühlten sich in der von einem hohen Wall umgebenen Stadt sicherer als auf den Straßen des Landes.

Der Schmied begann nun auch, sich Gedanken zu machen. Er hatte Burgund schließlich als Reiseziel ausgesucht, um Siegfried von allem Unbill fern zu halten. Und nun schien sich genau das zu rächen. Wenn an den Geschichten etwas dran war, dann hatte sich die Herrscherfamilie um Gundomar zweifellos mit den alten Göttern überworfen und war hart dafür bestraft worden. Es war sicher nicht ratsam, zwischen die Fronten zu geraten.

Andererseits – Regin glaubte an Wotan und seine Sippe, und damit war er immer gut gefahren. Vielleicht war es sogar das von den Göttern verlangte Schicksal Siegfrieds, Burgund in einer dunklen Stunde zu bereisen. Wer konnte das wissen?

Der Regen allerdings, der seit zwei Tagen auf sie herabprasselte, war schlicht und ergreifend eine Schande. Ihre Kleidung war schon lange völlig durchnässt, und der Karren wurde schwerer, je mehr Wasser sein Holz aufsog und je tiefer die Räder in den Schlamm sackten. Sie kamen nur noch mühsam voran.

»Wir sollten eine Stelle suchen, an der wir das Ende dieses Regens abwarten können«, schlug Regin vor.

Zu seiner Überraschung widersprach Siegfried. »In diesem verfluchten Landstrich gibt es keinen Ort, der nicht den Fischen ein besseres Heim wäre als den Menschen. Warum die Reise unnötig verlängern?«

Der Schmied nickte, und sie gingen schweigend weiter, zwei sonderbare Männer und ein Karren, die sich nur grau im Zwielicht des Regentages abzeichneten.

Je näher sie dem Herzen des Königreichs Burgund kamen, desto seltener wurden die Begegnungen auf der Landstraße. Zuerst versiegte der Strom an Jägern und Bauern, dann kamen ihnen keine Handelsleute mehr entgegen, und schließlich gab es auch keine fahrenden Söldner und Missionare mehr.

Nach einer Weile kamen sie an einem Karren vorbei, der größer und prächtiger als der ihre war. Er lag auf der Seite und das rechte Rad hielt er wie einen Schirm über seinen Wagenkasten. Das linke Rad war bereits völlig vom weichen Boden verschluckt. Weit und breit war kein Besitzer zu sehen.

Regin strich mit einer Hand über das aufgequollene

Holz. »Ein teurer Wagen. Aus dem Süden, würde ich meinen. Wer lässt so etwas am Wegesrand zurück?«

Siegfried ließ die Deichsel des Karrens los und gesellte sich zu Regin. »Ein Unfall, wie mir scheint. Aber die Achse ist in Ordnung. Kein Grund, das Gefährt nicht einfach wieder auf seine Räder zu stellen.«

Er packte das obere Rad und zog es mit aller Kraft in seine Richtung. Schmatzend gab der Boden die linke Seite des Karrens frei, und Dreck spritzend platschte dieser in die rechte Lage zurück.

Regin blickte sich um, so weit es der Regen zuließ. »Die Straße ist gerade und gut ausgebaut. Wer würde hier einen Unfall erleiden?«

Auch Siegfried war sichtlich misstrauisch, aber er teilte dieses Gefühl mit geweckter Neugier. »Meinst du, die Reisenden sind überfallen worden?«

»Lass uns weiterziehen«, war die Antwort des Schmieds.

»Hätte ich ein Schwert – kein Bösewicht würde es wagen, uns zu nahe zu kommen!«, erklärte Siegfried mit einer Entschlossenheit, die seinen jugendlichen Unverstand verriet.

»Kein Schwert vermag etwas gegen den Pfeil aus dem Hinterhalt auszurichten, und auch fünf schlechte Krieger sind des guten Kriegers Tod«, belehrte ihn Regin. »Das reine Herz ist kein starkes Schild. Und jetzt weiter.«

Siegfried seufzte und nahm die Deichsel des Karrens wieder auf. »Manchmal scheinst du nur aus weisen Sprüchen zu bestehen.«

Regin klopfte ihm auf die Schulter. »Erfahrung ist das einzige Pfund, mit dem ein alter Mann wuchern kann, wenn die Knochen spröde werden.«

Siegfried fragte sich, was Regin damit meinte, denn solange er denken konnte, schien der Schmied keinen Tag gealtert zu sein. In manch lauer Stunde hatte der Junge sich schon gefragt, ob der Tag kommen würde, da er in Alter und Würde seinen Meister einholen würde.

Endlich ließ der Regen ein wenig nach, und aus dem Prasseln wurde ein Rieseln. Die Wolkendecke riss nicht auf, aber sie wurde ein wenig dünner, und zum letzten Mal an diesem Tag war es licht genug, um weiter als einen Steinwurf zu sehen.

Regin sprang auf den Karren, um die Straße entlang zu schauen. »Wälder und weite Täler ... Wir werden bald wieder auf den Rhein treffen, und dann ist es nicht mehr weit nach Worms.«

»Wir hätten ein Floß nehmen sollen«, maulte Siegfried. »Es hätte uns geradewegs nach Worms geführt.«

Regin sprang wieder herunter. »Unsinn. Mit dem Gewicht unserer Waren hätten wir ein Floß vom Ufer aus flussaufwärts ziehen müssen. Und der Flusslauf ist so wirr wie deine jungen Gedanken. Es hätte doppelt so lange gebraucht.«

»Meinst du, wir schaffen es heute noch nach Worms?«, wollte Siegfried wissen.

Regin schüttelte den Kopf. »Wenn wir Glück haben, klopfen wir morgen Abend an das Stadttor. Jetzt sollten wir uns erst einmal einen Platz für die Nachtruhe suchen.«

Ein Haus war nicht in Sicht, also mussten sie sich anders behelfen. Oft hatten sie einfach unter den Fellen auf dem Karren geschlafen, was den Vorteil hatte, dass kein Kleingetier sich des Nachts in ihre Hemden schlich. Aber die Aussicht auf weitere Regenfälle in der Nacht ließ diese Möglichkeit ausscheiden.

Siegfried deutete auf den Wald am Wegesrand. »Dort scheinen die Bäume dicht beieinander zu stehen. Wenn die

Wipfel stark genug sind, könnte es für ein kleines Feuer und ein Lager reichen.«

Regin drehte sich einmal im Kreis, aber eine bessere Idee hatte er auch nicht. »Zieh unseren Karren bis an den ersten Baum, damit er nicht zu einladend für etwaiges Gesindel scheint.«

Siegfried nickte. Der seltsame Fund am Straßenrand hatte beide vorsichtig gemacht.

Tatsächlich bot der Wald einen bescheidenen Schutz vor dem Regen, und auf Moos und Laub ließ sich gut ausruhen. Aus einem Beutel hatte Regin noch einen halben Laib Brot gefischt, den er mit Siegfried verzehrte. Um den Durst zu stillen, gingen sie einfach wieder auf die Straße und hielten ihre Münder gegen den Himmel.

Unter den gewachsten Lederdecken, die über den Karren gespannt waren, hatte Regin ein paar trockene Kleidungsstücke herausgezogen, die sie trugen, während ihre Hemden an einem Ast hoch über dem kleinen Lagerfeuer ausdampften.

»Ich hasse den Regen«, murrte Siegfried und rieb sich die Beine, um sie etwas aufzuwärmen.

Regin schüttelte den Kopf. »Der Regen ist weder gut noch schlecht – ihn zu hassen ist nur dumm. Säßen wir jetzt daheim in der Schmiede, wärest du froh, dich von seinem Geprassel in den Schlaf wiegen zu lassen.«

»Kein Ort, an dem ich im Augenblick lieber wäre«, maulte Siegfried weiter.

»Oh, hat dich der Drang nach Abenteuern schon wieder verlassen?«, lachte der Schmied. »Ich dachte, das Feuer in dir brenne so lichterloh, dass ein kleiner Schauer es nicht löschen könnte.«

Siegfried nahm sich ein Fell und deckte sich damit zu. Dann lehnte er sich an einen Baumstamm und machte die

Augen zu. Er dachte an Brunhilde, an die Götter und an ein Schwert, mir dem er große Schlachten schlagen konnte.

So schlief er ein.

Brunhilde sackte bis zu den Oberschenkeln ein, bevor ihre Stiefel, die aus vielen Lagen Fell gebunden waren, auf losem Untergrund unsicheren Halt fanden. Schon vor Stunden hatten die ersten Schneeflocken, die an ihrer Kleidung geschmolzen waren, als Wasser den Weg zu ihrer Haut gesucht. Ihre Fingerspitzen fühlte sie ebenso wenig wie die Zehen an den Füßen. An einer Ritze zwischen Fellkappe und Umhang biss die Kälte in ihren Nacken.

Der Nachthimmel war klar und von Sternen übersät, und die Luft war so kalt und dünn, dass die isländische Prinzessin selbst durch das schwere Tuch vor ihrem Mund immer einen scharfen Stich spürte, wenn sie mühsam einatmete.

Sie blickte sich nicht um. Den Weg, den sie gekommen war, kannte sie. Sie blickte auch nicht voraus, denn was vor ihr lag, konnte nur Verzweiflung und Verzagen bringen.

Der Weg zum Rand des Vulkans, der hoch über Burg Isenstein thronte, war nicht in kürzester Strecke zu bezwingen. Zu steil und zu tückisch war der Aufstieg. Stattdessen umkreiste sie den gigantischen Kessel, dabei langsam an Höhe gewinnend. Nur an leichten Senken im ewigen Schnee konnte sie ungefähr erahnen, wo ihre Vorfahren den Pfad zur anderen Seite ihres Reiches angelegt hatten – damals, als der Legende nach der Vulkan noch spuckte und das Eis sich nicht nach Island traute.

Brunhilde wusste schon lange nicht mehr, ob sie ihre Augen zusammenkniff, um sie vor der Kälte zu schützen – oder ob ihre Lider schon so festgefroren waren, dass sie sich nicht mehr öffnen ließen. Das Gefühl für ihren Körper schwand und mit ihm die Schmerzen. Aber sie hatte oft genug im tiefsten Winter an der Seite ihres Vaters gejagt, um zu wissen, dass mit dem Schmerz auch das Leben ging.

Sie hielt kurz inne, duckte sich in den Schnee und spannte ein paar Mal die Muskeln in ihrem Körper an, um das Blut wieder in Bewegung zu setzen.

Das Gold der einfachen, schmalen Krone, die sie in der Hand hielt, stach durch die Handschuhe in ihr Fleisch. Eine Erinnerung daran, dass es noch Teil ihres Körpers war – und dass sie eine Aufgabe hatte.

Es war erst drei Tage her, dass in einer großen Prozession der brennende Leib von König Hakan mit seiner Barke im Fjord versenkt worden war, um auf dem Meeresgrund seinen Platz neben den Ahnen einzunehmen. Drei Tage, in denen Brunhilde schon längst den Thron als ihr Erbrecht hätte beanspruchen müssen, um den Fortbestand des Reiches zu sichern.

Aber sie hatte sich geweigert. Es war ihr unmöglich, das Land allein zu regieren – und unerträglich, es mit einem Mann an der Seite tun zu müssen.

Niemand wusste mehr, woher das Gesetz stammte, dem sich zu unterwerfen sie ihr Leben aufs Spiel setzte. Wenn die Chronisten und Sänger nicht irrten, dann hatten in den letzten zehn Generationen nur zwei Könige sich darauf berufen.

Island, mehr als viele andere Königreiche auf dem Festland, sah Fürstenblut nicht nur als Recht, sondern als Pflicht an. Für den Platz auf dem Thron gehörte das eigene Leben dem Wohl des Volkes. Für die behütete Jugend, die Brunhilde genossen hatte, musste sie eine Schuld begleichen. Und dies verlangte keine Entscheidung, sondern eine Handlung. Erst wenn sie die Krone auf den Quader am Rand des Kraters gelegt hatte, hatte sie das Recht, auf den Thron ihres Vaters zu verzichten und Island zu verlassen.

Ihre tauben Beine und ihre schmerzende Stirn flehten sie an, die Krone einfach in den Schnee fallen zu lassen und wieder zurück zur Burg zu stapfen. Es konnte Jahre dauern, bis ein möglicher Nachfolger kam, der es bis zum Rand des Vulkans schaffte und dort entdeckte, dass die Krone nicht auf dem dafür errichteten Felsaltar lag.

Aber Hakan hatte mit seinem letzten Atem gebeten, sie möge ihre Pflicht erfüllen, so, wie er es immer getan hatte. Und wenn sie schon nicht Königin von Island sein wollte – so würde sie doch die Krone für den nächsten König an der vorgesehenen Stelle niederlegen. Es war das Gesetz, es war die Pflicht – und wenn es der Tod sein sollte, dann musste er sich Brunhilde mit Gewalt holen.

Zwölf Stunden war sie nun schon unterwegs – ohne Essen, ohne Hilfe, ohne Hoffnung. Sie fiel vornüber in den Schnee, und trotz ihrer Erschöpfung rappelte sie sich sofort wieder auf. Wenige Augenblicke in der weißen Masse versprachen den schnellen Tod – und Brunhilde wollte nicht sterben. Aufgeben vielleicht, aber nicht sterben.

Sie schleppte sich weiter, und endlich wurde die Schneedecke unter ihren Füßen dünner. Ihre Hände rubbelten über das in Stoff gewickelte Gesicht, um die von Eis überzogenen Augen zu öffnen.

Tatsächlich: Wie eine schwarze Mauer stand vor ihr der Rand des riesigen Kraters. Rauchfahnen, die sich aus dem Lavastrom tief im Boden an die Oberfläche gekämpft hatten, kräuselten sich vergehend in den Wind, der hier oben erbarmungslos blies.

Es waren nur noch wenige Schritte bis zur Kuppe, und doch brauchte Brunhilde endlose Minuten, sie zu überwinden. Hätten die Vorfahren den Steinblock, auf dem die Krone abzulegen war, nur wenige hundert Schritte weiter hinten auf dem Kraterrand errichtet – Brunhilde wäre vermutlich torkelnd in den Krater gestürzt.

Der Block aus schwarzem Fels, der sich als vollkommener Quader von seiner Umgebung abhob, war auch in der Dunkelheit deutlich zu erkennen. Es wäre einer Königin würdig gewesen, stolz an ihn heranzutreten und die Krone mit angemessener Vorsicht genau in der Mitte abzulegen.

Doch Brunhilde fiel mehr auf den Steinklotz, als dass sie sich ihm näherte. Ihre Lungen sogen sich voll mit der dünnen Luft, ohne wirklich Kraft aus ihr ziehen zu können. Vor ihren Augen tanzten Lichter und Farben, die sie noch nie gesehen hatte. Sie hustete, und einige Blutstropfen benetzten den Vulkanstein.

Es gelang ihr noch einmal, sich hochzustemmen. Ihre zitternden Arme drückten ihren Oberkörper in die Höhe, und ihre Beine rutschten wieder dem Boden entgegen.

Ihre dick eingewickelten Finger spürten Ritzen auf dem Block. Ihr lag nichts daran, sich näher mit dem Stein zu befassen. Sie wollte nur die Krone ablegen und dann hoffen, dass sie den Abstieg ins Tal überleben würde. Oder nicht? Mittlerweile lag in der Aussicht, im ewigen Eis einzuschlafen, kein Schrecken mehr.

Es war ein Wink der Götter, weil es anders nicht erklärbar war, dass der Mond in dieser Nacht hell genug schien, um die Schrift in schwarzen Schatten sichtbar zu machen. Neumond, Wolken – wie leicht hätte Brunhilde übersehen können, dass ein paar Runen aus alter Vorzeit in den Quader gemeißelt waren?

Trotz ihrer Schmerzen, ihrer Müdigkeit und ihres sinkenden Muts fuhr die isländische Prinzessin mit der Hand über den Block. Sie legte den Kopf etwas zur Seite, um die Umrisse der Zeichen besser sehen zu können. Es war eine

Schriftform, die nur noch sehr entfernt an jene erinnerte, die heute üblich war. Die Runen waren einfacher, grober, von schlichterer Bedeutung.

Es war eine Aufforderung.

Sieh dich um.

Brunhilde brauchte einen Moment, um sich zu vergewissern, dass sie sich nicht verlesen hatte.

Sieh dich um?

An den Quader gelehnt, drehte sie sich, stützte sich mit den Händen ab, damit ihre schwachen Beine nicht nachgaben.

Und sie sah Island. Vielleicht zum ersten Mal in ihrem Leben.

Von diesem Ort aus hatte sie den Überblick über das ganze Land – seine vulkanschwarzen Ebenen und seine verschneiten Hänge. Im Westen dröhnte und flimmerte es, wo riesige Wasserfälle niederrauschten, um sich dann in breiten Strömen zum Meer zu schlängeln. Sie konnte die Fjorde sehen, in deren Wasser sich das Mondlicht spiegelte, und das Meer, welches die Insel umspülte, als wäre es eine goldene Fassung, die ein Juwel festhielt.

Brunhilde entdeckte auch ein paar Lichter von Feuern, die weit unter ihr von den Menschen in Erinnerung an Hakan entzündet worden waren und noch die ganze Woche brennen würden.

Ihr Blick reichte in jeder Richtung bis zum fernen Horizont. Es gab keine anderen Inseln, keine anderen Reiche als dieses eine. Es gab nur Island.

Ihr von der Kälte taubes Gesicht war nicht in der Lage, die Gefühle auszudrücken, die sie empfand. Sie weinte, ohne dass eine Träne ihr Gesicht herunterlief. Und in diesem Augenblick wurde aus Island mehr – es wurde *ihr* Island.

Sie stand auf dem höchsten Punkt der Insel, und vor ihren Augen breitete sich aus, was rechtmäßig ihr zustand. Was sie aufzugeben bereit gewesen war. Bis zu diesem Augenblick.

Die Müdigkeit fiel von ihr ab, und sie stellte sich aufrecht hin. Sie streifte die Kapuze ihres Fellmantels ab und setzte die Krone auf ihr Haupt.

Dann hob sie die Arme und schrie aus vollem Hals: »ISLAND!«

Sie war Brunhilde. Brunhilde, Tochter von Hakan – Königin von Island.

Der Regen hatte in der Nacht aufgehört, und auch das kleine Lagerfeuer war erloschen. Am Horizont war die Ahnung eines Schimmers zu sehen, der von der Sonnenscheibe kündete. Doch noch war es dunkel.

Das Geräusch war mit einem Donnergrollen vergleichbar. Lang, tief und walzend trieb es durch den Wald und weckte Siegfried, noch bevor Regin ihm die Hand auf die Schulter gelegt hatte.

Er schlug die Augen auf, und nach ein paar Herzschlägen wusste er wieder, wo er war. Er sah Regin an. »Was hat das zu bedeuten?«

Der Schmied legte ihm die Hand auf den Mund.

Da war es wieder. Dieses Grollen wie von einer Steinlawine, die einen Hang hinunter auf das Tal zutrieb. Es war weit entfernt.

»Ein Sturm?«, fragte Siegfried, als Regin seinen Mund endlich wieder freigegeben hatte.

Regin stand auf. »Kein Sturm, der sich jemals mit so viel Wut in der Stimme angekündigt hätte.«

Sie gingen zur Landstraße zurück, deren schnurgerader Verlauf einen weiten Blick ins Land erlaubte. Ihr Karren war unangetastet und stand dort, wo Siegfried ihn zurückgelassen hatte. Zwar regnete es nicht mehr, aber die Straße war immer noch ein einziger Morast, der sich an ihre Füße klammerte.

Regin blickte in die Richtung, in die ihr Weg führte. Die sanft fallende Landschaft hob sich nur wenig vom grauen Himmel ab, und es fiel schwer, *irgendetwas* klar zu erkennen.

Ein Licht flackerte in der Ferne auf. Es ging einher mit dem Grollen, das kurz darauf an Siegfrieds und Regins Ohren drang.

»Doch ein Gewitter«, meinte Siegfried, ohne seiner Stimme jedoch den notwendigen Ton der Zuversicht geben zu können. »Es blitzt, es donnert.«

»Es war so wenig ein Blitz, wie es ein Donner war«, zischte Regin.

»Was war es dann?«

Der Schmied machte sich auf den Weg zu ihrer Lagerstätte. »Es ist weit genug entfernt, dieses Wissen soll mir vorerst reichen. Wir machen uns auf den Weg.«

Sie klaubten ihre Sachen zusammen und zogen den Karren wieder auf die Straße.

Es war deutlich angenehmer, in den frühen Morgenstunden trocken gen Worms zu ziehen, und die Tatsache, dass es bergab ging, erleichterte Siegfrieds Aufgabe ungemein.

Aber trotzdem fehlte die Unbekümmertheit, mit der sie noch vor einigen Tagen durch die Lande gezogen waren. Eine unbestimmbare Schwermut, die auch durch das Licht des frühen Tages nicht zu verscheuchen war, schien sich wie Mehltau über das ganze Land gelegt zu haben.

Es war Regin, dem es zuerst auffiel. »Hörst du etwas?«

Siegfried lauschte. Aber bis auf die schmatzenden Geräusche unter den Rädern des Karrens war da nichts. »Nein.«

»Ich auch nicht«, murmelte der Schmied, und Siegfried fühlte sich zunächst als Opfer eines dummen Scherzes.

Dann ging ihm schlagartig die Bedeutung seiner Worte auf. »Keine Vögel.«

Regin nickte. »Keine Vögel, kein Wild, kein Wolfsgeheul.«

Siegfried erkannte, dass es diese unnatürliche Stille war, die ihn so verunsichert hatte. In der Schmiede im Wald aufgewachsen, waren die Geräusche der Tiere etwas, das so allgegenwärtig war, dass man es erst bemerkte, wenn es fehlte.

Wieder sahen sie etwas vor sich auf dem Weg liegen. Es war der massige Leib eines toten Pferdes.

Siegfried stellte den Karren ab, und vorsichtig näherten sich die beiden Männer dem Kadaver.

Das Pferd war zugeritten gewesen, und in seinem Maul hingen die Reste des Zaumzeugs. Die Flanke war aufgerissen, und an dem Kadaver hatten sich augenscheinlich ein paar Raubtiere satt gefressen. Rippen stachen hell aus den Wunden hervor. Aus den toten Augenhöhlen krochen bereits weiße, fette Maden.

Zuerst dachte Siegfried, es sei ein schwarzer Hengst gewesen, doch dann fiel ihm auf, wie rau und verschuppt das Fell erschien. Vorsichtig drückte er mit dem Finger dagegen. Es knirschte, und rußige Flocken lösten sich.

»Das Fleisch«, murmelte er. »Es ist verbrannt. Als habe man das arme Tier lebend in ein Lagerfeuer gestoßen.«

Regin war nicht wohl bei der Sache. Mehr und mehr fürchtete er, mit der Reise nach Burgund einen großen Fehler gemacht zu haben. Er hatte ja gewusst, dass Xanten Siegfrieds Schicksal war. Wieso hatte er versucht, den Göttern zu trotzen?

Ihm fiel auf, dass die Bäume an dieser besonderen Stelle kaum Laub trugen und ihre Stämme so pechschwarz waren wie das verbrannte Fleisch des Pferdes. Er ging etwas näher an den Waldrand und strich mit den Fingern über einen Stamm. Als er sie wegzog, war seine Hand mit Asche bedeckt.

»Auch diese Bäume sind verbrannt«, rief er Siegfried zu.

Im Gras wischte sich der Junge die Finger sauber. »Aber es ergibt keinen Sinn! Hier sieht es nicht so aus, als habe der Wald gebrannt.«

Regin atmete tief ein. Er traf eine Entscheidung, die ihm vielleicht die Rache der Götter ersparte, sollte er sie auf sich geladen haben. »Willst du umkehren?«

Siegfried sah ihn überrascht an. Solange er denken konnte, war es das erste Mal, dass der Schmied eine seiner Entscheidungen in Frage stellte. »Du meinst – zurück zur Schmiede?«

Es tat Regin fast körperlich weh, es auszusprechen. »Ich meine – nach Xanten.«

Siegfried blickte die Straße hinab in Richtung Worms, dann wieder hinauf in Richtung Mainz, dann wieder Worms. Er stemmte die Arme in die Hüften. In seinem Kopf schwirrten die Möglichkeiten, und sie schwirrten so schnell, dass es unmöglich war, sie festzuhalten, damit sie ihm bei der Entscheidung helfen konnten.

Da war der Wunsch, Brunhilde wiederzusehen, dessen Erfüllung nun erheblich näher rückte. Und die Chance, am legendären Hof von Xanten unter den großen Haudegen dieser Zeit das Kriegshandwerk zu erlernen. Andererseits – Regin hatte gesagt, dass Worms nur noch eine Tagesreise entfernt lag. Sie hatten den weiten Weg dann ganz umsonst auf sich genommen.

Und schließlich – das gestand sich Siegfried durchaus ein – lockte die Aussicht auf ein Abenteuer, von dem er immer geträumt hatte. Er war gegen die Reise nach Worms gewesen, weil dort angeblich nichts für einen richtigen Mann zu tun war. Das hatte sich offenbar geändert. Wenn überhaupt, dann war es ein Grund mehr, das Ziel nicht aus dem Auge zu verlieren!

Siegfried schüttelte langsam den Kopf. »Es kann nur von Vorteil sein, wenn wir nach Worms reisen. In seinen Mauern sind wir sicher. Wenn die Burgunder uns Waren abkaufen, erleichtert das den Karren. Und frischer Proviant wird uns helfen, sollten wir uns dann entscheiden, doch gen Norden zu reisen.«

Regin war froh, damit die Last der Entscheidung nicht mehr alleine zu tragen. »Also ist es auch dein Wille, dass wir nach Worms gehen?«

Siegfried nickte entschlossen. »Es ist mein Wille.«

»Dann sollten wir uns beeilen. Ich möchte keine weitere Nacht die Augen schließen müssen, ohne mich von Mauern umgeben zu wissen.«

Ihre Einigkeit bannte ein wenig die Unsicherheit, die mit dieser seltsamen Reise verbunden war. Schweigend zogen sie weiter.

4

Regin
und der Ruf des Schicksals

Die Sonnenscheibe mühte sich redlich, während ihrer Wanderung über den Himmelsbogen die trüben Wolken zu durchdringen, die über Burgund lagen wie eine alte graue Decke. Aber es gelang ihr nicht. Nur ein heller, ausgefranster Fleck verriet Siegfried und Regin den Fortgang der Stunden.

Je näher sie der Stadt kamen, desto mehr häuften sich die Zeichen, die Weiber und Pfaffen als böse Omen gedeutet hätten. Vögel lagen mit halb verbranntem Gefieder am Wegesrand, ein einsames Schwert steckte im Boden, als wäre es ein Grabstein. Wie bleiche Finger kroch ein Nebel aus dem Wald, dessen wirbelnde Schwaden Gestalten aus Utgard zu formen schienen. Das Skelett eines Mannes, schon lange vom Fleisch befreit, hing irgendwo in einer Baumkrone, lächerlich und mahnend zugleich.

Je tiefer sie ins Rheintal vordrangen, desto lichter wurde der Wald, um schließlich ganz den weiten Wiesen und Weinbergen Platz zu machen. Am Wegesrand tauchten die ersten Häuser auf, die von der nahe liegenden Stadt kündeten. Um die Häuser war es allerdings nicht gut bestellt – offene Türen und achtlos weggeworfenes Werkzeug kündeten von der Eile, mit der sie verlassen worden waren, und verkohlte Dächer trotzten mürbe dem Wetter.

»Glaubst du, die Hunnen haben Burgund überfallen?«, fragte Siegfried, als er die Zeichen der Zerstörung sah.

Regin schüttelte den Kopf. »Mundzuk hat seine Horden schon sehr weit nach Süden und Westen geschickt – ich glaube kaum, dass er es wagen würde, sich mit einem König anzulegen, der Rom hinter sich weiß.«

Siegfried war zu neugierig, um nicht wütend über dieses Mysterium zu sein. »Aber welches Reich würde es sonst wagen, Burgund anzugreifen?«

»Ein Reich ist nicht das Einzige, das einem Reich gefährlich werden kann«, verkündete Regin düster.

Sie überquerten die Kuppe eines Hügels, und dahinter tauchte das prächtige Worms auf. Siegfried und Regin hielten kurz inne, um sich einen Überblick über das Tal zu verschaffen.

Auf die Entfernung schien die Stadt unversehrt und geschäftig, und so weit es sich erkennen ließ, war sie von einem meisterlich erbauten Netz von Straßen durchzogen. Eine Mauer, so hoch wie vier Mann, umgab das weit gefasste Häusermeer, in dessen Herz die Kirche stand, als habe sie die Häuser der Bürger wie Kinder um sich geschart. Der Eindruck täuschte jedoch: Das Gotteshaus war vor nicht langer Zeit erbaut, und es war offensichtlich, dass ihm viele Häuser weichen mussten, damit es mit respektvollem Abstand frei stehen konnte. Ein schlankes Gebäude mit einem schmalen Schiff und ohne großen Zierrat an den glatten Mauern. Es war Siegfrieds erste Begegnung mit einem Haus des christlichen Gottes, und er war von der Klarheit der Formen beeindruckt. Die Bürgerhäuser waren von eher einfacher Bauart, alte Hütten hielten sich noch trotzig zwischen mehrgeschossigen Steinbauten.

Die Burg selbst, auf einem Hügel hinter der Stadt gelegen, war eine erstaunliche Leistung der Baumeister und Steinmetze. Augenscheinlich war sie nicht in Hast erbaut worden, zum reinen Zwecke der Verteidigung gegen heranstürmende Heerscharen. Ein Gewirr von offenen Arkaden und Emporen führte in unzähligen Verästelungen an jede Stelle des Hofes, und viele Balkone erlaubten die Sicht nach außen wie nach innen. Trotz der großen Fläche, die die Burg einnahm, schien sie tastend auf der Erde zu stehen, als wolle sie das Gras unter ihren Mauern nicht über Gebühr belasten. Der Stein war von hellem Grau, und Efeu rankte sich die Mauern hinauf, ohne dass jemand daran Anstoß nahm. Hinter der Stadt im Süden schimmerten die Fluten des Rheins.

Von der Hügelkuppe aus bot sich den beiden Männern ein so friedliches Bild, dass sie die Mühsal und die düstere Befangenheit der letzten Tage kurzzeitig vergaßen.

Entschlossen packte Siegfried die Deichsel des Karrens. »Lass uns noch bei Tageslicht in die Stadt einziehen, Regin. Ich möchte viel sehen – und Hunger habe ich auch.«

Regin lächelte und folgte seinem Ziehsohn, der begeistert auf Worms zulief.

Ihre Freude über die Ankunft nach der langen Reise wahrte jedoch nicht lange. Schon die ersten Hütten, die außerhalb der Stadtmauer errichtet waren, kündeten wieder von dem seltsamen Bann, unter dem der Hof von Burgund stand. Die wenigen Bürger, die hier umherhuschten, taten es in sichtlicher Eile, die Augen angstvoll auf den Boden gerichtet. Nur dann und wann blickten sie verstohlen zum düsteren Himmel hinauf, als erwarteten sie einen Blitz, der ihrem Leben ein Ende bereiten sollte.

Zwei Soldaten standen links und rechts vom Stadttor – sehr wenig, wie Regin angesichts der ungeklärten Notlage fand. Sie hielten Lanzen in den Händen, und an ihren Hüften baumelten Schwerter. Doch ihre müden Gesichter kündeten eher von mürrischer Überraschung als von feindlicher Gesinnung.

»Wer seid ihr? Was wünscht ihr?«, fragte der eine in unerschütterlicher Pflichterfüllung.

»Wir sind Schmiede aus dem Norden«, erklärte Regin. »Wir bringen unsere Waren, um in der Residenz des gelobten Königs Gundomar Handel zu treiben.«

Es war jenes Geplänkel, auf das man sich einlassen musste, wenn man seinen Unterhalt so verdiente, wie Siegfried und Regin es taten. Der alte Schmied klang bei den Worten fast schon freundlich, aber das war nur eingeübt.

Der Soldat warf einen kurzen Blick auf den Karren, machte sich aber nicht einmal die Mühe, die gewachsten Lederplanen zu heben. »Als Waffenschmied seid ihr dem König sicher sehr willkommen. Ihr tätet gut daran, euch ohne Verzug zum Hofe zu begeben. Der schnellste Weg führt durch die Stadt hindurch.«

Siegfried und Regin sahen sich unauffällig an. Angesichts der Einladung an den Hof wäre es töricht gewesen, die Einschätzung als Waffenschmiede zu berichtigen. Sie nickten daher nur kurz und zogen durch das aufschwingende Doppeltor.

Innerhalb der Stadtmauern bot sich ein nur wenig verändertes Bild. Die Menschen gingen ihren Geschäften nach, aber sie taten es mit furchtsamen Blicken und im geflüsterten Gespräch. Es war, als habe der König ein Verbot erlassen, Geräusche zu verursachen, die laut genug waren, einen Schwalbenschwarm aufzuscheuchen.

Hier und da versuchte Siegfried, den Bürgern der Stadt offen ins Gesicht zu sehen, um dadurch einen Zugang zu diesem seltsam verstockten Völkchen zu bekommen. Doch immer, wenn er sich umdrehte, weil er im Rücken bohrende Augenpaare gespürt hatte, waren die Köpfe auch schon wieder in die andere Richtung gedreht.

»Ist das die Ruhe im Schoße des christlichen Gottes?«, fragte Siegfried leise, sodass nur Regin es hören konnte.

»Nein«, knurrte der alte Schmied. »Diese Stadt stöhnt unter einer unsichtbaren Last. Sie drückt die Menschen nieder und frisst ihren Lebensatem.«

Aus der Nähe sah die Burg mit ihren Wehrtürmen und Zinnen erheblich größer und imposanter aus als vom Hügel. Es fiel auf, dass trotz der baulichen Eleganz eine Festung von militärischer Kraft vor ihnen stand. Sie war von keinem Wehrgraben umgeben, aber das doppelflüglige Tor wirkte massiv und unnachgiebig.

Es war nur ein kurzer Weg von vielleicht einer Viertelstunde. Wieder wachten zwei Soldaten an beiden Seiten des Eingangs.

»Die Schmiede Regin und Siegfried begehren Einlass«, rief Siegfried, als sie noch einige Schritte vom Tor entfernt waren. »Gekommen sind wir, um dem König unsere Hilfe anzudienen.«

Die Soldaten fragten nicht, musterten nicht einmal den Karren. Gleichzeitig schlugen sie mit ihren Lanzen gegen das Holz des Tores, welches kurz darauf lautlos aufschwang.

Es war das erste Mal, dass Siegfried in eine Burg Einlass fand. Sein Herz klopfte heftig, und was er sah, übertraf seine Tagträumereien bei weitem.

Das Burggelände war weit größer, als es von außen den Anschein gehabt hatte. Kleine Grasflächen dienten Soldaten zum Training mit Schwert und Schild, in einem Gehege liefen Hühner und Schweine umher, und hölzerne Stallungen beherbergten Dutzende Pferde. Unter einem Vordach hockte ein Handwerker, der Lederstücke zusammennähte, und gleich daneben schnitzte ein Zimmermann Stöcke, die für Standarten oder Speere gebraucht werden mochten.

Schilde und Fahnen schmückten die grauen Mauern, und Hofdamen in bunten Kleidern eilten umher. Ein paar Burschen kümmerten sich um Pferde, die von den Soldaten abgegeben wurden, und auf dem östlichen Wehrgang sah Siegfried einen Falkner, von dessen ausgestrecktem Arm sich ein prachtvolles Tier erhob. In einer Ecke übte ein Barde mit einer Leier ein neues Lied ein, und die Töne seiner Saiten verliehen der Szenerie etwas Unwirkliches.

Es war wie eine neue, fremde Welt. Doch auch hier war zu spüren, dass ein Schatten über dem Land lag, und die Geräusche entsprachen nicht im Entferntesten dem, was zu erwarten gewesen wäre.

Siegfried zog den Karren weiter, aber die hölzernen Räder klapperten laut auf dem gepflasterten Untergrund. Die Menschen am Hofe schienen in der Bewegung zu erstarren und schauten ängstlich in seine Richtung. Regin bedeutete dem Jungen, den Karren vorerst stehen zu lassen.

Die Aufmerksamkeit der meisten Höflinge wandte sich wieder dem Training der Soldaten zu, die mit Holzschwertern aufeinander einschlugen. Ein Mann stach dabei besonders heraus – statt dem Abzeichen von Burgund auf dem Wams trug er nur ein weißes ärmelloses Hemd. Lange braune Haare fielen auf seine Schultern, und dunkle Augen fixierten seine Gegner. Er war sehr groß gewachsen, und seine Erscheinung verriet königliches Blut auch ohne die Insignien der Macht. An seinen Armen spielten straffe Muskeln, als er behände seine Waffe von links nach rechts wechselte und gleich drei Soldaten zum Kampf forderte.

»Wenn den Geschichten in den Herbergen und Tavernen

zu trauen ist«, murmelte Regin, »dann ist das Giselher, ältester Sohn und Kronprinz des Königs.«

Siegfried nickte, obwohl er nicht richtig zuhörte. Das Schauspiel hatte ihn in seinen Bann genommen.

Es war eine kurze, geradezu spielerische Übung. Giselher parierte die Attacken der Soldaten mit geschmeidigen, fließenden Bewegungen. Dabei drehte er sich in die Reihen seiner Gegner, um schließlich hinter ihnen aufzutauchen, bevor sie darauf reagieren konnten. Das Holz des Übungsschwertes berührte Rücken und Nacken von zwei Soldaten, die gemäß den Regeln erstarrten. Dann ließ Giselher seine Waffe fallen und schlug mit einem kurzen Faustschlag dem dritten Soldaten gegen die Schläfe, als dieser sich gerade umdrehte. Er war bewusstlos, noch bevor er den Boden berührte.

Zufrieden riss der Prinz die Arme in die Höhe, und die zwei ausgeschiedenen Soldaten schleppten ihren regungslosen Kameraden davon. Einige andere Kämpfer klatschten anerkennend, und die Hofdamen tuschelten unter der Hand in sehnsüchtiger Bewunderung.

Giselher steckte den Kopf kurz in einen Wassertrog und fuhr sich mit der Hand durch die Haare. »Wer nun?«, rief er, als gelte die furchtsam eingehaltene Stille für ihn nicht.

Es war offensichtlich, dass niemand am Hofe daran gelegen war, sich zum hundertsten Mal vom Thronfolger in den Staub werfen zu lassen. Unzufrieden drehte sich Giselher im Kreis – bis er Siegfried entdeckte.

Vielleicht war es die Tatsache, dass Siegfried seinem Blick mehr neugierig als bewundernd standhielt, oder die Freude über einen neuen, noch nicht einzuschätzenden Gegner – Giselher deutete auf den jungen Schmied. »Du! Komm her!«

Seine Stimme hatte etwas, das mehr als auffordernd war

– sie war befehlend auf eine bezwingende Weise, die das Ergebnis der Erziehung als Kronprinz war.

Siegfried war nicht auf einen Kampf aus, auch wenn der Gedanke daran seine Muskeln kribbeln ließ. Doch es war Regin, der das Wort ergriff. »Herr, wir sind nur einfache Schmiede aus dem Norden. Mein Ziehsohn ist gut am Amboss, nicht im Kampf.«

Giselher grinste schief und spuckte auf den Boden. »Ist er also kein Mann?«

Es mangelte Siegfried die Erfahrung, um die Provokation gelassen hinzunehmen. Entschlossen trat er auf Giselher zu.

Regin dachte kurz daran, ihn zurückzuhalten, aber es war sicher unklug, sich mit dem Thronfolger zu überwerfen, wenn man am Hofe gern gesehen sein wollte. So oder so – beide Männer wollten diesen Kampf.

Giselher lachte zufrieden, als er ein Holzschwert nahm und es Siegfried zuwarf, der es ungelenk in der Hand wog.

»Wie lautet dein Name – Schmied?«, fragte der Thronfolger, dessen Schwert mit seinem Arm eine trainierte Einheit bildete.

»Siegfried«, antwortete dieser.

Gernot, der jüngste von Gundomars Söhnen, saß auf dem Boden des kleinen Balkons, der ihm einen guten Blick über den Hof erlaubte, ohne selbst gesehen zu werden. An sonnigen Tagen las er hier, ungestört vom Trubel des höfischen Alltags und fern von der Neckerei seiner Brüder. Diese Woche hatte es jedoch viel geregnet, und der Stein war noch so feucht, dass Gernot ein Fell als Unterlage ausgelegt hatte.

Als Dritter in der Thronfolge war sein müßiges Leben von wenigen Verpflichtungen unterbrochen – und er empfand keinen Groll deswegen. Heute hatte er vorgehabt, dem Falken bei seinem Flug zuzusehen. Einmal hatte er seinen Vater gebeten, das Handwerk des Falkners erlernen zu dürfen, aber Gundomar hatte nur lachend versichert, dass ein Falke mit seinen starken Klauen seinen dürren Arm wie einen Zweig zu zerbrechen verstünde. Gernot hatte den Scherz als genau die Herabwürdigung verstanden, als die er gemeint war – und sich seither darauf beschränkt, die edlen Vögel aus der Ferne zu betrachten.

Doch etwas anderes hatte nun seine Aufmerksamkeit erregt. Es gab Neuankömmlinge bei Hofe – und es waren keine Wormser Bürger, die wieder einmal um Beistand gegen die Unbill baten, die über das Land gekommen war. Dem Anschein nach waren es ein Schmied und sein Helfer, die ihren Karren durch das Tor gezogen hatten. Sie waren ein sonderliches Paar – klein, stämmig der eine, mit dunklen Haaren und ebensolchen Augen; groß, schlank und stark der andere, von deutlich hellerer Abstammung. Sie mochten Lehrer und Schüler sein, vielleicht Geschäftspartner – aber Vater und Sohn waren sie nicht.

Giselher hatte den jungen, in einfache Kleidung gewandeten Mann zum Kampf aufgefordert. Gernot war klar, dass sein Bruder es für nötig hielt, jedem Neuankömmling seine Überlegenheit zu beweisen. Es würde ein kurzes Duell werden, wenn man die Chancen des jungen Schmieds danach beurteilte, wie ungeschickt er das Holzschwert führte.

Das Tor der Haupthalle öffnete sich, und König Gundomar trat heraus, umgeben von Beratern und Botschaftern. Gunther war nur einen Schritt hinter ihm, ein Pergament mit Berichten studierend.

Und Hagen. Natürlich Hagen.

Alles Treiben auf dem Hof wurde eingestellt, und die

Menschen verbeugten sich vor ihrem König. Auch Giselher und Siegfried zollten ihren Tribut.

Angesichts der Lage, in der Burgund sich derzeit befand, besaß die Zerstreuung durch Sport und Spiel sicher keine hohe Dringlichkeit in Gundomars Tagesablauf, aber als er den kräftigen jungen Mann sah, der mit einem Holzschwert vor seinem Sohn stand, entschied er mit einer Handbewegung, dass Zeit genug war, sich den Kampf anzusehen. Hagen flüsterte etwas in sein Ohr, doch Gundomar winkte verärgert ab.

Gernot wollte nicht einmal wissen, worum es ging. Giselher war der Kämpfer und zukünftige König, Gunther war der Stratege und Ratgeber, und Kriemhild würde durch eine sorgsam arrangierte Hochzeit die Macht des Königreiches nach außen sichern. Als einzigem der vier Kinder des Hofes Burgund war Gernot keine Aufgabe zugewiesen, und er wollte es nicht anders.

Manchmal schien es ihm, als geschähen alle Dinge bei Hofe nur dazu, die vorbestimmten Rollen und Pflichten zu untermauern. Giselher würde seinen Gegner besiegen, vielleicht auch noch ein wenig demütigen, und sein Vater würde ihm vor den Augen aller mit einem kräftigen Schlag auf die Schulter sein Wohlwollen bezeugen.

Giselher griff den Schmied, der sich als Siegfried zu erkennen gegeben hatte, ohne jegliche Tändelei an. Seine hölzerne Waffe stieß Siegfrieds Oberkörper dreimal, bevor dieser überhaupt reagieren konnte. Er stolperte einen Schritt zurück, von der Geschwindigkeit seines Gegners überrascht. Giselher lachte.

Siegfried wollte nun selber angreifen, aber der Kronprinz parierte mit einer lässigen Halbdrehung und ließ den Schmied ins Leere laufen.

Gernot hatte daran gedacht, seine Schwester zu holen,

aber mittlerweile sah es nicht so aus, als würde noch etwas zu sehen sein, wenn er mit Kriemhild zurückkam.

Siegfried holte erneut mit seinem Schwert aus, aber er verfehlte den wendigen Giselher, der ihm einen Tritt in den Hintern verpasste. Siegfried ging zu Boden.

Der Hofstaat lachte, und Gundomar grinste. Nur der ältere Schmied und Siegfried lachten nicht. Es war ein boshaftes, schadenfrohes Gelächter – aber es war auch das erste Lachen, das seit Monaten hier zu hören gewesen war.

Siegfried rappelte sich auf, sichtlich wütend auf sich selbst. Er blickte die Waffe in seiner Hand an – und warf sie weg.

»So leicht gibst du auf?«, hörte Gernot seinen Bruder höhnen. »Es scheint, du tätest besser daran, Schwerter zu schmieden, als sie zu führen!« So viel stand fest – Großmut war keine der Stärken des ältesten Sohnes von Gundomar von Burgund.

Wie ein Bär stürzte sich Siegfried auf Giselher, die Arme hochgerissen und die Hände zu Fäusten geballt. Sein Körper rammte den Kronprinzen, noch bevor dieser sein Holzschwert auch nur angehoben hatte. Sie krachten hart auf die Erde, und das Gewicht Siegfrieds auf seinem Oberkörper trieb Giselher die Luft aus den Lungen. Aber er war ein ausgebildeter Kämpfer und stellte sich schnell auf die neue Lage ein. Er drehte ein Bein unter Siegfrieds Körper hervor und hebelte seinen Gegner damit zur Seite. Der junge Schmied landete auf dem Bauch, und Giselher nutzte die Gelegenheit, die Oberhand zu gewinnen. Er sprang auf und warf sich mit den Knien auf die Schulterblätter Siegfrieds. Seine Hände packten den Hals des Gegners und drückten zu.

Die spielerische Freude, mit der Giselher in den Kampf gegangen war, war nun vergessen. Wilder Siegeswille stand in seinen Augen, und aus dem Training war schlagartig ein Kampf um sein Ansehen als Führer seiner Männer geworden.

Gernot sah gebannt zu, wie der junge Schmied sich seinem Schicksal zu ergeben schien und flach auf dem Boden liegen blieb. Doch er hatte das Gefühl, damit noch nicht das Ende des Kampfes gesehen zu haben.

Und richtig – nach kaum zwei Herzschlägen drückte Siegfried ruckartig seinen Rücken durch und machte einen Buckel wie eine Katze. Giselher wurde in die Luft geschleudert, und seine Hände ließen Siegfrieds Hals los.

Es war, als würden sich die Geschehnisse verlangsamen, damit jeder am Hofe im Detail verfolgen konnte, wie der junge Schmied sich dem Thronfolger widersetzte. Noch während Giselher in der Luft schwebte, warf sich Siegfried auf den Rücken und riss beide Fäuste hoch. Sie trafen den Kronprinzen in den Magen.

Gernot glaubte nicht daran, dass gemeinsames Blut ein unzertrennliches Band war, aber in diesem Augenblick hatte er das Gefühl, den tosenden Schmerz in Giselher selbst spüren zu können.

Aus dem Augenwinkel nahm er wahr, dass Hagen seinem Vater wieder etwas ins Ohr flüsterte, während seine Hand schon auf dem Knauf seines mächtigen Breitschwerts lag. Doch Gundomar zischte eine Antwort, die jeden Eingriff in den Kampf unterband.

Rückwärts stolpernd versuchte Giselher, wieder in eine gute Ausgangsposition zu kommen. Er übergab sich, und unter die breiige Masse mischte sich Blut. Siegfried war ebenfalls sichtlich angeschlagen, aber sein Kampfgeist war ungebrochen. Er wälzte sich herum und hockte schwer atmend im Staub. Sein Blick streifte den älteren Schmied.

Gernot fragte sich, ob er der Einzige war, der bemerkte,

dass Regin seinem Ziehsohn mit der Hand ein unauffälliges Zeichen gab, den Kampf an dieser Stelle enden zu lassen.

Reihum blickte Siegfried den König, seine Gefolgsleute und schließlich Giselher an. Sie *wollten* diesen Kampf, *wollten* die Entscheidung. Doch er ließ einfach die Schultern hängen und drückte seine Handflächen auf den Boden.

Ein missmutiges Raunen ging durch den Hofstaat, während Giselher müde grinsend eine Faust gen Himmel reckte. Ein Diener brachte ihm Wasser und einen Lappen. Gundomar nickte seinem Sohn zufrieden zu.

Regin half Siegfried auf die Beine.

Gernot war nahe daran aufzuschreien. Es war nicht fair! Dieser Siegfried hatte einen guten Kampf geliefert, und er hatte das Zeug gehabt, Giselher ein ebenbürtiger Gegner zu sein. Der erste seit langer Zeit.

Aber Gernot begriff auch, was geschehen war. Siegfried hatte Giselher den Sieg überlassen, damit der Thronfolger sein Gesicht wahrte. Er mochte im Duell unterlegen sein – bei Hofe hatte er damit seine Position verbessert.

Hastig sprang Gernot auf. Er musste Kriemhild davon erzählen!

Der junge Mann, der für seine achtzehn Jahre sehr zart und weich aussah, prallte fast gegen das blasse, dünne Mädchen, das am Eingang zum Balkon stand. Ihre glatten schwarzen Haare glänzten und lagen so dicht an ihrem schmalen Kopf, als seien sie immerzu nass.

»Elsa!«, keuchte Gernot erschreckt. »Was ... ich meine, was hast du ... hast du das eben gesehen?«

Er konnte nicht erkennen, ob sie von ihrer Warte aus einen freien Blick auf den Hof gehabt hatte. Aber warum sollte sie sonst dort gestanden haben?

Ihre leise, zerbrechlich wirkende Stimme klang fast einschläfernd. »Es ist feucht hier draußen. Du wirst krank werden.«

Gernot war gewohnt, dass Elsa keine direkten Antworten gab. »Ich muss meiner Schwester berichten«, rief er atemlos und drängte sich an Elsa vorbei, die bei der Berührung die Augen schloss und tief einatmete.

Als Gernot außer Sicht war, schaute sie gelangweilt in den Hof.

Kämpfen – war das alles, was Männer konnten? Manchmal ähnelten sie Tieren mehr als Menschen. Blinden Tieren.

»Ich hätte ihn schlagen können«, krächzte Siegfried, als er Regins Arm unter seiner Achsel spürte. »Ich bin stärker als er.«

»Du hättest ihn schlagen können«, zischte der Schmied in sein Ohr. »Dann wären wir aus Worms verjagt worden. Ich danke den Göttern, dass du zum ersten Mal auf mich gehört hast.«

Trotz des mürrischen Tonfalls strich Regin seinem Ziehsohn fast liebevoll durch die Haare.

Gundomar trat mit seinem Gefolge auf sie zu, während sich Giselher im Hintergrund hielt. Regin und Siegfried verbeugten sich, wie es die Etikette verlangte. Doch es blieb ihnen nicht verborgen, dass einige der Blicke, die ihnen zugeworfen wurden, wenig freundlich waren. Viele der erfahrenen Krieger wussten, dass Siegfried nicht aus Schwäche den Kampf beendet hatte.

Gundomar war etwas kleiner als seine Söhne, aber seine vernarbte Haut über den drahtigen Muskeln kündete von manch gewonnener Schlacht. Wie sein Sohn Gunther trug er den Bart sorgsam gestutzt.

»Eine gute Leistung«, verkündete der König. »Es ist keine Schande, dem Sohn Gundomars zu unterliegen – dem besten Kämpfer von Burgund!«

Ein paar, aber längst nicht alle Höflinge jubelten verhalten.

»Wir sind hier, um zu dienen«, sagte Regin zweideutig.

»Was ist euer Handwerk?«, fragte Gunther, dessen offenes, freundliches Gesicht ehrlich lächelte.

»Wir sind Schmiede«, antwortete Siegfried. »Und wir sind mit unseren Waren von weit her gekommen, um dem Königreich zu helfen.«

»Als gäbe es in Worms keine Schmiede«, knurrte Hagen, dessen linkes Auge unter einer Lederkappe verborgen war.

Gundomar hob die Hand, um seinen Ratgeber zu zügeln. »Ehrliches Handwerk ist uns immer willkommen – besonders in diesen schweren Zeiten. Und einen Platz beim Abendmahl haben sie sich allemal verdient.«

Es brannte Siegfried auf der Zunge, den vagen Andeutungen durch eine klare Frage nachzustellen, aber er vermutete, dass das Essen dazu eine bessere Gelegenheit böte.

Ohne ein weiteres Wort drehte sich der König um und schritt davon.

Gunther blieb noch kurz stehen und blickte stirnrunzelnd zum Himmel, der vom Abend kündete. Dann sah er Siegfried und Regin an. »Man wird euch einen Platz zuweisen. Wascht euch und findet euch dann in der großen Halle ein.«

Er klatschte zweimal in die Hände, und es begann ein Ritual, wie die beiden Schmiede aus Odins Wald es noch nie zuvor gesehen hatten: Die Pferde wurden hastig in die Ställe geführt, und von den Balkonen und Fenstern aus wurden die bunten Fahnen eingeholt. Die Banner des Reiches verschwanden in Windeseile, und die Hofdamen hasteten zum Pallas. Einige Fenster wurden mit schweren Tüchern oder Fellen verhängt, wie es Siegfried und Regin auch schon in Worms aufgefallen war. Es war, als wolle man den Hof von allem Leben befreien, ihn öde und leer machen.

Dann drehte sich auch Gunther um und folgte seinem Vater.

Kriemhild lag in ihrem weißen Kleid, das ihre schlanken Schultern freiließ, auf dem Bett in ihrem Zimmer. Ihr blondes Haar fiel in lockigen Wellen über die Kissen. Ihr Blick spielte mit den Schwalben, die vor dem Fenster im Wind tanzten. Wenn Langeweile ein Schmerz war – dann drohte die Prinzessin an ihm zu sterben.

Der burgundische Hof war die Heimstatt von Männern, Kriegern allesamt. Wenn sie sprachen, dann laut. Wenn sie handelten, dann zum Zwecke des Blutvergießens. Seit Fafnir über das Land gekommen war, hatte es sich noch verschlimmert. Frauen waren nur noch willkommen, um Wein und Bier zu bringen, während die großen Strategen neue Wege suchten, der Bedrohung Herr zu werden.

Und Kriemhilds Aussichten, vielleicht doch einen Mann zu finden, der ihr in Bildung und Gesinnung ebenbürtig war, schienen sich verflüchtigt zu haben. Gundomar bestand darauf, dass sie sich einen Freier erwählte, dessen Gold und Soldaten die schwindenden Vorräte Burgunds auffüllten.

Manchmal wünschte Kriemhild, mit der gleichen tumben Lebensfreude wie Giselher auf die Welt gekommen zu sein. Er sah mit seinen beiden Augen weniger als Hagen mit einem, aber es machte ihm nichts aus. Im Gegenteil: Sein schlichtes Kriegergemüt war wie geschaffen, seinem Vater auf den Thron nachzufolgen.

Die Tür zu ihrem Gemach flog auf, und Gernot stürmte herein. Er war der Einzige, der nicht anzuklopfen brauchte, weil er der Einzige war, vor dem Kriemhild keine Geheimnisse hatte. Sie waren mehr als Geschwister – sie waren Verbündete.

»Du hättest es sehen müssen!«, keuchte Gernot begeistert. »Giselher ... er ... er ...«

»Hat wieder einmal bewiesen, was für ein wackerer Kämpfer er ist?«, vollendete sie den Satz des atemlosen Jungen.

Gernot schüttelte den Kopf. »Er hat ... fast hätte er verloren! Es ist dieser neue Schmied. Siegfried. Du hättest ihn sehen sollen!«

Kriemhild setzte sich auf. Ihre Neugier war geweckt, aber sie hatte die Fähigkeit, Gleichgültigkeit und Langeweile vorzutäuschen, über die Jahre perfektioniert. »Sieh an – der Hahn fürchtet um die Vormacht im Stall? Ich denke nicht, dass Giselher glücklich sein dürfte.«

Gernot grinste. »Er sah aus, als habe ihm jemand in den Kelch gespuckt.«

»Zugegeben, das hätte ich gerne gesehen«, murmelte Kriemhild.

»Siegfried wird heute Abend beim Festmahl dabei sein«, erzählte Gernot. »Vater hat ihn eingeladen.«

Kriemhild stand auf und ging zum Fenster. Im abnehmenden Licht des Tages sah sie die beiden Neuankömmlinge, die beim Wassertrog standen und ihre nackten Oberkörper wuschen. Es war offensichtlich, wen Gernot gemeint hatte. Siegfrieds Muskeln glänzten feucht, und sein breiter Rücken spannte sich, als er den Schmutz von seinen Schultern rieb. Er bespritzte den älteren Schmied mit Wasser und hatte in seiner spielerischen Art so gar nichts von den zornigen Kriegern, die sonst am Hof herumlungerten.

»Ist er das?«, fragte sie so beiläufig wie möglich.

Gernot trat neben sie und nickte. »Das ist er.«

»Vielleicht sollte ich mich mit ihm unterhalten – das würde Giselher noch deutlich mehr ärgern«, sagte Kriemhild.

Gernot sah seine Schwester überrascht an. Es kam nicht oft vor, dass sie bereitwillig mit Männern sprach, denen sie nicht durch Blut verwandt war. »Ich denke, auch Vater könnte das missverstehen. Du hast die meisten deiner Freier nicht einmal angesehen. Und morgen erwarten wir Etzel, den Sohn Mundzuks, als Gast in Burgund.«

Kriemhild stöhnte und ging wieder zu ihrem Bett zurück. »Ein Hunne! Ich soll einen Hunnen heiraten? Ein Volk, das weder weiche Betten noch steinerne Häuser kennt! Heiden, die Bücher ebenso verachten wie Musik!«

»Mundzuk herrscht über ein mächtiges Reich im Osten, und Schutz an dieser Flanke könnte von großer Bedeutung sein, wenn Hjalmar entscheidet, sein Reich um Burgund zu erweitern«, erklärte Gernot vorsichtig. Er wollte auch nicht, dass Kriemhild als Braut eines wilden Stammesführers Worms verließ, aber Ehen waren keine Frage von Liebe und Gefallen.

»Du klingst wie Gunther«, entgegnete Kriemhild missmutig. »Alles ist Politik, alles ist Strategie.«

Gernot setzte sich zu ihr auf das Bett. »Nicht alles. Aber denk an Fafnir und Hjalmar – das Reich braucht Verbündete in der Not. Die sind mit einer schönen Prinzessin leichter zu bezwingen als mit dem Schwert. Und keine ist schöner als Kriemhild von Burgund.«

Kriemhild strich ihm lächelnd übers Gesicht. »Was werde ich ohne dich machen, Gernot? Du bist der Einzige, der den lieben langen Tag nicht nur an Feuer und Vernichtung denkt.«

Gernot strahlte angesichts des Lobes seiner geliebten Schwester. »Und du bist die einzige Frau am Hofe von Burgund, deren Geist so wach wie ihr Herz groß ist.«

Hagen fand seine Tochter immer noch auf dem Balkon. Er nahm seinen Mantel und legte ihn um ihre schmalen Schultern. »Dein Tod ist von wenig Wert, also gib etwas mehr auf dich Acht.«

Sie schaute ihn nicht einmal an. »Warum sehen die Menschen niemals das, was man für sie sein will – sondern nur das, was ihren Erwartungen entspricht?«

Hagen seufzte. Elsa war ein seltsames, verschlossenes Mädchen. Er hatte ihr die Mutter ersetzt, die bei der Geburt gestorben war – so gut es sein Amt als Ratgeber des Königs zuließ. Aber sie hatte sich schon in frühen Jahren von den anderen Kindern bei Hofe zurückgezogen und ihre eigenen Wege gesucht. Manchmal ging sie des Abends fort und kam erst im Morgengrauen wieder. Niemand wusste, wo sie die meiste Zeit des Tages verbrachte. Sie erschien oft wie ein düsteres Omen – unerwartet und still.

Hagen von Tronje war kein empfindsamer Mann. Das Leben hatte ihn hart und der Krieg berechnend gemacht. Er wusste genau, was Elsa meinte, und er sprach es aus. »Gernot sieht in dir, was du bist – Hagens Tochter. Das bringt dir Respekt. Erwarte nicht Liebe. Es wäre ein schlechter Tausch.«

Elsas dunkle Augen, die schon von Natur aus groß und unergründlich waren, weiteten sich. »Ich ... du ...«

Hagen lächelte so väterlich, wie es ihm möglich war. »Du bist sehr gut darin, deine Gefühle zu verbergen. Aber ich bin ebenso gut darin, in Seelen zu schauen.«

Sie fühlte sich ertappt, wollte sich an ihm vorbeidrücken, um wieder irgendwohin zu verschwinden, aber ihr Vater hielt sie am Arm fest. »Elsa, hör mir zu – wir sind kein königliches Blut, und kein Spiel zwischen den Laken wird dich jemals zu einer Prinzessin machen. Was uns an Rang fehlt, können wir nur durch die Macht aus den Schatten ausgleichen. Aber dafür müssen unsere Herzen verschlossen und unsere Gedanken klar sein.«

»Soll ich mein Herz an die Politik verraten – so, wie du es immer getan hast?«

Hagen war nicht so leicht aus der Ruhe zu bringen. »Du sollst dein Herz nur nicht für den kleinsten Preis verkaufen, Elsa. Wenn es ein Burgunder ist, den du zu betören suchst, dann lass es Giselher sein. Als Kronprinz, als König, als Mann – spiele deine Karten gut, und dein Wort wird das sein, auf das er hört. Du wirst ihn führen, wie ich Gundomar führe.«

Elsa spuckte verächtlich auf den Boden. »Bist du schon auf beiden Augen blind, Vater? Gundomar hört mehr auf Gunther als auf dich. Und wenn du deine Tochter als Bettpfand brauchst, um den Thronfolger in deinem Sinne zu lenken – wie groß ist dein Einfluss dann wirklich?«

Hagen schlug sie kurz und hart, so, wie er es sonst nicht nötig hatte. »Vergiss Gernot!«

Sie riss sich von ihm los und lief durch den Gang davon. »Es gibt nichts zu vergessen!«

Hagen atmete tief durch. Dann hieb er mit seiner Faust in schwarzem Leder gegen die Mauer.

Das Abendmahl am Hofe von Burgund war sicher nicht mit den Dorffesten zu vergleichen, die Siegfried aus den Ortschaften rund um den heimatlichen Wald kannte. Als er mit Regin den großen Saal betrat, waren die Bediensteten bereits damit beschäftigt, gebratene Schweine und Ochsen zu zerlegen und das Fleisch von den Knochen zu trennen. An mehreren Langtischen saßen bestimmt an die hundert Vasallen, Berater und ranghohe Soldaten. Wein und Bier flossen reichlich, gereicht von Hofdamen, die immer wieder mit Schläuchen und Krügen aus den Schatten traten.

Die hohen, nackten Wände des Saals waren mit Teppichen und prächtigen Stickereien behängt, beleuchtet von Fackeln, die in eisernen Haltern steckten. Eine mannshohe Feuerstelle an der Ostwand prasselte fauchend Wärme in den Raum.

Der König selbst, umgeben von seinen Söhnen und Hagen von Tronje, saß auf einem eher bescheiden verzierten Thron, vor den ein weiterer Tisch geschoben worden war. Nur die leicht erhöhte Estrade hob die königliche Familie aus der Menge heraus. Es war ein üppiges, aber doch vergleichsweise gesittetes Fest. Weder wurde gebrüllt, noch wurden die Essensreste auf den Boden geworfen.

Gundomar sah die beiden Schmiede eintreten, und er winkte sie heran. Dann bedeutete er ihnen, sich vor der Estrade an einen der Tische zu setzen. Respektvoll machten ein paar der Untertanen ihnen Platz. Binnen eines Herzschlags standen Holzplatten mit Braten und Brot vor ihnen und mit Wein gefüllte Kelche.

Siegfried und Regin aßen mit dem Appetit von Männern, die seit einiger Zeit keine warme Mahlzeit mehr bekommen hatten. Besonders Siegfried langte zu, als müsse er für den Winter vorsorgen.

Erst als der erste Hunger gestillt war, wandte sich der König an seine neuen Gäste. »Aus dem Norden kommt ihr, so hört man. Habt ihr euch mit dem Karren den Rhein herauf ziehen lassen?«

Regin schüttelte den Kopf. »Wir haben von Mainz aus die Straße genommen.«

Einige der Männer am Tisch warfen sich Blicke zu, die nicht so unauffällig waren, wie sie es vermutlich erhofften. Aber niemand außer dem König ergriff das Wort. »Und habt ihr auf der Reise viel erlebt?«

Es war der Unterton, der Regin verriet, dass Gundomar

nicht nach beliebigen Anekdoten fragte. Er räusperte sich. »Majestät, wir kommen nicht viel herum, Siegfried und ich. Da erscheint uns vieles wunderlich, das für den Ansässigen keinen zweiten Blick wert sein mag.«

Gunther mischte sich mit einem milden Blick ein. »Du kannst reden, Schmied Regin. Wir alle sind uns bewusst, dass in den Wäldern rund um Worms schreckliche Dinge geschehen. Es erfreut uns, dass ihr augenscheinlich davon verschont geblieben seid.«

Nun fühlte sich Siegfried bemüßigt zu berichten. »Einen vorschnell zurückgelassenen Wagen am Wegesrand haben wir gesehen – und ein Pferd, dessen Leib verbrannt war. Donnergroll in einem ansonsten unnatürlich stillen Wald.«

Der König und seine drei Söhne sahen sich missmutig an. Es herrschte so etwas wie beunruhigte Stille.

»Man hat mir berichtet, dass er drei weitere Bauern *auf dem Felde* getötet hat«, zischte Giselher schließlich wütend. »Ein großer Zug mit Waren aus Sachsen ist kurz vor dem Rheintal umgekehrt, die Männer waren zu Tode verängstigt. Die Winzer fürchten sich, zur Lese aus den Häusern zu gehen.«

Auch Gunther nickte besorgt. »Nur noch wenige Güter gelangen an unseren Hafen. Die Felder liegen brach, und dadurch ist die Versorgung der Bevölkerung für das nächste Jahr gefährdet. Hunger droht.«

Es war offensichtlich, dass Siegfried und Regin mit ihren Worten genau das Thema angeschnitten hatten, welches unausgesprochen in der Luft lag, seit sie über die Grenze nach Burgund gekommen waren.

Nun sprach auch Hagen, und seine Stimme, obwohl leise und ruhig, war von jedem im Raum zu hören. »Die Bevölkerung ist Vieh, das den Hunger vergisst, sobald die nächste Mahlzeit auf dem Tisch steht, mein König. Viel dringlicher steht jedoch eine andere Frage im Raum – wie lange wird das Vieh dem Leittier folgen, das es nicht zu schützen weiß?«

Wütend schlug Gundomar seinen Kelch auf den Tisch, und Wein spritzte umher. »Genug! Wir haben mehrere Einheiten unserer tüchtigsten Soldaten verloren. Sobald Etzel wieder abgereist ist, werde ich selbst die besten Krieger führen, und dann hat dieser Spuk namens Fafnir ein Ende!«

Jetzt wurde doch gejohlt im Saal, und Kelche wurden aneinander geschlagen.

Giselher sprang auf. »Und ich, mein Vater, werde an deiner Seite kämpfen! Wer kann den Schwertern des Königshauses Burgund widerstehen?«

Noch mehr Gejohle, noch mehr Getrampel, noch mehr Wein.

Siegfried beugte sich zu Gunther, der ihm leicht erhöht am nächsten saß. »Verzeiht mir meine Unwissenheit, Herr – aber wer ist dieser Fafnir, unter dessen Joch das Land so stöhnt?«

Gunther senkte seine Stimme, um den Vater nicht weiter zu verärgern. »Mein guter Siegfried, seid ihr christlich getauft, im Namen des dreifaltigen Gottes?«

Der junge Schmied schüttelte den Kopf. »Regin ... ich ... wir glauben an die Götter aus Walhall, und an Odin, ihren Herrscher.«

Die Antwort schien Gunther wenig auszumachen. »Dann erkläre ich es so – Fafnir ist das schlimmste Biest, welches jemals Utgard verlassen hat. Ein Ungeheuer, dem deine Götter nur mit Furcht entgegentreten würden. Der Lindwurm, dessen Schädel nur unter Thors Hammer brechen wird! Sein Atem ist Feuer, und seine Klaue ist Tod!«

Siegfried drehte sich mit heißen Wangen zu Regin. »Hast du das gehört, Regin? Es ist der Lindwurm, der dieses Land knechtet! Sein Licht haben wir in der vorigen Nacht gesehen, und sein Feuer hat den Wald versengt. Es ist eine Bestie ... ein ... ein ...«

»Drache«, knurrte Regin unwirsch. »Lang wie eine Eiche hoch und mit Schuppen, die Eisen und Flammen trotzen. Er lebt in einer Höhle und fliegt des Nachts über den Wolken.«

»Ihr habt ihn gesehen?«, fragte Gunther verblüfft.

Regin zuckte mit den Schultern. »Nein, Herr. Aber man hört so einiges, wenn man in den Tavernen auf dem Weg hierher die Ohren aufsperrt.«

Siegfried war aufrichtig überrascht – er war ziemlich sicher, dass sie auf dem Weg von Odins Wald nach Worms nirgends klare Worte zum burgundischen Ungeheuer gehört hatten. Was wusste Regin wirklich? Und was verschwieg er?

»Wie lange wütet der Drache schon in Eurem Reich?«, wollte Siegfried von Gunther wissen, der offen und auskunftsfreudig wirkte.

»Seit etwas mehr als einem Jahr«, erklärte der Prinz. »Von einem Tag auf den anderen tauchte er auf, aus einem Wald nordwestlich von hier. Seither fliegt er mit seinen weiten Schwingen über das Land, verbrennt Häuser und Menschen, reißt unser Vieh. Wie viele Soldaten wir in den Wald auch geschickt haben – nicht mal ein Pferd kam lebend zurück.«

»Aber warum warten?«, hakte Siegfried nach. »Warum nicht morgen mit den mutigsten Männern auf die Jagd nach Fafnir gehen?«

Gunther seufzte gespielt. »Die Verpflichtungen des Hofes sind vielfältig, und derzeit plagt uns noch eine andere, wenn auch ungleich süßere Sorge – meine Schwester Kriemhild sucht einen angemessenen Gatten.«

»Wenn ich mich recht erinnere, sind viele Könige des Kontinents noch ledig, so, wie die meisten der Thronfolger«, sagte Regin erstaunt. »Mit dem Glanz einer Prinzessin von Burgund dürften sich einige von ihnen sicher gerne schmücken.«

»Das möchte man meinen – die Wirklichkeit sieht jedoch anders aus«, grinste Gunther. »Keiner ihrer Galane hat auch nur die drei Tage, die ihm zur Werbung zustanden, in den Mauern von Burgund verbracht.«

Siegfried versuchte sich vorzustellen, wie hässlich Kriemhild sein musste, um die Freier so zu verschrecken.

»Hört nicht auf Gunther«, mischte sich nun der scheue Gernot ein. »Kriemhild ist nur wählerisch.«

»So wählerisch, dass sie den meisten Besuchern nicht einmal eine Audienz gewährt hat«, protestierte Gunther. »Bestimmt munkelt man an fremden Höfen bereits, wir hätten unsere Schwester nur erfunden!« Er lachte und stieß mit Siegfried an.

Auch Gernot war nun besserer Laune. »Diesem Gerücht kann Siegfried aufrecht entgegentreten, wenn er in seine Heimat zurückkehrt.«

Siegfried hatte keine Ahnung, wovon Gernot sprach, bis dieser unauffällig in Richtung einer Empore deutete, die am anderen Ende der Halle über die gesamte Breite führte, um an beiden Seiten in dunkle Gänge zu münden.

Dort stand eine junge Frau im Schatten des Gebälks. Es war Kriemhild.

Siegfried wurde schwindlig von der Wucht der Gefühle, die ihn trafen, als er die Prinzessin sah.

Er wurde geboren – neugeboren, wiedergeboren. Die Welt öffnete sich ihm wie einem Säugling, der die Augen aufschlug. Er hatte das Gefühl, zum ersten Mal zu sehen, zu hören, zu schmecken. Das Fleisch in seinem Mund schien auf einmal würziger, das Licht der Fackeln wärmer und der Stoff seiner Kleidung weicher. Er spürte, wie sich das Universum um ihn herum verformte, wie das Leben eine neue Richtung nahm, wie sein Schicksal Zweck und Ziel bekam.

Auf diese Entfernung war sie kaum größer als sein Daumen für ihn, und die tanzenden Schatten der Halle verdeckten einen Großteil ihrer Gestalt, aber Siegfried fand in diesem Moment seine Bestimmung. Seine Bestimmung war diese Frau.

Über die vielen Schritte hinweg konnte er ihre hellen wasserblauen Augen sehen, die sich weiteten, als sie erkannte, dass er sie ansah. Sie drehte sich um und verschwand linkerhand in den Gang am Ende der Empore.

Siegfried war es einerlei. Er hatte sie gesehen, und sie hatte ihn gesehen. Es war ein Erkennen gewesen, so, wie sich Götter erkannten, wenn sie sich trafen. Es war das erste Mal, dass er eine Unausweichlichkeit spürte, die beruhigend und verstörend zugleich war. Kriemhild – sie musste sein werden, um alles in der Welt!

Aber wie konnte das sein? Und wie konnte er so sicher sein, dass sie genauso empfinden würde – empfinden musste?

Regin stieß seinen Ziehsohn grob an. »He! Hat dein Geist deinen Kopf endgültig verlassen, oder schwimmt dein Verstand schon auf dem köstlichen Burgunderwein umher?«

Siegfried riss sich zusammen und nahm betont lässig ein weiteres Stück Braten.

Gunther sah Gernot verschwörerisch an. »Die Wirkung unserer Schwester auf die Männer ist beachtlich. Wollen wir hoffen, dass Etzel ebenso reagiert und ein wenig mehr Ausdauer als die bisherigen Freier mitbringt, wenn er um sie wirbt.«

Gernot nahm einen Schluck Wein. »Ich bin überzeugt, dass Kriemhild auch einem Hunnen widerstehen kann – wenn nicht sogar der ganzen Hunnenhorde!«

In den unterirdischen Gewölben der Burg war Siegfried und Regin eine Kammer zugewiesen worden, in der sonst Burgwachen schliefen. Die einfachen Pritschen, Fell in ein Holzgestell gespannt, waren wie ein Berg aus gewaschener Schafswolle im Vergleich zu den sandigen Waldböden, auf denen sie die letzten Tage genächtigt hatten.

Regin tauchte die Fackel, die ihnen den Weg erleuchtet hatte, in einen Wassereimer, der neben dem Eingang stand. Dann legte er sich hin und schloss die Augen.

Siegfried tat es ihm nach, verschränkte die Arme hinter dem Kopf und starrte die Decke an. »Es ist gut, dass wir nach Burgund gekommen sind.«

Regin musste kein Hellseher sein, um seinem Ziehsohn in die Seele zu blicken. Er seufzte lautstark. »Siegfried, du wirst weder den Drachen bekämpfen noch Kriemhild freien. Zu beidem fehlt dir das Blut.« Nur er selber wusste, dass er log – lügen musste, wenn er Siegfrieds Leben schützen wollte.

Siegfried setzte sich unruhig wieder auf und knetete seine Hände. »Du verstehst das nicht. Kriemhild, der Drache ... es erscheint mir wie ...«

Ächzend stemmte sich der alte Schmied auf. An baldigen Schlaf war sowieso nicht zu denken. »Wie Vorsehung? Bestimmung? Schicksal? Siegfried, *du bist* es, der nicht versteht. Du verstehst weder, was auf dem Spiel steht, noch, womit du es zu tun hast.«

Er ließ die Worte kurz in der Luft hängen, bevor er weitersprach. »Wir reisen morgen ab. Nach Hause, nach Xanten – egal wohin.« Es war ein Tonfall, den Siegfried in seinen siebzehn Jahren bei Regin nur selten gehört hatte. Ein Tonfall, der keinen Widerspruch duldete.

Und doch blieb Siegfrieds Herz trotzig, war auch seine Zunge stumm. Abenteuer, Ruhm und Ehre – alles, was er sich immer erträumt hatte, war hier in Burgund zu finden.

Kriemhild.

Siegfried legte sich wieder hin. Der Gedanke an sie füllte ihn mit Ruhe und stiller Freude. Seine Lippen formten lautlos ihren Namen, bis er endlich einschlief.

Kriemhild hasste es, wenn ihr Vater kam, um »allein« mit ihr zu sprechen. Allein – das bedeutete immer in Begleitung von Hagen, seinem wichtigsten Ratgeber. Was sie »Gespräch« nannten, war ein Gericht. Und schuldig war sie sowieso.

»Du wirst Etzel treffen, und du wirst mit ihm sprechen«, rief der König erbost. »Es ist mir gleichgültig, ob dir seine Nase nicht gefällt oder seine Tischmanieren – es geht um Burgund!«

Kriemhild bändigte ihr Meer aus blondem Haar mit einem Streifen Wildleder unmittelbar unter ihrem Nacken. »Wenn es dir gefällt, werde ich Etzel empfangen. Aber du wirst mich nicht dazu zwingen können, ihn zu ermutigen.«

Gundomar strich sich über die Augen. »Kriemhild, du kannst das Unvermeidliche hinausschieben – verhindern kannst du es nicht. Du kennst die Gesetze von Burgund: Deine Brüder können erst heiraten, wenn du in festen Händen bist.«

Kriemhild wusste es – und es tat ihr weh. Wäre es nur um den Unmut ihres Vaters gegangen, sie hätte jeden Freier unverrichteter Dinge ziehen lassen. Aber damit verdammte sie auch Gernot, Giselher und Gunther zur Ehelosigkeit.

Und ein Leben ohne Ehe war ein Leben ohne Erben für den Hof von Burgund ...

Der König packte seine Tochter nun bei den Schultern. »Kriemhild – du weißt, dass es mir fern liegt, dir einen Bräutigam auszusuchen. Aber es wird die Zeit kommen, da du mir keine Möglichkeit lässt. Wähle, solange dir die Wahl noch bleibt.« Er drehte sich um und ging nach draußen.

Hagen stand einfach nur da und sah Kriemhild an. Sie wollte, dass er verschwand, am besten nicht nur hier, sondern überall. Hagen schien ihr wie ein Geschwür, das Burgund krank machte.

»Was hält Euch noch in meinem Gemach?«, fragte sie schnippisch.

Hagen nickte devot. »Ein Vorschlag, Prinzessin. Ich weiß, wie wenig Ihr vom Gedanken an eine baldige Eheschließung haltet. Und Ihr wisst, wie dringlich Burgund darauf hofft. Wenn es der Sache dient, könnte man ... ein Einvernehmen finden.«

Kriemhild war gespannt, welche Niedertracht sich hinter den scheinbar harmlosen Worten verbarg. »Ich höre.«

Hagen trat näher, seine dunkle Gestalt wie ein Rabe, der Unheil zu verkunden trachtete. »Der Kronprinz der Sachsen befindet sich in einer ähnlichen Lage wie Ihr. Sein Vater drängt auf Brautschau – doch Edelrich verweigert sich beharrlich. Es geht das Gerücht, sein Gemüt neigt mehr zu den schönen Künsten als den schönen Frauen.«

Kriemhild wusste natürlich, was die mäßig höfliche Umschreibung bedeutete. »Und wenn dem so ist?«

»Dann seid ihr einander die Lösung, ohne Bestimmung zu sein«, fuhr Hagen fort. »Ihr heiratet Edelrich, bringt – auf welche Weise auch immer – einen Erben zur Welt, und schlaft fortan in getrennten Zimmern – getrennten Flügeln der Burg, wenn es euch genehmer ist. Wen Ihr in Euer Bett einladet, bleibt dann Euch überlassen. Aber die Thronfolge wäre gesichert und Frieden für zwei Generationen.«

Es fiel Kriemhild schwer, ihren Ekel im Zaum zu halten. Was Hagen vorschlug, war eine Farce, ein Schauspiel – und eine Sünde vor dem Herrn!

»Weiß mein Vater von dieser Idee?«, hielt sie ihm entgegen.

»Nein«, gab Hagen unumwunden zu. »Der König weiß, dass es Dinge gibt, die zu tun ihm nutzen – aber die zu wissen ihm schaden. Es ist meine Aufgabe, beides zu trennen. Bisher gereicht es Euch zum Vorteil, dass er seine Liebe zu Euch über die Pflicht an das Land stellt. Seid nicht sicher, dass dem immer so sein wird.«

Die Verachtung, die sie gegenüber dem Ratgeber ihres Vaters empfand, stand ihr ins Gesicht geschrieben. »Wie könnt Ihr eigentlich des Nachts schlafen, Hagen von Tronje?«

Der Anflug eines Lächelns huschte über sein Gesicht. »Mit dem Schwert an meiner Seite und der Sorge über Burgund im Herzen. Im Gegensatz zu Euch muss ich nicht bei einem schwachen Gott um Vergebung betteln, bevor meine Kerze erlischt.«

Hagen war nicht zum neuen Glauben übergetreten, wie die meisten Bewohner der Burg. Sein Glaube war der Glaube an die alten, grausamen Götter, an Asgard und Walhall. Kriemhild schwante es, dass der Gedanke an ein friedliches Jenseits für den Krieger Hagen unerträglich, alles andere als der Kampf an Odins Seite undenkbar war. Er würde mit Freuden auf die Wallküren warten, damit sie seine Seele vom Totenbett holten.

Kriemhild ging zum Fenster. »Euren Vorschlag habe ich gehört, Hagen. Und Euer gotteslästerliches Gerede auch. Um des Friedens am Hofe will ich meinem Vater nicht davon erzählen. Aber solltet Ihr Euch je wieder erdreisten, mich oder meinen Glauben zu verspotten – die Verbannung aus Burgund wäre schneller als jede fahle Entschuldigung von Euren Lippen.«

Hagen verbeugte sich leicht. Er hatte gesagt, was es zu sagen gab. Dass Kriemhild ihn dafür hasste, hatte er vorausgesehen – aber die Saat für den notwendigen Gedanken hatte er legen können. »Ich muss noch Vorbereitungen für Etzels Besuch treffen. Wessen Gott auch die Geschicke lenkt – er möge Euer Herz dem richtigen Mann öffnen.« Damit verschwand er.

Kriemhild sah durchs Fenster in den Hof. Siegfried stand mit Regin am Karren. Sie schienen zu streiten.

Hagen hatte keine Ahnung, dass Gott Kriemhilds Herz schon geöffnet hatte letzte Nacht.

»Wir können doch nicht so einfach abreisen – Burgund braucht unsere Hilfe!«, versuchte es Siegfried erneut.

Wütend zurrte Regin die Abdeckung des Karrens fest. »Burgund braucht Krieger – und einen Ehemann für die Prinzessin. Beides wirst du nicht sein!«

Die Worte seines Ziehvaters verletzten Siegfried, wenngleich er sie verstand. »Ist nicht die Tatsache, dass Burgund unsere Hilfe braucht, Grund genug für unser Bleiben?«

Während im Hintergrund Gunther auf den Hof trat, baute sich Regin, mochte er auch einen Kopf kleiner sein als Siegfried, vor seinem Ziehsohn mit geschwellter Brust auf. »Siegfried! Ich habe deiner Mutter einst versprochen, ihren Sohn vor allen Gefahren zu schützen, so gut es mir eben möglich ist. Doch von jeher warst du dir selbst immer die größte Gefahr. Wie soll ich dich vor deiner eigenen Dummheit, deinem eigenen Starrsinn schützen?«

Gunther trat nun dazu und legte Regin beruhigend die

Hand auf die Schulter. »Mein lieber Schmied, wenn ich auch an Jahren nur wenig mehr zähle als der blonde Hitzkopf hier, so biete ich doch meinen Rat – Siegfried muss erst Krieger sein, um nach dem Kampf freudig das Schwert beiseite zu legen. Alle guten Worte werden ihn nicht so schnell bekehren wie der Geschmack des eigenen Blutes.«

Regin senkte ehrfürchtig den Kopf. »Euer Hoheit, ich danke für die Aufnahme bei Hofe, und die klugen Worte auch, aber ...«

»Als Gegenleistung erlaubt uns, unser Handwerk als Schmiede in den Dienst der guten Sache zu stellen. Wir können euch Schwerter und Lanzen schmieden, denen auch der Leib des Drachen nicht widerstehen wird!«, fügte Siegfried entschieden hinzu.

Damit hatte er Regins Pläne, ohne viel Aufsehen aus Burgund abzureisen, zunichte gemacht. Nun lag die Entscheidung bei Gunther, und es war nicht ihr Recht, seinem Willen zu widersprechen.

Gunther kratzte sich am Kinnbart. »Nun, in der Tat mangelt es uns an tüchtigen Hofschmieden – in Friedenszeiten konnten wir uns gut der Handwerker von Worms bedienen, aber deren Waffen waren stets nur von bestenfalls brauchbarer Qualität. Und die notwendigen Werkzeuge und Erze könnte ich eilig herbeischaffen lassen ...«

Begeistert streckte Siegfried die Hand vor. »Dann ist es entschieden – lasst uns einschlagen, den Pakt zu besiegeln!«

Das Knirschen von Regins Zähnen war deutlich zu hören, als Siegfried und Gunther einander die Unterarme umfassten. Sie schlossen den Pakt – und begannen etwas wie eine Freundschaft, so viel war deutlich zu sehen.

Der Prinz lächelte zufrieden. »Es wird euer Schaden

nicht sein. Den Ruhm von Burgund zu mehren heißt, euren Ruhm zu mehren.« Er nickte Regin zu und ging davon.

Siegfried wurde nun langsam bewusst, dass er seinen Ziehvater überrumpelt und vor den Kopf gestoßen hatte. »Regin, ich ...«

»Du hast bewiesen, dass du genauso dumm und ungestüm bist, wie ich es dir soeben vorwarf«, zischte der Schmied. »Nun sind die Nöte Burgunds auch unsere Sorgen.«

Siegfried sah betreten zu Boden. »Ich könnte verstehen, wenn du ohne mich nach Hause zurückreisen würdest ...«

Regin schlug ihm mit der flachen Hand auf den Hinterkopf. »Und verpassen, wie du dich mit deinem Versprechen, die besten Schwerter und Lanzen zu schmieden, auf die Nase legst? Keinem Drachen dieser Welt, ob Lindwurm oder Frauenzimmer, wird das gelingen.«

Siegfried grinste nun unsicher. »Dann wirst du mir helfen?«

Regin hielt Siegfried den Zeigefinger unter die Nase. »Unter zwei Bedingungen.«

Der junge Schmied nickte ungeduldig. »Ja, ja – ich lasse Kriemhild in Ruhe, und den Drachen wird der König töten. Ich verspreche es dir im Namen der Götter – und dieses seltsamen Gottes, den die Burgunder verehren.« Er ging davon, um den Karren wieder abzuladen.

»Und bevor die Mondscheibe rund ist, wirst du beide Versprechen gebrochen haben«, murmelte Regin so leise, dass nur er es hören konnte. Um das zu wissen, brauchte er nicht die Weisheit der Götter. Es genügte, den Hunger in Siegfrieds Augen zu sehen.

Geplärre ertönte von jenseits des Burgtors, und nach kurzer Zeit wurde geöffnet. Herein kam eine Familie einfacher Herkunft, Bauern vielleicht. Grobe Kleidung, grobe Gesichter und grobe Hände, auf denen der Vater des Haufens etwas trug, das Regin zuerst nicht ausmachen konnte.

Sie waren zu sechst, ein Ehepaar und vier Kinder. Ein kleiner Köter lief ihnen hinterher. Sie rannten in panischer Hast auf den Hauptsaal zu, aber die Wachen verweigerten den Eintritt. Wieder gab es lautstarkes Gekeife, und die Frau warf sich schreiend auf die steinernen Stufen.

Siegfried hatte nie zuvor einen solchen Ausdruck von Leid in einem Gesicht gesehen. Doch im Gegensatz zu den Soldaten am Tor ließen sich die Wachen vor dem Portal nicht drängen und senkten bedrohlich ihre Lanzen nach vorn. Schließlich trat Giselher aus dem Portal, angelockt und verärgert von der unerwarteten Störung.

Siegfried und Regin waren nun neugierig genug, etwas näher heranzugehen, um zu sehen, was sich hier abspielte.

»Ein Kind!«, schrie der Bauer, und auch ihm rannen Tränen die Wangen herab. »Ein Kind nur, Herr!«

Giselher, der mit dem Schwert ungleich besser umgehen konnte als mit Worten, hob abwehrend die Hände und versuchte vergebens, etwas Ruhe zu erhalten. »Es reicht! Für dieses Theater sollte ich euch in das Verlies werfen lassen! Was ist denn überhaupt los?«

Der Mann legte ein schwarzes, brüchiges Bündel dem Kronprinzen zu Füßen.

Siegfried reckte den Hals, und was er erkannte, wollte er gleich wieder aus seinem Kopf verbannen.

Es war mitnichten eine sechsköpfige Familie. Der Bauer und seine Frau hatten fünf Kinder in die Welt gesetzt. Und eines lag nun auf dem kalten Stein, wenig mehr noch als ein verkohlter Batzen.

Eine Hofdame, die abseits stand, fiel in Ohnmacht, und nur durch Glück war ein Wächter zur Stelle, sie aufzufangen. Selbst Giselher, im Kampf die Grausamkeit gewohnt, hielt sich den Handrücken vor die Nase, um den Gestank des Todes nicht atmen zu müssen. Er wurde sichtlich bleich.

Der Bauer fiel auf die Knie, kraftlos und ohne Lebenswillen. »Herr, sie war doch erst sieben! Ein braves Mädchen, und nie weit vom Haus entfernt. Fafnir hat sie geholt, da die Sonne gerade erst den Horizont berührte!«

Langsam fing Giselher sich wieder und besann sich seiner Pflichten als Kronprinz. »Ein Kind von fünfen – du kannst dich immer noch als reich beschenkt betrachten. Wäre es nicht der Drache gewesen, vielleicht hätten Krankheit oder Unglück sich das Kind geholt.«

Es herrschte betroffenes Schweigen. Die Familie, die klagend und hoffend zugleich den Weg zum Hofe angetreten hatte, schien unfähig, dem Prinzen etwas zu entgegnen.

Direkt hinter Giselher öffnete sich die Tür erneut, und diesmal trat Gundomar selbst heraus. Seine Miene verdüsterte sich, als er die Überreste des Kindes sah. Alle Anwesenden knieten sofort nieder, auch Siegfried und Regin.

Der König legte Giselher die Hand auf die Schulter, sah dabei aber den Bauern an. »Es tut uns Leid um deine Tochter, guter Mann. Und wir werden tun, was uns gegeben ist, um weitere Not zu verhindern. Während wir hier sprechen, bereiten meine Heerführer einen Schlachtplan vor, dessen Durchführung das Ende des Drachen bringen wird. Bis dahin wird man euch in Worms unterbringen, damit ihr den Rest eurer Familie sicher wisst.«

Er winkte einem Soldaten, der sofort herbeigeeilt kam. »Du wirst dafür Sorge tragen, dass diese Menschen gut untergebracht werden«, befahl er. »Und das tote Kind bekommt ein Grab in geweihter Erde.« Damit drehte er sich auch schon wieder um und verschwand in der Burg.

Giselher stand noch einen Moment unschlüssig herum, folgte dann aber seinem Vater. Der Soldat geleitete die Familie, deren Schluchzen durch die Worte des Königs gedämpft war, davon.

»Ein weiser König«, murmelte Siegfried. »Die Sorge um seine Untertanen zeichnet ihn aus.«

»Weise ist er«, knurrte Regin. »Er weiß, was ihn vor Zeugen blamieren würde. Ein guter König gibt sich die Blöße der Hartherzigkeit nur hinter verschlossener Tür.«

»Du meinst, das Leid der Familie schert ihn nicht?«, fragte Siegfried verblüfft.

»Warum sollte es?« Regin machte sich wieder auf den Weg zum Karren. »Fafnir überzieht das Land mit Schrecken – aber die königliche Familie hockt sicher in ihrer Burg und plant die Hochzeit der Prinzessin.«

»Aber Gunther sagte doch ...«, begann Siegfried, während er Regin nachlief.

»... dass sie sich nach Kriemhilds Treffen mit Etzel um Fafnir kümmern werden«, vollendete der Schmied den Satz. »Das Wohl des Hofes kommt vor dem Wohl des Volkes.«

So hatte Siegfried das noch nie gesehen.

Bei Tag war es wenig gefährlich, durch die Wälder rund um Worms zu reiten. Der Drache Fafnir kam zumeist erst aus dem Versteck, wenn die Nacht hereinbrach.

Im gleißenden Licht der Mittagssonne wiegten sich sattgrüne Bäume sanft im Wind, Dutzende von Bächen strebten dem Rhein entgegen, sich auf dem Wege immer wieder in kleinen Teichen sammelnd. Helle Findlinge luden zur Rast ein, und Moos federte die Schritte der Pferde.

»Dieser Schmied Regin meint, Fafnir lebe in einer Höhle«, sagte Gernot und sah seine Schwester an. »Woher kann er das wissen?«

»Ich weiß es nicht«, antwortete Kriemhild, die auf einem Schimmel saß, der so weiß wie ihr Kleid war. »Ist es von Bedeutung?«

»Er scheint mir nur etwas seltsam, das ist alles«, fuhr Gernot fort. »Ein Paar wie ihn und Siegfried bekommt man nicht alle Tage zu sehen.«

Kriemhild mühte sich, unbeteiligt zu wirken. »Sie werden uns bald verlassen, da scheint für weitere Gedanken an die Schmiede kaum Anlass.«

Gernot wunderte es nicht, dass Kriemhild noch nicht davon gehört hatte. Sie hielt sich gerne vom Hofstaat – und damit auch vom Klatsch – fern. »So bald wohl kaum – Gunther hat sie eingeladen, als Hofschmiede in der Burg Lager und Werkstatt aufzuschlagen.«

So sehr die Prinzessin sich um Fassung mühte – ihr Pferd spürte die sie beinahe ohnmächtig machende Flamme, die ihr Herz in diesem Augenblick durchzuckte. Es scheute kurz, und Kriemhild zog die Zügel straff an. »Siegfried – Siegfried und Regin bleiben in Burgund?«

Gernot nickte. »Es scheint, als wolle Vater dafür sorgen, dass wir genug gute Waffen haben, wenn es gegen Fafnir geht.«

»Nun, das ist sicher vernünftig«, murmelte Kriemhild. »Nicht, dass es von Bedeutung wäre – in der Nähe der Schmiede wird man mich selten finden.« Es fiel ihr schwer, nicht verräterisch benommen zu wirken.

»Auch mich treibt es nicht in die vom Schweiß geschwängerte Luft des Kampfes«, sagte Gernot. »Überall ist nur noch die Rede von Ungeheuern, Krieg und Tod. Ich wünschte, es brächen wieder bessere Zeiten für Burgund an. Ist dir aufgefallen, dass Vater nicht einmal mehr am heiligen Sonntag die Glocke der Kirche läuten lässt, um Fafnir nicht zu reizen?«

Kriemhild nickte abwesend. »Es scheint, als wäre die Verkündung freudiger Ereignisse wie Geburt und Hochzeit ein Wagnis, das einzugehen wir zu feige geworden sind.«

»Eine Schande vor dem Herrn – zumal demnächst der Tross des Prinzen Etzel erwartet wird«, erinnerte sie ihr Bruder. »Nach dem, was man so hört, wäre er der ideale Gemahl für dich – und für Burgund.«

Kriemhild stöhnte, rau in die Wirklichkeit zurückgezerrt. »Bitte, Gernot, versprich mir, dass du nicht auch noch diese unsägliche Drängelei beginnst, mit der mich Vater seit zwei Jahren verfolgt.«

Er lachte. »Nichts liegt mir ferner – was sollte ich den lieben langen Tag in Burgund tun, wenn du am Hofe deines Mannes weilst? Nein, wenn es nach mir geht, kannst du dich vor jedem Freier in deinem Gemach verstecken.«

Auch die Prinzessin lachte. »Dann steht aber auch dir der Gang zum Altar nicht frei – wie die Schlange Hagen nicht müde wird, zu warnen.«

Gernot winkte ab. »Da scheint uns das Schicksal zu einen – auch ich wüsste nicht, wen ich heiraten sollte. Breite Hüften und rosige Wangen mag es bei Hofe geben, aber was nützt es, wenn ich mir Wachs in die Ohren stopfen muss, sobald eines der dummen Weibsbilder den Mund aufmacht?«

Gernots Pferd scheute und bäumte sich auf. Er zwang es wieder unter seinen Willen und sah sich überrascht um. Im Schatten einer alten Eiche entdeckte er Elsa. Sie stand in einem dunklen, einfachen Kleid da, mit Pilzen und Kräutern in einem Tuch, das sie an den Enden wie einen Beutel hielt. Wie ein Reh vor dem Jäger schien sie unfähig, sich zu bewegen.

»Wie lange hast du uns schon zugehört?«, verlangte

Kriemhild zu wissen. Als Tochter Hagens war das Mädchen für sie ein Paar Ohren zu viel.

»Ich habe nicht gelauscht, Prinzessin«, stammelte Elsa nun. »Ich war hier, um Gaben des Waldes zu sammeln.«

Wie zur Bestätigung hielt sie das Tuch mit den Pilzen und Kräutern hoch.

»Braust du magische Tränke – wie es die Leute deines Vaters tun?«, fragte Kriemhild scharf. Es war bekannt, dass Hagen und andere Heiden immer noch versuchten, durch alten Zauber den Vormarsch des Christentums aufzuhalten.

Elsa schüttelte trotzig den Kopf. »Nur eine Suppe.«

Immer wieder flackerte ihr Blick Hilfe suchend zu Gernot, der schließlich eingriff. »Schon gut, Elsa. Ich hoffe, wir haben dich nicht erschreckt.«

Hagens Tochter verbeugte sich knapp und verschwand hastig im Wald.

»Mit den breiten Hüften und rosigen Wangen hast du hoffentlich nicht sie gemeint, oder?«, fragte Kriemhild spöttisch.

Gernot fand die Bemerkung nicht komisch. »Lass sie in Ruhe. Elsa trägt schwer an ihrer Abstammung, und sie ist eine gute Seele. In ihrem Kopf geht vieles vor – und manchmal frage ich mich, was das ist.«

»Ganz der Vater«, meinte Kriemhild verächtlich.

Gernot zupfte am Zügel seines Pferdes. »Wir sollten wieder zur Burg zurückreiten.«

Es überraschte Kriemhild, dass ihr Bruder so empfindlich reagierte.

Sie sprachen nicht mehr viel auf dem Rückweg. Kriemhild und Gernot schienen beide ihren Gedanken nachzuhängen, in denen Siegfried und Elsa sie begleiteten.

Es war eine gute Schmiede – klein, aber nach Gunthers Anweisung mit Bedacht und Sorgfalt ausgebaut. In einem steinernen Bau in der östlichen Ecke des Hofes gelegen, konnten Siegfried und Regin ihre Arbeit im Dienste des Königs beginnen.

Man gewöhnte sich bei Hofe so schnell an die beiden neuen Schmiede, wie Regin und Siegfried sich an das bunte, aber immer noch gedämpfte Treiben Burgunds gewöhnten. Die Nächte verbrachten sie in dem Kellerraum, der ihnen am ersten Tage zugeteilt worden war, und Speisen fielen reichlich für sie ab.

Gundomar hatte seine Soldaten angewiesen, ihre Waffen begutachten zu lassen, und wie Regin es befürchtet hatte, waren die Schwerter, Dolche und Lanzen nicht in guter Verfassung. Ihr Schliff war uneben, die Griffe zu schwer, und so manches Mal war die Klinge so dick, als hätten die Schmiede von Worms es vermeiden wollen, ihre Hämmer abzunutzen.

Sie begannen damit, die Waffen so weit es ging durch Schliff und Schlag zu veredeln. Manche schmolzen sie komplett ein, um dem Metall eine neue Chance zu geben, seinem Träger das Leben zu retten.

Durch diese Reparaturen fiel es Siegfried auch leichter, die Grundlagen der Waffenschmiede zu erlernen, die Regin ihm bisher vorenthalten hatte. Wie schon bei den anderen Aufgaben lernte der Junge schnell, vielleicht sogar etwas schneller, denn er war mit sichtlicher Begeisterung dabei. Die Faszination der Schwerter trieb ihn zu harter Arbeit an, und wenn sie es nicht tat, fand Regin ihn oft bei den Plätzen, wo die Soldaten sich im Nahkampf übten.

Giselher hatte Siegfried nie wieder zu einem Kampf herausgefordert. Und Siegfried hatte Kriemhild seit dem Festessen nicht mehr gesehen. Es war nicht so, dass er es nicht versucht hätte. Des Abends drückte er sich meist in der Nähe des Festsaals herum, und schon oft hatten ihn die Wachen verscheucht, wenn er wieder einmal zu lange unter ihrem Balkon stand. Wenn Kriemhild ausritt, verpasste er sie immer nur um wenige Augenblicke. Wich sie ihm aus? Wenn ja, dann musste sie in ihm eine Gefahr für ihr Herz sehen, eine andere Erklärung gab es nicht!

Vom Königshaus kam nur Gunther mitunter vorbei, erkundigte sich freundlich nach der Arbeit und unterhielt sich mit Siegfried über Dinge des Glaubens und der Geschichte.

Die beiden verstanden sich besser, als es Regin recht war. Die Entscheidung, am Hofe von Burgund zu bleiben, war ihm aufgedrängt worden, und es war nicht zu erwarten, dass er jemals seinen Frieden mit ihr machte. Schließlich hatte er lange vor Siegfrieds Geburt Xanten verlassen, um nie wieder im Dienste von Krieg und Blut stehen zu müssen.

Es war ein ruhiger Vormittag, an dem der Trompeter vom Wachturm die verspätete Ankunft von Etzels Gefolge in hohem Ton verkündete. Nicht, dass der Hofstaat es nötig hatte, in Eile zu verfallen – alles war vorbereitet, die Speisekammern gut gefüllt, die Steinböden gewischt und der Hof gekehrt. In dieser schweren Zeit hatte sich Burgund herausgeputzt, so weit es ihm möglich war.

Siegfried hörte die Trompete nicht, denn er hieb mit kräftigen Schlägen auf ein mächtiges Zweihandschwert, dem er die rechte Balance zu geben suchte. Erst als sich Regins Hand auf seine Schulter legte, hielt er inne.

»Du solltest mit rauskommen – ich denke, der Einzug der Hunnen dürfte ein prächtiger Anblick sein.«

Siegfried nickte und wischte sich mit einem Lappen den Schweiß von der Stirn.

Der Trompetenstoß, der von der Ankunft Etzels gekündet hatte, war von Kriemhild noch ignoriert worden. Es waren die folgenden seltsamen Geräusche, die sie an das Fenster lockten. Ein Hämmern, Schlagen und Schreien, als sei man bestrebt, eine ganze Stadt in einer Viertelstunde zu erbauen.

Hätte sie es nicht besser gewusst – Kriemhild hätte gemeint, die Hunnen bereiteten sich auf eine Belagerung vor. Von ihrem Fenster an einem der höchsten Punkte der Burg konnte sie über die Außenmauern sehen, und vor dem Tor wimmelte es von wilden, dunkel gekleideten Hunnenkriegern, die eine Zeltstadt aus Fellen und grobem Stoff errichteten. Stämmige kleine Pferde trugen Männer, zogen Schlitten mit Proviant und schleppten Wasserschläuche von einem Hunnen zum nächsten. Chaos schien vorzuherrschen, aber die Geschwindigkeit und Präzision, mit der sich die Zelte wie Pilze vermehrten, kündete von Erfahrung und Plan. Es erinnerte Kriemhild ein wenig an ein Bienenvolk, das dabei war, sich einen Stock zu bauen.

Kaum eine Stunde verging, und das Lager der Hunnen war bereitet. Die ersten Feuer wurden entzündet, damit die einfachen Krieger, die nicht in die Burg geladen waren, ihren Hunger am Ende der langen Reise aus dem Osten stillen konnten.

Kurz darauf erschien aus dem Hauptzelt eine Abordnung von fünf Mann, die mit gemessenen Schritten auf das Burgtor zuschritt. Aus dem Augenwinkel sah Kriemhild Siegfried, der mit Regin aus der Schmiede trat. Sofort zog sie sich wieder in den Raum zurück, wo sie nicht gesehen werden konnte. Sie schalt sich selbst für diese dumme Beklommenheit, die ihr Herz ergriff, wenn sie den jungen Schmied erblickte. Aber die Schwäche, die sie seit seiner

Ankunft empfand, war von unkeuscher Natur, und töricht dazu. Es nahm ihr den Willen, frei zu denken und selbst zu entscheiden.

Ein Krieg war ausgebrochen zwischen ihren Gefühlen und ihrem Verstand. Die Schlacht war blutig und ein baldiger Sieg nicht zu erwarten. Im Gegenteil – sie spürte, dass beide Seiten zu verlieren drohten. Sie war kein junges Mädchen, das Blütenträumen nachhing und dem wilde Geschichten von siegreichen Schlachten die Knie weich machten. Sie *verstand* die Bedürfnisse des Hofes, ihres Vaters und ihrer Brüder. Sie *verstand*, dass die Wahl eines Bräutigams nicht mehr lange hinauszuschieben war und dass der Erwählte von großer Macht wie großem Blut sein musste. Aber sie *fühlte* dieses Sehnen in sich. Dieses unerschütterliche Gefühl, in Siegfried den Tag zu ihrer Nacht gefunden zu haben. Sie *fühlte* die Unausweichlichkeit dieser ... Liebe?

Sie hatte dieses Gefühl noch nie gehabt, geschweige denn sich eingestanden. Und doch wusste sie genau, was es war. Ihre Hand krallte sich in den schweren Vorhang, und sie hatte Angst, sich zu übergeben.

Die Tür zu ihrem Zimmer öffnete sich, und Gernot trat herein. »Kriemhild, Vater wird Etzel gleich empfangen. Willst du nicht herunterkommen?«

Die Prinzessin atmete tief ein und zwang sich zurück in die Maske der gefassten Adeligen. Sie lächelte so ungezwungen, wie es ihr möglich war. »Später. Ich denke, es wird ein paar Stunden dauern, bis Vater und sein Gast überhaupt geklärt haben, wie die Eckpunkte dieser Verbindung beschaffen sein müssten, damit beide Reiche davon profitieren.«

Gernot war sichtlich misstrauisch. »Aber du wirst kommen?«

Sie legte ihm die Hand auf die Schulter. »Versprochen.«

Etzel war von besonderem Blut, das konnte Siegfried sehen, als die Gruppe der Hunnen den Burghof betrat. Er war nicht sehr groß, aber von kräftiger Statur, und seine stark gebräunte Haut verriet ein Leben in der Natur, wie es Siegfried ebenfalls bekannt war. Sein Gesicht zierte ein dichter Bart, der unter dem Kinn zu einem Zopf geflochten war und der ihn älter aussehen ließ als die zwanzig Jahre, die er den Chronisten nach zählte. Seine leicht angeschnittenen Augen waren aufmerksam und für einen Krieger weich und klug. Er schien wie auf Moos zu gehen, federnd und elegant. Die Arme hielt er ruhig an seiner Seite, und das Hemd unter seiner Fellweste war schneeweiß. Auf dem Kopf trug er eine spitze Lederkappe mit Fellbesatz, unter der die schwarzen Haare ebenfalls im Zopf gebändigt waren.

Kein Zweifel – Etzel war eine prachtvolle Erscheinung, als Mann wie als Krieger, und er stach unter seinen eher grobschlächtig wirkenden Gefolgsleuten deutlich heraus.

Die Hunnen gingen, ohne den Hofstaat eines Blickes zu würdigen, direkt auf das Portal zum Festsaal zu. Dort wurden sie von Giselher und Gunther erwartet, die sich vor dem Gast leicht verbeugten. Die Tatsache, dass sie auf den Treppenstufen etwas erhöht standen, glich die Demutsgeste aus.

Etzel verbeugte sich nicht, aber sein knappes Nicken bezeugte den nötigen Respekt. Als er sprach, ertönte eine dunkle Stimme, die sorgsam den Worten ihre Bedeutung beimaß. »Etzel, Sohn von Mundzuk. Ich spreche zu Gunther und Giselher, Söhne von Gundomar. Es begegnen sich zwei Reiche – nicht mit erhobenem Schild und gezogenem Schwert, sondern in Freundschaft, in Hoffnung auf eine dauerhafte Verbindung.«

Trotz seines niederen Ranges gegenüber Giselher ergriff Gunther das Wort. »Ich bin Gunther von Burgund. Nicht nur Sohn von Gundomar, sondern auch Bruder von Kriemhild. Du bist uns willkommen als Gast wie als Freund. Trink mit uns, iss mit uns, sprich mit uns. Wenn wir auseinander gehen, soll der Weg nach Hause das Band zwischen uns spannen.«

Das Portal wurde geöffnet, und die Hunnen betraten den Festsaal, der von allen Tischen freigeräumt worden war und in dem der König vor seinem Thron stand, um den Gast zu begrüßen.

Mehr konnte Siegfried nicht erkennen, bevor die Tür wieder geschlossen wurde. Die Menschen auf dem Hof strömten auseinander und gingen wieder ihrer Arbeit nach.

»Ein Mann von königlichem Blut, das merkt man gleich«, murmelte Regin. »Und stolz. Es wäre bestimmt keine gute Idee, ihn vor den Kopf zu stoßen.«

Siegfried sah ihn von der Seite an. »Du meinst, Kriemhild wird um des Friedens willen seinem Werben nachgeben?«

Regin hob die Schultern. »Ich meine, dass Etzel eine gute Wahl ist – und jede weitere Verzögerung der Hochzeit kann nur zu einer Verschlechterung führen.«

»Aber ist eine Hochzeit nicht auch eine Frage des Herzens?«, protestierte Siegfried schwach, obwohl ihm klar war, wie die Antwort ausfallen würde.

»Bei Bauern vielleicht, und in den Liedern der Barden – aber nicht hier«, erklärte Regin. »An den vornehmen Höfen dieser Welt zählen nur Macht und Ansehen, die mit einer solchen Verbindung einhergehen.«

Es war das erste Mal, dass Siegfried sich die Frage stellte, wie er wohl Macht und Ansehen erringen konnte.

Die hintere Burgmauer war etwas höher als die anderen, um im Falle eines Angriffs von vorne auch von hier aus eine gute Sicht zu gewährleisten. Wie Zähne im Maul eines steinernen Riesen standen die Quader auf der Außenseite des Wehrgangs im eintönigen Rhythmus.

Gernot spazierte hier in der Absicht, wenigstens unterwegs zu sein, wenn er schon keinen Platz hatte, an dem er erwünscht war.

Kriemhild bereitete sich auf das Gespräch mit Etzel vor. Im Festsaal war er als »dritter Prinz« überflüssig, und durch das Hunnenlager in den Wald zu reiten hätte leicht missverstanden werden können. Es blieb ihm also nur sein Zimmer – oder die beständige Wanderung durch die Gänge und Hallen der Burg.

Zwischen zwei Quadern sah er eine Gestalt sitzen, Beine und Rücken gegen den Stein gepresst, um nicht aus Versehen von der Burgmauer in die Tiefe zu stürzen. Es war Elsa.

Einen Moment lang ertappte sich Gernot bei dem Gedanken, umzudrehen, bevor sie ihn sah. Es war weniger die Tatsache, dass er nicht mit ihr sprechen wollte, sondern mehr, dass sie ihn verwirrte. Er war überrascht, sie hier oben zu finden, aber andererseits tauchte Elsa immer dort auf, wo man sie nicht erwartete – war es also nicht vollkommen gewöhnlich, ihren schlanken Leib im kalten Wind auf der Burgmauer zu sehen? Und warum liefen sie sich immer wieder über den Weg, obwohl er auch in diesem Fall kaum Absicht ihrerseits unterstellen konnte?

Es fiel ihm auf, dass er stehen geblieben war, um diesen Gedanken nachzuhängen. Elsa konnte ihn nicht sehen, denn sie saß mit dem Rücken zu ihm – nur ihre rechte Schulter und ein Teil ihres Kopfes ragten über den Quader hinaus. Sie ließ einen bleichen Fuß herunterbaumeln, darüber einen schwarzen, dünnen Rock.

Er kannte Elsa schon seit der gemeinsamen Kindheit, auch wenn sie niemals zusammen gespielt hatten, noch gemeinsam unterrichtet worden waren. Eine Vertrautheit hatte sich nicht entwickelt, und Gernot fragte sich, ob Elsa überhaupt jemandem vertraute. Sicher nicht ihrem Vater. Es war ihm nie in den Sinn gekommen – aber Elsa musste sehr einsam sein.

Gernot atmete durch und räusperte sich vernehmlich, um die junge Frau nicht zu verschrecken. Dann trat er neben sie.

»Hast du keine Angst, dass Fafnir aus den Wolken herniederschießt und deinen zarten Leib davonträgt?«

Elsa sah ihn an, nickte ergeben und wollte sofort aufstehen, um sich zu verbeugen. Gernot bedeutete ihr, sitzen zu bleiben. »Kein Grund für Förmlichkeiten, die ich nicht weniger verachte als du. Macht es dir etwas aus, wenn ich mich zu dir setze?«

Sie schlug die Augen nieder. »Es steht Euch frei, an jeder Stelle der Burg Platz zu nehmen.«

Gernot lachte unsicher. »Ich bat dich nicht um ein paar Handflächen Stein – ich bat dich um deine Gesellschaft.«

Für einen Moment schienen ihre Wangen etwas Farbe zu bekommen, als würde ein hellroter Schatten über sie streichen. »Es ist eine Ehre.«

Gernot setzte sich mit dem Rücken gegen den Quader, auf den sich Elsas linkes Bein stützte. Er blickte sich übertrieben auffällig um. »Kein Drache in Sicht.«

Mit einer leichten Kopfbewegung deutete Elsa nach Westen. »Ich habe sein Feuer gesehen – weit entfernt hat es die Nacht erleuchtet.«

Erst jetzt fiel ihm auf, dass sie eine Holzschüssel in der Hand hielt. »Einer der bösen Tränke, die mein Schwesterherz für so verwerflich hält?«

Elsa schüttelte unsicher den Kopf. »Die Suppe ... möchtet Ihr kosten?«

Gernot winkte ab. »Ich würde gerne wissen, warum du hier oben isst. Als Hagens Tochter steht dir ein eigenes Zimmer zu. Und auch die Bediensteten würden sich glücklich schätzen, wenn du an ihrem Tisch säßest.«

Elsa sah sich um, und er folgte ihrem Blick. »Ich mag die Aussicht, die Klarheit. Von hier oben scheinen alle Menschen wie Figuren, die in sich ändernden Konstellationen zu sich ändernden Zeiten zwischen den Orten ihres Lebens umherlaufen. Manchmal ... stelle ich mir vor, ich könnte sie nur durch die Kraft meiner Gedanken beeinflussen.«

Gernot wusste, was sie meinte – das Lager der Hunnen, der Festsaal, die Soldaten, Worms im Hintergrund. Man konnte alles mit einem Blick erfassen, die ganze Welt, so, wie sie die meisten Menschen hier nicht anders kannten.

»Ein Gedanke, der deines Vaters würdig wäre«, stichelte Gernot gutmütig.

Elsa sah ihm fest in die Augen, vielleicht zum ersten Mal in ihrem Leben. *»Ich bin nicht wie mein Vater.«*

Die Heftigkeit ihrer Entgegnung überraschte ihn, ebenso die unergründliche Tiefe ihrer dunklen Augen. Er brauchte drei Herzschläge, um sich zu fangen. »Das habe ich auch nicht damit sagen wollen. Niemand denkt ...«

»Kriemhild denkt es«, schnappte Elsa.

Gernot mühte sich, keinen Streit aufkommen zu lassen. »Kriemhild meint es nicht so. Sie ist nur ... auf deinen Vater nicht gut zu sprechen. Und wer weiß – vielleicht wird sie uns auch schon bald verlassen.«

»Ich würde es hoffen«, murmelte Elsa.

»Warum sagst du das?«, fragte der Prinz enttäuscht.

»Für Burgund«, fügte sie hastig hinzu. »Ich hoffe für Burgund, dass sie den rechten Gatten findet.«

Gernots Blick wanderte zur Festhalle, in der um die Zukunft seiner Schwester geschachert wurde.

»Ihr verehrt Kriemhild«, stellte Elsa fest.

»Sie und keine andere«, nickte Gernot.

Es kostete Elsa Mühe, in dem Satz nur die gedankenlose Beiläufigkeit zu sehen, mit der er ausgesprochen war. Dennoch tat es weh. Sie hatte vor langer Zeit lernen müssen, keine sichtbare Tränen über ihre Wangen fließen zu lassen.

Gernot bemerkte, dass etwas auf Elsa lastete, und er versuchte sie aufzumuntern. »Gilt das Angebot mit der Suppe noch?«

Tatsächlich schien das Mädchen nun aus den dunklen Gefilden zurückzukehren. Sie hob die Schüssel an, und Gernot wollte danach greifen, aber Elsa ließ nicht los. Ihre Hände berührten sich. Fast vorsichtig nahm Elsa den Löffel, der in dem Eintopf lag, und hielt ihn dem Prinzen hin.

»Wenn es sich doch um einen magischen Trank handeln sollte, werde ich mir den Rest meines Lebens den Spott meiner Brüder anhören müssen, dass du mich so leicht hast verzaubern können«, scherzte er.

Elsa antwortete nicht.

Gernot probierte. Es schmeckte sehr gut, leicht, nach vielen aromatischen Gewürzen. »Eine feine Speise«, lobte er ehrlich. »Und scheinbar ohne ...«

»Fleisch«, vollendete das Mädchen den Satz. »Ich esse kein Fleisch. Niemals.«

Gernot nickte zufrieden. Erst jetzt bemerkte er, dass seine Hand an der Schüssel immer noch die ihre hielt. Er zog sie ohne Hast zurück. »Bin ich nun verzaubert?«, fragte er.

Sie hielt seinem Blick stand, obwohl das Herz ihr bis zum Hals schlug und die Luft vor ihren Augen flimmerte. »Fühlt Ihr Euch verzaubert?«

Unten auf dem Hof wurde die Tür des Festsaals aufgestoßen, und die Abordnung der Hunnen trat ins Freie. Ohne Hast machten sich die Krieger aus dem Osten wieder auf den Weg in ihre Zeltstadt vor den Toren der Burg.

Gernot sprang auf. »Die Verhandlungen scheinen beendet! Wenn sich mein Vater mit Etzel einigen konnte, dann ist es nun an Kriemhild, die Reiche zu einen.«

Er machte sich auf den Weg, um die Neuigkeiten zu erfahren. Elsa legte den Kopf zurück gegen den kühlen Stein und schloss die Augen. Doch nach einigen Schritten auf dem Wehrgang drehte sich Gernot noch einmal um. »Danke für die Suppe. Es würde mich freuen, in Bälde wieder eine Schüssel mit dir zu teilen.«

Sie brachte gerade noch die Kraft auf, zu nicken. »Sie wird für Euch bereitstehen.« Es war ihr unerklärlich, wie leicht es Gernot fiel, ihr Herz zu brechen und es gleichzeitig erblühen zu lassen.

Siegfried stand am Amboss in der Schmiede, als Gunther zu ihm kam. Der Prinz legte ihm die rechte Hand auf die Schulter und hielt ihm mit der linken einen Dolch hin. »Guter Schmied, würde es dir etwas ausmachen, diese Waffe für mich zu schärfen?« Er lächelte dabei, die vorsichtige Bitte mit der nötigen Ironie versehend.

Siegfried legte die Speerspitze beiseite, an der er gerade arbeitete. »Alles für den Prinzen von Burgund.« Er nahm den Dolch und strich mit dem Daumen über die Klinge, die tatsächlich stumpf war. Dann setzte er sich an den Schleifstein.

Gunther lehnte sich mit dem Rücken an einen der Trägerbalken der Hütte. Er beobachtete Siegfried eine Weile schweigend, bis es aus ihm herausbrach. »Du kannst ruhig fragen.«

Siegfried hielt inne, den Blick fest auf den Schleifstein gerichtet. »Ist es so offensichtlich?«

Gunther lächelte. »Nicht für jeden. Ich denke sogar, das ist dein Glück. Wenn mein Vater wüsste, wie es um dein Herz steht, würde er dich aus der Burg werfen lassen.«

»Also, dann – wie steht es im Gespräch mit Etzel?«

»Er ist ein kluger Mann, der einmal ein kluger König sein wird«, erzählte Gunther. »Sein Reich ist beträchtlich und noch nicht endgültig in seinen Grenzen. Er sieht die Vorteile der Verbindung und hat bereits angeboten, an unserer Seite gegen Fafnir zu ziehen. Ihn abzulehnen wäre töricht, und wenn man mich fragt, werde ich Kriemhild raten, den Bund zu schließen.«

Siegfried setzte mehrmals an, bevor er einen Satz herausbrachte. »Es ist nur ... ich weiß damit nicht umzugehen. Ich möchte jeden ihrer Freier stellen, mich im Duell beweisen. Welcher Art die Prüfung auch sein mag – für Kriemhild würde ich sie bestehen!«

Gunther seufzte. »Glaub mir, wäre ich König und du von hohem Blute – niemandem gäbe ich meine Schwester lieber zur Frau. Aber die Dinge sind, wie sie sind – und keine Prüfung der Welt wird fehlendes Geburtsrecht ersetzen.«

Siegfried stand auf und reichte Gunther seinen geschärften Dolch. Der Prinz fuhr prüfend mit dem Finger über die Klinge, und sogleich zog sich ein Streifen Blut über das Metall.

»Dein Blut ist wie meines«, erklärte Siegfried.

»Nur in der Farbe«, entgegnete Gunther mitfühlend. »Heute Abend wird Kriemhild mit Etzel sprechen – allein. Sie werden einen Weinkelch teilen und ihre Seelen vergleichen. Schon morgen wird meine Schwester verkünden, ob sie als künftige Königin gen Gran zieht.«

»Ich danke Euch für die offenen Worte«, sagte Siegfried ehrlich.

»Dann erlaube mir dafür eine Bitte. Es wäre mir recht, wenn Regin und du unabhängig von der Entscheidung noch am Hofe verweilen würdet. Ich habe mit Giselher gestern die Waffen inspiziert – und euer Handwerk ist erstaunlich.«

Der junge Schmied lächelte. »Darum braucht Ihr nicht zu bitten. Solange Ihr es wünscht, stehen meine Arme in Euren Diensten.«

Gunther stach den Dolch spielerisch in den Trägerbalken der Hütte. »Mir ist zu Ohren gekommen, dass du mit deinen Armen noch ganz andere Dinge anstellen willst.«

Siegfried horchte auf. »Und das wäre?«

Gunther hielt den Dolch nun wie ein zu klein geratenes Schwert vor sich und wedelte damit herum. »Man sagt, es treibt den Schmied zum Schwertkampf!«

»So Regin es denn erlauben würde«, winkte Siegfried ab. »Aber das Kriegshandwerk ist ihm zuwider.«

Gunther wurde wieder ernst. »Das ist es jedem rechten Mann. Trotzdem geht kaum ein Leben vorbei, ohne das Schlachtfeld gesehen zu haben. Ein Tor, der nicht Sorge trägt, diese Begegnung zu überleben.«

»Worauf wollt Ihr hinaus?«

Gunther steckte den Dolch in seinen Gürtel. »Wenn der Kampf gegen Fafnir geschlagen ist und Burgund noch steht, dann werde ich die Zeit haben, dich zu unterweisen. Ich mag zwar nicht die Technik meines ungestümen Bruders beherrschen, aber ein gutes Schwert weiß ich doch zu führen.«

Siegfried sprang auf die Füße. »Das würdet Ihr tun?«

Gunther bot ihm die Hand. »Bei meiner Ehre.«

Eolind mühte sich, seinen Unwillen nicht allzu deutlich zu zeigen. Unablässig ging er in der Thronhalle von Isenstein hin und her. »Prinzessin ... Königin Brunhilde, so sehr ich Eure Entscheidung begrüße, einen Gatten zu nehmen, so sehr hatte ich darauf gehofft, Ihr würdet bei der Wahl weniger auf die Götter und das Schicksal vertrauen!«

Brunhilde lehnte sich in ihrem Thron zurück, das linke Bein so weit angezogen, dass sie den Fuß unter der Armlehne abstützen konnte. Der schwarze Umhang aus Bärenfell war weit ausgebreitet, und es schien, als säße sie vor dem Eingang zu einer Höhle. Sie trug eine dunkle Hose und dazu eine Lederweste. Ihre starken Arme glänzten eingefettet, damit die Haut in der trockenen Luft nicht rissig wurde.

Sie lachte kurz. »Eolind, ich vertraue auf das Geschick und die Kraft der Kandidaten, *nicht* auf die Götter.«

»Aber Prüfungen? Kämpfe? Es ist unerhört, und ich fürchte, viele Prinzen und Könige werden solche Forderungen als Beleidigung empfinden.«

»Eine Beleidigung, dass meine Gunst erobert werden will? Eolind, mein Reich braucht weder Land noch Gold. Und wenn die Liebe mir versagt ist, dann will ich zumindest einen Mann, der aufrecht vor mir stehen kann.«

Es fiel Eolind schwer, mit Brunhilde zu streiten. Sie hatte als Mädchen den Rand des Vulkans erklommen und war als Frau zurückgekehrt. Es hatte keiner Krönung bedurft, um zu erkennen, dass es die Königin war, deren Fäuste an das Burgtor gehämmert hatten.

»Island wird bald ohne Verbündete dastehen«, begann Eolind wieder. »Und schlimmer noch – kaum ein König vom Festland wird es hinnehmen, wenn seinen Thronfolger im Kampf um Eure Gunst der Tod ereilt. Es ist eine schlechte Art, den Gatten zu finden – aber eine gute, um das Feuer des Krieges zu entfachen.«

Brunhilde stand auf, und in ihren Augen brannte eine kalte Flamme. »Das Festland kann beweisen, ob seine Söhne die Gunst der isländischen Königin verdienen.«

»Was aber, wenn kein Prinz die Prüfungen besteht? Wird Island dann auf ewig ohne Erben sein? Werden nach Eurem Tod blutige Schlachten um den Thron toben?«

»Ihr seht die Zukunft schwarz wie das Gefieder eines Raben«, sagte Brunhilde.

»Ich ziehe nur die Möglichkeiten in Betracht«, hielt Eolind dagegen. »Ihr seid eine außergewöhnliche Königin – und zugleich Euer bester Krieger. Es wäre ratsamer, sich einen schwachen Mann in starker Position zu erwählen, um in der Ehe die Fäden in der Hand zu behalten.«

Brunhilde legte ihrem Ratgeber die Hand auf die Schulter. »So viel Hinterlist vom edlen Eolind – Ihr seht mich überrascht«, lächelte sie. »Aber eher zerfällt Burg Isenstein zu Staub, als dass ich einen Gecken mit Wanst und schwachem Kinn an meiner Seite dulde. Wer Brunhilde erobern will – bei den Göttern, den soll seine Leistung vor allen anderen Männern als König ausweisen.«

Eolind seufzte. »Es steht zu befürchten, dass ein solcher Mann vielleicht nicht existiert.«

»Eure Sorge soll nicht sein, ob es ihn gibt – kümmert Euch wie verabredet darum, dass er von der Herausforderung erfährt.«

»So wird es geschehen«, nickte Eolind. »Zwei Schiffe bringen Boten zum Festland, die in alle Richtungen reiten werden, um an den Höfen und in den Städten davon zu künden.«

Ohne ein weiteres Wort machte sich Brunhilde wieder auf den Weg in ihr Gemach. Sie wusste, dass der Mann existierte, der ihrer würdig war. Mochte er auch kein König sein – die Prüfungen würden keinen Zweifel an seinem Anrecht lassen. Siegfried würde kommen, sich zu nehmen, was schon längst das seine war.

Die Regeln bei Hofe waren, die Mitglieder des Königshauses ausgenommen, sehr streng. Zu vielen Verboten und Bestimmungen kam in Burgund noch die strikte Einhaltung der zehn Gebote, die allem Anschein nach einiges Gewicht für die Christen hatten. Das Bett mit einer verheirateten Frau zu teilen, die nicht die eigene war, oder auch nur einen Apfel zu stehlen, war dem Vernehmen nach mit dies- und jenseitigen Strafen belegt.

Siegfried scherte sich kaum darum – seine Götter waren weniger kleinlich, und Gebote zu befolgen, die er größtenteils nicht kannte, kam ihm nicht in den Sinn. Aber er fühlte sich wohl bei Hofe, und Gunther, mochte er angesichts seines Ranges auch nie ein Freund sein können, war ein Vertrauter, den es nicht zu enttäuschen galt.

Diese Gedanken hatten Siegfried den ganzen Tag lang geplagt, bevor er schließlich doch das Seil festknotete, um sich im Dunkel der Nacht zu Kriemhilds Fenster hinabzuhangeln. Er hoffte nur, dass die Wachen, sollte Kriemhild nach ihnen rufen, nicht den Befehl hatten, Eindringlinge an Ort und Stelle zu erschlagen.

Es war nicht einmal besonders schwer – über Kriemhilds Schlafgemach lag ein Gang, dessen breite Balkone der ideale Ausgangspunkt für Siegfrieds Vorhaben waren. Das Mondlicht wurde von einer dichten Wolkenschicht verschluckt, und da abends die Burg verdunkelt wurde, gab es auch keine verräterischen Fackeln, die er meiden musste.

Mit vorsichtigen Griffen ließ er sich tiefer baumeln, die

Füße immer wieder gegen die Mauer stoßend. Der Boden war in der völligen Schwärze nicht einmal zu erahnen, aber Siegfried hatte eine grobe Vorstellung, was geschehen würde, wenn er abstürzte.

Sein linkes Handgelenk schmerzte angesichts der ungewohnten Bewegung. Es erinnerte ihn für einen Herzschlag an Brunhilde und die Tatsache, dass er lange nicht mehr an sie gedacht hatte. Es war keine Wehmut in dem Gedanken – mehr schien es wie die Erinnerung an eine Speise, die man als Kind gemocht, aber seit Jahren nicht mehr gegessen hatte.

Schließlich tasteten seine Füße ins Leere und tippten dann gegen den schweren Vorhang. Er gab noch drei Ellen nach, dann hatte er einen Sims unter den Füßen, der ihm Halt gab.

Der junge Schmied kauerte sich auf die schmale Brüstung, und Kriemhilds Zimmer war nur noch eine Lage Stoff von ihm entfernt. Siegfried überlegte, wie er nun vorgehen sollte. Mit Pathos und großen Worten? Sich erklären in der Hoffnung, erhört zu werden? Der Prinzessin ein Schwert widmen, das er nicht einmal besaß? Ihr eine stürmische Flucht aus Burgund vorschlagen, nur um dann mit ihr in der Waldschmiede zu leben? Wie sollte sie überhaupt seinen Antrag aufnehmen? Mit Tränen, Geschrei oder gar Gelächter?

Einen irren Moment lang dachte er daran, unverrichteter Dinge wieder nach oben zu klettern – hoffend, dass bisher niemand ihn bemerkt hatte. Es wäre sicher die vernünftigste Strategie gewesen. Aber er hatte seit dem Abend im Festsaal, an dem er Kriemhild das erste Mal gesehen hatte, keinen vernünftigen Gedanken mehr fassen können. Und doch ...

All seine Zweifel wurden hinfällig, als zwei schlanke Arme durch den Vorhang griffen und ihn mit einem kräftigen Ruck in das Zimmer zogen. Siegfried stolperte auf das Bärenfell, das auf dem harten Steinboden lag, aber der Instinkt trieb ihn sofort wieder auf die Beine. Er konnte nichts sehen, denn nicht einmal eine Kerze spendete Licht. Sein Atem war das Einzige, was seine Sinne nährte. Und der Duft.

Noch bevor er sich Gedanken machen konnte, was die weiche Note war, die in der Luft lag, spürte er zwei Hände, die fest seine Oberarme ergriffen, und dann Lippen, die sich auf seine pressten.

Ein Kuss.

Der Kuss dauerte eine Ewigkeit, und als die Ewigkeit verklang, ging er noch eine Weile weiter.

Siegfried hatte so manche Frau im Dorf nahe der Schmiede geküsst und das Lager von einigen Mädchen geteilt. Aber dieser Kuss entfachte in ihm das Feuer der Götter. Er wollte die Gestalt in der Dunkelheit greifen, sie an sich pressen, ihren Leib in Kissen legen. Doch als er seine Arme hob, löste sich der warme Körper von dem seinen, und ein kalter Hauch fuhr zwischen sie.

»Du hast den Preis für deinen Wagemut erhalten – nun geh«, sprach zum ersten Mal die liebliche Prinzessin Kriemhild den Schmied Siegfried direkt an.

»Ich ... ich ...«, stammelte Siegfried. Er versuchte, die wilden Gefühle, die in ihm tobten, in geordneten Sätzen über die Lippen zu bringen. »Ich hatte den Eindruck, als wolltest du mir in den letzten Wochen ausweichen.«

»So war es auch«, kam die Antwort.

»Aber warum? Fühlst du es denn nicht auch?«

Er machte einen Schritt nach vorne, und als könnte die Gestalt im Dunkel seinen Herzschlag spüren, glitt sie im gleichen Maße zurück. Die Stimme zitterte leicht. »Vielleicht stärker, als du zu verstehen vermagst. Und je mehr ich mich wehre, desto sinnloser wird der Kampf. Ich leide wie eine Verdurstende, die vor dem großem Meer steht. Wenn ich trinke, werde ich sterben. Ist es das, was du hören wolltest?«

»Es ist mehr, als ich jemals zu erhoffen wagte – und doch nicht das, weswegen ich kam. Kriem ...«

»Ich bin nicht sie«, zischte die Stimme. »Und solange du es glaubst, werde ich es bestreiten. Die Prinzessin wird morgen ihre Verlobung mit Etzel bekannt geben. Und der Schmied wird sie vergessen.«

Es war beklemmend und verstörend zugleich – Siegfried musste in die Dunkelheit sprechen, zu einer Frau, deren Namen nicht fallen durfte. »Aber wenn du mich liebst ...«

»Ich liebe Burgund«, unterbrach ihn die Prinzessin, »und diese Liebe hat im Gegensatz zu dir das Recht, Forderungen zu stellen.«

Der Taumel, der sich durch den Kuss eingestellt hatte, verging, und Siegfried spürte eine schmerzhafte Leere in sich. »Was kann ich tun?«

»Mich vergessen.«

»Für die Liebe täte ich alles – nur das nicht«, sagte er fest, und seine Hände ballten sich verzweifelt zu Fäusten. »Denn ich würde ihr damit keinen Dienst erweisen.«

»Aber dem Hofe und allen Menschen, die dir wichtig sind«, kam die Entgegnung.

Siegfried kniete nieder. Er wusste nicht einmal, ob Kriemhild es im Dunkel des Zimmers sehen konnte. »Nichts zählt außer deiner Liebe. Schick mich weg, und ich werde gehen.«

»Geh.«

»Weil du mich nicht liebst.«

Ein paar Sekunden war Stille.

Siegfried wiederholte seine Forderung: »Sag mir, dass du mich nicht liebst – und ich bin fort, bevor die Sonnenscheibe den Horizont erklimmt.«

»Würde ich dich nicht lieben – würde ich dann so leiden?«

Siegfried hätte in diesem Moment den Drachen Fafnir erwürgen können, oder ein Schwert mit bloßer Hand zerbrechen, doch all seine Kraft war wertlos angesichts der Unmöglichkeit ihrer Liebe. »Gibt es denn für uns keinen Ausweg? Keine Chance?«

»Ohne Krieg oder Verrat? Ohne Tod oder Leid?«, flüsterte Kriemhilds leise Stimme, untermalt von einem fast unhörbaren Schluchzen. »Nein. Niemals.«

»Ich würde alles tun«, erklärte Siegfried, und kein Zittern in seiner Stimme verriet den Zweifel.

»Und nichts davon wäre genug, solange du nicht der starke König bist, zu dem mein Herz dich schon erkoren hat.«

Siegfried stand wieder auf. »Dann werde ich ein König sein.« Er sagte es so selbstverständlich, als hätte man ihm den Auftrag erteilt, einen Baum zu fällen.

Kriemhild atmete tief ein und wischte sich die Tränen von den Wangen. »Siegfried, ich werde morgen zusammen mit meinem Vater den Bund zwischen den Burgundern und den Hunnen verkünden.«

»Dann werde ich Etzels Heerscharen niederkämpfen, um dich zu holen, wenn ich dereinst König bin«, sagte Siegfried ohne den Anflug von Humor. »Es ist einfacher, wenn du auf mich wartest.«

Kriemhild hatte gegen alle Vernunft gehofft, Siegfried würde die Ausweglosigkeit ihrer Liebe einsehen. »Du hast mein Herz schon gebrochen. Nun zerbrich nicht auch noch mein Leben, nur weil das Schicksal uns füreinander bestimmt, aber einander nicht gegönnt hat.«

Siegfried hatte seine Entscheidung getroffen, so närrisch sie auch sein mochte. »Du wirst auf mich warten – und ich werde König sein.« Er drehte sich um, schlug den Vorhang beiseite und packte das Seil, das vor dem Fenster baumelte.

Kriemhild kam nicht mehr dazu, ihm zu versichern, dass sie Etzel nicht mehr zurückweisen konnte. Dass sie sich mit dem Hunnenkrieger sehr respektvoll unterhalten hatte. Dass sein Interesse an ihr von Freundlichkeit und Würde geprägt war.

Dass Burgund auf dem Spiel stand.

5

Etzel
und das Wort des Herzens

Seit nun schon einem Jahr lag über Burgund der Schatten des Drachen Fafnir. Siegfried und Regin hatten sich bald daran gewöhnt, dass in Worms die Lebensfreude nur gedämpft zu spüren war. An diesem Morgen jedoch war es noch deutlich schlimmer. Es herrschte eine gespannte Ruhe, als warte man auf die Nachricht vom Lager eines schwerkranken Mannes – oder vom Schlachtfeld.

Wie es Tradition war, würde Kriemhild an die Tore der Burg treten, um ihre Entscheidung zu verkünden. Schon nach den gestrigen Verhandlungen hatte sich in ganz Worms herumgesprochen, dass sie Etzels Angebot annehmen würde. Es bestand die Hoffnung, damit alle Probleme des Reiches auf einen Schlag zu lösen: Die militärische Schlagkraft würde gestärkt, der Kampf gegen Fafnir mit neuem Schwung geführt und auch der Weg für die Brautschau der drei Prinzen freigemacht. Nach zwei Jahren des Widerstands war die Prinzessin endlich so weit, ihren Prinzen zu wählen.

Siegfried stand missgelaunt in der Schmiede und kaute auf einem Stück Brot herum. Regin gab einem Schwert den letzten Schliff. Dann drehte sich der alte Schmied, dessen

Jahre sich immer noch nicht in sein Gesicht gezeichnet hatten, zu seinem Ziehsohn um. »Willst du nicht nach draußen gehen? Das Volk versammelt sich sicher schon, um der Verkündigung zu lauschen.«

Siegfried hörte auf zu kauen. »Es kümmert mich nicht, was die Prinzessin zu sagen hat. Soll sie doch heiraten, wen sie will.«

Regin hob überrascht eine Braue, enthielt sich aber einer entsprechenden Bemerkung. »Jedenfalls wird endlich etwas gegen den Drachen unternommen. Ich glaube kaum, dass Gundomar seine Tochter im Schatten von Fafnirs Schwingen an Etzel übergeben will.«

Ein Trompetenstoß ertönte.

»Das ist das Zeichen«, erklärte Regin. »In wenigen Augenblicken wird die Prinzessin vor das Tor treten.«

»Du weißt sehr viel über das Leben bei Hofe«, sagte Siegfried, um das Thema zu wechseln.

»Die Jahre in Xanten ...«, meinte der Schmied achselzuckend und wandte sich wieder dem Schliff des Schwerts zu.

Siegfried warf den Rest seines Brots aus dem Fenster, und sogleich kamen ein paar Hühner herbei, die daran herumpickten. »Aber warum willst du mir nicht sagen, was dich damals dort fortgetrieben hat?«

Regin seufzte. »Die Geschichte ist um so vieles kleiner als deine Neugier, Siegfried. Irgendwann wurde mir das Geklapper der Schwerter zu laut und die Stimme der Vernunft zu leise. Kriege endeten niemals im Frieden, sondern nur in der Vorbereitung des nächsten Feldzugs. Aber ich war für den Krieg nicht geschaffen – und ihn zu beobachten bereitete mir keine Freude.«

Siegfried hatte noch nie darüber nachgedacht, was Krieg bedeutete – geschweige denn, wofür es sich zu kämpfen lohnte. »Glaubst du, ich bin für die Schlacht geschaffen?«

Regin ließ das Schleifrad auslaufen. »Ich hatte gehofft, es wäre nicht so. Aber hier in Burgund ...«

Er hielt inne, weil er durch das Fenster Kriemhild sah, die aus dem Portal trat. Hinter ihr schritt Gundomar, gefolgt von Giselher, Gunther und Gernot. Es war sicher die einzige Gelegenheit, bei der die Prinzessin den Rest der Familie führte.

Regin stand auf und ging zur Tür. Mochte Siegfried die Zeremonie auch gleichgültig sein – der Schmied wollte sich das Ereignis nicht entgehen lassen. Also trat er auf den Hof hinaus.

An beiden Seiten des Weges zum Haupttor knieten die Männer und Frauen des Hofstaats, den Blick ehrfürchtig gesenkt. Kriemhild sah aus, als habe sie in Licht gebadet. Ihre helle Haut strahlte, und das blonde Haar schien die Eifersucht der Sonne selbst erwecken zu wollen. Ein Goldreif als einziges Zeichen ihres Standes mühte sich, die Lockenpracht zu bändigen. Das Kleid der Prinzessin war von einfachem Schnitt, aber sein feiner Stoff umfloss sie wie Wasser.

Kriemhild war eine Frau von außergewöhnlicher Schönheit und Ausstrahlung, das musste Regin zugeben. Es war keine Überheblichkeit gewesen, dass Gundomar die Freier hatte anreisen lassen, statt seine Tochter wie eine Ladung Gewürze an den benachbarten Höfen anzubieten.

Die Flügel des Burgtors wurden geöffnet, und eine große Menschenmenge, Wormser Bürger wie Hunnenkrieger, wartete schon dahinter. An die tausend Männer und Frauen waren gekommen. Auch sie gingen sofort auf die Knie.

Kriemhilds Füße berührten den Torrahmen nicht. Wie es Pflicht war, blieb sie an der Schwelle stehen und wartete auf den Freier, der um ihre Hand zu werben gekommen war.

Nun trat Etzel aus der Menge. Was Kriemhild an Anmut und Adel mitbrachte, hielt er an Mut und Tatkraft dagegen. Seine Augen blitzten, und sein Schritt war fest. Man hatte ihm erklärt, welchen Ablauf das Gesetz von Burgund verlangte, und zwei Schritte vor der Prinzessin blieb er stehen. Es war nur ihm erlaubt, Kriemhild in die Augen zu sehen.

Regin war im Schatten des Vordachs der Schmiede stehen geblieben, um nicht wie die anderen Zuschauer den Blick abwenden zu müssen. Er sah den König und seine Söhne von hinten, ebenso die Prinzessin.

Das ganze Land verfiel in Stille, um den Moment zu ehren. Selten waren wohl so viele Menschen an einem Ort, ohne dass auch nur das leiseste Geräusch zu hören war.

Schließlich ergriff Kriemhild mit fester Stimme das Wort. »Etzel, Sohn von Mundzuk. Ihr seid gekommen, mich zu freien.«

»Für mein Land – und für mein Leben«, antwortete der Hunnenprinz.

»Ein prächtiges Land – und ein stolzes Leben«, fuhr Kriemhild fort. »Mit Euch den Kelch zu teilen war eine Ehre, die noch die kommenden Generationen des Hofes Burgund mit Respekt und Dankbarkeit erfüllen wird.«

Regin runzelte die Stirn. Das klang verdächtig ... unverbindlich. Er konnte sehen, wie Gundomar mit der Spitze des rechten Stiefels im Boden scharrte – das einzige Zeichen von Ungeduld, das er sich erlaubte. Es war unklar, wer nun etwas sagen musste. Etzel schien durch die Worte Kriemhilds verunsichert, und die Prinzessin stand nur da.

Jemand hustete. Es war Gunther.

»Gestern Abend spracht Ihr viel von meiner Ehre, Prinz Etzel«, ergriff Kriemhild nun endlich wieder das Wort. »So viel, dass ich mich zu fragen begann, ob ich im Namen dieser Ehre eine Bitte an Euch richten kann?«

Etzel zog sein Schwert, und die Menge keuchte erschreckt auf. Aber er drückte es nur sanft mit der Spitze in den Boden und kniete dahinter nieder. »Man sagt, dass ein Hunnenwort noch nie gebrochen wurde. Was ist Euer Begehr?«

Es war der Moment, in dem Kriemhild etwas tat, von dem keine Chronik aller Königreiche bisher zu berichten wusste: Sie kniete ebenfalls nieder, die Hände auf den Knien ruhend und den Kopf gesenkt. Das unbestimmbare Murmeln in der Menge wurde etwas lauter und drängte sich aus den hintersten Reihen nach vorn.

»Wenn es mein Herz ist, das Ihr wollt, und wenn die Frau an Eurer Seite aus Liebe und nicht nur aus Pflicht Eure Kinder zur Welt bringen soll, dann nehmt meinen Segen und meine guten Wünsche für Euer Volk und kehrt heim nach Gran. Nicht weniger habt Ihr verdient.«

Es waren Kriege geführt worden wegen kleinerer Leichtfertigkeiten, und in einem Herzschlag hatte Kriemhild aus den befreundeten Hunnen mögliche Feinde gemacht.

Etzel blieb ganz ruhig sitzen, aber Regin konnte sehen, wie sich seine Muskeln anspannten. »Ihr lehnt mein Werben ab?«

Gundomar und seine Söhne bedeuteten den umstehenden Soldaten mit wenigen Blicken, auf einen möglichst schnellen Rückzug in die Burg vorbereitet zu sein, falls die Hunnen zum Angriff übergehen sollten.

»Keinesfalls!«, sagte Kriemhild nun lauter als alles, was vorher ausgesprochen wurde. »Wenn es Euer Wunsch ist, werde ich Eure Frau. Eine gute Frau und eine gute Königin, soweit es mir gegeben ist. Es ist kein Leid darin, an der Seite Etzels zu leben. Mehr kann ich für mein Leben nicht wollen. Doch ist es nicht weniger, als Ihr für das Eure erwartet?«

Etzel und Kriemhild sahen sich nun wieder in die Augen, und Regin bemerkte ein erstaunliches Band des Verständnisses zwischen ihnen.

Zunächst geschah nichts, als hielte die Zeit selber den Atem an. Regin hatte niemals einen solchen Moment erlebt, in dem Krieg und Frieden so gleichberechtigt nebeneinander standen.

Etzel stand auf und steckte sein Schwert ein. Augenblicklich erhoben sich auch seine Krieger, doch er hielt sie mit einer Handbewegung zurück. »Prinzessin Kriemhild von Burgund ist alles, was ein Mann zu besitzen wünscht. Doch nur Narren wollen besitzen, was sie nicht einmal erobern können. Es sei verkündet, dass Prinz Etzel aus eigenem Willen auf die Hand der Prinzessin Kriemhild verzichtet.« Er schaffte es sogar noch, Gundomar und seinen Söhnen zuzunicken – dann drehte sich Etzel um und machte sich auf den Weg in sein Zelt.

Kriemhild wartete respektvoll, dann streckte sie den linken Arm von sich. Gundomar trat herbei und half ihr auf die Füße. Er geleitete seine Tochter über den Hof zurück in den Pallas der Burg. Kriemhilds Blick war wie versteinert, sie schaute weder nach links noch rechts.

Regin drehte sich wieder zur Schmiede, wollte Siegfried von dem ungeheuerlichen Geschehen berichten – und sah den jungen Schmied bereits im Türrahmen stehen.

Da war etwas in Siegfrieds Augen, das Regin neu und fremd erschien. Triumph? Selbstzufriedenheit? Es war schwer zu sagen. Aber was es auch war, es kündete davon, dass Kriemhilds Ablehnung von Etzel nicht das Ende eines Problems war – es war der Anfang einer Katastrophe.

Gundomar hatte seine Tochter noch nie geschlagen. Doch kaum hatten sie die Tür zum Saal hinter sich geschlossen, stieß er sie von sich, und sein Handrücken klatschte in ihr Gesicht. Kriemhild taumelte rückwärts, bis sie auf einer Holzbank zu sitzen kam, und hielt eine Hand abwehrend hoch. Gernot eilte an ihre Seite. Giselher stand neben seinem Vater, während Gunther sich drei Schritte im Hintergrund hielt.

»Was erlaubst du dir?«, schrie Gundomar so laut, dass selbst der Drache im Wald es hören musste. »Wie kannst du es wagen?«

»Ich erlaube mir«, keuchte die Prinzessin, »meinen Gatten selber zu erwählen, so, wie es Brauch ist.«

»Und die Wahl war Etzel!«, brüllte Gundomar, während er einen der langen Tische in Raserei umwarf. »Die Wahl war Etzel!«

»Habe ich sie ihm nicht gelassen?«, hielt Kriemhild dagegen. »Er hätte mich haben können! Aber er war Mann genug, nicht zu nehmen, was nicht genommen werden wollte!«

Aus den Schatten im hinteren Teil des Saals tauchte Hagen auf. Er sah aus, als habe ihm der Drache alle Lebensfreude genommen. »Ihr habt einen Krieger wie einen Jungen behandelt, Prinzessin – und es steht zu fürchten, dass er als Mann zurückkehren wird, um sich dafür zu rächen.«

Gundomar zog sein Schwert und trieb es wild in einen Balken. »Du spuckst auf die Not des Reiches!«

»Wir sollten die Patrouillen an den Grenzen verstärken«, schlug Giselher vor. »Mundzuk kann seine Horden binnen von Tagen auf burgundischem Boden haben. Er wird kaum das Verständnis seines Sohnes teilen.«

»Und was sollen uns die Patrouillen vermelden?«, gab Gunther zu bedenken. »Dass wir überrannt werden wie der

Strand von der Flut? Wir haben den Hunnen nur wenig entgegenzusetzen – besonders, seit Fafnir das Land bedroht. Der Mut des Volkes und der Männer in Waffen ist gering.«

Eine einzelne Träne lief aus Kriemhilds Augen, als die eiserne Faust, die ihr Herz die letzten Stunden umklammert hielt, den Griff endlich löste. »Vater, es tut mir ... es war nicht ...«

»Schweig!«, tobte Gundomar, immer noch völlig außer sich. »Geh in dein Gemach! Dein Gesicht will ich erst wiedersehen, wenn wir einen Weg gefunden haben, den Schaden an Burgund zu richten. Und sollte das niemals der Fall sein – nun, dann wirst du zwischen den Laken deines Betts verfaulen!«

Kriemhild sprang auf und rannte zu der Wendeltreppe, die nach oben führte. Gernot wollte sie begleiten, aber sein Vater hielt ihn zurück. »Du bleibst! Ich möchte gar nicht wissen, welche Torheiten meiner Tochter ich deinem Geschwätz zu verdanken habe. Ich will dich nicht in der Nähe ihres Zimmers sehen.« Dies zu entscheiden war das Recht Gundomars, und Gernot fügte sich widerwillig. Er verließ, ebenso wütend wie verletzt, den Saal auf der anderen Seite.

Gundomar ging zu seinem Thron und ließ sich mürrisch darauf nieder. »Was tun? Was – tun?«

Giselher, Gunther und Hagen scharten sich um ihn und suchten sein Gehör.

»Unser Heer mag geschwächt sein«, ergriff Giselher das Wort, »aber die Überraschung stünde auf unserer Seite. Niemand sieht einen Vorteil, Mundzuk beizustehen. Der Kampf wäre schnell und blutig, aber der Sieg unser!«

»Das ist Wahnsinn!«, hielt Gunther dagegen. »Wir würden unsere Truppen aufreiben, bis Burgund ein reifer Apfel wäre, den jedes Reich, das ein paar alte Männer unter Waffen stellt, pflücken kann! Das verängstigte Volk zu einen, ihm Kraft und Glauben zu geben – das muss Ziel und Zweck unserer Politik sein!«

Gundomar hasste es, von vielen Möglichkeiten verwirrt zu werden. Er mochte den Weg, der vom Schicksal vorbestimmt war und der keine Entscheidungen erforderte. »Wie sollen die Hasen und Hühner vor unseren Toren ihren Mut zurückgewinnen? Ich kann ihn nicht auszahlen, als wäre es ein Goldstück.«

Hagen lehnte sich von der Seite zu seinem König und sprach nur halblaut: »Gundomar – Drachentöter!«

Erschrocken traten die Söhne des Königs einen Schritt zurück. »Der König selbst soll sich dem Drachen stellen? Unmöglich!«, keuchte Gunther.

»Hagen – du weißt gut, dass das Gerede beim Festmahl nur dazu diente, dem Hofstaat unseren Tatendrang zu versichern«, stimmte Giselher zu. Auch er hatte sichtlich keine Eile, sich dem Lindwurm zu stellen.

Hagen schwieg. Er ließ seine vorher gesprochenen Worte ihren Dienst tun. Kein Grund, sich mit den Söhnen auseinander zu setzen, wenn er das Gehör des Vaters besaß.

»Gundomar – Drachentöter«, murmelte der König leise, als wolle er den Klang der Worte prüfen. »Der Ruf des Reiches wäre wiederhergestellt, das Volk auf meiner Seite und Mundzuk würde kaum einen Angriff wagen.«

Wieder begannen Giselher und Gunther, lautstark zu protestieren. Hagen hingegen zog sich in die Schatten zurück. Sein Werk war vollbracht. Der Rest würde sich ergeben.

Obwohl er als der Schwächlichste der Königssöhne galt, hatte Gernot seinen eigenen Kopf, den er durchzusetzen wusste. Dazu brauchte es weder Kraft noch Intrigen, nur die Erkenntnis, dass Gundomar keine Zeit darauf verschwenden würde, ihm nachstellen zu lassen. So bitter es auch war – Gernot konnte sich darauf verlassen, dass er seinem Vater gleichgültig genug war, um unbehelligt seines Weges gehen zu können.

Natürlich hatte Gernot in den letzten Tagen seiner Schwester beigestanden. So oft es ihm möglich gewesen war, hatte er sich in ihr Gemach geschlichen, ihre Hand gehalten und ihren Glauben an die Aufrichtigkeit ihrer Tat gestärkt.

Die Hunnen waren so schnell wieder verschwunden, wie sie gekommen waren – ihre Zeltstadt hatten sie in gefasster Zügigkeit abgebaut, um dann mitten durch Worms zum Rhein zu ziehen. Nichts deutete darauf hin, dass sie eine Demütigung durch Gewalt zu begleichen suchten.

Trotzdem war der Prinz besorgt – Kriemhild wirkte weniger gebrochen als erleichtert. Mit dem Schicksal, welches sie zu einem Leben ohne Ehemann verdammte, haderte sie nicht. Manchmal war ihr Blick leer, als hätte ihre Seele den Körper verlassen, um irgendwo Schutz zu suchen. In diesen Momenten schien es Gernot, als könne er seine Schwester nicht erreichen. Zum ersten Mal spürte er, dass Kriemhild ihm nicht mehr bedingungslos vertraute.

Mit diesen Gedanken schlug sich der Prinz herum, als er durch die Gänge der Burg auf dem Weg zu seiner Schwester war. Er hoffte, sie endlich dazu zu bringen, offen mit ihm zu sprechen.

Gernot sah den Zipfel eines schwarzen Rocks, der hinter einer Ecke verschwand. Nicht wenige Frauen der niederen Stände trugen dunkle Kleidung bei Hofe, und trotzdem kam ihm die Frage nicht in den Sinn, wer da fortzulaufen suchte. »Elsa?«

Er ging etwas schneller, und als er um die Ecke bog, konnte er die schmale Silhouette von Hagens Tochter sehen, die soeben die steinerne Treppe nach unten betrat.

»Elsa!«, rief er noch einmal, diesmal etwas bestimmter.

Das Mädchen blieb stehen, mehr gebannt als erfreut. »Prinz Gernot.«

Der Prinz erreichte sie nun. Sie machte keine Anstalten, den Fuß wieder von der zweiten Stufe zu nehmen, wodurch sie noch kleiner wirkte als sonst. Sie ging ihm kaum bis zur Schulter.

Seltsamerweise schien Elsa jene Pein durchlebt zu haben, die er bei Kriemhild erwartet hätte – ihr schlanker Körper wirkte noch ausgezehrter, ihre fast durchsichtige Haut noch fahler, und um die Augen trug sie starke Schatten, die von durchweinten Nächten erzählten.

»Ich habe dich seit Tagen nicht mehr gesehen«, sagte Gernot, und er mühte sich, angesichts ihres Zustands kein deutliches Erschrecken zu zeigen.

»Der einzige Ort, an dem Ihr gesucht habt, war wohl das Zimmer Eurer Schwester«, flüsterte Elsa, und ihre Stimme klang brüchig.

»Sie braucht mich in dieser Zeit«, erklärte Gernot und wunderte sich, dass es wie eine Entschuldigung klang.

»Natürlich«, murmelte das Mädchen, »Ihr solltet immer dort sein, wo Ihr gebraucht werdet.«

»Und seit Vater sich entschlossen hat, mit Giselher und Gunther gegen den Drachen zu ziehen, bin ich für sie nur lästig, wenn sie ihre Pläne schmieden.«

Elsa drehte sich weg, wollte offensichtlich dem weiteren Gespräch ausweichen. Gernot hielt ihren Arm, der kaum dicker als der Griff eines Schwerts war. Sie sah ihn an, als würde in seiner Berührung ein Versprechen liegen, und was auch immer der Prinz hatte sagen wollen, es löste sich auf wie ein Tropfen Blut, der in einen See fällt. Er stotterte: »Ich ... ich ... muss wieder zu ...«

»Ihr«, flüsterte Elsa ergeben. »Weil Ihr dort gebraucht werdet.« Langsam ging sie davon.

»Elsa!«, rief der Prinz noch einmal, hoffend, dass er nun *irgendwelche* Worte finden würde.

Sie blieb noch einmal stehen. »Mein Prinz?«

Sie hatte ihn oft so angesprochen, aber heute war es, als wären die Worte ein Geschenk.

»Ich erinnere mich ... an das Versprechen einer Suppe«, sagte Gernot nun.

Tatsächlich – so etwas wie ein feines Lächeln umspielte Elsas schmale Lippen. »Seit dem Tag, an dem Ihr davon spracht, steht jeden Abend ein Topf auf dem Feuer. Wenn Euch danach sein sollte ...«

Sie ließ die Worte verklingen, um die Grenze, die ihre Welten trennte, nicht noch weiter zu überschreiten. Stattdessen lief sie davon, ohne dass ihre Schritte ein Geräusch auf dem Steinboden verursachten.

Sie war fort.

Gernot fühlte sich zu gleichen Teilen erleichtert und aufgewühlt. Der Gedanke, dass Elsa seinetwegen litt, schmerzte ihn nicht minder. Aber warum?

»Dreizehn Schwerter für dreizehn Männer«, bellte Regin böse. »Und keines mehr – hörst du?«

Siegfried schlug mit dem Hammer mehr wütend als sorgfältig auf die glühende Klinge ein, die er mit einer Zange an den Amboss drückte. »Der König ... braucht mich!«

Jetzt lachte Regin lauthals. »Ausgerechnet dich? Siegfried, zwölf Männer hat er erwählt, an seiner Seite gegen Fafnir zu ziehen. Zwei davon sind seine Söhne, und zehn haben sich in vielen Schlachten als mutige Krieger bewährt.

Keinen Gedanken hat er an den jungen Schmied aus Odins Wald verschwendet, der nicht einmal weiß, wie ein Schwert zu halten ist!«

Vor Zorn hieb Siegfried so hart auf die Klinge, dass sie in zwei Teile zerbrach. »Ist es meine Schuld, dass du meiner Bitte nicht nachgekommen bist?«

Regin blieb hart. »Ich unterrichtete dich in dem, was du für dein Leben brauchst, nicht für deinen Tod! Du bist ein Schmied!«

Mit aller Kraft schlug Siegfried den Hammer auf den Amboss, und das Metall schrie in Funken bei jedem Wort. *»Ich ... bin ... kein ... Schmied!«*

Er keuchte, als habe er gerade den Sieg gegen seine inneren Dämonen errungen. Er erwartete Widerworte, Wut, vielleicht sogar Hiebe von Regin, dessen Jahre der Erziehung und Lehre er gerade für nutzlos erklärt hatte.

Regin jedoch stand nur still da, als müsste er die Worte seines Ziehsohnes in sich nachklingen lassen. Als er wieder sprach, klang seine Stimme gefasst, vielleicht sogar ein wenig erleichtert. »Du bist kein Schmied, Siegfried. Wenn heute der Tag ist, an dem ich aufhören muss, dich und mich zu narren, dann soll es sein.«

»Du stimmst mir zu?«, fragte Siegfried erstaunt. Sein Zorn strauchelte schnell ins Leere.

Regin nickte. »Schon als ich dich deiner sterbenden Mutter aus den Armen nahm, war es deutlich, dass hier kein Schmied geboren worden war. Ein Wolf bleibt ein Wolf, auch wenn man ihm einredet, er sei ein Schaf. Das Trugbild schwindet, sobald er Blut riecht.«

Siegfrieds Herz schlug so stark, dass das Blut wie Wasser in einem reißenden Strom durch seine Adern rauschte. Es dröhnte in seinen Ohren, und vor seinen Augen flackerte es. »Aber was ... bin ich dann?«

Regin hob mit einem wehmütigen Blick die Schultern. »Ich hatte gehofft, die Antwort darauf zu wissen, bevor du erkennst, was du *nicht bist*. Es ist mir nicht gelungen. Nun müssen wir auf die Zeit und die Götter hoffen.«

»Regin ... es tut mir Leid, wenn ich ...«, stotterte Siegfried. »Ich wäre gerne ein rechtschaffener Schmied geworden. Und sei es nur, deine Mühen mit mir zu entlohnen.«

Regin gelang es, seinen Lippen ein Lächeln aufzuzwingen. »Du bist ein rechtschaffener Schmied, Siegfried – und ich ein stolzer Lehrmeister. Doch das Schicksal lässt sich nicht zwingen.«

Mit neu gewonnener Leichtigkeit nahm Siegfried die beiden Teile der zerbrochenen Klinge auf, um sie wieder einzuschmelzen. »Dann will ich, bis die Götter mir den Weg weisen, das Eisen zu deinen Ehren schmieden. Schwerter für den König!«

Er war sichtlich froh, dass das Band zwischen ihm und seinem Ziehvater nicht zerrissen war.

»Dreizehn Schwerter für dreizehn Krieger«, mahnte Regin noch einmal, »und keines für dich!«

Er verließ die Hütte, und das Lächeln auf seinem Gesicht erlosch wie eine Kerze, die man aus dem Zimmer in den Sturm getragen hatte. Er schämte sich für das, was er Siegfried immer noch vorenthielt. Er wusste, dass der Pfad in die Zukunft enger wurde und die Zahl der Scheidewege geringer. Bald würde die Erkenntnis die Entscheidung fordern, und die Entscheidung – die Tat.

Der Horizont verdüsterte sich ...

Sorgfältig hatten die Herolde des Königs das Volk auf die bevorstehende Großtat vorbereitet. Seit Tagen gab es an keinem Tisch in Burgund ein anderes Gespräch als Gundomars Zug gegen Fafnir – mit zwölf Kämpfern an seiner Seite, wie einst Jesus mit den zwölf Aposteln. Mit Gottes Segen werde er den Lindwurm bezwingen, dafür wurde in der Kirche wie auch bei Hofe gebetet.

Hatte sich die Zahl von Fafnirs Opfern in den letzten Wochen auch dergestalt erhöht, dass alles Reisen im Lande zum Stillstand gekommen schien, so bestand doch kein Zweifel, dass Gundomar und sein mutiger Kronprinz Giselher siegreich sein würden.

Zum ersten Mal seit Monaten schmückten die Bürger wieder ihre Häuser mit bunten Fahnen, und die Sonnenscheibe strahlte warm auf den glorreichen Tag, der das Ende des Drachen einleiten sollte. Trompeten von den Zinnen der Burg kündeten vom Aufmarsch der Reiter in heiliger Mission.

Dreizehn Krieger, dreizehn Pferde, dreizehn Schwerter. Von Kopf bis Fuß durch Leder und metallene Platten vor dem Flammenodem des Drachen geschützt, mächtige Schilde mit dem Abzeichen der Dynastie an die linken Arme geknotet, damit sie auch im Kampf nicht zu Boden fallen konnten.

Alle wichtigen Mitglieder des Hofstaats hatten sich versammelt, um die hehre Gruppe zu verabschieden. Gekommen waren auch jene, denen die Schlacht aus ganz verschiedenen Gründen versagt wurde. Da war Hagen, dessen Alter den Kampf an der Seite seines Königs nicht erlaubte. Gernot, der so wenig gebraucht wurde, wie er teilzunehmen trachtete. Und schließlich Siegfried, dessen wildes Blut ihn fast schon trieb, dem Zug aus Pferden einfach nachzulaufen.

Es war der Moment, in dem weise Worte aus dem Munde des Königs erwartet wurden, und wie in der Nacht zuvor mit Hagen besprochen, hob Gundomar die Hand, um die

Aufmerksamkeit seines Hofstaats zu erlangen. »Bürger von Burgund, Bürger von Worms! Ich weiß, dass ihr unter der Bestie gelitten habt. Und ich habe gelitten, weil ihr gelitten habt! Doch heute ist der Tag, an dem euer König für euch in die Schlacht zieht, um sein Volk vom Leid zu befreien. Wenn das Haupt des Drachen nur noch Trophäe ist, wird Frieden herrschen am Rhein!«

Giselher zog sein Schwert und hielt die Spitze gen Himmel. »Für Burgund! Für Gundomar!«

Es waren sorgsam gewählte Worte, und sie verfehlten ihre Wirkung nicht. Großer Jubel brach aus, und vom Wehrgang über dem Burgtor regnete es getrocknete Rosenblätter, als der König mit seinen Kriegern auszog. Jenseits des Hofes säumten Hunderte von Wormser Bürgern den Wegesrand, um ihrem König von Zuversicht und guter Hoffnung zu zeugen. Die Glocken der Kirche läuteten laut und fest – zum ersten Mal seit langer Zeit.

Es war eine Prozession wie der Einzug des Herrn Jesu in Jerusalem – und genau so hatte Hagen es auch planen lassen. Ihm war klar, dass der Sieg über Fafnir keine ausgemachte Sache war. Dazu wusste man zu wenig über den Lindwurm, seine Schwächen, seine Herkunft. Aber das Volk brauchte die Vision von Stärke, den Eindruck von Führung. Wo die prächtige Hochzeit der Prinzessin nicht zu Stande gekommen war, musste nun Gundomar dem Pöbel eine Darbietung liefern.

Elsa stand unauffällig neben ihrem Vater, und ihr Blick streifte immer wieder Gernot, der mit seiner Schwester ebenfalls auf den Hof gekommen war. »Neidest du dem König und seinen Söhnen die Möglichkeit, den Drachen zu stellen?«

Angesichts der vielen Augen um ihn herum konnte Hagen nicht so verächtlich ausspucken, wie ihm genehm gewesen wäre. »Der Narr stellt sich der Gefahr – der Weise verhindert ihre Geburt.«

Es überraschte Elsa nicht, dass ihr Vater so abfällig vom Königshaus sprach. Hagen von Tronje träumte von Macht durch das Schwert und von Regentschaft durch eiserne Knute. Vergebung und Mitgefühl, wie sie die Heilige Schrift vorschrieben, schienen ihm schwach und verabscheuenswert. Es war nur die Loyalität zu Burgund und nicht zu Gundomar, die ihn davon abhielt, den Krieg mit den Dänen oder den Hunnen herbeizusehnen.

»Hätte ich versuchen sollen, ihn aufzuhalten?«, fragte ein paar Schritte weiter Prinzessin Kriemhild ihren Bruder.

Gernot legte den Kopf schief, als müsse er über eine Antwort erst nachdenken. »Zu wessen Nutzen? In seinen Augen ist es deiner Wankelmütigkeit zu verdanken, dass er ein leichtfertig gegebenes Wort einhalten muss.«

»Nur in *seinen* Augen?«, fragte Kriemhild. »Der halbe Hof hält mich für eine Blenderin, deren Spiele die Familie beschämen und deren Unvernunft nicht weniger Gefahr birgt als die Kiefer Fafnirs.«

Beruhigend legte der junge Prinz seiner Schwester die Hand auf die Schulter. Sein Blick fand Elsa, und er verspürte den Drang, mit ihr zu sprechen. Aber sie stand neben Hagen, und in seinem Kreise hielt sich niemand gerne auf. Vielleicht würde sich später die Gelegenheit ergeben, ein paar Worte mit ihr zu wechseln.

Siegfried und Regin standen wieder am Eingang ihrer Schmiede, aus der alle dreizehn Schwerter für die Schlacht des Königs gekommen waren. Regin zog es in Betracht, seinen Schützling des Nachts mit dem Bein an seiner Bettstatt festzubinden, um zu verhindern, dass er doch noch auszog, um sich Gundomar anzuschließen. Aber dann bemerkte er die Sehnsucht, mit der Siegfried zu Kriemhild sah. Wenn es etwas gab, das den jungen Schmied im Mondlicht aus den Laken trieb, dann war es der Ruf des Fleisches, nicht des Blutes.

Siegfried fühlte sich wie ein Feuer, an dem sich niemand wärmen wollte und das sich nutzlos verzehrte. Er war überzeugt, für Kriemhild und in Gundomars Diensten von Nutzen sein zu können, aber beides war ihm versagt. Keinen Blick hatte die Prinzessin ihm seit jener Nacht in ihrem Schlafgemach geschenkt, und der König hatte ihn ausgelacht, als er darum bat, gegen Fafnir ziehen zu dürfen.

Respekt und Abstammung waren die Schlüssel, die zu finden es bedurfte. Aber am Hofe von Burgund war man anscheinend entschlossen, ihm schon die Suche zu verwehren.

6

Gundomar und der Odem des Feuers

Zwei Tage und Nächte waren vergangen, in denen die Freude über Gundomars Waffengang schnell verklungen war. Wolkenberge hatten sich wie gierige Brandung über das Land ergossen, und sie erstickten das Licht der Sonnenscheibe bei Tag und der Mondscheibe bei Nacht. Wächter auf den Zinnen hielten Ausschau, doch keine Nachricht aus dem Wald kündete vom glorreichen Sieg des Königs.

In beiden Nächten sah man die Wolken im Nordosten mehrfach aufleuchten – doch es waren keine vom nahenden Gewitter kündenden Blitze. Es war der Widerschein von Fafnirs Flammenatem.

Auch Kriemhild und Gernot verbrachten die Tage mit dem Blick zum Wald, in dem die Schlacht um die Zukunft Burgunds geschlagen wurde. Oft standen sie zusammen, manchmal einander in Sorge umarmend.

Zum Sonnenuntergang beider Tage mahnten die Kirchenglocken zum Gebet. Gebetet wurde überall – und zu allen Göttern.

Siegfried lief in der Schmiede hin und her wie ein wilder Hund, den man mit einer Leine an einen Baum gebunden hatte. Regin versuchte gar nicht erst, ihn zu beruhigen – auch der Schmied spürte, dass Unheil in der Luft lag.

Als der dritte Tag sich der hereinbrechenden Dunkelheit zu beugen begann, stieg Gernot ermattet und enttäuscht von der Zinne und machte sich auf den Weg zum Trakt der Höflinge. Er hatte den eigenartigen Wunsch, jemanden zu finden, der ihm zuhörte – ohne aber wirklich sprechen zu wollen. Kriemhild hing ihren eigenen Gedanken nach und rang mit der Schuld, die sie sich selber an den Ereignissen gab. Gernot wollte sie nicht weiter belasten.

Der Prinz hatte Elsas Versprechen für eine spielerische Übertreibung gehalten und sich selber gescholten, dass er sie der Prüfung für würdig hielt – aber tatsächlich fand er das blasse Mädchen mit den traurigen Augen neben einem kleinen Kessel, aus dem der Geruch frischer Kräutersuppe stieg.

Sie stand mit dem Rücken zu ihm und schnitt ein paar Pilze in die Brühe. Vielleicht war es die Tatsache, dass Elsa ein so leichtfertig gegebenes Versprechen in Stille und Sorgfalt zu halten suchte – aber zum ersten Mal hatte Gernot das Gefühl, dass Elsa kein Rätsel für ihn war. Antworten sprangen ihn an auf Fragen, die er sich bis heute nie gestellt hatte. Warum sie scheu war in seiner Gegenwart, obwohl sie des Öfteren seine Nähe suchte. Warum seine Worte sie verletzten, wenn er meinte, nur einen harmlosen Scherz gemacht zu haben. Warum sie Kriemhild zu meiden schien, als wäre sie nicht seine Schwester, sondern eine Nebenbuhlerin. Warum ihre Augen immer traurig glänzten, als sähen sie nicht das, was war – sondern das, was nicht sein konnte.

»Elsa ...«, begann Gernot vorsichtig.

Sie sah auf, und für den Moment flackerte ihr Blick, als drängten sich Tränen in ihre Augen. Doch dann atmete sie so tief ein, wie es ihr zarter Körper erlaubte. »Prinz Gernot.«

Er deutete unsicher auf die Suppe. »Ich war nicht sicher ... es ist eine Schande, dich jeden Abend vergebens für mich kochen zu lassen.«

Sie lächelte sanft. »Es ist keine Schande, denn um Mitternacht finden sich immer ein paar Wächter, die dankbar für die warme Mahlzeit sind.«

Er nahm eine Holzschüssel aus dem Regal und hielt sie ihr hin. »Ich wäre auch dankbar.«

Diesmal schien Elsa darauf zu achten, seine Hände nicht zu berühren, als hätte sie bei der Begegnung auf der Zinne eine unsichtbare Grenze überschritten, die sie nun einzuhalten gedachte. »Ich hätte Euch die Schüssel auch gebracht.«

Gernot nickte und setzte sich an einen Tisch, der in der einfachen Küche der Bediensteten stand. »So, wie ich es sehe, gibt es ein Missverhältnis der Gelegenheiten, bei denen du meine Gesellschaft suchst und ich die deine.«

Er hätte nicht gedacht, dass es bei ihrem fahlen Teint möglich war – aber Elsa errötete. Und die Hitze, die über seine Haut lief, verriet ihm auch ohne Spiegel, dass es ihm nicht anders ging. Um die Beklommenheit zu vertreiben, deutete er mit dem Löffel auf die Holzbank. »Es würde mich freuen, wenn du dich setzen würdest. War das Versprechen der Suppe nicht daran gebunden, sie zu teilen?«

Sie aßen eine Weile lang schweigend, den Blick des jeweils anderen meidend. Es war eine unsichere Stille, in der das Ungesagte um sein Recht kämpfte und doch verlor.

»Noch keine Nachricht?«, fragte Elsa schließlich.

Gernot schüttelte den Kopf. »Es wird daran gedacht, einen Suchtrupp zusammenzustellen – aber Hagen ist der Meinung, das würde Zweifel am Sieg Gundomars säen.«

Elsa schlug die Augen nieder. »Schwäche ... ist etwas, für das mein Vater kein Verständnis besitzt.«

»Niemand gesteht sich gerne seine Schwächen ein – es fiel mir leichter, auf die Teilnahme an der Drachenjagd zu verzichten, als von meinem Vater zurückgewiesen zu werden.«

»Seid Ihr betrübt, dass Ihr nicht mit dem Schwert gegen Fafnir zieht?«, wollte Elsa überrascht wissen.

»Nein«, antwortete Gernot. »Den Mannesmut bei der Verteidigung Burgunds zu beweisen, das ist fürwahr nicht mein Begehr. Aber in Zeiten der Not an der Seite des Vaters und der Brüder zu stehen – wie könnte ich das nicht wollen?«

»Ihr seid, wo Ihr gebraucht werdet«, flüsterte Elsa, und sie unterdrückte mühsam das Bedürfnis, ihre Hand auf die seine zu legen.

Gernot sah sie an, und er empfand die Wärme, die von ihr ausging und die er bis heute nicht bemerkt hatte. Sie war von selbstlosem Liebreiz, von trauriger Friedfertigkeit. Der Prinz fühlte etwas, das nicht gedacht werden konnte, und wollte etwas, das nicht zu erlauben war.

Ein einsamer Trompetenstoß brach die Stille – und mit ihr den Moment der Verbundenheit zwischen Elsa und Gernot.

»Mein Vater!« Gernot sprang auf. Er stürmte so hastig aus dem Raum, dass er nicht einmal daran dachte, Elsa mit auf den Hof zu nehmen.

Das junge Mädchen schüttete die Reste der Suppe wieder in den Kessel und legte ein Holzbrett darauf. Wieder eine Mahlzeit für hungrige Soldaten.

Dann machte sie sich ebenfalls auf den Weg. Welche Nachricht die Nacht wohl bringen würde? Keine gute, schwante ihr.

Vier Männer, zwei Pferde und kein Schwert.

Was sich in den Burghof schleppte, war ebenso verloren wie das, was im Wald geblieben war. Haut, die nur aus Brandmalen, schwärenden Wunden und Asche zu bestehen schien. Kleidung, die im Feuer mit dem Fleisch der Männer verschmolzen war. Humpelnde Beine, nutzlos herabbaumelnde Arme. Krieger, deren stumpfe Blicke den Gnadentod ebenso verdienten wie die Gäule, deren zitternde Flanken wie von Pflugscharen durchrissen waren.

Es waren Gundomar, Gunther und zwei ihrer treuen Vasallen. Sie hatten sich im Schatten der Mauern zum Tor vorgetastet, und mit müder Hand hatte Gunther den Wachen bedeutet, keine Triumphfanfaren von der Rückkehr des Königs künden zu lassen.

Trotz der späten Stunde strömte der Hofstaat ins Freie, den schrecklichen Anblick der Ungewissheit vorziehend.

Die Vasallen stützten sich auf das eine Pferd, welches kaum noch in der Lage war, einen Reiter zu tragen. Gunther zog das andere Pferd, den leblosen Körper seines Vaters darauf. Gundomars Schild, immer noch an seinen Arm gebunden, war vollends verkohlt, und bei jedem Schritt brachen Stücke heraus, die langsam zu Boden fielen.

Das rechte Hosenbein des Prinzen war von Blut getränkt und dann dunkel getrocknet. Die linke Gesichtshälfte war geschwollen, als drängten die Knochen darauf, aus seiner Haut zu brechen. Wo die zwei äußeren Finger seiner linken Hand gewesen waren, band ein Stück Stoff die blutenden Reste.

Eine düstere, von unsagbarem Schrecken kündende Rückkehr. Krieger waren Krüppel, Stolz war Staub. Es war nicht zu sagen, was die kläglichen Reste dieses Aufgebots noch auf den Beinen hielt. Angesichts ihrer Verletzungen und Verluste war es kaum vorstellbar, wie lang der Rückweg zur Burg gedauert hatte.

Die beiden Soldaten, die sich am Zaumzeug des Pferdes mühsam festkrallten, wurden von mitfühlenden Gefährten empfangen, die sie sanft unter den Armen packten, um sie zur Versorgung ihrer Wunden zu geleiten. Das arme Tier, zu keinem weiteren Schritt mehr fähig, wurde am Rand der Mauer von seinen Qualen erlöst.

Gunther hingegen schien nicht innehalten zu wollen. Er führte sein Pferd geradewegs auf das Portal der großen Halle zu. Niemand sprach ihn an, niemand wagte es, dem Prinzen die Hand zu reichen.

Gernot hielt die schluchzende Kriemhild an sich, unfähig, dem erschütternden Anblick mit Taten entgegenzutreten.

Als Gunther das Tor erreicht hatte, wurde es ihm geöffnet. Er trat ein, und hinter ihm klapperten Hufe die Treppenstufen hinauf.

So sehr Gernot versuchte, das Gesehene durch schiere Willenskraft ungeschehen zu machen, so sehr besann er sich nun doch auf seine Pflichten in dieser Stunde der Not. Er umfasste Kriemhilds Schulter und führte sie ebenfalls in den großen Saal.

Hagen war der Letzte, der über die Schwelle trat, und mit einer Handbewegung bedeutete er den Soldaten, die Tore zu schließen und das Elend vor den Augen des Hofstaats zu verbannen.

Siegfried und Regin, die vor der Schmiede bei Wein und Brot gesessen hatten, sahen sich in geteiltem Entsetzen an. »Wie konnte das geschehen?«, flüsterte Siegfried. »Dreizehn Männer, dreizehn Schwerter – gegen ein Biest?«

»Eisen gegen Zauber«, knurrte Regin. »Der Hochmut des Königs wurde mit teurer Münze bezahlt.«

»Ich hätte dabei sein müssen«, sagte Siegfried zerknirscht. »Vielleicht hätte ich ...«

»... vielleicht wärst du mit den anderen neun Männern in Stücke gerissen worden, die nicht zurückgekommen sind?«, zischte sein Ziehvater. »Neide ihnen nicht den Tod.«

»Was mag wohl mit Giselher passiert sein?«, fragte sich Siegfried.

Regin spuckte aus. »Es ist eine Geschichte, die man nicht erlebt haben muss, um sie zu kennen. Ich bin sicher, dass er mit lautem Gebrüll und erhobenem Schwert gegen Fafnir geritten ist. Des Toren Hochmut ist sein Untergang. Doch ich bin sicher, die Barden werden bald von seinen Heldentaten singen.«

»Ich wünschte fast, wir wären nach Xanten gegangen«, murmelte Siegfried.

Ein paar Fackeln waren rasch entzündet, die den Saal in warmes Licht tauchten. Mit beiden Armen wischte Hagen Kelche und Teller beiseite, die noch vom Abendmahl auf einem der langen Tische standen. »Was ist im Wald geschehen?«

Gunther zog den Leib seines Vaters vom Pferd herab an sich, und trotz seiner Verletzungen gelang es ihm, Gundomar behutsam auf den Tisch zu legen. »Niemals werden wir darüber sprechen – und niemals mehr wirst du uns fragen.«

Der König war nicht tot. Seine Seele krallte sich in seinem Körper fest, nicht willens, das geschundene Fleisch zu verlassen. Obwohl sein Herz kaum noch Blut zu schlagen besaß und der Atem sich mit Speichel röchelnd mischte, hob er den rechten Arm, seine engsten Vertrauten zu sich rufend. Hagen, Kriemhild und Gernot gesellten sich zu Gunther an die Seite des Königs.

Knapp und krächzend waren die Worte, die Gundomar noch zu sprechen vermochte. »Ins ... Antlitz des Teufels haben wir geblickt. Das Feuer ... Feuer der Hölle ...«

Gunther, der sich auf die Tischkante stützte, legte seinem Vater die Hand auf den Arm. »Es ist gut, Vater. Wir sind daheim in Burgund. Wenn es Tag wird und deine Wunden versorgt sind, wird ein Gebet uns Linderung bringen.«

Statt einer Antwort drehte sich Gundomar zu Hagen. »Du wirst ... Sorge tragen ... Gunthers Schwert und Schild sein ... König Gunther ...«

Hagen schien in seiner ewigen Ernsthaftigkeit nicht mehr betroffen als sonst auch, doch er senkte das Haupt. »Mit meinem Leben.«

Kriemhild drängte sich vor, hob ihrem Vater die blutverschmierte Hand und küsste sie weinend. Gundomars Stimme versagte, und das Lächeln, das seinem Gesicht beim Anblick seiner Tochter gelang, wurde zum Teil seiner Totenmaske.

Schweigend sanken die verbliebenen drei Kinder des Königs von Burgund auf die Knie und begannen zu beten.

Hagen hingegen drehte sich leise um und zog sein Schwert. Jemand musste sich um das leidende Pferd kümmern.

Das Schiff der Sachsen, gebaut für Fahrten auf den Flüssen des Reiches, mühte sich gegen die peitschenden Wogen, die es in die Tiefe zerrten, nur um es dann wieder gegen den nachtschwarzen Himmel zu spucken. Der Wind stand günstig, und das Segel war bis zum Zerreißen gespannt. Die Ruder waren schon lange eingeholt – das Wasser hätte sie zerbrochen wie ein schwerer Stiefel einen Ast.

Edelrich, Sohn von Thalrich, Kronprinz von Sachsen, stand am Bug des Schiffes, die schlanken Hände an der

Reling. Regen prasselte in sein Gesicht, angetrieben von Böen, die entweder aus Utgard oder der Hölle kamen, je nachdem, welchen Göttern man huldigte. Edelrich hasste das Meer. Er hasste diese Reise. Er hasste jeden einzelnen Tropfen, der sein Haar durchnässte. Was ihn nach Island trieb, war weder Abenteuerlust noch der Drang, Brunhilde zu seiner Königin zu machen. Sein Vater hatte, kaum dass der Bote vom Hofe Islands eingetroffen war, ein schnelles Schiff beladen lassen. Sachsen und Dänemark beargwöhnten einander seit Jahren, sich gegenseitig des Anspruchs auf des anderen Reich beschuldigend. Thalrich war kaum im Stande, einer Invasion der Streitmächte von Dänemark und Xanten standzuhalten, aber die Verbindung Sachsens mit der Krone Isenstein konnte einen Ausgleich schaffen, der den wankenden Frieden stützte. Sachsen und Island gegen Dänemark und Xanten – es klang so verlockend, dass Thalrich gerne den widerwilligen Sohn zu opfern bereit war.

Es war nicht so, dass Edelrich die Strategie des Vaters nicht verstand. Sein Geist war wach und sein politisches Geschick beträchtlich. Trotz seiner mangelnden Hingabe an die weiblichen Reize war er bereit, um der Krone willen zu heiraten. Jede Übereinkunft, die einem großen Ziel diente, fand auch Lösungen für die kleinen Unannehmlichkeiten, die sie nach sich zog.

Aber Brunhilde? Island? Edelrich hatte mehr von diesem barbarischen Volk und seinem kalten Reich erfahren, als ihm lieb war. Musik und Literatur waren dort verpönt, und alles, was die Handwerker schufen, unterwarf sich einem Zweck, ohne dem Ornament zu huldigen. Das Essen war fett, das Land karg. Zwar wurde Brunhildes Schönheit gepriesen – aber es war die herbe Schönheit einer Kriegerin, die sich um Duft und Liebreiz nicht scherte.

Beabsichtigt war, dass Edelrich mit Brunhilde Island regieren sollte, solange sein Vater den Thron von Sachsen innehatte. Nach Thalrichs Tod würden die Reiche vereint, und Edelrich konnte wieder in die Heimat zurückkehren, während Island zur Provinz erklärt würde.

Der Gedanke daran ließ in Edelrich den Wunsch aufkommen, seinen Vater schon bei der Hochzeit mit Brunhilde meucheln zu lassen, um keinen Tag länger als nötig im unwirtlichen Norden verbringen zu müssen, wo die Sommer kürzer waren als manche Gelage am Hofe von Sachsen.

Am Horizont erschien nun ein Leuchtfeuer, breit und hell, sichtbar trotz des nicht enden wollenden Regens. Edelrich drehte sich zu seinem Steuermann. Er musste laut schreien, um den Sturm zu übertönen. »Das Licht! Ist das Island oder das Ende der Welt? Beides wäre mir recht!«

»Island müsste es schon sein!«, rief der Mann am Steuerruder. »Doch eine solch mächtige Flamme habe ich noch nie gesehen!«

Edelrich drehte sich wieder nach vorn, und langsam schälten sich auch die Konturen des bergigen Reiches aus der trübgrauen Nacht. Es sah aus, als säße ein schwarzer Klotz im Wasser, frierend und böse, der versuchte, sich an einem Lagerfeuer zu wärmen, das er vor sich entzündet hatte. Der Anblick war so faszinierend wie erschreckend.

Als das Schiff sich Island näherte, ließ der Sturm ein wenig nach, als wäre ein wütender Wetterring um die Insel durchbrochen. Das Grau des Meeres und das Grau des Himmels wurden wieder unterscheidbar. Das Vulkangestein der Insel jedoch blieb unnahbar und drohend.

Edelrich erkannte, dass die Mündung des Fjords, die zu Burg Isenstein führte, von einer Flammenwand versperrt war, die heiß und grell in alle Richtungen peitschte. Das

Feuer schien im Wasser geboren, und seine Zungen leckten an den Wolken. Das Schiff wirkte dagegen wie ein Halm, der im Ozean trieb. Heiße Winde ließen die Sachsen schwitzen und die Feuchtigkeit auf ihrer Haut verdampfen, bis nur noch salzige Kruste blieb. Ein paar Krieger, die dem Gott der Christen dienten, schlugen das Zeichen des Kreuzes.

Der Prinz von Sachsen war jedoch weniger beeindruckt. Dass die Isländer mit den alten Göttern im Bunde standen und Magie und dunklen Mächten zugeneigt waren, konnte man hören, wenn man in den Tavernen des Festlands die Ohren aufsperrte. In gewissem Maße bewunderte Edelrich sogar das prachtvolle Schauspiel, mit dem die Königin von Island jeden Bewerber zu erschrecken versuchte.

»Wir müssen umkehren!«, schrie der Steuermann und wollte das Ruder herumreißen.

»Wenn du das Ruder drehst, schlage ich dir mit dem Schwert die Hand ab!«, bellte Edelrich.

Trotz seiner gebildeten Art und seiner Ablehnung jedweder Barbarei war Edelrich für Wutausbrüche und Raserei bekannt, die ihn unberechenbar machten. Der Steuermann hatte keinen Grund, an der Ernsthaftigkeit der Drohung zu zweifeln. Er hielt Kurs.

»Es ist eine Illusion – ein Spiel aus Licht und Farbe, um unsere Augen zu täuschen!«, setzte Edelrich noch hinzu, als müsse er sich selbst überzeugen. Er nahm seinen Umhang von der Schulter, hielt ihn über die Reling ins Wasser und warf ihn, voll gesogen, wie er war, über seinen Kopf. »Wer an Deck nicht gebraucht wird, soll Schutz suchen. Bei unserer Geschwindigkeit werden wir nicht lange brauchen, bis wir vor Burg Isenstein den Strand unter dem Rumpf spüren.«

Die Soldaten, von der Harmlosigkeit der Flammenwand

weit weniger überzeugt als der Prinz, beeilten sich, sich unter die Holzplanken des Decks zu kauern.

Die Luft war nun so heiß, dass sie in den Lungen mit wütenden Krallen kratzte, obwohl die Flammenwand noch etliche Schiffslängen entfernt war.

Edelrich verwarf die Möglichkeit, dass er sich geirrt haben könnte. Er war Odysseus selbst, von den Göttern herausgefordert, in heiliger Mission stolz den Gefahren entgegensegelnd! Der Thronfolger empfand es fast schon als Beleidigung, mit welchen Narreteien Brunhilde ihn zu schrecken dachte.

Die Königin von Island stand auf der Wehrmauer und sah mit kalten Augen, wie das kleine Schiff weit unten auf die Flammenwand zuhielt. Seine Umrisse waren durch das Feuer verzerrt, als ob eine Götterfaust es in jeder Sekunde neu formte.

»Die Langobarden vielleicht«, murmelte Eolind, »oder die Franken.«

»Es sind die Sachsen«, knurrte Brunhilde. »Nur Thalrich konnte so schnell auf unsere Boten reagieren, und sein Reich könnte die Unterstützung Islands gegen Hjalmar gebrauchen. Zweimal hat er bei meinem Vater um einen Pakt förmlich gebettelt – nun will er ihn durch seinen Sohn erzwingen.«

Eolind sah seine Königin durchdringend an. »Ihr könntet den Zauber beenden und das Schiff in den Fjord lassen. Niemand nähme es euch übel, wenn ihr Edelrich in Großmut lebend ziehen lassen würdet.«

»Es sind meine Regeln«, mahnte ihn Brunhilde. »Die Boten haben sie im Wortlaut überbracht, und jeder Freier hat sie zu würdigen. Seinen Stolz durch Großmut zu brechen, das würde mir Edelrich nicht weniger zum Feind machen als sein Tod den Vater. Doch nach dem, was man hört, wird Thalrich kaum das Schwert erheben, um die Ehre eines Sohnes zu retten, der dumm genug ist, sehenden Auges in den Tod zu segeln.«

Es war durch die wabernden Flammen schwer abzuschätzen, wie weit Edelrichs Schiff noch von dem tosenden Inferno in der Mündung des Fjords entfernt war.

»Bevor ihr einen Gatten erwählt, wird die Hälfte aller Königreiche Island weniger als wohlgesonnen sein«, gab Eolind zu bedenken. »Diplomatie soll der Politik helfen, Kriege zu verhindern, nicht, sie zu entfachen.«

»Auch mein Vater hielt nichts von Diplomatie«, beschied ihn Brunhilde knapp.

Ihr Ratgeber schüttelte den Kopf. »Hakan war auf die Vermeidung von Diplomatie bedacht, nicht auf ihre Missachtung. Er suchte keine Freunde – aber er war klug genug, sich keine Feinde zu machen.«

Es war offensichtlich, dass die junge Königin kein Interesse hatte, weiter über das Thema zu sprechen. Sie lehnte sich nach vorne, um einen besseren Blick zu haben. »Später, Eolind – es scheint, das Schauspiel beginnt.«

Das Schiff der Sachsen hatte nun den äußeren Rand der Flammenwand erreicht, und seine Spitze tauchte in das Feuer ein. Wenige Herzschläge lang war es, als könnte das breitbauchige Schiff in voller Fahrt in den Fjord treiben. Die Flammen, die es umtosten, leckten gierig an den Planken, ohne sie zu fressen. Zu viel Meerwasser hatte das Holz aufgesogen.

Dann brannte das Segel. Mit einem wütenden Fauchen riss es sich los, Fetzen in den heiß wirbelnden Wind schlagend. Das stolze Abzeichen von Sachsen ergab sich den Flammen wie ein böses Vorzeichen.

Das Schiff kam fast augenblicklich zum Stillstand, leicht zitternd in den glühenden Klauen der Feuerwand. Eolind meinte, bis zur Burg die Schreie der Sachsen zu hören, deren Körper von den Flammen geröstet wurden. Brunhilde liefen Schauer den Rücken herunter. Es war ein Anblick, der ihr grimmige Zufriedenheit schenken sollte – aber nur Trübsal bot. »Sie könnten ins Meer springen.«

»Wenn sie *Fische* wären«, murmelte Eolind erschüttert. »Wo auch immer sie den Kopf aus dem Wasser stecken, das Feuer würde sie bereits erwarten. Ihr habt diese Prüfung wahrlich gut durchdacht.« Er hatte sich seiner Königin noch nie so fern gefühlt, und fast fürchtete er, dass ihr Verstand verblasste.

Die Schreie verstummten – von innen ausgebrannte Lungen waren nicht mehr fähig, irgendwelche Laute auszustoßen. Das Schiff der Sachsen fing nun ebenfalls Feuer. Nicht an einer Stelle zuerst, sondern auf voller Breite und Länge, als habe das Holz nur darauf gewartet, endlich trocken genug für die Vernichtung zu sein. Eolind blinzelte, als er in den Flammen die taumelnden Gestalten von ein paar Soldaten erblickte.

Langsam, fast wie behutsam geschoben, gelang dem Schiff nun doch noch die Durchquerung der Feuerwand. Als brennendes Fanal lief es in den Fjord vor der Burg ein, an den Seiten bereits schwarz verkohlte Stücke herausbrechend. Rußige Flocken stiegen in den heißen Wind. Den Strand würde der Bug des Schiffes nicht mehr berühren, bevor es zerbrach und sank, den Sachsen ein nasses Grab zuweisend.

Brunhilde war nicht zufrieden, aber doch auf eine beunruhigende Weise erleichtert.

Drei Wochen lang hatten die Burgunder ihre Grenzen geschlossen und in ehrfürchtigen Zeremonien ihres gefallenen Königs gedacht. Gundomar war der erste König des

Landes, dessen Leib seine Ruhestätte in der Krypta der neu errichteten Kirche fand – in einem steinernen Sarkophag. Gleich daneben wurde der Sarg von Giselher aufgestellt. Wenngleich sein Körper nicht aus Fafnirs Klauen hatte gezerrt werden können, so verdiente sein Andenken doch, an der rechten Seite des Vaters zu ruhen.

Das Reich, das sich seit Monaten vor dem Drachen duckte, versank noch tiefer in Apathie, und das Leben seiner Bürger schien nicht mehr zu sein als die Erwartung des Todes. Das Einzige, was blühte, waren die üblen Hetzereien in den Tavernen, befeuert von zu viel Met und wilden Hirngespinsten.

Wie der Drache die königliche Schar mit einem Prankenhieb vernichtet hatte, wurde erzählt. Wie Giselher starb, sich vor den Vater werfend, während Gunther hinter einem Felsen nur das eigene Leben zu retten suchte.

Siegfried bekam weder von dem unbesonnenen Geschwätz noch von der Wahrheit etwas mit. Es scherte ihn auch wenig, denn seine Gedanken galten nach wie vor nur Kriemhild. Es drohte ihn zu zerreißen, dass sie litt und er ihr nicht beizustehen vermochte. Wie oft hatte er schon versucht, ihr durch einen Blick Zuversicht zu schenken, wenn sie über den Hof an der Schmiede vorbeigekommen war? Aber sie hatte nicht einmal den Kopf in seine Richtung gedreht.

Bis zu dem Abend, da ein Soldat in die Schmiede kam, in der Siegfried und Regin gerade ihr Werkzeug nach getaner Arbeit reinigten. »Der Schmied Siegfried – er möge der Prinzessin Gesellschaft leisten. In einer Stunde auf dem Balkon über ihren Gemächern.« Das war alles. Wenige Worte, die Siegfrieds Herz weckten und sein Gemüt mit Licht durchfluteten.

Auf Regin hatten sie die gegenteilige Wirkung. »Der

Schmied und die Prinzessin – das soll nicht sein, das geht nicht gut.«

Siegfried schlug ihm lachend auf den Rücken. »Was redest du da? Es ist, was sein muss! Doch wie soll ich eine Stunde verbringen, in der ich noch nicht zu ihr eilen darf? Wie soll ich das ertragen?«

Regin grinste schief. »Die Zeitspanne war vielleicht nicht unabsichtlich so gewählt – gibt sie dir doch Gelegenheit, Kriemhild nicht schmutzig und verschwitzt gegenüberzutreten.«

Siegfried sah an sich herunter. Richtig, sein altes Hemd war vom Funkenflug förmlich durchsiebt und seine Arme eher schwarz denn weiß. Er riss sich den Stoff vom Leib und tunkte ihn in den Wasserbottich, um sich damit zu säubern. »Regin, was täte ich ohne deinen Rat?«

»Nichts anders«, murmelte der alte Schmied.

Gunther saß auf dem Thron, den er noch nicht beansprucht hatte. Die Krone des Vaters aufzusetzen, so weit wollte der Prinz, den der Tod des Bruders zum Kronprinzen befördert hatte, nicht gehen.

Hagen ging vor ihm auf und ab und überflog Berichte aus dem Reich. »Es ist eingetreten, was wir durch den Kampf gegen den Drachen zu verhindern suchten – Burgund ist bis ins Mark geschwächt und von mehreren Seiten angreifbar. Kundschafter vieler Reiche sind gesichtet worden, und ihre Könige werden schon die Karten studieren.«

Unwillkürlich fuhr Gunthers rechte Hand zu seiner linken Schulter, deren Bandagen er immer noch Nacht für Nacht durchblutete. »Und Fafnir?«

Hagen schnaubte verächtlich. »Mit seinen Untaten zufrieden, scheint er im Walde zu ruhen.«

Gunther rieb sich das Gesicht. Seine Wunden ließen ihn kaum noch schlafen, und sein Gewissen raubte ihm den Rest der Ruhe, die er suchte. »Was sollen wir tun?«

Hagens Stimme ließ erkennen, dass er schon die Frage für ungebührlich erachtete. »Blickt Euch um, und Ihr könnt es sehen – Burgund schreit nach einem König. Je länger Ihr die Krönung hinauszögert, desto mehr zerfällt das Reich.«

»Aber habt Ihr auch das Geflüster an den Waschtrögen und in den Werkstätten gehört? Das Volk mag *einen* König wollen – *diesen* König will es nicht.«

»Was für ein Reich wäre Burgund, wenn das Volk über die Herrschenden geböte und nicht umgekehrt?«, lachte Hagen grimmig. »Euer Blut gibt Euch das Recht und auch die Pflicht.«

»Ich brauche Zeit«, murmelte der Thronfolger unsicher.

»Was Ihr Zeit nennt, heißt vor den Burgtoren Zaghaftigkeit«, brummte der Ratgeber wütend. »Ich weiß, dass Giselher von Kindesbeinen an erzogen wurde, die Bürde der Krone zu tragen. Aber das entbindet Euch nicht der Verantwortung, die sich nun ergeben hat.«

Gunther sah in den Weinkelch, der fast leer auf der Lehne seines Thrones stand. Seit seiner Rückkehr war der Rebensaft seine beste Arznei gewesen, um den Schmerz des Leibes ebenso zu lindern wie den Schmerz des Geistes. Nun fegte er den Kelch zur Seite, der über den Steinboden klapperte. »Ich wollte niemals König sein.«

»Und ich wollte nie mein Auge in der Schlacht lassen«, zischte Hagen und deutete auf das Lederstück über der ausgebrannten Höhle in seinem Gesicht. »Aber manchmal weisen uns die Götter Aufgaben zu, die wir schultern müssen. Ich habe Eurem Vater versprochen, an Eurer Seite zu stehen. An der Seite *König Gunthers*!«

Die letzten beiden Worte schienen in dem fast leeren Thronsaal in der Luft hängen zu bleiben. Drohung und Versprechen.

Gunther richtete sich auf, spannte den Rücken und fuhr sich mit den Fingern durch die Haare. »Du hast Recht, Hagen. Die Zeit des Selbstmitleids ist vorbei. Schicke Boten aus, bereite das Fest vor – am nächsten heiligen Sonntag bekommt Burgund seinen neuen König!«

Hagen nickte ergeben und schlug die rechte Faust auf die Brust. »So wird es geschehen. Für Burgund.« Es kostete ihn Mühe, die hinterlistige Freude in seinem Herzen nicht als Lächeln in seine Mundwinkel zu lassen.

Gunther war nicht Giselher, nicht der tumbe Schreihals, den sich Hagen in fünfzehn Jahren willfährig gemacht hatte. Sein Geist war fähig, Ränkespiele zu durchschauen und nach eigenem Gutdünken Entscheidungen zu fällen. Es würde schwerer sein, ihn zu leiten, seine Hand wie seine Zunge zu führen. Doch der wichtigste Schritt war getan – Gunther war bereit, die Amtsgeschäfte zu übernehmen. Der Stillstand war gebrochen. Und der Stillstand war Hagens größter Feind gewesen. Stillstand war ein stehendes Pferd. Es lief in keine Richtung.

Siegfried war deutlich zu früh zum Balkon geeilt. Es war ihm unmöglich, auf Kriemhild warten zu müssen. Er brannte innerlich, als hätte sein Blut dem heißen Eisen aus seiner Schmiede weichen müssen. Es wunderte ihn ein wenig, dass sie ihn hierher bestellt hatte, denn der Ort war nicht gerade abgeschieden.

Kriemhild erschien, wie es für eine Prinzessin angemessen war, mit etwas Verspätung. In Gedenken an Gundomar war ihr Kleid von tiefem Blau, und die Haare waren zu einem strengen Zopf geflochten. Sie trat auf den Balkon mit beherrschter Würde und verriet weder Hast noch Furchtsamkeit.

Siegfried wollte ihr nahe sein, sie berühren, und trat auf sie zu. Doch Kriemhild hob die Hand und gebot dem Schmied Einhalt. »Es wäre mir recht, wenn du drei Schritte Abstand halten würdest.«

Siegfried verstand nicht, gehorchte aber. Auf dem Herzen der Prinzessin lagen viele Lasten, darum wartete er geduldig, bis sie die Worte fand.

»Betest du, Siegfried?«

Er schüttelte den Kopf. »Die alten Götter scheren sich wenig um Gebete, solange man ihnen im Leben Ehre macht.«

»Ich habe gebetet«, flüsterte Kriemhild. »In jener Nacht, als du in meinem Gemach warst. Ich habe um ein Zeichen gebetet, ob Etzel der Mann ist, den ich heiraten soll. Ob mein Weg Liebe oder Pflicht ist. Ich habe um die Kraft gebetet, das Richtige zu tun.«

»Es war das Richtige«, verkündete Siegfried bestimmt.

Eine einzelne Träne lief über Kriemhilds Wange, als sie ihn ansah. »Weil ich den Sohn Mundzuks vom Hofe wies, musste mein Vater in Fafnirs Klauen sterben – und mein Bruder! Das Land stöhnt immer noch unter dem Schrecken des Lindwurms, und unsere Nachbarn ringsum betrachten Burgund als leichte Beute. Und du meinst, ich hätte richtig gehandelt? Es war töricht und unbedacht und einer Prinzessin nicht würdig!«

Siegfried war überrascht von ihrem Gefühlsausbruch, der nichts mit dem zu tun hatte, was er erwartet hatte. All die Schwüre und Versprechen, die er sich bereitgelegt hatte – sie waren nun zu schal und dumm, um sie noch auszusprechen. »Kriemhild, du kannst dir nicht die Schuld geben an dem, was geschehen ist ...«

»Ich kann nicht, und der Herr weiß, dass ich es nicht will – aber ich muss. Siegfried, kannst du es denn nicht sehen? *Es soll nicht sein.*«

Ihre Worte taten ihm im Herzen weh. »Ist deine Liebe zu mir ... vergangen?«

Sie drehte sich von ihm weg und legte ihre Hände auf die Balkonbrüstung. »Siegfried, meine Liebe zu dir ist das, was mich am Leben hält. Aber sie ist nicht das, was mein Leben bestimmen kann.«

»Wenn die Liebe dich nicht treibt«, wollte Siegfried nun wissen, »was ist es dann?«

»Meine Pflicht!«, rief die Prinzessin in verzweifelter Wut. »So wenig, wie Gundomar und Giselher den Drachen stellen wollten, so wenig, wie Gunther den Thron wollte – so wenig will ich den Herrscher finden, dessen Hand es mir erlaubt, Burgund seine alte Kraft zurückzugeben. Und doch werde ich es tun – weil die Pflicht über dem Glück steht.«

Siegfried straffte sich, von den Worten getroffen, obwohl sie nicht gegen ihn gerichtet waren. »Und um mir das zu sagen, hast du mich hergebeten?«

Sie drehte sich nun wieder zu ihm. »Nein. Wir gaben uns ein Versprechen in einer leichtsinnigen Nacht. Auch wenn ich meinen Teil nicht aussprach, so war er doch nicht weniger aufrecht. Nun hat das Schicksal aber in Tod und Flamme verkündet, dass unser Versprechen nicht sein darf. Mach dein Herz frei von mir, und ich will das Gleiche versuchen.«

Siegfried brauchte nicht nachzudenken oder die Worte abzuwägen. Er ging auf die Knie. »Ein Versprechen in einer leichtsinnigen Nacht wurde gegeben, das ist wahr. Und heute will ich es erneuern. Ich bin nur Siegfried der Schmied, der seine Eltern nie kannte und dem es verwehrt wurde, gegen Fafnir zu ziehen. Ich habe nichts, dem ich in Ehre gedenken kann, und nichts, für das zu kämpfen sich lohnt. Außer das Herz einer Prinzessin.«

»Mein Herz zählt nicht!«, schrie sie, und die schrillen Töne aus ihrem Mund wirkten seltsam unangebracht. »Und jetzt geh!«

»Ich werde ...«

»Geh!«

Zum ersten Mal empfand Siegfried Wut im Beisein Kriemhilds. Er sprang auf die Füße und rannte davon. Er wollte schreien, Bäume mit der Hand ausreißen, die Götter selbst zum Duell fordern!

Die Gänge der Burg wurden zu grauen Schatten, als er sie durcheilte. Nur selten sah er das tanzende Licht von Fackeln wie gelbe Augen in der Dunkelheit. Drei Stufen auf den Treppen nahm er im Sprung, immer wieder die Fäuste gegen die Mauern schlagend, um sich der Wirklichkeit zu versichern. Bald schon tropfte Blut von den Fingern.

Als er den Hof auf dem Weg zur Schmiede überquerte, schaute er nicht zum Balkon zurück. Er wollte Kriemhild nicht schmachtend dort stehen sehen, wollte ihr nicht sanft verzeihen, was sein Herz zu zerschmettern drohte.

Er musste mit Regin sprechen! Er brauchte eine Stimme, die nicht von Pflicht und Respekt sprach, sondern den einfachen Dingen, die einem Mann das Leben ausmachten. Zum ersten Mal seit Wochen dachte Siegfried wieder daran, in Odins Wald zurückzukehren.

Mit seiner Wut schien er heute Nacht nicht allein – schon von weitem hörte er einen heftigen Streit aus der Schmiede. Es waren die Stimmen zweier Männer – eine davon erkannte er als Regins Stimme.

Siegfried fragte sich, ob es angebracht war, zuerst einmal zu lauschen, worum es ging. Doch es war nicht seine Art.

Außerdem wurde der Unbekannte nun noch lauter, noch feindseliger. Es stand zu befürchten, dass der Streit bald in Handgreiflichkeiten ausartete, und da wollte Siegfried seinem Ziehvater beistehen.

Er öffnete die einfache Holztür, als der hagere alte Mann Regin gerade mit der rechten Hand am Kragen packte. »Ein Leben in Lüge, das nennst du Frieden?«

Regin, selber zu aufgebracht, um Siegfrieds Eintreten zu bemerken, bog mit seiner kräftigen Hand die Finger seines Widersachers auf. »Ich habe das Recht seines Blutes gegen sein Leben getauscht. Ja, ich nenne das Frieden! Und es war Lines Wille!«

Nun erst bemerkten die Männer Siegfried, der erstaunt im Licht eines kleinen Feuers stand. Er hatte nicht eingegriffen, weil der alte Krieger kaum einen Gegner für den drahtigen Regin darstellte, zumal ihm der linke Arm fehlte.

»Verzeiht«, stammelte Siegfried, »ich wollte euch nicht stören. Aber es klang, als würde Regin gleich zur Waffe greifen, und da wollte ich ...«

»Ist er das?«, fragte der mit Narben übersäte Fremde und kniff die Augen zusammen, um Siegfried von oben bis unten zu betrachten.

»Siegfried, das ist Laurens«, sagte Regin statt einer Antwort. »Er ist ... er war ein Freund deiner Mutter.«

Damit hatte Siegfried nicht gerechnet, nicht rechnen können. Es war auch nichts, mit dem er sich im Moment zu beschäftigen gedachte, da Kriemhild ihn so brüsk zurückgewiesen hatte. Er wusste nicht, wie viel Respekt und Freude er Laurens entgegenzubringen hatte, daher nickte er nur. »Ein Freund meiner Mutter – das ist eine gute Nachricht. Ich weiß nur wenig über sie. Regin hat mir an langen Winterabenden von ihrem einfachen Leben erzählt.«

Laurens sah Regin von der Seite an, als wolle er den Schmied erwürgen. »Von ihrem *einfachen* Leben?«

Regin wirkte betroffen, fast ertappt. Siegfried kannte diese Unsicherheit bei seinem Ziehvater nicht. »Stimmt etwas nicht?«

»Du wirst es ihm sagen«, knurrte Laurens. »Die Wahrheit muss ans Tageslicht.«

»Es ist leicht für dich, von Wahrheit zu sprechen«, sagte Regin. »Deine Wahrheit war immer einfach – die Wahrheit des Kriegers auf der Suche nach dem Krieg.«

»Dann werde ich tun, was du versäumt hast.« In der Stimme des alten Soldaten lag eine unverhohlene Drohung.

Regin drehte sich zu seinem Ziehsohn. »Siegfried, lass uns eine Weile allein. Ich will dir nicht verschweigen, dass es dich betrifft, aber bitte überlasse mir die Handhabe.«

Siegfried nickte verunsichert und verließ die Schmiede. Regin wartete noch einen Moment, bis er sicher war, dass der junge Mann nicht mehr in Hörweite war.

»Wie kannst du es wagen, mich zu schelten?«, bellte er Laurens an. »Achtzehn friedliche und ruhige Jahre hat der Junge unter meinem Dach erlebt! Mit deiner Wahrheit wäre er schon, bevor die Manneshaare sprossen, in das Schwert eines dänischen Schergen gelaufen!«

»Auf den Frieden im feigen Versteck kann der Erbe von Xanten verzichten!«, entgegnete Laurens. »Nur wenn er die eigene Größe erkennt, wird sich sein Schicksal erfüllen – der Königssohn wird sein Reich von den Dänen zurückerobern!«

»Dein Gerede wird niemandem nützen, wenn du an Siegfrieds Leichnam trauerst«, sagte Regin. »Du hast deinen König und deine Königin verloren – ist es Hjalmars Blutdurst oder deiner, der Siegfrieds Opfer verlangt?«

Statt einer Antwort griff Laurens in einen Beutel, der neben ihm auf dem Boden lag. Er zog etwas heraus, das in schmutziges Leder gewickelt war, und warf das Gebinde Regin vor die Füße. »Wenigstens war es noch dort, wo wir vereinbart hatten. Als ich es fand, war mir klar, dass du Siegfried um sein Erbe betrogen hast.«

»Und du hast meine Spur bis nach Burgund verfolgt?«, fragte Regin spöttisch.

Laurens schüttelte den Kopf. »Ein glücklicher Zufall, von den Göttern eingefädelt. Einige von Siegmunds einstigen Heerführern hatten mich nach Worms geschickt, um Gundomar um Hilfe für einen Aufstand gegen Hjalmar zu bitten.«

»Gundomar ist dem Drachen zum Opfer gefallen, ebenso sein Sohn Giselher«, berichtete Regin.

Laurens nickte. »Davon hörte ich bereits. Dann wird mir König Gunther sein Ohr schenken müssen.«

»Der Zeitpunkt ist schlecht gewählt«, warnte Regin. »Noch ist Gunther nicht König, und weder Volk noch Heer weiß er bedingungslos hinter sich. Hinzu kommt der Drache, dessen Vernichtung alle notwendige Politik überschattet. Du wärst besser beraten, dich um einen Pakt mit Mundzuk zu bemühen.«

Beide Männer schienen sich nun wieder etwas zu beruhigen, und die gemeinsame Vergangenheit kühlte ihre Köpfe. Laurens wählte seine nächsten Worte mit Bedacht. »Das täte ich – wenn es Mundzuks Reich wäre, dem der Überfall bevorstünde.«

Trotz ihres Zwists hatte Regin keinen Grund, an Laurens' Aufrichtigkeit zu zweifeln. »Hjalmar beabsichtigt, Burgund zu unterwerfen? Ist das sicher?«

»So sicher wie alles, was Kundschafter für Gold verraten«, schränkte Laurens ein. »Auch Hjalmar ist nicht verborgen geblieben, dass Burgund schwach und verwundbar ist. Ihn treibt die Hoffnung, durch den Sieg in der Fremde die Unruhe im Innern zu bannen. Auch fast zwanzig Jahre nach seinem Sieg über Xanten ist es ihm nicht gelungen, das Reich unter seiner Flagge zu einen.«

»Die Niederländer beugen sich nur einem der Ihren«, sagte Regin nicht ohne Respekt vor den Menschen, denen er einst gedient hatte.

»Einem der Ihren«, bestätigte Laurens. »Und wir wissen beide, wer es sein muss.«

Regin sah ein, dass sein Versteckspiel mit Siegfrieds Herkunft dem Ende entgegensah. Er hatte es gespielt, solange es ging. »Er ist nicht bereit.«

»Wenn er der Sohn seines Vaters ist, dann ist er bereit«, widersprach Laurens. »Es muss ihm nur klar werden.«

Siegfried stand auf dem Wehrgang der Burg, den Blick auf den Wald gerichtet, in dem Fafnir hauste. Es war still dort, als ruhe sich das Untier zufrieden von seinen Mordtaten aus.

Der junge Schmied war verdrossen, wütend und zugleich maßlos enttäuscht. Er hatte Kriemhilds Liebe ebenso verloren wie Regins Vertrauen. Dinge geschahen, die ihn betrafen – ohne dass er auch nur den geringsten Einfluss auf sie nehmen konnte. Der einfache Bauer konnte mehr über sein eigenes Los bestimmen als er.

Er hörte Schritte, und im Dunkel der Nacht erkannte er Regins gedrungene Gestalt, der sich zu ihm gesellte. »Ich dachte mir, dass ich dich hier finden würde.«

»Warum?«, fragte Siegfried mürrisch. »Weil hier der Platz für Hunde ist, die man aus dem Haus gejagt hat?«

Statt darauf einzugehen, deutete Regin zum Wald. »Den Blick in Richtung Abenteuer.«

»Zu dumm nur, dass das Abenteuer niemals in meine Richtung schaut«, murmelte Siegfried.

Regin ließ den Kopf hängen, als habe er auf eine andere Antwort gehofft. Dann hielt er Siegfried ein verdrecktes Bündel hin. »Dein Abenteuer ist dein Leben, Siegfried. Vielleicht hat Laurens Recht – vielleicht habe ich dein Leben vor dir verborgen.«

Siegfried nahm das schwere Bündel, dessen Leder hart und rissig war. »Was ist das?«

Regin legte ihm die Hand auf die Schulter. »Es ist die Entscheidung, die ich bis heute für dich getroffen habe. Überlege es dir gut – wenn du den Knoten löst, wird der Morgen einen anderen Siegfried finden.«

An jedem anderen Tag, in jeder anderen Nacht hätte Siegfried lachend verzichtet. Er liebte sein Leben, und auch wenn er manchmal Sehnsucht spürte, war er sich doch bewusst, wie gut es ihm immer ergangen war.

Doch er dachte an Kriemhild, den Drachen, das Schicksal von Burgund – so viele Fragen, auf die er keine Antworten wusste. Er wog das schwere Bündel in der Hand, als würde es seine Entscheidung erleichtern. »Würde ich damit leben können, verzichtet zu haben?«

Es tat Regin gut, nicht mehr lügen zu müssen. »Nein. Wenn Laurens' Ankunft mir eines gezeigt hat, dann dies – das Schicksal ruft deinen Namen.«

Siegfried legte das Bündel auf die Wehrmauer und zog an den Riemen, die das alte Leder zusammenhielten. Der Knoten öffnete sich, und das steife Material blieb in seiner Form, als wollte es sich gegen die Preisgabe seines Geheimnisses wehren. Mit beiden Händen zerrte der junge Schmied das Leder auseinander, wobei es knirschte und brach.

Im Licht des Mondes war schwer zu erkennen, was zum

Vorschein kam. Es war Metall. Eisen vielleicht. Zwei Stücke. Fein geschmiedet, glatt wie das Wasser in einem Kelch.

Er sah Regin verwirrt an, während seine Hände über die seltsam warmen Teile strichen. »Ein zerbrochenes Schwert?«

Regins Lächeln war gequält, als er antwortete. »Wenn es nur ein Schwert wäre – ich hätte keinen Grund gehabt, es dir zu verweigern. Aber es ist so viel mehr als eine Waffe. Es ist Nothung. Dein Erbrecht. Ein Schwert wie kein anderes. Das Schwert eines Königs.«

»Aber was hat das mit mir zu tun? Was soll ich damit anfangen?«

Regin legte Siegfried den Arm um die Schulter, wie er es lange nicht mehr getan hatte. »Du wirst es bald verstehen.«

Zuerst hatte Gernot geglaubt, es sei ein Pferd, dessen Hufe über das Pflaster im Hof klapperten. Aber der Ton war zu gleichmäßig, zu hart, und zu – laut?

Nach einigen vergeblichen Versuchen, trotz des Lärms weiterzuschlafen, setzte er sich verwirrt auf. Es war ein Hämmern, stetig und entschlossen. Metall auf Metall.

Gernot stand auf und ging zum Fenster. Von hier, ungedämpft durch schwere Burgmauern, konnte er es noch deutlicher hören. Und er sah das Licht aus der kleinen Schmiede kommen. Wie spät war es? Oder – wie früh? Sicher keine Stunde, in der das Schmiedefeuer geschürt und der Hammer geschwungen werden musste.

Unschlüssig stand er da, da er nicht wusste, was er tun sollte. In anderen Fenstern sah er ebenfalls Schatten. Gernot entschied sich, selber nachzusehen, was vor sich ging. Er warf sich einen Umhang über und trat in den Gang hinaus.

Er wäre fast mit Kriemhild zusammengestoßen, die im nur dürftig beleuchteten Korridor ihren Weg suchte.

»Kannst du mir erzählen, was dieser verrückte Schmied da unten treibt?«

Gernot zuckte mit den Schultern. »Er schmiedet, wenn ich das Geräusch zu deuten vermag. Für einen Schmied mag es verrücktere Dinge geben, die er tun kann.«

»Aber es ist die Stunde des Wolfes, in der außer der Nachtwache niemand in der Burg arbeiten muss – oder sollte!«

»Vor allem, da in zwei Tagen die Krönung Gunthers bevorsteht. Es wird dem Volk nicht gefallen, wenn der Hofstaat bei den Feierlichkeiten mehr mit dem Schlaf als mit der Begeisterung kämpft«, grinste Gernot. »Ich werde nachsehen.«

»Dann werde ich wieder in mein Gemach gehen und mir die Kissen gegen die Ohren pressen«, flüsterte Kriemhild, die bei jedem der Hammerschläge zusammenzuckte.

Sie machte sich auf den Weg, drehte sich jedoch noch einmal um. »Gernot?«

Ihr Bruder wollte sie ansehen, aber die Dunkelheit des Gangs hatte sie fast vollständig verschluckt. »Ja?«

»Ich wäre dir dankbar, wenn du mir berichten würdest, was in der Schmiede vor sich geht.«

Gernot nickte. Das Interesse seiner Schwester an dem jungen Schmied war ihm nicht entgangen, und hätte er an ihrem Pflichtbewusstsein gezweifelt – er hätte vermutet, dass sie Etzel seinetwegen abgewiesen hatte.

Als der junge Prinz auf den Hof trat, hatten sich schon mehrere Bedienstete und Soldaten dort eingefunden. Es wurde geflüstert, und so manche übermüdete Stimme verwünschte den lärmenden Schmied. Unter den Menschen entdeckte Gernot auch Regin, der in einer Ecke stand. Sein Gesicht verriet weniger Verwunderung als Sorge. Es war also eindeutig Siegfried, der wie um sein Leben den Hammer schwang.

Es hatte sich niemand in die Schmiede getraut, und so war Gernot der Erste, der die Tür öffnete. Das Knallen von Metall auf Metall war hier fast unerträglich und die Kohlen in der Esse so heiß, dass eine kleine Sonne im steinernen Trog zu brennen schien.

Im Schein der flirrenden Hitze schien Siegfrieds Gestalt fast wie ein Dämon, der mit der Peitsche auf hilflose Seelen eindrosch. Sein Oberkörper war nackt, nur von Schweiß und Asche bedeckt. Die Muskeln seiner Arme spannten sich im Trommelschlag des Hammers, und seine Augen spiegelten die seltsam blauen Funken wider, die von der Klinge auf dem Amboss sprühten. Das Metall wollte sich dem Schmied schreiend widersetzen, doch Siegfried schmiedete das Eisen nicht – er unterwarf es.

Es war wie eine heilige Aufgabe, und Gernot fühlte sich wie ein Ketzer, sie zu stören. »Siegfried?«

Obwohl er unmittelbar hinter dem muskulösen Schmied stand, musste er den Namen noch zweimal wiederholen, bevor dieser innehielt.

Siegfried atmete schwer, als er sich umdrehte. Er kniff die Augen zusammen, als Schweiß brennend in seine Augen lief. Einige Funken verglühten auf seiner Haut, ohne dass es ihm etwas ausmachte. »Prinz Gernot. Was treibt Euch her?«

Es war dem Prinzen unverständlich, wie Siegfried auch nur auf die Frage kam. »Es ist der Lärm, Siegfried – gepaart mit einer Zeit, die weder früh noch spät zu nennen ist, weil sie gewöhnlich nur für Eulen und anderes Nachtgetier von Bedeutung sein dürfte. Du hast die halbe Burg um den Schlaf gebracht!«

Siegfried schien wie aus einem Traum zu erwachen, noch steif und ohne einen klaren Gedanken. »Oh.«

Gernot lächelte milde. »Was immer du schmiedest – es

wird bis morgen warten müssen. Du weißt, dass die Krönung meines Bruders vorbereitet werden muss.«

Siegfried nickte entschieden und legte den Hammer beiseite. »Verzeiht mir – die Freude über eine frohe Botschaft hat mich die Welt vergessen lassen.«

»Welche frohe Botschaft?«, wollte Gernot wissen, der bereit war, die Begeisterung des Schmieds zu teilen.

Statt einer Antwort wickelte Siegfried sein Werkzeug in Leder ein und füllte etwas Glut in ein Kohlebecken.

»Was hast du vor?«, fragte Gernot verwirrt.

Siegfried packte sein Zeug unter die Arme und sah den Prinzen geradeheraus an. »Ich gehe in den Wald – weit genug fort, um niemanden zu stören.«

Die Antwort war so unglaublich, dass Gernot erst zu einer Erwiderung kam, als Siegfried schon fast aus der Tür war. »Du willst in den Wald – um zu schmieden? Es ist mitten in der Nacht! Und was ... was ist, wenn deine Arbeit den Drachen weckt?«

Der junge Schmied lächelte milde, aber ohne den Anflug der Überheblichkeit. »Mein Prinz, das Geräusch meines Hammers wird Fafnir vor Angst in seine Höhle treiben. Er und ich – wir wissen, was bevorsteht.«

Es war der Moment, in dem sich Siegfried entschied, Gernot zu vertrauen. »Wärt Ihr bereit, Eurer Schwester etwas von mir auszurichten?«

Gernot verkniff sich die Bemerkung, dass Kriemhild am Schicksal des Schmieds ebenso interessiert schien, wie es umgekehrt der Fall war. »Ich habe wenig Erfahrung als Kurier, doch ich will mein Bestes tun.«

»Einen Helden und König braucht sie, so hat sie mir anvertraut«, erklärte Siegfried entschlossen. »Wenn die Götter es wollen, wird sie auf beides nicht mehr lange warten müssen.«

Es fiel Regin nicht schwer, seinen Ziehsohn im Morgengrauen zu finden, obwohl der frühe Nebel wie ein heller durchsichtiger Ozean über das Land waberte. Er ging einfach dem Geräusch nach.

Es hatte ihn weniger verwundert als die anderen Burgbewohner, dass Siegfried mit solchem Eifer den Hammer schwang. Die Ketten, die den Jungen banden, waren zerbrochen. Das Schicksal, das so lange auf ihn gewartet hatte, rief nun ungeduldig seinen Namen.

Er fand Siegfried an einem kleinen Bach, wo er auf einem Findling das Schwert seiner Vorväter zu schmieden versuchte. Ein heiliges Bild, wie der hehre junge Schmied im diffusen Licht des Morgens stand, den Hammer hoch erhoben.

Er machte seine Arbeit gut – Nothungs Klinge war ohne sichtbare Naht, als wäre sie niemals zerbrochen gewesen.

»Nothung kann nicht gegen seinen Willen geschmiedet werden«, sagte Regin zur Begrüßung. »Gehe behutsam damit um, und wenn es dich als seinen Herrn erkennt, dann folge seinem Gesang, um es zu formen.«

Siegfried nickte dankbar und schlug auf die Stelle ein, an der er die beiden Teile wieder verbunden hatte. Neben dem lauten Knallen von Metall auf Metall war ein hoher Ton zu hören, wie die Saite eines Instruments.

»Halte den Ton«, befahl Regin.

Siegfried schlug erneut zu, bevor der Klang verebbte. Danach wieder. So gleichmäßig, dass der Ton beständig wurde und seine Farbe hielt. Zufrieden beobachtete Regin, wie geschickt sein Ziehsohn Nothung bearbeitete. Immer wieder drehte er das Schwert, um beide Seiten gleichmäßig zu schmieden.

Mit einem Mal hielt Siegfried inne. Sein Hammer fiel zu

Boden, und er packte den Griff des Schwerts. Er wollte es in den Bach tauchen, aber die Klinge vibrierte so stark, dass es ihn Mühe kostete, sie überhaupt festzuhalten. Sie flirrte, wurde unscharf, und der Ton peitschte sich in Höhen, in denen er für das menschliche Ohr unhörbar wurde.

Siegfried umklammerte nun mit beiden Händen Nothung, als müsse dem Schwert sein neu gewonnenes Leben geknechtet werden. Die Muskeln an den Oberarmen des Schmieds wölbten sich zitternd, und seine Beine suchten festen Halt auf dem Boden. »Es kämpft, Regin! Es kämpft!«

Es war keine Angst in Siegfrieds Stimme – nur ehrliche Verwunderung.

»Es sucht den Herrn!«, rief Regin. »Zeig ihm den Herrn!«

Siegfried presste die Zähne aufeinander. Die Vibrationen der Klinge übertrugen sich auf seine Arme, seinen Oberkörper, seinen Schädel. Vor seinen Augen begann alles zu verschwimmen, und es dröhnte in seinen Ohren. Seine Schläfen pochten, und sein Herz raste.

»Ich ... bin ...«, begann er mühsam zu sprechen.

Das Schwert riss ihn fort, und er stolperte fast, als es ihn in einem Bogen über den Waldboden zog. Es brauchte all seine Kraft, um wieder Tritt zu fassen. Den linken Fuß drückte er tief in den weichen Waldboden, den rechten gegen einen Findling.

Nun riss Nothung seine Arme nach hinten, um diese an den Schultern aus ihrem Gelenk zu drehen. Doch Siegfried reagierte schnell, ließ links los, wirbelte nach rechts herum und packte wieder zu.

»Ich ... bin ... Siegfried!«, schrie er. »Siegfried von Xanten!« Das Schwert zog, zerrte, warf sich hin und her.

»Geh mit ihm!«, rief Regin. »Nutze seinen Drang!«

Siegfried stand nun auf den Zehenspitzen, als Nothung ihn in Richtung Himmel zog. Plötzlich ruckte das Schwert zu Boden, und er ging in die Knie.

Schweiß lief ihm in Strömen über den Körper, und sein Gesicht war verkniffen. Er knurrte wie ein Tier. Das Schwert drängte nun nach links zum Bach. Siegfried änderte die Taktik und ließ seine Muskeln locker. Mit zwei schnellen Schritten folgte er der Bewegung, nicht kämpfend, sondern führend. Ohne den Widerstand seines Meisters lief Nothungs Kraft ins Leere, und als es seinen Schwung verlor, zog Siegfried es in einem weiten Kreis an sich. Wieder bockte das Schwert, einem ungezähmten Gaul gleich, und Siegfried ließ den Trieb auslaufen.

Er leitete Nothungs Schwünge in weichen Linien, der Kraft nur die Bestimmung gebend. Aus dem Zweikampf wurde ein Tanz, ein Spiel der Bewegungen in fließender Form. Die Kräfte von Mann und Schwert gingen ineinander auf.

Elegant drehte sich Siegfried im Kreis, führte Nothung hoch über seinen Kopf – und stieß es dann mit einem mächtigen Schrei in den Findling, auf dem er das Schwert geschmiedet hatte. Zitternd ragte die Klinge halb aus dem Stein und kam schließlich zur Ruhe.

Erschöpft fiel Siegfried vor dem Findling auf die Knie, als wollte er ihn anbeten. Seine Stimme war wenig mehr als ein Japsen. »Du ... bist ... mein. Ich ... bin ... Siegfried!«

Regin hatte sich das ganze Schauspiel schweigend angesehen. Erst jetzt wurde ihm klar, wie sehr er Siegfried all die Jahre betrogen hatte. Siegfried war kein Schmied, war nie einer gewesen. Er hatte das Herz eines Kriegers und das Blut eines Königs. Es war gleich, ob ein Drache, ein Heer oder die Götter gegen ihn standen. Seinem Schicksal hatte er sich zu stellen.

Erschöpft, aber über die Maßen glücklich sah Siegfried seinen Ziehvater an. »Es ist wild. Und es will kämpfen.«

»Die Gelegenheit wird sich bieten«, versprach Regin. »Nothung ruht nicht, bevor sein Gebieter siegreich ist – oder die Gunst der Götter verloren hat.«

»Ist es das, was mit meinem Vater geschehen ist?«, fragte Siegfried.

Regin hob die Schultern. »Ich weiß es nicht – die Götter sind launisch, und was ihnen heute zusagt, mag sie morgen verstimmen. Der Preis für die Macht ist die Willkür.«

Es war noch früh am Vormittag, und Gunther hasste den Trubel, den die Ankündigung seiner Krönung ausgelöst hatte. Am Hofe wurden Säle geschmückt, Köche schafften von überall Fleisch, Geflügel und Gemüse herbei, und den ganzen Tag roch es nach frischem Brot, das für diesen Anlass gebacken wurde.

»Ihr solltet den Feierlichkeiten etwas gelassener entgegensehen«, mahnte Hagen, wie immer neben dem Thron stehend. »Immerhin werdet Ihr König von Burgund sein.«

Gunther studierte missmutig ein paar Pläne. »Mir ist nicht nach Tanz und Festschmaus zu Mute.«

»Der Pöbel will saufen und die Beine schwingen«, hielt Hagen dagegen. »Es kann in diesen Zeiten nicht genügend Gründe geben, das gemeine Volk bei Laune zu halten.«

Die Wache an der Tür zum Saal schlug ihre Lanze gegen das Holz, um einen Besucher anzukündigen.

Es war ein alter Mann, der eintrat, sichtlich in vielen Schlachten gezeichnet, der linke Arm war nur noch ein Stumpf. Doch sein Blick war stolz und ungebrochen.

»Es ist Laurens, der ehemalige Heerführer von Xanten«, murmelte Hagen. »Behandelt ihn mit Respekt, doch hütet Euch vor überstürzten Bündnissen. Sein Anliegen mag ehrenwert sein, doch die Rache Hjalmars, die in seinem Schatten reist, darf nicht auf Burgund fallen.«

Gunther nickte grimmig. Seine Kundschafter hatten ihm bereits von hektischer Betriebsamkeit im Heer des Dänenkönigs berichtet. Zwar hatte Hjalmar Xanten niemals endgültig seinem Reich einverleiben können, und die störrische Provinz band viele seiner Kräfte, aber ohne eine Allianz Burgunds mit den Franken oder den Hunnen war an eine offene Konfrontation nicht zu denken.

Aus Rom war keine Hilfe zu erwarten. Zwar hatte das einstmals mächtige Imperium das Herrscherhaus von Burgund eingesetzt, doch die Macht der Besatzer schwand zusehends. Es brauchte keinen Hellseher, um die endgültige Vertreibung der Legionen bis an die Alpen vorauszusagen.

»Laurens«, sagte Gunther freundlich, aber unverbindlich. »Ich höre, Ihr wart ein getreuer Diener von Siegmund. Mein Vater erzählte mir oft von den mutigen Taten des Königs von Xanten.«

Laurens nickte ergeben. »Prinz Gunther, es ist eine Ehre, von Euch empfangen zu werden. Xanten ist auch der Grund, der meine Reise in das schöne Rheintal führte.«

»Wie man hört, sind viele Aufrührer Hjalmar wie Zecken am Leib, an denen er sich blutig kratzt.«

»Ihr seid gut im Bilde, Hoheit«, sagte Laurens. »Die Niederländer widerstehen der Willkürherrschaft der Dänen, soweit sie es ohne Gefahr für Leib und Leben können. Weder Steuern noch Ernten fallen so aus, wie der Schurkenkönig es sich wünscht. Aber unter der Knute der Besatzer stirbt der Wille nach bald zwanzig Jahren. Zu viel Blut hat den Boden Xantens getränkt, zu viele Kinder sind Hungers gestorben. Wenn Hjalmar das Land nicht knechten kann, wird er jegliche Menschenseele daraus vertreiben.«

»Was können wir tun?« Gunthers Frage war aufrichtig gemeint, auch weil er wusste, dass Laurens ihm keine Antwort würde geben können.

Der alte, vom Leben gezeichnete Mann war sichtlich erstaunt. »Ich komme nicht, um Hilfe zu erbitten. Ich weiß um die Sorgen, die Burgund belasten. Ich bin gekommen, um Burgund vor dem Schicksal Xantens zu bewahren!«

Gunther und Hagen sahen sich an.

»Wovon sprichst du?«, bellte Hagen schließlich. »Burgunder und Dänen mögen keine Freunde sein, aber Hjalmar wird sich hüten, einen Fuß über unsere Grenzen zu setzen.«

Laurens sank auf die Knie, darauf hoffend, durch Demut mehr Gehör zu finden. »Hjalmar weiß um die Not Eures Reiches. Eine schlechte Ernte, ein schwaches Heer, ein neuer König. Und es ist zu befürchten, dass Mundzuk Euch nicht zur Seite steht.«

»Ich werde Hjalmar wissen lassen, dass es ein Fehler wäre, die Wehrhaftigkeit der Burgunder zu unterschätzen«, knurrte Gunther. »Die Verluste wären auf beiden Seiten groß. Seid Ihr sicher, dass er bereit ist, so weit zu gehen?«

»Er wird es sein, wenn er erfährt, wem Ihr am Hofe Unterschlupf gewährt«, prophezeite Laurens, und mit einem Mal klang seine Stimme weder bittend noch brüchig. Sie war herausfordernd und mit einem gefährlichen Unterton.

Nicht ohne Stolz bat Siegfried die Wachen am Burgtor um Einlass. Er hatte Nothung in Leder gewickelt und unter den Arm geklemmt, um kein Aufsehen zu erregen. Dafür würde später noch Zeit sein – wenn der Schmied Siegfried als der Held Siegfried gefeiert würde.

Er hoffte, dass Gunther Zeit haben würde, trotz der Krönungsvorbereitungen mit ihm zu sprechen. Der Segen des künftigen Regenten von Burgund war ihm wichtig. Regin hatte Siegfried geraten, vor dem Kampf mit Fafnir den Preis für den Sieg zu verhandeln. Es war davon auszugehen, dass Gunther – angesichts der Gefahr und der mangelnden Zuversicht in den jungen Schmied – leichtfertig viel mehr Lohn versprechen würde als nach der ruhmreichen Rückkehr, wenn das Versprechen schon Verpflichtung war.

Siegfried hatte sich das wohl überlegt, als ihn, kaum dass er den Fuß über die Schwelle zum Hofe gesetzt hatte, zwei Wachen bei den Armen packten und zwei weitere ihre Speerspitzen auf sein Herz richteten. Das Werkzeug und Nothung fielen zu Boden. Regin nahm sie auf, von den Soldaten unbelästigt.

»Was soll das?«, rief er empört.

»Gunther wünscht den Schmied zu sprechen«, knurrte einer der Soldaten.

»Nicht weniger ist mein Begehr!«, protestierte Siegfried. »Für zwei, die das Gleiche wollen, sollte kein blankes Eisen notwendig sein.«

Regin hielt sich zurück. Es war besser, erst einmal abzuwarten, was den künftigen König zu diesem brüsken Vorgehen veranlasst hatte.

Siegfried wurde zur großen Halle geführt. Männer wie Frauen des Hofstaats schauten verstohlen, als der junge Schmied wie ein gemeiner Dieb vorgeführt wurde. Er konnte nur hoffen, dass Kriemhild dieser Schmach nicht zusah.

Die Soldaten schoben ihn in die Halle, blieben aber davor stehen, als das Portal sich schloss.

Kaum hatten sich Siegfrieds Augen an das durch wenige Fenster erhellte Zwielicht gewöhnt, erkannte er, dass nur Hagen und Gunther anwesend waren. Die Augen des königlichen Ratgebers verrieten Hass in ungewohnter Offenheit, während der Mann, der ab morgen König sein sollte, eher aus Enttäuschung grimmig schien.

»Ich hatte gehofft, du würdest Zerstreuung bringen angesichts der Leiden, die Burgund widerfahren«, begann Gunther. »Kriemhilds ungezogenes Gebaren, Fafnirs grausames Gericht – und nun sollst ausgerechnet du es sein, der dieses Reich in einen vernichtenden Krieg zieht?«

Die Frage stach in Siegfrieds Kopf wie die geschliffene Klinge eines Dolches. Sich keiner Schuld bewusst, fehlten Siegfried die Worte. »Gunther, niemals würde ich ...«

»Nenne deinen Namen, Blender!«, schrie Hagen wütend, und seine zitternde Hand sehnte das Heft eines Schwerts herbei.

Siegfried spürte eine dunkle Ahnung in sich aufsteigen. »So, wie ich ihn immer trug, so ist er auch heute noch – Siegfried!«

Es war Gunther, der sich nun vorbeugte. »Siegfried – der Schmied aus Odins Wald?«

Siegfried hatte gehofft, die freudige Neuigkeit zu einem wohl gewählten Zeitpunkt zu verkünden, doch jetzt kam eine Lüge nicht in Frage. »Siegfried, aufgewachsen als Schmied in Odins Wald, mit dem Blut der Xantener Könige in den Adern!« Es kam trotzig über seine Lippen, als würde die Wahrheit jede Anklage zerschmettern.

Hagen drehte sich um und stapfte ein paar Schritte in das

Dunkel des Saals, um die Grimasse aus Wut und Sorge nicht zu zeigen, die sein Gesicht verzerrte.

Gunther rieb sich müde über die Augen. »Dann ist es also wahr – du bist Siegfried, Sohn von Siegmund und Sieglinde, rechtmäßiger Erbe von Xanten?«

»Ich schwöre es bei Eurem Gott wie bei meinen Göttern«, sagte Siegfried.

Hagen trat nun wieder an den Thron. »Lasst mich sein Leben nehmen, Gunther, und seinen Kopf in einem Weidenkorb zu Hjalmar tragen. Dann, nur dann mag sich das Schicksal noch wenden lassen!«

Gunther winkte ab, aber die Sorge verdüsterte seinen Blick. »Siegfried, ist dir bewusst, dass du Burgund – das geschwächte, von Freunden nicht umgebene Burgund! – durch deine Anwesenheit zum begehrten Preis für Hjalmar von Dänemark gemacht hast? Es muss dir klar sein – wie kann es dir *nicht* klar sein?«

Siegfried, dessen Gedanken niemals bis zu fremden Höfen gereicht hatten, seit Regin ihm den Ursprung seines Blutes verraten hatte, ging hastig auf die Knie, um seine Unterwerfung zu bezeugen. »Gunther, wenn Ihr es in Eurem Herzen findet, meinem Wort Glauben zu schenken, dann in diesem Augenblick – das Wissen um meine Herkunft hat noch keine zwei Sonnenaufgänge erlebt. Als ich an Euren Hof kam, war ich Siegfried der Schmied, nicht mehr.«

»Selbst wenn wir es ihm glauben könnten«, murmelte Hagen seinem Herrscher ins Ohr, »so würde es die Lage nicht ändern. Auch wenn wir ihn des Reiches verweisen, wird Hjalmar uns der Komplizenschaft bezichtigen.«

Gunther missfiel es, dass ihm die Hände gebunden waren. »Es scheint mir ... unpassend, einen Schmied von gutem Herzen der Klinge zu opfern, um einen blutrünstigen Unhold zu besänftigen.«

Siegfried erhob sich nun wieder. »Was wäre, wenn ich Euch einen Handel böte – einen Handel, dessen Ergebnis nur Euer Gewinn sein kann?«

»Seine Taschen sind leer, Gunther«, zischte Hagen, »und sein Wort ist nichts wert.«

Gunther sah seinen Ratgeber streng an. »Ich mag nicht König sein – aber doch Herr meiner Gedanken. Er soll sprechen.«

Siegfried trat einen Schritt auf den Thron zu. »Was Burgund schwächt, ist das Untier Fafnir, denn es lähmt den Mut des Volkes, vom Bauern bis zum Soldaten. Ich biete Euch das Ende seiner schrecklichen Herrschaft – als Geschenk zu Eurer Krönung!«

Hagen lachte böse, und Gunther quälten sichtlich die Erinnerungen an das eigene Versagen. »Große Wort für einen jungen Mann, der mir gestanden hat, kein Schwert führen zu können. Was lässt dich glauben, du könntest siegen, wo mein Vater und mein Bruder gescheitert sind?«

Siegfried holte tief Luft. »Ist es nicht gleich? Sollte der Lindwurm mein Leben nehmen, könnt Ihr Hjalmar meinen Kopf zum Geschenk machen. Seine Begehrlichkeit an Burgund würde schwinden. Sollte ich aber siegen, würden Stärke und Ruhm Eures Reiches gemehrt, sodass Hjalmar kaum den Angriff wagen würde.«

Gunther sah Hagen überrascht an. »Es klingt vernünftig.«

»Es klingt wie der Versuch, sich aus der Burg zu stehlen, bevor mein Schwert ihn niederstreckt«, entgegnete Hagen, der verächtlich auf den Boden spuckte.

Siegfried warf alles in die Waagschale, was er besaß. »Mein Ziehvater Regin wird am Hofe bleiben. Ihr wisst, wie sehr mir an seinem Wohl gelegen ist. Ich würde es nicht durch Flucht leichtfertig aufs Spiel setzen. Und außerdem erwarte ich vom König die Erfüllung einer Bitte, wenn ich das Land vom Joch des Drachen befreit habe!«

Hagen setzte zu einer scharfen Erwiderung an, aber Gunther gebot ihm Einhalt. »Solltest du Fafnir besiegen, werde ich dir einen Wunsch gewähren – so es in meiner Macht steht.«

Siegfried lächelte. »Ihr werdet König sein, wenn ich mit der guten Nachricht zurückkehre – die Macht ist Euch gegeben.«

Gunther hatte sich zu einer Entscheidung durchgerungen. »Du hast dich hier am Hofe vorbildlich verhalten, und deinen Mut kann ich nicht in Frage stellen. Niemand soll sagen, Gunther wisse gute Dienste nicht zu schätzen.«

Hagen gelang es nur schwer, seinen Missmut zu verbergen, und zwischen gepressten Lippen fügte er den Worten Gunthers hinzu: »Sollten die Krönungsfeierlichkeiten zu Ende gehen, ohne dass du wieder den Fuß in diese Burg setzt, wird Regins Tod nur der erste sein, den du zu verantworten hast.«

Siegfried nickte ernst und verbeugte sich. »Ich verspreche Euch – mein Ziehvater wird heute Nacht beruhigt schlafen können in der Gewissheit, dass ich weder ihn noch Euch enttäusche. Bis dahin sollte das Geheimnis meiner Herkunft jedoch genau das bleiben – ein Geheimnis.«

Gunther nickte. Siegfried drehte sich um und verließ mit schnellen Schritten den Saal.

»Er ist aufrecht und hat das Herz eines Kriegers«, murmelte Gunther nach einer Weile. »Es wäre eine Schande, schon jetzt sein Grab bereiten zu müssen.«

»Es ist nicht seine Gesinnung, die ich fürchte«, sagte Hagen. »Es ist sein Blut. Es macht ihn, wenn nicht zum Feind, dann doch zur Gefahr.«

»Aber dennoch gereicht uns sein Angebot zum Vorteil«, hielt Gunther dagegen.

Sein Ratgeber schnaufte verärgert. »Eine törichte Idee, in Hochmut geboren. Aber wenn er Fafnir, durch die Launen des Schicksals begünstigt, tatsächlich besiegt – nun, von unseren sechs Ohren müssen nur vier taub gewesen sein, um Eurer Versprechen nichtig werden zu lassen.«

Gunther überraschte die Kaltschnäuzigkeit, mit der Hagen ein gegebenes Wort brechen wollte. »Hagen von Tronje, ich habe nicht vor, einem siegreichen Krieger den Lohn seiner Tat zu verwehren. Zumal ich sehr gut weiß, was Siegfried will. Wenn wir ihm seinen Wunsch erfüllen, hätten wir eine Sorge weniger.«

Es verdross Hagen, dass sein künftiger König diesmal besser informiert schien als er selbst. »Solange es nicht Hjalmars Kopf ist.«

»Einen Kopf will er«, murmelte Gunther, »und alles, was an diesem Kopfe hängt. Ich müsste mich schwer täuschen, wenn Kriemhild sich dem widersetzen würde.«

Hagen sah seinen Herrn überrascht an. »Die Hand der Prinzessin? Ihr wisst schon, dass Ihr diesem Wunsch nicht entsprechen könnt?«

Gunther lächelte milde. »Warum nicht? Siegfried mag nicht König von Xanten sein – noch nicht. Aber wenn er als Bezwinger des Drachen an den Hof zurückkehrt, wird auch sein Prinzenblut den Anforderungen Genüge tun.«

Hagen genoss es, wieder die Oberhand zu haben. »Sein Blut ist dabei nicht von Belang. Die Gesetze erlauben keinen Spielraum in dieser Sache – der König muss vor dem Thronfolger heiraten. Und da Kriemhild ein Jahr älter ist als Gernot, könnt Ihr sie Siegfried nicht eher versprechen.«

Gunther erbleichte ein wenig, denn diese Klausel war

ihm bislang unbekannt gewesen. »Dann müsste ich mein Wort brechen, obwohl ich König bin?«

»Nur *weil* Ihr König seid«, brummte Hagen. »Es ist die Ironie der Lage – in diesem Moment wäre Euch die Macht noch gegeben. Sie schwindet, wenn die Krone Euer Haupt berührt.«

Das Geschwätz hatte sich bei Hofe verbreitet gleich dem Durst in einem Land ohne Wasser. Wie der freundliche Schmied Siegfried von Soldaten vor den künftigen König geschleift worden war. Wie er, das Haupt noch auf den Schultern, wieder aus dem Portal trat. Wie es wütende Schreie und unbotmäßige Flüche aus der Schmiede gehallt hatte, die der Schmied mit seinem Ziehvater betrieb.

Es gab die ersten Gerüchte. Gerüchte, dass Siegfried zur Krönung Gunthers eine Heldentat von vortrefflichem Mut zu vollbringen gedachte. Es dauerte nicht lange, bis der Name Fafnir fiel und den Hofstaat in zwei Parteien teilte: jene, denen Siegfried gleichgültig war und die daher nur Hohn und Spott für diesen Wahnwitz übrig hatten, und jene, denen er genug ans Herz gewachsen war, um Mitleid und Sorge zu empfinden.

Gunthers verbliebene Geschwister Kriemhild und Gernot gehörten zu der Gruppe, der Siegfried lieb geworden war, seit er mit Regin ans Tor geschlagen hatte.

Die Prinzessin und ihr Bruder standen weit genug vom Fenster entfernt, um von den Hofdamen nicht gesehen zu werden, als sie Siegfried bei seinem wenig heldenhaften Auszug aus der Burg beobachteten. Es war ein Anblick, der kaum mit dem prächtigen Aufmarsch der dreizehn Reiter zu vergleichen war, die vor erst so kurzer Zeit aufgebrochen waren, Fafnir zu erschlagen, und die so kläglich gescheitert waren.

Siegfried ging zu Fuß, mit kaum mehr als einem Beutel voll Schinken und Brot und einem Schwert, das er sorgfältig in Leder gewickelt hielt. Selbst von hier oben war unverkennbar, wie sehr ihn die geflüsterte Spöttelei der Hofdamen und Soldaten traf. Er sah sich selbst als Held – und war damit doch einsamer, als es der Schmied Siegfried je gewesen war. Kurz bevor er das Tor erreichte, drehte er sich noch einmal um – erst zu Regin, der in der nun bewachten Tür der Schmiede stand, dann zum großen Portal, das verschlossen und abweisend war, und schließlich zu Kriemhilds Gemächern, deren Fenster leer waren. Er konnte nicht wissen, dass Kriemhild bei ihrem Bruder war und das Geschehen aus einem anderen Raum verfolgte.

»Er wird sterben«, sagte die Prinzessin seltsam tonlos. »Warum sind die Männer in Burgund so begierig, den Tod herauszufordern?«

»Als Feigling der Familie steht es mir kaum zu, dieses hohe Ross zu besteigen«, murmelte Gernot, »aber bei Siegfried scheint mir der Grund offensichtlich.«

Kriemhild sah ihn an, das Unausgesprochene verwerfend.

Gernot hob die Schultern. »Was soll es sonst sein? Er tut es nicht für Geld und Stand, denn beides stünde ihm auch dann nicht zu, wenn der Drache stirbt.«

Die Prinzessin mühte sich, beim vielleicht letzten Anblick des Mannes, den sie liebte, nicht in Tränen auszubrechen. »Es ist dumm und der Liebe nicht würdig, wenn er glaubt, für sie das Schwert schwingen zu müssen.«

Gernot sah sie fast ärgerlich an. »Kriemhild, wenn du Siegfried liebst, dann laufe in den Hof und sage ihm genau das. Denn alles, was er bisher in Burgund erlebt hat, muss ihn das Gegenteil glauben lassen.«

Kriemhild sah, wie das Burgtor geschlossen wurde, dann

wandte sie sich ab. »Ich würde mich ihm zu Füßen werfen, wenn ich glaubte, seinem närrischen Treiben damit Einhalt zu gebieten. Doch was nun geschieht, ist vom Schicksal befohlen. Wir hingegen tun das, was unsere Pflicht und unsere Freude ist – wir bereiten uns auf die Krönung unseres Bruders vor.«

7

Fafnir
und der Zorn der Götter

Es war nicht der Auszug aus der Burg gewesen, den Siegfried sich gewünscht hatte. Statt in Ehrfurcht und Jubel war er in Hohn und Spott gegangen.

Es kümmerte ihn jedoch wenig, weil er wusste, dass alle, die in ihm den tumben Schmied sahen, sich irrten. Siegfried hatte nicht nur Nothung – er besaß auch das Recht des Blutes. Und wenn nicht ein Königssohn, wer sonst sollte den Drachen niederstrecken?

Es tat ihm nur Leid, dass Regin ihn nicht verstand. Sein Ziehvater war über die Maßen wütend geworden, als er gehört hatte, was Siegfried vorhatte. Er hatte Worte gebraucht, die Siegfried noch nie gehört hatte und von denen er annehmen musste, dass sie in einer fremden Sprache gesprochen waren.

Er ging ohne Hast, aber mit festem Schritt. Es würde einige Stunden dauern, den Wald zu erreichen, der Fafnirs Hort und Heimat war. Wenn er den Rückweg dazurechnete, blieb ihm tatsächlich wenig Zeit zur Rast, um zur Krönung des Königs wieder in Burgund zu sein.

Ein wenig fühlte Siegfried sich an Odins Wald erinnert, und es machte ihm das Herz leichter, endlich wieder einmal allein zwischen Bäumen zu marschieren, den Duft von Harz und Blüten in der Nase. Außerhalb der Burgmauern schien das Leben einfacher, unmittelbarer und weniger angefüllt mit Möglichkeiten und Unwägbarkeiten, die es immer zu bedenken galt.

Aber in der Burg war Kriemhild.

Kriemhild. Siegfried mühte sich, nicht an sie zu denken. Es gelang ihm erst, als er seine Gedanken Xanten zuwandte, dem Reich, das mit einem Mal sein Erbrecht sein sollte. Es erschien ihm absurd, denn schließlich kannte er weder das Land noch seine Bewohner. Er hatte keine Ahnung von seiner Größe, ob es bergig war oder flach und welche Götter seine Menschen anbeteten. Tavernengeschwätz war alles, was der rechtmäßige König mit seinem Reich verband.

Erneut zwang sich Siegfried, seine Gedanken in eine andere Richtung zu lenken. Er hatte schließlich nicht einmal einen Plan, wie er Fafnir bezwingen wollte. Alles, was er hatte, war der blanke Wille – und Nothung. Es wäre sicher klug gewesen, Gunther um Rat zu bitten, denn immerhin hatte der künftige König von Burgund dem Ungeheuer Auge in Auge gegenübergestanden. Nun war es zu spät, diese Erfahrung zu nutzen.

Siegfried sprang über einen kleinen Bach, aß etwas von dem mitgebrachten Proviant und versuchte, sich Fafnir vorzustellen. Ein feuerspeiendes Maul, Haut wie Stein und Augen wie glühende Kohlen. Es klang wie ein Ammenmärchen, mit dem man Kinder erschrecken wollte, damit sie im Haus blieben. Aber die vielen toten Krieger zeugten davon, dass Fafnir mehr als eine Legende war.

Mit einem Mal wurde auch Siegfried unsicher. Hatte ihn die Begeisterung über seine Herkunft unvernünftig werden lassen? Hatte die Liebe zu Kriemhild gereicht, ihn sehenden Auges in den sicheren Tod zu führen?

Er konnte Nothung spüren, wie es in seiner Hand erschauderte. Durch das Leder hindurch fühlte Siegfried die lebendige Wärme des Schwerts, das in Erwartung des kommenden Kampfes freudig zitterte. Es gab ihm Zuversicht.

Und diese Zuversicht brauchte er, je näher ihn die Stunden Fafnirs Reich brachten. Es erinnerte ihn an die Reise nach Worms, die ihm fast schon legendär vorkam, obwohl sie kaum Wochen zurücklag. Die Stimmen der Tiere verklangen immer mehr, bis die Zweige, die unter Siegfrieds Füßen knackten, das einzige Geräusch waren. Die Bäume hatten in eiliger Erwartung des Winters viel von ihrem Blätterkleid abgelegt, und trotzdem filterten ihre dürren Äste das Sonnenlicht so weit, dass der Boden fleckig und unstet wirkte. Findlinge, manche so groß wie Ochsen, erschwerten das Fortkommen, wenn sie sich wie Perlen einer Kette aneinander reihten, als wollte die Natur den Wagemutigen eine Mauer entgegensetzen.

Ein Dolch lag einsam auf dem Boden, das Leder an seinem Griff schon pelzig überwachsen. Ein paar Schritte weiter lagen Brustschild und Helm eines Soldaten, in offensichtlicher Hast beiseite geschleudert. Die Schmiedearbeit war nicht von Burgund, das konnte Siegfried unschwer erkennen. An dieser Stelle hatten Römer ihren Meister gefunden.

Trotz der fortgeschrittenen Tageszeit wälzten sich vereinzelte Nebelschwaden träge um tote Baumstümpfe, und in Knöchelhöhe schwitzte die Erde blassen Dunst aus, der um Siegfrieds Stiefel tanzte. Nicht nur die Umgebung, auch die Jahreszeit wandelte sich. Der Boden wurde trocken und spröde, totes Moos knirschte unter den Schritten. Ein kalter Hauch trieb eine Gänsehaut auf Siegfrieds Arme. Hätte er nicht um die Beschaffenheit der Welt gewusst –

Siegfried hätte geschworen, die Grenze zu Utgard erreicht zu haben.

Die lähmende Trübnis stahl sich ihren Weg auch in Siegfrieds Kopf, dämpfte seinen Eifer, versuchte seine Furcht. Ohne es zu merken, verlangsamte er seine Schritte und sah sich immer wieder schreckhaft um.

Sieee...frieee ...

Der Wald begann zu flüstern. Nicht mit Worten aus Kehlen, sondern mit Wind an den Ästen und knarzenden Wurzeln. Siegfried versuchte, die geächzten und geheulten Laute zu ignorieren, ihren Ruf als Einbildung abzutun.

Sieee...frieee ...

Seine Muskeln erschlafften, seine Knie gaben nach. Erst jetzt fiel ihm auf, dass er den Beutel mit dem Essen schon vor einer Weile weggeworfen haben musste. Die Götter drehten die Welt um ihn herum, als wollten sie seine Sinne narren, die Bäume beugten sich zu ihm, mehr drohend als fürsorglich. Sein Name, bisher flüsternd und dünn, zischte nun deutlich und wie Trommelschlag durch den Wald.

Siegfried! Siegfried! Siegfried!

Er hielt sich die Ohren zu, doch das Wort drang durch seine Augen, seinen Mund, seine Nase.

Siegfried! Siegfried! Siegfried!

Er packte mit zitternden Händen Nothung und wickelte es aus dem Leder. Mit der Rechten packte er das Heft, seine linke Hand umfasste die Klinge nahe der Stelle, an der sie sich zur Spitze verjüngte. Auf den Boden sinkend, hielt er das Schwert in die Höhe. Er spürte, wie das Metall in sein Fleisch schnitt, wie sein eigenes Blut auf ihn herabtropfte, um dann von der Erde getrunken zu werden.

Siegfried! Siegfried! Siegfried!

Die Stimme, die eine war oder viele, verebbte, flüchtete

immer weiter in den Wald, löste sich wieder in Geräusche auf, die nur noch Wind und Holz verrieten. Es brauchte einen Schrei aus Wut und Entschlossenheit, damit Siegfried wieder auf die Beine kam. Sein Geist klärte sich endlich, und sein Herz pumpte die Kraft in seine Muskeln zurück.

Er prüfte seine linke Hand, von der immer noch das Blut aus einer schmalen Wunde floss. Siegfried konnte sich nicht mehr erinnern, wann er das letzte Mal seinen eigenen Lebenssaft gesehen hatte. Mit Nothungs Hilfe schnitt er einen Lederstreifen ab und verband die Hand gerade so, dass ihre Beweglichkeit erhalten blieb. Dann machte er sich wieder auf den Weg.

Siegfried fragte sich, ob alle Krieger, die vor ihm gekommen waren, um Fafnir zu stellen, von solch unsichtbaren Mächten bedrängt worden waren. Und warum der Wald seinen Namen kannte.

Der Nebel wurde dichter, als wollte er die Schande überdecken, die den Landstrich heimgesucht hatte – verbrannte Bäume, durchfurchte Erde, ausgetrocknete Bachbetten, in schwarzem Ruß zersplitterte Steinbrocken.

Wenn Fafnir wirklich Feuer spie, dann hatte er jede Feuchtigkeit, die dem Wald jemals Leben gegeben hatte, im Flammenodem verkocht. Und überall der Geruch von Brand und Asche, von kaltem Rauch und heißem Tod.

Sein Weg führte Siegfried nun leicht bergauf, und zwischen Steinen und Geröllhalden sah er die Eingänge vieler Höhlen, die wie von spielenden Götterfingern in die Berge gebohrt worden waren.

Er fragte sich, wie er den Drachen finden sollte, wenn dieser schlafen sollte. Seine Zeit war begrenzt, und er konnte nur darauf hoffen, dass Fafnir Eindringlinge in sein Reich mit wenig Gleichmut empfing.

Es knirschte und knackte hart unter seinen Füßen, und Siegfried bemerkte, dass er auf die Rippen eines Skeletts getreten war, von dem nur noch fahle Reste aus dem Boden ragten – der Schädel, eine Knochenhand und ein paar Rippen. Der Anblick schreckte ihn nur mäßig, hatte er solche Vorboten des Schreckens doch schon auf der Reise nach Worms gesehen.

Doch erschrocken hielt er den Atem an, als vor ihm ein Reiter auf seinem Pferd aus dem Nebel auftauchte. Wie zum Schlafe schienen beide an einen vormals mächtigen Baum gelehnt, dessen verkohlter Stumpf noch in der Lage war, ihre Körper zu stützen.

Vorsichtig ging Siegfried näher heran. Es war ein Anblick, der selbst Heiden zu Christen machen konnte – einer der burgundischen Krieger, in voller Montur und das Schwert noch in der Hand, im Aufschrei verbrannt. Das Fleisch trocken und rissig an die Knochen gesogen, nur die Zähne weiß bleckend wie in einem letzten Gelächter. Ebenso das Pferd, geröstet, bevor es seinen Reiter hatte in Panik abwerfen können. Es war nun in der Tat nicht schwer, den Weg zu Fafnir zu finden, denn verkohlte Leiber säumten ihn wie stumme Wegweiser zum Tod.

Siegfried versuchte, die Tageszeit zu bestimmen, aber das war unmöglich. Der Nebel trübte das Sonnenlicht zu stark, und eine Himmelsrichtung war auch nicht auszumachen. Sein Gefühl für die Stunden hatte er verloren, als der Wald ihn unter seine Knute zu zwingen versucht hatte. Er hatte Nothung nun nicht mehr eingewickelt, sondern hielt es schlagbereit in der rechten Hand. Seine Muskeln waren angespannt und sein Blick konzentriert.

Ein schwarzer, massiger Leib schälte sich aus dem Zwielicht vor ihm, eine drohende Gestalt von furchteinflößenden Ausmaßen. Siegfried achtete darauf, keine Geräusche zu verursachen. Er ging leicht geduckt, die linke Hand am Boden, um jede Erschütterung zu spüren, die das Erwachen des Drachen verraten konnte.

Siegfried hielt den Atem an. Es war ein Höhleneingang.

Groß und dunkel war die Gestalt, sicherlich, aber kaum bereit, im nächsten Moment mit geiferndem Maul nach vorne zu hechten.

Der Schmied, der auch ein Königssohn war, entspannte sich ein wenig. Wald und Nebel hatten Schindluder mit ihm getrieben, seine Augen vorsätzlich getäuscht.

Auf einem kaum mannshohen Stumpf sah er einen Schädel stecken, gleich neben dem Eingang zur Höhle. Die Augen noch in Entsetzen aufgerissen, die fleischige Zunge im Mundwinkel klebend, die struppigen Haare vom verwesenden Fleische fallend.

Giselher.

Siegfried übergab sich, und eine seltsame Erleichterung überkam ihn, als er daran dachte, dass er dem Thronfolger im Zweikampf überlegen gewesen war. Es brauchte einen Moment, bis ihm die Widersinnigkeit dieses Anblicks bewusst wurde. Es mochte sein, dass Fafnir dem Kronprinzen den Kopf vom Leibe gerissen hatte – aber welcher Drache steckte die Schädel dann als Trophäe auf Baumstümpfe wie ein prahlender Barbar in der Schlacht?

Siegfried spürte eine warme Brise in seinem Rücken, die seine Schultern streichelte. Ein sanftes Rauschen hob an und fuhr durch seine Haare. Ihm war, als läge ein leises Pfeifen in der Luft. Er drehte sich, seine Hand packte das Schwert wieder fester.

Der Rest der Welt hatte sich angstvoll versteckt. Alles, was Siegfried noch sah, war schuppige Lederhaut und messergroße Zähne. Zwei Flügel, die das Himmelsgewölbe zu umspannen schienen, und fauliger Atem von einer grauen gespaltenen Zunge. Krallen, nach vorn gestreckt und pfeilschnell näher kommend.

Ein Brüllen ließ den Boden zittern.

Siegfried blieb keine Zeit, Regin zu verfluchen, dass er ihm seit jeher den Umgang mit Waffen verboten hatte. Es blieb auch keine Zeit, das Schwert gegen die Bestie zu erheben, die aus dem Himmel gestürzt kam. Der junge Mann, aus dem in dieser Sekunde ein Krieger werden musste, ließ einfach seine Beine wegknicken und rollte sich zur Seite weg.

Fafnir, sein Ziel und damit den schnellen Sieg verfehlend, riss im letzten Moment den Kopf hoch, um nicht das riesige Maul in den Waldboden zu bohren. Seine Krallen pflügten die Erde, als er die Flügel dazu nutzte, den erstaunlich schlanken Leib zu bremsen. Die lederne Haut der linken Schwinge bedeckte Siegfried wie ein Zelt, doch nur für einen Lidschlag, dann klappte Fafnir die Flügel geschmeidig an seinen Körper.

Siegfried, vom überraschenden Angriff des Drachen übertölpelt, kam mühsam auf die Knie und konnte seinen Gegner nun erstmals in voller Größe sehen.

Riesig ja, aber nicht plump oder massig. Fafnir war ein Monstrum von behänder Eleganz, mit einem beweglichen Hals und einem peitschenden, zweigeteilten Schwanz. Es presste die Kiefer zusammen, und Siegfried war, als könne er in seinen schwarzen Augen sehen, wie sich das Feuer seinen Weg bahnte. Es war Glück, dass er aus dem Augenwinkel einen Findling gesehen hatte, der groß genug war, um einem Mann Schutz zu geben.

Mit einem gewaltigen Satz sprang Siegfried in Sicherheit. Er musste aufpassen, sich dabei nicht selber mit Nothung zu verletzen. Die Feuerwalze, die über seinem Kopf in den Wald fauchte, fand nur verkohlte Reste.

Der Stein kühlte angenehm Siegfrieds Rücken, während die Hitze der Flammen sein Gesicht und seine Hände röstete.

Hektisch durchdachte Siegfried seine Möglichkeiten. Fafnir war durch Kraft nicht beizukommen, und sein Feueratem machte jeden direkten Angriff aussichtslos. Die Geschmeidigkeit seiner Bewegungen würde es schwer machen, immer hinter ihm zu bleiben.

Siegfried kam nicht weiter. Neben ihm lugte der riesige Kopf des Drachen wie eine Schlange gelenkig um den Stein und suchte sein Opfer. Der junge Krieger konnte gerade noch aufspringen, bevor ein weiterer Flammenstoß ihn in den verkohlten Wald trieb. Fafnirs Atem riss brüllend Schneisen in den Nebel.

Siegfried wusste, dass er dem Drachen kaum entkommen konnte. Er musste seine mangelnde Größe zu seinem Vorteil nutzen, darum rannte er in einen Teil des Waldes, der diesen Namen noch verdiente. Alte, dicke Stämme, äußerlich verbrannt, trotzten hier dem Ende. Er suchte die schmalen Zwischenräume, die engen Pfade, niemals zurückschauend, beständig hoffend, dass sich der Schuppenleib des Lindwurms im Gewirr der Bäume einem Engpass beugen musste.

Siegfrieds Lungen schienen schon zu bersten, als das Gebrüll des Drachen endlich nicht mehr klang, als käme es von seinen Fersen. Eine riesige Eiche, deren Wurzelwerk am Hang vielfältig aus der Erde ragte, versprach kurzzeitigen Schutz. Siegfried zwängte sich zwischen die störrischen Wurzeln, bis er von außen nicht mehr zu sehen war. Nun hatte er zwar einen Ort gefunden, an den Fafnir nicht folgen konnte – aber seine Flammen würden ihn dennoch finden.

Er hörte den Drachen wüten, seinen Leib immer wieder

gegen alte Bäume schlagen, diese aus dem Boden reißend. Siegfried blieb also nur wenig Zeit, sich eine Strategie zu überlegen. Er atmete schwer, und Nothung in seiner Hand war merkwürdig still. Sein Hemd war zerrissen, und aus kleinen Wunden floss Blut. Seine Haut brannte am ganzen Körper und war tiefrot von der Hitze.

Er verstand nun, mit welcher Leichtigkeit der Drache auch die besten Soldaten überwältigt hatte. Kaum ein Pferd war Fafnir an Schnelligkeit und Beweglichkeit gewachsen, und jede Rüstung war Ballast, der den Tod bedeutete.

Es fiel Siegfried nicht ein, das Duell so einseitig zu belassen, wie es bisher gewesen war. Wenn er eine Chance gegen den Lindwurm wollte, musste er sie fordern. Er erinnerte sich daran, was Regin gesagt hatte: Drachen lebten in Höhlen. Es war davon auszugehen, dass Fafnir angesichts seiner Maße nur in dem Bau Zuflucht suchen konnte, der ihn zuerst genarrt hatte.

Schliefen Drachen? Wie gut war ihr Geruchssinn? Siegfried ärgerte sich, so wenig zu wissen, was ihm weiterhelfen konnte. Es hatte ihn ja schon überrascht, dass Fafnir nicht aus dem Rachen die Flammen spuckte, sondern durch die Nüstern, wie ein Pferd seinen dampfenden Atem im Winter. Wie dem auch sei, er musste den Kampf suchen, wenn er ihn gewinnen wollte.

Er drückte sich aus seinem Versteck, das zerrissene Hemd abstreifend. Den Stoff behielt er aber in der Hand, während er sich zu orientieren versuchte. Schließlich wandte er sich nach rechts, um über die Höhe des Hügels von oben an den Höhleneingang zu schleichen.

Die Bestie musste eine Schwachstelle haben. Es erschien Siegfried unwahrscheinlich, dass die Götter etwas geschaffen haben sollten, das so makellos wie sie selbst war.

Es dauerte eine Weile, bis er wieder an dem Ort war, von

dem er so überstürzt hatte fliehen müssen. Er tastete sich den Hang hinunter, den Höhleneingang stets im Blick. Fafnir war nirgends zu sehen. Angesichts seiner enormen Gestalt war er wieder in die Lüfte gestiegen oder er ...

Wie zur Bestätigung hörte Siegfried ein Rumoren aus der Höhle, und der Hügel schien unter seinen Füßen zu erzittern. Es stimmte also: Fafnir war im Innern des Berges zu Hause!

Leider war das Geröll an dieser Stelle weder zahlreich noch groß genug, um den Höhleneingang durch einen geschickt ausgelösten Steinschlag zu verschütten. Siegfried sah nun auch wieder den Kopf des unglücklichen Giselher, der mahnend Wache zu halten schien.

Ihm kam eine Idee. So langsam, dass selbst die trockenen Blätter unter seinen Füßen keinen Laut machten, schlich sich Siegfried auf der rechten Seite am Höhleneingang vorbei. Er warf einen kurzen Blick in das schwarze Loch, aber Fafnir war nicht zu entdecken.

Mit äußerster Vorsicht zog er den verwesenden Kopf des Thronfolgers von Burgund von dem Pfahl, auf den er festgesteckt worden war. Dann machte er sich ebenso behutsam daran, seine Schritte zurückzuverfolgen, bis er wieder über dem Eingang der Höhle hockte.

Es wunderte ihn ein wenig, dass Fafnir die Verfolgung so schnell aufgegeben hatte, aber andererseits hatte der Drache alle Vorteile auf seiner Seite. Wer ihn besiegen wollte, musste zu ihm kommen.

Siegfried mühte sich, nicht hinzusehen, während er den zerrissenen Ärmel seines Hemdes Giselher so weit in den Mund drückte, bis er am faserig abgetrennten Hals wieder hervorkam. Dann machte er einen Knoten und hatte nun den Kopf wie ein Gewicht an einem langen Stück Stoff. Ein grausiger Anblick, aber Siegfried beruhigte sich damit, dass er Gunther zumindest berichten konnte, dass sein Bruder ihm im Kampf gegen den Drachen ein letztes Mal beigestanden hatte.

Es war Zeit, Fafnirs Blutdurst zu reizen! Siegfried beugte sich so weit über den oberen Rand des Höhleneingangs, wie es ihm möglich war, ohne kopfüber auf den Waldboden zu stürzen. Er ließ den Kopf Giselhers an seiner Stoffleine herunterbaumeln und brüllte aus vollem Hals: »Die Krieger Burgunds suchen den Kampf, Fafnir – komm heraus!«

Die Antwort kam schnell und wütend. Der ganze Hügel erbebte, und ein Brüllen, verstärkt durch den Hall in der Höhle, ließ die Blätter vor dem Eingang aufwirbeln.

Siegfried spürte, wie Fafnir seinen Leib durch den Gang drückte, wie seine Krallen den Fels kratzten und seine Augen den Herausforderer suchten. Er zog den Schädel zu sich hoch, schwang ihn zweimal herum und warf ihn dann vor die Höhle. Der Schädel Giselhers rollte aus, die toten Augen wie in Furcht auf die Höhle gerichtet, die Kiefer auf Stoff kauend. Siegfried wusste, dass er nicht lange würde warten müssen. Fafnir war so reizbar, wie er schnell war.

Der schlanke Kopf, von spitzen Panzern gekrönt, schob sich aus der Höhle, argwöhnisch pendelnd. Die zwei starken Vorderbeine mit tödlichen Klauen folgten, dann die breiten Schultern, die in der Körpermitte die mächtigen Schwingen trugen.

Es war der Moment, in dem Siegfried seinen Mut gegen seine Vernunft setzte und mit dem Schwert in der Rechten dem Drachen direkt ins Kreuz sprang. Seine Beine schrammten links und rechts am Hals des Tieres entlang, und sein Rumpf traf zwischen die Schulterblätter, als wäre Fafnir ein Pferd, das es zuzureiten galt.

Haut und Fleisch des Lindwurms waren kalt, seine Schuppen scharf an den Kanten und glatt an der Oberfläche. Es gab keine Möglichkeit, sich festzuhalten. Allein die Kraft seiner Schenkel musste Siegfried stützen.

Fafnir spürte den Druck des Kriegers in seinem Genick und riss den Kopf nach oben. Er brüllte, als wäre er verärgert über die Täuschung, der er erlegen war. Siegfried hingegen spürte den Schmerz, als die Schuppen des Drachen bei der Bewegung in seine Beine schnitten wie viele kleine Messer. Er schrie, aber er ließ nicht los. Stattdessen hob er Nothung, und hieb auf den Hals an der Stelle, an der er am schmalsten war.

Funken sprühend rutschte die Klinge ab, ohne Kratzer im Leib des Ungeheuers zu hinterlassen. Fafnir bog den Kopf zurück und presste die Kiefer aufeinander, um Siegfried mit Feuerstößen von seinem Rücken zu brennen. Der Krieger warf sich nach vorn, den Winkel verkleinernd, die Fläche schmälernd. Die Flammen züngelten an ihm vorbei.

Noch einmal drückte Siegfried Nothungs Klinge gegen den Hals des Drachen, und wieder blieb es ohne Wirkung. Wie ein Hund, der seinen eigenen Schwanz jagte, drehte sich Fafnir im Kreis, versuchte sich von der Zecke, die Siegfried für ihn war, zu befreien. Er breitete die Schwingen aus und schlug sie hektisch auf und nieder.

Es dämmerte Siegfried, dass er Fafnir nicht in den Himmel steigen lassen durfte. Dort oben brauchte ihn das Untier nur abzuwerfen, und seinen Tod würde der Sturz erledigen. Mit dem linken Arm drückte er seinen Körper zurück, hob das Schwert und stach in den ledernen Flügel, gegen den sein rechter Fuß gepresst war.

Der Drache schrie wie aus tausend Mäulern, bäumte sich auf und rutschte rückwärts auf den Höhleneingang zu. Siegfried wusste, was Fafnir vorhatte – er wollte den Krieger an der Höhlendecke abstreifen. Da er den Lindwurm von seiner Position aus nicht tödlich treffen konnte, beschloss er, ihm zuvorzukommen. Er schwang das linke Bein über Fafnirs Hals, sodass sich beide Füße auf dem Schultergelenk des rechten Flügels fanden. Mit dem linken Arm presste er sich in die Höhe, nun wankend auf dem kriechenden Biest stehend. Dann drückte er die Beine durch und katapultierte sich nach vorn.

Der Aufprall vor der Höhle war hart und schmerzhaft, Dreck wurde in die Wunden seiner Beine gerieben. Im Rücken spürte Siegfried den harten Schädel Giselhers drücken, und sein linker Arm war so verdreht, dass er ihn kaum noch spürte. Er lag genau vor der Höhle, unmittelbar vor Fafnir – direkt im Angesicht des Todes. Mühsam rappelte er sich auf die Beine, das scheinbar nutzlose Schwert immer noch fest in der rechten Hand.

Stille fiel wieder über den Wald.

Falls das Untier zu menschlichen Gedanken fähig war, glitzerte Triumph in seinen Augen. Es hielt inne, den kleinen und verletzten Krieger fast herablassend beschnüffelnd. Keine Eile war mehr in seinen Bewegungen, so, wie der Jäger nicht mehr darauf achten musste, ob der erlegte Hirsch noch flüchten wollte.

Siegfried atmete schwer, die schmerzenden Stellen verrieten ihm die Zahl der Knochen in seinem Körper. Er dachte einen Moment lang daran, Nothung wegzuwerfen und um sein Leben zu laufen. Aber selbst in bester Form waren seine Beine dem Feuerodem seines Gegners unterlegen.

Fafnir brüllte, der faulige Atem so stürmisch, dass Siegfried fast zu Boden fiel. Es war ein Siegesschrei, die Verkündung des Todesurteils. Die Kiefer des Drachen schlossen sich langsam, während sich im Innern des Schädels die Flammen sammelten.

Einer Eingebung folgend und seine gewisslich letzte

Chance nutzend, sprang Siegfried nach vorn, direkt auf den Rachen des Untiers zu. Ein schneller Hieb des Schwerts durchteilte an beiden Seiten des Mauls Haut und Muskeln, wo die Kiefer sich trafen. Es gelang Siegfried, seinen ganzen Körper wie zur Speise in die Schnauze des Drachen zu schieben, die rechte Schulter gegen den Gaumen drückend, beide Beine weich in die Zunge gestemmt.

Schmerz und Überraschung ließen Fafnir das Maul wieder aufreißen, und der junge Krieger konnte sich fast zu voller Größe darin aufrichten. Wie ein quer liegender Knochen sperrte er die Kiefer des Lindwurms.

Speichel, Reste faulenden Fleisches und von Würmern übersäte Reißzähne waren alles, was Siegfried sehen und riechen konnte. Tief in Fafnirs Rachen meinte er, das Schlagen des Drachenherzens zu hören.

»Das Maul musst du pressen, um Flammen zu gebären, richtig?«, schrie er.

Doch die blutenden Kiefer des Ungeheuers waren stark, immer noch stärker als jeder Mann, der sie forderte. Siegfried spürte, wie seine Waden zitterten und die Beine nachgaben. Ihm blieben nur noch wenige Herzschläge, wenn überhaupt.

»Du magst die Gecken von Burgund gefressen haben«, knurrte er ächzend, »aber den Sohn Xantens werden deine Säfte nicht verdauen!« Er nahm Nothung und klemmte den Griff mühsam zwischen seine Füße, die Klinge nach oben zeigend. Er wartete genau so lange, bis Fafnir das Maul weit genug geschlossen hatte, dass die Spitze des Schwerts den Gaumen ritzte. Dann gab Siegfried den Widerstand auf und drückte sich rückwärts aus dem Drachenschlund.

Fafnir merkte, dass seine Mahlzeit ihm entkam, und mühte sich, die Kiefer zu schließen – sei es, um Siegfrieds Körper zu zermalmen oder um den Kampf endlich durch einen weiteren Feuerstoß zu beenden. Doch Nothung tat den Dienst, den Siegfried ihm zugedacht hatte, und stach schmerzhaft in das Fleisch des Drachen.

Der Krieger nutzte nun die Gunst des Augenblicks und sprang nicht etwa vom Kopf des Untiers zurück zum Boden. Stattdessen stellte er die Füße gegen die Hauer des Unterkiefers, während seine nun freien Hände das weiche Fleisch der Nüstern packten.

Hätte das einsame Duell einen Beobachter gehabt, dieser wäre sicherlich von dem erstaunlichen Bild, das sich ihm bot, am Platze versteinert – Siegfried hockte auf der Schnauze des Drachen, der weder zuschnappen noch Feuer speien konnte, und verhöhnte die Geißel Burgunds nach Kräften. »Fafnir, war das dein ganzes Aufgebot?«, schrie er. »Eine Klinge und ein Schmied sind alles, was es braucht, um deine Herrschaft zu beenden?«

Der Lindwurm wollte brüllen, beißen, Flammen spucken – doch das Schwert zwischen seinen Kiefern ließ nur ein wütendes Krächzen zu. Er warf den Kopf hin und her in dem vergeblichen Versuch, Siegfried abzuschütteln.

»Hätte ich gewusst, dass du es mir so einfach machst, wäre ich schon vor Wochen gekommen, dich zu bezwingen«, rief Siegfried nun. Die blutenden Wunden, die schmerzenden Glieder – alles war vergessen im Rausch der Macht, die er über Fafnir besaß. Er sah dem Untier direkt in die Augen, die schwarz und rot zu flackern schienen. »Sieh mich an! Ich bin Siegfried – Drachentöter!«

Eine dunkle Welle vibrierte durch den Drachen, der in ungezähmter Wut seinen Gegner zu vernichten trachtete. Sein Hals ruckte nach vorn, alle Stärke in die Bewegung legend, und sein Schädel prallte krachend auf den Boden.

Ein Trick, um sich von Siegfried zu befreien – ein Fehler,

den der junge Krieger genau so erhofft hatte. Als der Unterkiefer Fafnirs wie ein schwerer Hammer auf das Erdreich schlug, krallte Siegfried seine Hände mit aller Kraft in die Nüstern des Drachen.

Fafnirs Kiefer schlossen sich endlich – und Nothungs Klinge tauchte zwischen seinen Augen auf, als würde sie aus Drachenfleisch geboren. Vom Gaumen bis zur Stirn hatte das Schwert den Kopf des Drachen von innen durchstoßen!

Siegfried spürte endlich die Möglichkeit des Sieges, und er machte nicht den Fehler, zu früh von seinem Gegner abzulassen. »Stirb endlich!«

Fafnir schien den Schmerz zu spüren, aber seine Bedeutung nicht zu verstehen. Wieder hob er schlenkernd den Kopf, um Siegfried abzuschütteln. Das Zittern seiner Kiefer verriet, dass er nun den Flammenodem zu gebrauchen dachte. Für einen Moment fürchtete Siegfried, doch noch im Feuer sein Leben zu lassen. Aber es war nur ein Schwall tiefschwarzen Blutes, der aus Fafnirs Nüstern sprühte und den Krieger wie warmer dunkler Regen nässte.

Ein befreites Lachen brach aus Siegfrieds Brust, er schmeckte das Sterben des Drachen wie eine reife Frucht. Die letzten Zuckungen, mit denen der Lindwurm noch im Todeskampf seinen Bezwinger zu zerschmettern suchte, waren wie ein Siegesritt.

Schließlich sank Fafnir zu Boden, sein Lebensfunken war erloschen, bevor der Schädel die Erde berührte. Siegfried, nun wieder seines geschundenen Körpers bewusst, ließ sich nach hinten fallen, vom Blut des Drachen überreichlich bedeckt. Er saß nur grinsend da, trunken von seinem ersten Sieg, der ihn auf einen Schlag zu einem größeren Helden machte als die Krieger von Burgund. Es fiel ihm schwer, einen klaren Gedanken zu fassen und zu begreifen, welche

Folgen seine Tat hatte. Nur das Versprechen, rechtzeitig bei Hofe zu erscheinen, brachte ihn schließlich wieder auf die Beine. Er trat auf Fafnirs Kadaver zu, stemmte den rechten Fuß auf den Unterkiefer und zog das Maul mit beiden Händen an den Hauern auf. Dann packte er Nothungs Griff und zog es unter großen Mühen hervor.

Stolz betrachtete Siegfried die Klinge, an der das Blut des Drachen klebte. Ein Schwert für einen König, daran bestand kein Zweifel.

Erst jetzt fiel ihm auf, dass auch sein Körper von der schmierigen Masse überzogen war, die rissig und juckend zu trocknen begann. Seine Haare wurden hart wie ein Helm, und jeder Wimpernschlag zwickte unangenehm. Siegfried wollte sich gar nicht ausmalen, was das Drachenblut in seinen Wunden anzurichten vermochte. Es würde eine Wohltat sein, im ersten Bach, den er auf dem Rückweg fand, zu baden.

Es gab hier nichts mehr für ihn zu tun, also drehte er sich um in der Absicht, gen Worms zu laufen.

Nothung jedoch zog an ihm – in die andere Richtung. Nicht stark, nicht fordernd, aber doch deutlich, als wollte es ihn auf ein Versäumnis hinweisen.

Schmutzig und müde, wie Siegfried war, verweigerte er sich jeder weiteren Heldentat. Was auch immer noch im Wald zu lauern schien, es würde auf ihn warten können. Er machte drei Schritte, und Nothung hielt fast störrisch dagegen.

Sieee...frieee ...

Da war es wieder – das Flüstern aus dem Wald!

Siegfried drehte sich im Kreis, mühsam gegen den Schmerz und die Verwirrung kämpfend.

Sieee...frieee ...

»Wer ruft meinen Namen? Zeig dich!« Er hob das

Schwert, als wolle er die Schemen um sich damit niederstrecken. Doch wo kein Gegner war, da war auch kein Sieg.

Die Umgebung verschwamm, und Siegfried musste sich auf Nothung stützen, um nicht in die Knie zu gehen. Tag und Nacht wechselten in Raserei, und die Bäume tanzten um ihn herum einen irren Reigen.

Sieeeg dem Sieeegfried ...

Die zischelnden Stimmen wurden klarer, je verschwommener die Wirklichkeit schien. Er fühlte sich von seinen Sinnen betrogen, wie im Rausch von Trunk und Müdigkeit.

Kehr heim ... der Preis ist dein ...

Auch Nothung reagierte. Doch statt seinem Herrn den Weg in die Sicherheit zu weisen, zerrte es in mattem Glanz zum Höhleneingang, Siegfried seinen Halt raubend. »Ich ... will ...«, stammelte er, schwacher Spielball der Magie, die sein Schwert und den Wald zum Streit getrieben hatte.

Kehr heim ... zu Kriemhild ...

Das Bild der Prinzessin vor Augen und im Herzen, zog Siegfried ächzend die Klinge davon. Sein Versprechen war gehalten, für alles Weitere hielt sein Leben noch genügend Tage bereit.

Sooo ... recht ... geh ... heim

Es war nur ein kleiner Gedanke, der ihn zögern ließ, der stechend seinen Geist marterte. Winzig der Gedanke, zu klein, um die Verlockung, diesen düsteren Ort zu verlassen, wirksam zu bekämpfen. Doch der Gedanke gab nicht auf, wurde zum Gefühl, zur Ahnung, zum Zweifel.

Schau ... nicht ... zurück ...

Es war die Frage der Loyalität, die sich durch Schmerz und dumpfen Schwindel biss. Die fremden Stimmen, gezischelt aus dem Wald von unsichtbaren Mündern – sie wollten ihn loswerden. Nothung aber, sein Erbrecht und sein treuer Diener, drängte ihn zu bleiben.

Eile ... dich ...

Siegfried erinnerte sich an Regins Worte: Geh mit ihm – nutze seinen Drang. Und er drehte sich um, dem Begehren des Schwerts folgend.

Jeder Schritt, den er auf die Höhle zumachte, schmerzte mehr als der vorherige. Seine Fingernägel schienen zu brennen, seine Lunge wurde wie von Götterhand gepresst, und flirrende Lichter vor seinen Augen waren wie Dolche, die schneidend in seinen Kopf fuhren. Die Stimmen, deutlich wütender nun, taten ihren Unmut kund.

Kehr um ... kehr ... um!

Es war, als müsse Siegfried gegen einen unsichtbaren Sturm antreten, und sein verwirrter Geist hieb ein paar Mal mit dem Schwert durch die Luft. Er stolperte mehr, als er lief, aber sein Ziel blieb die einladende Schwärze von Fafnirs Höhle.

Geh als Held! Oder stirb als Narr!

»Nun zeigt ihr euer Gesicht, auch wenn ich es nicht sehen kann«, stieß Siegfried mühsam hervor. »Doch den Bezwinger des Drachen könnt ihr nicht schrecken! Mein Weg ist mein Recht!«

In dem Moment, da er die Schwelle zur Höhle übertrat, klärten sich schlagartig seine Gedanken, und die Welt um ihn herum nahm wieder verlässliche Formen an. Die Stimmen verwehten.

Siegfried legte den Kopf an den kalten, feuchten Stein, seine Kräfte ebenso wie seine Gedanken sammelnd. Er spuckte aus, und es kam Blut. Ihm war klar, dass Fafnir ein Untier aus Zaubermacht gewesen war, erschaffen von dunklen Herrschern, die zwischen den Welten wandelten. Aber erst jetzt begann er, die Gefährlichkeit dieser Kräfte zu erahnen. Der Drache war greifbar gewesen, Fleisch und Knochen. Ein Ungetüm zwar, aber eines, dem man nachstellen konnte. Doch diese seltsamen Stimmen, die mit seinem Geist spielten – sie waren mit Klingen nicht zu schneiden und mit Hämmern nicht zu brechen. Siegfried konnte sich ihnen widersetzen, aber besiegen konnte er sie nicht.

Doch nun schwiegen sie.

Er fragte sich, ob es der Stein der Höhle war, der die unseligen Stimmen bannte. Vorsichtig machte er ein paar Schritte und bahnte sich den Weg in die Dunkelheit.

Hatte Siegfried auch für den Tag schon genug Wunder gesehen, so hielt der Felsengang noch weitere bereit. Obwohl keine Fackel brannte und kein Schacht Sonnenstrahlen hereinließ, erkannte er die nackten Wände und sogar die in heftigem Winden abgerissenen Drachenschuppen, die wie schwarze Lindenblätter auf der Erde verstreut lagen.

Kein Licht – und doch keine Dunkelheit.

Siegfried wechselte das Schwert von der rechten in die linke Hand, und noch bevor seine Finger zupackten, erinnerte er sich an die Wunden, die sein Sturz von Fafnir in die linke Schulter gerissen hatte. Er erwartete, dass die schlaffen Muskeln Nothung fallen lassen würden. Doch zu seiner Überraschung war der linke Arm nicht weniger schnell und stark wie der andere.

Er richtete sich etwas auf, streckte den Rücken, belastete die Gelenke. Keine Schmerzen. Weder die Schulter noch die geschundenen Beine stachen in Protest.

Zufrieden mit diesem scheinbaren Geschenk der Götter wagte sich Siegfried weiter vor. Der Gang führte in gleichmäßigem Durchmesser abschüssig tief in den Berg, dabei ein- oder zweimal leichte Kurven beschreibend. Es war schwer, die Länge des Weges zu bestimmen.

Schließlich wurde es heller, und wahres Licht verstärkte den unwirklichen Glimmer dieser fremden Welt. Es war ein Glitzern, ein Funkeln, das an Feuer erinnerte, das sich in rotem Wein spiegelte.

Der Gang endete in einem Felsendom. So hoch wie die Mauern Burgunds war er an seiner höchsten Stelle. So groß war sein Durchmesser, dass Fafnir sich vom Maul bis zur Schwanzspitze hätte strecken können, ohne die glatt gescheuerten Wände zu berühren. Siegfried wagte nicht einmal zu zweifeln, dass der Drache hier zum Fluge vom Boden hätte abheben können. Ehrfürchtig ließ er Nothung sinken, und als seine Spitze die Erde berührte, hallte der Klang hundertfach.

Es war jedoch nicht der Felsendom selbst, der Siegfried die Sprache verschlug. Es war das Gold.

Münzen, Ketten. Raue Stücke, kleine Klingen. In Diademen mit Juwelen, als Schilde zu Spiegeln poliert. In schneeweiße Stoffe eingewirkt und als Schüsseln und Kelche auch ohne Inhalt kostbar. Nicht aufgehäuft wie ein Schatz, den es zu horten galt, lag es überall herum, seine eigenen Berge und Täler bildend. An manchen Stellen wuchs die Pracht mannshoch in die Höhe, aber niemals fiel sie weit genug herab, um auch nur einen Handbreit Boden freizugeben. Die Wände spiegelten seinen Glanz wie goldenes Wasser.

Es klirrte und knirschte unter Siegfrieds Füßen, als er vorsichtig die Reichtümer betrat, die vor ihm lagen. Seine Augen fanden keine Ruhe, und seine Hände wussten nicht, welche Stücke sie zuerst ergreifen sollten.

Es war nicht Gier, die Siegfried das Herz übergehen ließ. Es war die Erkenntnis.

Er war in den Wald gezogen, um für Kriemhild ein Held zu werden. Er hatte den Drachen bekämpft und besiegt, um am burgundischen Hof würdig zu sein. Doch Heldenmut machte nicht reich, kaufte nicht Heere, eroberte keine Königreiche zurück. Gold tat das.

Er bemerkte, dass genau in der Mitte des Felsendoms eine Art Brunnen aus dem Boden ragte, ebenfalls von Gold umspült. Ein klares Rund in Kniehöhe, mit Wasser verlockend gefüllt. In der Mitte des Brunnens war wiederum ein steinernes Podest, auf dem zwei Gegenstände lagen.

Siegfried ging näher, darauf bedacht, auf den goldenen Schmuckstücken nicht auszurutschen. In seinem Kopf überschlugen sich die Gedanken. War es ein geheimes Lager der Römer, das er entdeckt hatte, angelegt zu Zeiten, da die Südländer ohne viel Ballast fliehen mussten? War der Schatz von Stämmen hergetragen, die noch vor den Römern diese Wälder besiedelt hatten? War Fafnir gar nur der Wächter des Goldes gewesen?

Angesichts der Reichtümer fühlte sich Siegfried schmutzig und unwert, also legte er Nothung auf den Brunnenrand und stieg in das kühlende Wasser. Es war die Erfrischung, auf die er gehofft hatte, und zu seiner Kraft gesellte sich nun auch wieder seine Lebensfreude. Er rieb das Drachenblut von den Armen und wusch es sich aus den Haaren. Als seine Hände vorsichtig über seine Waden strichen, überraschte ihn makellose Haut, die unter den Krusten schimmerte. Die unzähligen Schnitte, die Fafnirs Schuppen ihm beigebracht hatten, waren verheilt, ohne Narben oder Schorf. Das Blut des Untiers hatte offenbar heilende Kräfte. Siegfried erwog kurz, etwas davon in einen der goldenen Kelche zu füllen, um es Gunther zum Geschenk zu machen. Aber er verwarf den Gedanken wieder – nicht nur standen die Christen der alten Magie voller Argwohn gegenüber, es würde auch wahrlich genug zu schleppen geben nach Burgund.

Er fühlte sich nun von allen Überresten des Drachenkampfes befreit, und eine raue Schuppe, die unter seinem linken Schulterblatt haftete, war das Letzte, was er in das nun trübe Wasser des Brunnens warf.

Als er aufstand, fiel sein Blick auf die beiden goldenen Teile, die das Podest des Brunnens wie zufällig zu präsentieren schien. Auch inmitten all der Pracht wirkten sie einzigartig, von schlichter Schönheit und doch Ehrfurcht gebietend.

Das eine war ein Helm, so fein geschmiedet, dass kreuzförmige Streben das papierdünne Gold tragen mussten. Das edle Metall war fast durchsichtig, und die Ränder zierten seltsame Zeichen, die nur aufgehaucht schienen. Zum Kampfe sicherlich zu filigran, war der Helm doch eine Zierde, die zu tragen Anmut und Respekt versprach.

Das andere Stück war ein Ring, auch er einfach und ohne den Pomp adeliger Arroganz. Perfekt geformt, zwei sich umwindende Bänder, eines dunkel, das andere hell. Ihr Spiel mit dem Licht war so vollendet, dass sie sich im Glanz zu bewegen schienen.

Siegfried, geblendet wie nicht mehr, seit er zum ersten Mal Kriemhild sah, streckte die feuchte Hand nach beidem aus.

Nein ... nein ... nein!!!

Die Stimmen kamen plötzlich wieder, klar und schneidend wie nie zuvor. Sie hallten von den Wänden, ließen das Gold zittern und kräuselten das Wasser des Brunnens.

Nimm nicht, was nicht dein!

Siegfried, bis zu den Schenkeln im Wasser, drehte sich um: »Wer seid ihr? Wie könnt ihr mir versagen, was ich mir erstritten habe?«

Erstritten nur den Kopf des Drachen ...

»Und alles, was ich in seinem Besitz finde!«

Nimm nicht, was nicht dein!

Es ärgerte und verunsicherte Siegfried, so deutlich unter wachsamen Augen zu weilen, ohne selber seinen Gegner zu sehen. Er dachte daran, Nothung in die Hand zu nehmen, aber was hätte es ihm helfen sollen? »Ich bin Siegfried«, sagte er mit größtmöglichem Selbstverständnis in der Stimme.

... von Xanten ...

Es war nun nicht mehr daran zu zweifeln, dass die Kräfte, die hier am Werk waren, aus seinem Geiste lasen oder von großer Weisheit waren. »Das Gold ist verdient und wird mir helfen, mein Reich zurückzuerobern!«

... das Gold nimmt, was es gibt ...

»Was soll das bedeuten?«

Nimm nicht, was nicht dein!

Siegfried sah ein, dass ihm die körperlosen Stimmen ihre wahren Beweggründe nicht verraten wollten. Wütend griff er den Helm und den Ring und trat aus dem Brunnen.

Er nimmt, was nicht sein!

Um Nothung aufzunehmen, musste Siegfried eine Hand freihaben, also setzte er den leichten Helm kurz entschlossen auf sein nasses Haar. Es prickelte.

Er griff nach seinem Schwert und hob es hoch. Es dauerte einen Herzschlag, bis er erkannte, was geschah: Nothung hing in der Luft, wie von unsichtbaren Fäden gehalten! Und das, obwohl Siegfried seine Finger an dem weichen Leder des Griffs spüren konnte.

Eine Täuschung? Ein Versuch der Stimmen, ihn durch Trugbilder zu ängstigen? Er sah an sich herunter – und dabei durch sich hindurch. Er kniff die Augen zusammen, aber sein Körper blieb ein vages Flimmern, fließendes Glas, klares Wasser ohne ein Gefäß.

Er war – unsichtbar?!

Erschrocken hob er das Schwert, als wäre es ein Angriff,

gegen den es sich zu verteidigen galt. Wie Nebel im Sonnenlicht löste sich nun auch Nothung auf, ohne das Gewicht in seiner Hand zu verlieren.

Er nutzt, was nicht sein!

Die Stimmen schienen nun schriller, verstört und beunruhigt. Nutzen, was nicht sein? Siegfried versuchte die Worte mit dem Geschehen in Einklang zu bringen. Er hatte doch nur den Helm aufgesetzt ...

Der junge Krieger nahm das goldene Geflecht wieder von seinem Kopf, und flackernd wie ein sich am Feuer entzündender Ast erschien seine Gestalt wieder, auf dem Gold hundertfach gespiegelt.

Siegfried blickte den Helm in seiner Hand an. »Ein Helm, der mich vor den Blicken meiner Feinde zu verbergen weiß? Mehr als Gold ist mir das wert.«

Der Nibelungen Schatz ist niemandes Glück ...

»Die Nibelungen? Seid ihr das?«, rief Siegfried hallend in den Dom. »Dann hört meine Worte – der Bezwinger des Drachen hat das Recht auf seinen Lohn. Doch ich will nicht, dass man mich einen Dieb schimpft. Was ich brauche, werde ich nehmen – und es zurückbringen, wenn es mich auf den Thron von Xanten gebracht hat. Darauf mein Wort!«

Nimm nicht, was nicht dein!

Siegfried war der vagen Reden müde und steckte den Ring an den kleinen Finger seiner linken Hand. Im Gegensatz zum Helm schien kein Zauber durch den Ring zu wirken. Trotzdem fiel es Siegfried keine Sekunde lang ein, ihn den plärrenden Nibelungen zu überlassen. Er hob seine Faust stolz zur Decke. »Mein Ring – meine Macht! Bis ich die Krone von Xanten trage!«

Und wie einer Krone wird die Gier ihm folgen ...

Siegfried hörte nicht mehr auf die Unheil verkündenden Stimmen. Er legte den Tarnhelm und Nothung beiseite, um sich vor der Höhle Holz für einen Karren oder Schlitten zu suchen, auf dem er seinen neuen Reichtum nach Worms bringen konnte.

Was er nimmt, wird er nicht mehr zurückbringen ... können ...

8

Gunther und die Ruhe vor dem Sturm

Es war ein rechtes Fest in Worms, die Straßen farbig geschmückt wie lange nicht mehr und mit Speis und Trank für alle, die Gunthers Krönung feiern wollten. Die Burg hatte ihre Keller geöffnet, und Wein floss reichlich zu Brot, Fisch und Fleisch. Es wurden die alten Melodien gezupft, gepfiffen und gesungen, und selbst auf den Straßen wurde getanzt. Gaukler und Feuerschlucker begeisterten mit ihren Darbietungen die Bürger, und Kinder lauschten wilden Geschichten aus fernen Ländern.

Selbst das Wetter war dem Ereignis angemessen, und warme Sonnenstrahlen leuchteten auf glückliche Gesichter.

Als die große Glocke dreimal läutete, kehrte Ruhe ein, und jeder Mann und jede Frau begab sich auf den Weg zur Kirche, in der der Bischof den Prinzen zum König salbte.

Das Volk blieb auf der Straße, duldsam auf den Herrscher wartend, während ihm im Gotteshaus die Krone auf das Haupt gesetzt wurde. Es war verfügt worden, dass keine Trompeten und Verkünder die Krönung begleiten durften. Gunther hatte sich eine ehrfürchtige Zeremonie erbeten, gleichzeitig des Vaters und des Bruders gedenkend.

Siegfried hatte die Glocken gehört, kurz bevor er die Stadtmauern erreichte. Zufrieden stellte er fest, dass er die Frist, die Hagen ihm gesetzt hatte, eingehalten hatte.

Das Bad im Brunnen der Höhle hatte seinen Nutzen in den Mühen der vorherigen Nacht, die Last durch den Wald nach Worms zu ziehen, bereits verloren. Siegfried war von Dreck, Asche und Schweiß bedeckt, der mangelnde Schlaf der letzten zwei Tage umränderte seine Augen rot. Doch sein Herz war frisch und seine Brust voll Stolz.

Die Straßen, durch die er den Schlitten aus versengtem Holz zerrte, waren wie ausgestorben, denn das ganze Volk hatte sich um die Kirche versammelt.

Vor ihm, noch gut zwei Straßen von der Kirche entfernt, drängelten sich bereits die Wormser, jeder hoffend, einen Blick auf den gekrönten König des Landes werfen zu können, wenn er zum Schloss zurückritt.

Das Schaben und Klappern des schweren Schlittens, den Siegfried mit Erde abgedeckt hatte, ließ manchen Bürger den Kopf wenden und erstaunt beiseite treten. In einem Meer aus Geflüster, den Stimmen der Nibelungen nicht unähnlich, bahnte er sich, seine Last mit Freuden zerrend, den Weg zur Kirche.

Er hatte den Vorplatz noch nicht erreicht, da erklangen die Glocken erneut, diesmal im freudigen Sturm.

König Gunther war gekrönt worden!

Das Portal der Kirche öffnete sich langsam, und mit der schmalen Krone seines Hauses trat Gunther auf die Stufen vor sein Volk, das sogleich in Jubel ausbrach, Tücher schwenkte und dem Wind Blütenblätter schenkte, die freudig tanzten.

Hinter Gunther gingen Kriemhild und Gernot, ebenfalls prächtig gekleidet, Hand in Hand. In ihr Glücksgefühl mischte sich Erleichterung, dass in dunkle Zeiten ein Grund für helle Gedanken gekommen war.

Hagen hatte neben der Kirche gewartet, die nicht seinen Göttern huldigte. Auch er war zufrieden angesichts der begeisterten Aufnahme. Jeder Störenfried, der Gunthers Anspruch in Tavernen und an Lagerfeuern in Frage gestellt hatte, war zeitig der Stadt verwiesen worden. Obwohl es die Burg gebeutelt hatte, waren viele Gaben verteilt worden, um durch volle Mägen für offene Herzen zu sorgen.

Siegfried hielt inne, den rechten Moment abwartend. Er beabsichtigte, den besten Tag des Jahres zum besten Tag in der Geschichte Burgunds zu machen.

Gunther hob nun die Arme und gebot um Ruhe. Das Geschrei der Bürger verebbte langsam, und der König konnte seine ersten Worte an das Volk richten. »Männer und Frauen von Worms! Mein Dank, dass ihr mich so freudig empfangt. In schweren Zeiten werde ich ein guter König sein.«

Wieder johlte die Menge ob der gut gewählten Worte.

Gunther wartete ein wenig, bevor er weitersprechen wollte. Aber dazu kam es nicht, denn eine ihm vertraute Stimme erklang laut und fest aus dem Mund einer verdreckten Gestalt, die den Erdhaufen auf einem verbrannten Schlitten erklommen hatte. »Schwere Zeiten? Das will ich wohl bestreiten!«

Die Unterbrechung als Frevel sehend, wollten einige Soldaten den Störenfried stellen, während die Bürger überrascht und aufgeregt tuschelten. Sie blickten zu Hagen, der mit einer knappen Handbewegung zur Ruhe mahnte.

Gunther brauchte einen Moment, bis er den sonst so gefällig anzusehenden Schmied erkannte. »Siegfried!«

Gernot spürte schmerzlich, wie Kriemhild seine Hand drückte, als wolle sie damit eine Ohnmacht verhindern.

Es herrschte nun gespannte Stille, die Siegfried zu brechen genoss. »Mein König, Ihr sprecht von schweren Zeiten! Warum wollt Ihr das Reich Burgund nicht in seiner vollen Blüte führen?«

Angesichts der Sorgen und Nöte, die Gunther erwarteten, war die Frage ein Affront, und jede ehrliche Antwort drohte eine Bloßstellung zu sein. »Siegfried, es freut mich, dass du bei guter Gesundheit bist. Und gerne will ich deine Geschichten bei Hofe hören, aber ...«

Siegfried dachte nicht daran, seinen Triumph nur unter die Männer der Burg zu verteilen. Es war der rechte Moment und auch der rechte Ort. Die Menschen feierten – und der Königssohn von Xanten hatte vor, dieser Freude noch Feuer zu geben!

Hagen nickte knapp, und die Soldaten bewegten sich langsam auf Siegfried zu, der sie einfach ignorierte. Er bückte sich, und seine beiden Hände tauchten tief in die Erde, bis sie das Gesuchte fanden.

Mit einem Ruck riss er die Arme hoch, und in einem Regen aus Dreck hielt er den verkrusteten Schädel Fafnirs in den Himmel!

Die Reaktion hätte nicht heftiger sein können, wenn der Drache leibhaftig in die Stadt eingefallen wäre: Kinder kreischten, Frauen fielen reihenweise in Ohnmacht, und selbst die stärksten Männer wichen erschrocken zurück. Diejenigen, die dem christlichen Glauben anhingen, bekreuzigten sich. Auch die Soldaten hielten inne.

Langsam drehte sich Siegfried im Kreis, den Kopf des Lindwurms stolz präsentierend. Dann warf er ihn von sich, und die Menge spritzte auseinander. Knochen und Fleisch krachten auf die Steine. Tot, kalt, wehrlos.

»Das Reich Gunthers braucht Fafnirs Flammenodem nicht mehr zu fürchten!«, schrie Siegfried.

Die ersten Menschen begannen den Namen des Königssohns, der für sie noch ein Schmied war, zu rufen. Mehr und mehr gesellten sich dazu, und schnell war der Schrecken verdaut und die Begeisterung geweckt. Ein paar mutige Männer packten den Schädel und trugen ihn durch die Menge, als Zeichen der Erlösung von der Schreckensherrschaft.

Siegfried konnte von seiner erhöhten Position aus Kriemhild sehen, und ihr Lächeln war der Lohn, den er sich erhofft hatte. Aber es war ein Lächeln, das auch Hagen und Gunther sahen.

Der Empfang in der Burg war nicht weniger begeistert gewesen, als Siegfried im Kreise der Königsfamilie bei Hofe eingezogen war. Der Kopf des Drachen war auf seinen Wunsch hin wieder auf den Schlitten gelegt und dann von drei Soldaten gezogen worden.

Der Umtrunk im großen Saal, eigentlich als Fest für den neuen König geplant, geriet zu einem Gelage, bei dem der junge Held wieder und wieder von dem wundersamen Sieg über Fafnir berichten musste. Es tat ihm Leid, dass Kriemhild nicht dabei war, aber ihre Gegenwart wäre für eine Prinzessin unziemlich gewesen, und in ihrem Überschwang gebrauchten die Männer raue Worte und ebensolche Gesten. Es dauerte nicht lang, da taten Bier und Met ihre Wirkung.

Der Einzige, dessen graues Herz sich der Freude nicht recht öffnen wollte, war Hagen. Er sah die Bewunderung, mit der man Siegfried auf die Schulter klopfte, und die Hochachtung, die in den Augen der Vasallen lag. Obwohl sie ihren König nicht vergaßen, hatten sie den Helden zum Vorbild. Und Gunther schien froh, den angeblichen Sohn von Xanten nun offiziell Freund zu nennen. Vor den Augen des alten Ratgebers verschoben sich die Gewichte der Macht, taten sich neue Allianzen auf, lauerten neue Gefahren auf die Lücken, die gerade von den vorherigen gelassen worden waren.

Hagen entschied sich, für den Moment die Miene nicht zu verziehen und den Dingen ihren Lauf zu lassen. Es bedurfte sorgfältiger Planung, in nächster Zeit das Heft nicht aus der Hand zu geben.

Normalerweise hätte er sich bei seinem König verabschieden müssen, aber angesichts der hohlen Heiterkeit war es kein Risiko, unauffällig zur Holztreppe in der Ecke zu gehen und zur Empore aufzusteigen. Er beabsichtigte, sich von dort aus in seine Gemächer zurückzuziehen. Es überraschte ihn nicht wenig, seine Tochter hier zu sehen, die dem Treiben auf dem Boden hockend sichtlich gelangweilt zusah.

»Seit wann lockt dich der Geruch von gebratenem Schwein und schwerem Met?«, fragte er.

Hagen wusste die Antwort, aber er hatte nicht vor, Elsa erneut durch die entsprechende Frage zu provozieren. Sie war nicht weniger starrsinnig als ihre früh verstorbene Mutter, und genau wie Alena neigte sie dazu, sich jedem Streit zu entziehen. Es war eine Eigenschaft, die Hagen verachtete und die seine Liebe zu ihr trübte.

»Mich lockt die Geschichte vom Schmied, der auszog, den Drachen zu töten – und dem es tatsächlich gelang«, murmelte Elsa.

»Ein dummes Biest, so scheint's, wenn es dem Arm des tumben Hammerschwingers sich beugte«, knurrte Hagen.

Elsa sah ihn überrascht an. »Du fürchtest Siegfried – und seinen Einfluss in Burgund.«

»Eine große Tat macht keinen großen Mann – und sich einer Gefahr bewusst zu sein, bedeutet nicht, sie zu fürchten.«

»Wie kann ein einfacher Schmied dir oder dem König gefährlich werden?«, wollte sie wissen.

Hagen kniete sich hin, damit die gesellige Runde ihn nicht mehr sehen konnte. »Gestern war er ein Schmied, heute ist er ein Held. Wenn ich ihm morgen gewachsen sein will, muss ich damit rechnen, dass er noch weit mehr sein könnte.«

Elsa versuchte in den Augen ihres Vaters zu lesen, aber er wusste seine Seele zu verbergen.

Der Abend war so spät geworden, dass der frühe Morgen ihn ablöste. Gunther und Siegfried, so trunken wie fröhlich, saßen einander gegenüber, die letzten Zecher ihres Festes.

Der König hielt müde seinen Kelch empor. »Ich denke, die versprochenen Lehrstunden im Schwertkampf kann ich dir ersparen.«

Siegfried lachte. »Es war das Glück des Narren. Mit einem Kämpfer wie Euch an meiner Seite wäre Fafnir sicher mit weniger Mühe zu besiegen gewesen.«

Gunther wurde ernst. »Ich mag König sein – zum Krieger bin ich aber nicht geboren. Die Gräber meines Vaters und meines Bruders zeugen eindrucksvoll davon.«

Siegfried biss in ein Stück kaltes Fleisch. »Regin würde jetzt sagen: Der Krieger lebt im Unglück, denn nur Kriege füllen ihn mit Leben. Seid froh, dass Euer Geschick im Frieden liegt.«

»Und dein Geschick, mein guter Siegfried? Als Schmied

werde ich dich kaum arbeiten lassen, und aus dem Kellergemach musst du umziehen in einen Raum mit Bett und Dienern. Darauf bestehe ich – Burgund behandelt seine Helden gut.«

Der Xantener winkte ab. »Verschont mich mit weichen Kissen und eitler Faulheit. Mein Durst nach Blut mag gestillt sein – mein Durst nach Gerechtigkeit ist es nicht.«

Gunther ahnte, wohin das Gespräch führte, und auch wenn er es lieber im nüchternen Tageslicht geführt hätte, fand er doch keinen Grund, es Siegfried zu verweigern. »So spricht der Sohn von Xanten. Als Prinz gab ich dir ein Versprechen. Nun, als König, will ich es halten, soweit es mir möglich ist. Also sprich, denn heute Abend sind meine Ohren nicht vom Geplapper der Berater und Bittsteller gefüllt.«

Siegfried lehnte sich in seinem Stuhl zurück, die Beine gegen die Tischkante vor sich gedrückt. Er gab sich einen letzten Atemzug, sein Anliegen noch einmal zu überdenken, wie er es wieder und wieder getan hatte, während er den Schlitten nach Worms geschleift hatte.

Gunther und Hagen wussten, dass er der Erbe von Xanten war. Als Befreier von Burgund war es kaum möglich, dass sie ihm die Hand Kriemhilds verweigerten. Aber er wollte mehr – er wollte das Versprechen halten, als Held *und* König die Prinzessin zu ehelichen. Und der Sieg über Fafnir hatte ihm eine unerwartete Tür dorthin geöffnet.

Es war an der Zeit, sich zu erklären.

»Ich habe mein Leben als Schmied und einfacher Mann gelebt«, begann er. »Doch seit ich weiß, dass Xanten mein Erbrecht ist, brennt mein Blut.«

»Und was immer ich dafür tun kann, dass du den Thron besteigst, es wird geschehen«, versicherte Gunther.

»Dann lasst uns gegen Hjalmar ziehen!«, rief Siegfried nun. »Den Schlächter fordern, das Schicksal erfüllen!«

Gunther verschluckte sich fast an dem Rotwein, den er gerade trank. Er sah Siegfried an, als habe dieser im Kampf mit dem Drachen seinen Verstand verloren. »Burgund soll gegen Dänemark und Xanten ziehen?«

Siegfried beugte sich nun vor, den Ton verschwörerisch. »Xanten würde kaum dem Thronräuber ergeben zur Seite stehen. Und es ist auch nicht die offene Schlacht, die ich suche.«

Gunther war schlagartig wieder nüchtern, der zufriedene Rausch verflogen. Fast schon ärgerte es ihn, dass Hagen mit seiner Vermutung Recht gehabt hatte. »Dieses Reich, dessen Wohl ich verpflichtet bin – es könnte weder Dänemark noch Franken auf dem Felde trotzen. Die Hunnen würden es ebenso überrennen wie die Sachsen. Weder an Waffen noch an Soldaten sind wir reich genug.«

Siegfried sah Gunther an, als wäre jedes Wort des Königs barer Unsinn. Seine Augen blitzten vor Tatendrang. »Ich bitte nicht um die Schlacht – nur um den Feldzug. Und der nötige Reichtum soll Eure Sorge nicht mehr sein.«

Gunther schlug seinen Kelch auf den Tisch. »Es ist genügend angedeutet worden, Siegfried! Wenn du mein Wort einklagst, so tue es mit klarer Sprache!«

Siegfried stand auf und ging zu dem Schlitten, der vergessen neben dem Portal stand, wo die Soldaten ihn abgestellt hatten. Siegfried warf den faulenden Drachenkopf achtlos beiseite. Dieses Geschenk hatte seine Schuldigkeit getan, es war Vergangenheit. Aber die Erde, die nun stinkend auf dem Schlitten klumpte, sie barg die Zukunft. Er zerrte den Schlitten in die Mitte des Saals, unter Gunthers ungeduldige Augen. »Es liegt mir fern, Euch und Burgund in einen Krieg zu ziehen, der das Leben vieler Männer kosten würde. Doch kann ich schlecht zum Hofe Hjalmars marschieren und dort mein Recht einfordern. Ein Königshaus muss meinen Anspruch tragen.«

Siegfried packte mit beiden Händen unter das Holz und sprach weiter, während er den Schlitten anhob. »Wenn Burgund mir in Freundschaft beisteht, werden seine Legionen goldene Speere tragen!«

Mit einem Ruck warf er den Schlitten um, die Erde auf den Boden speiend. Zwischen den dunklen Brocken blitzte es hell auf, und metallenes Klingen ertönte, als Münzen und Geschmeide in großer Zahl den Stein berührten.

Nur wenig hatte Siegfried auf dem Schlitten unterbringen können, und doch war es schon mehr, als ein ganzes Heer kosten würde. Es war mehr, als die meisten Reiche in ihren Schatzkammern hatten.

Gunther stand auf, kam näher und bekreuzigte sich, sichtlich um Fassung ringend. »Wie kommst du an den Reichtum?«

Siegfried hatte sich entschieden, die genauen Umstände für sich zu behalten, bis der Rest des Goldes geborgen war. »Es ist ein Schatz aus alter Zeit. Ich entdeckte ihn auf meiner Reise, wo er schlecht vergraben war. Nicht nur den Drachen habe ich besiegt – auch seinen Schaden am Volke werde ich damit wieder gutmachen können. Wird es dann in stolzer Rüstung zu mir stehen, wenn sein König es befiehlt?«

Gunther sah seinen Freund mit neuen Augen an. »Söldner aus allen Reichen werden unter unserer Flagge marschieren, und Hjalmar wird den Erben Xantens auf dem Felde treffen – und tausende gezückte Schwerter.«

Sie packten sich an den Unterarmen, den Bund besiegelnd, als wäre er in Blut geschrieben.

Die Krönung hatte Regin ebenso wie das Festmahl gemieden. Die Zukunft, die er sehen konnte, gab ihm keinen Anlass für ausgelassene Gelage. Müde hatte er die Tage damit verbracht, Klingen zu schleifen und Brustpanzer mit dem Hammer zu glätten. Natürlich hatte er von Siegfrieds Rückkehr gehört, als der Hofstaat davon brummte wie ein Bienenvolk, wirr und ungewiss.

Er lag jetzt wach auf seiner Pritsche, und als sein Ziehsohn durch die Tür trat, fiel das Licht des Morgens schon so hell durch den kleinen Fensterspalt, dass Regin in Siegfried mehr als bloß einen Schatten sah. Er richtete sich auf, doch dem neuen Helden von Burgund gönnte er keine herzliche Begrüßung. »Da bist du also wieder.«

Siegfried, nach einem Tag von Jubel und Bewunderung von den dürren Worten überrascht, setzte sich auf sein Lager. »Ich habe es getan, Regin – der Drache kam durch meine Hand zu Tode.«

»So hörte ich«, brummte Regin. »Und nun hat der Schwerthieb einen neuen Mann gemacht, der Respekt und Einfluss verlangt – und ein Königreich.«

Siegfried war nicht sicher, ob er und sein Ziehvater noch dieselbe Sprache sprachen. »Warst du es nicht, der mir mein Leben lang die Wahrheit vorenthalten hat? Wie kannst du mir neiden, was mein Anrecht ist?«

Regin setzte seine Füße auf den Boden und sah sie an, als würden sie Antworten wissen. »Neiden? Siegfried, du denkst an Fafnirs Tod als Triumph. Ich denke an ihn als den Funken, der den Brand entfacht. Die Gespräche hinter den verschlossenen Türen brauche ich nicht zu hören, um zu wissen, dass Burgund bald unter Waffen stehen wird.«

»Um der gerechten Sache willen!«, rief Siegfried entschlossen.

Regin schüttelte bedächtig den Kopf. »Die gerechte Sache? Warum scheint jeder Mann seine Gier nach Macht und Reichtum mit dem Mantel der Gerechtigkeit bedecken zu wollen? Dein Leben als Schmied – war es weniger gerecht und frei als die Bürde des Throns von Xanten?«

»Aber mein Volk ...«, protestierte Siegfried.

»... weiß nicht einmal deinen Namen«, unterbrach Regin ihn barsch. »Wenn es sich widersetzen will, wird es das tun, und Hjalmar wird für das Leid mit eigenem Blut zahlen. Das Reich braucht keinen Siegfried. Es ist Siegfried, der das Reich will. Die Krone. Und Kriemhild.«

Zu viel Alkohol lähmte Siegfrieds Zunge, als dass er in der Lage gewesen wäre, mit Regin zu streiten. »Es ist die Liebe, die mich treibt, nicht die Gier.«

Mit einer schnellen Bewegung packte der alte Schmied das linke Handgelenk seines Ziehsohns und drückte es ruckartig nach oben. Die Knochen, vom Kampf mit Brunhilde immer noch verwachsen, schmerzten ernüchternd, als der Ring im frühen Morgenlicht blitzte. »Das Gold der Nibelungen mag dir den Weg bereiten. Doch der Fluch, der auf ihm liegt, legt das Ziel fest.«

»Du weißt ... von den Nibelungen?«, stotterte Siegfried verwirrt.

Regin ließ die Hand los und sank kraftlos auf seine Pritsche. »Schon das Wort hatte ich gehofft nie wieder aussprechen zu müssen. Dass nun ihre Macht wieder die Geschicke der Menschen lenkt, wird kein gutes Ende haben.«

Siegfried starrte fasziniert den Ring an, während er sprach. »Vielleicht war es aber auch Bestimmung.«

»Du hast dich zum Büttel gemacht. Und niemand eignet sich zum Büttel mehr als der, der sich als Herrscher seines Schicksals wähnt.«

Verärgert legte Siegfried den Kopf zurück, um den Schlaf zu suchen. Regin irrte sich, da war er ganz sicher. Und morgen würde er dem Gesuch des Königs entsprechen und ein neues Zimmer für sich ganz allein beziehen.

Seine Hand kratzte ungelenk über eine Stelle an seinem Rücken, die noch immer von der Begegnung mit Fafnir juckte. Als er seine Fingerspitzen betrachtete, rahmten Schorf und Blut die Nägel.

Schließlich schlief Siegfried ein, von Stürmen und Göttern träumend.

»Eher töte ich mich selbst, als dass ich Burgund für mich in den Krieg ziehen lasse!«, schrie Kriemhild bestimmt zum zehnten Male.

Gunther rieb sich die pochenden Schläfen und sammelte mühsam seine Gedanken. »Geliebte Schwester, für weniger als die Ehre einer Frau wurden Reiche vernichtet. Und so sehr ich selbst den Waffengang verabscheue – Siegfried verdient die Unterstützung, die wir zu geben bereit sind.«

Die Prinzessin lief weiter vor dem Thron auf und ab. »Du willst den Frieden brechen, damit er als König um meine Hand werben kann? Es wird nicht geschehen! Du kannst Siegfried sagen, dass ich den rechtmäßigen Erben Xantens zu heiraten bereit bin – nicht aber den Feldherrn, der mir Leichen als Morgengabe bringt.«

Gunther erhob sich von seinem Thron. »Siegfried bietet uns viel Gold, mit dem wir Burgund den angemessenen Wohlstand geben können – nicht nur für Soldaten, sondern auch für Kinder und Frauen, Alte und Schwache. Außerdem ist sein Anspruch gerecht, und ich sehe keine Schande darin, ihm bei der Durchsetzung beizustehen.«

Es stand Kriemhild nicht zu, noch war es ihre Art, unfein zu pöbeln, darum verließ sie wutentbrannt den Thronsaal.

Hagen wandte sich an seinen König. »Den Krieg gegen Hjalmar unterstütze ich natürlich, und sei es nur, um einem

Angriff auf die Grenzen Burgunds zuvorzukommen. Doch scheint es wenig ratsam, wenn der König von Burgund als Vasall eines ungekrönten Hauptes in die Schlacht zieht. Es wirft Fragen auf, wer bei Hofe das Sagen hat.«

Gunther, dessen Schädel noch vom Rausch der letzten Nacht schmerzte, hob abwehrend die Hand. »Siegfried hat mir versichert, dass es zu keiner Schlacht kommen wird. Und mein Volk, das Siegfried großen Dank schuldet, kann seine Liebe sicher besser teilen als meine Schwester.«

Hagen, der es kaum verwinden konnte, dass er die Absprache von Gunther und Siegfried in der letzten Nacht versäumt hatte, begehrte auf. »Und wenn Hjalmar auf dem Feld das Schwert an Eure Kehle setzt – was ist die Versicherung Siegfrieds dann noch wert?«

»Mit dem Gold werden wir unser Heer durch Söldner verstärken, sodass wir den Dänen ebenbürtig sind«, knurrte Gunther. »Zu lange war Burgund gebunden durch Drachenatem und die geringe Zahl seiner Schwerter. Nun, da wir endlich die Herren unseres Schicksals sind, ist es Zeit, neue Allianzen zu suchen, Bündnisse zu schließen und auch nach außen Stärke zu zeigen.«

Hagen unterdrückte den unguten Gedanken, dass sein König darauf erpicht war, den Mangel an Führungskraft durch unüberlegte Großtaten wettzumachen. »Der Zug gegen Hjalmar ist unausweichlich. Doch lasst uns nicht als Fürsprecher Siegfrieds marschieren. Sollte er nämlich durch Hjalmars Klinge fallen, müssten wir den folgenden Krieg in seinem Namen führen und den Sieg in seinem Namen feiern. Fordert den Dänenkönig stattdessen selbst. Zeigt Mut und Stärke.«

Gunther rieb sich den gestutzten Kinnbart. »Das wäre sicherlich ratsam, und Siegfried kann kaum dagegen protestieren, solange wir ihm zur Seite stehen.«

Hagen lächelte dünn. »Wir werden den Triumph auf unserer Seite haben – entweder besteigt mit Siegfried ein Freund Burgunds den Thron, oder unser Heer erobert Dänemark und Xanten.« Das war gut gedacht.

»Damit ist es entschieden«, nickte Gunther entschlossen. »In den nächsten Wochen wird viel zu tun sein. Das Heer muss stark und wohl gerüstet sein, und das Volk soll den neuen Wohlstand spüren, damit sein Herz auf unserer Seite ist.«

»Wo Ihr von Herzen sprecht ...«, begann Hagen, und es war offensichtlich, dass dieses Thema ihm nicht leicht über die Lippen ging. »Wenn Hjalmar seinen letzten Atem getan hat und Siegfried noch lebt, dann wird er um Kriemhild werben. Es scheint mir ratsam, schon jetzt die Vorkehrungen dafür zu treffen, um den König von Xanten nicht zum Feind zu haben, noch bevor er die Krone seines Landes trägt.«

»Was schlägst du vor?«

»Wir sollten in alle Reiche Boten schicken mit der vertraulichen Kunde, dass Gunther von Burgund eine angemessene Königin sucht.«

Der König kratzte sich am Kopf, während er nickte. »Es ist schon seltsam, den Krieg und die Liebe zugleich zu planen. Wollen wir nur hoffen, dass das eine dem anderen nicht in den Rücken fällt.«

Siegfried sah sich zufrieden in dem neuen Zimmer um, das Gunther ihm zugewiesen hatte. Es war sicher nicht so groß wie die Gemächer der Königsfamilie, aber ebenso war es kein Vergleich mit dem Kellerraum, den er seit Wochen mit Regin geteilt hatte. Seinen Beutel mit den wenigen Dingen, die er besaß, hatte er auf das Bett geworfen, und dabei war der Tarnhelm herausgefallen. Er sah das wundersame Ding lange an, und es schien ihn zu Schabernack und feiger Schleicherei zu locken. Dann packte er es beiseite.

Er nahm die Kleidung in Augenschein, die man für den Helden geschneidert hatte, der nun seine Tage nicht mehr am Amboss verbrachte. Die Hose war aus weichem Leder, und die weißen langen Hemden band er in der Körpermitte mit einem prächtigen breiten Gürtel, der mit Metallstücken besetzt war.

Er trat an sein Fenster und genoss die Aussicht auf den Hof. Burgund fühlte sich wie sein Zuhause an, und nur noch selten dachte er an die Schmiede im Wald, in der er aufgewachsen war. Je höher er im Ansehen bei Hofe stieg, desto selbstverständlicher kam es ihm vor. Eine ruhige Zuversicht kehrte in seine Seele ein, dass er gewiss bekommen würde, was ihm zustand.

Er konnte sehen, wie die Vorbereitungen für den kommenden Feldzug begannen. Boten ritten ein und aus, die Pferdehüter kamen kaum nach, frische Tiere bereitzustellen. Immer wieder eilten Handwerker aus Worms herbei, auch Schneider und Ledermacher, um Aufträge für Uniformen und Stiefel anzunehmen. Eine gespannte Erwartung breitete sich aus. Es war ein stolzer Anblick, voller Zielstrebigkeit und Tatendrang.

Wie Ameisen krauchten die Männer und Frauen des Hofstaats herum, Waren umherschleppend, immer dieselben Wege austretend. Ihre Gespräche waren kurz, knapp, dem gemeinsamen Ziel verpflichtet.

Elsa stand auf der Wehrmauer und blickte ebenso angewidert wie entsetzt darauf hinab. Bald würden die Schwerter klappern, die Hufe im Einklang schlagen und die Trompeten den Marsch blasen. Krieg. Sie hasste schon das kalte, harte Wort. Es schmerzte auf der Zunge, kratzte im Hals.

Jemand trat von hinten an sie heran, und ein Kinn legte sich sachte auf ihre linke Schulter. Eine Hand berührte sanft ihre Hüfte. Sie wagte es nicht, sich umzudrehen, aber aus dem Augenwinkel sah sie das Gesicht Gernots, das direkt neben ihrem ruhte, seine Wange fast die ihre berührend. Er schaute ebenfalls auf den Hof hinunter. »Schreckt dich der Anblick so wie mich?«

Sie nickte, redlich bemüht, ihren rasenden Herzschlag zu verbergen. »Ich sehe die Gesichter und habe schon die Ahnung von Blut, das bald in ihre toten Augen laufen wird.«

Er legte auch die andere Hand an ihre Hüfte und drehte sie zu sich um. »Auch bei mir?«

Elsa hätte alles darum gegeben, nicht in seine klaren Augen schauen zu müssen, während sie nach Worten rang. »Ihr ... Ihr werdet auch gegen Dänemark ziehen?«

Gernot nickte. »Der König und der Thronfolger, so will es das Gesetz. Zwar ist Kriemhild älter als ich, aber als Frau wird sie das Schwert nicht heben müssen.«

Hagens Tochter wurde bleich, und ihre zarte Gestalt wankte, sodass Gernot sie vorsichtig am Arm ergriff. »Was ist mit dir?«

Sie schüttelte den Kopf und stützte sich mit der Rechten an der Mauer ab. »Ihr werdet ... in den Krieg ziehen?«

Der Prinz lächelte im Versuch, sie ein wenig aufzuheitern. »Mein Bruder verspricht mir, dass die Schwerter ungezogen bleiben. Und das ist gut so – ich würde mich vermutlich selbst verstümmeln, wenn man mir eine Klinge gäbe.«

Elsa fühlte sich dumm und kindisch, so in Angst verfallen zu sein. »Ihr müsst entschuldigen, mein Prinz ... der Gedanke an den Krieg ängstigt mich.«

Sie blickte so entschieden zu Boden, dass Gernot ihr Kinn vorsichtig anhob. »Darf ich hoffen, dass deine Sorgen mir gelten – und dass meine gesunde Rückkehr sie lindern wird?«

»Ihr wünscht meinen Segen und meine Gebete für die Reise?«, fragte sie. »Aber wird nicht Kriemhild ...«

»Kriemhilds Gebete werden sicher dem jungen Schmied gelten, der ihr Herz seinen Besitz nennen kann«, flüsterte Gernot.

»Ich bete nicht«, gestand Elsa, und in diesem Moment schien es sie selbst zu schmerzen. »Dieses Versprechen kann ich euch also nicht mit auf den Weg geben.«

Er atmete tief ein. »Dann vielleicht – deine besten Wünsche?«

Sie sah ihn an, langsam ihre Sicherheit wiederfindend. »Ich werde weiter für Euch die Suppe kochen. Jeden Abend. Bis zu Eurer Rückkehr. Wenn es sein muss, den Rest meines Lebens.«

Sie sahen einander an, und es war der vielleicht längste Moment, den der Hof von Burgund jemals erlebt hatte.

Laurens war alt, aber sein Blut war noch nicht schal, und es kochte würzig angesichts der Vorbereitungen in ganz Burgund. Der Geruch von Krieg lag in der Luft – ein Krieg, der vor fast zwanzig Jahren begonnen hatte und nun endlich mit dem Sieg Xantens enden würde. Hjalmars Herrschaft war für ihn nur ein vorübergehendes Ärgernis gewesen, ein kranker Tag in der glorreichen Geschichte des Landes am Niederrhein. Laurens scherte sich nicht um Hunnen und Burgunder, um Sachsen und Franken. Sie waren nur Mittel zum Zweck, Siegfried seinen Thron zu beschaffen.

Es hatte lange genug gedauert. Dieser Narr Regin wäre fast damit durchgekommen, Siegfried sein Erbrecht vorzuenthalten. Es war nur der Verkettung glücklicher Umstände zu verdanken, dass Siegfried nun mit Burgunds Hilfe Hjalmar stellen konnte.

Laurens biss in den Apfel, den er von der Wormser Marktfrau gekauft hatte, und schritt gedankenverloren über die Holzbohlen, die am Rheinufer zusammengeschnürt nebeneinander lagen, um anlegenden Schiffen einen festen Platz für das Verladen der Waren zu bieten. Nach einer Weile hatte er Sand und Kies unter den Füßen, schließlich Gras. Als die Stimmen und Geräusche der Stadt leiser wurden, stapfte er zum vereinbarten Treffpunkt in den Wald.

Regin hockte auf dem Stamm eines umgestürzten Baumes.

»Ich hoffe, du hast nicht zu lange auf mich gewartet.«

Der Schmied schüttelte den Kopf. »Die Pflicht kennt keine Zeit.«

Laurens mühte sich nicht einmal, die vagen Worte des kleinwüchsigen Mannes zu verstehen. »Du solltest dich freuen – wenn es den Göttern gefällt, wird Siegfried bald den Thron seines Vaters besteigen. Dann ist der Plan aufgegangen, den wir vor seiner Geburt schmiedeten.«

Kopfschüttelnd erhob sich Regin und lächelte spöttisch. »Du hast es damals nicht verstanden, und du verstehst es immer noch nicht. Es war nicht unser Plan. Es war *dein* Plan. Vielleicht auch noch der Plan Siegmunds. Aber glaube mir – weder Sieglinde noch ich selbst haben ihm jemals zugearbeitet.«

Laurens kratzte sich am Stumpf seines linken Arms, sein zerfurchtes Gesicht spiegelte Verachtung wider. »Das macht euch zu nichts weniger als Verrätern – an der Sache wie an Xanten. Wäre Siegfried von mir erzogen worden, er würde euch selber mit dem Schwert dafür richten.«

Regin kam unbeeindruckt näher. »Wäre er von dir erzogen worden, hätte er das Mannesalter nicht erreicht.«

»In diesen Gedanken magst du abends deine Lügen packen, damit dein Gewissen dir den Schlaf gestattet«, knurrte Laurens. »Aber König Siegmund selbst hatte dich für die Aufgabe erwählt, seinen Sohn auf den Tag vorzubereiten, an dem Rache Nothungs Klinge färbt. Was wirst du sagen, wenn du den Triumph in den Augen des rechtmäßigen Königs siehst?«

Regin hob die Schultern. »Ich werde nicht dabei sein. So, wie ich das Ende von Xanten nicht mit ansehen wollte, so wird mein Auge nicht das Ende von Burgund streifen. Und deines auch nicht, alter Weggefährte.«

Laurens hatte weder die schmale Klinge gesehen, noch die schnelle Bewegung, mit der Regin sie ihm zwischen die Rippen gestoßen hatte. Er stand einen Herzschlag lang da, überrascht und dann doch irgendwie erleichtert.

»Das würdige Ende ... eines Kriegers«, keuchte er zwischen Blutstropfen aus seinem Mund.

Regin legte ihm die Hand auf die Brust. »Du hättest weder Siegfried noch Gunther sagen dürfen, wessen Blut in den Adern des Jungen fließt. Was kommt, hätte verhindert werden können.«

Er drückte den toten Laurens von sich weg, wobei er seinen Dolch aus der Wunde zerrte. Die Leiche fiel an einer Stelle zu Boden, die Regin vorab so ausgesucht hatte, dass kaum jemand sie finden würde.

Er reinigte die Klinge im Gras.

Siegfried mühte sich zu schlafen, aber je näher der Tag des Auszugs kam, desto ruheloser wurde sein Geist und desto mehr zitterte ihm die Hand. Er verbrachte heimliche Nachmittage damit, im Wald Nothung in Baumstämme zu schlagen, die er oft genug dabei durchteilte. Sein Körper sammelte die Kraft zu ungeduldig, und es war kaum möglich, sie zu lenken.

Angezogen lag er auf dem Bett, im Kopf wieder und wieder die Worte, die er Hjalmar entgegenschleudern würde, und den Hieb, der ihm Xantens Thron sicherte. Seine Ungeduld war so groß, dass er meinte, sich nach Dänemark schleichen zu müssen, um den König alleine zu stellen.

Dabei liefen die Vorbereitungen bei Hofe prächtig. Söldner kamen in Hundertschaften, darunter Hunnen, Perser und ehemalige Kohorten der römischen Legionen. Sie waren gut ausgebildet und trugen bereits das Abzeichen von Burgund für den Sold, den sie bekamen. Viele von ihnen brachten ihre eigenen Waffen mit und sogar Pferde.

Es klopfte nicht, bevor die Tür zu Siegfrieds Zimmer aufgeschoben wurde und eine schlanke Gestalt hereinschlüpfte.

Es war Kriemhild. Jene Kriemhild, die seit der Verkündung des Feldzuges nicht mehr mit ihm gesprochen, ihn nicht einmal mehr angesehen hatte. Die ihn mit ihrer kalten Schulter mehr quälte, als der Atem des Drachen es getan hatte.

Siegfried sprang sofort auf die Füße. »Prinzessin.«

Sie trug ein einfaches weißes Kleid und war gänzlich vom Schmuck befreit, den sie tagsüber um Hals und Hüfte gelegt hatte. Ihr Haar war offen und rahmte ihr Gesicht.

»Ich hoffe, ich komme nicht ungelegen«, sagte sie knapp und ohne den Anflug von Rührseligkeit.

»Nein«, antwortete Siegfried, »wie könnte Eure Nähe mir nicht willkommen sein?«

»Es scheint, als wäre es unser Schicksal, uns immer nur im Verborgenen zu treffen«, begann die Prinzessin.

»Schicksal vielleicht, mein Wille ist es aber nicht«, hielt Siegfried dagegen. »Ich würde im Angesicht des niedersten Bauern vor Euch knien, wenn Ihr mich lasst. Vor Eurem Gott, oder vor meinen Göttern – welchen Schwur Ihr auch verlangt. Wenn ich als König zurückkehre, kann ich das gegebene Versprechen halten.«

Kriemhild sah ihn fast mitleidig an, als sei er ein Kind, das sich in eine hoffnungslose Aufgabe verstrickt habe. »Erinnerst du dich an die Nacht, in der du mir das Versprechen gegeben hast?«

Er nickte. »Sie kommt oft im Traum zu mir zurück.«

»Habe ich dich in jener Nacht gebeten, Schlachten für mich zu schlagen und Königreiche zu erobern?«

Siegfried musste tatsächlich einen Moment lang nachdenken. »Du hast gesagt, wenn ich nicht der König deines Herzens wäre ...«

Sie hob die Hand, seine gestammelten Worte unterbrechend. »Mein Herz, Siegfried. Es gehört dir – es war schon dein, bevor ich dich jemals sah. Ich habe Etzel deinetwegen abgewiesen und zu jedem Glockenschlag für dich gebetet, als du gegen Fafnir gezogen bist. Du bist ein Held, du bringst Burgund Reichtum und Ansehen – mein Bruder würde mich dir gerne geben, auch ohne Krone auf dem Haupt oder dem Abzeichen auf der Brust. Kann das nicht genug sein?«

Ihre Worte hallten in Siegfrieds Kopf, und er versuchte, sie mit seinen Gefühlen in Einklang zu bringen. Nichts hatte er sich jemals mehr gewünscht als das Recht, Kriemhild zu besitzen. Nun war das Ziel seiner Sehnsucht greifbar – und doch fühlte er sich unzufrieden, hungrig und zerrissen.

Er setzte dreimal an, um die richtigen Worte zu finden, um seiner Prinzessin zu erklären, dass ... was? Dass er den

Krieg mit Hjalmar wollte? Dass es ihn nach der Krone einer Heimat dürstete, die er nicht kannte? Dass er sie als König besitzen wollte und nicht als geduldeter Vertriebener?

Kriemhild fuhr mit der rechten Hand zu ihrem Rücken und löste ein Band. Das Kleid fiel zu Boden. Sie war darunter unbekleidet, und ihr vollkommener Körper warf weiche Schatten im Licht der Fackeln.

»Wenn du mich haben willst – nimm mich«, flüsterte sie ohne Freude oder Verführung in der Stimme. »Doch kämpfe nicht mit Hjalmar um ein Recht, welches ich dir schon lange zugesprochen habe.«

Siegfried streckte die linke Hand nach ihr aus, wie verzaubert von dem Anblick. Er fühlte Mächte, stärker noch als Nothung, die ihn schoben, drückten, vorwärts pressten, sich den Leib der Prinzessin zu holen.

Dann fiel sein Blick auf den Ring an seinem Finger. Die umschlungenen Goldbänder flossen ineinander, schmiegten sich eng an sein Fleisch, taten ihren Anspruch auf seine Seele kund.

Er zog die Hand zurück und schlug die Augen nieder. »Bedeckt euch wieder, Prinzessin. Euer Körper ist zu kostbar, um ihn als Pfand in einem heimlichen Geschäft zu entehren.«

Sie rührte sich nicht. »Wenn es der Preis ist, den ich zahle, damit du meinen Bruder und das Reich nicht mit Blut und Leid überziehst, dann ist mein Körper jeder Schändung dankbar.«

Siegfrieds Augen suchten ihren Blick. »Ist es das, wovor Ihr Euch fürchtet? Dass ich Burgund und Gunther in den Abgrund reiße, um Blutrache und Machtgier willen?«

Kriemhild hielt ihm stand, stolz und in der Nacktheit nicht beschämt. »Ist es nicht das, was Krieg bedeutet?«

»Wenn es Krieg gäbe, wäre ich der Erste, der auf unserer

Seite fallen würde, um Euren Bruder mit meinem Körper zu decken«, versicherte Siegfried. »Aber es wird nicht so kommen. Ein Sieg ohne Schlacht ist mein Ziel.«

»Ich mag kein Stratege sein«, sagte Kriemhild, »aber wo es einen Sieger gibt, da muss es einen Verlierer geben.«

Siegfried machte einen Schritt auf sie zu und stand nun dicht vor der Prinzessin, deren weicher Duft sich aus Wind und Blüten zu speisen schien. Er konnte sehen, dass sie zitterte, dass Wellen von Gänsehaut ihre schmalen Schultern überzogen. Er bückte sich, wobei sein Blick die Brüste und den flachen Bauch streichelte. Blind fanden seine Hände das Kleid, und er zog es langsam an ihrer schlanken Gestalt hoch. »Ihr solltet Euch vor der Kühle des Abends schützen – dieser Körper wird bald die Kinder des Königs von Xanten gebären.«

Sie standen nun wieder von Angesicht zu Angesicht, und er konnte sehen, dass Kriemhild mit den Tränen so mutig kämpfte wie er mit dem Drachen. »Gibt es nichts, was ich dir bieten kann, um dich an meiner Seite zu halten?«

Er nahm ihr Gesicht vorsichtig in seine Hände, wie man Wasser aus einem klaren Bach schöpfte. »Es gibt nichts, was mich von Eurer Seite reißen kann – und sei es in Gedanken. Aber was getan werden muss, wird getan. Dann erst wird dauerhafter Frieden herrschen und Gerechtigkeit.«

»Glaubst du wirklich daran?«

Er strich ihr mit den Daumen sanft über die Wangen. »Ich könnte Euch heute Nacht nicht gehen lassen, wäre ich nicht überzeugt, Euch schon bald als König in mein Bett zu tragen. Bestünden Zweifel daran – ich würde diesen Körper liebkosend unter mir begraben.«

Sie liebten sich in einem Blick. Es waren Küsse ohne Berührung, Leidenschaft ohne Schweiß, ein Festmahl ohne Speisen.

Siegfried erwachte aus dem heißen Traum, als Kriemhild die Tür seines Zimmers hinter sich geschlossen hatte.

Zweimal hatten sie einander in dunkler Nacht gesucht – zweimal der Begierde widerstanden, der eine den anderen fortschickend, in Erwartung größerer, wahrer Bestimmung.

Konnte es noch Ungewissheit geben, dass sie füreinander geschaffen waren?

»Du kannst nicht gehen!«, rief Siegfried, während Regin einen Beutel packte, der nicht einmal seine Werkzeuge fassen konnte.

Der alte Schmied lächelte freudlos. »Will mich der große Krieger mit Gewalt hindern?«

Siegfried lief in der kleinen Schmiede, deren Kohlen schon erkaltet waren, auf und ab. »Was redest du da? Burgund braucht dich und deine Kunst – *ich* brauche dich!«

Regin schüttelte den Kopf. »Deine Füße hinterlassen ihre Spuren nun auf einem eigenen Weg. Ich könnte nur noch deine Fahne schwenken, wenn du siegreich aus der Schlacht heimkehrst. Verzeih, wenn mir danach nicht zu Mute ist.«

Siegfried fühlte eine unerklärliche Angst, eine bange Verwirrung, als wäre Regins Abreise ein schlechtes Omen. »Es wäre mir sehr recht, wenn du an meiner Seite stündest, bis ich den Thron von Xanten besteige.«

Regin zog eine Jacke über und hängte sich den Beutel um. »Der Krieg war nie mein Geschäft. Waffen können nicht zu einem guten Zweck geschmiedet werden, denn nur im Blut finden sie ihre Erfüllung. Darum war ich einst aus Xanten fortgezogen – und darum gehe ich auch heute.«

»Kehrst du in Odins Wald zurück?«, wollte Siegfried wissen. »Kann ich dich finden, wenn ich deinen Rat brauche?«

Der Schmied legte seinem Ziehsohn eine Hand auf die

Schulter. »Ich kehre niemals zurück – der Weg führt mich nach vorn. Meinen Rat nehme ich mit für jene, die ihn zu hören bereit sind.«

Er ging zur Tür hinaus, und Siegfried folgte ihm wie ein geprügelter Hund. »Habe ich dich denn enttäuscht? Liegt Schande in meinem Sieg über Fafnir oder dem Anspruch auf mein Erbe?«

Regin sah ihn nicht mehr an, den Blick bereits auf die Welt jenseits des Burgtors gerichtet. »Sieg und Anspruch, Siegfried – du sagst es selbst. Beides schafft nur Verlierer und Feinde. Gier und Tod sind ihr Gefolge. Auch wenn dein Leben davon verschont sein sollte oder das deines Sohnes – die Zeche wird zu zahlen sein.«

Er ging steten Schrittes, von dem geschäftigen Treiben um sich herum scheinbar ungerührt.

Wut und Enttäuschung hielten sich bei Siegfried sanft die Waage, und der Abschied von seinem Ziehvater tat ihm im Herzen weh. »Ist das alles, was du mir zu sagen hast – dass Unglück meinem Handeln folgen wird?«

»Nein«, rief Regin nun, seine Stimme schon deutlich leiser werdend. »Wenn ihr Hjalmars Truppen stellt, dann zeige den Heeren das Mal auf deiner Brust, neben der linken Schulter. Es ist das Mal der Könige von Xanten. Wenn du die Worte richtig wählst, wird es dir gute Dienste erweisen.«

Siegfried hatte über die Jahre zu viel Respekt vor seinem Ziehvater und Lehrmeister gehabt, um nun weitere Antworten zu verlangen, die zu geben Regin sichtlich nicht bereit war.

Er stand noch lange am Burgtor, und es wunderte ihn wenig, als die kleine Gestalt mit den immer noch pechschwarzen Haaren in den Wald abbog, dort, wo Siegfried zu Fafnirs Versteck gezogen war.

Trotz Gunther, Kriemhild und der Liebe der Burgunder – Siegfried fühlte sich verlassen.

Seine Hand tastete unter dem Hemd nach dem Muttermal.

Der Marsch war kurz, und Regin hatte nicht die Hälfte seines Proviants verbraucht, als die Bäume am Wegesrand immer schwärzer wurden. Er ignorierte Knochen, faulendes Getier und düstere Zeichen vergangener Gefahr. Er hätte den Ort auch mit verschlossenen Augen gefunden, nur dem Ruf seiner Seele folgend.

Die Stimmen und Lichter begannen, seinen gedrungenen Körper zu umspielen. Er begrüßte sie wie alte Freunde, lud sie in Herz und Hirn, als könnten sie ihn reinwaschen von einem Schmutz, dem Wasser nicht gewachsen war.

Reeegiiin ...

Der Wald schien in freudiger Erregung zu erzittern, und die wenigen Blätter, die noch auf den Bäumen waren, fielen tanzend zu Boden. Holz knackte, und in der Erde schien ein Feuer zu brodeln.

Schmiiied ... Reeegiiin ...

Regin fand die Höhle, deren Eingang der stinkende, kopflose Kadaver von Fafnir machtlos bewachte.

Die Stimmen wurden lauter, satter, in den Tonarten sich trennend. Böses Zischeln mischte sich unter zufriedenes Jauchzen. Gestalten und Gesichter malten sich in Nebel, spielten als Schatten über die Steine und flirrten zwischen den Bäumen umher.

Keine Freude ... in der Menschen Schoß ...

Scheinbar unbeeindruckt blieb Regin stehen, ließ seinen Beutel zu Boden fallen und legte den Kopf in den Nacken. Er sprach, ohne die Lippen zu bewegen und ohne einen Laut zu erzeugen.

Reeegiiin ...

Sein Fleisch begann zu fließen, die Knochen wurden weich. Horn, Haar und Haut knisterten, als ob sie im Feuer brannten. Die Kleider rutschten von seinem zerfallenden Körper. Alle Teile, die den Menschen Regin ausmachten, schmolzen in den Boden, der die Gabe gierig trank.

Der Wald nahm auf, was er dereinst gegeben hatte.

Reeegiiin ...

Seine Stimme gesellte sich zu ihren, zu den seinen. Sein Geist wurde eins mit ihren Gedanken und schlüpfte in die Bäume, die Erde, den Stein. Es lag Freude ebenso in der Luft wie milder Spott.

Menschen ... dummes Fleisch ... dem Tod geweiht ...

Obwohl er eins mit allem war, hielt Regins Stimme ihren eigenen Klang.

Sie lernen ... langsam ... blutend ...

Die Bäume schienen sich zu schütteln, und auch die Erde erschauerte ein wenig.

Sind nicht wert ... waren nie wert ...

Regin hatte fast vergessen, wie es war, den Wald nicht zu spüren, sondern der Wald zu sein. Das Leben unter den Menschen hatte ihn verführt.

Vielleicht nicht waren ... vielleicht nicht sein ... vielleicht doch werden ...

Die Nibelungen, die Wald waren und Wind, einer und viele, Wahrheit und Trug, sie lachten mit allen Stimmen.

Niiiemaaals ...

Es war die Zeit der Boten und Spione, der Kundschafter und Späher. Ihre Berichte bestimmten Strategien, änderten Pläne und legten die Saat für den Kampf.

Natürlich hatte Hjalmar erfahren, dass Gunthers Burgund vom Drachen befreit war und Schätze unbekannter Herkunft für die Rekrutierung einer großen Streitmacht sorgten. Die Gründe dafür konnten vielerlei sein. Wollte Gunther die Römer endgültig über die Alpen treiben und sich selbst zum Retter der Reiche machen? Wollte er gewappnet sein, falls Etzels Vater die Ablehnung durch Kriemhild mit dem Schwert zu beantworten trachtete? Er wusste es nicht, und Gunther hatte wenig Interesse, es ihn wissen zu lassen.

Trotzdem war Hjalmar klug genug, sein Heer zusammenzuziehen und die versprengten Truppen zu vereinen. Er verlegte Teile des Heers an die Grenzen seines riesigen Reiches, um die besonders verwundbaren Stellen zu schützen. Was auch immer bevorstand, seine Heimat Dänemark wollte er gesichert wissen.

Damit hatte Gunther gerechnet, als er mit Hagen und Siegfried die Pläne für den Marsch aufgestellt hatte. Er deutete mit dem Finger auf die Karte, die die neuesten der sich stets ändernden Reichskonturen in dunkler Tinte auf hellem Pergament trug. »In der Tat – Hjalmar strafft die Truppen.«

Hagen nickte. »Er weiß, dass sein Reich leicht zu verteidigen ist – das Meer verhindert den Angriff über die Flanken und den Einfall von Norden her. Er muss nur einen Bogen aus schwer bewaffneten Soldaten an den südlichen Grenzen setzen, und schon ist Dänemark eine Festung.«

»Und das rebellische Xanten wird nur noch von wenigen Schwertern verteidigt«, murmelte Siegfried. »Wie wir es planten.«

»Wir sollten schnell handeln«, merkte Hagen an. »Solange viele der Truppen noch unterwegs sind, können sie nur durch ein Netz von berittenen Boten in Einklang gebracht werden.«

Gunther deutete auf die blaue Linie, die sich nordwärts zur See schlängelte. »Nicht zu schnell jedoch. Wenn wir dem Lauf des Rheins auf unserer Seite folgen, braucht es keinen Strategen am dänischen Hof, um unsere Absichten zu durchschauen. Aber wenn wir rechtsrheinisch marschieren, als planten wir den späteren Einfall in die östlichen Reiche, wird es Hjalmar in trügerischer Sicherheit wiegen. Sind die Regenten, deren Grund wir auf der Reise betreten, benachrichtigt und uns wohlgesinnt?«

Hagen nickte und sah dann Siegfried an. Zweifel standen in seinem Gesicht. »Ihr haltet daran fest, die Schlacht vor den Toren von Xanten zu suchen, wo einst Euer Vater fiel?«

»Die Schlacht würde ich dort suchen, wenn ich sein Schicksal teilen wollte«, antwortete Siegfried. »Doch was ich wirklich brauche, sind zwei Heere Auge in Auge, an legendärer Stätte. Dann wird sich das Blutvergießen vielleicht vermeiden lassen – abgesehen von Hjalmars Kopf, den ich mir zu holen gedenke.«

»Dann ist es entschieden«, sagte Gunther. »Wenn die Sonnenscheibe morgen den Himmel erhellt, findet sie die Soldaten Burgunds unter Waffen – und auf dem Weg.« Er sah Siegfried an. »Ich hoffe, du weißt, welcher Gefahr ich das Reich aussetze, um mein Wort zu halten.«

Siegfried lächelte und legte ihm die Hand auf den Arm. »Mein König, wenn unsere Pferde wieder in ihren Ställen sind, wird Burgund reich an Gold und Ruhm sein – und einen starken Freund im Norden haben.«

Gunther lächelte nicht weniger freundlich, aber weniger überzeugt. »Auf dass unsere Reiche einen Bund bilden, der die Generationen überdauert.«

Siegfried gähnte überdeutlich. »Ich denke, für den heutigen Tag ist mein Kopf genug mit Schlachtplänen gefüllt worden. Was für ein Vorbild wäre ich, wenn ich morgen auf meinem Pferd schliefe?«

Er nickte Gunther und Hagen zu und verließ den Thronsaal.

Hagen wartete, bis die Türen wieder geschlossen waren. »Ist Euch aufgefallen, dass er von sich als Vorbild spricht? Vorbild für die Soldaten Burgunds, deren König *Ihr* seid?«

Gunther schüttelte den Kopf und konzentrierte sich auf die Pläne. »Er meint es nicht so. Siegfrieds Zunge ist ein schlechter Diplomat.«

»Schlechte Diplomaten geben selten gute Könige«, mahnte Hagen.

Sichtlich entnervt blickte Gunther seinen Ratgeber nun direkt an. »Was soll ich tun, Hagen? Mein Wort brechen?«

Hagen wählte seine Worte mit äußerster Vorsicht. »Wenn das geschieht, was er prophezeit, dann regiert im Norden bald ein reicher und mächtiger König, der Eure Schwester freien will. Wenn Ihr sie ihm dann nicht geben könnt – was hindert ihn, sie sich zu holen?«

Gunther runzelte die Stirn. »Er würde es nicht tun. Respekt und Freundschaft sind Werte, die er hochhält.«

»Das bezweifle ich nicht«, stimmte Hagen zu. »Aber wenn er aus verweigertem Herzensglück doch noch zum Feind werden könnte – ist es dann nicht unklug, ihm auf genau jenen Thron zu helfen, der eine Schlacht gegen Burgund ermöglicht? Den Schmied und Erben Siegfried können wir abweisen, den König von Xanten nur schwerlich.«

Gunther leerte seinen Kelch Rotwein und ließ sich für die Antwort lange Zeit. »Wir müssen Gott vertrauen, dass es so weit nicht kommen wird.«

»Euer Gott mag dafür empfänglich sein«, murmelte Hagen, »doch meine Götter belohnen Voraussicht und Planung.«

Müde winkte Gunther ab. »Es ist spät, und meine Glieder sind schwer. Das königliche Wort ist gegeben, und alles Weitere wird man sehen.«

Er machte sich auf den Weg in seine Gemächer.

Hagen stand noch lange über die Karte gebeugt.

Gunthers Loyalität war löblich, aber die Zukunft des Reiches durfte davon nicht abhängen. Es war klar, dass der König sein Wort nicht brechen würde. Hagen hingegen fühlte sich ungebunden und nur Burgund verpflichtet.

Ob Siegfried oder Hjalmar am Abend vor Xanten noch aufrecht stand, es war ihm gleich. Es war nur darauf zu achten, dass der Sieger Gunther hieß.

Und dafür würde er zu sorgen wissen.

9

Hjalmar
und der Sohn des Drachen

Es war kein Zug mit Feuer und Schwert wie bei den Hunnen, die nur eine Schneise aus Asche zurückließen. Obgleich mehrere tausend Mann aus mehr als einem Dutzend Reichen unter Gunthers Oberbefehl marschierten, war der Tross in christlichem Sinne bescheiden. Proviant wurde mit Siegfrieds Gold erworben, und Boten der Königreiche, die auf dem Weg lagen, bekamen gute Wünsche für den Hof mit.

Es fiel jedoch auf, dass keiner der Könige selbst erschien, um den durchreisenden Herrscher von Burgund zu grüßen. Hagen legte das als Erfolg aus – niemand wusste genau, was Gunther vorhatte, und niemand wollte einem Heer, das so sichtlich überlegen war, entgegentreten.

Gernot ritt neben Gunther auf der rechten Seite, Hagen auf der linken. Siegfried selbst hielt sich im Hintergrund und ritt mit den Offizieren. Es war geplant, den Erben von Xanten so lange wie möglich als einfachen Held von Burgund mitzuführen.

Immer wieder scherte Hagen aus und traf sich am Rand der Kolonne mit Kundschaftern und Spionen, die ihn über den Stand in Xanten und Dänemark auf dem Laufenden hielten und über die Suche nach einer Frau für Gunther. Beide Belange gewannen an Wichtigkeit, als er am zehnten Tage das vertrauliche Ohr seines Herrschers suchte. »Mein König, es gibt Neuigkeiten.«

Gunther, nach langem Ritt froh über jede Abwechslung, versuchte sich in Leichtigkeit. »Guter oder schlechter Natur?«

Hagen blickte sich unauffällig um, als wolle er keine Unruhe säen. Gernot verstand den Wink und lenkte sein Pferd etwas zur Seite, die Flanken des Heers inspizierend.

»Ob die Kunde gut oder schlecht ist, hängt von Eurem Umgang damit ab. Zuerst einmal scheint es so, als ahne Hjalmar die Gefahr. Meine Späher berichten, dass die kümmerliche Besatzung von Xanten in Bereitschaft gepeitscht wird und dass verschiedene Truppen unterwegs zum Niederrhein sind.«

»Dann sollten wir den Rhein bei der nächsten Furt überqueren«, erwiderte Gunther. »Kein Grund mehr, mit unseren Absichten Versteck zu spielen.«

Hagen nickte. »Wenn wir uns westwärts halten, stößt der Keil der Dänen südlich ins Leere. Wie es Siegfrieds Wunsch war, würde erst Xanten selbst den direkten Zusammenstoß erleben.«

Der König nickte. »Gebt Kunde. Ich möchte noch vor der Nacht wieder auf der Heimatseite des Flusses sein.«

Hagen senkte ergeben den Kopf. »Das ist noch nicht alles. Einer unserer Kundschafter hat einen Boten aus Island aufgetan, der von Brunhilde sprach – die einen König sucht.«

Gunther sah Hagen überrascht an. »Brunhilde von Isenstein, die Königin von Island? Vor Jahren stellte Hakan sie bei Hofe vor. Ein wildes Gör, ganz ohne Manieren und weiblichen Liebreiz. Bei Tisch hat sie Gernot verhauen – und Giselher!«

Der alte Ratgeber hob die Hand. »Man versichert mir, dass Brunhilde dem Thron nur Ehre macht. Ihre Kampfkraft ist nun gepaart mit dunkler Schönheit. Auch darum haben viele Freier sich den Prüfungen gestellt.«

»Was für Prüfungen?«, wollte Gunther wissen.

Hagen zuckte die Schultern. »Wie man hört, will Brunhilde einen Mann heiraten, der im Wettstreit seine Größe beweist. Von schwarzen Mächten ist die Rede. Weinseliger Unsinn, da bin ich sicher.«

Gunther lachte. »Warum sollte ich mich dieser Plage aussetzen? Eine junge Prinzessin, die ihr Herz ohne Prügel zu geben bereit ist, scheint mir eine bessere Wahl.«

Hagen wartete einen Moment, bevor er widersprach. »Auf welchen Sieger auch die Nacht in Xanten fallen wird – ein Bündnis mit Island, geschmiedet zum Bund der Ehe, würde Burgund den Frieden sichern. Es kann kein Fehler sein, sowohl Xanten als auch Dänemark von Süden *und* Norden in wachsamer Freundschaft zu umklammern.«

Der König dachte darüber nach. Was Hagen sagte, ergab Sinn. Jedem Gegner, der sich gegen Burgund wandte, konnte Island den Speer in den Rücken treiben.

»Soll ich einen Botschafter zur Burg Isenstein schicken, um Euer Interesse zu verkünden?«, hakte Hagen nach.

Gunther schüttelte den Kopf. »Dazu sind die nächsten Wochen noch zu ungewiss. Vielleicht hat das Schicksal andere Pläne. Wer weiß – Siegfried könnte so mit der Übernahme von Xanten beschäftigt sein, dass er meine Schwester vollends vergisst. Oder der Pfeil eines Soldaten beendet mein Leben, was mir einiges Kopfzerbrechen ersparen würde.«

Hagen legte die Faust auf den Brustpanzer. »Mein König – mein Körper ist Euer Schild.«

»Das ist beruhigend, doch unnötig«, lachte Gunther und hielt den linken Arm mit dem Schild hoch, auf dem das stolze Abzeichen von Burgund prangte. »Ich weiß mich zu verteidigen.«

Der Ratgeber des Königs nickte und machte sich auf, um den Heerführern den Richtungswechsel zu befehlen. Er missbilligte Gunthers Leichtsinn und seinen Unwillen, für den schlechtesten Fall vorbereitet zu sein.

Und es war immer der schlechteste Fall, mit dem Hagen rechnete.

Siegfried langweilte sich. Die Offiziere, mit denen er ritt, hatten außer glorreich gewonnenen Schlachten kein Thema, und mit einfachen Soldaten war nicht zu reden, denn ihre Ehrfurcht vor ihm ließ sie verstummen. Er hoffte auf einen Zusammenstoß mit den Dänen, und sei es nur, damit endlich *irgendetwas* geschah.

Er zog am Zügel seines Pferdes, ließ sich etwas zurückfallen und scherte nach rechts aus, als er Gernot sah, der in seine Richtung ritt. Der junge Prinz war sicher nicht zum Helden geboren, aber Siegfried mochte seinen wachen Geist. »Prinz Gernot. Wie geht es Euch?«

Gunthers Bruder lächelte schmal. »Das Reiten ist mir nicht in die Wiege gelegt worden. Hoffentlich hat mein Hintern bald Hornhaut wie meine Füße, sonst sitze ich demnächst auf rohem Fleisch.«

Siegfried lachte. »Ihr solltet mehr Fleisch essen, um mehr davon auf den Knochen zu haben. Nicht nur Gäule wollen gut gefüttert sein.«

»Ich versuche eher, das Fleisch zu meiden«, erklärte Gernot. »Es ist ...«

»Hagens Tochter, richtig?« Siegfried grinste freundlich. »Das dunkle Mädchen macht Euer Herz hell.«

Gernots Augen wurden groß. »Woher weißt du ...?«

Siegfried blinzelte verschwörerisch. »Wer selber liebt, der sieht die Funken besser. Und wenn ich bei den vielen Mahlzeiten, die ich mit dem Hofstaat eingenommen habe, nicht vollends falsche Blicke warf, dann ist es Hagens Tochter, die dem Fleisch nichts abgewinnt. Wie war doch ihr Name?«

»Elsa«, sagte Gernot. »Sie ist das wunderbarste ...«

»Spart Euch die Worte für ihre Ohren«, winkte Siegfried ab. »Dort soll der Zauber wirken. Mein Herz sieht nur das Bild der einen.«

»Es ist kein Geheimnis bei Hofe, wen der heldenhafte Schmied verehrt«, sagte Gernot freundlich.

Siegfried sah ihn an. »Und weiß der Hof auch, wie die Prinzessin dazu steht?«

Nun war es der Prinz, der lachte. »Muss ich es sagen? In jeder Blume, in jeder Farbe, in jedem Lichtstrahl sieht meine Schwester dein Gesicht, Siegfried. Sie würde sterben, um mit dir zu leben – und leben, um mit dir zu sterben.«

Es salbte Siegfrieds Seele, das zu wissen. »Warum hat sie dann so wenig Verständnis für mein Erbe? Weiß sie nicht, dass ich nur für sie den Thron besteigen will?«

Gernot wurde wieder ernst. »Die Frauen sehen nicht den Sinn im Kriege. Und manchmal, wenn er mit Blut und Tod geritten kommt, geht es mir ebenso. Kriemhild weiß, was dich bewegt – aber ein lebendiger Schmied wäre ihr teurer als ein toter König.«

Siegfried nickte. »Und doch muss ich es tun.«

»Ich hoffe nur, dass die Schwerter ungezogen bleiben«, sagte Gernot. »Von den Söhnen Gundomars war ich immer der ungelenkste. Wenn es eine Schlacht gibt – meine ungeübte Klinge würde unfreiwillig den Dänen dienen.«

»Dann haltet euch hinter mir«, riet Siegfried. »Ich werde den Liebhaber von Elsa von Tronje schützen.«

Gernot errötete tatsächlich. »Wir sind nicht ... ich meine, wir haben nicht ...«

Siegfried verbeugte sich schnell, so weit der Pferderücken es zuließ. »Es tut mir Leid, Hoheit. Es war nicht angemessen, dergleichen zu behaupten.«

»Schon gut«, beruhigte ihn Gernot. »Es ist nur noch nicht an der Zeit gewesen. Und wenn ich dich um etwas bitten darf – beschütze nicht mein Leben auf dem Felde. Wenn du eine Klinge fängst, die meinem Leib zugedacht war, würde Kriemhild selber Sorge tragen, dass ich dem Schicksal Folge leiste.«

»Wie Elsa sicher auch, sollte es anders herum kommen«, bestätigte Siegfried.

Gernot zog bereits am Zügel, als ihm einfiel, weshalb er eigentlich gekommen war. »Ach, Siegfried – spürst du es schon?«

Der junge Krieger sah sich um, holte tief Luft und lauschte aufmerksam. »Nein, was sollte ich spüren?«

Der Prinz lächelte. »Unsere Kartenleser sagen, dass wir die Grenze vor kaum einer Stunde überschritten haben. Wir sind im Königreich Xanten!«

Siegfried hielt inne, und sein Pferd blieb stehen. Viele Reiter zogen vorüber, während er in eine eigene Welt versank.

Xanten.

Jetzt spürte er es auch.

Kriemhild stand auf dem Wehrgang, der die Mauer krönte und die Burg nach Osten schützte. Es war ein früher

Abend, und die Sonnenscheibe berührte fast den Horizont.

Sie wusste natürlich, dass sie das Heer ihres Bruders nicht sehen konnte. Auch bei klarstem Himmel reichte der Blick kaum bis zu den Grenzen des Rheintals. Sie sah den Fluss, die weiten Felder, die Wälder und die Stadt, die ihr Königreich ausmachten. Ein einsames, leeres Reich, nun, da Gunther die Waffen gegen Hjalmar führte.

Und Siegfried.

Schon der Gedanke an ihn verursachte ein Stechen in ihrer Brust, und sie musste den Zwang unterdrücken, aus dem Burgtor hinter den Truppen herzulaufen, um ihn bettelnd von dieser Torheit abzuhalten.

Kriemhild weinte ein paar Tränen, betete ein paar Gebete und hoffte darauf, dass Heldenmut und Güte in den Augen Gottes das Geschenk des Sieges rechtfertigten.

Sie erschrak, als eine leise Stimme hinter ihr erklang. »Prinzessin?«

Es war Elsa, Hagens blasse, schmale Tochter, deren seltsam verlorener Blick vielen bei Hofe unheimlich war. Kriemhild ertappte sich dabei, dem Mädchen böse zu sein, weil sie störte, wenngleich der Wehrgang keine Einsamkeit versprochen hatte. »Was willst du?«

Elsa zuckte zusammen, als habe sie den Riemen einer Peitsche gespürt. Ihre Empfindsamkeit stand in unübersehbarem Widerspruch zur Hartherzigkeit ihres Vaters. »Nichts, ich ... ich wollte nur ein wenig in den Osten sehen.«

Es kostete Kriemhild Mühe, dem Mädchen den wenigen Respekt zu gewähren, den sie verdiente. »Das ganze Reich schaut derzeit besorgt nach Osten.«

Elsa stellte eine Holzschüssel auf die steinerne Mauer, rührte die darin dampfende Suppe aber nicht an.

Sie standen für eine kleine Weile schweigend beisammen.

»Du darfst in meiner Gegenwart ruhig essen«, bemerkte Kriemhild schließlich, mehr, um sich selbst zu beweisen, dass sie auch Hagens Tochter keine Missachtung zukommen ließ.

»Sie ist nicht für mich«, murmelte Elsa, als sei damit alles gesagt.

Der Blick der beiden Frauen ging starr zum Horizont. Wieder standen sie, als würde es Stille brauchen, damit ihre Seelen nach den Liebsten rufen konnten. Schwarz wie ein Rabe die eine, blond wie eine Taube die andere, vereint in Sehnsucht.

»Ist es der Brauch deiner Götter, mit Speisen um Milde für die Familie zu bitten?«, wollte Kriemhild wissen. Der Glaube an Walhall und das wilde Pack um Odin war ihr fremd, auch wenn noch unter ihrem Großvater die Christen im Rheintal zerstückelt in den Fluss geworfen worden waren.

»Es ist kein Brauch«, antwortete Elsa. »Nur die Erfüllung eines Versprechens. Und es gilt nicht meinem Vater, den Ihr so hasst, dass Ihr seine schwarze Seele seht, wenn Euer Blick auf mich fällt.«

Es stimmte – die Prinzessin hasste Hagen so inniglich, dass jede Person, die ihm nahe stand, ihr körperliches Unbehagen bereitete. Es war, als könnte die Berührung des verschlagenen Einäugigen unauswaschbare Flecken hinterlassen oder eine schleichende Krankheit verbreiten. Und Elsa war nicht nur aus seinem Umfeld – sie war sein Blut, das Ergebnis einer Vereinigung, die Kriemhild bereits in der Vorstellung ekelte.

Es war ein offeneres Wort, als einem Mädchen zustand, welches nur als Tochter eines geachteten Ratgebers bei Hofe Zuflucht fand. Kriemhild dachte einen Moment daran, sie empört zurechtzuweisen, aber dann war sie von der Klarheit der Worte beeindruckt. »Du sprichst von einer schwarzen Seele beim eigenen Vater?«

Elsa senkte die Augen. »Die Wahrheit schmerzt, aber nicht mehr als beständige Enttäuschung, weil man sich ihr verweigert.«

»Kluge Worte für ein Mädchen von ...«, sagte Kriemhild, »wie alt bist du ... sechzehn, siebzehn?«

Etwas Trotz schlich sich in Elsas Augen, als sie antwortete: »Alt genug für die Wahrheit – und alt genug für die Liebe!«

Kriemhild konnte nicht anders – sie musste lachen. Und weil es das erste Lachen war, seit Burgund gegen Hjalmar zog, öffnete es ihre Seele ein wenig. »Du redest, als stündest du vor Gericht. Wenn du jemanden suchst, der dir das Recht auf Liebe abspricht, musst du jemanden finden, der nicht selbst von ihr gefangen ist.«

Elsa war von diesem Stimmungswechsel sichtlich erstaunt. »Dann ... dann tadelt Ihr mich nicht für mein dummes Herz?«

Kriemhild blickte wieder zum Horizont. »Das Herz mag dumm sein, aber dickköpfig ist es auch, und ehrlich. Solange der Soldat, dem es gehört, sein Schwert für deine Liebe führt ...«

Sie hielt inne und bemerkte mit einem Seitenblick, wie Elsa verschämt die Augen niederschlug.

Vielleicht war es die Liebe zu Siegfried gewesen, die die Prinzessin so blind gemacht hatte, dass die offensichtliche Erklärung ihr erst jetzt zu dämmern schien. In ihrem Kopf ging sie die Ereignisse der letzten Wochen durch, zählte Blicke, Worte, versäumte Essen und verträumte Seufzer.

»Du liebst ... Gernot?«

Die schnellen Tränen waren eine ebenso klare Antwort wie die schnellen Schritte, mit denen Elsa davonlief.

Zum ersten Mal seit dem Auszug des Heers lösten sich Kriemhilds Gedanken von ihren eigenen Sorgen. Dieses zarte Mädchen liebte ihren Bruder? Die Verwunderung darüber wich schon bald dem Erstaunen, die Selbstverständlichkeit nicht erkannt zu haben, mit der Gernot und Elsa zusammengehörten. Gernot hatte eine weiche Seele, und wie Elsa hatte er unter einem harten Vater gelitten. Sie waren Träumer, alle beide, und wie es schien, hatten sie ineinander ihre Erfüllung gefunden. Doch so, wie die Prinzessin unter ihrem Stand liebte, so liebte Elsa weit darüber hinaus.

Die Suppe – Kriemhild hatte wohl niemals ein Zeichen von so einfacher und reiner Liebe gesehen.

Sie stand noch so lange auf dem Wehrgang, bis Land und Himmel ein schwarzes Tuch bildeten, das Burgund umschlang.

»Siegfried«, flüsterte sie.

Mit der Unvermeidlichkeit von Ebbe und Flut, von Tag und Nacht, von Sommer und Winter hatten die Heere von Dänemark und Xanten auf der einen Seite und Burgund auf der anderen einander gefunden. Auf beiden Seiten in schwer zu schätzender Zahl standen sie nur einen kurzen Ritt voneinander entfernt und schlugen ihre Zeltlager auf. Zwischen ihnen lag nur das große Feld, welches einst Siegmunds Blut getrunken hatte, von sattem Gras längst überwachsen.

Es war ein Warten, ein Zögern und die Unsicherheit, wer wann zuerst das Heft ergreifen würde. Da kein ehrlicher Grund für einen Krieg war, suchte keine Seite ihn durch einen Angriff zu geben. Boten kreuzten die Wege, als sie den Königen Nachrichten brachten. Gunther versicherte, Dänemark nicht angreifen zu wollen. Hjalmar ließ fragen, warum eine friedliche Reise zehntausend Schwerter brauche. Die Antwort: Zehntausend Schwerter gegen zehntausend Schwerter.

Siegfried war nervös, und angesichts der vielen Soldaten, die Gunther auf seine Bitte hin in Sold gestellt hatte, fühlte er sich dem Schicksal der Götter unterworfen. Was immer er bisher in seinem Leben getan hatte – er hatte es *allein* getan. Auf die Macht eines Heers angewiesen zu sein erschien ihm schwächlich und feige. Zweifel nagten an ihm, klopften von innen an seinen Schädel. Was geschehen war, er hatte es herausgefordert. Was geschehen würde, es lag in seiner Verantwortung. Er riskierte Krieg für ein Ziel, das nur eine Vision war, die auf tönernen Füßen stand. Was, wenn Xanten sich Siegmunds Blutlinie verweigerte? War er besser als Hjalmar, wenn er sich sein Recht im Kampf nahm? Xanten gab ihm ein Königreich – aber was gab er Xanten?

Außerdem hatte er noch Regins Worte im Ohr – er war ein König, der sein eigenes Land nicht kannte, dem sein Volk wie ein ungreifbarer Schatten war.

Er schlich eine Weile zwischen Zelten und Lagerfeuern umher, aß etwas Fleisch vom Knochen und trank den Honigwein, der aus den Schläuchen floss. Doch er setzte sich zu keiner Gruppe, suchte kein Gespräch. Schließlich entfernte er sich aus dem Schein der Flammen und band im Dunkel ein Pferd los.

Was er vorhatte, war Provokation, Grund für den Krieg, den er zu vermeiden suchte. Doch seit er das Kribbeln gespürt hatte, als sie den Boden Xantens betreten hatten, trieb es ihn um. Er ritt nach Osten, einen leichten Bogen südwärts beschreibend, um etwaige dänische Patrouillen zu umgehen. Als er den Waldrand erreichte, den er bisher nur auf den Karten gesehen hatte, stieg er ab und knotete die Zügel an einen Baum.

Die Mondscheibe stand hell am Himmel, und es tat Siegfried gut, seine Kraft im schnellen Lauf zu fordern. Er fühlte sich an Odins Wald erinnert, und geschmeidig übersprang er Wurzelwerk und große Steine. Mit gleichmäßigen Zügen sog er die kühle Abendluft ein. Manchmal hielt er inne, legte die Hand an einen Baum oder drückte den Fuß in die mit Moos bewachsene Erde. Es fühlte sich gut an, vertraut – richtig.

Er sah fahle Lichtpunkte durch das Laub und hielt darauf zu.

Von Süden her brach er aus dem Unterholz auf die weite Ebene, in deren Mittelpunkt die Burg Xanten stand.

Weder von einer Stadt umgeben noch von der baulichen Eleganz der Burg in Worms, wirkte die Stammburg der Xantener Könige seltsam fremdartig und abweisend, als habe eine gigantische Hand einen riesigen steinernen Würfel auf das Gras gesetzt, damit die Menschen sich ihre Zimmer, Türen und Gänge herausschlugen. Die Silhouette im Mondlicht wirkte endgültig, kalt und mürrisch.

Ein paar Hütten verteilten sich um den brackig stinkenden Burggraben, der nur auf einer gewaltigen Zugbrücke überwunden werden konnte, wenn man sich nicht die Stiefel nass machen wollte.

Siegfried sah Brocken aus dem Stein geschlagen, Teile der Zinnen eingestürzt. Keine Wachen patrouillierten, und die wenigen schwachen Lichter in den Fenstern schienen verklingende Reste von müdem Leben zu sein.

Es wäre bei Tageslicht nicht klarer gewesen – Xanten war

gelähmt, eine Burg in tiefstem Schlaf. Von den alten Herrschern verlassen, von den neuen nie gefordert.

Als Siegfried im Gras auf die Knie fiel, Tränen auf den Wangen, fand er sein Recht jenseits des Blutes.

Xanten brauchte ihn so sehr, wie er Xanten brauchte.

»Nicht im Morgengrauen«, entschied Gunther nun endgültig. »Selbst wenn wir Hjalmar auf das Feld bestellten, sähe es nach einem Überfall aus. Diebe und Meuchelmörder schleichen im Zwielicht zur Tat. Wir werden uns nicht auf ihre Stufe stellen.«

Hagen strich sich über den Bart. Er richtete die lederne Binde vor seinem juckenden toten Auge. »Diebe und Meuchelmörder sind wir nicht – aber ihre Dienste könnten wir nutzen.«

»Was soll das heißen?«, fragte Gunther, der im Schein der kurzen Fackeln, die das Königszelt mit Licht erfüllten, seltsam unwirklich schien.

»Wenn Hjalmar sich zum Treffen bereit zeigt, wenn Siegfried ihn besiegt, wenn das dänische Heer dann die Waffen streckt – mein König, das Wort *wenn* fällt in unguter Häufigkeit. Ein paar gedungene Mörder in Hjalmars Zelt würden dem ein Ende machen. Das Ergebnis wäre das gleiche.«

Gunther sah seinen Ratgeber entgeistert an. »Siegfried soll den Thron durch Meuchelei erringen?«

»Wie die Hälfte der Herrscher unserer Zeit«, gab Hagen zu bedenken. »Es würde die Chancen auf einen schnellen Frieden mehren, solange Siegfried bereit ist, mit Macht den Thron zu halten. Nicht zu vergessen – sollte es eines Tages nötig sein, ihn von dort wieder zu vertreiben, wäre die Saat schon gesät.«

Gunther trank den Wein direkt aus dem ledernen Schlauch. »Davon will ich nichts hören. Mein Wort ...«

»Euer Wort war, gegen Hjalmar zu ziehen«, unterbrach Hagen. »Und fürwahr, Ihr habt es gehalten. Wer kann Euch richten, weil Ihr die Aufgabe zu Ende bringt – für Siegfried?«

»Ich höre meinen Namen!«, kam es plötzlich von draußen, und der Königssohn Xantens betrat eilig das Zelt. »Ich hoffe doch, es wird nur gut gesprochen.«

Gunther sah Hagen an und beendete die Debatte mit einem strengen Blick. »Natürlich, mein Freund. Unsere Gedanken kreisen nur darum, wie wir dir zum Recht verhelfen können.«

Der junge Krieger wirkte seltsam erhitzt. »Die Zeit der Gedanken ist vorüber – die Zeit der Taten klopft an unsere Herzen! Wenn Ihr mir den Vorschlag gestattet: Schickt gleich einen Boten ins Lager der Dänen. Zur Mittagszeit soll Hjalmar aufmarschieren, so, wie wir es tun werden.«

Gunther nickte. »Den Krieg wird er nicht suchen. Das stimmt mich zuversichtlich für ein Gespräch unter Männern.«

Siegfried packte seinen Freund am Arm. »Nein! Keine Debatten im kleinen Kreis! Mitten auf dem Felde – sein Heer im Rücken, unseres ebenfalls bereit! Krieger und Könige – Auge in Auge!«

Der Herrscher von Burgund befreite sich aus Siegfrieds Griff. »Im Angesicht der Schwerter willst du mit ihm schachern, ihm womöglich drohen? Leichter scheint mir, einem Pferd die Nadel zu geben in der Hoffnung, es bleibe ruhig stehen!«

Doch Siegfried ließ sich nicht abbringen. »Es ist unerlässlich, dass Hjalmar seine Truppen bringt – die meisten sind Xantener!«

Gunthers sorgenvoller Blick fand Hagen, dessen Augen

deutlich abrieten. Doch er nickte langsam. »Der Bote wird noch in der Stunde ausreiten.«

Der anbrechende Tag tat für Siegfried seinen Dienst und verscheuchte den frühen Nebel. Wolken drängten sich grau und schwarz über dem Land, aber kein Tropfen fiel. Es war wichtig für den Plan, dass gute Sicht herrschte und auch die fernen Soldaten freien Blick hatten.

Eine einzelne Trompete hatte, der Abmachung entsprechend, auf jeder Seite den Abmarsch verkündet.

Zweihundert Reiter führten zweitausend Mann Fußvolk, jeder von ihnen Schild und Schwert tragend, verteilt über die gesamte südliche Breite der Ebene. Gesichter, so unterschiedlich in Schnitt und Ton, gekleidet in die Farben des Hauses Burgund.

Auch Hjalmars Soldaten kamen in vergleichbarer Stärke. Viele Lanzen, doch keine Bogenschützen, wie die Hunnen sie gerne einsetzten, waren zu sehen.

Diszipliniert gingen die zwei Blöcke aufeinander zu, geführt von ihren Regenten, die Heerführer an den Seiten. Starre Fronten, ernste Gesichter, hungriges Eisen.

Einen Steinwurf voneinander entfernt kamen die Truppen ruckartig zum Stillstand, als die Könige ihnen Einhalt geboten.

Drei Pferde auf jeder Seite trabten weiter. Gunther, Hagen, Siegfried. Hjalmar und zwei Heerführer.

Der dänische König wurde seinem Ruf gerecht. Falten und Narben teilten sich die Haut, alte Muskeln spannten sich stramm und ledern. Irgendwann hatte ein Schwert seine linke Wange vom Ohr bis zum Mundwinkel aufgeschlitzt, und der rote Streifen schien im Herzrhythmus zu zucken. Das ausbleichende Haar war voll und wild, die dunklen Augen unter dichten Brauen stechend. Der Blick sprach von Entbehrung, aber auch von Grausamkeit. Er flackerte nicht, suchte nicht die Augen der anderen. Gunther galt seine einzige Aufmerksamkeit.

Ihre Pferde hielten so nahe voreinander, dass ihre Nüstern sich fast berührten.

Siegfried betrachtete die Soldaten hinter Hjalmar. Nur wenige trugen Uniformen mit dem dänischen Abzeichen – die meisten waren einfach gekleidet, und manches Wams zeigte eine bleiche Silhouette, wo einst das Zeichen der Xantener Könige prangte.

»König Hjalmar«, sagte Gunther mit fester Stimme. »Ich bin Gunther von Burgund. Ich grüße im Namen des christlichen Gottes.«

Das Protokoll verlangte ein freundliches Nicken, eine respektvolle Anerkennung des Sprechers.

Hjalmar spuckte auf den Boden.

Wäre Burgund auf einen Krieg aus gewesen – schon das hätte genügt. Doch Hagens Hand war die einzige, die zum Schwert griff. Als er merkte, dass weder Gunther noch Siegfried folgten, fing er sich.

»Du stehst mit fremden Soldaten, gekauft mit fremdem Gold, auf fremdem Boden«, knurrte Hjalmar, seine Stimme rau und kalt. »Dein Geckenreich ist die Eroberung nicht wert – und den Ärger mit den Römern, von deren Gnade du es führst. Also kehr um, bevor ich dich und die Deinen niedermetzeln lasse, wie jedes fremde Heer, das mir unter die Augen kommt.«

Es war kein Versuch, Gunthers Standfestigkeit zu prüfen. Hjalmar hatte zu viele Schlachten gewonnen, seine Herrschaft zu fest verankert, um törichte Spiele zu spielen.

Gunther atmete tief ein und zeigte so wenig Empörung,

wie ihm möglich war. »Seid Ihr bereit, mein Anliegen anzuhören?«

»Ihr habt nichts, was ich will, und deshalb habe ich nichts zu geben«, antwortete Hjalmar und wandte sein Pferd. »Kehrt um – oder sterbt.«

Ein kurzer Seitenblick Gunthers zu Hagen verriet seine Nervosität. »Wir sind gekommen, um Xanten zu befreien!«

»Ha!«, bellte Hjalmar kurz und trocken, seinen Männern zugewandt und das Schwert langsam aus der Scheide ziehend. »Wenn die burgundischen Hurensöhne nicht laufen wollen wie die Hasen – so werden wir ihnen dennoch das Fell über die Ohren ziehen!«

Die Soldaten von Xanten und Dänemark schlugen mit Lanzen und Schwertern gegen ihre Schilde und taten so ihre Kampfbereitschaft kund.

Hagen drehte sich zum burgundischen Heer, aber Gunther hielt ihn flüsternd zurück. »Noch nicht.«

Siegfried sah seinen König an, nickte, presste beide Hände auf den Nacken seines Pferdes und zog die Beine an. Kurz darauf stand er sicher auf dem Rücken des Tieres, alle anderen Männer überragend, sichtbar bis in die letzten Reihen.

»Hat Hjalmar von Dänemark auch seine Krieger vorgeschickt, als er sich Siegmunds Heer stellte? Wer hat für ihn den rechten König Xantens erschlagen?«, rief er, so laut es seine Lungen zuließen.

Ein leichtes Murmeln ging durch Hjalmars Truppen, wie ein Zittern in unerwarteter Erinnerung.

Der Dänenkönig hielt sein Pferd an und drehte es wieder um. Er sah den jungen blonden Krieger, der ihn mit ausgebreiteten Armen verhöhnte. Ein Moment verging, und dann brüllte er mit kräftiger Stimme.

»Tötet sie alle!«

Hektisch sahen Gunther und Hagen sich an. Siegfrieds Plan war gescheitert.

Es war Krieg.

Der König von Burgund zog sein Schwert, seinen Mannen damit das Zeichen zum Angriff gebend.

Aber es war Siegfried, der wieder das Wort ergriff und über das Raunen tausender Männer die Stimme erhob. »Wie viele unter der Knute des Schlächters Hjalmar dienten einst dem gerechten König Siegmund? Wie viele sind Söhne von Männern, die es taten?«

Unsicherheit stand in den Gesichtern der Krieger von Xanten, aber fast zwanzig Jahre unter der Gewalt Hjalmars taten ihren Dienst – sie schritten mit gestreckten Waffen voran. Auch die burgundischen Reihen hatten sich in Bewegung gesetzt.

Siegfried fand, dass es nun an der Zeit war, seinen Anspruch zu erheben. Er zog sein Schwert, das bis dahin unscheinbar in der Scheide gesteckt hatte, und hielt es gen Himmel. Die Götter waren ihm wohlgesinnt, und ein Lichtstrahl brach durch die Wolken und ließ die Klinge wie einen Blitz erstrahlen.

Es dauerte nur Momente, bis die ersten Soldaten auf Hjalmars Seite Nothung erkannten – oder sich an die Legenden erinnerten, die sie darüber gehört hatten. Der Name fiel, erst einmal, dann immer wieder.

Nothung ... Nothung ... das Schwert des Königs ... Nothung ... Die eben noch entschlossen marschierende Menge wurde ungeordnet, Schilde stießen aneinander, Schritte wurden langsamer.

Hjalmar sah erneut zu Siegfried auf, erstmals ahnend, was ihm bis dahin unmöglich erschienen war. Er wandte sich zornig an Gunther. »Der junge Tor, der das falsche Eisen schwenkt, hat dir soeben einen ungleich qualvolleren Tod beschert.«

Er deutete mit seiner Klinge auf den König von Burgund und forderte ihn direkt heraus.

Hagen gab seinem Pferd einen Tritt und stellte sich zwischen Hjalmar und Gunther.

Siegfried hielt Nothung nun von seiner erhöhten Position aus auf den Feind. »Deine Rechnung ist mit mir – und sie ist viel älter, als du ahnst.«

Ein Blick zurück von Hjalmar reichte, um seine zögernden Männer wieder zu einer Einheit zu schmieden. Dann blickte er Siegfried an. »Du bist ein schöner Jüngling – vielleicht lasse ich dich leben, entstellt in einem Maße, dass du den Rest deiner armseligen Existenz die Hand verfluchst, die das gefälschte Schwert aus der Scheide zog.«

Siegfried antwortete nicht. Seine freie Hand griff den Stoff des Hemdes in Höhe seiner linken Schulter und zerriss ihn. Die glatte, muskulöse Haut darunter kam zum Vorschein, und ein ungewöhnlich großes Muttermal.

Die Truppen des Dänenkönigs verhielten auf der Stelle, der Forderung bewusst, die mit dem Zeichen der Xantener Könige einherging.

Hjalmar sah Siegfried an, Nothung, das Mal. Er steckte langsam sein Schwert weg und spendete Applaus, der von seinen Lederhandschuhen schmatzte. »Eine einfallsreiche Gaukelei, das will ich anerkennen. Komm herunter, und dir wird die Ehre zuteil, durch das Schwert eines Königs zu sterben.«

Er saß ab, mit einer grimmigen Bewegung sein schon regungsloses Heer zur Zurückhaltung auffordernd. Der Gedanke, dass die Soldaten in seinem Rücken kaum auf seiner Seite standen, kam Hjalmar nicht in den Sinn. Sein Blick fiel noch einmal auf Gunther, und seine Stimme klang wie reibender Stein. »Für diese Posse wirst du in Stücken nach Burgund zurückkehren, Gunther.«

Siegfried sprang vom Rücken seines Pferdes auf den Boden, und seine starken Beine federten dabei nicht.

Hjalmar zog wieder seine Klinge und zerschnitt die Luft mit geschmeidiger Erfahrung. Das Eisen tanzte in seiner Hand, stach, schnitt, parierte, tauchte weg. In Dutzenden von Schlachten geschult, war er als Gegner nicht zu unterschätzen.

Gunther rügte sich, Siegfried nicht doch Lektionen erteilt zu haben, was den Umgang mit dem Schwert anging. Andererseits – was konnte Fafnirs Bezwinger noch lernen müssen?

Die Antwort erhielt er einen Herzschlag später, als Hjalmar, scheinbar noch in Vorbereitung, den unaufmerksamen Siegfried anging. Das Schwert von der linken Höhe zur rechten Tiefe ziehend, trieb der König der Dänen seinen Gegner zurück.

Siegfried riss Nothung hoch, um den nächsten Hieb zu parieren, aber die Spitze von Hjalmars Klinge hebelte seine Bewegung am Heft in eine andere Richtung. Er konnte nur noch durch eine schnelle Drehung aus der Reichweite springen.

Hjalmar setzte sofort nach, seine Waffe nun wie einen Speer stechend, Siegfrieds Körper suchend. Er wollte den schnellen, den demütigend schnellen Sieg. Dabei wirkte er keineswegs planlos oder wütend – seine sorgfältig abgestimmten Bewegungen schienen einem Muster zu folgen, dem Siegfried sich nur unterwerfen konnte, wenn er am Leben bleiben wollte.

Der Held Burgunds mühte sich, die forsche Klinge des Gegners abzuwehren und Nothung vor die Körpermitte zu bringen. Doch kaum dachte er auch nur an einen Gegenangriff, musste er den Leib verdrehen und verbiegen, um nicht wie ein Schwein am Spieß zu stecken.

Den Kampf einseitig zu nennen wäre eine freundliche Untertreibung gewesen. Hjalmar trieb Siegfried vor sich her, wie man einen tollwütigen Hund auspeitschte. Er war schnell, verschlagen und erfahren.

Siegfried stolperte über einen Stein, der halb vergraben im Gras lag, und fiel hintenüber. Es gelang ihm gerade noch, Nothung quer vor seine Brust zu wuchten, um sich Hjalmars Eisen vom Leib zu halten. Der König der Dänen schlug das magische Schwert des Xantener Königshauses einfach beiseite und setzte dann nach. Seine Klinge zielte auf Siegfrieds Hals.

Sie fehlte nicht. Das von den besten Schmieden Dänemarks geschärfte Eisen hieb wuchtig gegen Siegfrieds Kehle.

Zwei Heere standen auf dem Feld, und kein Atemzug wurde in diesem Moment getan. Wer sehen konnte, was geschah, erwartete eine Blutfontäne, die von Hjalmars Sieg kündete.

Doch das Schwert des Dänen drang nicht ein und rutschte über die große Ader in das Gras, wo es eine Handbreit versank.

Den Sieg schon sicher, fand ihn diese Wendung unvorbereitet, und Siegfried gelang es, den König mit beiden Beinen von sich zu stoßen. Er rappelte sich auf die Beine, Nothung in der rechten Hand, die linke an seinem Hals, überrascht nach einer Wunde tastend, die nicht da war.

Gunther war froh, seinen Freund unverletzt zu sehen, aber es war klar, dass dieser kaum gegen Hjalmar zu bestehen vermochte. Er lehnte sich zu Hagen. »Vielleicht sollten wir auf deinen Vorschlag mit dem Dolch aus dem Hintergrund zurückkommen.«

Hagen tat empört. »Majestät, nichts wäre in diesem Moment ein größerer Fehler. Wenn Siegfried fällt, wird unser Heer Hjalmar überzeugen, die Burgunder in Frieden ziehen zu lassen. Wenn wir uns einmischen, ist der Krieg, den Siegfried ausdrücklich abgelehnt hat, unvermeidlich. Wartet den Ausgang des Kampfes ab, wenn Ihr Euer Wort halten wollt.«

Gunther nickte unzufrieden.

Hagen war wieder einmal überrascht, wie leicht sich der König führen ließ, sofern man es im Mantel von Ehre und Gerechtigkeit verpackte.

Siegfried war vom Boden verdreckt, und sein Hemd war so weit eingerissen, dass er es mit einer schnellen Bewegung auszog und von sich warf. Er atmete schwer, sichtlich unfähig, das Geschehene zu verstehen. Hjalmar hingegen war so ausgeruht, wie er am Morgen von seinem Lager aufgestanden war. Die mehr als doppelten Jahre, die er im Vergleich zu Siegfried zählte, hatten seine Muskeln nur zäher, aber nicht schwächer gemacht. Zum ersten Mal lächelte er. »Ich hoffe doch, dass du wirklich der Sohn Siegmunds bist. Ein so leichter Sieg wird mir deine Untertanen noch gefügiger machen.«

Mit einem Schrei stürzte sich Siegfried auf den verhassten Dänen, der sich leichtfüßig an ihm vorbeidrehte und dem strauchelnden Xantener das Schwert in den nackten Rücken schlug.

Siegfried landete auf dem Bauch, und Schlamm drang in Ohren, Nase, Mund und Augen. Er spürte ihn knirschend zwischen den Zähnen und beißend im Blick.

Was er nicht spürte, war Schmerz. Hjalmars Klinge hatte ihn mit Kraft getroffen, und wenn sie nicht aus leichtem Holz war, hätte sie das Rückgrat glatt durchtrennen müssen.

Auch die Soldaten um ihn herum erkannten, dass seine Haut unverletzt war. Es wurde geraunt, und misstrauische Blicke wurden getauscht. Ein paar christliche Krieger bekreuzigten sich, denn was sie sahen, war entweder das Werk des Teufels – oder die Gnade Gottes.

Hjalmar sah sein Schwert an, als sei es eine sich windende Schlange.

Siegfried spürte die erste Schwäche des Gegners und kam behände auf die Füße. Bevor er das Kampfesglück wenden konnte, musste er den Gegner brechen. »Wie kannst du glauben, Siegmunds Sohn, Fafnirs Bezwinger, den Träger Nothungs mit einem gewöhnlichen Schwert zu besiegen? Die Götter haben diesen Tag zu einem Totentag erkoren!«

Hjalmar packte das Heft seines Schwerts nun mit beiden Händen, wieder und wieder auf Siegfried einhackend, als habe er eine mächtige Eiche zu fällen. Erneut drohte der junge Xantener unter der Macht der Schläge zu fallen. Immer wieder streifte die Klinge seinen Arm, seine Schenkel, seine Brust, ohne dabei Blut zu finden.

Siegfried wurde klar, dass er seine Taktik ändern musste. Er hatte keine Ahnung, warum seine Haut so undurchdringlich war wie die des Drachen Fafnir, aber es gab ihm den Vorteil, nicht mehr so stark auf die Abwehr der Hiebe achten zu müssen. Sollte Hjalmar doch wie rasend auf ihn einschlagen und dabei seine Deckung verlieren.

Siegfried hielt die Klinge des Dänen nun mit beiden Armen von sich und fing sie sogar mit dem Ballen seiner linken Hand ab, ohne die Finger blutend im Gras zu finden.

In Hjalmars Augen kämpften Besessenheit und Panik um das Recht, Ausdruck zu bekommen. Wo eben noch Taktik und gelernte Schwertkunst geherrscht hatten, brach nun die blanke Gewalt durch, die Herrschaft von Wut und Verzweiflung. Siegfried rechnete es dem König an, dass er nicht um Hilfe rief.

Wie zum endgültigen Schlag holte Hjalmar nun aus, das blitzende Metall von rechts nach links reißend, in der Hoffnung, sich Siegfrieds Kopf zu holen und den Kampf so zu beenden. Die Reste der schwindenden Kraft im Schwert, wurde er von der eigenen Klinge mitgerissen, als Siegfried ihr duckend auswich.

Nothung fand seinen Weg von selbst und stieß sich Hjalmar durch den Rippenbogen, als wolle es ihn an einen Baum nageln. Bis zum Heft drang die Klinge ein, und als der Griff das Hemd des dänischen Königs berührte, tropfte an seinem Rücken schon Blut von Nothungs Spitze.

Hjalmar und Siegfried standen nun Auge in Auge, der Däne nur vom Schwert des Gegners aufrecht gehalten.

Blut sprühte aus seinem Mund, als Hjalmar seine letzten Worte sprach. »Xantener ... Bastard! Tod sei ... dein Begleiter!«

Siegfried ließ ihn von der Klinge rutschen, sein Atem ging schwer. Er wischte sich über das Gesicht und drehte sich müde im Kreis. Die Gesichter, die er sah, und das schloss Gunther, Hagen und Gernot mit ein, spiegelten Ehrfurcht in gleichem Maße wie Entsetzen. Sie alle hatten einen Kampf gesehen, der keiner war. Hjalmar hätte genauso gut versuchen können, einem Findling den Todesstoß zu versetzen.

Siegfried war ... unbesiegbar?

Hagen sprach es als Erster aus, aber leise und nur für das Ohr seines Königs. »Er ist der Sohn des Drachen.«

Siegfried riss die Arme in die Höhe, das Schwert in der Hand. »Ich bin Siegfried, Sohn von Siegmund und Sieglinde von Xanten!«

Immer noch herrschte Schweigen.

Gunther sprang von seinem Pferd und hob ebenfalls die Arme; seine Hand griff die Faust seines Freundes, die das Schwert hielt. Gemeinsam wandten sie sich an die Truppen des toten Königs. Der Herrscher von Burgund verkündete nicht das Ergebnis des Kampfes, sondern seine Folgen: »Siegfried – König von Xanten und Dänemark. Siegfried – *euer* König!«

Und nun brach der Jubel aus, den Siegfried sich erhofft hatte.

Die begeisterten Schreie der Männer, die nun zu seinem Volk gehörten, waren schnell verklungen und hatten einer Flut an Fragen Platz gemacht, die Siegfried den Kopf dröhnen ließen. Er hatte bisher nur daran gedacht, mit Hjalmars Tod den Thron Xantens zu erringen. Doch es waren nun zwei Königreiche ohne Herrscher, und es wurde von ihm erwartet, auch Dänemark zu regieren.

Siegfried hatte sich mit Gunther, Hagen und Gernot ins Königszelt zurückgezogen, um das weitere Vorgehen zu besprechen.

»Xanten und Dänemark brauchen eine starke Hand«, sagte Gunther. »Sie wurden bisher von Hjalmar straff regiert. Eine unzureichende Führung könnte schnell Aufstände auslösen, wenn nicht gar Bürgerkriege.«

Siegfried wandte sich an Hagen. »Du hast mit den Heerführern auf dänischer Seite gesprochen. Wo stehen sie?«

»In niemandes Schuld außer der eigenen«, knurrte der alte Ratgeber. »Hjalmar war nicht sehr beliebt bei seinen Männern. Lasst zwei, drei Köpfe rollen, und werft ein paar Münzen in die Runde, schon stehen Heer und Kanzlei hinter Euch.«

»Du solltest dich den Menschen am Hofe von Xanten

zeigen«, schlug Gernot vor. »Sie haben lange auf ihren König warten müssen.«

Siegfried rieb sich die Augen. »Nichts würde ich lieber. Doch weder will ich allein den Thron besteigen noch die Krone erst auf ihm empfangen.«

»Dann kehre mit uns heim«, schlug Gunther vor. »Im Dom zu Worms soll dich unser Bischof zum König von Xanten und Dänemark krönen, und dann kannst du in einer großen Parade stolz durch dein Volk reiten! Und im Sack wirst du den Rest deines Goldes haben, um das Land zu neuer Blüte zu geleiten.«

»Aber zwei Reiche ohne Führung?«, hielt Gernot dagegen. »Sachsen wie Hunnen würden sich freuen, den leeren Thron im Handstreich zu nehmen.«

Hagen winkte ab. »Unsere besten Feldherren und Strategen werden das Tagesgeschäft übernehmen und dem Volk die frohe Botschaft verkünden. Die nächsten Wochen werden mit der Vorbereitung auf die Rückkehr König Siegfrieds verbracht. Bis dahin werden die Soldaten, die in Hjalmars Sold standen, ihre erhitzten Gemüter an den Grenzen kühlen. Auch ohne den König kann das Heer jedem Feind lange genug standhalten.«

Er war froh, den Xantener noch eine Weile im Blickfeld zu behalten. Nach dem, was heute Morgen auf dem Feld geschehen war, musste jeder weitere Schritt gut durchdacht sein. Bisher hatte niemand es gewagt, die wundersame Unverletzlichkeit Siegfrieds anzusprechen. Er war reich, ein Held, ein König – und nun ein Gott?

»Ich werde mit den Heerführern reden – ihnen sagen, wie im Namen Siegfrieds zu regieren ist«, sagte der neue König nun. »Es wird ein frischer Wind durch das Land wehen. Entschuldigt mich, Majestät.«

Gunther nickte, und erst als Siegfried schon den ersten Fuß außerhalb des Zelts hatte, sprach er ihn noch einmal an. »Du solltest mich Gunther nennen. Freunde waren wir schon immer – nun sind wir auch vom gleichen Stand.«

Siegfried drehte sich noch einmal um und senkte dankbar den Kopf. »Gunther.«

Auch Gernot verließ das Zelt. Hagen und sein König blieben allein zurück, um die bedenklicheren Seiten der Ereignisse zu besprechen.

Der König setzte sich auf einen Stuhl und legte die Stirn in Falten. »Es lief gut heute – so scheint mir.«

Hagen wagte keinen direkten Widerspruch. »Was wir erreichen wollten, wurde erreicht.«

»Aber wie wurde es erreicht? Du hast es ebenso gesehen wie ich – Hjalmars Klinge hätte ihn in Stücke hauen müssen!«

Der Ratgeber strich sich über den Bart. »Können wir wissen, welcher Handel einst im Wald vor Worms geschlossen wurde? Die Frage, wie Siegfried den Drachen erschlug – wir hätten sie vorher stellen müssen. Mir scheint, als hielten nicht nur die Götter ihre schützende Hand über den neuen König von Xanten.«

Gunther griff nach einem Krug mit Wein und goss etwas in seinen Kelch. »So sehr mich seine Kräfte beunruhigen, so sehr freut es mich, dass er auf unserer Seite steht. Wenn er denn Kriemhild heiratet, ist der Bund zwischen unseren Reichen stark.«

»Und wenn der Bund eine Schlinge wird?«, fragte Hagen frei heraus.

»Was meinst du?«

»Mit Kriemhild als Königin hätten Xanten und Dänemark einen Anspruch auf Burgund – wenn Ihr und Gernot durch Klinge oder Gift sterbt, ohne Erben zu hinterlassen«, erklärte Hagen. »Nicht einmal ein Feldzug wäre nötig, denn es wäre rechtens.«

Gunther schaute in seinen Kelch, der Durst war ihm schlagartig vergangen. »Willst du andeuten, dass meine eigene Schwester meinen Untergang plant?«

Hagen hob abwehrend die Hände. »Niemals! Verrat liegt nicht im burgundischen Blut. Doch wenn Siegfried heimlich arrangiert, was möglich ist – wie könnte Kriemhild ihm verweigern, unser herrenloses Reich zu retten?«

»Doch wenn ich ihm die Hochzeit mit meiner Schwester verweigere – hast du einen Zweifel, dass er sie mit Gewalt holen wird?«, fragte Gunther.

Hagen schüttelte den Kopf. »Nicht den geringsten. Wir haben ein Biest an unserem Busen genährt, bis ihm die Zähne wuchsen, uns zu fressen. Es nun auszusetzen wäre weitaus gefährlicher, als es an die Kette zu legen.«

»Wie soll das geschehen?«

»Zuerst einmal ist die Zeit noch auf unserer Seite. Siegfried kann Kriemhild erst heiraten, wenn Ihr selbst im Stand der Ehe steht. Der Rückkehr nach Burgund folgt also eine Reise nach Island. Es steht Euch zu, den noch ungekrönten Freund als Vasallen mitzunehmen. Er hat kein Interesse, diese Bitte abzulehnen. Und sieht er die Königin Brunhilde als Eure starke Verbündete im Norden, mag sein Hunger nach Burgund deutlich gedämpft werden.«

»Siegfried wird nicht glücklich sein, wenn er von diesen Verzögerungen erfährt«, murmelte Gunther.

Hagen lächelte. »Höfisches Protokoll, alte Gesetze aus dunkler Zeit – kaum etwas, das dem König von Burgund anzulasten ist.«

Gunther nahm nun doch einen tiefen Schluck aus seinem Kelch und straffte sich. »Dann ist es entschieden. Aber schicke Boten voraus nach Burgund, damit ein würdiger Empfang bereitet wird – und die Schiffe für die Fahrt nach Island tauglich sind.«

Hagen von Tronje nickte ergeben, und in seinem Innern köchelte die Selbstzufriedenheit. Gunther machte sich nun Sorgen, und der eben noch Freund genannte Siegfried war eine erkannte Gefahr. Was würde noch nötig sein, um aus der Gefahr den Gegner und aus dem Gegner den Feind zu machen?

10

Kriemhild und der Sieg der Liebe

Es war ein Heer, siegreich ohne Kampf, das nach Burgund zurückkehrte. Schon vor den Toren von Worms hatten sich viele der Krieger aus der Truppe gelöst, das Abzeichen abgegeben und sich wieder auf den Weg in ihre verschiedenen Reiche gemacht. Es war leicht verdientes Geld gewesen, an Gunthers Seite zu ziehen, und niemand schied im Groll. Die meisten Männer versprachen, ihr Schwert jederzeit wieder in den Dienst Burgunds zu stellen, sollte das Land in Gefahr sein.

Der Tag der Heimkehr war der Tag, der Gunther aus dem Schatten seines Vaters hob und jedes böse Wort über ihn verstummen ließ. Im Regen von Blütenblättern ritt er an der Spitze seiner Männer durch Worms, als stolzer Feldherr, als stolzer König. Vergessen war der armselige Anblick, als er mit dem toten Gundomar in die Burg geschlichen war. Heute läuteten die Glocken und schmetterten die Fanfaren, und die Barden sangen Loblieder auf den tapferen Regenten. Die Sonne schien zur Feier freudig, und kein Leid war auf den Straßen.

Natürlich wusste man, dass der Sieg auch Siegfrieds Sieg war. Doch der Xantener, eben noch ein Held von Burgund, war nun der König seines eigenen Reiches und damit weniger Teil der Gemeinschaft hier im Rheintal. Trotzdem galten auch ihm die begeisterten Rufe der Männer und die verzückten Schreie der Frauen. Er konnte sehen, wie Kinder mit Holzschwertern und bemalten Laken seinen Kampf gegen Fafnir nachspielten.

Inmitten der begeisterten Parade lehnte sich Siegfried zu Gunther. »Du hast die Kunde unseres Sieges schnell verbreiten lassen.«

Gunther grinste. »Gute Nachrichten verbreiten sich von selbst.«

Die Burg kam nun in Sicht, und Siegfrieds Herz schlug merklich schneller. Er fragte sich, wer wohl schon warten würde – und auf wen? Zwar war er nun als noch zu krönender König eines bedeutenden Doppelreiches ein durchaus ebenbürtiger Kandidat für die Hand der Prinzessin, aber sein letztes Gespräch mit ihr war unerfreulich verlaufen. Trotz Gernots Versicherung, dass ihr Herz nur ihm gehörte, schloss Siegfried nicht aus, dass Kriemhild ihn abweisen würde, wie sie es mit Etzel getan hatte.

Auch das Rätsel der Klinge, die seine Haut nicht hatte ritzen können, war so manchen Abend der Grund gewesen, dass er die Augen erst spät geschlossen hatte. Mehrmals hatte er heimlich einen Dolch an Arm oder Bein geführt, um das eigene Blut fließen zu sehen. Vergebens. Seine Haut war ein Panzer wie die Schuppen des Drachen. Und je mehr er darüber nachdachte, desto überzeugter war Siegfried, dass es das Bad im Blut des Drachen gewesen war, das seinen Körper verwandelt hatte. Es war sicher nicht unnütz, als unverwundbar zu gelten, aber dieser Eingriff der Götter in sein Leben beunruhigte Siegfried. Zu viele Dinge schienen sich in letzter Zeit seinem Einfluss zu entziehen.

Wie es Gunther erlaubt hatte, löste sich der Heereszug langsam in der Bevölkerung auf. Die Helden von Burgund umarmten Familien, bestellten guten Wein in der Taverne oder sprangen in den Rhein, um Blasen und Scheuerstellen zu kühlen. Am Ende waren es Gunther und Gernot, Siegfried und Hagen und einige Heerführer, die durch das Burgtor einritten.

Auch bei Hofe wurde gejubelt, und von den Zinnen tönten stolze Trompetenstöße. Bunte Bänder flatterten überall im sanften Wind, und der Hofstaat schien vollständig versammelt. Nur Elsa von Tronje fand sich nicht unter den glücklichen Gesichtern, was sowohl Hagen als auch Gernot unangenehm auffiel.

Kriemhild stand auf der Treppe, die zum Thronsaal führte. Ein Netz aus goldenen Gliedern bedeckte ihr Haar, und ihr Kleid schimmerte wie schwerer roter Wein. Um die Hüften trug sie einen Gürtel, der reich mit Juwelen geschmückt war. Obwohl sie standesgemäße Zurückhaltung bewahrte, konnten das Flackern ihrer Augen und das Zittern ihrer Hände kaum verbergen, wie Liebe und Freude durch ihre Adern rauschten. Während kalte Finger an ihrem Rücken spielten, färbten heiße Schauer ihre Wangen.

Gunther stieg zuerst von seinem Pferd, und Kriemhilds Arme empfingen ihn warm und herzlich. »Mein Bruder! Gibt es einen schöneren Beweis für den gerechten Gott, als dass er meine Gebete, dich zu schützen, erhört hat?«

Gunther sah sie freudig an. »Es ist wahr – die Hand des Herrn lag über uns auf dieser Reise. Kein Blut außer Hjalmars wurde vergossen. Wir konnten Gerechtigkeit nach Xanten und Dänemark bringen – und einen neuen König!«

Es erhob sich allgemeiner Jubel, der auch Gernot federnd aus dem Sattel trug. Er umarmte Kriemhild fest und innig, die Herzen der Geschwister schlugen kaum eine Handbreit voneinander. »Jeder Schritt von Burgund weg schmerzte sehr. Wenn du mich auch nur annähernd so sehr vermisst hast, muss ich mich für das Leid entschuldigen.«

Sie sah ihn liebevoll an. »Die süße Leere, die deine Abwesenheit verursacht hat, machte nicht nur mir die Seele schwer. Mehr als ein Herz schlägt für dich an diesem Hof.«

Gernot brauchte einen Augenblick, um die Worte zu verstehen. Dann drückte er die Schwester noch glücklicher an sich.

Und nun stieg auch Siegfried von seinem Pferd. Ihn wie Gunther und Gernot in seliger Umarmung zu begrüßen kam nicht in Frage. Kriemhild konnte nur hoffen, dass der Mann ihres Lebens hinter den Worten zu lesen vermochte. »Siegfried, auch Euch gilt meine Freude. Erst Fafnir – nun Hjalmars Reich. Was Ihr begehrt, scheint sich Euch willig hinzugeben.«

»Nicht willig«, sagte Siegfried, den Kopf ehrfürchtig gesenkt. »Doch zu meinem Glück war der Preis den Kampf immer wert.«

Jeder, der Augen hatte, konnte erkennen, dass Siegfried kaum einen Schritt von seinem nächsten Preis entfernt stand.

»Wie man hört, ist der Schmied nun bald ein rechter König«, fuhr die Prinzessin fort.

»Kein rechter König ohne rechte Königin«, ergänzte Siegfried.

Kriemhild lächelte, und ihr Lächeln beantwortete die Frage, die nicht gestellt worden war.

Gunther und Hagen tauschten Blicke. Die offenkundige Liebe zwischen Siegfried und Kriemhild drängte ihnen weitere Taten auf. Aufschub war nicht in Sicht.

Die Prinzessin wandte sich nun an den gesamten Hofstaat und klatschte zweimal in die Hände. »Wie es alter

Brauch ist und dem Ruf unserer Herzen entspricht, soll heute Abend Fest bei Hofe sein! In die Schlacht mussten unsere Männer alleine ziehen – aber die Heimkehr können wir gemeinsam feiern!«

Hagen hasste das höfische Protokoll, doch er wusste es für seine eigenen Ziele zu nutzen. Daher kam es ihm auch äußerst ungelegen, dass ausgerechnet sein eigen Fleisch und Blut dem König die Aufwartung bei seiner Rückkehr verweigert hatte.

Jetzt, nachdem der alte Ratgeber sich von der Reise erfrischt hatte und bevor das große Fest begann, suchte er nach seiner Tochter. Er fand sie weder in ihrem Zimmer noch in der Küche. In der Schreibstube, wo sie oft die Nase in alte Pergamente steckte, war sie auch nicht. Keine der Wachen hatte Elsa gesehen – was nicht weiter verwunderte, denn sie schien manchmal zwischen den Mauern zu wandeln.

Es ärgerte Hagen, dass er Könige nach seiner Pfeife tanzen lassen konnte, aber das eigene Blut ihm immer wieder trotzte. Er wollte ihren Namen schreien, aber das hätte nur den halben Hofstaat amüsiert.

Schließlich fand er sie bei einer Schießscharte auf der Wehrmauer, die nach Westen blickte. Er wäre fast an ihr vorbeigelaufen, so sehr verschmolz sie mit den Schatten und der Dunkelheit des anbrechenden Abends.

»Der König kommt von einem ruhmreichen Feldzug heim – und die Tochter seines Ratgebers hält es nicht für nötig, ihm die Ehre zu erweisen?«, keifte er.

Elsa sah ihn nicht an. Ihr Blick war zum Wald gerichtet, den die Nacht in ein dunkles Meer zu verwandeln schien. »Hat Gunther sich beklagt?«

Hagen beugte sich zu ihr, sein Atem fröstelte auf ihrer

Haut. »Niemand nähme es mir übel, wenn ich dich als Magd nach Worms geben würde oder dich mit einem Metzger aus der Stadt verheiratete. Das Privileg, in der Burg zu leben und keiner Arbeit nachgehen zu müssen, sollte dich nicht übermütig machen. Was die Etikette dir gebietet, wirst du tun.«

Sie antwortete nicht, und Hagen dachte kurz daran, sie zu schlagen. Aber zu welchem Zweck? Er hatte selber keine Verwendung für das Mädchen, und je weniger von seiner Zeit sie beanspruchte, desto besser war es. Er nahm nur ihr Kinn und drehte es zu sich, sodass sie ihm in die Augen schauen musste. »Du ... wirst ... gehorchen.«

Seine dunkle, raue Stimme war ebenso Forderung wie Warnung, und niemand in Burgund zweifelte je daran, dass Hagen von Tronje nicht leichtfertig drohte.

Dann richtete er sich wieder auf und ging in Richtung Norden davon. Elsa erwog, sich einfach von der Mauer fallen zu lassen. Ihr Leid würde auf den Steinen vor der Burg ein blutiges Ende haben, denn Tote kannten keine Väter mehr.

Von Süden hörte sie eine leise freundliche Stimme. »Ich dachte schon, er würde dich den Rest des Abends in Beschlag nehmen.«

Sie sprang aus ihrer Mauernische, als hätte der Stein zu glühen begonnen. »Gernot!«

Der junge Prinz von Burgund stand in der Dämmerung, in frisches Leinen gekleidet, den Körper im Wasserschwall geschrubbt. »Selbst als Bruder des Königs würde ich Hagen ungern ...«

Weiter kam er nicht, denn Elsa versiegelte seine Lippen mit einem Kuss, und ihre Arme pressten ihn an sich, als wollte ihn jemand von ihr zerren.

Gernot genoss die Zärtlichkeit, die dem blassen, kalten,

dunklen Äußeren des Mädchens spottete – Elsa war weich und stark, hell und heiß. Er empfing sie in seinen Armen, strich mit den Händen über ihre glatten Haare und ihren Rücken.

Der Kuss war mehr als nur Begierde – er war Erlösung vom Versteckspiel, vom Tanz der Worte, die sorgsam darauf achteten, die Wahrheit nicht zu berühren. Was nicht ausgesprochen werden durfte, war in der Tat nun bloßgelegt.

Nach einer Ewigkeit, die nur Sekunden währte, lösten sie ihre Lippen, um endlich einander in die Augen zu sehen.

»Als du bei der Heimkehr nicht zum Gruße standest, drohte mein Herz zu brechen«, flüsterte Gernot.

Elsa lächelte mit strahlendem Blick. »Euer Anblick hätte mich vor dem Hofstaat in Ohnmacht fallen lassen. Hätte ich bei der Abreise gewusst, wie sehr ich Euch vermissen würde – mit einer Kette hätte ich mich an Euch gebunden. Jeden Tag meinte ich, sterben zu müssen.«

Mit der rechten Hand strich er zärtlich ihre Augenbrauen nach, berührte die Stirn, die Nase, die Lippen. »Ich kam nicht zurück, um dich zu begraben.«

Sie küsste seine Fingerspitzen. »Ihr wisst, dass ich Euch gehöre.«

Sein Blick ging ihr noch tiefer, als wollte er in ihre Seele schauen. »Nicht vor Gott, und nicht vor Burgund.«

Ihr Herz setzte einen Schlag lang aus, und die hässliche Erinnerung daran, dass sein Stand ihr allenfalls den Rang einer heimlichen Geliebten gestattete, riss sie aus dem Glück des Augenblicks. »Ich verstehe, und ich gehorche. Was immer Ihr mir zu geben vermögt, es wird genügen.«

Gernot runzelte die Stirn. »Wovon sprichst du?«

»Vom Königshaus und dem, was nicht sein darf«, flüsterte Elsa. »Aber ich verlange nicht, was mir nicht zusteht.

Seien es nur gestohlene Küsse wie dieser – mein Glück könnte nicht größer sein. Vor Eurem Bruder, meinem Vater, dem ganzen Hofstaat werde ich das Geheimnis wahren.«

Der zweifelnde Gesichtsausdruck des Prinzen hellte sich in Spott auf. »Das ist es, was du denkst? Dass ich deine Liebe als Dienst will, wie den eines Kochs oder Jägers?«

Elsa war verwirrt und ließ von ihm ab. »Mein Vater sprach soeben von der Etikette und der Pflicht bei Hofe ...«

Gernot blickte sich um, als müsse er die angemessene Antwort in der Dunkelheit erst suchen. Dann ging er auf die Knie vor ihr und senkte den Kopf. »Elsa von Tronje, ich spreche von Liebe.«

Burgund war ein christliches Reich, doch die Freuden der Völlerei und der fleischlichen Lust waren noch gut bekannt. Mochten auch die heiligen Tage der Kirche gehören – zum Fest war alles erlaubt, was Mann und Frau gefiel.

Musikanten spielten, Akrobaten sprangen, Feuerschlucker spien Flammen wie Fafnir, während die Diener bei Hofe schwere Platten mit fettem Fleisch zu den Tafeln trugen. Soldaten tanzten mit Hofdamen, und in so mancher Ecke gab es unschickliche Heimlichkeiten, befeuert von süßem Wein und herbem Bier.

Auch in Worms tanzten die Menschen um Freudenfeuer, die an den Kreuzungen der Straßen entfacht worden waren. Von den Burgmauern aus konnte man meinen, dass die Stadt sich im Taumel verbrannte.

Inmitten des Gelages, das den Thronsaal in ein Schlachtfeld der Genüsse verwandelt hatte, saßen Gunther und Hagen und tuschelten miteinander.

»Es liegt an uns, nun die Initiative zu ergreifen, bevor Siegfried es tut«, murmelte Hagen, sein Anliegen erneut vorbringend. »Wenn Ihr wartet, bis er um die Hand der

Prinzessin bittet, wird ihn Eure Antwort beleidigen – und nichts darf uns ferner liegen, als den König von Xanten und Dänemark zu verstimmen. Wenn wir ihm aber Kriemhild als Geschenk bieten, ist sein Dank der Schlüssel zu unserem Plan.«

Gunther leerte einen weiteren Kelch und warf ihn lustlos beiseite. »Es gefällt mir nicht, einen Mann, den ich voller Stolz Freund nenne, zu überlisten, als sei er ein Tier, das es zu erlegen gilt.«

Hagen weitete die Augen. »Warum sollte es so sein? Wir sind doch nur bestrebt, Siegfrieds Gunst dem Hofe zu erhalten. Eure Freundschaft wird gestärkt, nicht gemindert!«

Der König atmete tief ein, und als Siegfried, nur wenige Schritte von ihm entfernt, in einem Pulk von Männern den Kelch in seine Richtung hob, nutzte er die Gelegenheit und erhob sich von seinem Thron. Hagen gab den Wachen ein Zeichen, und Speere wurden gegen eine Eisenstange geschlagen, um Aufmerksamkeit zu fordern.

Zwischen Rausch und Überschwang gefangen, brauchte die feuchtfröhliche Gesellschaft geraume Zeit, sich auf den König zu besinnen. Schließlich richteten sich die Augen auf Gunther, und die Münder verschlossen sich dem Gespräch und der Sauferei.

Der König von Burgund blickte zufrieden in die Runde, etwas unstet vom Wein in seinem Blut. »Es ist fürwahr ein Fest heute Abend! Wir sind zusammengekommen, um einen Helden zu feiern – und feiern können wir!«

Er gab den Männern Zeit, ausgiebig zu johlen und Siegfried auf die Schulter zu klopfen.

»Aber kann es genügen, Siegfried nur zu feiern?«, fuhr er schließlich fort. »Ohne ihn wäre Burgund noch arm, vom Drachen bedroht und von Hjalmar gierig betrachtet!«

Der Hofstaat brummte anerkennend.

Gunther winkte Siegfried zu sich und legte ihm den Arm um die Schulter, auf dass es jeder sehen konnte. »Was können wir ihm geben, dem künftigen König von Xanten, dem heutigen Freund von Burgund?«

Schweigen breitete sich aus. Siegfried fühlte sich sichtlich unwohl, denn was immer Gunther auch vorhatte – unter vier Ohren wäre es leichter zu besprechen gewesen.

Der König lächelte gönnerhaft. »Meine Schwester, die holde Prinzessin Kriemhild, das Herz von Burgund – sie ist es, nach der er sich sehnt. Und weil ich weiß, dass sie nicht minder stark empfindet, verkünde ich an diesem Abend und in dieser Runde – er soll sie haben!«

Es brach ein Höllenlärm aus, als die Männer jubelnd anstießen, sich in die Arme fielen und Gunther und Siegfried hochleben ließen. Einige sprangen auf die Tische, um mit erhobenen Fäusten die Freundschaft der Reiche zu preisen.

Siegfried war nicht sicher, ob er Freude oder Verärgerung angesichts dieses Schauspiels empfinden sollte. Was immer er gewollt hatte, es war ihm gerade auf einem silbernen Tablett präsentiert worden. Und doch hätte er sich die Gegenwart Kriemhilds gewünscht und die Zusage aus ihrem Munde. Als er Gunther herzlich an sich drückte, furchten Sorgenfalten seine Stirn.

Der König bat sich wieder Ruhe aus, und er bekam sie. Ein letzter Seitenblick auf Hagen eröffnete den zweiten Akt dieses Theaters. »Und da die Gesetze Burgunds es so vorschreiben, wird es eine Doppelhochzeit geben – kaum dass der Bischof mir den Segen zur Ehe erteilt hat, wird Siegfried seine Kriemhild heiraten können. An einem Tag, in einer Kirche – vor einem Gott!«

Unter die begeisterten Schreie der Männer mischte sich verwundertes Gemurmel. Und dieser Minderheit gab Siegfried eine Stimme, als er sich an seinen Freund wandte.

»Ein größeres Geschenk könnt Ihr mir nicht machen, und in Demut will ich es annehmen. Wenn Euer Gott nicht zürnt, will ich auch in Eurer Kirche heiraten. Doch wer ist die Braut, mit der Euch der Bischof vermählen soll?«

»Eine Königin, die ich mir zu erobern gedenke!«, rief Gunther, mehr für seine Leute als für Siegfrieds Ohren. »Prächtig und schön, mächtig und stark. In zwei Tagen werden unsere Schiffe bereitstehen, und mit dir an der Seite werden wir gen Norden ziehen, sie zu gewinnen.«

In Siegfrieds Kopf schwirrten die Gedanken. Sein Plan, Kriemhild in Xanten zu ehelichen, um die Staatsgeschäfte rasch zu übernehmen, war durch Gunthers plumpen Trick nun verdorben, konnte er doch den Wunsch des Königs schlecht verweigern, nachdem dieser ihm die eigene Schwester versprochen hatte.

Gunther rüttelte an Siegfrieds Schulter und riss ihn aus den Gedanken. »Kann ich auf deine Hilfe zählen?«

Der ungekrönte König nickte und rang sich ein Lächeln ab. »Niemand wird mich von Eurer Seite fern halten können – und mit Eurer Braut werden wir nach Burgund zurückkehren. Bei meiner Ehre!«

»Dann lasst es uns im ganzen Reich verkünden!«, schrie Gunther ausgelassen und hob den Kelch mit der rechten Hand. »Der König von Burgund reist nach Island!«

»Nach Island!«, tönte es aus vielen Kehlen, die schon lange nicht mehr trocken waren.

Die Erwähnung Islands traf Siegfried wie ein Schlag von Fafnirs Pranke. Erinnerungen tanzten vor seinen Augen. Bilder, lang vergessen und doch nie verloren. Das Gefühl von kaltem Wasser auf der Haut. Der Schmerz des brechenden Handgelenks. Dunkle Augen unter langen schwarzen Haaren. Ein Geruch von Schweiß und Gier. Feuer im Leib.

Er strich sich über die Stirn, als könne er damit die Bilder vertreiben. Doch es war der Ring an seiner linken Hand, der sich schmerzend um seinen Finger zog, die dunklen Gedanken durch frische Qualen brechend. Siegfried versuchte, das Schmuckstück abzustreifen, doch es schien sich entschlossen festzuklammern.

Ihm wurde übel, und er stolperte von der Estrade, um einen ruhigeren Ort zu finden.

»Auf Island!«, rief Gunther nun. »Auf Brunhilde!«

Siegfried hörte den Namen, als er schon auf dem Weg aus dem Saal war. Der Ring an seinem Finger brannte nun wie Feuer, entschlossen, keinen anderen Gedanken als den Schmerz in seinem Geist zu dulden.

Wie viele Brunhildes mochte es in Island geben? Dutzende, Hunderte sicherlich. Es gab keinen Grund, an einen so perfiden Zufall zu glauben. Und selbst wenn? Was war schon geschehen? Was war schon versprochen worden aus Kindermund?

Hagen und Gunther sahen, wie Siegfried aus dem Saal taumelte, und tauschten überraschte Blicke. Sie hatten zwar erwartet, dass er von der Neuigkeit kaum überwältigt sein würde, aber sein Verhalten erschien etwas ... unangemessen.

Die Nachtluft war angenehm kühl, und Siegfried fand schnell einen Wassertrog, in den er die Hand mit dem Ring tauchte, dann seinen Kopf. Nun schien das Schmuckstück seine Taktik zu ändern. Der glühende Schmerz klang ab und machte einer verführerischen Wärme Platz, die sich vom Gold in seine Adern schlich. Der Druck im Kopf wich und auch der Stich im Herzen, den Brunhildes Name ausgelöst hatte. Der Ring gab Siegfried Frieden und den Gedanken an Kriemhild.

Nur Kriemhild.

Gunther erwachte mit dröhnendem Schädel und einer Zunge, die von Flechte bewachsen schien. Seine Augen wehrten sich dagegen, geöffnet zu werden, und sein Magen widersprach dem Wunsch des Körpers, aufzustehen.

Der König stöhnte leicht und stemmte sich dennoch aus dem Bett. Ein Kelch mit Resten roten Weins wie Blut lag auf dem Boden, ebenso die Kleider des letzten Tages. Gunther streckte sich, zwang seinen Geist zu klaren Gedanken und stand auf. Leicht schwankend ging er zum Fenster und blickte auf sein Reich.

Die Sonnenstrahlen des gestrigen Tages waren verblasst, dunkle Wolken türmten sich über Burgund. Der Himmel schien wütend auf Rache zu sinnen. Hofdiener schleppten die Reste des Gelages zu den Schweinen, und so mancher Soldat lag noch besinnungslos an eine Mauer gelehnt.

Gunther dachte an das Fest, und wie zur Strafe zuckte ein Schmerz durch seinen Schädel. Er rieb sich die Schläfen, den Drang zur Übelkeit unterdrückend.

Was er getan hatte, war richtig gewesen. Für ihn, für Siegfried und Kriemhild, für beide Reiche. Er würde Brunhilde für sich gewinnen, die Doppelhochzeit würde Burgund und Xanten auf ewig aneinander binden, und dann würde Frieden herrschen.

Endlich Frieden.

Und dennoch – Gunther fühlte eine Schuld. Sie nagte in ihm. Hatte er die Hand seiner Schwester nicht in Freundschaft und aus Freude gegeben, sondern aus Furcht und Berechnung? Konnte die rechte Tat beschmutzt sein, nur weil die Beweggründe nicht rein waren?

Er nahm einen Krug mit Wasser und schüttete es über seinen Kopf. Es kühlte die Schmerzen ebenso wie die Sorgen. Es war töricht, sich solche Gedanken zu machen. Burgund war nun reich und frei und bald mit einem Großreich durch Blut verbunden. Das Land stand besser da als jemals zuvor, seit die Römer mit ihren Kurzschwertern und Schilden vor Generationen gekommen waren, um es ihrem Reich einzuverleiben.

Gunther sah sein Gesicht in einem kleinen Spiegel an der Wand. Es war nass, stoppelig und blass. Aber es war das Gesicht eines guten Königs, eines gerechten Königs. Das Gesicht eines Königs, der sich mit Recht die isländische Königin zur Frau machen würde.

Er hoffte nur, dass Brunhilde nicht den schaurigen Legenden entsprach, die man sich von ihr erzählte.

Siegfried war mit einem schlechten Gewissen erwacht, das dem von Gunther in nichts nachstand. Man hatte ihm Kriemhilds Hand geboten – und er hatte sie genommen, ohne ihr dabei in die Augen zu sehen. Es mochte bei Hofe angesehen sein, aber es fühlte sich dennoch falsch an. Er wollte das Herz der Prinzessin nicht als Lohn, sondern als Geschenk. Es tröstete ihn nur wenig, dass sie ihm nie Zweifel an der Wahrhaftigkeit ihrer Liebe gelassen hatte.

Er fragte sich, wie sie ihn empfangen würde, wenn er ihr gegenübertrat. Hatte man sie überhaupt schon benachrichtigt?

Siegfried entschloss sich, dem Unbehagen ein Ende zu bereiten, indem er sofort mit Kriemhild sprach. Zwar hätte er lieber einen Bären mit bloßen Händen zu Boden gerungen, aber er wollte zu seiner künftigen Frau aufrichtig sein.

Eigentlich hatte er gedacht, sie in ihren Gemächern vorzufinden, aber schon als er den Burghof betrat, sah er ihre schlanke Gestalt. Sie sprang gerade mit erstaunlicher Anmut auf den Rücken eines Pferdes, und der Stallmeister reichte ihr die Zügel eines zweiten. Sie sah Siegfried und ritt langsam auf ihn zu. Dann bot sie ihm die Zügel des anderen Pferdes. »Ich hörte, wir sind einander versprochen. Hat mein zukünftiger Gemahl Zeit, mit mir auszureiten?«

Ihre Stimme verriet weder Empörung noch Freude, nur eine gefasste Gelassenheit, und ihr Blick war ein Geheimnis.

Siegfried sah stirnrunzelnd zum Himmel auf, der mit Blitz und Donner drohte, wagte aber nicht, die Gelegenheit verstreichen zu lassen: »Mit Freuden.«

Er saß noch nicht ganz auf der reich verzierten Decke, als Kriemhild bereits vorpreschte und ihr Pferd durch das Burgtor trieb, als gelte es, mit dem Wind mitzuhalten. Gleich hinter dem Tor bog sie nach Westen ab und auf die Wälder zu. Erde spritzte unter den Hufen, und Zweige streichelten mit ihren Blättern Kriemhilds Gesicht.

Siegfried mühte sich nach Kräften, der Prinzessin zu folgen. Seine Haltung war bei weitem nicht so elegant, und immer wieder riss er hastig an den Lederriemen in seiner Hand, um das Tier unter sich vor dem Sturz zu bewahren.

Er spürte kühl und stechend, wie die ersten Tropfen sein Gesicht trafen, als sie die Burg hinter sich ließen. In der Ferne grollte Donner. Es wäre klüger gewesen, das Gewitter bei Hofe abzuwarten, doch er hatte nicht die Absicht, Kriemhild davonkommen zu lassen, wo er Fafnir und Hjalmar gestellt hatte.

Die Blitze erhellten nun den trüben Vormittag, und als sie das Wolkenmeer durchzuckten, ergoss sich aus den Wunden eine wütende Flut, die prasselnd die Erde suchte. Kaum drei Herzschlage später war Siegfried durchnässt, die Erde nur noch Schlamm, und jedes Wort, das er zu schreien suchte, ein Schluck Wasser aus dem Horn.

Kriemhild schien es nicht zu stören, und sie trieb ihr

Pferd noch weiter an, tiefer in den Wald. Sie übersprang Hindernisse auf dem Weg, die Siegfried vorsichtig umreiten musste, und schnell wurde ihre Gestalt ein Schemen im Regen, ein sich entfernender Schatten. Er verlor sie aus den Augen, fand sie wieder, nur um gleich darauf wütend anzuhalten und sich verwirrt im Kreis zu drehen.

Es war nicht nur die Unvernunft, die ihn ärgerte. Es war das Spiel, das sie trieb. Er hatte wenig übrig für solche Narreteien, wenn ernste Dinge zu besprechen waren. Dinge wie Liebe und Heirat.

Fast schon war er so weit, umzudrehen, aber dann sah er sie wieder. Das Pferd hatte Kriemhild ein paar Schritte abseits des Weges angebunden, und unter dem Blätterdach einer riesigen Eiche saß sie geschützt auf weichem Moos, den Rücken an den Stamm gelehnt. Ihr helles Kleid klammerte sich zitternd an ihren Körper, und ein Reif um die Stirn hielt das nasse, strähnige Haar. Immer wieder peitschten Blitze zu Boden, die ihre helle Haut aufleuchten ließen.

Es war ein Anblick, der in Liedern nicht zu besingen war und der Siegfried jeden Groll nahm, den er auf dem Ritt gesammelt hatte.

Der Platz unter der Eiche war wie ein heiliger Hain, den er nicht zu betreten wagte, und so stand der Schmied und König im Regen, Wasser wie Bäche über die Muskeln rinnend.

Für eine Weile sah Kriemhild ihn an, schwer atmend von dem Ritt. Blitz und Donner ließen Siegfried riesig erscheinen, wie einen Krieger Gottes, der den Zorn des Herrn brachte. Ein Krieger, der sich alles nehmen konnte und dennoch nichts zu fordern wagte.

Sie streckte ihre Hand aus. »Komm zu mir.«

Siegfried machte zwei, drei unsichere Schritte, begleitet

vom Krachen eines nahen Baums, der unter einem Blitz zerbarst.

»Du wirst mit Gunther nach Island reisen, um an seiner Seite zu sein, wenn er um die Königin wirbt«, sprach sie laut gegen die vielen Stimmen des Sturms an. »Du wirst mich wieder verlassen, so, wie du mich für Fafnir und Hjalmar verlassen hast.« Der Regen, der an ihrem Gesicht herablief, war wie Tränen ohne Salz, ohne Trauer.

Er sank neben ihr auf die Knie. »Und jedes Mal brach mein Herz mehr dabei. Aber Gunther bat mich ...«

Sie legte die rechte Hand auf seine Lippen, um jede Erklärung abzuweisen. »Ich bin nicht hier, um dich zu schelten, noch um dich von der Erfüllung deines Versprechens abzuhalten.«

Er merkte, wie ihre linke Hand sich in sein Hemd krallte und ihn langsam zu sich zog. »Ich will nur wissen, ob du zum dritten Mal von mir gehst, ohne mich zu deiner Königin zu machen.«

Es folgte ein Kuss, der endlich kein Abschied war. Ihre Lippen entzündeten ein Feuer, den kein Regen mehr löschen konnte. Kriemhilds Finger krallten sich in seine Arme, und er zerrte grob an den Riemen ihres Kleides. Sie bäumte sich ihm entgegen, und als er den nassen Stoff von ihren Schultern zog, trank sein Mund bereits das Wasser von ihrem Nacken. Ihre Hände zerrten an seinem nassen Haar, als wollten sie ihn an Orte führen, die er mit seinen Lippen selber fand.

Ein Hunger, der sie beide umgetrieben hatte, musste nun befriedigt werden. Es war nicht Zeit für lange Spiele mit der Lust, die bereits unerträglich war. Der Kleider entledigt, sah Siegfried nur kurz auf den nassen und zitternden Körper seiner Geliebten, der sich auf dem Moos im Regen wand. Auch Kriemhild war zu sehr in Leidenschaft gefangen, um den muskulösen Körper, der sich kraftvoll über sie beugte, mehr als einen Augenblick lang zu bewundern, bis sie ihn an sich zerrte.

Siegfried umschlang sie mit den Armen und hob sie hoch auf die Füße. Die feucht schabende Rinde im Rücken war für die Prinzessin wie Zähne in hundert Mündern, die sich in ihr Fleisch verbissen. Sie lehnte sich gegen den Baum, und Siegfrieds warmer Körper presste sich an sie. Sie spürte seinen Willen, seine Kraft und sein Verlangen, im Geben so wild, wie sie selbst im Nehmen war.

Die Blitze schienen nun direkt durch ihre Körper zu fahren, sie voranpeitschend, aufladend, verbrennend. Kriemhilds Schreie gingen im Donnergrollen unter, und der Regen trug das Blut ihrer Liebe in den Wald davon.

Sie waren Wasser und Fleisch. Bereits am Ziel, suchten sie verzweifelt und gierig noch mehr, tief in ihren Körpern und in ihren Augen. Finger fanden zarte Stellen, und Zähne bissen weiche Haut. Und als sich der lustvolle Kampf dem letzten Donner ergab, sanken sie aneinander zu Boden. Salzige Tränen lösten sich im Regen auf.

Sie waren nass auf nassem Grund und doch von der gegenseitigen Liebe gewärmt, die aus der Glut des Verlangens nachschwelte. Kriemhild lag an Siegfrieds Brust, den Kopf auf seine rechte Schulter gelegt und mit den Fingern seinen Körper streichelnd, als müsse sie jede bisher ungekannte Stelle vorsichtig erkunden.

»Bist du nun meine Königin?«, fragte er nach einer Weile, den Blick zum Himmel gerichtet.

»Deine Königin, deine Frau, deine Sklavin«, flüsterte die Prinzessin. »Vom ersten Tag bis zu meinem letzten.«

Er küsste sacht ihre Stirn. »Vom ersten Tag bis zum letzten – wo auch immer ich bin.«

Sie schluckte schwer. »Ich hatte gehofft, die Erfüllung

unserer Liebe würde es einfacher machen, dich ziehen zu lassen. Doch nun spüre ich schon Schmerz nur beim Gedanken.«

»Mir geht es nicht anders«, gestand Siegfried.

Sie lächelte mit feuchten Augen. »Der unbesiegbare Held, den keine Klinge schneiden kann, leidet am Herzen? Wie kann das sein?«

Er lächelte ebenfalls. »Nur mein Körper lässt sich nicht verwunden. Fafnirs Blut habe ich es zu verdanken.«

Neugier stahl sich in ihren Blick. »Dann ist mein König unbesiegbar, was auch geschieht?«

Siegfried stemmte sich ein wenig in die Höhe und drehte den Kopf, um einen Blick auf die Stelle unter der Schulter zu erhaschen, an der feine Narben heilten. »Nur hier scheint's nicht gewirkt zu haben. Eine Schuppe des Biests deckte das Fleisch ab.«

Kriemhild küsste den Fleck, ihre Zunge spielte daran, und schließlich biss sie zärtlich zu, dass Blut ihre weißen Zähne befleckte. Siegfried drückte sie lachend von sich, doch nur ein wenig. »Wenn du mich bluten sehen willst, dann sprich nur ein böses Wort, und es wird aus meiner Seele sprudeln.«

Sie drückte ihn sanft zu Boden. »Niemals will ich mit dir streiten. Und niemals mehr dich gehen lassen.«

»Für jeden anderen außer Gunther würde ich mein Wort brechen, um bei dir bleiben zu können«, sagte Siegfried. »Doch sein Glück ist der Schlüssel zu unserem.«

Sie sah ihn an, liebend wie fordernd. »Dann sorge dafür, dass mein Bruder Brunhilde gewinnt – um unserer Liebe willen! Sperr sie gemeinsam in ein Schlafgemach, wenn es sein muss. Und komm schnell zu mir zurück!«

Siegfried lächelte ob ihrer Forschheit und verzog gleich danach das Gesicht. »Ob Brunhilde sich in die Ehe zwingen lässt, scheint mir fraglich. Es mag sein, dass sie Gunther stärker zusetzt als einst der Drache.«

Kriemhilds Augen drückten Verwunderung aus. »Du sprichst, als würdest du sie kennen.«

»Das nicht«, sagte Siegfried, und dass er Kriemhilds Blick auswich, verriet die Unsicherheit. »Zumindest nicht ... nein, nicht in diesem Leben.«

Kriemhild stützte sich ein wenig auf, um ihn von Angesicht zu Angesicht zu fragen: »Welches Leben lebst du noch? Und wie kreuzt es sich mit dem von Brunhilde von Isenstein?«

Damit seine Augen nicht die Wahrheit, von der er selbst nicht überzeugt war, unfreiwillig preisgaben, blickte Siegfried angestrengt auf den Ring an seiner Hand, den er auch beim Liebesspiel nicht abgelegt hatte. »Ich kenne ... Königin Brunhilde nicht.«

Es war so wenig Wahrheit, wie es Lüge war.

Kriemhild beschloss, den Tag der Liebe nicht durch Misstrauen zu verdunkeln, und wandte ihren Blick ebenfalls dem Ring zu. »Es ist ein schöner Reif – ein Geschenk von deinem alten Schmied?«

Siegfried schüttelte den Kopf. »Eitler Schmuck war Regins Sache nicht. Der Ring ist Teil des Schatzes, den ich nach Fafnirs Tod erbeutete. Seither kommt mein Leben nicht zur Ruhe, und es treibt mich dauernd um. Vielleicht ist es wahr, und das Gold der Nibelungen ist verflucht.«

Kriemhild lachte. »So sagt man in den Tavernen und in den Geschichten, mit denen man kleine Kinder schreckt! Die einzige Sünde im Gold ist der Reichtum, sagt die Kirche. Und der Fluch nur, es nicht zu teilen.«

»So ist mein Leben sicher«, stellte Siegfried fest. »Denn geteilt habe ich meinen Reichtum gern, und seinen Glanz habe ich gegen deine Liebe getauscht.«

Ihre Augen funkelten wie Juwelen, auf die ein Sonnenstrahl gefallen war. »Dann lass uns diese Liebe feiern, nicht nur in Worten, sondern auch in Taten.«

Schon der zitternde Ton in ihrer Stimme weckte Siegfrieds Begehren, und sie liebten sich erneut mit Kraft und Ungestüm.

Gernot blickte glücklich aus dem Fenster und betrachtete die Sonnenstrahlen, die nach dem Gewitter ihren Weg durch die Wolkendecke fanden. Er hatte schon lange keinen Sturm von solcher Kraft und Wildheit gesehen. Als Kind hatte er sich bei solchem Wetter stundenlang versteckt, bis Gundomar ihn unter irgendeinem Tisch hervorgezerrt hatte. Doch die Zeit der Angst war längst vorbei, und die Zeit des Trübsinns ebenso. Er hatte die Liebe gefunden, von der er nun wusste, dass sie schon lange nach ihm gesucht hatte. Und obgleich es keine Liebe war, die einen leichten Weg gehen würde, konnte es Gernot nicht schrecken. Er liebte Elsa, und weder Gunther noch Hagen, weder Rang noch Blut würden sie je wieder trennen können.

Eine zarte Hand klopfte an seine Tür, und der Prinz öffnete freudig. Doch es war nicht die Geliebte, nur die geliebte Schwester.

»Gernot, ich muss mit dir sprechen«, flüsterte Kriemhild verschwörerisch, obwohl die Wände dick und steinern waren.

Es fiel ihm auf, wie gerötet ihre Wangen waren und wie glücklich ihre Augen glänzten. »Wie ich mit dir. Du wirst kaum glauben, was mit mir geschehen ist.«

Kriemhild zog Gernot zum Bett und setzte sich neben ihn. »Und ich will jede Einzelheit hören. Doch zuerst muss ich dich bitten, in Eile eine Entscheidung zu treffen, die mir auf der Seele brennt.«

Der Prinz nickte, etwas enttäuscht, die süße Neuigkeit nicht gleich berichten zu können. »Was ist es denn?«

Kriemhild, die immer noch leicht außer Atem schien, holte tief Luft. »Siegfried wird Gunther nach Island begleiten – und du darfst in meinem Dienste nicht von seiner Seite weichen!«

Wie so oft war das, was seine Schwester als Bitte angekündigt hatte, mehr Pflicht als freier Wille. Ihre Bitte konnte er wohl kaum abschlagen, und trotzdem mühte Gernot sich. »Mit meinem Leben würde ich ihn schützen, aber es gibt hier bei Hofe ...«

»... nichts, was nicht dringender wäre als das Glück Gunthers, Siegfrieds und beider Reiche«, unterbrach Kriemhild ihn aufgeregt. »Der König zählt auf Siegfrieds Beistand vor der Königin Brunhilde. Doch mir scheint, als gäbe es zwischen jenen beiden unbekannte Bande.«

Gernot runzelte die Stirn. »Siegfried und die Königin von Island? Wie sollte das sein? Vor kaum ein paar Wochen war er noch nicht mehr als ein Schmied.«

Kriemhild nahm die Hände ihres Bruders. »Ich habe keine Antworten darauf. Und genau deshalb bitte ich dich, auf Burg Isenstein für mich Auge und Ohr zu sein.«

»Das Wenige, das ich zum Glück von Burgund beitragen kann, will ich tun«, versprach Gernot.

Die Prinzessin fiel ihm um den Hals, küsste ihn eifrig und erhob sich dann. »Zum wie vielten Mal nun stehe ich schon in deiner Schuld? Ich werde Gunther verkünden, dass du an seiner Seite reist.«

Sie lief zur Tür, nur um sich noch einmal umzudrehen. »Was war es, was du mir zu berichten hattest?«

Gernot winkte ab. »Nichts, was nicht bis zu meiner Rückkehr aus dem eisigen Norden Zeit hat.«

Kriemhild eilte davon, und Gernot blieb mit einem Kloß

im Magen zurück. Es hatte sich einmal mehr gezeigt, dass Kriemhilds Aufmerksamkeit nur noch dem baldigen König von Xanten und Dänemark galt. Und dass er, der Prinz, zu schwach war, ihr entschlossen zu verkünden, dass sein Herz und sein Versprechen Hagens Tochter gehörten.

Wie es Elsa ergangen war, dass er sie, kaum da das Wort »Liebe« gefallen war, gleich wieder verlassen musste, mochte er sich nicht vorstellen. Viele Dinge liefen wirr in letzter Zeit, und manchmal überkam Gernot das Gefühl, dass der Aufstieg des Reiches kein Gewinn der Helden war, die ihn für sich beanspruchten. Als sei ein Dienst in Anspruch genommen worden, dessen Entlohnung noch ausstand.

Er seufzte. Island.

Dabei fror er doch so leicht.

11

Brunhilde und das Recht der Macht

Mit nur zwei Schiffen ging es unter der Flagge Burgunds den Rhein stromabwärts, Richtung Meer. Je ein Dutzend Ruderer und ein Dutzend Soldaten waren an Bord, dazu eine Hand voll Diener und verschiedene Berater. Gunther, Gernot, Siegfried, Hagen – sie alle teilten sich den Platz auf dem Deck des führenden Schiffs. Der Fluss hielt still, als wollte er bedächtig die Könige auf seinem Rücken tragen.

Während Gunther und seine Berater meist über Plänen saßen, wie der Bund zwischen Island und Burgund zu gestalten war, hockte Gernot am Heck und starrte verdrossen in die Strudel, die das Schiff hinterließ. Siegfried hingegen fühlte seine Kraft ungenutzt und hatte die Hand meist auf dem Adlerkopf, der den Bug zierte. Er blickte nach vorn, ständig neue Eindrücke suchend. Die Unruhe in seinem Innern kam nicht nur von der Sehnsucht nach Kriemhild oder der Tatsache, dass er kaum Wege fand, sich zu beschäftigen. Es war die Erkenntnis, dass ihm durch den Flusslauf sein Leben vor Augen geführt wurde. Denn kaum eine Woche nach der Abfahrt hatten sie Odins Wald passiert, und Siegfried hatte Gunther überredet, an einer Stelle, die er gut kannte, das Lager für die Nacht zu errichten.

Er war die alten Wege gegangen, hatte vertraute Geräusche vernommen und schließlich die verlassene Schmiede entdeckt. Was auch immer in ihm gehofft hatte, hier wieder auf Regin zu treffen, wurde enttäuscht. Der alte Meister war wirklich in ein neues Land, ein neues Leben gezogen. Die Schmiede war ein toter Ort und jedes Leben nur Erinnerung. Nach kurzer Überlegung hatte Siegfried Nothung gezogen und Schmiede sowie Beihaus klein gehackt, bis ihre Reste kaum höher als das Gras standen. Er hatte ein letztes Mal vor dem Grab seiner Mutter gebetet und war dann wieder zum Rhein marschiert. Dabei hatte er mit Bedacht nicht jenen Weg gewählt, der ihn zu dem Bach geführt hätte, an dem er einst mit dem Mädchen Brunhilde gekämpft hatte.

Angenehm erschöpft, aber missgelaunt kehrte er zu den Burgundern zurück, und die düstere Stimmung des Abends machte es ihm leicht, sich auf ein Gespräch neben Prinz Gernot zu setzen, der am Ufer des Rheins auf das ruhige Wasser seufzte. »Mein Prinz, es ist nicht an mir, Euch Vorhaltungen zu machen, aber sollte es für das junge Herz nicht aufregend sein, den Bruder in ein wildes Land zu begleiten?«

Gernot versuchte zu lachen, aber nur ein Schnauben kam über seine Lippen. »Siegfried, nicht jeder sucht das Abenteuer jenseits des Horizonts. Alles, was ich je entdecken wollte, ist daheim geblieben.«

Siegfried wusste, wovon der junge Mann sprach. Kriemhild hatte ihm von der Liebelei zwischen Gernot und Elsa erzählt. »Dann wird Euer Herz mit der Entfernung wachsen. Und wenn Eure Brust zu bersten scheint, kommt Worms wieder in Sicht. Ihr werdet sehen.«

»Sehnst du dich denn nicht nach meiner Schwester?«, fragte Gernot.

Siegfried schien schon die Frage zu überraschen. »Sehnen? Ich brenne jede Stunde, die ich nicht bei ihr bin. Und das Wissen, dass es ihr nicht anders geht, erleichtert meine Seele nicht, im Gegenteil. Aber es hängt viel ab vom Gelingen dieser Reise, und Eurem Bruder könnte ich den Wunsch nicht verwehren.«

Missmutig warf Gernot einen Stein, der plumpsend Kreise ins Wasser malte. »Als ich Elsa erzählt habe, dass ich mit nach Island reise ...«

Siegfried sah sich um und drückte den Arm des Prinzen, um ihn zum Schweigen zu bringen. Erst als er sich sicher wähnte, lockerte er den Griff und senkte die Stimme. »Ich denke, es wäre vorerst klug, den Namen Eurer Auserwählten nicht zu laut auszusprechen. Nach der Hochzeit, wenn zwei bedeutende Häuser Kindersegen versprechen, wird mehr Großmut herrschen, eine Liebe wie die Eure zu respektieren.«

Gernot nickte dankbar. »Du hast wohl Recht, und es tut gut, jemanden auf meiner Seite zu wissen.«

Innerlich war dem Prinzen übel bei dem Gedanken, dass er Siegfrieds Nähe nicht uneigennützig suchte. »Als ich *ihr* sagte, dass ich Gunther nach Island begleite, sperrte sie sich in ihr Zimmer, und zwölf Stunden lang hörte ich sie schluchzen.«

Siegfrieds starke Hand legte sich auf seine Schulter. »Als Kind des Mannes, den sie Vater nennt, ist sie Tränen sicherlich gewohnt. Aber sie wird dir verzeihen, wenn du wieder durch das Burgtor reitest.«

So, wie Odins Wald Siegfrieds Vergangenheit beschworen hatte, so erzwang die Reise an Xanten vorbei den Blick in die Zukunft. Die Burgunder hatten sich entschieden, nicht einmal den Verwaltern des Landes Kunde von der Durchfahrt der königlichen Gesandtschaft zu geben. Xanten und Dänemark ruhten noch in kopfloser Verwirrung, aus der ohne Herrscher leicht Aufruhr und Blutvergießen erwachen konnten. In Siegfried den zukünftigen König zu sehen, wie er als Vasall eines anderen Hauses vorbeizog, war den Xantenern kaum zuzumuten.

Siegfried war überrascht, wie viel es ihm ausmachte, Stadt und Burg nur aus der Ferne zu sehen und vom Volke nur die Bauern, die den Reisenden von ihren Feldern freundlich winkten. Er hatte bisher kaum die Zeit gehabt, sich über das Reich, über das er bald herrschen würde, Gedanken zu machen. Seine Seele, sein Herz und auch seine Aufmerksamkeit hatten immer den Bedürfnissen Burgunds gegolten. Aber nun, da Xanten wie ein schlafendes Paradies an ihm vorbeizog, rief es nach ihm, forderte den König an die Macht. Die zwei Tage, die der Rhein zwischen den Grenzen des Reiches floss, verbrachte Siegfried daher nicht weniger in Schwermut versunken als Gernot. Er begriff langsam, dass mit dem wundersamen Lohn für seinen Heldenmut die Unrast kam und die Verantwortung. Mit einem starken Arm war die Bevölkerung nicht zu ernähren, und kein Schwert konnte Krankheiten bannen. Nur der Gedanke, dass Kriemhild für diese Aufgaben erzogen war, gab ihm ein wenig Ruhe.

Sie würde eine gute Königin sein.

Alle Burgunder waren froh, dass die Reise friedlich zu verlaufen schien, und Gunther nahm es gar als gutes Omen. Jeden Morgen betete er mit Gernot für den Schutz der Schiffe, während Hagen und Siegfried, zumindest im Glauben Brüder, sich respektvoll im Hintergrund hielten.

Xanten ließen sie bald hinter sich, und als das Süßwasser des Rheins in das Salzwasser der Nordsee spülte, zogen sie die Segel auf und setzten Kurs nach Norden, Richtung Island. Den Schiffen war noch in Worms schweres Eisen in den Bauch genagelt worden, um auch in stürmischer See aufrecht im Wind zu stehen. Waren an der Küste dann und wann die Handelsschiffe anderer Reiche in Sicht gekommen, so schien die Welt nach kaum einer Tagesreise nur aus Wasser zu bestehen. Zweimal waren Inseln zu sehen, weit am Horizont, aber Gunther ließ sie ziehen.

Die Männer aßen gedörrtes Fleisch, ein wenig Obst und Brot, bis es verdorben war und über Bord geworfen wurde. Man sang ein paar alte Weisen, spielte die Kerbensteine um das Glück und zog Karten zu Rate, die den Weg zu zeigen versprachen. Eine gewisse Trägheit machte sich breit, als wollte das Schicksal den Männern Zeit zur Erholung geben, um sich auf das Abenteuer vorzubereiten.

Die geruhsame Reise nahm ein Ende, als nach einer Woche auf See am Horizont ein schwarzer Streifen sichtbar wurde. Es war ein Wolkenband, doch es wirkte wie ein Biest. In seiner länglichen Bedrohlichkeit war es Fafnir ähnlich, und es räkelte sich vom Wasser so weit in den Himmel, dass Siegfried meinte, dass die Götter in Walhall ihre Füße hineinstecken konnten. Manchmal öffnete das Biest die Augen, und Blitze zuckten daraus hervor. Dann wieder brüllte es, und der Donner schien die Wellen unter dem Bug der Schiffe zu brechen, obwohl sie noch weit davon entfernt waren.

»Ein Sturm«, knurrte Hagen, das gesunde Auge verstimmt nach Norden gerichtet.

Auch Gunther schien gereizt. »Keiner, wie ich ihn je gesehen habe.«

»Es ist die Magie der alten Götter«, erklärte der Ratgeber.

»Es geht die Legende, dass sie sich immer weiter nach Norden zurückgezogen haben, als mit den Römern das Christentum kam.«

Der König von Burgund streckte sich stolz. »Es mag Teufelswerk sein – aber alte Götter sind es nicht. Es gibt nur einen Gott und keine Götter neben ihm. Werden unsere Schiffe dem Unwetter trotzen können?«

Hagen nickte. »Wir werden unsere Ladung festzurren und uns selbst mit Seilen an die Holzplanken binden. Die Segel und die Ruder werden eingeholt. Die Strömung bringt uns direkt nach Island. Was uns dort jedoch erwartet ...«

»Bitte erspare mir weitere Schauergeschichten von der Königin, die ihre Werber frisst«, winkte Gunther ab. »Es sind nichts weiter als klägliche Ausreden der Männer, die Brunhilde nicht gewinnen konnten.«

Er mühte sich, voll Zuversicht zu sein, doch in seinem Herzen waren Gunthers Sorgen übermächtig. Es gefiel ihm nicht, dass er die Hand einer Königin zu erringen trachtete, die einem heidnischen Glauben anhing, auch wenn der Bischof von Worms ihm versichert hatte, dass die Hochzeit zugleich Taufe sein würde. Und er fragte sich, was für eine Frau das sein mochte, die sich so teuer zu verkaufen gedachte, dass an den Höfen des Kontinents gemurmelt wurde, dass nur ein Gott ihren Prüfungen standhalten konnte?

Aber wie er es auch drehte, Brunhilde war die richtige Königin, um an seiner Seite den Thron von Burgund zu besteigen. Wenn sie in der Lage war, gesunde Kinder zu gebären, konnte zwischen den Nordlanden und dem großen Gebirge im Süden ein Reich entstehen, das über Generationen blühte. Ein Reich, das auch den Niedergang Roms überstand und die Hunnen alsbald wieder in den Osten jagte.

Es gefiel Gunther in seiner Eitelkeit, sich bei der Wahl der Braut nicht auf törichtes Herzklopfen verlassen zu haben, sondern auf die politische Vernunft.

Die Wolkenschlange fraß die Schiffe der Burgunder schnell und gierig, und zwischen ihren Zähnen drohte das Holz zu bersten und das Metall zu schmelzen. Blitze zuckten so häufig, dass die Umgebung nur noch helldunkles Flackern war, und trommelnde Ungeheuer trieben den Donner über das Meer. Wie Blätter im Wind tanzten die Schiffe, eben noch stolz, nun klein und feige, auf den Kronen mächtiger Wellen, um dann in wässrige Täler zu stürzen, die wie Stein auf sie warteten.

Die meisten Männer bangten unter Deck um ihr Leben und beteten zu vielen Göttern um Gnade oder wenigstens einen schnellen Tod. Ihre Leiber waren mit Lederriemen an die Ruderbänke gebunden. An Deck des führenden Schiffes hielten sich nur noch Hagen und Siegfried auf, beide an den stolzen Adlerkopf geschnürt, die Gesichter rissig vom salzigen Wasser, das immer wieder über sie schwappte. Sie hielten Ausschau nach Island oder wenigstens einem hellen Horizont, der ein Ende des Sturms versprach. Kein Wort fiel, denn sie hatten einander nichts zu sagen.

Ein, zwei Stunden lang ging es nur auf und ab, während der Wind wütend auf die Schiffe eindrosch, als habe er eine alte Rechnung zu begleichen. Siegfried fragte sich gerade, wie lange die Schiffsrümpfe dem noch widerstehen mochten, als hinter ihm mit hässlichem Knirschen der Mast zu brechen begann. Wie ein Halm, auf den ein Fuß trat, knickte er zur Seite und spuckte Splitter. Er schlug auf das Deck und rollte sich in Takelage und schwerem Segeltuch. Dabei stieß er an das fest gespannte Seil, mit dem das Ruder fixiert war. Das Tau gab nach und riss. Als hätte ein Gott es getreten, ruckte das Schiff augenblicklich zur Seite, während das Steuerruder in den Halterungen klapperte.

Zu den Dingen, ohne die ein Boot verloren war, gehörten ein unversehrter Rumpf und ein unversehrtes Steuerruder. Das eine, damit es nicht sank, und das andere, damit es eine Richtung fand. Sowohl Siegfried als auch Hagen waren sich dessen bewusst. Kaum hatte der Mast das Deck berührt, zog die Hand des alten Ratgebers auch schon einen Dolch und durchschnitt das Leder, das ihn band.

»Nein!« Siegfried schrie gegen den Sturm, doch Hagen warf sich in den Wind und auf das Ruder zu. Es war ein Kriechen und Springen, ein Tasten und Stolpern. Um das Steuerruder wieder unter Kontrolle zu bekommen, musste er über die Reste des Segels und des Masts klettern, was seinen Schritt noch zusätzlich verunsicherte. Jede Böe konnte ihn davonreißen.

Siegfried hatte schnell die eigene Klinge in der Hand, um ebenfalls der Gefahr zu trotzen. Er hielt den Körper geduckt, als er im peitschenden Regen versuchte, sich zum Heck des Schiffes zu kämpfen. Hagen war ihm voraus und vom Steuerruder nur noch ein paar Schritte entfernt. Der eiserne Wille trieb Kraft in seine alten Muskeln, und er richtete den hageren Leib auf, um das schlingernde Holz zu packen.

Er sah weder die Welle, die von der Breitseite her gegen das Schiff schlug, noch den losgerissenen Mast, der wie aus einem Katapult geschossen über das Deck auf ihn zuflog.

Es war keine Zeit mehr, den alten Mann zu warnen oder ihn aus der Bahn zu stoßen. Siegfrieds Gegner war das Holz selbst, und er stellte sich ihm mutig in den Weg. Die rechte Schulter senkte er und drehte den Kopf nach links weg, damit der Mast ihn am starken Nacken traf, wie einen Sack Mehl, den man zum Transport auflegte.

Im Licht eines neugierigen Doppelblitzes sah Hagen von Tronje, wie Siegfried von Xanten das zersplitterte Holz, groß wie ein Baumstamm, gegen sich prallen ließ, und es ging ihm auf, weshalb er das tat. Der Körper des muskulösen Kriegers wurde um einige Schritte nach hinten geschoben, und er schrie wie ein sterbender Ochse, aber seine Füße blieben auf dem Boden und seine Arme packten den Mast, als müsse er ihn vor dem Sturm bewahren. Viele Splitter, spitz wie Dolche, brachen an seiner Haut, als er das Holz schließlich zur Reling schob und samt Segel in den Sturm hievte, der es gierig mitnahm.

Siegfried klammerte sich keuchend an die Reling und warf einen Blick zu Hagen, dessen Augen aus so vielerlei Gründen Entsetzen widerspiegelten.

Gunther kam mit zwei Ruderern an Deck, vom Geräusch berstenden Holzes aufgeschreckt. Gegen Wind und Regen kämpften sie sich zum Heck zurück, wo sie Hagens Arme entlasteten. Mit vier Mann konnten sie das Steuerruder mühsam halten, während ein neues Seil herbeigeschafft wurde.

Gunther warf Siegfried einen dankbaren Blick zu, was Hagen nicht entging. Der Ratgeber machte sich auf den Weg unter Deck, um seine müden Knochen nicht noch weiter zu riskieren. Er fiel abseits der anderen Männer hin, kaum glücklich über sein soeben gerettetes Leben. Seine Glieder schmerzten, und seine Seele stand in Flammen.

Wenn die Tat des Xanteners etwas deutlich gemacht hatte, dann dies: Durch welchen Pakt und welche List Siegfried auch zum Freund Burgunds gemacht werden konnte – seine Kraft ließ ihn auf immer der Erzfeind sein. Solange Siegfried lebte, dessen war sich Hagen sicher, konnte Burgund nicht in Frieden gedeihen.

Als sei eine ungenannte Prüfung überstanden, ebbte der

Sturm langsam ab. Die Wolken wurden nicht länger von Blitzen durchzuckt und schrien nicht mehr ihren Donner in die kalte Nacht. Der Regen fiel nun direkt in das Meer, ohne von Wirbelwinden über die Wellen getrieben zu werden. Dafür wurde es fast schlagartig kälter, und aus Tropfen wurden bald beißende Perlen. Der Atem stand den Männern vor dem Mund, und die Nässe in ihrer Kleidung wurde schnell zu Eis.

Gunther gesellte sich zu seinem Freund, der erschöpft an der Reling stand. »Man kann mein Gespür als König kaum in Frage stellen – wieder einmal hast du dich an meiner Seite bewährt.«

Siegfried sah ihn an und lächelte müde. »Alles für Burgund.«

Er sprach vom Reich und meinte doch Kriemhild.

»Ich will nur hoffen, dass diese Brunhilde die Mühen wert ist«, meinte Gunther. »Ich bin ja gerne bereit, um ihre Gunst zu kämpfen – aber wenigstens zur Arena sollte man mich lassen.«

Der künftige König von Xanten legte ihm den Arm auf die Schulter. »Und müsste ich das Schiff hinter mir herziehen – ich bringe euch nach Island und zurück.«

Gunther sah sich um, und Sorgenfalten gruben sich in seine Stirn.

»Was ist?«, fragte Siegfried.

Der König presste die Kiefer aufeinander. »Unser zweites Schiff ist fort.«

Ein Horn wurde geblasen, dann noch eins und noch eins. Sie reichten einen Ton weiter, von den Wachtposten an der Küste nach Schloss Isenstein. Eolind seufzte, als er ihn hörte.

Es war das sechste Schiff. Zwei hatten abgedreht, als sie

die Flammen vor dem Fjord gesehen hatten. Ein weiterer Freier hatte die Vernunft besessen, beizudrehen, als das Fell seines Umhangs zu brennen begann. Drei Schiffe waren in ihr Verderben gefahren, und bis heute schwemmte die Flut verkohlte Holzplanken an. Die Flammenwand brannte weiter, Tag und Nacht, ein Fanal für Brunhildes unbedingten Willen, Island nur einer Kraft zu schenken, die seiner würdig war.

Diesmal war es Eolind, der schon auf der Wehrmauer stand, als Brunhilde hinzukam.

»Wisst ihr auch jetzt, wer es ist?«, fragte er, bemüht, keinen Vorwurf in der Stimme anklingen zu lassen.

Brunhilde, deren scharfe Augen das kleine Schiff ohne Mast schon früh erspäht hatten, gab sich gleichgültig. »Kein Segel, kein Abzeichen. Wenn man bedenkt, wie vielen anderen dieser Kandidat schon den Vortritt gelassen hat, dann ist er entweder nicht besonders eifrig oder nicht besonders mutig. Vielleicht die Franken. Keinesfalls die Hunnen. Sie interessiert nur, was sich zu Pferde erobern lässt.«

»Vielleicht jemand, der nur sehr sicher ist, dass er allen Prüfungen trotzen kann«, gab Eolind zu bedenken.

Für einen Moment schien Brunhilde in Gedanken ganz weit weg zu sein, und ihre Augen bekamen wieder den ehrlichen Glanz, den Eolind schon lange nicht mehr gesehen hatte. Er wusste, dass sie etwas verbarg. Die Prüfungen waren nicht ohne Grund gewählt. Brunhilde wartete auf etwas – oder jemanden. Und sie war bereit, dafür das Reich zu opfern.

»Wir könnten nach Westen abdrehen und einen anderen Weg auf die Insel suchen«, schlug der Steuermann vor.

Hagen schüttelte den Kopf und starrte weiter auf die

mächtige Flammenwand, die grell vor ihnen tanzte. »Die Botschaft war unmissverständlich – wer Brunhilde freien will, muss an Bord seines Schiffes durch den Fjord zum Portal von Isenstein kommen.«

»Wie soll das gehen?«, keuchte Gunther, der seinen Umhang beiseite legte. »Schon jetzt könnte man ein Schwein rösten, obwohl wir noch weit von den Flammen entfernt sind! Erst Regen, dann Schnee, nun Feuer – die Elemente hat man gegen uns aufgebracht.«

»Wenn wir das Schiff mit Wasser füllen«, schlug Gernot vor, »und uns dann hineinlegen ...«

Siegfried war es, der nun widersprach. »Es würde uns langsam machen und dann unser Fleisch wie in einem Topf auf offenem Feuer kochen.«

Er starrte auf die brennende Mauer, die sie von Island fern hielt. Irgendwo in seinem Kopf hallte die Warnung, dass dies genau zu der Brunhilde passte, die ihm vor Jahren begegnet war. Schließlich schlug er mit der flachen Hand auf den Adlerkopf, der schon heiß dampfte. »Wenn sie verlangt, dass wir durch das Feuer gehen, dann werden wir es tun! Doch niemand erwartet, dass wir dafür unsere Knochen braten.«

Er ging zur Luke, die unter Deck führte, und brüllte zu den Ruderern und Soldaten: »Ihr da! Reißt das Eisen vom Boden, und bringt es herauf!«

Die Männer verstanden nicht den Zweck der Aufgabe, machten sich aber mit allerlei Werkzeug daran, sie zu erfüllen.

»Was soll das helfen?«, fragte Hagen spöttisch, während Siegfried jedes Stück Metall auf der rechten Seite des Schiffes stapeln ließ.

»Der Bauch des Schiffes ist mit Pech bestrichen, um das Holz abzudichten, richtig?«, setzte Siegfried dagegen. »Und so, wie es von guten Zimmermännern angerührt wird, brennt es nicht wie sein Bruder an der Fackel.«

Die Soldaten schleppten ächzend immer mehr Barren herbei, und die Last begann, das Schiff nach rechts zu kippen. Gunther hielt sich fest, um auf der Schräge nicht zu stolpern. »Ich gestehe ebenfalls, deinen Plan nicht zu verstehen. Wenn du das Eisen nicht sorgfältig verteilst, wird das Schiff kentern!«

Es war Gernot, dem zuerst das Licht der Erkenntnis ins Gesicht geschrieben wurde. »So ist es gedacht! Dann können die Feuerzungen nur nach dem versiegelten Schiffsrumpf greifen, während wir in seinem Bauch so lange atmen, bis die Strömung uns an den Strand treibt!«

Gunther sah Siegfried überrascht an. »Ist es das, was du vorhast? Das Schiff zum Kentern zu bringen, nachdem wir es gerade mit Mühe im Sturm halten konnten?«

Sein Freund lächelte. »Die Königin kann verlangen, dass wir durch den Fjord zu ihr kommen, aber dass wir uns dem Tod in die Arme werfen, wohl kaum.«

»Es steht zu bezweifeln, dass Brunhilde solche List und Tücke mit gutem Willen aufnimmt«, knurrte Hagen.

Der König von Burgund beendete die Diskussion. »Wenn sie eine ehrliche Aufwartung wollte, hätte sie uns nicht mit dunkler Magie zusetzen sollen. Jeder Trick ist erlaubt, sage ich.«

»Dann wollen wir uns zum alten Eisen gesellen, um dem Schiff ein schnelles Kentern zu erlauben«, verkündete Siegfried. »Aber vorher lasst uns Seile an der gegenüberliegenden Reling festbinden.«

Er knotete mit den Ruderern links ein paar Taue fest, und die Männer ließen sich damit zur rechten Seite herab, die schon fast das Wasser traf.

Es war ein eigentümlicher Anblick – das Schiff der Burgunder lag auf der Seite, als wäre es auf eine Sandbank aufgelaufen, und die Besatzung zog eifrig mit Seilen, um der Misslichkeit Vorschub zu leisten. Trotz des Gewichts der Männer und des Eisens schien das Boot entschlossen, von seiner Pflicht nicht abzulassen, und wehrte sich standhaft zu kentern.

»Zieht stärker!«, schrie Gunther. »Und wenn es kippt, taucht sofort in den Bauch – ich möchte auf keinen meiner Männer mehr verzichten müssen!«

Er hatte den Satz kaum beendet, da ergab sich der Rumpf des Schiffes und drehte sich stöhnend vollends aus dem Wasser. Das Deck fiel auf die Burgunder zu, die eilig ihre Taue losließen und die Köpfe unter Wasser tauchten.

»Ein seltsames Schauspiel«, murmelte Brunhilde. »Hat man je davon gehört, dass Männer im Angesicht der Gefahr freiwillig den Tod suchen?«

In einen schwarzen Fellumhang gehüllt, stand sie wie ein böser Rachegeist auf der Wehrmauer und blickte ohne Mitgefühl auf das Meer hinaus.

Auch Eolind war überrascht. Selbst auf die Entfernung war zu sehen, dass die Besatzung das ramponierte Schiff mit Eifer zum Kentern gebracht hatte. »Zumindest nehmen sie in Kauf, dass eine Rückkehr unmöglich geworden ist.«

Sie beobachteten eine Weile lang schweigend, wie das gekenterte Boot in die Flammen trieb – und nicht brannte. Die Feuerzungen leckten an ihm, kochten das Pech, bis es Blasen warf, aber zerstören konnten sie es nicht.

Nach etwa einer Viertelstunde näherte sich die schwarzbraune Schildkröte dem Ende der Flammenwand und damit dem Fjord, der den Hof von Island beherbergte.

Eolind merkte, wie Brunhilde sich verkrampfte. Sichtlich hatte sie nicht damit gerechnet, dass hinter dem irrsinnigen Verhalten der Fremden ein Plan steckte. Er war nicht sicher, ob sie überhaupt darauf vorbereitet war, dass jemand die Flammen überstand. »Es scheint mir ratsam, für heute Abend ein Festmahl vorbereiten zu lassen.«

Mit kalten Augen starrte Brunhilde auf das Schiff, das nun dem schwarzen Strand aus Vulkangestein immer näher kam. »Vier Dutzend Soldaten sollen sich bereithalten. Ich werde die Fremden selbst empfangen.«

Sie drehte sich um und ging davon, ihr Umhang wie die Schwingen eines Raben, der zum Flug ansetzte.

»Ich spüre Boden«, ächzte Gunther in die Schwärze des Rumpfes, der die Männer von Burgund sicher in den Hafen geleitet hatte.

»Dann lasst uns ein wenig schieben, um das Schiff auf den Strand zu ziehen«, riet Siegfried, der von der Anstrengung ebenfalls erschöpft war.

Der König von Burgund lachte verhalten. »Ich weiß bald nicht mehr, wie ich dir meine Dankbarkeit bezeigen soll, guter Freund. Reich und mächtig bist du schon, und die Hand meiner Schwester versprach ich dir vor Wochen.«

»Es scheint mir angebracht, erst einmal an die bevorstehenden Aufgaben zu denken«, knurrte Hagen.

Mit einem Ruck traf das Boot den Strand, und gemeinsam schoben es die Männer an, bis der Bug knirschend zubiss.

»Ich werde zuerst hinaustauchen und mich vergewissern, dass uns seitens der Isländer keine Gefahr droht«, verkündete Siegfried, und ein leises Platschen verriet, dass er nicht auf eine Antwort warten wollte.

Das eisige Wasser zog schwer an seiner Kleidung, aber

Siegfried genoss die Kühle auf seinem Gesicht. Die Flammenwand hatte die Luft im Bootsinneren erhitzt, und jeder Atemzug war eine Qual gewesen. Er spürte die Steine unter seinen Füßen, und als sein Kopf die Wasseroberfläche durchbrach, stellte er sich hin, die Hand bereits an Nothung.

Es war sicher kein Fehler gewesen, Vorsicht walten zu lassen. An die fünfzig isländische Soldaten empfingen ihn mit grimmigen Gesichtern und blanken Waffen.

Brunhilde sah den Rumpf des Bootes nun genauer, und ihr fiel die ausladende Breite römischen Ursprungs auf, die mit dem geringen Tiefgang für die Flussfahrt gedacht war. Als Mädchen hatte sie einst solche Schiffe gesehen, am Hofe dieser lächerlichen Burgunder. Sie erinnerte sich daran, dass Gundomar zwei Söhne gehabt hatte. Oder waren es drei gewesen? Und war der König nicht vor einiger Zeit im Kampf gefallen?

»Zieht die Schwerter«, sagte sie, und ihre Krieger folgten dem Befehl.

»Wer immer es ist – er kommt auf Eure Einladung«, bemerkte Eolind. »Es erscheint mir wenig schicklich, ihn mit gezückter Klinge zu begrüßen.«

Brunhilde verzog keine Miene. »Wer immer es ist – er besitzt Schläue und Mut. Ein kluger Feind ist gefährlicher als ein dummer Freund, pflegte mein Vater zu sagen.«

Eine Gestalt erhob sich nun aus dem dunklen Wasser. Nasses Haar hing über helle Augen, und breite Schultern mit starken Armen schaufelten voran.

Brunhilde erkannte ihn sofort, trotz der Jahre, die seit ihrer ersten Begegnung vergangen waren. Ihr Herz setzte einen Schlag aus, und vor ihren Augen verschwamm die Welt.

Siegfried war nur wenig größer geworden, aber dafür muskulöser, kantiger, männlicher. Ein Krieger, der Furcht wie Lust nur durch seinen Anblick zu erregen vermochte.

Sie hatte darauf gehofft, dass er kommen würde, dafür gebetet, daran geglaubt. Und doch war jetzt, da er wie vom Meer geboren vor ihr stand, die Unglaublichkeit des Ereignisses ganz deutlich.

»Siegfried«, flüsterte sie.

Er hatte die Hand auf seinem Schwert, als er ihr Gesicht in der Menge der Krieger ausmachte. Seine Blicke schweiften hin und her, entschlossen, sich sofort zu verteidigen, falls eines der gezogenen Schwerter zum Schlag erhoben wurde.

Die Königin von Island schritt auf ihn zu und kämpfte darum, nicht zu rennen, zu schreien oder Siegfried mit sich in einer Umarmung ins Wasser zu reißen. Jede Bewegung war kontrolliert, um nicht die Freude ihres Herzens zu verraten.

Er sah sie an, und er erkannte sie. Es war kein ungläubiges Erkennen, denn er hatte schließlich gewusst, an wessen Hof er gereist war. Aber sie wunderte sich ein wenig, dass kaum Herzlichkeit in seinem Blick war.

Eolind bemerkte, dass seine Königin dem Fremden unbesorgt entgegentrat, und mit einer leichten Handbewegung bedeutete er den Soldaten, ihre Waffen wieder wegzustecken. Er hatte keine Ahnung, was in diesem Moment vor sich ging, aber eine Gefahr stellte dieser einsame Krieger wohl kaum dar.

Siegfrieds Füße waren nun nicht mehr vom Wasser umspült, und Brunhilde trat vor ihn. »Erkennt er mich?«

Er nickte, immer noch unsicher, was er von diesem Empfang halten sollte. Er hob den linken Arm und zeigte das leicht verwachsene Handgelenk. »Vor jedem Sturm erinnern mich die Götter an den Knaben, der ein Mädchen war.«

Sie lachte. »Weder Knabe noch Mädchen wird er auf Burg Isenstein finden. Aber eine Königin, die schon auf ihn gewartet hat.«

Siegfried wurde mulmig, und ihn überkam das Gefühl, dass die freudigen Augen der Königin eine böse Überraschung für ihn bereithielten. Ihr Blick suchte Vertrautheit, vielleicht sogar Bestimmung. Beides sah sich Siegfried außerstande, ihr zu geben.

Nun erhoben sich weitere Gestalten aus dem Wasser, an der Spitze Gunther, Hagen und Gernot. Ihnen folgten Soldaten und Ruderer, manche einander stützend.

»Deine Vasallen, deine Freunde, deine Mitstreiter?«, fragte Brunhilde freundlich. »Sie seien in den Mauern meiner Burg ebenso willkommen wie du.«

Siegfried sah zu Gunther, der selbstbewusst neben ihn trat, und dann wieder zu Brunhilde. Er war unfähig, etwas zu sagen, den Irrtum aufzuklären. Das jedoch übernahm der König für ihn, als er vor der isländischen Regentin niederkniete. »Königin Brunhilde, ich bin Gunther von Burgund, rechtmäßiger König meines Landes. Ich bin gekommen, um Eure Hand und Euer Herz zu erringen. Dieser hehren Aufgabe habe ich mein Schwert und mein Leben gewidmet.«

Gunthers Augen glänzten nicht nur vom Meerwasser. Der erste Anblick der isländischen Königin hatte sein Herz verwandelt, und wo er eben noch die lange Reise verflucht hatte, fand er sich nun zu jeder Mühe bereit.

Brunhildes Haut war schon immer bleich gewesen, doch jetzt schien sie auch ihren letzten Schimmer zu verlieren. Sie blickte zu Siegfried in der Hoffnung, er möge den kruden Scherz beenden. Dann blickte sie wieder zu Gunther, dessen Ernsthaftigkeit kaum Zweifel an seinen Absichten zuließ.

»Ihr ... Ihr seid Gunther, und es ist Euer Schiff?«, stammelte sie in einer verwirrten Weise, die Eolind neu war.

Der König von Burgund nickte. »Das Segel mit dem Abzeichen blieb im Sturm, aber so ist es. An meiner Seite seht Ihr den Prinzen Gernot, meinen Ratgeber Hagen – und meinen guten Freund Siegfried, dessen Eingebung wir es zu verdanken haben, dass wir den Flammen trotzen konnten.«

Jedes Wort traf Brunhilde wie ein Hieb. Sie hatte das Gefühl, die Götter grausam lachen zu hören. Natürlich war es ihr Plan gewesen, mit der Flammenwand ein Hindernis zu schaffen, dem nur Siegfried gewachsen war. Aber wie hätte sie ahnen können, dass er nicht für sich selbst die Reise unternahm?

»Dann seid Ihr ... ein Vasall des Königs von Burgund?«, flüsterte sie schließlich heiser.

Gunther hob den Blick, um seinem Freund beizuspringen. »Rechtmäßiger Erbe von Xanten, Eroberer von Dänemark, Bezwinger von Fafnir und Hjalmar. Und wäre er all das nicht, als mein bester Freund könnte man ihn kaum Vasall nennen.«

Siegfried atmete tief durch und ging ebenfalls auf die Knie. »Königin, auf dieser Reise dient mein Schwert nur Gunther. Für sein Wohl bitte ich.«

Es herrschte ein paar Augenblicke Stille, während müde Wellen an den Strand rollten und das umgedrehte Schiff leise im Kies knirschte. In der Luft lag eine Spannung, eine unangenehme Ahnung, dass sich gerade die Darsteller eines Schauspiels getroffen hatten, die auf eine Komödie hofften, doch denen eine Tragödie geschrieben worden war.

Brunhilde, die ihr Herz zu verbergen gelernt hatte, suchte nach einer angemessenen Entgegnung, ohne zu einer solchen fähig zu sein. Hastig drehte sie sich um und schritt eilig in Richtung Burg davon.

Eolind blickte seiner Herrin nach und wandte sich dann an die Besucher. »Der König möge ... uns verzeihen. Die Flammenwand hat bisher niemand überwunden, und Euer Erfolg, so sehr er uns freut, kam doch ein wenig überraschend. Ich werde Euch die Gemächer für die Nacht zeigen. Wenn Euch danach ist, lädt die Königin zu einem Festmahl zu Euren Ehren.«

Gunther stand auf und mühte sich, seine Verärgerung zu verbergen. »Ich weiß die Gastfreundschaft zu schätzen.«

Der König von Burgund hatte nicht vor, Brunhilde auch nur einen Augenblick von der Seite zu weichen. Sie war schön, da hatten Hagens Berichte nicht gelogen. Aber sie war auch stark und auf eine Weise stolz, die Gunther noch niemals gesehen hatte. Ihr Hochmut war nicht durch Tändelei und feines Geschmeide zu brechen, das war offensichtlich. Hier war eine Frau, die erobert werden musste, niedergerungen wie ein feindliches Heer. Er versuchte sich vorzustellen, wie süß der Preis für den Sieg sein würde.

Gemeinsam machten sich Isländer und Burgunder auf den Weg zur riesigen Freitreppe, die sich zum Portal der Burg aufschwang, das in den Stein gehauen war. Der Wind schien im Fjord an den Felsen zu singen, und Töne verschiedener Höhe lagen beständig in der Luft. Die Vögel, die am Himmel kreisten, waren schwarz wie die Erde, die Burg und die Kleidung der Soldaten.

»Sie mögen die Künste wenig schätzen«, flüsterte Gernot Siegfried beeindruckt zu, »aber die Isländer verstehen es, im Auftritt Stolz und Größe zu zeigen.«

Siegfried nickte. Das Land entsprach dem, was er sich

einst vorgestellt hatte, nachdem Brunhilde ihm begegnet war. Wild, arrogant, aber von Leidenschaft beseelt. Es blieb abzuwarten, ob der Stolz Islands in Vernunft verankert war.

Gunther sprach derweil mit Eolind an der Spitze der Gruppe. »Und so bin ich also der Erste, der als Bewerber den Fuß auf isländischen Boden setzt?«

Der alte Ratgeber nickte. »So ist es.«

»Und die weiteren Prüfungen?«, fragte der König.

Eolind atmete geräuschvoll ein, als bereite ihm der Gedanke daran körperliches Unbehagen. »Ihr seid durchnässt und erschöpft, König Gunther. Erst wenn wir mit vollem Magen am warmen Feuer sitzen, sollte diese Frage gestellt werden.«

Sie hatten nun die Treppe erreicht und stiegen die Stufen hinauf, die groß wie Tischplatten waren.

»Entschuldigt, Eolind«, beharrte Gunther, »aber sofern ich mein Leben in weiteren Prüfungen aufs Spiel setzen soll, möchte ich so früh wie möglich die Regeln kennen.«

Der alte Ratgeber seufzte. »Es gibt nur noch eine Prüfung. Ihr müsst im Kampf gegen die stärkste Klinge Islands bestehen.«

Gunther nickte respektvoll. »Ich werde mich jedem Krieger, den die Königin in die Arena schickt, mit erhobenem Haupt stellen.«

»Es ist kein Krieger, dem Ihr auf dem Feld aus Feuer und Eis gegenüberstehen werdet. Es ist die Königin selbst. Besiegt sie, und sie wird an Eurer Seite nach Burgund heimkehren. Wenn Ihr jedoch Brunhilde unterliegt – dann wird Euer junger Bruder hier die Krone seines Landes eher tragen, als Euch lieb ist.«

Der Diener, der Siegfried das dampfende, schwefelig riechende Wasser gebracht hatte, erzählte von den vielen heißen Quellen, die es unnötig machten, das Badewasser über dem Feuer anzuwärmen. Nachdem der Krieger von Burgund und baldige König von Xanten sich die Kälte aus den Knochen geschrubbt hatte, zog er die lederne Hose und das Hemd an, die man ihm bereitgelegt hatte. Was immer er selbst an Kleidung mit auf die Reise genommen hatte, steckte noch im Bauch des Schiffes. Über das Hemd zog er eine Jacke, die aus dem Fell eines Tieres war, das er nicht kannte. Die Stiefel, mit dem gleichen Material gefüttert, band er mit einfachen Riemen zu.

Er hatte sich entschieden, mit Brunhilde zu reden. Vor dem Kampf, sogar vor dem Festmahl. Was immer zwischen ihnen gewesen war – es durfte Gunthers Mission nicht gefährden. Er machte sich auf den Weg, in einem Labyrinth von Gängen und Treppen, die enger und niedriger waren als am Hofe von Burgund, die Gemächer der Königin zu suchen. Er fand sie, als er zwei Wachen vor einer schweren Eichentür entdeckte.

»Ich will zur Königin«, sagte er fest.

»Niemand betritt Brunhildes Gemächer«, beschied ihn einer der Soldaten. »Nicht einmal ihre eigenen Diener.«

»Lasst den Vasall Burgunds eintreten«, ertönte, stark vom Holz gedämpft, eine Stimme.

Mit Erstaunen im Blick traten die Wachen zur Seite, und Siegfried betrat ein Zimmer, das, obwohl es so hoch lag, dass die dünne Luft das Atmen erschwerte, eher wie ein unterirdisches Verlies schien. Die schwarzen Wände hielten eine leicht gewölbte Decke, und Säulen an den runden Wänden hatten Nischen, in denen kleine Fackeln hingen. Wo in Burgund reich bestickte Teppiche hingen, herrschte in Island nackter Stein.

Brunhilde stand genau in der Mitte des karg eingerichteten Raumes, wie eine Statue in ihrem eigenen Tempel. Da sie ihren Umhang abgelegt hatte, konnte Siegfried sehen, wie stark ihr drahtiger Körper in dem dunkelgrauen Kleid war, das sie trug. Trotzdem konnte ihre Weiblichkeit kaum in Frage gestellt werden.

Er nickte höflich. »Königin Brunhilde.«

Sie sah ihn an, so verzweifelt wie abschätzig. »Ich habe lange auf ihn gewartet, den Schmied Siegfried – und dann betritt er meine Burg im Dienste eines anderen, der mich freien will?«

Siegfried streckte sich. »Ich bedaure die Umstände unseres Wiedersehens, aber es ist wahr – meine Sorge gilt Gunther, der Euch zur Frau wünscht.«

Sie trat ein paar Schritte auf ihn zu, und wieder spürte Siegfried diese Aura von Gefahr, die ihn einst in Odins Wald so angezogen hatte. Er sah die Muskeln unter ihrer blassen Haut und die stechenden Augen, die wohl noch niemals einem Blick ausgewichen waren. »Und was wünscht sich der Schmied aus dem Wald, der nun ein König sein soll?«

Siegfried dachte nach, suchte Worte, die nicht Lüge waren und doch Brunhilde nicht verärgerten. Dabei trat sie immer näher an ihn heran, bis er wieder ihren eigentümlichen Geruch wahrnahm, warm und erdig. Sie stellte sich direkt vor ihn, den respektvollen Abstand ignorierend, nur eine Handbreit zwischen ihren Lippen. Sie war größer als Kriemhild, und er hätte sich nicht beugen müssen, um sie zu küssen.

»Ich wünsche mir Friede zwischen den Reichen«, presste Siegfried schließlich hervor. »Ein Friede, dessen Preis Euer Bund mit Gunther ist.«

Brunhilde schob ihren Kopf ein wenig vor, und einige

Härchen auf Siegfrieds Kinn streiften ihre Wange. Ihr Mund näherte sich seinem Ohr, doch sie achtete sorgfältig darauf, ihn nicht zu berühren, als sie flüsterte: »Es ist das Wünschenswerte, was er anführt. Aber wonach fragt sein Herz? Was begehrt er in den Nächten, wenn die Träume ihn von höfischen Pflichten befreien?«

Es war wie ein Zauber, dem Siegfried sich kaum zu entziehen vermochte. Der Ring an seiner Hand zerrte an ihm, stieß seine Arme nach vorn, damit sie Brunhilde umschlingen konnten. Es packte ihn die Gier, die Königin von Island zu besitzen, bevor Gunther ihren Leib genoss.

Nein! Er stolperte einen Schritt zurück, die hungrigen Gedanken niederkämpfend. »Es tut mir Leid.«

Brunhilde, ebenfalls aus der Magie des Augenblicks gestoßen, blickte ihn enttäuscht an. »Ich hatte gedacht, wir seien von den Göttern erwählt.«

Siegfried strich sich über die Augen, als erwache er aus einem langen Schlaf. »Es mag so gewesen sein. Lange Jahre waren meine Gedanken nur bei Euch, und Ihr in meinen Träumen.«

»Und was ist dann geschehen?«

Er wollte sein Gewissen erleichtern, ihr die ganze Wahrheit sagen. Aber er fürchtete sich fast so sehr davor wie vor dem Atem des Drachen. »Dann wurde ich ein Mann mit Pflichten. Und einem Schicksal, das mich an Burgund band.«

Brunhilde ging zu einem Fenster, schlug das Fell davor beiseite und atmete die kalte Abendluft ein. »Warum ist er dann hergekommen? Um mich zu demütigen?«

»Nein!«, rief er. »Wenn ich gewusst hätte, dass wirklich *Ihr* die Königin von Island seid – ich hätte mir den Fuß abgehackt, um eine Ausrede zu haben, Gunther nicht begleiten zu müssen. Aber er ist mein Freund und mein König – wie hätte ich seiner Bitte nicht Folge leisten können?«

Sie sagte nichts, und er ging wieder langsam auf sie zu. »Brunhilde, ist es für Euch so undenkbar, was geschehen soll? Gunther ist ein guter König, ein guter Mann. Er verdient Euch wie Ihr ihn. Das Glück von Generationen hängt daran. Ist es denn leichter, sich weiter hier zu verstecken, als den Herrscher von Burgund zu heiraten?«

Er konnte ihr Gesicht nicht sehen, als sie antwortete. »Ich kann ihn nicht heiraten.«

»Aber warum denn nicht?«, fragte Siegfried verzweifelt.

Sie drehte sich zu ihm um, und ihre Tränen waren bereits auf der Haut gefroren, als sie schrie. *»Ich kann ihn nicht heiraten, weil ich dich liebe!«*

Die Macht ihrer Verzweiflung traf ihn wie ein Schlag, und er machte keine Anstalten, ihr zur Seite zu eilen, als sie schluchzend zu Boden sank. »Ich liebe dich, Siegfried. Ich habe versucht, mich davon zu befreien, doch all meine Stärke hat nicht gereicht, dich aus meinem Herzen zu verbannen.«

Er ging in die Knie, hielt aber sorgsam Abstand. »Brunhilde, wenn Ihr wirklich so empfindet, dann kann ich Euch nur bitten, in Liebe hinzunehmen, was nicht zu ändern ist.«

Sie machte nicht einmal Anstalten, sich zusammenzureißen. Der Schmerz vieler Jahre hatte sich endlich Bahn gebrochen. »Bitte mich nicht, ohne Liebe an Gunthers Seite zu leben – und nicht zu sterben, wann immer ich dir bei einem Bankett gegenübersitze.«

»Wenn wir einander begegnen, wird es in Respekt und Freundschaft sein. Euren Namen werde ich ehren, auch wenn ich Euer Herz nicht preisen kann.«

»Und das ist alles, was mir bleibt? Respekt und meinen Namen in Ehre gesprochen?«, schluchzte sie.

Siegfried seufzte. »Gäbe es einen anderen Weg – ich würde alles tun, ihn zu finden. Aber es geht nicht nur um uns. Es geht um Burgund, Xanten, Dänemark und letzten Endes auch um Island. Was soll aus den Reichen werden, wenn ihre Herrscher in Liebeleien ihr Glück vertändeln?«

Brunhilde winkte kraftlos ab, und ihre Stimme war ein Krächzen. »Island war lange vor mir, und es wird lange nach mir sein. Aber Gunther wird die Chance bekommen, um die er bittet. Morgen werde ich ihn auf dem Feld aus Feuer und Eis empfangen.«

Siegfried nickte. »Dafür danke ich Euch.«

Sie sah ihn mit Tränen in den Augen an. »Danke mir nicht – denn morgen wird sein Freund und König sterben!«

Gernot hatte vergeblich in Siegfrieds Zimmer nach dem künftigen König von Xanten gesucht. Nun streifte er durch die Gänge dieser seltsam düsteren Burg, die kaum von Menschenhand geschaffen schien. Seine Bewohner waren wie Tiere, die sich in einem verlassenen Bau eingenistet hatten, bis der rechtmäßige Besitzer zurückkehrte. Der Prinz hatte viele seltsame und schaurige Geschichten über Island und die heidnischen Rituale der Menschen gehört. Zwischen schwarzem Stein auf kaltem Boden zu wandeln gab den Legenden eher Nahrung, als dass es sie Lügen strafte. Er ertappte sich bei dem Gedanken, dass Elsa sich hier wohl fühlen würde. Ihre Traurigkeit fand ein ideales Echo in der schweren Düsternis dieser Mauern.

Gernot lenkte seine Schritte um eine Ecke, als er Siegfried aus einem bewachten Raum treten sah, sichtlich wütend und verzweifelt. Der Krieger hastete davon, und der Prinz eilte ihm hinterher. »Siegfried!«

Er brauchte eine Weile, um aufzuholen, und in dieser Zeit waren sie dem Portal schon zwei Stockwerke und vier Treppen näher. Gernot hatte Siegfried noch nie so aufgewühlt gesehen. »Was ist geschehen?«

»Meine Vergangenheit scheint meiner Zukunft nicht wohl gesonnen zu sein«, knurrte Siegfried.

Gernot geriet schnell außer Atem, und er stolperte mehr, als dass er folgte. »Was soll das heißen? Ist es Brunhilde? Verweigert sie Gunther das Duell?«

Siegfried lachte, ohne seinen Schritt zu verlangsamen. »Verweigern? Wenn es nur so wäre! Im Alter wird man weise, hat mir Regin immer versprochen. Bei den Weibern bin ich mir da nicht so sicher!«

Sie kamen zum Portal, dessen Flügel von Soldaten eilfertig geöffnet wurden. Nun hielt Siegfried doch inne und drehte sich um zu Gernot, während eine Windböe mit seinen Haaren spielte. »Mein Prinz, ich muss zum Schiff, um wichtiges Gerät zu holen. Doch ich will es allein tun. Und darum seid mir nicht böse, wenn ich Euch bitte, bis dahin Eurem Bruder Gesellschaft zu leisten.«

Er wartete nicht auf die Antwort, sondern sprang mit ausladenden Schritten die Treppe zum Strand hinunter. Seine Gestalt wurde schnell kleiner, und schließlich wandte sich Gernot fröstelnd wieder um. Er dachte darüber nach, was Siegfrieds Worte wohl bedeuten mochten. Und dass er seiner Schwester davon berichten musste, wie er es versprochen hatte. Sein Blick glitt an den mächtigen schwarzen Mauern der Burg empor, die nahtlos in den Berg zu tauchen schienen. Und weiter oben wich das Schwarz des Berges dem Weiß des Schnees. Der Prinz fragte sich, warum die Dinge des Lebens nicht so einfach waren wie Schwarz und Weiß.

Schon bei Sonnenaufgang polterten Brunhildes Soldaten an die Türen der Männer von Burgund, um sie zum Abmarsch aufzufordern. Gunther war froh, am Abend zuvor nicht zu viel Wein getrunken zu haben, denn er war nicht so töricht, Brunhilde zu unterschätzen. Aber ihre Unwilligkeit, ihn als ebenbürtigen Gegner zu sehen, gab ihm keine Ruhe und er hatte nur wenig geschlafen. Kaltes klares Wasser trieb die Müdigkeit aus seinen Augen.

Das Fest zu seinen Ehren war ein Desaster gewesen. Kaum zehn Worte waren gesprochen worden, und nur der Hunger nach der langen Reise hatte die Burgunder befähigt, Fleisch und Brot herunterzuschlingen. Es schien das Anliegen der Königin zu sein, keine Herzlichkeit in die Burg zu lassen.

Und dann diese Blicke. Es war Gunther nicht entgangen, dass Siegfried Mittelpunkt der Spannungen gewesen war. Gernot hatte ihn über den Becherrand im Auge behalten, und Hagen schien immer etwas zu planen, wenn sein Auge auf den Helden von Burgund fiel. Was die dunklen Blicke von Brunhilde selbst bedeuteten, vermochte er nicht zu sagen. Manchmal meinte er, eine wütende Trauer zu erkennen, dann wieder kalte Ablehnung.

Und alles wegen Siegfried. Keinen Augenblick vergaß Gunther, wie sehr er in der Schuld des jungen Mannes stand, der als Schmied an seinen Hof gekommen war. Und zu seinem Verdruss konnte er es auch nicht vergessen. Alles, was geschah, geschah »dank Siegfried«. Es war nicht gut, im Schatten eines Mannes zu stehen, der ohne Fehl und Tadel schien. War Gunther nur König »dank Siegfried«? Dachte so sein Volk? Er zwang sich, derlei düstere Gedanken aus seinem Kopf zu verbannen. Wenn er Brunhilde besiegen wollte, musste er einen kühlen Kopf bewahren. Zwar hegte er keinen Zweifel, dass der

Kampf zu seinen Gunsten entschieden werden würde, aber der Sieg musste auch stolz und würdevoll sein. Eines Königs wert.

Hagen, Gernot und Siegfried erwarteten Gunther bereits in der großen Eingangshalle, und ebenso der Ratgeber Eolind.

»Wo ist Brunhilde?«, fragte der König von Burgund und blickte sich um.

Eolind nickte respektvoll. »Die Königin erwartet Euch auf dem Feld von Feuer und Eis.«

Diener brachten schwere Umhänge, die aus mehreren Fellen genäht waren, und Brunhildes Vertrauter warf sich einen davon über. »Ihr solltet Euch warm anziehen. Das Feld ist nicht einer der angenehmeren Orte Islands.«

Die Burgunder sahen sich fragend an. Welches Spiel wurde hier getrieben? Gunther bemerkte, dass Siegfried einen kleinen Beutel umgehängt hatte.

Die kleine Gruppe, flankiert von vielleicht zwanzig Soldaten, wurde aus der Burg auf einen kleinen Pfad geführt, der westlich steil am Felsen verlief. Im Gegensatz zur großen Treppe war er grob gehauen und kaum so breit, dass zwei Männer nebeneinander gehen konnten. So wurde aus dem Pulk eine Schlange, die sich für zwei Stunden den Berg hinaufwand, ohne dass ein Wort gesprochen wurde. Die Burgunder begannen schnell, hechelnd zu atmen, ihre Lungen pumpten die dünne Luft mühsamer als die der Isländer. Trotz der warmen Kleider biss die gnadenlose Kälte schnell in die Glieder und lähmte sie.

Irgendwann lief der Pfad auf einer Ebene aus, die von Geröll und struppigen Sträuchern bedeckt war. Findlinge lagen herum, als hätten die Götter mit ihnen gespielt, um sie dann achtlos fortzuwerfen. Manche waren breit wie die Häuser in Worms, andere spitz wie Tannen im Wald. Sie bildeten eine eigene Welt, durch die sich die Männer vorsichtig ihren Weg suchten.

Gunther fror in seinem dicken Umhang, und es wunderte ihn, dass ein Volk sich frei entschieden hatte, in diesem unwirtlichen Land zu leben. Es war immer leicht gewesen zu verstehen, warum die Menschen einst im Rheintal siedelten – aber hier?

Erster Schnee knirschte unter den Füßen, so alt, dass er Eis war. Der Wind heulte hier oben lauter und nicht mehr in sanften Klängen. Stattdessen zischte er unfreundlich, zog kalt an Ohren und Nasen, zwang die Augen der Männer zu Schlitzen. Aus der Ferne war ein Grollen zu hören, und der Boden zitterte wie unter den Füßen eines Riesen.

Gunther tastete unbewusst nach seinem Schwert. Was ging hier vor? Warum konnte der Kampf nicht bei Hofe stattfinden? Welches heidnische Spiel trieben die Isländer mit ihm? Wenn sie auf seine Furcht hofften, irrten sie.

Männer, Frauen, Kinder kamen nun in Sicht, eingepackt in viele Lagen Stoff und Fell, dunkle Gesichter mit wachen Augen und starken Kiefern. Sie rotteten sich aus allen Richtungen zusammen, wie von einem unsichtbaren Band auf ein Ziel ausgerichtet.

»Wer sind diese Leute?«, fragte Gernot vorsichtig und mehr sich selbst.

»Es sind Isländer«, antwortete Eolind überrascht. »Dachtet Ihr, dass sich das Volk den Kampf der Königin entgehen lassen würde?«

»Es sieht nicht so aus, als wäre das Volk in Jubelstimmung«, knurrte Hagen.

Eolinds Stimme verriet einen geringschätzigen Ton, den er Gunthers Ratgeber zugedachte. »Es wird nichts zu jubeln geben. Siegt Euer König, verliert Island seine Herrscherin.

Unterliegt er, wird sein Nachfolger auf dem Thron gewiss auf Rache sinnen.«

Wie auf ein geheimes Kommando hielten die Männer von Burgund inne. In beiläufigen Worten hatte Eolind gerade etwas ausgesprochen, das bislang nicht denkbar schien.

»Mein Nachfolger?«, fragte Gunther scharf. »Wenn ich unterliegen sollte – so würde Brunhilde mich töten?«

Eolind nickte, als wäre alles andere blanker Unsinn. »Jeder Kandidat verspricht der Königin sein Leben. Und sie hat durchaus vor, dies zu prüfen.«

Siegfried, Hagen, Gunther und Gernot tauschten unsichere Blicke ob dieser unerhörten Wendung. Die Zweifel, die Gunther gut in seiner Seele versteckt hatte, fraßen sich den Weg in sein Gesicht.

»Es ist keine Schande darin, umzukehren«, bot Eolind an. »Unsere Zimmerleute machen Euer Schiff in kaum zwei Tagen wieder flott. Bis dahin seid Ihr unsere Gäste.«

Hagen baute sich vor Eolind auf, und seine Stimme triefte vor Verachtung. »Der König von Burgund wird seinem Wort niemals den Rücken kehren. Ihr habt es nicht mit Sachsen oder Franken zu tun.«

Siegfried schlug seinem Freund auf die Schulter und murmelte verschwörerische Worte der Aufmunterung. »Ihr werdet nicht verlieren, mein König das Feld des Kampfes werdet Ihr mit Eurer Braut verlassen.« Es klang nicht nach Vertrauen, sondern nach Versprechen.

Gunther atmete tief ein, und die dünne Luft ließ ihn leicht schwindeln. Doch er sah Eolind fest in die Augen. »Ich bin gekommen, um um Brunhilde zu kämpfen, und zu diesem Zweck auch gegen sie. Wenn mein Tod der Preis für die Niederlage ist – so sei es.«

Eolind nickte zufrieden. Sie gingen weiter, doch nur noch wenige hundert Schritte. Die mächtigen Steine gaben den

Blick frei auf ein Feld, dessen Fläche dem Grundriss der Burg von Worms entsprach. Flecken von schmutzigem Eis klebten an harter, dunkler Erde, Lachen aus dampfender Brühe husteten Schwefel in die Luft. In Ritzen schwelte es hell. Wie stille Beobachter standen die Steine im Kreis darum, und zwischen ihnen drängten sich die Isländer zu Hunderten. Doch niemand betrat das Feld, das aussah wie ein Ort des Todes und der Qualen, für den jeder Glaube seinen eigenen Namen hatte.

»Das Feld von Feuer und Eis«, verkündete Eolind. »Die Arena, in der seit Generationen jeder Streit entschieden wird, der nach Blut schreit. Wo nicht nur Waffenmacht und Körperkraft den Kampf entscheiden, sondern der wankelmütige Wille der Götter.«

Es war ein unheiliger Ort, das war den Christen von Burgund sogleich klar. Er stank nach Tod, nach elendem Verderben. Gunther hatte von den Amphitheatern gehört, in denen die Römer einst ihre Gefangenen den Löwen vorgeworfen hatten. An eine solche Arena fühlte er sich erinnert – und seine Rolle war nicht die des Löwen.

Der Löwe wartete schon auf ihn. Oder besser gesagt, die Löwin.

Erst jetzt erkannten die Reisenden aus Burgund, dass Brunhilde bereits auf dem Feld war. Sie saß in der Mitte auf dem Boden, den Kopf gesenkt, die Arme auf den Knien ruhend. Vor ihr lag ein Schwert auf dem Boden. Ihr muskulöser Körper war gegen Kälte und Schmerz mit kostbaren Ölen eingerieben, die ihre Haut sanft schimmern ließen. Fellstiefel wärmten ihre Füße, und eine lederne Hose spannte an den Schenkeln. Die Weste aus geflochtenen Riemen lag eng an ihrer Brust, ihre nackten Arme waren mit schwarzen Runen prächtig bemalt. Das lange schwarze Haar trug sie in einem Zopf, der an der Schulter festgebunden war.

Gunther legte seinen Umhang ab und betrat das Feld. Das Schwert hielt er locker in der rechten Hand, den Schild in der linken. Selten hatte eine so große Menschenmenge so wenig Lärm verursacht. Selbst der Wind schien den Atem anzuhalten.

Brunhilde hörte Gunthers Schritte und öffnete die Augen. Er nickte ihr zu, und sie sprang auf die Füße, leicht und elegant, als könnte die Kälte ihre Muskeln nicht betäuben.

Der König von Burgund ergriff zögernd das Wort. »Königin, wie Ihr es verfügt habt, stelle ich mich nun ...«

»Kämpfe«, sagte Brunhilde nur, das eigene Schwert noch immer auf dem Boden.

Gunther war vielleicht zehn Schritte von ihr entfernt. Der Boden zitterte leicht, als wollte die Natur selbst den Waffengang erzwingen. Dann schoss die Fontäne aus dem Boden, genau neben Gunthers linkem Arm. Heiß gespucktes Schwefelwasser jagte in den Himmel, wo es zu feinem Nebel zerstob. Der harte Schlag des Elements traf den König von Burgund am Schild und warf seinen Körper mit spöttischer Leichtigkeit in die Luft, damit er schmerzhaft wieder auf den Boden schlug, das Schwert mehr im Reflex noch umklammernd.

Brunhilde nutzte die Überraschung zu ihren Gunsten. Mit der Fußspitze trat sie die eigene Klinge in die Höhe, um sie elegant zu fangen. Dann stürzte sie mit einem Schrei auf Gunther zu, der kaum zu einer Gegenwehr fähig schien. Es gelang dem König gerade noch, den Schild vor seinen Leib zu halten und die heranstürmende Brunhilde über sich hinwegzustoßen, die hinter ihm ausrollte. Ächzend und immer noch verwirrt kam er wieder auf die Beine.

Sowohl Hagen als auch Siegfried wollten Gunther zu Hilfe eilen, doch Eolind hielt sie mit verblüffend starkem

Arm zurück. »Wer seinen Fuß ohne Erlaubnis der Königin auf das Feld setzt, den erwartet der Tod. Dies ist allein Gunthers Kampf.«

Brunhilde richtete sich auf, mit dem Schwert fremde Zeichen in die Luft malend. Die Klinge gehorchte ihr wie ein Sklave, willig und schnell. Gunther hingegen konnte nur seine eigene Waffe wütend packen und sich auf den nächsten Angriff vorbereiten. Er stolperte ein paar Schritte zurück. Sein linker Fuß brach durch eine leichte Kruste, und er konnte das Gewicht nicht schnell genug verlagern, bevor der Stiefel das flüssig-heiße Gestein berührte. Er schrie, als sich die Lava dampfend in sein Fleisch fraß.

»Feuer und Eis«, flüsterte Gernot entsetzt.

Brunhilde ging langsam auf Gunther zu, und Siegfried sah, wie ihre Füße beiläufig jede heikle Stelle mieden. Sie kannte dieses Feld, sie kannte seine Tücken. Für Gunther hingegen war es ein weiterer Gegner, dem er augenscheinlich nicht gewachsen war.

Der künftige König von Xanten hatte genug gesehen, und er beschloss, diesem unwürdigen Schauspiel, das nur Gunthers Tod als Ziel haben konnte, ein Ende zu bereiten. Ein, zwei langsame Schritte ging er rückwärts, bis Hagen und Gernot ihn nicht mehr im Blickwinkel hatten. Dann drehte er sich um und suchte das Ende des Rings aus Zuschauern. Er drückte sich an Dutzenden von Isländern vorbei und fand weit genug vom Kampf im Schutz eines Findlings seine Ruhe. Unbeobachtet griff er in seinen Beutel und zog den einstigen Lohn für seinen Kampf gegen Fafnir daraus hervor – den Tarnhelm. Ihn für diesen Zweck zu nutzen mochte verwerflich sein und nicht nach Gunthers Willen, aber es war in seinem Interesse. Vorsichtig setzte Siegfried das leichte Geflecht aus

Gold auf seinen Kopf, und mit einem sanften Seufzen spürte er seine Gestalt verblassen. Zur Gewissheit hielt er seinen Arm in die Höhe, den er nun selbst nicht mehr sehen konnte.

Unsichtbar, aber darauf bedacht, niemanden zu berühren, bahnte sich der Held von Burgund den Weg zurück zum Feld aus Eis und Feuer. Nur wenige Augenblicke waren vergangen, aber Gunthers Lage hatte sich bereits sichtlich verschlechtert. Eine Wunde klaffte in seiner linken Schulter, und Blut floss aus dem gespaltenen Narbenfleisch an der Stelle, wo ihn Fafnirs Pranke einst getroffen hatte. Der Schild war sauber entzweigeschnitten, und müde Reste der Lederbespannung hingen am zersplitterten Holzrahmen. Seine Klinge war in Blut getaucht, doch es war das eigene, das von seiner Hand tropfte. Die Beine waren nass vom schweflig-heißen Wasser der Geysire, die ihn immer wieder durch dröhnendes Spektakel abzulenken suchten. Er torkelte im Kreis, die Gedanken nur noch an das eigene Überleben klammernd. Brunhilde hingegen sprang wie im Fieber zwischen den Fontänen und Lavapfützen, ihr Schwert beständig den Körper des Gegners suchend. Eine einzelne Strähne hatte sich aus dem Zopf gelöst und hing ihr trotzig ins Gesicht. Sie brauchte keinen Schild, denn sich zu verteidigen kam ihr nicht in den Sinn. Die schnelle Entscheidung war ihr Ziel, und ihr Gegner schien nun reif, sie herbeizuführen.

Siegfried rannte über das Feld, die Nähe der Niederlage ahnend. Sein unsichtbarer Körper warf sich zwischen beide Kämpfer, und Brunhildes Schwert rutschte wie an Stein gewordener Luft ab, bevor es Gunthers Leben beenden konnte. Sofort kam Siegfried wieder auf die Füße, gerade rechtzeitig, um dem König die Hand an den Hals zu legen. Nur diese schnelle Bewegung hielt den Kopf auf dem Körper, als die Klinge ihn forderte. Der Schlag warf Gunther jedoch zu Boden.

Brunhilde trat zwei Schritte zurück, um zu zeigen, dass sie einen wehrlos am Boden liegenden Mann nicht zu töten gedachte. Siegfried beugte sich ungesehen zu seinem König, die Stimme nur ein dünnes Flüstern im Wind. »Ich habe Euch den Sieg versprochen, mein König. Er kann Euer sein – nur holen müsst Ihr ihn Euch selbst. Keine Sorge, denn ich bin dabei Euer Schild!«

Gunther, vom Kampf ermattet und verwirrt, schüttelte den Kopf, als höre er den Wahnsinn rufen. Sein Blick glitt umher und fand doch nur Brunhilde, die schweigend darauf wartete, dass er sich ihr stellte. Er rappelte sich auf, das Schwert als Stütze nutzend, und warf die Reste seines Schildes fort. Die Königin wartete nicht auf seinen Angriff, sondern sprang mit hoch erhobener Klinge herbei, auf den Lippen der Schrei, der ihren Sieg verkünden sollte. Gunther fand sich außerstande, ihr auszuweichen. Es war Siegfried, der ihn gerade weit genug zur Seite schob, um die Bewegung nicht wie falsches Spiel aussehen zu lassen. Brunhilde, deren Körper ihrem Schwert folgte, stolperte vorbei, und Siegfrieds rechtes Knie trieb den Siegesschrei aus ihren Lungen. Sie sackte keuchend in die Knie, und der unsichtbare Gegner ließ die Gelegenheit nicht ungenutzt. Er packte den noch immer unentschlossenen Gunther und warf ihn gegen Brunhilde, dass es wie eine wilde Attacke aussah. Beide Herrscher fielen zu Boden, Mann auf Frau. Es wäre ein Leichtes für Brunhilde gewesen, sich mit schneller Drehung zu befreien, aber Siegfried trat neben sie, und sein Fuß presste ihre Hand mit dem Schwert auf den rauen Boden. Endlich kam Gunther wieder zur Besinnung und nutzte sein Gewicht, um die Königin von Island niederzudrücken. Er legte die breite Seite seiner

Schwertklinge an ihren Hals, und Blut tropfte von seinen Lippen, als er mühsam seine Frage stellte. »Unterwerft Ihr Euch?«

Brunhildes Gesicht verzog sich im Schmerz, als Siegfried den Druck seines Fußes verstärkte.

»Unterwerft Ihr Euch?«, schrie Gunther heiser. »Unterwerft Ihr Euch Gunther von Burgund?«

Es war Forderung ebenso wie verzweifelte Bitte.

Siegfried spürte sein Herz aufbegehren, als er sah, wie der schon besiegte König die stolze Kriegerin Brunhilde unverdient bändigte. Doch es waren die alten Götter, die über Island wachten, denen das Urteil vorenthalten war.

Eine Fontäne heißen Wassers schoss aus der Erde, direkt unter der Hand der Königin, die ihr Schwert hielt. Die Wucht des Elements warf Siegfried zurück, und Brunhildes Klinge wurde in den Himmel getragen, als wollte der Geysir sie preisen. Doch dann stürzte sie wieder taumelnd zur Erde und bohrte sich ein paar Schritte entfernt ins Erdreich.

Die Fontäne prasselte heiß und beißend auf die Kämpfer, und ihre dampfenden Körper blieben unbewegt.

Eolind, die Isländer, Gernot und Hagen – niemand hatte einen solchen Kampf erwartet, und dann ein solches Ergebnis. Hunderte von Augen starrten gebannt auf die beiden Gestalten im sprühenden Wasser, die wie in Stein gemeißelt waren. Nur Hagen fiel auf, dass die Unendlichkeit von Tropfen an einem dritten Leib zu kleben schien – einem, der nicht zu sehen war. Kaum mehr als ein Schemen, der schnell aus der Reichweite des Geysirs floh.

Gunther nutzte indes die Gunst des Schicksals, um seinen Anspruch erneut zu erheben. »Ich frage Euch zum letzten Mal – unterwirft sich Brunhilde von Island Gunther von Burgund, oder will sie sterben, damit er sich ihr Land nehmen kann?«

Brunhildes Blick gab die Antwort, die ihre Lippen nicht geben konnten. Sie war eher bereit, sich der Klinge zu opfern, als in Burgund die Hand des Königs zu halten. Aber ihr eigener Schwur und die Gesetze Islands ließen es nicht zu. »Sie unterwirft sich.«

Gunther atmete aus, erneut Blut spuckend. Mühsam rollte er den geschundenen Körper zur Seite. Er ließ das Schwert fallen, um mit der rechten Hand die Wunde in der linken Schulter zu packen.

Keiner der Isländer, die der Niederlage ihrer Königin beigewohnt hatten, sprach ein Wort. Es gab weder Jubel noch wütenden Protest. Was geschehen war, war geschehen, und es gehörte zum isländischen Wesen, den Willen der Götter anzunehmen.

Eolind senkte kurz den Kopf, sich innerlich auf die neue Lage einstellend. Dann streckte er sich und bedeutete Hagen und Gernot, dass sie nun das Feld betreten durften.

Der Prinz war als Erster an der Seite seines Bruders und umarmte ihn, soweit es die Verletzungen Gunthers zuließen. »Ein großer Kampf. Noch in tausend Jahren wird man an den Feuern davon erzählen!«

»Ein großer Kampf«, murmelte auch Hagen, sah aber den König nicht an. Seine Augen suchten den Boden ab, um irgendeinen Beweis dafür zu bekommen, dass seine Sinne ihn nicht getäuscht hatten. Aber es gab keinen – außer der Tatsache, dass drei verschiedene Abdrücke von Stiefeln augenscheinlich waren. Aber die konnten alt sein oder eben erst von Gernot in den nassen Schmutz getreten.

Eolind half seiner Königin auf die Beine. Brunhilde war von Schlamm so bedeckt wie Gunther von Blut. Aber ihre Gestalt war nicht weniger königlich und ihr Blick nicht weniger stolz, als sie sich an den mühsam von Gernot aufgerichteten König von Burgund wandte. »Ein unzweifelhafter

Kampf, ein klarer Gewinner. Ihr habt Euch die Hand von Brunhilde verdient – und damit auch Island.«

Gunther lächelte, aber es geriet ihm zur schmerzverzerrten Grimasse. »Wenn Ihr an meiner Seite kämpft wie gegen mich, wird niemand jemals wieder das Schwert gegen Burgund erheben.«

In den Worten beider Herrscher lag Anerkennung.

Siegfried kam nun auch dazu, ein wenig außer Atem und feucht die Kleidung. »Fürwahr, die Schwerter wurden heute ebenbürtig gekreuzt!«

»Hast du das gesehen?«, fragte Gernot begeistert.

Siegfried schlug ihm freundschaftlich auf die Schulter, sah dabei aber Gunther an. »Jeden triumphalen Hieb des Königs habe ich gesehen, und seinen stolzen Sieg.«

Der König von Burgund erwiderte den Blick. Er nickte, die geheime Tat des Freundes nachträglich billigend. Doch innerlich brannte in Gunther die Eifersucht, die Wut des Versagers, die unstillbare Flamme Neid. Brunhildes Hand war nun sein, und Island konnte er dem stolzen Reich Burgund hinzufügen.

Dank Siegfried.

Dank Siegfried.

Am Eingang des Fjords fiel die Flammenwand in sich zusammen, jeder Kraft beraubt.

»Das burgundische Schiff wird uns zum Abschied ein Feuer sein«, entschied Brunhilde, ihren kräftigen Körper über den Tisch mit Pergamenten gebeugt. »Drei isländische Schiffe werden uns nach Worms bringen.«

Gunther, Hagen und Eolind sahen sich die Karten an, die kurzfristig für die Abreise gefertigt worden waren. Der König hatte darauf bestanden, so schnell wie möglich in die Heimat zurückzukehren, die nun auch Brunhildes Heimat war. Es war ungewohnt, eine Frau bei diesen Besprechungen dabeizuhaben – noch dazu eine, die ihren Willen so unbedingt durchzusetzen wusste.

»Es wird kaum wie eine triumphale Heimkehr aussehen, wenn unsere Männer auf isländischen Schiffen den Rhein heraufrudern«, murmelte Hagen.

»Der klägliche Zustand Eures verbliebenen Schiffes spricht auch nicht von glorreichen Taten«, setzte Eolind spitz dagegen.

»So soll es geschehen«, sagte Gunther müde. Sein Körper kämpfte noch immer gegen die Wunden seines Duells mit Brunhilde. »Ich werde am Bug des ersten Schiffes stehen, sodass jeder die Flotte als die unsere erkennt.«

Er schwankte leicht, wurde bleich und stützte sich auf der Tischplatte ab.

»Ihr solltet ausruhen«, empfahl Brunhilde ohne Mitgefühl. »Die Vorbereitung der Reise bedarf keines Königs.«

Gunther nickte und verließ den Raum.

»Es wäre sicher ratsam, dem König zwei Wochen zu lassen, bis seine Wunden so weit verheilt sind, dass er auch der rauen See standhält«, schlug Eolind vor, als Gunther außer Hörweite war.

»Die Reiche können nicht warten«, beschied ihn Hagen. »Das Bündnis zwischen Burgund und Island mit dem Reich Xanten und Dänemark muss besiegelt werden, und dazu braucht es einen König auf seinem Thron.«

»Island wird dem kein Hindernis sein«, beeilte sich Eolind zu versichern. »Bis die Statthalter aus Burgund eintreffen, werde ich den Hof im Sinne Gunthers leiten.«

Hagen nickte. »Sobald die Hochzeitsglocken verklungen und die Paare vermählt sind, wird die Insel in den Bund aufgenommen.«

Es war wie ein entfernter, aber doch störender Ton, den

Brunhilde da gehört hatte. Beiläufig, aber dadurch seine Wichtigkeit nicht verhehlend. Ein Spott über eine Unwissenheit, eine lachende Antwort auf eine ungestellte Frage. Sie kniff kurz die Augen zusammen, versuchte, nicht darauf einzugehen, musste es aber doch. »Ihr sprecht von Paaren, Hagen – wer außer Gunther und mir wird in Worms den Bund der Ehe schließen?«

Hagen hatte geahnt, dass Brunhilde nur wusste, was für sie zu wissen nützlich war. Es passte zur Feigheit Siegfrieds, der Königin gegenüber nicht aufrichtig gewesen zu sein. Es war die Gelegenheit, Schmerz und Missgunst zwischen beiden zu säen, und damit auch zwischen Siegfried und Gunther. Er sah Brunhilde so überrascht an, wie es ihm möglich war. »Siegfried natürlich und Kriemhild, Gunthers liebliche Schwester. Sie ist Siegfrieds Preis dafür, dass Gunther Eure Hand gewann. Nur ihretwegen reitet der Xantener König noch an Burgunds Seite.«

Weil sie bereits wusste, dass Siegfried ihre Liebe verschmähte, gelang es Brunhilde, ihre Fassung zu bewahren. Ihre Lippen zitterten leicht, und jeder Muskel ihres Körpers spannte sich, aber ihre Augen blieben ruhig und trocken. »Dann wird Siegfried Gunthers Schwager werden – und meine Schwägerin seine Braut?«

Hagen nickte. »Durch diese Doppelhochzeit wird der Bund zwischen den Reichen besiegelt und mit Kindern in die Zukunft getragen.«

Eolind kannte Brunhilde lange genug, um ihr Entsetzen zu spüren. Mit zu lauter Stimme unterbrach er das Gespräch: »Guter Hagen, lasst uns morgen weiterplanen. Auch die Königin muss ihre Kräfte für die Reise sammeln.«

Der Ratgeber von Burgund senkte ehrfürchtig den Kopf und verließ den Saal.

Eolind bemerkte, wie Brunhildes Fingernägel brachen,

als sie die Hände gegen das Holz des Tisches presste. »Meine Königin, was erzürnt euch so?«

»Der Geruch von Verrat macht mir Übelkeit«, flüsterte Brunhilde. »Doch es ist nichts, was noch von Bedeutung wäre.«

12

Hagen
und die Hand des Schicksals

Gernot war froh, endlich von Bord gehen zu können, als die Schiffe in Worms anlegten. Das ständige Geschaukel hatte seinen Magen empfindlich gereizt und damit seiner Stimmung angepasst.

Sicher, nur wohlfeile Worte waren gesprochen worden, und kein rauer Ton war über die Lippen Brunhildes, Siegfrieds oder Gunthers gekommen. Höfischer Respekt hatte die Spannungen verdrängt, die ein Reich hätten ernähren können, wenn sie aus Brotteig gewesen wären. Aber Gernot hatte Blicke gesehen, die nicht zu deuten waren, und ein Verhalten, das kaum für künftigen Frieden sprach. Bei jeder Rast hatte Brunhilde sich aufgemacht, um auf der Jagd die angestaute Kraft zu nutzen. Weder Siegfried noch Gunther durften sie begleiten, und was sie an Beute herbeischleppte, war mit einer Wildheit erlegt, die auf Mordlust schließen ließ.

Gunther hatte jede Möglichkeit genutzt, mit Siegfried freundlich zu plaudern, doch eine Wand war zwischen ihnen, unsichtbar und dennoch greifbar.

Wann immer Gernot versucht hatte, mit seinem Bruder oder dem Freund zu reden, war er mit Ausflüchten abgespeist worden. Er hatte das Gefühl, seine Begleiter auf unsicherem Boden zu sehen, mühsam das Gleichgewicht haltend, unfähig, die Hand eines anderen als Stütze zu ergreifen.

Was Gernot nun brauchte, was das liebe Gesicht und die zarte Hand seiner Elsa. Er löste sich schnell aus dem Tross, der durch ein jubelndes Worms marschierte, und eilte über Seitenstraßen zur Burg. Man schenkte dem jungen Prinzen, der kaum zum Erfolg der Reise beigetragen hatte, nur die nötigste Beachtung.

Er hoffte, seine Liebe gleich am Tor in die Arme zu schließen, aber vergebens. Ihr Zimmer war leer, die Küche ebenso. Auf den Wehrgängen der Burg waren heute nur Soldaten. Keine der Wachen hatte Elsa gesehen, was allerdings nicht ungewöhnlich war.

Enttäuscht und auch besorgt gab er die Suche schließlich auf.

Gernot beschloss, sich von den Strapazen der Reise ein wenig zu erholen, bis das Willkommensmahl am Abend seine Anwesenheit fordern würde. Sein Zimmer war bereitet, und im Schlaf konnte er die Gedanken sammeln. Er schloss die Tür zu seinem Gemach und löste die Riemen seiner Jacke, um sich hinzulegen. Doch er fand sein Bett bereits belegt.

Elsa lag auf den Leinendecken, ihr einfaches graues Kleid zerknittert. Ihr Gesicht war entspannt, ihre Augen geschlossen, und im Rhythmus ihres Atems drückte sie ihre Finger in seinen Umhang, den sie im Schlaf an ihre Wange presste.

Langsam und bedächtig trat er an das Bett heran. Ihr sanfter Hauch ließ die Härchen auf dem Pelzkragen seines Umhangs zittern, und ein leises Seufzen lag in jedem Heben ihrer Brust. Gernot wünschte sich, ein Maler zu sein, um sie in Farbe festzuhalten. Oder wenigstens ein Barde, um sie in Liedern zu preisen. Wäre er ein Gott gewesen – die Welt hätte er an diesem Tag beendet, um in alle Ewigkeit dieses Bild festzuhalten. Er setzte sich behutsam neben Elsa, den Blick nicht von ihrem Antlitz wendend.

Es war ein Bild des Friedens und der Schönheit, wie es Gernot sich nie hätte vorstellen können. Alles, was Elsa war, stand in so völligem Gegensatz zu Machtspielen und Hofintrigen, dass der Prinz sich ihrem Liebreiz hingab. Sie war seine Stärke, sein Gewissen und sein Leben. Im Rückblick schmerzte nun jede Stunde, die er von ihr getrennt gewesen war, noch mehr. Und jeder Gedanke, sie wieder zu verlassen, verbot sich von selbst.

Zeit verlor die Bedeutung, und es mochten vielleicht Stunden vergangen sein. Irgendwann ruhte sein Kopf auf dem Kissen neben ihrem, und seine Hand fand in den Schlaf sinkend die ihre. Ohne zu erwachen schmiegte sich ihr Körper an ihn, und in Liebe schliefen sie gemeinsam durch ihr Wiedersehen.

Sie hatten sich in ihren Gemächern so oft geliebt, dass Kriemhild in Erschöpfung und Glück unfähig war, der Lust noch eine Zahl zu geben.

»So sehr hast du mich vermisst?«, neckte sie ihn, als Siegfried erneut sich ihr ergab.

Er keuchte, und das Grinsen eines Jungen huschte über sein Gesicht. »Noch mehr, und jede Nacht ohne dich verspreche ich nachzuholen.«

Sie schlang ihre Arme um ihn und küsste salzigen Schweiß von seiner Stirn. »Mein Körper hat so laut nach dir geschrien wie mein Herz. Ich meinte, man müsse es bis nach Island hören.«

Siegfried lehnte sich zurück, zufrieden und ermattet. »Island – kein schöner Flecken dieser Welt. Kalt und unfreundlich.«

Kriemhild lächelte. »So, wie seine Königin, so hört man.«

Als ob schon das Gespräch darüber den Geist Islands reizte, kroch ein eisiger Hauch durchs Zimmer. Siegfried fühlte wenig Verlangen, von seinem Streit mit ihr zu berichten. »Sie wird Gunther eine gute Königin sein, und stark an seiner Seite.«

In gespielter Empörung blickte Kriemhild ihn an, bis er hastig hinzufügte: »So, wie du mir eine gute Königin sein wirst, und stark an meiner Seite.«

»Die Männer dieses Hofes haben Glück mit ihren Frauen«, lachte die Prinzessin, nur um gleich darauf wieder ernst zu werden. »Trotzdem freue ich mich darauf, nach der Hochzeit nach Xanten abzureisen. Seit Brunhilde hier in der Burg ist, fühle ich mich nicht mehr so geborgen, wie es früher war.«

Siegfried runzelte die Stirn. »Mangelt es ihr an Respekt? Behandelt sie dich unangemessen?«

Kriemhild strich ihm über die Wange. »Nein, das ist es nicht. Sie ist nur ... so abweisend und scheint immer erpicht, nicht im selben Raum mit mir zu sein.«

»Gib ihr Zeit«, antwortete Siegfried. »Sie hat ihre Heimat aufgegeben, und ebenso ihre Krone. Sie wird dich lieben lernen – wie jeder Mensch, der dir begegnet.«

Sie küssten sich, und aus dem Kuss wurde erneuter Hunger.

Die Karte Burgunds war auf fein gegerbtes Leder gezeichnet und stellte das Rheintal in prächtigen Farben dar. Flüsse und Wälder, Städte und Grenzen waren deutlich zu erkennen. Gunthers Augen folgten Brunhildes Fingerspitzen, und immer, wenn sie innehielt, erklärte er ihr die Zeichen. »Die Weinberge sind im Südosten. An den Hängen wachsen Trauben, die so saftig sind, dass man sie lieber essen möchte, als ihren Wandel zum Wein abzuwarten. Doch wer den Burgunder Tropfen gekostet hat, weiß die Zeit zu schätzen, die den Wein einzigartig macht.«

Brunhildes Finger zeigte auf einen tiefgrünen Fleck, und Gunther wurde wieder ernst. »Das ist der Nibelungenwald. Kaum jemand wagt einen Schritt in diese Gegend, selbst nachdem Siegfried Fafnir erschlagen hat.«

»Die Legende vom Drachen drang bis zu uns nach Island«, murmelte die Königin.

Gunther sah sie an, auf ein wenig Respekt von seiner Braut hoffend. »Fafnir war vieles, doch keine Legende. Das Biest nahm mir Vater und Bruder.«

Sie erwiderte den Blick. »Hätte ich geahnt, dass Fafnir mehr ist als Weibergeschwätz – ich wäre selbst gekommen, um ihn zu erlegen. Was für einen Schmuck hätte der Schädel in meinem Thronsaal abgegeben.«

Es klang freundlich und hilfsbereit, aber Gunther spürte auch den Unterton von Überheblichkeit. Er entschied sich, seiner Zukünftigen die Grenze zu zeigen. »Ergibt sich nicht aus der Tatsache, dass ich Euch besiegt habe und der Drache mir überlegen war, dass Ihr Fafnir wenig hättet anhaben können?«

Brunhilde wog ihre Worte sorgfältig. »Ja, so scheint es. Und doch kann ich nicht glauben, dass der Drache mich besiegt hätte. Vielleicht sollte man nicht voreilig urteilen, wer wem überlegen ist.«

Gunther nahm einen Schluck Wein. »Es wäre ein Urteil ohne Folgen – der Drache ist nicht weniger besiegt als Ihr. Der Nibelungenwald ist befriedet – wie das Reich.«

Sie respektierte seine Absicht, das Thema zu wechseln.

»Ich denke, ich werde öfters in den Wald ausreiten, wenn die Hochzeitsfeierlichkeiten vorbei sind. Es scheint angebracht, dem Volk zu zeigen, dass von dort keine Gefahr droht.«

»Es ist lange her, dass wir das letzte Mal ausgeritten sind«, sagte Kriemhild. Sie ließ die Zügel locker, und ihr Pferd fand gemächlich den Weg durch den Wald, in dem der Herbst schon die Blätter rot und gelb färbte.

Gernot saß auf einem Schimmel und ritt direkt an der Seite seiner Schwester. Er nickte. »Die Gelegenheiten scheinen zu schwinden, seit du dem ehemaligen Schmied versprochen wurdest. Es geht das Gerücht, dass du das Versprechen schon vor der Hochzeit eingelöst hast.«

Kriemhild sah ihn überrascht an. »Was für ein bösartiges Gerede ist das? Bin ich denn eine Schankmagd, die ihre Gunst für ein paar Münzen hergibt?«

Der Prinz zuckte die Schultern. »Willst du die Schandmäuler Lügen strafen? Es klingt nicht wie ein eindeutiges Nein.«

Kriemhild schlug ihn spielerisch an den Arm. »Der kleine Prinz fragt zu neugierig für jemanden, der selber heiße Blicke mit einem Weibsbild tauscht!«

Gernot errötete, und seine Schwester lachte auf. »Nun sei doch nicht so verlegen, zumal es wichtigere Dinge zu besprechen gibt.«

Der Prinz wurde still, und die geschwisterliche Vertrautheit war dahin. Er war nun nicht mehr der Bruder, sondern der Spion Kriemhilds. »Island.«

Sie nickte. »Island.«

Sie ritten schweigend durch den Wald, und Kriemhild gab Gernot die Zeit, seine Gedanken zu sammeln. Als er schließlich sprach, kamen seine Worte stockend. »Brunhilde ... ich glaube nicht, dass sie ... wenn Siegfried sie schon kannte ...«

»Du hast erfahren, dass sie in der Tat schon lange Freunde waren?«

Er schüttelte den Kopf. »Nicht Freunde. Ihr Umgang miteinander ist sehr gezwungen, als gäbe es gemeinsames Leid zu verbergen.«

»Wie wichtig sind sie einander?«, fragte Kriemhild misstrauisch.

Gernot kratzte sich am Kopf. »Wenn überhaupt, so treibt die gemeinsame Vergangenheit sie auseinander. Wie Raubtiere, die kein Revier teilen mögen.«

Es war eine Antwort, die Kriemhild hätte beruhigen sollen, aber dem war nicht so. Die Unruhe zwischen Siegfried und Brunhilde, die sie selbst gespürt hatte, konnte nur in starken Gefühlen wurzeln. Woher diese kamen und wie sie einzuordnen waren, vermochte sie nicht zu sagen.

Andererseits – in wenigen Tagen würde sie mit ihrem königlichen Gemahl nach Xanten abreisen, und dann würden die unerfreulichen Momente auf ein, zwei formelle Treffen im Jahr beschränkt sein. Und dieser Gedanke brachte Kriemhild auf ein weiteres Thema, das es anzusprechen galt. »Gernot, was liegt eigentlich in deiner Zukunft?«

Er schien von der Frage überrascht, denn in der Thronfolge war ihm weder eine Aufgabe zugedacht noch von ihm gewünscht. »In welcher Zukunft?«

Sie führte ihr Pferd durch einen klaren Bach, dessen kaltes Wasser schon vom Winter sprach. »Burgund ist größer als zu Vaters Zeiten, und auch Xanten und Dänemark können kaum von einem Ort geführt werden. Wenn Gunther nicht die Klugheit besitzt, dich auf den Thron Islands zu setzen, dann würden Siegfried und ich dir gerne Dänemark anvertrauen.«

Die Liebe zu Elsa hatte aus Gernot mehr einen Mann gemacht, als er selber geahnt hatte. Der Junge, der er noch vor Monaten gewesen war, wäre bei dem Angebot sicherlich davongelaufen. Stattdessen hielt er nur sein Pferd an und stieg ab. »Ich bin weder zum König geboren noch wurde ich zum König erzogen.«

Kriemhild lächelte und band ihr Pferd ebenfalls fest. Sie setzten sich auf einen moosbewachsenen Stein. »Weder das eine noch das andere macht einen guten König aus. Siegfried wurde geboren, um zu herrschen – aber als Schmied wuchs er auf. Und Gunther hat das Blut des Hauses Burgund – aber er hätte Giselhers Heerführer werden sollen. Und doch tragen beide bald die Kronen großer Reiche.«

Gernot war es immer leicht gefallen, in den Tag zu leben. Aber seit er sich der Liebe Elsas gewiss war, hatte er schon öfter über ihre Zukunft gegrübelt. Eine Provinz zu verwalten war von großem Reiz. Doch er scheute davor zurück, da er dann das Mädchen niemals heiraten durfte. Das Blut von Tronje war nicht edel wie das von Burgund. »Ich weiß nicht, ob ich ...«

Kriemhild legte ihm den Arm um die Schultern. »Du musst hier und jetzt nicht antworten. Dir bleiben Tage, Wochen, um dich zu entscheiden.«

Er grinste schief. »Zumindest eines kann ich dir schon versprechen – sollte ich wählen können, wird der Blick von meiner Burg das Land der Dänen zeigen. Island ist kein Ort für mich.«

Sie küsste ihn sacht auf die Wange. »Guter Gernot, was täte ich ohne dein edles Herz?«

Es war ein gutes Jahr für Burgund, auch wenn es mit Drachenfeuer und einem toten König begonnen hatte. Zum dritten Mal in wenigen Monaten waren die Straßen von Worms geschmückt, die Tische reich gedeckt und die Musikanten viel beschäftigt. Die Doppelhochzeit in der Kirche sollte alles in den Schatten stellen, was bisher gewesen war, auch die Feiern zu Fafnirs Niederlage und die umjubelte Rückkehr vom Feldzug gegen Hjalmar. Die Kinder hatten Herbstblumen gepflückt, die so dicht um die Kirche lagen, dass sie das Gotteshaus wie eine Flut umspülten. Durch die bunten Fenster strahlte die Sonne in das Kirchenschiff. Alles war Farbe, Licht und Freude.

Wie es Tradition war, gingen die Paare zu Fuß von der Burg zum Ort der Vermählung, Hand in Hand, Seite an Seite. Gunther und Siegfried trugen Hemden mit den Abzeichen ihrer Häuser und stolze Kronen auf dem Haupt. Wie es dem Christengott gefiel, hatte niemand Schwert oder Dolch am Gürtel. Feine Pelze lagen trotz des milden Wetters als Umhänge auf breiten Schultern.

Kriemhild trug Weiß, mit langer Schleppe, und ein Diadem. Um die Hüften war ein zartes Band aus geflochtenen Silberfäden zu sehen. Brunhilde hingegen trug ein Kleid in einem Blau, das für jeden ein Schwarz war. Eng und schmucklos, fächerte es erst an den Schenkeln ein wenig auf, um ihren Beinen das Gehen zu erlauben. Ihre Haare waren geflochten wie an dem Tag, an dem sie Gunther auf dem Feld aus Eis und Feuer gegenübergetreten war.

Viermal stolzes Königsblut schritt in einer Reihe durch die Straßen von Worms, bejubelt und verehrt von Massen, die vor Freude kaum an sich halten konnten. Dahinter, in einem Tross, den die edelsten Männer und Frauen des Hofes bildeten, gingen Gernot, Hagen, Elsa und die Heerführer. Die Luft war so angefüllt mit Begeisterung über gezeigte Liebe, dass es dem jungen Prinzen schwer fiel, nicht ständig seiner Angebeteten in die Augen zu sehen und ihre Hand zu suchen. Aber sie hatten sich geschworen, den alten Hagen erst einzuweihen, wenn vom Hofe Wohlwollen zu erwarten war. Und Siegfried hatte bereits angedeutet, dass die Hochzeitsmusik dafür ohne Misstöne verklungen sein musste.

Die Gruppe bog auf den Platz vor der Kirche ein, den Soldaten nach allen Seiten sicherten. Trompeter kündeten von der Ankunft des Königs, und die Kirchenglocken schlugen einladend.

Siegfried spürte, wie die Hand seiner Prinzessin zitterte. »Fürchtest du dich vor dem Schritt? Möchtest du ihn überdenken?«, flüsterte er leise.

»Nein«, gab sie lächelnd zurück. »Es ist die freudige Erwartung, die mich rührt.«

Gunther hörte die Worte seiner Schwester, und vom gleichen Geist beflügelt, wandte er sich an Brunhilde. »Und du, meine Liebe? Freust du dich, in wenigen Momenten Königin von Burgund zu sein?«

Sie sah ihn nicht an, den Blick starr auf den Kirchturm gerichtet, als wäre er ein Kreuz, an das sie nun geschlagen würde. »Ich gebe es auf, Königin von Island zu sein, um Königin von Burgund zu werden. Gestattet mir, den Wert des Tauschs zu prüfen, wenn er vollzogen ist.«

Es war nicht die Antwort, die Gunther erwartet hatte, aber auch keine feindselige Ablehnung. Brunhilde schien sich langsam an die Tatsachen zu gewöhnen.

Das Portal der Kirche wurde aufgezogen, und der kühle Luftzug ließ die Blütenblätter auf dem Platz begeistert tanzen. Die Stimmung war so feierlich, wie es der Anlass verlangte.

Elsa bemerkte aus dem Augenwinkel, dass ihr Vater zurückfiel und die Treppe zum Portal nicht mit dem Fuß betrat. Sie drehte sich kurz um, aber er bedeutete ihr mit einer schnellen Handbewegung, weiterzugehen. »Ich werde hier draußen die Vorbereitungen für den Rückweg überwachen.«

Sie wusste natürlich, dass er log. Während längst nicht alle Burgunder dem neuen Glauben anhingen, hatten die meisten doch ihren Frieden mit dem Christengott gemacht und beteten zu den alten Göttern nur heimlich, um den König nicht zu verärgern. Hagen jedoch war sehr offen in seiner Ablehnung des Christentums, und nur vor Gunther sprach er nicht davon. Die Lehre von Vergebung und Unterwürfigkeit erschien ihm schwach und widerlich, ein Glaube für Waschweiber und Feiglinge. Die Kirche heute nicht zu betreten war sein Protest, den er kaum zu verbergen gedachte.

Ein Schatten fiel über den Platz, und erst jetzt merkten die Anwesenden, dass fette graue Wolken sich über Worms zusammenballten.

Sie hatten die Glocken schon gehört, bevor sie geschlagen worden waren. Die Ahnung von Verrat und Tod, der Geruch von Missgunst und eitler Lust zog sie an, weil sie wussten, dass er auch zum Gold führte. Zwischen den Bäumen und durch sie hindurch waren sie vom Nibelungenwald gekommen, sich in Steinen und Bächen findend, die körperlosen Gestalten in der Natur bindend. Sie flüsterten einander zu in Wind und gurgelnden Flüssen, und in Schatten fanden ihre Hände zueinander. Sie waren viele und doch eins, Volk wie Geist, Alberich wie Regin, und Hunderte, deren Namen keine Lippen kannten. In ihrem Gefolge ritten Wolken, düstere Boten kommenden Unheils.

Auf den Hügeln nördlich von Worms kamen sie zur Ruhe, die Stadt weit unter sich, wo der Kirchturm wie eine Schwertspitze zum Himmel gereckt war.

Sieeehhh an ...

Es war eine kichernde Erkenntnis, und nur wenige Nibelungen sahen keine Heiterkeit im großen Hochzeitsfest.

Liebe blüht auf Diebstahl und Verraaat ...

Durch ihre aus dem Boden um die Sträucher tanzende Masse kämpften sich Schemen, die um eigene Worte rangen.

Kein Hass ist heute in Burgund ...

Es war ein versöhnlicher Gedanke, der sofort in einem wilden Geschnatter böser Worte unterging.

Hass überall ... und schwarze Herzen ... Hagen ... Brunhilde ... kein Verzeihen ...

So verharrten sie, für gut zwei Stunden lamentierend, bis die Glocken die Vermählung zweier Paare verkündeten und die Krönung eines neuen Königs.

Siiiegfried ... vor seinem neuen Gott mit unserem Gold ...

Obwohl kein Menschenauge aus dieser Entfernung etwas hätte sehen können, erkannten die Nibelungen jede Einzelheit, als die Könige mit ihren Königinnen aus der Kirche traten. Ihre Blicke gingen tiefer als Haut und Fleisch, in Herzen und Seelen. Das schmerzende Blut Brunhildes blieb ihnen ebenso wenig verborgen wie Gunthers eitle Freude, der sich am Ziel seiner Wünsche wähnte.

Es regnete nun auf Burgund, kurz und wütend, begleitet von Blitz und Donner, wie der Protest alter Götter gegen neue Regeln.

Sooo viele Länder ... sooo viele Leiden ... wie wird es enden?

Die Nibelungen hatten den Beginn des nächsten Akts nun gesehen und zogen sich zischelnd und flirrend in ihren Wald zurück.

In Blut ... nuuur in Blut ...

Hagen hatte sich während des kurzen Gewitters nicht untergestellt, seinen Umhang nicht über den Kopf gezogen. Der Regen prasselte auf seine hagere Gestalt, während die hektisch nach Schutz suchenden Bürger um ihn herumeilten wie Ameisen. Er fragte sich kurz, ob der Sturm ein Zeichen der Götter war, von denen sich Burgund abgewandt hatte. Andererseits entsprach es seiner Erfahrung, dass die Götter sich nur selten um irdische Geschicke scherten und lieber zusahen, wie die Menschen ihr Schicksal selbst in die Hand nahmen.

Und es war Hagens Absicht, genau das zu tun.

Als der Regen aufhörte, sah er eine Bewegung auf den Hügeln im Norden. Weniger eine konkrete Gestalt, vielmehr ein Flirren in der Luft, als stiege heiße Luft vom Boden auf. Es waren die Nibelungen, das war Hagen klar. Er gehörte zu den wenigen Männern in Burgund, die noch die alten Geschichten kannten und von den dunklen Mächten wussten. Und nur deshalb konnte er sie sehen – ihre Existenz bedurfte des Glaubens. Die Anwesenheit der Waldgeister verhieß nichts Gutes. Sie liebten nichts mehr, als dem Leid der Menschen zuzusehen, alte Schuld zu fordern und im Niedergang der Reiche ihren Spaß zu finden.

»Ihr werdet euer Blut bekommen«, flüsterte er kehlig. »Doch wessen Blut es sein wird, darüber ist das letzte Wort noch nicht gesprochen.«

Die Feier war noch in vollem Gang, als Gunther unter dem Gejohle seiner Männer verkündete, sich mit der Königin Brunhilde zurückzuziehen. Viele raue Trinksprüche begleiteten ihn freudiger als Brunhilde, die während des Abends genau jene Menge Begeisterung aufgebracht hatte, die man von ihr erwarten durfte. Darüber hinaus hatte sie weder gesprochen noch gegessen noch getrunken. Gunther hingegen hatte dem Braten und dem Wein kräftig zugesprochen, sich der Erleichterung hingebend, dass nun die Weichen für eine verheißungsvolle Zukunft gestellt waren.

Das gemeinsame Schlafzimmer des Königspaars war prächtig geschmückt worden, und der Schein vieler Fackeln tanzte auf Seide in allen Farben. So viel bestickte Kissen lagen auf dem breiten Bett, dass sie eher zum Spiel als zur Nachtruhe einluden. Der Boden war mit Fellen ausgelegt, und auf einem kleinen Tisch lagen Früchte. In Schüsseln mit parfümiertem Wasser lagen Tücher zur Erfrischung. Es war ein sinnlicher und zugleich beruhigender Anblick, dem einzigen Ziel der Nacht gewidmet.

Gunther legte seine Jacke ab und auch sein Hemd. Er hatte seine Frau den ganzen Abend hungrig angesehen, und der Wein hatte die Lust noch verstärkt. Seine Königin war Brunhilde bereits – nun wollte er sie sich auch noch untertan machen.

Die Herrscherin von Island, die jetzt nur noch die Frau des Königs von Burgund war, sah der Hochzeitsnacht mit wenig Vorfreude entgegen. Sie stand vor dem Bett und strich gedankenverloren über die Kissen. Gunther trat an sie heran und öffnete die Knoten, mit denen die Riemen ihres Kleids am Rücken verbunden waren. Es fiel ihm nicht leicht, denn der Alkohol ließ seinen Blick verschwimmen und seine Hände zittern. Brunhilde rührte sich nicht. Nach endlosen Augenblicken drehte sie sich zu ihrem Mann um, und milder Spott lag in ihren Augen. »Wie will mein Gemahl sein Geschenk genießen, wenn er es nicht einmal auspacken kann?«

Gunther stieß sie auf das Bett und folgte ihr dann auf die Decke. Sein Körper lag auf ihrem, und sein nach Essen riechender Atem verbreitete sich überall, als er sprach. »Ich kann den Stoff von deinem Körper reißen oder schneiden. Ich kann dich zwingen, mich nur noch nackt zu erwarten, wenn mich dein Leib reizt.«

Er griff gierig nach ihrer Brust, zerrte an dem Kleid, das sie bedeckte. Brunhilde packte seine Hand, um die groben Finger wenigstens dorthin zu lenken, wo ihnen Erfolg vergönnt sein konnte. Doch als sie das schwache Gelenk spürte, drehte sie wie in Neugier daran. Gunther schrie auf, seine Lust verlöschte wie eine Fackel im Regen. Er spannte seine Muskeln, aber seine Königin schob ihn mühelos von sich. Er nahm den anderen Arm zu Hilfe, presste die Faust gegen ihre Schulter, doch Brunhilde war ihm an Körperkraft überlegen. Ihre Beine schlangen sich um seine Hüften und drückten mit starken Schenkeln zu.

Gunther stöhnte, und der Schmerz vertrieb nun auch den wohligen Rausch aus seinem Kopf. Er wand sich und suchte nach einem Ausweg aus dem Griff der eigenen Frau.

Sie lag mit dem Rücken auf dem Bett, ihr Gesicht ganz entspannt, während der König über ihr zappelte wie ein Fisch, den der Bär gerade aus dem Fluss geschlagen hatte.

»Lass ... mich ... los«, keuchte er, rot vor Wut und Anstrengung.

»Was ist, mein König?«, fragte sie, den Spott nun nicht mehr verhehlend. »Bekomme ich im Bett nicht den Krieger, der mich auf dem Feld besiegt hat?«

Vor Gunthers Augen tanzten helle Flecken, und verzweifelt kämpfte er gegen die Übelkeit in seinem Magen an. Er hatte Brunhildes Kraft nichts entgegenzusetzen, das war klar. Er konnte es auf die Mühen der Reise schieben und den vielen Wein, aber es änderte nichts an den Tatsachen. Er sah keine andere Möglichkeit, als sie mit der flachen Hand ins Gesicht zu schlagen.

Es dauerte kaum einen Lidschlag, bis ein kleiner roter Blutfaden aus ihrem linken Nasenloch über die helle Haut lief.

Brunhilde lag einen Moment lang still. Dann schrie sie wie eine Walküre und schlug Gunther mit der Faust ins Gesicht. Immer wieder. Die Schläge prasselten zu schnell auf den König ein, als dass er sie hätte abwehren können. Die Umklammerung ihrer Beine machte es unmöglich, sich wenigstens von ihr wegzurollen. Er hing wie in Ketten.

Schließlich verebbte Brunhildes Raserei, und mit den Füßen stieß sie den halb ohnmächtigen Gunther von sich. Er schlug auf dem Boden auf, wo die Felle seinen Sturz nur mäßig bremsten.

Brunhilde, immer noch voll bekleidet, richtete sich im Bett auf. Sie wischte sich langsam das Blut von der Lippe. »Niemand, der mich je geschlagen hat, hat lange genug gelebt, um davon zu erzählen. Dein Rang und unsere Ehe haben dich soeben gerettet. Aber wenn du meinen Körper willst, dann nutze Stärke, nicht Gewalt. Bis dahin wirst du hier keinen Schlafplatz finden.«

Gunther schüttelte den Kopf, um wieder einen klaren Gedanken fassen zu können. Er kam auf die Beine, vorsichtig das schwellende Gesicht befühlend. »Du bist mein, Brunhilde. Auf dem Feld aus Eis und Feuer hast du dich mir unterworfen!«

Sie lachte ihn aus, und der Schmerz ging tiefer als jede Wunde. »Ich habe mich einem Krieger unterworfen. Und ich habe einen König geheiratet. Aber ich werde mich keinem Jämmerling hingeben.«

Sie genoss es sichtlich, seit Wochen erstmals wieder die Macht in Händen zu halten, und sei es nur die Macht über ihren eigenen Körper.

Gunther stolperte zur Tür hinaus. Er war froh, dort keine Wachen postiert zu haben. Schließlich war er drauf und dran, sich zum Gespött des Hofes zu machen. Zum Gespött des Volkes.

Die kalte Abendluft, die durch die Gänge wehte, kühlte die Schmerzen des Königs, nicht aber seine Seele. Wie konnte Brunhilde es nur wagen? Sie waren verheiratet, sie war *seine* Frau, und das Recht dieser Nacht war ohne Zweifel das seine. Sich ihm zu verweigern, ihn zu demütigen, das war keine Art, die er hinzunehmen gedachte. Doch die einzige Chance, Brunhildes Widerstand zu brechen, lag genau in jener Hilfe, die in Anspruch zu nehmen er sich selber verboten hatte.

Nach dem Kampf in Island hatte er niemals mit Siegfried darüber gesprochen. Er ahnte, dass der junge König von Xanten Zauberdinge aus dem Schatz der Nibelungen besaß, aber das Gespräch darüber hätte Gunther schmerzlich bewusst gemacht, dass seine Geschicke weitgehend von einem ehemaligen Schmied gelenkt wurden. Er hatte gehofft, mit der Hochzeit der Abhängigkeit von Siegfrieds Licht zu entgehen, und in diesem Moment wurde ihm klar, dass das nicht zu erwarten stand.

Es gelang dem König, ohne viel Aufsehen zu den Gemächern seiner Schwester zu schleichen, in denen nun auch Siegfried wohnte. Er hörte vergnügtes und verliebtes Gelächter durch die Tür, und es schmerzte ihn, weil es die Geräusche waren, die auch er sich in der Hochzeitsnacht erhofft hatte. Gunther klopfte mehrmals leise, bis sich Schritte näherten. Er hielt sich in den Schatten, um sein mitgenommenes Äußeres nicht allzu sehr zu präsentieren.

Siegfried steckte den Kopf aus der Tür, und sein Gesicht war freudig errötet. »Gunther, was treibt Euch so spät in dieser Jubelnacht noch um?«

Der König hörte ein weiteres Paar Füße, und hastig flüsterte er: »Kriemhild soll mich nicht sehen.«

Siegfried verstand nicht, was sein Freund meinte, bedeutete seiner jungen Frau aber, im Zimmer zu bleiben, während er auf den Gang hinaustrat. Er trug nur noch eine kurze Hose, und auf seiner Brust waren die roten Striemen von Kriemhilds Fingernägeln sichtbar. Er sah die Blessuren auf dem Gesicht des Königs von Burgund, und Sorge umwölkte seine Stirn. »Was ist geschehen?«

Gunther brauchte einen Moment, um sich zu fassen. »Es ist Brunhilde, sie ... sie verweigert sich mir!«

Siegfried runzelte die Stirn. »Vielleicht braucht sie nur etwas Zeit. Burgund mag für sie immer noch überwältigend sein.«

Wütend deutete Gunther auf seine Wunden. »Sieht das nach einer verängstigten Frau aus? Siegfried, sie *verhöhnt* mich. Sie muss im Schlafzimmer gebrochen werden wie auf dem Felde!«

Nun ahnte Siegfried, was sein Freund von ihm verlangte, und schüttelte entschlossen den Kopf. »Bitte mich nicht, dir im Bett beizustehen. Es wäre Verrat an der Königin von Burgund – *und* an der Königin von Xanten!«

Gunther packte Siegfried an beiden Schultern und schüttelte ihn verzweifelt. »Aber es *gibt* keinen anderen Weg! Ich verlange ja nicht, dass du die Mannespflicht erfüllst. Wenn ich ein einziges Mal mit deiner Hilfe Brunhildes Fleisch bändigen kann, wird ihr Wille gebrochen sein, und alles kann den Weg gehen, den das Schicksal uns bestimmt hat!«

Siegfried schloss die Augen und atmete tief ein. »Ich kann das nicht tun, Gunther. Bitte mich nicht um etwas, das meine Seele kosten würde.«

Gunthers Augen schienen einen dunkleren Ton als sonst

anzunehmen, und auch seine Stimme klang auf einmal rau. »Es wird den Frieden kosten, wenn Brunhilde mich zum Narren macht. Bedenke, dass unser großer Plan, die Reiche aneinander zu binden, vom Glück *beider* Ehen abhängt.«

Siegfried kämpfte mit sich nicht weniger als seinerzeit mit Fafnir. In Gedanken spielte er mit dem Ring an seinem Finger, der warm Vertrauen schenkte und ihm leise riet, den Freund nicht zu verprellen.

Nun kam Kriemhild doch dazu, und entsetzt betastete sie Gunthers geschwollenes Gesicht. »Mein Bruder, was ist geschehen? Wer hat dir das angetan?«

Der König zog mürrisch seinen Kopf zurück, und es war Siegfried, der die Antwort gab. »Gunther ... es hat einen Streit gegeben. Betrunkene Soldaten, die in ihrer Weinseligkeit die falschen Worte wählten. Der König hat sie zurechtweisen wollen, aber der Rausch raubte den Respekt vor der Krone.«

»Brunhilde wird sich sicher darum kümmern«, sagte Kriemhild freundlich. »Sie wird dich pflegen und dir deinen Schmerz nehmen.«

Siegfried nickte, sichtlich unwohl in seiner Haut. »Sicher wird sie das. Aber zuerst werde ich mit Gunther losziehen und die Raufbolde stellen.«

»Du willst mich in der Hochzeitsnacht allein in den Laken frieren lassen?«, fragte Kriemhild kokett und im Augenaufschlag süße Wonnen versprechend.

Ihr Mann lächelte freudlos. »Nur kurz. Bevor du einschläfst, bin ich wieder an deiner Seite.«

»Tut, was das Mannsvolk tun muss.«

Es gelang Kriemhild weder, die Erleichterung in Gunthers Blick zu deuten, noch das Entsetzen in Siegfrieds Augen.

Brunhilde fand keine Ruhe. Ihre Kriegerseele lag auf der Lauer, horchte in der Nacht nach Schritten, argwöhnte hinter jedem Geräusch einen Überfall. Sie wusste, dass Gunther kaum die Schmach hinnehmen würde, die sie ihm zugefügt hatte. Aber es war nicht ihre Wahl gewesen – sich dem Sieger vom Feld aus Feuer und Eis unterwerfen zu müssen wäre ihr ein Leichtes gewesen. Der König von Burgund jedoch war nur das äußere Bild des Kriegers. Weder seine Seele noch sein Herz war ihrem überlegen. Sein Wille war laut, aber schwach.

Sie hatte die Fackeln gelöscht und die Kissen beiseite geschleudert. Mit dem nassen Lappen hatte sie versucht, sich seinen Atem aus der Haut zu reiben. Es war ihr nicht gelungen. Als er im Schein des Mondlichts wieder das Gemach betrat, richtete sie sich nicht einmal auf. »Kommst du, weil die Schande dir auf der Seele lastet – oder weil du um mehr davon betteln willst?«

Gunther wartete einen Moment, bevor er die Tür schloss, dann trat er langsam ans Bett. »Du willst den Krieger auch im Schlafgemach? Dann lass unsere Liebe deine Niederlage sein!«

Sie schlug nach ihm, doch er wich aus und packte ihr Handgelenk. Mit einem schmerzhaften Ruck riss er ihren Arm hoch, um ihn dann gleich von sich zu stoßen. Brunhilde rollte auf den Bauch, und sie hatte die Beine noch nicht angewinkelt, um aufzuspringen, da spürte sie den Körper des Königs über sich, wie er sie auf das Bett presste. Mit dem rechten Ellbogen wollte sie ihn treffen, aber ihr Arm war wie in Stein gegossen. Sie versuchte, den Kopf zu drehen, doch eine starke Macht drückte sie in die Kissen. Nur mühsam konnte sie zwischen den Stofflagen atmen.

Gunther stemmte sich in die Höhe und zog grob an den

Riemen ihres Kleides. Sie rissen nicht sofort, sondern schnürten schmerzhaft in ihr Fleisch.

»Gunther, nicht …«, keuchte sie schwer.

Seine Hände waren überall, schoben den Rock nach oben, drückten ihre Schenkel, ihre Schultern, griffen gierig jedes bisschen nacktes Fleisch, das er aus dem Kleid zerrte.

»Du wolltest Gunther nicht«, knurrte er heiser. »Nun bekommst du deinen König!«

Ihr ganzer Körper spannte sich, die Muskeln wurden hart wie Holz, doch ein schwerer Schlag in ihren Nacken löste im Schmerz die Kraft, mit der sie sich noch wehrte. Brunhilde hörte wie aus der Ferne Stoff reißen und Gunthers schwere lederne Hose zu Boden fallen. Aus grober Lust wurde grobe Tat, und Gunther nahm sich sein Recht mit Gewalt.

Brunhildes Herz und Seele brachen, aber ihr Wille, schwer geschunden von starken Händen, trat nur den Rückzug an und schwor wütend Rache. Er versteckte sich so tief in ihr, dass Gunther ihn auch nicht fand, als er brutal ihren Körper nahm wie eine Burg, die es zu erstürmen galt. Sie schrie nicht, flehte nicht um Gnade oder wenigstens um Rücksicht. Es gab kein Jammern, das die Kissen dämpfen mussten.

In Hitze und Trieb dauerte die schmutzige Mannestat nicht lang, und Brunhilde spürte, wie Gunther keuchend sich in ihr ergab.

Zwei Körper schlaff auf dem Bett, tropfte dreierlei Schweiß auf die Kissen, und Augenblicke später schwang die Tür wie im Windhauch auf und zu.

Freudig hatte Kriemhild ihren König erwartet, nur ein dünnes Laken über ihren makellosen Körper gezogen. Sie hoffte, dass der Streit mit ein paar Rüpeln seine Manneskraft befeuerte, auch wenn es eigentlich nicht nötig war. Wann immer sie sich nach Siegfrieds Kraft sehnte, schenkte er ihr mehr, als sie sich in ihren Träumen gewünscht hatte.

Schon seine muskulöse Gestalt, die sich in das halbdunkle Zimmer schob, ließ ihren Leib erzittern und mehr als nur den Schweiß fließen. Doch als sich sein Gesicht im schwachen Licht einer einzigen Fackel flackernd zeigte, wurde aus der heißen Woge ein kalter Schauer und aus Wollust nackte Angst. Sie sprang auf, das Laken achtlos fallen lassend, und war mit schnellen Schritten bei ihm.

Siegfried zitterte, und sein Antlitz war bleich. Schweiß lief ihm von den Schläfen, als hätte er soeben einen Baum mit einer stumpfen Axt gefällt. Seine Augen suchten nach ihr und schienen sie doch nicht halten zu können.

Kriemhild nahm ihn in den Arm, Stärke und Geborgenheit schenkend, und führte ihn vorsichtig zum Bett. Er fiel auf den Rücken, und sie legte sich zu ihm. Doch als sie ihre Hand auf seine Brust legen wollte, drückte er sie weg. Sein Blick ging starr zur Decke, als wäre dort ein Bild zu sehen, das sich nicht vertreiben ließ.

»Was ist mit dir?«, fragte Kriemhild sanft und ohne jeden Vorwurf.

»Die Lüge ist eine Pest – sie steckt an und breitet sich aus, und wenn man sie nicht herausschneidet, dann wird sie Opfer fordern«, krächzte er schließlich, und zum ersten Mal sah sie eine Träne über seine Wange laufen. »So hat Regin es mir beigebracht.«

»Von welcher Lüge sprichst du?«, wollte sie wissen.

Nun endlich drehte er das Gesicht zu ihr. »Von jener, mit der ich dich und unsere Ehe nicht ins Siechtum führen will. Ich will die Wahrheit sagen – immer.«

Sie küsste seine Träne. »Bitte sprich.«

Er stützte sich auf seine Ellbogen, den Blick nun in das Halbdunkel des Zimmers richtend. »Gunther, er ... er hat Brunhilde nicht in Ehren gewonnen.«

»Was meinst du?«, fragte Kriemhild unruhig. »Gernot erzählte mir, dass ...«

»Gernot kann nur erzählen, was er sah und hörte«, fiel ihr Siegfried ins Wort. »Doch auf dem Feld aus Feuer und Eis stand ungesehen noch ein dritter Kämpfer. Mit dem Tarnhelm der Nibelungen wandte ich das Glück zu Gunthers Gunsten.«

Die Hinterlist, die zweifellos in dieser Tat lag, konnte Kriemhild nur mit dem Willen Siegfrieds entschuldigen, sie zur Frau zu bekommen, wenn er Gunther half. Es war kaum zu ertragen, doch die Liebe ehrte manche schlechte Tat. Sie nahm einen nassen Lappen und legte ihn in seinen Nacken. »Wer weiß davon?«

Siegfried sah sie entgeistert an. »Niemand! Keine Seele. Nur dir kann ich vertrauen, weil ich dir vertrauen will.«

»Und was ist heute Nacht geschehen?«

Kriemhild ahnte, dass der unerhörte Verrat an der Königin von Island kaum mehr als der Beginn einer Beichte war, die Böses ans Tageslicht bringen würde.

Der König von Xanten, ein Bündel aus Schuld und Verzweiflung, setzte sich auf und stützte den Kopf in die Hände. »Im Bett bemerkte Brunhilde, dass Gunther ihr nicht gewachsen war wie auf dem Feld in Island.«

Es war eine einfache Feststellung, aber sie zog Schlüsse nach sich, die Kriemhild erbleichen ließen und ihren Atem beschleunigten. »So hat sie ihn in der Hochzeitsnacht mit Schlägen davongetrieben?«

Siegfried nickte im Schmerz der Erinnerung. »Und der einzige Ausweg, der Gunther einfiel, war die Fortführung der üblen Posse.«

Langsam formten sich Bilder in Kriemhilds Kopf, die einander umschlangen, miteinander tanzten und schließlich im Reigen eine Geschichte erzählten. »Du warst nicht in ihrem Zimmer«, flüsterte sie mit seltsam spröder Stimme.

Sein Nicken schnitt sie wie vom Hals bis zu den Schenkeln, Forderung schlich sich in ihren Tonfall. »Sag mir, dass du heute Nacht nicht in ihrem Zimmer warst.«

Siegfrieds Stimme brach. »Willst du die Lüge und mit ihr die Pest, die unser Leben krank machen wird?«

Kriemhild war zu angewidert, um auch nur den Funken des Verständnisses in ihrem Herz zu finden. »Hast du Brunhilde genommen?«

Siegfried sah sie mit rot geränderten Augen an. »Nein! Niemals! Ich hielt nur ihren Körper, während ... Gunther ...«

Seine Komplizenschaft war nicht weniger erbärmlich als die Tat des Königs, und so schwieg er, von sich selbst entsetzt.

»Geh aus meinem Zimmer«, flüsterte Kriemhild erstickt.

Ihr Mann und König verstand nur zu gut, warum sie ihn nicht bei sich wollte. Doch sein Wunsch nach Verzeihung war größer. »Meine Liebe, ich dachte, alles wäre ... für uns.«

»Geh, bis ich es ertragen kann, dass mein Geliebter mit meinem eigenen Bruder den Leib einer Frau geschändet hat in unserer Hochzeitsnacht. Und wenn es nie sein wird, so nimm es hin.«

»Was soll ich jetzt tun?«

Es lag keine Liebe mehr in ihren Augen. »Leg dich zu den Schweinen, denen du mir heute Nacht viel näher scheinst als allen Männern.«

Gebrochen stand Siegfried auf und ging langsam zur Tür. »Wenn der Morgen graut«, sagte Kriemhild zum Abschied,

»solltest du die Abreise nach Xanten vorbereiten – in diesen Mauern weile ich nur noch, bis unser Besitz auf Karren Platz gefunden hat.«

Siegfried hatte sich geirrt – das Gesagte vergiftete die Luft am Hofe Burgunds ebenso wie das Ungesagte. Obgleich die Hochzeitsfeiern eine frohe Stimmung hätten hinterlassen sollen, fand die Sonnenscheibe die Burg in der gedrückten Stille von Hass und Missgunst.

»Und du bist sicher, dass ihr schon in wenigen Tagen abreisen müsst?«, fragte Gunther, obwohl er Siegfrieds Antwort ahnte. Der Herrscher von Burgund saß auf seinem Thron, ungeduldig mit den Fingerspitzen an den Armlehnen kratzend.

Der König von Xanten nickte. »Es ist Kriemhilds Wunsch, und außerdem – du selbst hast immer betont, dass die Reiche ihren König brauchen. Es werden Jahre vergehen, bis Xantens und Dänemarks Wunden, von Hjalmar beigebracht, verheilt sind.«

»Du hast meiner Schwester nicht von letzter Nacht erzählt?«, fragte Gunther misstrauisch.

Siegfried schüttelte den Kopf. »Doch Kriemhild ist so klug, wie ich es mir immer von meiner Frau gewünscht habe. Auch wenn sie nicht weiß, was geschah, so ahnt sie doch, dass es etwas Furchtbares gewesen sein muss.«

»Furchtbar«, zischte die König. »Furchtbar, dass ich die Liebe meiner Frau in der Hochzeitsnacht verlangt habe? Furchtbar, dass ich nehmen musste, was mein ist?«

Siegfried antwortete nicht darauf, denn die Fragen dienten nur dazu, Gunthers schlechtes Gewissen zu beruhigen. Er wusste, wie grausam seine Tat gewesen war, und seine befleckte Seele wand sich in Qualen darüber.

Harte Schritte auf dem Steinboden waren zu hören. Es

war die Königin von Burgund, die aufrecht herantrat und sich auf den Thron zu Gunthers Rechten setzte. »Mein König.«

Er nickte ihr unsicher zu und versuchte in den Augen zu lesen, die fest ins Leere zu blicken schienen. »Meine Königin.«

Brunhilde reichte ihm einige Unterlagen. »Zwar gesteht das Volk uns Zeit zur Feier zu, aber es wäre vielleicht angebracht, die wichtigsten Tagesgeschäfte ab heute wieder zu übernehmen. Von der Kanzlei habe ich mir diese Listen zusammenstellen lassen. Es geht um Landstreitigkeiten, veraltete Gesetze und die Freistellung verschiedener Berater, die für die Zusammenlegung der Verwaltung von Island und Burgund von Nutzen sein können.«

Zwar überraschte ihn Brunhildes formelle Art und die Zielstrebigkeit ihrer Regentschaft, aber Gunther war auch erleichtert, denn zu regieren, das verstand er. Es machte ihm nichts aus, dass seine Königin ihre Gefühle verbarg, denn er war sicher, dass diese wenig angenehm waren. So ergab sich die Gelegenheit, dass Brunhildes Wut auf ihn mit der Zeit stumpf würde wie ein Schwert im Regen. Gunther hatte nicht vor, ihr das zu erschweren, indem er in Vergangenem stocherte.

Die Königin sah nun Siegfried an. »Es betrübt uns ein wenig, dass Ihr schon bald abreist, wie man hört. Die Zustimmung meines Gatten vorausgesetzt, spreche ich die Einladung aus, dass das Königspaar von Xanten und Dänemark bei Hof immer willkommen ist.«

Ein kurzes Nicken Gunthers machte das Angebot offiziell, und mit gesenktem Haupt nahm Siegfried es an. »Unsere Reiche werden immer in Freundschaft verbunden sein, und wenn die Staatsgeschäfte es erlauben oder ein Freudentag den Anstoß unserer Kelche verlangt, erwartet unsere Schiffe in Eurem Hafen. Und ohne Kriemhild fragen zu müssen, weiß ich, dass die Offerte auch von unserer Seite gilt.«

»Ihr solltet Eure Frau dennoch fragen«, schlug Brunhilde vor. »Jede Gattin zieht es vor, gefragt zu werden, bevor eine Entscheidung gefällt wird.«

Ihr Blick ging nicht zu Gunther, dem das Wort offensichtlich gewidmet war. Auch Siegfried verstand den Doppelsinn und zog es vor, nicht durch seine Anwesenheit weitere Unbill zu verursachen. Er nickte respektvoll. »Ich werde nachschauen, ob Kriemhild Hilfe bei den Reisevorbereitungen benötigt.«

Er verließ den Saal und nahm doch die schwammige Unruhe nicht mit, die in der Luft lag. Gunther tat, als lese er die Papiere, die Brunhilde ihm gegeben hatte, und fast beiläufig murmelte er: »Ich sehe, es geht dir gut.«

Brunhilde, in Dokumente vertieft, antwortete mit demselben Gleichmut. »Du hast mich unterworfen, und nach der Kriegerin gehört nun auch die Frau Brunhilde dir. Du wirst mich ohne Freude in deinem Bett finden, aber finden wirst du mich.«

Nicht gerade eine Absolution, fühlte Gunther dennoch eine Beruhigung. »Ich möchte, dass du weißt, dass ich gewöhnlich nicht so bin.«

Sie blickte ihn an, harmlos, fast freundlich. »Darauf setze ich. Denn solltest du mich je wieder schänden wollen, wird Blut fließen. Kann ich dein Leben dann nicht nehmen, wird es mein eigenes sein.«

Damit wandte sie sich wieder der Arbeit zu, ohne die Stimme nur ein einziges Mal erhoben zu haben.

»Es ist, als könnte ich in meiner eigenen Burg kaum ein offenes Wort mehr sprechen«, fluchte Gunther, und seine Faust hieb gegen einen Baum, dass die Rinde brach.

Hagen blieb ruhig, die linke Hand wie immer auf dem Schwertknauf. »Mussten wir uns deshalb wie Verschwörer an diesem heimlichen Ort treffen? Ist der König unerwünscht in den eigenen Mauern?«

Sie standen auf einem kleinen Hügel nördlich der Burg, ihre Pferde hatten sie angebunden.

»Es ist Siegfried, alles Siegfried«, knurrte der König. »Seine unchristliche Zaubermacht erhebt ihn über alle, und ein loses Wort aus seinem Mund könnte mich jederzeit vernichten.«

»Nur weil seine Hand die Eure auf dem Feld aus Feuer und Eis führte?«, fragte Hagen, und auf Gunthers überraschten Blick ergänzte er: »Es ist meine Aufgabe, Euer Wohlbefinden im Auge zu haben ...«

»Für einen Mann mit einem Auge siehst du mehr, als schicklich scheint«, sagte Gunther nicht ohne Respekt.

»Vielleicht habe ich den Kampf nur besser als alle anderen beobachtet«, fuhr Hagen fort. »Es ist nicht wichtig, was Siegfried tat. Der Sieg in Island ist Euer Sieg, und Siegfrieds Wort zählt nicht mehr als das des Königs von Burgund. Jederzeit werde ich beschwören, dass der Xantener während des Duells nicht von meiner Seite gewichen ist.«

Gunther legte ihm die Hand auf die Schulter. »Guter, alter Hagen. Deine Ergebenheit scheint die einzige, die weder von Ebbe und Flut, noch von den Jahreszeiten abhängig ist. Doch ginge es nur um jenen Tag im Norden, meine Sorgen wären gering. Ich stehe aber noch weit tiefer in Siegfrieds Schuld.«

»Sprecht frei heraus, und gemeinsam können wir versuchen, diese Schuld zu tilgen«, sagte Hagen. »Der König von Burgund muss in niemandes Kreide stehen.«

Gunther sah zu seiner Burg, die auf die Entfernung friedvoll schien und ein sorgenfreies Leben versprach. Er hatte keine Wahl, als dem Mann, der schon seinen Vater beraten hatte, vollends zu vertrauen. »Ich musste Siegfrieds Hilfe suchen, um meine eigene Königin im Schlafgemach zu unterwerfen.«

Hagen durchdachte die Tat und ihre möglichen Konsequenzen, bevor er nachfragte: »Weiß Brunhilde von Siegfrieds Komplizenschaft?«

Gunther schüttelte den Kopf, froh, nicht wieder mit einem Vorwurf bedacht zu werden. »Nein, sie ist ahnungslos.«

»Dann hat Siegfried Euch in der Hand – ein falsches Wort von ihm zu Kriemhild oder Brunhilde, und die Reiche könnten fallen. Alles, wofür Ihr so mutig gekämpft und so viel geopfert habt.«

»Ich verstehe es selber nicht«, sagte Gunther. »Je mehr er mein Freund wurde und je mehr ich seine Hilfe gerne nahm, desto mehr wurde er zur Gefahr für mich, den Thron und für Burgund.«

»So, wie ich es Euch prophezeite«, flüsterte Hagen.

Gunther konnte nicht einmal widersprechen. »So, wie du es prophezeit hast.«

»Ihr wisst, dass Siegfried auch das Gold der Nibelungen auf die Karren laden lässt?«, lenkte der alte Recke das Gespräch in eine andere Richtung.

»Es ist sein Besitz«, bemerkte Gunther.

»Sein Besitz, doch nicht sein Anrecht«, hielt Hagen dagegen. »Kommt der Schatz nicht aus Burgunder Erde? Ist nicht jeder Brocken hier Besitz des Königs? Und könntet Ihr mit dem Gold nicht jedes Leid lindern, das den Burgundern droht?«

Der König breitete ergeben die Arme aus. »Was soll ich denn tun? Dem Helden des Volkes seinen Lohn verweigern? Den Speer auf seine undurchdringliche Brust richten und mein Wort brechen?«

Hagen stellte sich so nah vor Gunther, wie er es aus Respekt niemals zuvor getan hatte. Seine Stimme war leise und eindringlich. »Ihr sollt mit dem Gedanken spielen, wie viel besser unser aller Zukunft wäre, wenn sie Siegfried nicht enthielte.«

Gunther brauchte Zeit, bis er begriff. Und selbst dann erbleichte er angesichts des Undenkbaren. »Du sprichst von Meuchelmord an meinem besten Freund, am Retter vor dem Drachen, am König von Xanten?«

Die Erwähnung der üblen Tat vermied Hagen sorgfältig. »Bedenkt doch nur – mit Kriemhild als Witwe und Königin würde Xanten uns ebenso freundschaftlich verbunden bleiben, wenn nicht mehr. Wo Siegfried seine Entscheidungen trifft, bräuchte Eure Schwester unseren Rat, um in Weisheit zu regieren. Euer Einfluss wäre ungleich größer. Und gemeinsam ließe sich auch das Gold viel sicherer verwalten. Nicht zuletzt: Keine lose Zunge könnte Brunhilde eine Lüge aus der Hochzeitsnacht erzählen. Die Bande zwischen allen Beteiligten wären gestärkt, wie es sich gehört.«

Gunther stolperte zurück, bis ein Baum seinen Rücken Halt gab. »Du sprichst von feigem Mord, Hagen! An einem Mann, dem Burgund viel verdankt!«

»Und dessen Untergang er jederzeit betreiben kann. Sagt das Wort, und es wird geschehen. Nur Euer Wille ist mein Befehl.«

Der König schüttelte entschieden den Kopf. »Niemals! Ich wäre weder Mann noch Christ, weder König noch Krieger, wenn ich mein Einverständnis gäbe.«

Die Debatte war für ihn damit beendet. Ohne ein weiteres Wort nahm er sein Pferd, und im Galopp ritt er zur Burg zurück.

Hagen blieb auf dem Hügel stehen, nachdenklich den Blick über Burgund schweifen lassend. Er hatte gehofft, dass der Neid Gunther genügend zugesetzt hatte, um dem Plan zuzustimmen, aber wie es aussah, war die Feigheit des Königs noch ein ausreichendes Gegengewicht. Das zu ändern war die Aufgabe der näheren Zukunft.

»Sie sind fort«, flüsterte Elsa und drehte sich zu Gernot, der bleich an einen Baum gelehnt stand.

Der Bruder des Königs sah seine Geliebte an, als habe er soeben den Glauben verloren. »Was geht hier vor am Hofe, den ich Heimat nenne?«

Elsa nahm ihn vorsichtig in die Arme und drückte ihn an sich. Sie waren aus der Burg geschlichen, um gemeinsam ein paar unentdeckte Stunden zu genießen, doch das geheime Treffen zwischen Hagen und Gunther hatte sie zu Mitwissern eines Komplotts gemacht. »Fürchte dich nicht, Gernot. Du hast gehört, wie dein edler Bruder das feige Ansinnen meines Vaters brüsk ablehnte.«

Er nahm ihr Gesicht in seine Hände. »Ist irgendetwas von ihm in dir, Elsa? Bist du von Tronje, wie Hagen?«

Sie trat erschrocken einen Schritt zurück. »Du klagst mein Blut an?«

Gernot strich sich über die Augen. »Nein, ich ... verzeih mir. Es erscheint mir nur so unvorstellbar, dass jemand Siegfrieds Tod fordern kann.«

»Du solltest Kriemhild warnen«, sagte Elsa. »Auch wenn Gunther ihm noch widersteht, so kann ich dir versprechen, dass mein Vater weiter in den Wunden bohren wird, die den König schwächen. Sie kann Mittler sein, damit das Band zwischen Gunther und Siegfried niemals zerreißt.«

»Aber wie können wir dabei nicht verlieren? Tut meine Schwester die Warnung als Kinderei ab, eilfertige Übertreibung eines dahingesagten Fluchs, dann ist der Sache nicht gedient. Glaubt sie mir, wird Kriemhild den Ratgeber, der so Übles plant, vom Hofe jagen lassen. Was geschieht dann mit dir – mit uns?«

Sie drückte ihn wieder an sich und küsste seine Wangen. »Würdest du Burgund für mich verlassen?«

Gernot nickte ohne Zögern. »Bei Nacht und Nebel, zu Fuß und ohne einen Fetzen am Leib.«

Nun küsste Elsa seine Nasenspitze. »Dann werde ich es nie von dir verlangen. Aber ewig werde ich warten, wenn es sein muss. Solange du da bist, werde ich wie ein Tier um die Burg schleichen, immer hoffend, einen Blick auf dich zu erhaschen, bis die Liebe uns vereint. Aber für dieses Recht müssen wir unserem Blut abschwören – das Gute darf nicht dem Familienband unterliegen.«

Er blickte sie in Liebe an, die größer kaum sein konnte. »Aber was sind wir ohne unseren Stand, ohne Ahnen, Eltern, Häuser?«

Ihre Worte waren Leidenschaft, in wenige Silben gehaucht. »Du bist Gernot, geliebt von Elsa. Und ich bin Elsa, geliebt von Gernot. Was mehr können wir sein?«

Brunhilde war in den Jahren, die sie mit ihrem Vater durch die Welt gereist war, klug geworden, wenn es darum ging, den Charakter der Menschen ohne große Prüfung einzuschätzen. Die meisten waren nicht schlecht, nur schwach, was ihre Freundschaften nicht weniger gefährlich machte. Abgesehen von Hakan war Eolind der einzige Mann, auf dessen Wort Brunhilde ihr Leben gegeben hätte. In ihren Augen war der höfische Ratgeber ein Schlüssel zum Geschick des Reiches. Auch aus diesem Grund hatte sie Hagen von Tronje vom Tag an, da die Burgunder aus dem Bauch des Schiffes in Island gekrochen waren, genau beobachtet.

Es war nicht daran zu zweifeln, dass er weder Eolinds Güte noch Vertrauenswürdigkeit besaß. Doch an Verstand und Hinterlist war der einäugige Geier kaum zu unterschätzen. Es war nur Gunthers Abhängigkeit von Hagen zu verdanken, dass sie ihn nicht mit dem Schwert aus Burgund verjagt hatte. Noch nicht.

Während Brunhilde Siegfrieds Gemach durchwühlte, jede Kiste und jeden Korb umwarf, dachte sie über Hagens Beweggründe nach. Sie glaubte keinen einzigen Augenblick, dass seine Erwähnung von Siegfrieds »Zauberdingen« ohne Grund geschehen war, als er eben das Gespräch mit ihr gesucht hatte. Wörter wie »unbesiegbar« und »unsichtbar« waren nicht umsonst gefallen. Sie sollten Saat sein, die in Hass und Neid aufging. Trotzdem war es ihr unmöglich, dem Verdacht nicht nachzugehen, den unausgesprochenen Vorwurf nicht zu prüfen. Zu unglaublich war der Gedanke, zu unvorstellbar. Was immer man Gunther unterstellen mochte, Siegfried war sicher nicht Teil davon gewesen. Hatte er ihr nicht versprochen, sie, wenn nicht zu lieben, so doch immer zu ehren?

Alles, was sie in Siegfrieds Zimmer fand, war Plunder, Kleidung, nutzloser Tand. Ihr fiel ein, dass Gunther ihr die Geschichte erzählt hatte, wie der Schmied Siegfried an den Hof gekommen war und ihm eine Schmiede bereitgestellt wurde. Vielleicht war das der Ort, an dem der neue König von Xanten seine Geheimnisse verbarg. Sie machte sich auf den Weg dorthin, ehrfürchtige Soldaten und Hofdamen ignorierend, und fand die Tür zum kleinen Holzhaus unverschlossen. Kohle und Asche grüßten sie, halb fertige Klingen, einiges Werkzeug, eine kalte Feuerstelle und grob gehauene Tische und Stühle. In der Ecke ballte sich eine gewachste Plane, und als Brunhilde sie hervorzog, gab sie eine kleine Truhe frei, die ebenfalls nur einfach gezimmert war. Das Licht durch die Ritzen der geschlossenen Läden der Schmiede reichte aus, um zu sehen, was der zurückgeworfene Deckel ihrem Blick enthüllte.

Ein Umhang, ein Dolch, ein riesiger Zahn, der vermutlich vom Drachen stammte. Ein paar Geldstücke in einem ledernen Beutel, vom reichen König wohl nicht mehr benötigt. Dazu ein Helm, doch von so feiner Machart, dass er für den Kampf kaum taugen mochte. Mehr im Spiel setzte Brunhilde ihn auf. So leicht war die Kopfbedeckung, dass sie kaum ihre Haare zu bändigen vermochte.

Schnelle Schritte näherten sich der Schmiede, und Brunhilde sprang auf. Als Königin vom Hof Burgund gab es nichts, wofür sie sich entschuldigen musste, aber die Fragen, die ihr Aufenthalt in der Schmiede aufwerfen würde, waren keine, die sie zu beantworten gedachte. Aber kein hastiger Blick eröffnete ihr einen Fluchtweg, als die Tür mit einem Ruck aufgestoßen wurde.

Es war Siegfried. Scheinbar hatte er bemerkt, dass jemand sein Gemach durchsucht hatte, und nun war er zum selben Schluss gekommen wie Brunhilde.

Er sah die Truhe und trat mit drei so eiligen Schritten heran, dass Brunhilde erschreckt zur Seite wich. Ein, zwei Griffe, und er wusste, dass der Helm fehlte. Wütend hieb er mit der Faust gegen das Holz.

Brunhilde war erstaunt, wie strikt er ihre Anwesenheit ignorierte, wie sehr sein Blick auf die Truhe gerichtet blieb. Es tat ihr Leid, so hinter seinem Rücken gehandelt zu haben, nur auf das Wort des Geiers Hagen hin. Hätte Siegfrieds Versprechen, sie zu ehren, nicht umgekehrt verlangt, dass sie offen mit ihm über den Vorwurf des Verrates sprach, um ihm die Chance zur Rechtfertigung zu geben?

Brunhilde streckte den Arm aus, um ihn beruhigend auf seine Schulter zu legen. Doch der Arm, den sie fest an ihrer

Schulter spürte, war nicht in Fleisch und Kleid zu sehen! Sie blickte an sich herab und fand ihren Körper als durchsichtigen Schemen. Erschreckt, doch nicht erschreckt genug, um aufzuschreien, tastete ihre Hand nach dem Helm auf ihrem Haupt. Das Gold kribbelte, als würde es zittern.

Siegfried stand nun sichtlich erregt auf. Mit der Hand fuhr er sich durch die Haare, und wütend stampfte sein Fuß auf den Boden. Dann ging er schnell davon, die Tür zur Schmiede kräftig zuschlagend.

Ehrfürchtig nahm Brunhilde den Helm ab und sah fasziniert zu, wie ihre Hände mit dem goldenen Geflecht herbeischimmerten. Aufgewachsen mit der Lehre der alten Götter, fand sie den Tarnhelm weniger verwunderlich als sein Besitz in Menschenhand.

In ruhigen Gedanken setzte sie zusammen, was geschehen sein musste. Keine Lücken blieben mehr, keine offenen Fragen. Was ihr vorher seltsam und unerklärlich erschienen war, war nun offensichtlich. Der Verrat zweier Männer bei zweierlei Gelegenheit war nicht zu leugnen, und die Worte von Liebe und Respekt schmeckten bitter nach Posse und Betrug.

Brunhildes Beine knickten ein, und ihr schlanker Leib fiel auf den Boden der Schmiede, um die Schmach in Ohnmacht zu ertragen. Das Werkzeug der Hinterlist noch in der Hand, lag sie nur wenige Augenblicke da, im Staub, wie es sich für eine hintergangene Sklavin gehörte.

Sie sah sich reiten auf einem kleinen schwarzen Pferd auf weißen Wolken, und unter ihr brannte Island. Kalter Wind trieb aufwirbelnde Asche in ihr Haar. Blitze hetzten sie voran, Walhall erschien am Horizont, und Walküren winkten mit ihren Speeren. Aus den Wolken wurde Blut, und es spritzte unter den Hufen. Arme griffen nach ihr von überall her, rissen an ihrem Kleid, schnappten nach ihrem Fleisch.

Unter Donner packte sie ihr Schwert, als Nebelschwaden sich wie Stricke um ihre Glieder legten. Das Pferd verschwand, und mit ihm die Bewegung. In Trümmern fand sich Brunhilde wieder, schwarze Vulkanbrocken und heller Stein in der Vernichtung vereint.

Als sie die Augen wieder aufschlug, waren diese von Tränen feucht, aber auch vor Entschlossenheit lodernd. Im Traum war die Isländerin in ihr wieder erwacht, der Gedanke an Rache hatte sich aus seinem Versteck getraut, und beide waren einen Pakt eingegangen. Sie machte sich auf den Weg zum Thronsaal, alle Hofdamen und Soldaten ignorierend, die sie anzusprechen wagten. Das Portal zog sie mit solcher Kraft auf, dass die Scharniere stöhnten, und niemand außer Gunther und Hagen wagte es, sich ihrem heiser gebrüllten Befehl zu widersetzen. »Fort! Alle!«

Die Günstlinge und Bediensteten des Hofes verschwanden so schnell, als wären sie selbst im Besitz vieler Tarnhelme. Gunther und Hagen sahen sie an, schweigend und unbeholfen angesichts dieses unerhörten Ausbruchs. Der König fühlte sich ertappt, während der Ratgeber hinter einer gefühllosen Maske zu verbergen suchte, dass sein Plan die Ereignisse der nächsten Tage bestimmen würde.

Kaum war der Saal bis auf die drei Akteure leer gefegt, da stellte sich Brunhilde vor die Estrade, auf der ihr Mann im Thronsessel saß. Sie deutete anklagend mit dem Finger auf ihn. »Du hast es gewusst – doch ich bezweifle, dass du den Mut gehabt hast, es zu planen.«

Gunther sah die Tricksereien der letzten Tage unter ihrem eigenen Gewicht zusammenbrechen, aber er mühte sich, den Anschein der Ehrbarkeit aufrechtzuerhalten. »Bitte, Brunhilde, nimm erst einmal Platz. Was auch immer du zu wissen meinst ...«

Statt einer Antwort packte Brunhilde einen der Langtische und warf ihn mit einem wütenden Schrei so heftig in die Höhe, dass er sich überschlug, bevor das Holz auf dem Boden barst.

Der König versuchte es mit einer Autorität, die ihm schon lange abhanden gekommen war, und sprang auf. »Brunhilde! Fasse dich! Was immer dich erzürnt, wir werden es im freundschaftlichen Gespräch klären. Ich dulde keine ...«

Mit zwei Schritten war Brunhilde bei ihm, nicht Königin, nicht Frau, sondern Kriegerin. Ihre Hände legten sich um seinen Hals, und kräftig würgte sie ihn, während sie ihm drohend ins Ohr zischte: »Du bist nicht mein Mann, noch mein König. Siegfried war es, der mich unterwarf. Mit einem Ruck sollte ich dir dein Genick für deine Hinterlist brechen. Doch meinen Hass hast du dir nicht verdient – nur meine Verachtung. Und um den Hass zu nähren, brauche ich dein Leben.«

Hagen unterdrückte das Bedürfnis, gegen seine eigene Königin das Schwert zu ziehen.

Während Gunther bleich nach Atem schnappte, bewegte Brunhilde ihre Lippen so nah vor den seinen, als wollte sie ihn küssen. »Burgund bedeutet mir nichts – *du* bedeutest mir nichts. Aber beides kann mein Werkzeug sein, und darum biete ich dir einen Handel.«

»Was immer ich ... tun ... kann, um deine Schande zu tilgen«, presste der König mühsam hervor.

Mit einem lauten »Ha!« ließ Brunhilde ihn los und trat wieder drei Schritte zurück. »*Meine* Schande? Gunther, von den drei Spielern in diesem schmutzigen Spiel leben nur zwei in Schande, und ich bin es nicht.«

Gunther rieb sich den schmerzenden Hals. »Was verlangst du?«

»Einen Tod«, sagte Brunhilde knapp.

»Wessen Tod?«

»Es ist egal«, beschied sie ihn. »Wärst du Manns genug, würde ich erwarten, dass du dich in Scham selbst entleibst. Bist du so feige, dass du auch weiter auf bessere Tage hoffst, wirst du meinen toten Leib im Morgengrauen finden. Doch wenn ein Funken Ehre in dir ist und du die Zukunft Burgunds mit einer Königin an deiner Seite sehen willst, dann ist es Siegfrieds Leben, das ich fordere.«

Zum zweiten Mal in kurzer Zeit war Gunther damit der Mord an seinem Freund geraten worden. Verwirrt sah er zu Hagen, ohne jedoch zu ahnen, wie der Ratgeber diese Lage herbeibeschworen hatte. »Ihr wollt ... du willst, dass Siegfried stirbt?«

Brunhilde nickte. »Der Xantener soll deine Buße sein, und Preis für den Frieden, den ich biete. Verweigerst du ihn mir, wird mein Selbstmord nicht nur das Ende unserer Ehe bringen – in wenigen Tagen wird Eolind Island unter Waffen haben.«

Gunthers Augen verdunkelten sich, und er änderte die Strategie. »Du nennst dich ehrenhaft und verlangst doch den Kopf meines besten Freundes von mir?«

Brunhilde spuckte vor ihm aus. »Keinen Preis, den du nennen könntest, wäre ich nicht zu zahlen bereit.«

Der König schloss die Augen und stützte den Kopf auf beide Fäuste, als könne er sich damit vor der Welt verschließen. »Bitte geh, Brunhilde. Ich mag verachtenswerte Dinge getan haben, aber sie geschahen in reinem Gewissen. Was du nun von mir verlangst, ist Mord aus Niedertracht. Es wird viel Wein brauchen, mein Entsetzen so zu bannen, dass ich den Befehl geben kann.«

Sie reckte stolz das Kinn. »Dann wird es geschehen?«

Nun sprang Hagen ein. »Es wird geschehen, meine Königin. Doch überlasst uns den Ort und die Zeit, mir selbst die Tat.«

Als fürchte sie noch Gunthers Zögerlichkeit, wartete Brunhilde noch einen Moment ab, dann ging sie mit eiligen Schritten davon.

Der Thronsaal lag in düsterem Schweigen. Hagen labte sich an seinem Triumph, während Gunther dem Zerfall der eigenen Seele lauschte. Irgendwann fand der König die Worte wieder. »Wie wird es geschehen?«

Hagen legte ihm die Hand auf die Schulter. »Kein Wort mehr darüber. Lenkt Euch ab, sucht freundliche Gedanken. Ihr werdet nicht weniger überrascht sein als der Rest des Hofes, wenn es geschieht. Und dann wird Frieden sein zwischen den Reichen – unter der Führung Burgunds.«

Frieden zwischen den Reichen – das war Gunthers Ziel gewesen, und wie die Karotte vor einem Esel hatte es gehangen. Erstmals spürte der König das dunkle Schicksal höhnisch lachen, und sein verzweifelter Geist fand keine Ruhe mehr in der Heuchelei, aus Blut könne steter Frieden wachsen. Er gab den Gedanken an Gerechtigkeit ebenso auf wie die Hoffnung, jemals wieder sein Gewissen rein zu finden.

Es war nicht mehr in seinen Händen.

Kriemhilds Herz hatte einen Sprung getan, als es an der Türe klopfte. Zwar hatte sie Siegfried des Raums verwiesen, doch war ihre Sehnsucht nach ihm so stark, dass er sie mit Leichtigkeit hätte gewinnen können.

Es war Hagen, der mit geheuchelt unterwürfiger Miene eintrat. »Meine Prinzessin.«

Sie nickte ihm höflich, aber distanziert zu. In ihrem Leben hatte sie vielleicht zehn Sätze mit ihm gewechselt. Er war der Ratgeber des Königs, und sie war nie dafür vorgesehen gewesen, diese Position einzunehmen. »Was führt Euch her?«

Hagen legte die Hände in Leder zusammen, als wolle er beten, hielt die Finger jedoch gespreizt. »Es ist niemandem entgangen, dass es zwischen Euch und Siegfried zu ... nun, einem Missverständnis gekommen ist, das Euren Umgang miteinander trübt.«

Kriemhild atmete scharf ein. »Es steht Euch nicht zu, so etwas anzusprechen. Seit wann ist der Ratgeber des Königs in Herzensangelegenheiten unterwegs?«

Hagen hob erschrocken die Hände. »Mitnichten! Verzeiht, wenn meine Worte zu forsch gewählt waren. Die Politik ist mein Gebiet, nichts sonst. Doch scheint mir der König ebenso unter der Verstimmung zu leiden, und da von Abreise die Rede ist, hoffte ich, durch ein ehrliches Wort die Versöhnung zu erleichtern. Zum Segen von Burgund.«

»Wenn es Euch beruhigt«, knurrte Kriemhild, »dann wisset, dass ich meinem Mann beistehen werde. Doch es geschieht nach meinem Willen und zu meiner Zeit.«

Hagen nickte ergeben. »Selbstverständlich. Ich mache mir sicher nur unnütz Sorgen – aber wenn es morgen gegen die Hunnen geht ...«

Die Prinzessin horchte auf. »Gegen die Hunnen? Wovon redet Ihr?«

»Ihr habt es nicht gehört?«, fragte Hagen. »Auf der anderen Rheinseite wurden Mundzuks Späher und Voraustrupps gesichtet. Gunther hat sich entschieden, ihnen gleich mit ganzer Stärke zu begegnen, wie es sich für das neue Burgund gehört. Und Siegfried bat darum, an seiner Seite zu reisen.«

»Sollen die Männer sich im Kampf die Zeit vertreiben«, sagte Kriemhild. »Vielleicht stärkt das wieder ihren Bund.«

»Das hoffe ich ebenso«, bemerkte Hagen. »Aber Siegfried scheint mir ... übereifrig. Schließlich wart Ihr es, die Etzel brüskierte, und Euer Gatte scheint für Eure Ehre reiten zu wollen. Nun ja, es wird wieder einmal ein Glück sein, dass sein Körper jeder Klinge trotzt. So können wir ihm zusehen, wie er allein ganze Heerscharen bezwingt.«

Er verbeugte sich knapp und drehte sich um, scheinbar in seinem Plan gescheitert, Kriemhild für sein Vorhaben zu gewinnen. Seine Hand lag schon auf der Tür, als ihre Stimme ihn zurückhielt. »Hagen!«

Er drehte sich um. »Prinzessin?«

Sie knetete sichtlich beunruhigt ihre Hände. »Lasst ihn kämpfen, wie es sein Herz verlangt. Aber versprecht mir, immer hinter ihm zu bleiben und das Geschenk seiner Unverwundbarkeit nicht zu überfordern.«

»Sollte das nötig sein?«

In Kriemhild brannte es lichterloh – die Abneigung, Hagen vertrauen zu müssen, verlor gegen die Angst um den Mann, den sie trotz aller Verfehlungen liebte. »Es ist die Stelle unter der linken Schulter, um die ich in Sorge bin. Er zeigte mir dort einst die Wunden, die kaum heilen wollten.«

Hagen nickte ernst und ehrerbietig. »Bei meinem Leben verspreche ich Euch, dass keine Hunnenklinge in die Nähe dieser Stelle kommt.«

Kriemhild senkte den Kopf, immer noch zerrissen. »Dafür gebührt Euch mein Dank, Hagen.«

Die Trompete tönte, kaum dass die Sonnenscheibe aufgegangen war. Sterne funkelten am blassen Himmel, und auf den Gräsern lag Tau. Die Vögel begrüßten zwitschernd den neuen Tag.

Für sechs Männer waren die Pferde bereitet, als Gunther,

Hagen und Siegfried den Hof betraten. Lederne Taschen und Bänder trugen Schwerter, Lanzen und Messer, die auf der Jagd das Blut von Wildschweinen und Böcken kosten sollten.

Drei Soldaten standen bereit, die Beute zu sichten, zu sammeln und auszunehmen, damit sie am Abend bei einem großen Festmahl für Siegfried und Kriemhild aufgetischt werden konnte.

»Es freut mich, dass du uns begleitest«, sagte Gunther, als er aufsaß. »In den vergangenen Wochen gab es wenig Gelegenheit, sich an der Jagd zu erfreuen.«

Siegfried nickte ihm grinsend zu. »Mir geht es wenig anders. In meinen Tagen in Odins Wald habe ich viel und mit großem Vergnügen gejagt. Das Schwert zu heben, ohne gleich ein politisches Ziel zu verfolgen, wird eine wahre Erholung sein. Was meinst du – wer wird wohl das prächtigste Beutetier erlegen?«

Gunther lachte. »Ich bin König dieses Landes – wenn nicht mein Talent, so sollte doch dein Respekt dafür Sorge tragen, dass ich es bin.«

»Wir werden sehen.« Siegfried trat seinem Pferd in die Flanken und preschte davon.

Gunther sah Hagen an, der düster lächelte. »Mein König, die größte Beute werdet Ihr machen, das versichere ich Euch.«

Brunhilde hatte die Trompete ebenso gehört wie die Hufe der Pferde, als die kleine Jagdgesellschaft die Burg verlassen hatte. Ohne dass man es ihr erzählt hatte, wusste sie, dass der Tag der Rache gekommen war. Der Tag, an dem Siegfried sowohl für ihre Liebe als auch für ihren Hass bezahlen würde.

Sie ließ einen der Diener kommen, den sie aus Island

mitgebracht hatte. Der schreibkundige Bote brachte eine ausführliche Nachricht an Eolind zu Papier, die noch an diesem Tag mit schnellstem Pferd auf den Weg in Richtung Norden geschickt werden sollte. Dann sortierte sie ihre Kleider, polierte ihre Waffen und kämmte noch einmal ausgiebig das schwarze Haar. Die Krone Burgunds ließ sie achtlos liegen.

Schließlich nahm sie einen Stuhl, trug ihn auf den Balkon und setzte sich nieder. Sie hatte freien Blick auf den Wald, und ein kühler Wind wehte.

Brunhilde von Island schloss die Augen und wartete.

Gernot fand seine Schwester bei den Soldaten, die ihren umfangreichen Besitz auf Karren luden, um ihn später am Tage auf das Schiff zu bringen, das für die Abreise nach Xanten bereitstand. Sie war mit wachem Geist bei der Sache, aber ihre Augen verrieten die Schwäche ihres Herzens. Umso mehr erhellte es ihr Gemüt, als sie ihren Bruder sah. »Gernot! Ich habe dich so selten in diesen Tagen gesehen.«

Er umarmte sie, wollte ihr die Sorgen nehmen und konnte doch die eigenen kaum verbergen. »Kriemhild. Kann ich mit dir unter vier Augen sprechen?«

»Natürlich«, sagte sie. »Lass uns bei einem Spaziergang den Tag genießen.«

Sie gingen aus dem Burgportal und dann über die grünen Wiesen, die vor den Mauern von Worms lagen. Eine Weile lang genossen sie nur die Gegenwart des anderen, die unbelastet von höfischem Gezänk war. Schließlich ergriff Kriemhild das Wort. »Ich hoffe, du kommst nicht, um mich zu überreden, Siegfried zu verzeihen. Was geschehen ist, geht nur ihn und mich etwas an.«

Gernot schüttelte den Kopf. »Und so soll es sein. Doch du

weißt ebenso gut wie ich, dass böses Gerede schlimme Taten nach sich ziehen kann. Nicht alles, was Siegfried getan hat, macht ihn bei Hof beliebt. Er braucht deine Unterstützung, deinen Halt.«

Kriemhild nahm Gernots Hand, als sie weiterschlenderten. »Siegfried geht seinen eigenen Weg. Und wer sollte sich ihm jetzt noch entgegenstellen?«

»Du weißt von Hagens Neid ...«, begann Gernot vorsichtig.

Kriemhild unterbrach ihn lächelnd. »Selbst Hagen von Tronje müht sich redlich, zwischen uns zu vermitteln. Erst gestern kam er ...«

Nun war es Gernot, der das Ende des Satzes nicht erwarten konnte. Er drückte fest die Hand seiner Schwester und drehte sie zu sich. »Hagen will vermitteln? Meine geliebte Schwester, Hagen spricht bereits von *Mord*!«

Sie ließ ihn empört los. »Gernot, was redest du da? Wer könnte so töricht sein, dem Helden des Volkes von Burgund Übles zu wollen?«

»Dem Helden, dessen Ruf und Wertschätzung der König neidet«, bekräftigte Gernot. »Kriemhild, ich spreche nicht von törichtem Geplapper am Waschzuber – ich war *dabei*, als Hagen von Tronje unseren Bruder bat, den Befehl für Siegfrieds Ermordung auszusprechen!«

Die Prinzessin wurde bleich, als alle Worte, die Hagen ihr am vorigen Tag gesagt hatte, noch einmal in ihren Ohren tönten. Sie hörte erst jetzt die Falschheit, die Niedertracht darin. »Und was ... was sagte Gunther?«

»Er hat das Ansinnen empört zurückgewiesen«, beruhigte Gernot sie. »Doch es beweist, wie brüchig die Bande noch sind. Ich bitte dich, Kriemhild, vertrage dich mit Siegfried, und sucht gemeinsam den dauerhaften Frieden mit Burgund.«

Wie schon so oft strichen ihre Finger zärtlich über seine Wangen. »Ich bin so froh, dein reines Herz in schwerer Zeit auf meiner Seite zu haben. Wenn er von der Schlacht gegen die Hunnen zurückkehrt, wird Siegfried sicherlich auch deine Freundschaft suchen.«

»Welche Schlacht?«, fragte Gernot misstrauisch.

»Gegen Mundzuks Mannen, am anderen Rheinufer«, erklärte Kriemhild. »Heute Morgen ritten die Männer los. Wie Hagen mir berichtet ...«

»Ein Jagdausflug«, warf Gernot hastig ein. »Die Männer sind doch nur zur Jagd geritten. Ich selbst habe die Speere und Messer für die Beutetiere gesehen. Ihr Weg führte in den Wald, nicht zum Fluss.«

In den Geschwistern stieg gleichzeitig die böse Ahnung auf, und rasch fügte Kriemhild ihr Wissen und das soeben Erfahrene zusammen, und im Verbund mit dem Verratenen bildete sich ein tödliches Gespann. Sie sprach den Namen ihres Mannes leise, verzweifelt: »Siegfried.«

Dann schrie sie ihn: *»Siegfried!«*

Immer wieder *»Siegfried!«*, auf dem Weg zurück in die Burg. *»Siegfried!«*, beim Sprung aufs Pferd und ebenso beim Ritt zum Wald: *»Siegfried!«*

Ihre Stimme trieb die Vögel von den Nestern, riss Blätter von den Bäumen, jagte Füchse in den Bau.

»Siegfried!«

Zweige peitschten ihr die Tränen aus dem Gesicht, und nichts hörte sie mehr als sich selbst, seinen Namen immer wieder rufend: *»Siegfried!«*

Sie hatte nun Verrat erkannt, und drohende Gefahr. Es ging nicht mehr um Reich und um Politik, sondern um Liebe und das nackte Leben.

»Siegfried!«

Zwischen dem lauten Getrappel der Hufe und dem heiseren Schrei hörte nur der Wald das vielstimmige Kichern der Nibelungen.

»Siegfried!«

Hagen fand Siegfried dort, wo er ihn erwartet hatte – an der kleinen Quelle, die gleich mehrere Bäche speiste. Der Held von Burgund und König von Xanten und Dänemark wusch sich die Hände und den Hals. Dann steckte er den Kopf in das klare Wasser.

Natürlich hatte er binnen kürzester Zeit einen prächtigen Eber erlegt, und natürlich hatte er Gunther vermessen aufgefordert, diese Leistung zu überbieten. Er war blind gewesen für die leise Wut hinter Gunthers Lächeln. Nun lehnte er am Wasser und rieb sich Schmutz und Blut aus seinem Haar.

Leise hob Hagen den Speer, den er schon vor Wochen hatte schleifen lassen. Kaum jemand bei Hofe war ihm ebenbürtig, wenn es um den Gebrauch dieser besonderen Waffe ging.

Er hatte nur eine Chance, daran gab es nicht den geringsten Zweifel. Und wenn es ihm nicht gelang, den Xantener zu töten, würde sein eigenes Leben hier im Wald enden. Aber es gab keine Verzagtheit, keine Furcht in Hagens Herz. In dieser Aufgabe fand er sein Schicksal.

Der Wind erstarb ebenso wie der Gesang der Vögel, als Hagen mit seinem Auge Siegfrieds linkes Schulterblatt suchte, wie es sich unter seinem Hemd bewegte. Dann war die Zeit des Zauderns vorüber, und alte Muskeln warfen junges Eisen mit unbändiger Kraft: »Für Burgund.«

»Hagen!«, ertönte Gunthers Stimme weit entfernt, als der Speer schon surrend sein Ziel suchte.

Siegfried von Xanten straffte seinen Rücken, richtete sich auf – und sah die Spitze der Waffe durch seinen Brustkorb schlagen, noch bevor er den Schmerz an seiner Schulter spürte, wo sie eingedrungen war. Von kaltem Eisen tropfte warmes Blut ins Wasser, und wie Siegfrieds Leben löste es sich auf, verschwamm wie Nebel, den man zu greifen suchte. Er sah sein eigenes überraschtes Antlitz in der Quelle und das Holz zitternd aus seinem Rücken ragen. Stumm stand er auf, die linke Hand auf einen Stein gelegt. Er tastete nach Nothung, doch als seine Finger das Heft fanden, war die Klinge bereits gebrochen. Das Schwert hatte sich dem Schicksal schon gebeugt.

Endlich drehte sich Siegfried um, den Blick anklagend auf seinen Mörder gerichtet. Er machte einen Schritt, dann zwei, den versagenden Körper zum Versuch der letzten Rache schleppend.

Hagen stand nur da, fast neugierig, und sah zu, wie der König von Xanten röchelnd nach ihm griff.

Gunther brach verzweifelt durch das Unterholz, hielt inne und sah Siegfried tot ins Laub des Waldes fallen, den Speer aus dem Rücken ragend. Kaum eine Handbreit von Hagens Stiefel zuckte sein Arm ein letztes Mal.

Mit Siegfried von Xanten starb ein Held, der auf dem Schlachtfeld unbesiegbar war und dessen Klinge Göttern trotzte. Er starb, wie ein solcher Held nur zu besiegen war – durch Verrat und Feigheit. Und doch war es unwichtig, wie das Ende nun geschlichen kam, denn der Tod nahm ihn gleichgültig auf.

Gunther, den der letzte Rest Gewissen durch den Wald getrieben hatte, um die ehrlose Tat noch abzuwenden, sah den Mörder entsetzt an. »Hagen, was ... was ist geschehen?«

»Was geschehen musste«, antwortete der Ratgeber. »Nun wird auch Xanten und Dänemark von Burgund regiert, und das Volk weiß nur einen Helden zu preisen – seinen König. Wie es sein soll.«

Keinen Frieden fand Gunther in den Worten, und der Anblick seines toten Gefährten schnürte ihm die Kehle zu. Er drehte den Kopf zur Seite, nach Atem ringend.

Die Vögel hatten ihr Lied nicht wieder aufgenommen, aber eine zarte Stimme schallte durch die Bäume: »*Siegfried!*«

Als leise das Geräusch von Pferdehufen näher kam, wurde aus Gunthers Entsetzen Panik. »Es ist Kriemhild!«

Hagen handelte mit der Ruhe eines Mannes, dessen schwierigste Aufgabe bereits erledigt war. »Geht zurück zu unseren Pferden und den anderen Männern! Haltet Eure Schwester auf, bis ich die Leiche in den Wald gezerrt habe, wo wir versichern werden, dass ein unglücklich verirrter Speer Siegfried traf.«

Die Stimme der Prinzessin, im Ton hörbar verzweifelt, kam schnell näher, und Gunther rührte sich nicht vom Fleck.

»Mein König!«, zischte Hagen abermals. »Wenn Kriemhild uns hier findet, ist unser ganzer Plan zunichte! Fort vom Ort der Tat, von der Ihr nicht wissen dürft!«

Gunther drehte sich endlich um, und Hagen griff mit kräftiger Hand nach dem Speer, um ihn aus Siegfrieds Rücken zu zerren. Doch in der Ankunft seiner Schwester fand der König einen Weg, die eigene Schuld weit eleganter zu verwischen als mit Hagens Lüge vom Jagdunfall. Leise zog Gunther seinen Dolch, und bevor sein Ratgeber reagieren konnte, machte er drei Schritte zur Quelle und drückte Hagen die Klinge in die Brust.

Der alte Krieger schien nicht überrascht, und sein Blick verharrte auf seinem König, während das Lebenslicht in seinen Augen verlosch. »Für ... Burgund ...«

Es war keine Anklage, im Gegenteil – Hagen sprach Gunther frei, erteilte ihm Vergebung für eine Tat, die trotz aller Schande die richtige und gerechte Lösung war.

Gunther hielt den Leib seines Ratgebers aufrecht, bis Kriemhild auf ihrem Pferd die Quelle erreichte. Der Name, den sie seit fast einer Stunde ohne Unterlass schrie, er kam nicht mehr über ihre Lippen, als sie Siegfrieds Leichnam sah. Sie sprang vom Pferd, stürzte auf ihn zu und zerrte seinen Körper auf den Rücken, so weit der Speer es zuließ.

Erst jetzt ließ Gunther Hagen los, und der schlaffe Leib sackte zu Boden, das Hemd des Königs mit Blut verschmierend. »Kriemhild ... es war ... Hagen ... er hat ...«

Doch Bruder und Schwester sahen einander nicht an. Ihre Augen geschlossen, wiegte sie leise schluchzend ihren toten Mann im Arm. Und der König sah das Blut an sich, als wäre es ein anklagendes Zeichen seiner Schuld.

Irgendwann sackte Gunther auf die Knie, und die ersten Vögel setzten ihren Gesang fort. Ein leichter Wind wehte Blätter über die kleine Lichtung. Das Leben ging weiter und ließ seine Toten zurück.

Soldaten und spielende Kinder hatten die kleine traurige Gruppe aus dem Wald kommen sehen, und als Gunther und Kriemhild durch das Burgtor ritten, hatte sich die Kunde schon verbreitet, dass sie Pferde zogen, die Leichen trugen. Bruder wie Schwester ritten aufrecht, die Blicke gefasst, dem Hofstaat nicht die Raserei im Schmerz gönnend. Doch in ihrer Haltung wirkten sie nicht weniger leblos als die Körper, denen immer noch der Lebenssaft aus den Wunden tropfte, eine traurige Spur ziehend. Den Speer hatte Gunther noch im Wald aus Siegfrieds Leib entfernt.

Gernot hatte Elsa geholt, als klar war, dass Hagen in die Geschehnisse verwickelt war. Er wollte sie halten, ihr Trost spenden, als der Anblick ihres toten Vaters sie zur Waise machte, aber das Mädchen zeigte wenig Trauer. Sie ging zu dem Pferd, über dem Hagen hing, und berührte das faltige

Gesicht, als müsse sie prüfen, ob er wirklich tot war. Dann wandte sie sich zu Gernot. »Die Götter haben wohl genug von seinen Spielen gehabt.«

Dann ging sie davon, scheinbar unberührt, und der Prinz folgte ihr.

Gunther stieg von seinem Pferd und bedeutete den Soldaten, Hagens Leichnam wegzuschaffen. Er wandte sich an seine Schwester, die immer noch auf der prächtig bestickten Decke auf dem Rücken ihres Pferdes saß. »Kriemhild, es ist Zeit. Nimm meine Hand.«

Sie fiel zur Seite, als wäre das Leben auch aus ihrem Leib gewichen, schlaff und bleich. Die Ohnmacht hatte sie aus ihrem Schmerz befreit. Gunther fing sie mühsam und reichte sie an zwei Soldaten weiter. »Bringt meine Schwester auf ihr Zimmer, und sorgt dafür, dass Diener bei ihr bleiben.«

Dann nahm er den Leichnam Siegfrieds wie einst den Leichnam seines Vaters und trug ihn starren Blickes zum Thronsaal, in dem Brunhilde auf ihn wartete. Sie waren allein – der König, seine Königin und der Tod.

»Ich hörte Kriemhild schreien und die Vögel des Waldes verstummen. Da wusste ich – es ist geschehen.«

Es knisterten nur wenige Fackeln, und dumpf tönte es, als Gunther Siegfrieds Körper zu Boden fallen ließ. »Die Tat ist vollbracht, und doppeltes Blut klebt an meinen Händen. Ist deine Gier nach Rache nun gestillt, Brunhilde?«

Die Königin trat heran, in stiller Neugier, und ihr Blick verriet Zärtlichkeit, als Siegfrieds tote Augen sie anklagten. »Kann es einen Zweifel geben, dass nun ein großer Krieger an der Seite der Walküren nach Walhall reitet? Der größte vielleicht?«

»Es war nicht seine Zeit«, knurrte Gunther und streifte sich das blutverschmierte Hemd ab. »Er hätte hier viele große Taten vollbringen können, bevor dem Ruf seiner Götter zu folgen war. Und darum frage ich dich noch mal: Ist deine Gier nun gestillt? Oder fühlst du auch die Leere, die mir die Brust zusammenkrampft, das Herz zum steinernen Knoten presst?«

Brunhilde hob den Blick, als erwache sie aus einem langen Schlaf. »Rache? Gunther, nur ein kleiner Geist wie deiner konnte glauben, dass es hier um Rache ging. Ich neidete Siegfried das Leben nicht – ich neidete es deiner Schwester. In dieser Welt war nicht vergönnt, was hätte sein sollen. Es lag an mir, die nächste schnell herbeizuführen.«

»Welche nächste Welt?«, fragte Gunther überrascht.

»Die Welt, in der Siegfried und ich vereint sind, Seite an Seite reitend«, antwortete Brunhilde mit einer Sanftheit in der Stimme, die Gunther nie zuvor gehört hatte. »Und so, wie du ihn dorthin gebracht hast, wirst du auch mir den letzten Dienst erweisen. Kämpfe.«

Das Schwert sprang förmlich in ihre Hand, und mit einem kehligen Schrei stürzte sie auf Gunther zu, der kaum der Klinge auszuweichen mochte. Das Eisen schlug Funken auf dem Stein des Bodens. In blanker Todesangst sprang Gunther zur Seite, und in ebensolcher Panik griff er nach dem Dolch. Brunhilde kam über ihn wie ein Sturm, die Waffe hoch erhoben – doch als sie zögerte, stieß der König seine Klinge vor, und die Königin warf sich freudig darauf. Ihr Gewicht riss beide zu Boden, und der Körper der Isländerin lag schwer auf dem Herrscher Burgunds.

Ihre Gesichter keinen Fingerbreit getrennt, nur den scharfen Dolch zwischen den Leibern, stöhnte Brunhilde erleichtert auf und schenkte Gunther das erste ehrliche Lächeln. »Siegfried und ich ... wir danken dir ...«

Entsetzt wand sich der König, als die sterbende Gattin ihm die Lippen zum ersten und letzten Kuss bot. Er schob sie von sich, und als ihr schlanker Körper auf den Rücken rollte, ritt ihre Seele bereits in Richtung Asgard, freudetrunken Siegfrieds Namen rufend.

Gunther stand nicht auf, seine Beine ließen es nicht zu. Er kauerte auf dem Steinboden, den blutigen Dolch noch in der Hand. Wieder befleckte Blut seine Kleider, und wieder fühlte er die Leere. Hatte er die Menschen um sich in den Tod getrieben oder nur an den Tod verloren? War er eine Figur im Spiel grausamer Götter, die mit jedem Sieg zu leiden hatte? Gab es überhaupt noch einen Sieg?

Er weinte, während ein irres Kichern sich seiner Kehle entrang. Es war das einzige Geräusch im Thronsaal, als die Soldaten ihn fanden.

13

Elsa
und der Schatten der Väter

Es war keine christliche Beerdigung. Brunhilde hatte klare Anweisungen hinterlassen, dass sie im alten Glauben ihren Körper an die Erde zurückgeben wollte. Und Kriemhild, als der Schmerz ihr endlich wieder erlaubt hatte, zwischen den Schluchzern zu sprechen, respektierte die Erziehung Siegfrieds, die ebenfalls von Flammen mehr hielt als von feuchtem Boden. Und so errichteten Soldaten zwei Feuerstätten, groß wie Häuser, erstmals, seit die Herrscher von Burgund sich zu Christus bekannt hatten. Schicht um Schicht wurden die Holzbalken verkantet, bis ihr Geflecht in doppelter Manneshöhe abgeschlossen war. Darauf lagen unter prächtig bestickten Decken Brunhilde und Siegfried vereint im Tod, auch wenn ihre Flammengräber mit zehn Schritten Abstand auf den Rhein blickten.

Die Glocken der Kirche von Worms blieben still, und wie es Gunther verfügt hatte, blieben die Bürger innerhalb der Stadtmauern. Es war kein stolzer, froher Abschied, und der König empfand ihn als kaum mehr als eine bittere Notwendigkeit, die ihn nach zwei Tagen des Rausches aus den Armen des Rotweins getrieben hatte. Er stand, mühsam von

Dienern rausgeputzt, neben Kriemhild, als die Sonne unterging. Sie hielten einander an den Händen, und Gunther stützte sich in der Berührung. Ein einziger Kreis aus Soldaten war um die Feuerstätten aufgestellt.

Als sich der letzte Strahl der Sonnenscheibe hinter den Hügeln verkroch, verkündeten die christlichen Burgunder in alter Tradition den Göttern, dass stolze Krieger nun in Walhall Einzug halten würden. Sie entzündeten zwei Fackeln und ließen ihr Feuer an den hölzernen Gräbern fressen, die rasch, von Wind und Trockenheit getrieben, lodernd ihre Leichen priesen. Die Hitze dampfte Kriemhild die Tränen von den Wangen und Gunther den Alkohol aus dem Blut. Sie standen einsam, verzweifelt und in Schuld vereint.

Der König kniff die Augen zusammen, als er in den Flammen Gesichter tanzen zu sehen meinte. Es mussten Irrlichter sein, willkürliche Bilder, von Feuerzungen lästerlich erweckt. Aber – schrie Siegfrieds Gesicht ihn nicht im Verrat an, und lachte seine Brunhilde nicht über den Sieg, der in ihrem Tod lag? Und wer waren die kleinen Gestalten, die in Gelb und Grün zu hüpfen schienen, als gelte es ein Fest zu feiern?

»Gunther?«

Er spürte, wie die Hand seiner Schwester ihn drückte, und es fiel ihm auf, dass sein geschundener Leib wankte. Er mühte sich, Haltung zu bewahren, wie es erwartet wurde. »Ist es Brauch der alten Götter, zum Tode ein Gebet zu sprechen?«

Kriemhild schüttelte den Kopf. »Wozu noch? Was uns lieb und teuer war, ist uns genommen worden. Und auch deine Rache am Meuchelmörder Hagen lindert nicht meinen Schmerz. Alles schien an Siegfrieds Seite möglich – nun fällt mir selbst das Aufstehen schwer.«

Der König sah seine Schwester an. »Du kannst in Burgund bleiben, bis deine Seele Ruhe findet. Ich bin sicher, dass die besten Verwalter des Hofes Xanten in deinem Sinne führen werden.«

Sie nickte, erschöpft und dankbar.

Gunther blickte wieder auf die Flammen, die sein Gesicht erhitzten. Nur aus dem Augenwinkel sah er seinen Ratgeber, der sich neben ihn stellte und zufrieden lächelte. »Mein König.«

Der Herrscher von Burgund drehte den Kopf nur so weit, dass es nicht auffiel. Hagen von Tronje sah gesund aus und kräftig wie schon lange nicht mehr. Sein Spitzbart war sauber geschnitten, und im rosigen Gesicht funkelten zwei wachsame Augen. Gunther zischte seine Worte nur, um sie vor Kriemhild unter dem knisternden Knacken der Holzscheite zu verstecken. »Was wollt Ihr hier? Ist es ein böser Scherz? Ein Trugbild, zu verdanken schlechtem Wein?«

Hagen schüttelte erstaunt den Kopf. »Es ist die Pflicht derer von Tronje, dem Königshause Burgunds in schwerer Stunde beizustehen. Hattet Ihr ehrlich geglaubt, mein Tod wurde mich von der edlen Aufgabe entbinden?«

So prächtig die Flammen von Siegfrieds und Brunhildes Scheiterhaufen waren, so armselig entledigte man sich Hagens Leiche in ihrem Schein, kaum hundert Schritte entfernt am Rhein. Der in Leinen gewickelte Körper wurde von Soldaten in ein kleines Boot geworfen und mit groben Steinen beschwert. Ein Soldat hackte mit der Axt ein Loch in das Holz, und sofort kämpfte sich Wasser hinein.

Elsa stand dabei, seltsam teilnahmslos. Auch ihre Hand war weder leer noch kalt, denn Gernot hielt sie, lieber bei ihr als beim Abschied seiner Schwägerin trauernd.

Der Soldat warf die Axt beiseite und drehte sich zu ihm um. »Hoheit, wollt Ihr den schändlichen Mörder den ewig dunklen Fluten übergeben?«

Sein Blick fiel dabei hasserfüllt auf Elsa, deren Stand als Waise kein Schutz vor solcher Bosheit war.

Gernot trat an das Ufer des Flusses und stieß mit dem Stiefel gegen das Boot, das knirschend ablegte. Dabei hatte es sich schon zum Drittel mit Wasser gefüllt und würde in Bälde sinken, wie es gedacht war.

Der Prinz nickte den Soldaten zu, die nach Erfüllung ihrer Pflicht nun zur Burg zurückkehren wollten. Bald stand er allein mit Elsa da, die Füße von dünnen Wellen angeleckt. Das Mädchen weinte nun doch eine Träne, und Gernots zarte Hand strich sie ihr fort. »Dein edles Herz trauert selbst um einen Mann wie ihn.«

Sie schüttelte den Kopf. »Nicht seinen Tod betrauere ich, nur die Verachtung des Hofes. Auch wenn bewiesen ist, dass Hagen von Tronjes Seele niemals das Licht sah, so tat er doch alles nur für Burgund. Das ganze Leben lang galt sein Eifer nur diesem Land, das ihn nun wegwirft wie den Kadaver eines tollwütigen Hundes. Warum ist es nur seine letzte Tat, die zählt?«

Gernot konnte die Frage nicht beantworten, und er versuchte es auch gar nicht. Stattdessen legte er Elsa den Arm um die Schulter, um sie vor dem kühler werdenden Nachtwind zu schützen.

Als sich das Wasser über dem gesunkenen Boot beruhigt hatte und die Flammen auf dem Hügel in gierige Glut übergingen, stellte Elsa ihrem Prinzen jene Frage, die seit Hagens Tod drängend im Raum stand. »Was wird nun werden? Wohin kann ich gehen, da ich am Hof kein Bleiberecht mehr besitze?«

Gernot sah sie an, mehr überrascht als verärgert. »Du

wirst nirgendwo hingehen, Elsa, wenn nirgendwo nicht an meiner Seite liegt. Dein Platz ist jetzt mehr als zuvor bei Hofe.«

Sie lächelte dankbar, schüttelte aber den Kopf. »Als Tochter des Mörders? Man wird mir ins Essen spucken und des Nachts Ameisen in mein Zimmer schütten. Jede Schuld, die meinem Vater nicht mehr gegeben werden kann, werde ich begleichen müssen.«

Gernot nahm sie in den Arm und drückte sie an sich. »Nichts von alledem wird geschehen. Denn wenn die Sonnenscheibe morgen über den Horizont klettert, findet sie nicht mehr Elsa, Hagens Tochter, sondern Elsa, Gernots Gefährtin. Und niemand wird die Braut des Prinzen schändlich zu behandeln wagen.«

Sie hob den Kopf, und mit einem langen Kuss dankte sie ihm die Liebe auch in schwerster Zeit.

Die Nacht, die Siegfried und Brunhilde hatte brennen sehen, löste sich im ersten Licht des Tages auf, als Kriemhild noch einmal zur Feuerstätte zurückkehrte. Die Balken, die die Körper getragen hatten, waren schwarz verkohlt und meistenteils zu Asche zerfallen. Auch der Körper der Königin war verbrannt, nur wenige Knochenstücke ruhten in schwarzen Resten. Doch die Prinzessin fand den Leichnam ihres Gemahls erschreckend unversehrt, als habe ihn die Unverwundbarkeit noch über den Tod hinaus schützen wollen. Als grotesk verzerrte, spröde Figur lag er da, auf die Hälfte seiner einst stolzen Gestalt geschrumpft, kein Haar mehr auf dem rissigen Körper, und die Zähne zwischen zurückgezogenen Lippen bleckend. Doch der Anblick ängstigte Kriemhild nicht, und sachte küsste sie den brüchigen Schädel ein letztes Mal. »Ich begann zu fühlen, als du an unseren Hof kamst. Und nun endet es mit diesem

Tag. Doch wie zuvor wird mein Leib weiter sich bewegen, und meine Lippen werden weitersprechen. Bis das gerechte Schicksal mich erlöst. Es wird Leben in mir sein, doch keine Liebe mehr.«

In der Asche sah sie etwas funkeln. Es war der Ring, immer noch an der Hand des toten Gatten, unberührt von Feuer und Glut. Er strahlte, als wolle er um ein gnädigeres Los bitten als Siegfried. Vorsichtig nahm Kriemhild das Schmuckstück vom brechenden Finger und steckte ihn sich selber an. »Ein letztes Geschenk, so lange zu tragen, bis wir uns wiedersehen.«

Sie stand wieder auf und kehrte mit Asche auf dem Kleid zur Burg zurück.

Und das Lachen der Nibelungen folgte ihr leise.

Die Wochen gingen schnell ins Land, als wollte die Zeit rasch vergehen, um Herzen und Seelen zu heilen, die im Schmerz fast zerbrochen waren. Doch die Wunden, aus denen Burgund blutete, konnten nicht mit Narbenfleisch geschlossen werden. Während das Reich gedieh und vom Golde Siegfrieds reichlich profitierte, lag ein melancholischer Schleier über der Burg, der fast wie zu Zeiten Fafnirs nur düstere Gedanken zuließ.

Es fiel Gunther schwer, seine Tagesgeschäfte zu erledigen. Der Hagen, der nie weiter als Armeslänge an seiner Seite stand, flüsterte zwar unablässig auf ihn ein, doch seine Pflicht bei Hofe erledigte er nicht mehr. Manchmal brachte er den König so sehr auf, dass Gunther Rotwein trank, bis die Besinnungslosigkeit den Spuk verbannte. Hinter vorgehaltener Hand sprach man von geistiger Wirrnis, wenn Gunther mit den Schatten sprach und abwesend nickte, als würden diese ihm antworten.

Kriemhilds Geist war unversehrt, doch ihr Herz war taub

und stumpf geworden. Nichts trieb sie mehr an, und nichts erregte mehr ihr Interesse. Weniger aus Furcht vor Pflicht und Einsamkeit war sie nicht nach Xanten gezogen, sondern aus einer völligen Gleichgültigkeit. Sie war in diesem Zustand, als Gernot sie auf ihrem Balkon aufsuchte. Seine feine Seele litt nicht weniger unter dem Zerfall der eigenen Familie, auch wenn die Liebe zu Elsa den Schmerz linderte.

»Meine Schwester, auch wenn deine Pflichten dir kaum dringlich erscheinen mögen – Xanten und Dänemark brauchen Herrschaft!«

Sie sah ihn an, als wäre es ihr sogar unmöglich, sich aus dem Stuhl zu erheben. »Ich habe nichts mehr zu herrschen, Gernot. Wenn die Reiche fallen sollen, lass sie fallen.«

Es erboste den jungen Prinzen, dass seine Schwester so kampflos sich der Trübsal ergab. »Wenn Siegfried ein letztes Wort an dich hätte richten können – wäre es nicht die Bitte gewesen, das Reich seiner Väter in seinem Namen zu führen?«

Kriemhild blickte weiter teilnahmslos in den Hof. »Und wenn schon? Siegfried ist tot.«

»Und sein Wille ist dir nicht Pflicht?«

Endlich drehte sie den Kopf zu ihrem Bruder. »War nicht alles Pflicht, was dieses Unheil uns beschert hat? Der Glaube, Dinge tun zu müssen, weil sie uns von oben herab bestimmt sind? Den König Siegfried habe ich verloren, weil mir die Pflicht den Schmied Siegfried verweigerte!«

Gernot kniete neben der Prinzessin nieder und nahm ihre Hand. »Das Wenige, was übrig ist, soll nicht auch noch untergehen. Lass uns gemeinsam nach Xanten reisen. Wir werden das Reich stärken – und wenn du es willst, dann reise ich mit Elsa weiter nach Dänemark, wie ich es dir versprach. Wenn wir kein Ende unserer Trauer finden – wie dann einen neuen Anfang?«

Zum ersten Mal seit Tagen glimmte ein Gefühl in Kriemhilds Augen – es war böser Spott. »Ist es das, was dir das schwarze Mädchen zuflüstert? Dass du meinen Verlust nutzen sollst, um dir Dänemark zu sichern? Fürwahr, sie ist Hagens Kind!«

Etwas zerbrach in Gernot, ein kindliches Vertrauen, das er seiner Schwester immer fraglos geschenkt hatte. Selbst im größten Schmerz hätte er diese Worte von ihr nicht erwartet, und jeden, der sie zitierte, hätte er einen Lügner gescholten.

Entsetzt rutschte er zurück, bis er an die Balustrade des kleinen Balkons stieß. »Nein! Wie kannst du nur so etwas denken? Elsa ist nicht weniger in Blutschuld als du und ich!«

Kriemhild dachte nicht daran, ihre Worte zurückzunehmen. Ganz im Gegenteil. »Bist du so naiv, oder hat sie dir dein Blut schon so vergiftet? Du auf dem Thron von Dänemark – mit einer Tronjerin an deiner Seite? Wie kann das sein, wenn nicht als Ergebnis schwarzer Pläne, schwarzer Mächte?«

Gernot schluckte. »Ich will deine Worte dem Schmerz zuschreiben, der dich immer noch in seinem Griff hat. Doch wisse, dass ich über meine Liebe ebenso wenig übel reden lasse, wie du es für Siegfried beanspruchst. Ich bitte dich daher, die lästerlichen Reden zu unterlassen, denn sie fordern mich zu einer Wahl, die du nicht gewinnen kannst.«

Kriemhild lächelte freudlos. »Wir alle müssen wählen, Gernot. Gunther mag Elsa dulden, auch wenn nur sein schneller Dolch verhinderte, dass Hagen weiteres Unrecht stiften konnte. Es ehrt ihn – aber wo ich herrsche, wird Blut dieser Linie niemals mehr willkommen sein.«

Tränen rannen aus Gernots Augen, denn obwohl Kriemhild noch vor ihm saß, sah er sie aus seinem Blick verschwinden wie ein Schiff auf dem Weg zum Horizont. Die Schwester, die er kannte, glitt lautlos davon, und sie machte einer dunklen Flamme Platz, die anzusehen ihn quälte. Und die Wut aus ihrer ungerechten Anschuldigung presste Worte auf seine Lippen, die zu sprechen er sich selbst verboten hatte. »Gunther? Du sprichst diesen Namen im Zusammenhang mit Ehre? Und der unbefleckten Seele meiner Liebe sprichst du diese ab? Dann hör mir nun gut zu: Mit eigenen Ohren hörte ich Hagens Schwur, nicht ohne Gunthers Wort die Klinge gegen Siegfried zu ziehen!«

Kriemhild sah ihn an, stumm und bleich. In ihre Welt, aus Hass und Trauer aufgebaut, schlugen Gernots Worte ein wie vom Katapult geschossen. Trümmer fielen, und Fundamente brachen. Sie wollte ihren Bruder einen Lügner schimpfen, doch zu leicht baute sein Vorwurf ein neues Bild – eines, das viel stimmiger in seinen Farben war. Und dieses Bild brach ihre Lethargie. »Aber wenn Gunther schon wusste, warum ...«

Gernot senkte den Blick, wohl wissend, dass er gerade den Rest seiner Familie dem Untergang geweiht hatte. »Ist es nicht offensichtlich? Du bist hier – und mit dir das Gold. Gunther hat keinen Konkurrenten mehr, weder auf dem Schlachtfeld noch in der Gunst des Volkes. Und jeder Zeuge schweigt auf ewig. Unser Bruder hat wahrlich einen hohen Preis bezahlt, um seine Macht zu halten. Sieh in seine Augen – es ist für jeden zu erkennen.«

Kriemhild stand auf, und einen Moment lang fürchtete der Prinz, seine Schwester wolle sich in die Tiefe stürzen. Doch sie stützte sich auf der Mauer ab und atmete tief durch. »So ist es nicht nur das Tronjer Blut, dem jede Schandtat zuzutrauen ist – auch die Burgunder spotten in der Tat dem Gebot ihres Gottes.«

Gernot ergriff vorsichtig ihren Arm. »Verstehst du nicht, Kriemhild? Es ist nicht das Blut, das böse Taten reizt, nicht die Geburt, die Unheil verspricht. Jeden Tag aufs Neue ist uns die Wahl gegeben, dem Übel abzuschwören. Und darum bitte ich dich: Finde dich mit dem Geschehenen ab, und lass uns im Morgen ein neues Schicksal suchen.«

Sie streichelte seine Wange, fast wie früher, doch es war nur noch Erinnerung, und ihre Hand war kalt. »Ich danke dir für deine offenen Worte. Deinen Rat will ich annehmen und meine Reise nach Xanten vorbereiten lassen. Burgund ist weder Heim noch Heimat mehr für mich. Doch verstehe auch, dass ich im Schmerz Elsa nicht vergeben kann.«

Der junge Prinz ließ die Schultern hängen. »Es tut mir Leid, Kriemhild. Es vergeht keine Nacht, in der ich mich nicht nach früheren, besseren Zeiten zurücksehne.«

Sie küsste ihn vorsichtig auf die Nasenspitze. »Es ist Zeit, der Zukunft stolz entgegenzutreten. Du wirst dein Glück finden, darauf vertraue ich.«

Er sah sie flehend an. »Und du?«

»Ich finde meine Bestimmung.«

Es gab nichts mehr zu sagen, und Gernot drehte sich um. Kaum außer Hörweite, machte Kriemhild aus der Antwort einen Schwur. »Und meine Rache.«

Dann erbrach sie sich, wie schon mehrfach in den vergangenen Tagen.

Die Sonne stach in Gunthers Augen, und der Schmerz vibrierte durch seinen Kopf, als er auf den Hof trat. In den letzten Tagen hatte er nur selten den Himmel über sich gehabt, denn seine Tage waren damit angefüllt, zwischen Trunk und Hagens Vision mühsam seinen Pflichten als König nachzukommen. Doch ein Ratgeber hatte ihn darauf hingewiesen, dass Kriemhild fleißig dabei war, ihre restliche Habe zum Hafen bringen zu lassen.

Er sah, wie sie mit ruhiger Hand und strengem Ton die Diener hin und her scheuchte, während ein Karren nach dem anderen durch das Burgtor rollte.

Als Gunther sich räusperte, um die Aufmerksamkeit seiner Schwester zu erregen, wurde ihm leicht übel. Kriemhild drehte sich zu ihm, den Blick gleichgültig. »Gunther.«

»Es scheint ... als ob du Burgund verlassen willst«, eröffnete der König das Gespräch mit dem Offensichtlichen.

Kriemhild nickte. »Hier bin ich nur Prinzessin – in Xanten bin ich Königin. Und Xanten braucht seine Königin.«

Hagen gefiel die Antwort nicht – zu stark, zu selbstbewusst war Siegfrieds Witwe. »Seht Euch vor, Majestät, ihr Stimmungswandel ist arg verwunderlich.«

»Es ... es freut mich, dass du deine Trauer überwunden hast«, sagte Gunther vorsichtig. »Doch es wundert mich, dass du nicht das Gespräch mit mir gesucht hast.«

Wie ein Kampfgefährte legte Kriemhild ihrem Bruder die Hand auf die Schulter. »Guter Gunther, dein Reich bereitet dir genügend Mühen. Ich würde niemals wagen, dir weiter eine Bürde zu sein.«

»Das Gold!«, zischte Hagen. »Was ist mit dem Gold?«

Nur ein nervöses Zucken seines Kopfes verriet, dass Gunther die unhörbare Einmischung als lästig empfand. »Du brauchst nicht übereilt deine Habe zu packen. Gerne schicke ich dir ein Schiff hinterher, mit meinen besten Soldaten zum Schutz. Sie können alles, was dir wert und teuer ist, nach Xanten schaffen.«

Kriemhild sah ihn weiter unergründlich an. »Ich nehme *alles* mit, was mein ist, Gunther. Danke.«

Sie wandte sich an einen Diener. »Verpackt meine Kleider

sorgfältig. Ich will sie nicht vom Rheinwasser ruiniert sehen!«

Abrupt stehen gelassen, spürte Gunther die Augen des halben Hofstaats auf sich, und Hagen zischte wütend: »Wir sollten uns zurück in den Thronsaal begeben. Bei einem guten Wein ist das weitere Vorgehen besser zu beraten.«

»Gut«, murmelte Gunther.

»Was?«, fragte Kriemhild.

»Nichts«, sagte der König und ging aus der Sonne.

Elsa und Gernot sahen von einem Balkon, wie Kriemhild ihren Bruder abkanzelte. Hagens Tochter hakte sich bei ihrem Geliebten unter. »Es wird nicht gut ausgehen.«

Der Prinz nickte. »Aber wenn Kriemhilds Abreise die einzige Konsequenz sein sollte, danke ich dafür dem Himmel.«

»Du hättest ihr nie sagen dürfen, dass Gunther von dem Mord an Siegfried wusste, ihn vielleicht sogar geplant hat.«

Gernot wandte den Blick nicht von seiner Schwester. »Ich weiß es, bei klarem Gedanken. Aber als sie auf deinen Namen spuckte, war die Wahrheit mir wichtiger als die Reste dieses verlogenen Familienfriedens.«

Elsa zog ihn so fest an sich, wie es ihre schmalen Arme zuließen. »Du bist für mich ein Held, nicht weniger stolz und strahlend als Siegfried, von dem noch immer alle sprechen.«

Er drückte sie sachte. »Aber dein Held hat keine Ahnung, was nun zu tun ist.«

»Wir könnten fortgehen, weit fort«, flüsterte Elsa. »Wozu brauchen wir Dänemark oder Island?«

Traurig zeigte Gernot auf den König, der mit müden

Schritten zurück in den Thronsaal ging. »Ich mache mir Sorgen um Gunther – und um Burgund. Manchmal scheint er nicht ganz Herr seiner Sinne. Um des Reiches willen möchte ich vorerst bleiben.«

Elsa nickte. »Vorerst« war ihr gut genug. Sie hatte eigene Augen, eigene Ohren. Was auch immer kommen würde – es würde kommen, bevor noch viele Jahre ins Land gingen. Gunther war ein König, dessen Fall mit seiner Krönung schon begonnen hatte.

Die Wachen waren unauffällig in Kenntnis gesetzt worden, und die Hufe der Pferde hatten Gunther und seine Männer mit schweren Tüchern umwickelt, damit sie auf dem Pflaster im Hof keinen Lärm verursachten, der die schlafenden Bewohner wecken konnte. Ohne mit Fackeln Aufmerksamkeit zu erregen, trugen zwölf Soldaten schwer am Gold der Nibelungen, welches sie in ledernen Taschen abtransportierten.

In der eigenen Burg ein Dieb zu sein war Gunther selbst im Nebel des heimischen Weins zuwider, aber Hagen versicherte ihm erneut: »Wir schaffen das Gold in den Wald – so weit, dass niemand freiwillig danach suchen wird. Wenn Kriemhild abgereist ist, können wir zu jeder Zeit wieder holen, was unser ist.«

Einen irren Moment lang fragte Gunther sich, ob Hagens Pferd ebenfalls nur eine Erscheinung war, und unterdrückte mühsam den Drang, mit der Hand danach zu greifen, als ein Soldat flüsternd meldete: »Majestät, das Gold ist aufgeladen. Wir stehen zum Abmarsch bereit.«

Gunther nickte, und er schickte sich an, mit seinen Männern das Geschmeide und die Münzen wieder dorthin zu bringen, wo Siegfried sie angeblich einst gefunden hatte.

Im Dunkel der Nacht machte sich die kleine Reisegruppe auf den Weg, um allem Leid der letzten Monate noch ein weiteres Unrecht hinzuzufügen. Der König jedoch fühlte sich gut dabei – Hagen hatte ihm versichert, dass er dem dauerhaften Frieden damit näher kommen würde.

Auch in Kriemhilds Gemach brannte keine Fackel. Sie schlief schlecht in letzter Zeit, und oft war sie ein Geist im eigenen Zimmer, der unstet herumwandelte, nur selten einen Schatten werfend. Vom Fenster aus sah sie, was vor sich ging, und es bedurfte keines außergewöhnlich klugen Verstands, um das Treiben der dunkel gekleideten Männer richtig einzuschätzen.

Es scherte sie wenig. Der Wandel ihres Bruders vom Mordkomplizen zum gemeinen Dieb war kaum noch der Erwähnung wert. Und das Gold? Hjalmar hatte über die Jahrzehnte seiner Herrschaft die Truhen Dänemarks reichlich gefüllt, das wusste sie. Hätte Gernot sie nicht vom feigen Verrat des Königs unterrichtet – sie hätte Gunther das Gold der Nibelungen vor der Abreise zum Geschenk gemacht. Wie schon so oft wehrte Gunther eine Gefahr ab, die nicht bestand.

Der Ring an ihrer linken Hand fing einen einzigen Strahl Mondlicht ein, und fast liebevoll sah Kriemhild das Memento ihres tapferen Gatten an. Sie hatte, was sie brauchte. Ihre rechte Hand strich über ihren Bauch, in langsam kreisenden Bewegungen.

In der Nacht fühlten sich die Nibelungen wohl. Die Nacht war ihr Freund, denn nur noch Schatten war der Wald, und ungesehen konnten sie ihr Reich durcheilen. Statt von Baum zu Baum zu springen oder durch das Erdreich zu treiben, tollten sie körperlos in kühler Luft, tanzten mit sich und miteinander, gewöhnlich ungestört.

Doch heute kam Besuch. Königlicher Besuch, wenn auch nicht mehr mit königlichem Verstand, wie eine der vielen Stimmen kichernd anmerkte. In neugieriger Hektik schwirrten die Nibelungen umher, umkreisten unbemerkt die burgundischen Reiter und sprangen sogar über ihre Köpfe. Nur dann und wann strich sich ein Soldat unwohl über die Gänsehaut an seinen Armen.

Und der Geruch! Es war der Geruch des Goldes – ihres Goldes! Süß und verlockend schrie das edle Metall danach, mit seinesgleichen in der Drachenhöhle vereint zu werden. Und die Nibelungen, Hüter und Besitzer des Schatzes, konnten kaum erwarten, das Diebesgut an seinen Platz zurückzuschaffen. In Arbeit, die Jahre, vielleicht Jahrhunderte dauern konnte, würden sie jede Münze, jeden Klumpen, jedes Geschmeide wieder dort ablegen, wo der dumme Schmied es einst genommen hatte.

Näääher ...

Die Reiter, ohne Fackeln und Mondschein, wurden sichtlich nervös und hielten sich die Köpfe im Schmerz.

Näääher ...

Auch Gunther spürte den Druck, der mit der Gegenwart der Nibelungen kam. Er rieb sich die Schläfen und mühte sich um Haltung.

Aus vergossenem Bluuut gelernt ...

Hagen schien von derlei Zauberkraft unbeeindruckt, und er sah seinen König an. »Wir müssen weiter – Siegfried sprach davon, das Gold in der Nähe des toten Drachen entdeckt zu haben.«

Das Gold zu geben, den Fluch zu nehmen ...

Gunther mühte sich voran, und keiner seiner Soldaten wagte es, dem König nicht zu folgen.

Was uns war, ist wieder unser …

Irgendwann, als er warmes Blut aus seiner Nase laufen spürte, hob Gunther schließlich die Hand. »Halt! Da wir nicht wissen, wo genau Siegfried einst das Gold der Erde entriss, ist dieser Ort so gut wie jeder andere.«

So guuut wie jeder andere …

Die Soldaten stiegen ab und hoben im weichen Erdreich eine Grube aus. Gunther beobachtete sie dabei, die beruhigende Stimme von Hagen im Ohr: »Kein Sorge, Majestät – bei Tageslicht werden die Männer so wenig wie Kriemhild noch eine Chance haben, diesen düsteren Ort wiederzufinden. Ich jedoch kenne diesen Platz – und sollte es vonnöten sein, führe ich Euch wieder her.«

Die Beutel mit dem Gold wurden den dankbaren Gäulen vom Rücken gehievt und in das Loch geworfen. Die Erde war dann schnell wieder darauf geschaufelt.

Das Gold ist unser … unser … Gold … unser …!

»Lasst uns zur Burg heimkehren«, befahl Gunther. »Zum Abschied der Prinzessin sollten wir ausgeruht sein – es steht zu befürchten, dass sie kaum mit Freuden unser Reich verlässt.«

Kaum einer der Soldaten wagte es, zu lachen.

Vorsichtig tastete die Gruppe zu Pferde sich wieder in die Dunkelheit des Waldes, dem Hof Burgunds entgegen. Der Hufschlag der Pferde war kaum verklungen, da sausten die gierigen Geister der Nibelungen durch Boden, Stein und Wurzelwerk, mit nebligen Fingern die vergrabenen Beutel betatschend. Ihre Gestalten, viele nur ein Hauch, drängten sich zwischen die Münzen, das Metall. Sie badeten im Gold, das endlich wieder ihres war.

Es ist zurück … zurück … zurück!

Die Freude dauerte nur wenige Augenblicke. Jedem einzelnen Nibelungen, und auch allen, war das Wissen um das

Gold gegeben. Jede Unze, jede Prägung, jede feine Form war Teil ihres Wesens, und nur in seiner Vollständigkeit war der Schatz das Herz ihrer Gemeinschaft.

Und vollständig war der Schatz nicht! Es fehlten viele Goldmünzen, die umgeprägt die Schwerter für den Krieg gegen Hjalmar entlohnt hatten. Barren, mit denen aus den umliegenden Reichen Getreide für die Burgunder gekauft worden war. Und schließlich, und am schrecklichsten ...

Der Ring ... der Ring ... der Ring!

Die Wut über diese halbherzige Wiedergutmachung wog schwerer als das Entzücken über das, was Gunther und seine Mannen herbeigeschleppt hatten.

Alberichs Stimme war die lauteste, und selbst Regins kehliges Flüstern war diesmal in den Wipfeln des Waldes zu hören.

Kein Ring ... kein Ende ... mehr Blut ...

»Ich gebe mir die Schuld«, sagte Gunther, während er in ein Stück Brot biss, »das Gefühl, in den eigenen Mauern sicher zu sein, hat mich nachlässig gemacht. Ich hätte mehr Soldaten postieren sollen, um das Gold zu bewachen. Aber sei versichert – meine Soldaten sind bereits unterwegs, um die Diebe zu stellen.«

Kriemhild aß mit gutem Appetit und trank viel Milch zwischen den Bissen. »Ich sagte dir, es ist die Worte nicht wert. Ob Gold oder nicht – Xanten wird mich als Siegfrieds Frau und als legitime Königin des Reiches empfangen.«

»Gut so«, zischte Hagen, den Gunther seit seinem Tod nicht mehr hatte essen sehen. »Soll sie von dannen ziehen. Kaum sind ihre Boote außer Sicht, wird sich die Schatzkammer von Burgund wie von Magie wieder füllen.«

»Sprich nicht von Magie«, knurrte Gunther.

»Wer sprach davon?«, wollte Gernot wissen, der mit seinen Geschwistern am Tisch saß, ohne dass er familiäre Freundlichkeit verspürte.

»Niemand«, murmelte Gunther und wischte sich über die Stirn. »Es ... ist nichts.«

Gernot und Kriemhild tauschten einen fragenden Blick.

»Und du bist sicher, dass keine Ratgeber des Hofes dir zur Seite stehen sollen, um Xanten und auch Dänemark zu neuer Blüte zu führen?«

»Ich vertraue auf die Männer, die seit Jahren die Verwaltung leiten«, sagte Kriemhild, und jede respektvolle Antwort schnitt ihr wie Klingen in die Zunge. Sie sah nicht mehr ihren Bruder, wenn sie den König anschaute. Da war nur noch ein Biest, wild und gefährlich, mit Blut auf Zähnen und Klauen. Ein Biest, dem der Tod eine Erlösung war, die ganz in ihrem Interesse stand.

»Wir brauchen ihr Vertrauen, ihr Eis muss schmelzen beim Gedanken an unsere Großmut«, flüsterte Hagen seinem König zu.

»Ich habe nachgedacht«, verkündete Gunther nun. »Nachdem mein Bruder Island nicht im Namen der Familie führen will und über viele Reiche hinweg die Insel kaum zu regieren ist, werde ich den alten Eolind als Statthalter dort fest vereiden. Es wird kein Teil von Burgund sein, aber Xantens Freund im hohen Norden.«

Kriemhild ging nicht darauf ein, und der König spürte eine Spannung, die nur mühsam verheimlicht wurde. So sehr er es darauf angelegt hatte, Kriemhild am Hof zu binden, so sehr freute er sich nun, sie endlich los zu sein.

»Können wir denn auf eine Einladung hoffen, sobald du fest auf Xantens Thron sitzt?«, fragte Gernot, um die Stimmung etwas zu lockern.

Kriemhild sah ihn ausdruckslos an. »Die Einladung wird kommen, wenn die Zeit reif ist, um die Vergangenheit hinter verschlossener Tür einzusperren.«

Es waren keine freundlichen Worte, und ihr Klang versprach nur Ende, nicht Neuanfang.

Der Wunsch nach Führung im geknechteten Xanten war nicht weniger groß als im straff geführten Dänemark. Wie es dem Sieger eines Krieges zustand, war alles für die Übernahme der Macht vorbereitet, als Kriemhilds Boote in Sicht kamen. Der Adel hatte durch bezahlte Spitzel früh gewusst, dass kein König kommen würde, um den Thron für sich zu fordern. Siegfried, den das Land mit Jubel hätte grüßen können, war unter seltsamen Umständen ums Leben gekommen. Von den hohen Ständen war die Nachricht durch Diener und Vasallen ins Volk getropft und dort mit Bedauern, nicht aber großem Wehklagen aufgenommen worden. Regins Warnung bewahrheitete sich, dass das Volk nicht wirklich auf Siegmunds Erben gewartet hatte.

Xanten empfing Kriemhild mit allen Ehren, wenn auch einiger Unsicherheit. Doch die schöne Königin wusste, wie man den Hofstaat schnell auf die eigene Seite brachte. Viel dänisches Gold wanderte von den Schatullen auf die Straßen, in die Häuser, auf die Tische der Bürger. Wege wurden neu gestampft und Streitigkeiten mit weiser Hand geschlichtet. Mit wenig Schlaf und einfacher Kleidung schaffte sich Kriemhild den Respekt, den sie brauchte, um ein Doppelreich zu regieren. Dabei achtete sie sorgsam darauf, keine mächtige Minderheit der Länder vor den Kopf zu stoßen – weder für Gebet noch für die Sprache gab es ein Gesetz.

Dänemark war dabei einfacher zu führen als Xanten, hatte es doch lange davon profitiert, die Heimat Hjalmars zu sein. Es war ein Land in guter Verfassung, und darum traute es sich die burgundische Prinzessin zu, es aus der Ferne zu regieren, aus Xanten. Die besten Reiter beider Heere wurden rekrutiert, um auf schnellstem Wege Botschaften über die Grenzen bringen zu können.

Kriemhilds Bauch wölbte sich in den Wochen erst kaum sichtbar, dann jedoch stark am Stoff ihrer Kleider zerrend. Was ihren Ratgebern und Heerführern wie ein dunkles Geheimnis vorgekommen war, verwandelte die Königin in Jubel und Ertrag, als sie dem begeisterten Volk verkündete: »Die Worte, die man bisher flüsternd sprach, sind wahr – wo ich euch den König nicht mehr habe bringen können, wird dereinst Siegfrieds Sohn seinen Platz einnehmen!«

Doch wer erwartet hatte, dass Kriemhild als schwaches, schwangeres Weib dem Heer ein zu schwaches Auge bieten würde, der sah sich getäuscht. Die besten Verbände beider Länder wurden zusammengelegt und viele davon an den Grenzen stationiert. In Dutzenden von neu geschaffenen Siegfried-Schmieden glühte die Kohle jede Nacht, um darin Klingen für die Leiber der Gegner zu schmieden, die es wagen sollten, die Grenzen zu verletzen.

In nur sechs Monaten war geschafft, was Hjalmar in fast zwanzig Jahren nicht vergönnt gewesen war – Xanten und Dänemark bildeten *ein* Reich, im Innern stark und stolz unter der Krone Kriemhilds. Das Getuschel in den Tavernen war lauten Lobliedern auf die Königin gewichen, und kaum ein Mädchen wurde geboren, das nicht ihren Namen trug.

Für sich selbst hatte Kriemhild jedoch anderes im Sinn.

Drei Tage und drei Nächte lang schrie sie, um Siegfrieds Sohn zu gebären. Hatte es je einen Zweifel gegeben, dass es ein Sohn sein würde? Nicht für die Königin, denn die Götter hatten dem Kind ein besonderes Schicksal zugedacht. Und der Knabe, stark schon im Mutterleib, kam zur Welt, wie es nur Helden zustand – kämpfend und in Schmerz. Immer wieder wechselten sich die ermüdeten Hebammen ab, und Laken nach Laken wurde herbeigeschafft, um dann durchschwitzt und voller Blut ins Feuer zu wandern. In Schweiß und Fieber verlor Kriemhild fast ihr Leben, doch wenn die Heiler bei Hofe vorschlugen, das Kind noch im Leibe zu töten, um die Königin zu retten, hatte sie den Dolch griffbereit, jedem Versuch mit blankem Eisen zu begegnen.

Mit jeder Stunde, die der Erbe Xantens nicht geboren wurde, vergrößerte sich die Menge der Menschen, die um die Burg sich im Gebet versammelten, und am Morgen des dritten Tages war auf den Straßen und Feldern des Landes kaum noch jemand anzutreffen.

Kriemhild ertrug das Leid, das ihren Körper fast zerriss, war es doch nur ein schaler Abklatsch des Schmerzes, den Siegfrieds Tod ihrer Seele zugefügt hatte. In Pein hatte sie ihn verloren, in Pein würde sie ihn wiederfinden. Und richtig – als die Hebamme ihr den Knaben, da die Nabelschnur noch nicht einmal durchtrennt war, blutig in die Arme legte, sah Kriemhild Siegfried wieder. In den Augen schon den trotzigen Blick und in den Fingern eine Kraft, dass ihre gedrückte Hand blau anlief.

Obwohl jeder ihr zu Schlaf und Erholung riet, befahl Kriemhild, dass man ihre Krone herbeischaffen solle. Einen sauberen Mantel hing sie sich um die Schultern, das schweißnasse Haare nur schnell gekämmt, und nahm das Kind mit auf den Balkon, um es dem Volk zu zeigen.

Der Jubel war unbeschreiblich, und in Wellen durchlief er die Xantener Bürger wie wohlige Schauer. Ihr Name wurde tausendfach geschrien, bis sie mit gehobener Hand Schweigen verlangte. Ihre Stimme, nach drei Tagen brüchig und erschöpft, klang dennoch stark und entschlossen. »Wenn ihr einen Namen preisen wollt, dann nicht den meinen. Mit dem heutigen Tag, der heutigen Geburt, hat Xanten und Dänemark wieder einen König, und meine Regentschaft wird ein Übergang zu glorreicher Zeit.«

Sie hielt den Jungen stolz über sich. »Preist Siegfried von Xanten!«

Und als Kriemhild das Kind wieder an sich drückte, sprach sie leise: »Hörst du es? Für dieses Volk wirst du dereinst über die Gräber der Mörder deines Vaters trampeln.«

»Ein Kind?«, knurrte Gunther missmutig, nachdem der Bote den Thronsaal wieder verlassen hatte. »Von wem? Wieso? Und weshalb wurde die Taufe nicht im Familienkreis gehalten?«

Hagen lehnte gelassen an einem der Langtische. »Von wem? Diese Frage dürfte am leichtesten zu beantworten sein. Wenn wir zurückrechnen, kommt nur der Schmied in Betracht. Wie es scheint, war unsere Tat zwar mutig, doch ein wenig zu spät.«

»Kriemhild hat ein großes Reich zu regieren und ein Kind an der Brust zu stillen«, gab Gernot zu bedenken. »In ihrem Kopf mögen andere Dinge vor der Familie Vorrang haben.«

Gunther trank seinen Wein, als gäbe er ihm Halt. »Vorrang? Wäre eine Taufe nicht Gelegenheit, jeden alten Zwist zu beenden? Würden die Burgunder Herzen nicht alles tun, Kriemhild bei der Bewältigung ihrer Lasten zu helfen?«

Es kostete Gernot Mühe, seinem Bruder nicht zu gestehen, dass er Kriemhild die Wahrheit über die Ermordung

Siegfrieds gebeichtet hatte. Aber im Gespräch mit Elsa hatte er entschieden, diese Dinge endlich ruhen zu lassen.

»Wie man hört, macht sie sich prächtig auf dem Thron«, sagte er versöhnlich.

»Prächtig in einem Reich, das *Ihr* mit *Eurem* Heer einst erobert habt«, zischte Hagen, und Gunther verzog das Gesicht.

»Lasst Prinz ... *Königin* Kriemhild tun, was ihr gefällt«, brummte Gunther. »Wenn sie dem gemeinsamen Blut keine Bedeutung mehr beimisst, so will ich es auch nicht tun.« Er schenkte sich noch etwas Wein ein.

Kriemhild hatte ihren Gast gebeten, diesmal ohne große Entourage zu reisen. Nicht ohne Überraschung war ihrer Bitte gleich entsprochen worden, und nur wenige Vertraute, allesamt kampferprobte Krieger, begleiteten Etzel, als er in die Burg geleitet wurde.

Seit ihrer ersten Begegnung hatte er sich nicht verändert, und wieder kam Kriemhild zu dem Schluss, dass Mundzuks Sohn eine stattliche Erscheinung war. Und von edlem Charakter war er auch, denn ohne Arroganz und Bitterkeit kniete er vor ihrem Thron nieder, wie er es schon einmal getan hatte. »Königin Kriemhild – es freut mich, Euch gesund zu sehen und als Herrscherin eines großen Reiches.«

Sie nickte und bedeutete ihm, sich zu setzen. Der einzige Platz, der sich dafür eignete, war ein leerer Thron zu ihrer Linken, nicht ohne Grund für diesen Zweck gewählt. Der Hunne hob fragend eine Braue, zögerte aber keinen Moment.

»Ich bin kaum die Herrscherin von Xanten und Dänemark zu nennen«, erklärte Kriemhild. »Weder habe ich das Blut seiner Könige, noch konnte ich es mit einem Heer erobern. Beides trifft auf meinen Mann zu.«

Auch wenn es Etzel betrübt haben mochte, dass Kriemhild kurz nach ihrer Begegnung einen anderen geheiratet hatte, so ließ er es sich nicht anmerken. »Die Geschichten vom mutigen Schmied Siegfried, der erst Drachentöter, dann König von Xanten wurde, drangen bis nach Gran. Es schmerzt, einen Mann dieser Größe nicht mehr kennen lernen zu dürfen.«

Die Königin hatte kein Interesse, lange über die Vergangenheit zu plaudern, wenn es doch die Zukunft war, die der Planung bedurfte. »So, wie die Nachrichten den langen Weg nach Osten schaffen, so dringt manches von den Hunnenstämmen bis an diesen Hof vor. Sagt, wann beabsichtigt Euer Vater, mit seinen Horden gegen die Reiche westlich des Rheins zu reiten?«

Es war keine Frage, sondern Provokation. Eine Provokation solchen Ausmaßes allerdings, dass der freundliche Schabernack darin offensichtlich wurde. Und entsprechend antwortete Etzel: »Wohl gar nicht mehr, wenn schon die mächtigsten Gegner den bevorstehenden Angriff gerochen haben.«

»Der mächtigste Gegner der Hunnen waren die Legionen Roms, wenn die Geschichtsschreiber nicht irren«, hielt Kriemhild dagegen. »Doch man sagt, Mundzuks Horden waren niemals in der Lage, gegen Rom zu ziehen. Der römische Adler mag viele Federn gelassen haben, aber seine Klauen sind noch kräftig, und sein Schnabel hackt unerbittlich.«

»Mein Vater wünscht Respekt für unser Volk, das Jahrhunderte nur auf dem Pferd gelebt hat. Doch die römischen Hunde betrachten uns als Barbaren, kaum den Peitschenhieb wert.«

Seine Augen, dunkel und unergründlich, blieben ruhig, verrieten keine Nervosität, und Kriemhild konnte sich nur vorstellen, wie der wache Geist des Hunnen versuchte, ihre Absichten zu erahnen. »Plant Ihr auch, Xanten und Dänemark zu überrollen?«

Kein Zögern war in Etzels Stimme. »Niemals. Und wenn Ihr selber es glauben würdet – meine Spione hätten mir von einer Verstärkung der Truppen an den südlichen Grenzen berichtet.«

Die Königin dachte einen Moment lang nach. »So sucht Mundzuks Griff – vorerst! – nur Burgund. Da es keinen Unterschied für Euren Schlachtplan macht: Ist meine Ablehnung Eures Werbens mit ein Grund für diesen Krieg?«

Etzel lachte, offen und frei. »Ihr nennt uns Wilde, aber Kriege führt der Hunne nicht für schöne Augen! Und wenn es Eure Absicht ist, einen durch diese Augen zu verhindern, so wird auch das Euch nicht gelingen.«

Genau das war Kriemhild zu prüfen bereit. Sie sah den Sohn des Hunnenkönigs geradeheraus an. »Meine Hand ist nicht mehr jung, und wer sie freit, freit eine Witwe. Doch die Witwe bringt mehr als die Prinzessin in die Ehe – ein Reich, das nicht erobert werden muss.«

Etzel war verblüfft, dass sich die Königin ihm so selbstlos bot, und ohne jede Scham. »Ihr würdet mit mir nach Gran ziehen, an meiner Seite regieren – für das Versprechen, Burgund nicht anzugreifen?«

Kriemhild nickte. »Ich will nicht Königin eines Krieges sein und Frau eines Soldaten.«

»Woher wollt Ihr wissen, dass Euer Liebreiz mich auch heute noch betört und dass Euer Versprechen so viel wiegt wie die Frucht des Krieges?«

»Die Frucht des Krieges, lieber Etzel, ist immer faul. Und wäret Ihr an dieser Ehe nicht noch interessiert – was hätte Euch dann den weiten Weg hierher getrieben, nur auf meine Bitte hin?«

Etzel lächelte. »Jeder andere Mann wäre empört, wie ein Pferd am Riemen geführt zu werden. Doch ich bewundere Euren Mut und Eure Verschlagenheit.«

Kriemhild schenkte zwei Kelche Wein ein und bot den gemeinsamen Trunk als Pakt. »Dann werden wir in Gran bald Hochzeit feiern.«

Als ob der Klang der Kelche unerträglich wäre, setzte nun leises Wimmern an, das zu einem lauten Weinen wurde. Kriemhild sprang vom Thron auf und eilte zu einer Krippe, die schräg dahinter stand. Etzel folgte ihr. »Ich hörte schon, dass Siegfried Euch nicht ganz allein gelassen hat.«

Die Königin nahm den Säugling hoch und wog ihn sanft in ihrem Arm. »Er ist die einzige Bedingung, die ich stellen muss. Sein Schicksal wiegt mehr als das meine.«

Etzel hob ruhig die Hand, den Blick auf dem kleinen Jungen. »Sei ohne Sorge, meine Königin – Euer Sohn wird nicht von Eurer Seite gerissen. Mit unserer Ehe nehme ich ihn als den meinen an. Er soll nicht weniger Respekt erfahren als alle seine Brüder, die noch kommen werden.«

Ein Gefühl durchfuhr Kriemhild, außer der Liebe für ihr Kind vielleicht das erste Gefühl seit vielen Monaten. Es war Reue. Reue, Etzel nicht die Wahrheit zu sagen. Reue, einen guten Mann mit ehrlichen Absichten so zu täuschen, wie er es nicht verdiente.

Aber der Gedanke an ihr Ziel erlaubte es Kriemhild mühelos, die Reue schnell wieder zu vergessen.

Zehn Bogenschützen standen auf den Wehrgängen der Burg in Worms, die Pfeile auf den Hof gerichtet, als der Hunnenreiter durch das Portal geritten kam. Seit er die Grenze nach Burgund überschritten hatte, war er nicht aus den Augen gelassen worden. Niemand wusste, was er wollte, doch sein kleines starkes Pferd hatte ihn direkt zu Gunther geführt. Der Bote war nicht von hohem Blut, und so empfing ihn Gunther nicht im Thronsaal. Bald zwei Stunden musste er auf dem Hof warten, ohne dass ihm jemand einen Schluck Wasser bot. Erst als Hagen überzeugt war, dass in Demütigung die stolze Position Burgunds deutlich gemacht worden war, schickte er Gunther nach draußen, wo Gernot und Elsa schon seit einiger Zeit warteten.

Der König mühte sich, den dick gekleideten Gast mit den langen zotteligen Haaren gebührend anzusprechen. »Von Mundzuks Hof kommst du, so sagen meine Männer.«

Der Krieger schüttelte den Kopf. »Die Hunnen kennen keinen Hof, und ihr Führer heißt nicht mehr Mundzuk. Im Namen Etzels, der jetzt die Stämme führt, und Kriemhild, die bald seine Frau ist, geht die Einladung an Gunther von Burgund, der Hochzeit beizuwohnen, die das Hunnenreich mit Xanten und Dänemark verbindet. In Gran wird es sein, einen Monat vom heutigen Tag an.«

Atemlose Stille herrschte für einige Momente. Gunthers Kopf schmerzte, als er versuchte, die neuen Erkenntnisse zu verarbeiten und in seine Welt einzuordnen.

Mundzuk tot? Und Etzel, der von Burgund abgewiesen wurde, führte nun die größte berittene Streitmacht des Kontinents? Mit einer Burgunderin an seiner Seite?

»Eine erstaunliche Entwicklung«, flüsterte Hagen, auch wenn er hätte schreien können, denn niemand außer Gunther hörte ihn jemals.

»Niemals glaube ich, dass meine getaufte Schwester dem Heiden in sein Zelt gefolgt ist«, bellte Gunther unsicher.

»Glaubt, was Euch beliebt«, entgegnete der Bote. »Soll ich dann Eure Ablehnung als Antwort mit mir nehmen?«

»Was soll ich tun?«, knurrte Gunther, ohne die Lippen dabei zu bewegen.

»Annehmen«, riet ihm Hagen. »Doch in Vorsicht.«

»Uns freut natürlich, dass Königin Kriemhild einen neuen Mann erwählt hat, und einen König noch dazu«, rief Gunther nun, sodass es alle hören konnten. »Und gern will ich der Einladung nachkommen. Doch welche Sicherheit habe ich, dass kein übles Spiel dahinter steckt? Die Pfeile der Hunnen flogen in den letzten Wochen schon häufiger über die Grenzen Burgunds.«

Der Bote ging auf die Knie. »Im Tod wie in der Ehe sind wir Hunnen streng, und unser Wort ist unsere Pflicht. Als Gäste der Stämme werdet Ihr in Ehre empfangen und in Ehre verabschiedet. Sowohl Etzel als auch Kriemhild stehen dafür ein. Und Ihr wählt Eure Eskorte in Größe und Bewaffnung.«

Hagen lächelte verschlagen. »Es wird die Hunnen wundern, wie viele burgundische Soldaten bald aus ihren Töpfen fressen.«

Gernot, in der Hoffnung, alte Missgunst endlich beizulegen, sprach den Boten an. »Wir nehmen an und bereiten alsbald unsere Reise vor.«

Der Bote würdigte den Prinzen keines Blickes. »Die Einladung galt Gunther, und nur ihm allein.«

Gunther trat einen Schritt zurück. »Wie kann das sein? Den einen Bruder lädt die Königin ein, den anderen verschmäht sie?«

»Nicht verschmäht«, erklärte der Hunnenkrieger. »Sie sprach nur den Namen Gunthers, das ist alles.«

Der König legte seinem Bruder die Hand auf die Schulter. »Es ist anzunehmen, dass das Wort für unser ganzes Haus gilt. Natürlich wirst du an meiner Seite reisen.«

Ohne die weiteren Gespräche abzuwarten, bestieg der

Bote sein Pferd und trieb es galoppierend aus dem Burgtor.

Hagen beugte sich vor und flüsterte seinem König ins Ohr: »Ein Kind, ein neuer König – vielleicht weicht Kriemhilds neues Glück ihr Herz so weit, dass familiäre Bande neu geknüpft werden können.«

Gunther nickte. »Es wäre zu hoffen. Nur wenig ist von den Königshäusern noch übrig, und Zusammenhalt scheint das Gebot der Stunde.«

»Und doch werden wir Etzels Angebot nutzen und mit Soldaten in großer Zahl ziehen. Was den Hunnen als Burgunder Pracht erscheint, wird uns gut beschützen.«

Jahrhunderte waren die Hunnen geritten, vom Aufgang der Erschaffung der Welt her. Es hieß, sie kamen von der anderen Seite der Welt, wo Ungeheuer sie vertrieben hatten. Zu Pferd waren sie in Dutzende Reiche eingefallen, kaum mehr als Flammen und Blut hinterlassend. Mit schärferen Klingen und schnelleren Bogen hatte sie Heere bezwungen, die ihre Zahl dreifach überstieg. Doch seit zwei Generationen hatte ihr Reich nicht mehr an Größe gewonnen. Die Rhein-Dynastien waren ihnen von Westen her entgegengetreten, und die Legionen von Rom und Byzanz waren von Süden her gekommen, um das Steppenvolk aufzuhalten. Erst mit Schwert und Schild, danach mit Gold. Zum ersten Mal waren die Hunnen darauf angewiesen, dem Boden und dem Vieh die Nahrung abzuringen und Behausungen zu bauen, die mehr als nur dem Sturm widerstanden. Keine zwei Steine hatten die wilden Krieger jemals aufeinander gesetzt, und nun mussten auf einmal Städte her, in denen Kinder spielen und Frauen Mahlzeiten bereiten konnten.

Gran war die erste Siedlung gewesen, noch vor Buda,

weit im Osten. In acht Jahren hatten sich die Hunnen hier eingerichtet. Kriemhild war nicht wenig beeindruckt von dieser jungen Stadt, die den Namen so gar nicht zu verdienen schien. Von der Fläche her war Gran weit größer als Worms, und es wuchs, während man ihm zusah. Aber es gab keine Straßen, keine Verwaltung, kein Zentrum. Wild standen Zelte herum und Hütten aus grob gehacktem Holz. Manche Konstruktionen nutzten komplizierte Gitter aus Stämmen, die mit Leder bespannt waren. Nur schmale Fundamente hatten die Soldaten, die von Mundzuk dazu angetrieben worden waren, in Stein gesetzt. Jedes Gebäude war willkürlich, und manche wuchsen ineinander. Wer sich durch die Stadt bewegte, tat es auf schlammigen Wegen, die nicht angelegt, sondern durch schiere Benutzung aus dem Gras getrampelt worden waren. Es gab weder Kloaken noch die Möglichkeit, Unrat zu entsorgen, es sei denn, durch Vergraben. Das Vieh war nicht eingesperrt, sondern lief frei herum, bis es einem hungrigen Soldaten ins Messer lief, um dann, roh getrocknet unter der Satteldecke, in zähen Streifen als Nahrung zu dienen; Feuerstellen waren den Hunnen nur als Wärmequelle dienlich. Nicht minder dreckig als die Tiere waren die Kinder, um die sich niemand recht zu kümmern schien. Wenn ihre kleinen Arme stark genug waren, erlaubte man ihnen, bei den Soldaten die Kunst des Bogenschießens zu erlernen, und ihre Beine lernten früh, Pferde geschickt zu lenken.

Unter die abertausend fremdländischen Krieger hatten sich im Laufe der letzten Tage beinahe ebenso viele Soldaten unter der Flagge Xantens und Dänemarks gemischt. Es war Kriemhilds ausdrücklicher Wunsch gewesen, beide Heere zu einen, auch und gerade weil Misstrauen zwischen den Völkerschaften herrschte. Im täglichen Umgang, am

Topf wie am Zaumzeug, sollten die Völker voneinander lernen. Es hatte dafür viele Raufereien gegeben und manche heimliche Stecherei, aber Soldatenherzen waren jenseits aller Grenzen ähnlich, und so hatten sich viele Krieger beim Becherklang am Lagerfeuer gefunden wie alte Freunde.

»Wir sind ein wildes Volk und stolz«, erklärte Etzel, als er Kriemhild ohne jegliche Eskorte durch Gran führte. »Doch unsere Seele kannte bisher nur die Reise, nie das Ziel. Es war im Sinne meines Vaters, den Hunnen Heimaterde zu geben. Gran mag nicht Rom sein, nicht Konstantinopel, aber es ist die Saat für etwas, das trotz aller gewonnenen Kriege nie auf den Karten zu verzeichnen war – das Reich der Hunnen!«

Kriemhild nickte, weder von Lärm noch Dreck verschreckt. »Die Barbarei ist auch in meinem Volk erst seit wenigen Generationen gebannt. Es wäre kaum aufrichtig, den Hunnen etwas vorzuwerfen, von dem auch in Burgund noch viele Lieder singen.«

Etzel lächelte – er hatte für einen Krieger ein kluges, freundliches Lächeln. »Mit jedem Wort aus deinem Mund festigt sich mein Glaube, richtig gewählt zu haben. Du wirst uns helfen, neben den Galliern, den Goten, den Franken und den Sachsen aufrecht zu stehen. Respekt, nicht durch das Schwert erzwungen, sondern verdient in Edelmut und großer Leistung. Es ist eine Schande, dass Mundzuk dich nicht mehr kennen lernen konnte. So sehr der alte Hunne Söhne liebte, so wusste er doch kluge und starke Frauen zu schätzen.«

»Auch ich bedauere den Tod des großen Anführers. Mich wundert nur, wie wenig das Volk scheinbar daran Anteil nimmt. Ich sehe keine Trauer in den Gesichtern deiner Landsleute.«

Etzel lachte, als er im Vorbeigehen einem Pferd auf die

Hinterbacken schlug, während übler Geruch wie unsichtbarer Nebel ihre Nasen reizte. »Männer leben, Männer sterben. Das eine ist zum Jubel so wenig tauglich wie das andere zur Trauer. Doch Morgen früh werden wir den Leichnam meines Vaters auf den letzten Ritt schicken. Wenn du dich dem gewachsen fühlst, kannst du dabei an meiner Seite stehen.«

Kriemhild nickte. »Ich werde immer an der Seite meines Königs zu finden sein.«

Zum ersten Mal, seit er in Xanten erneut um ihre Hand angehalten hatte, kamen Etzel Zweifel. »Es will mir kaum in den Sinn, wie eine Königin von deinem Stand ohne Zögern einem Leben in Gran zustimmen kann. Verglichen mit deiner Herkunft muss es dir hier wie in einem Schweinestall vorkommen.«

Kriemhild sah ihn an. »Was ich sehe, ist in Wahrhaftigkeit gewachsen. Glaube mir, Schweine leben auch auf poliertem Marmor.«

»Bist du sicher, dass dieses Leben dir genug bieten kann – und deinem Sohn?«

Kriemhild ergriff die Hand des Hunnen, um seine Sorgen zu zerstreuen. »Etzel, mein Sohn wird hier zum Krieger heranwachsen – und genau das ist mein Wunsch. Was mich selbst angeht – viele Ansprüche habe ich nicht, auch wenn ich davon ausgehen muss, dass ich in Gran viel mehr Kleider brauche.«

Sie deutete auf den Saum ihres Kleides, der voll gesogen war mit Kot und Dreck.

Etzel lachte, und Kriemhild lachte mit ihm.

An die eintausend burgundische Soldaten ritten in der Furt bei Pförring über die Donau nach Großmehring. Gut ein Drittel der Reise nach Gran hatte Gunther damit hinter sich gebracht, die stolzen Städte Passau und Wien noch vor sich. Der König selbst stieg hier um auf ein Schiff, das unter stolzem Burgunder Segel fuhr, während die Truppen an Land nebenher trabten. Dahinter trugen drei weitere Boote Proviant. Die Donau schlängelte sich nicht so sehr wie der Rhein, und es war wesentlich einfacher, schweres Gerät mit Schiffen zu transportieren, statt von Pferderücken tragen zu lassen.

Gunther stand am Bug, für seine Ratgeber in Gedanken versunken. Doch in Wahrheit hörte er Hagens Ausführungen zu, der seine Aufregung kaum zu verbergen vermochte. »Mein König, die glorreichen Zeiten sind nun zum Greifen nah! Alle düsteren Taten werden bald vom edlen Ziel gerechtfertigt!«

»Was meinst du damit?«, knurrte Gunther.

»Wo wir einst hofften, den Bund von Burgund und Xanten zu schmieden, schenkte uns das Schicksal Dänemark und Island obendrein. Und wo wir dachten, im Tode Siegfrieds den Einfluss zu verlieren, sehen wir nun die Möglichkeit, durch Kriemhilds neue Ehe auch den Rest des Kontinents zu beherrschen. Stellt Euch nur vor – ein solch riesiges Reich wird einen neuen Namen brauchen. Und Gunther wird nicht mehr König sein, sondern Kaiser, Imperator gar!«

Der König spuckte ins Wasser. »Dann war der Mord an Siegfried keine Schandtat, sondern gottgewollte Pflicht.«

Hagen lächelte dünn. »So ist es. Vor keinem Richter, im Leben wie im Tod, müsst Ihr euch dafür rechtfertigen.«

»Es bleibt die Frage, wie wir das Hunnenreich unter unsere Kontrolle bekommen.«

Der Ratgeber strich sich über den Kinnbart. »Es kommt ganz darauf an, wie Etzel zu regieren beabsichtigt. Ist er schwach, wird Kriemhild die Geschäfte leiten. Ist er stark – nun, auch Siegfried war stark.«

»Du willst erneut die Klinge ziehen?«, flüsterte Gunther.

Hagen schüttelte den Kopf. »Dann gäbe es Krieg, den kaum jemand sich wünschen kann. Aber es gibt Tränke, Pulver, Salben, die auch den jungen Krieger eines scheinbar natürlichen Todes sterben lassen.«

Der König wollte etwas erwidern, aber Gernot trat an seine Seite, und Hagen zog sich mit schnellem, lautlosem Schritt zurück. »Mein Bruder, kann ich mit dir sprechen?«

Gunther legte dem Prinzen den Arm um die Schulter. »Konntest du es jemals nicht?«

Gernot senkte den Blick. »Ich fürchte für Burgund.«

»Warum das?«

»Kriemhild war dem Land nicht mehr wohlgesonnen, als sie fortzog, und Etzel hat ebenfalls kaum gute Erinnerungen daran«, sagte er. »Und nun ziehen wir mit vielen Klingen mitten ins Herz des Hunnenreichs. Wäre eine Aussöhnung aus der Ferne nicht ratsam gewesen?«

Gunther nickte. »Da magst du Recht haben. Aber die Einladung auszuschlagen wäre nicht weniger ein Affront gewesen. Was ich suche, ist die Aussöhnung mit meiner Schwester, denn sie ist der Schlüssel zum Frieden mit den Hunnen. Selbst Hagen ...«, er besann sich rechtzeitig, um nicht durch unachtsame Worte Verdacht zu erregen, »... selbst Hagen sagte immer, dass eine kluge Königin auch den dümmsten König weise führen kann.«

»An klugen Frauen war Burgund nie arm«, murmelte Gernot. »Aber warum ist dann alles so gekommen? Warum hat der Boden in den letzten Monaten so viel Blut verlangt?«

Gunther seufzte. »Vielleicht braucht Macht Blut, oder vielleicht war es Siegfrieds Fehler, seine Stärke auf die Macht des Nibelungengolds zu gründen.«

»Du glaubst an die alten Legenden?«

Der König sah seinen Bruder eindringlich an, und so klar im Blick wie seit langer Zeit nicht mehr. »Ich bin christlich getauft, Gernot, und alles Gerede von den Nibelungen missfällt unserem Herrn. Doch mit Siegfrieds Triumph über Fafnir und der Ankunft des Golds in Worms brachten gute Taten schlimmes Leid. Lass mich dir ein Geheimnis verraten, um dir meinen Opferwillen zu beweisen – *ich* war es, der das Gold aus dem eigenen Verlies stehlen ließ.«

Gernots Augen wurden groß. »Du hast unsere Schwester um ihr Erbe gebracht? Der König von Burgund – ein Dieb?«

Gunther packte ihn an beiden Schultern. »Verstehst du nicht? Das Gold war das Elend! Von unser aller Schultern wollte ich es nehmen, als ich es den Nibelungen wiedergab!«

»Das Ansinnen ehrt dich, und ich sehe die Tat nun mit anderen Augen«, sagte Gernot beeindruckt. »Vielleicht hast du Recht, und es beginnt nun endlich eine neue Zeit. Ohne Gold, aber in Frieden.«

Gunther lächelte. »So wünsche ich es mir auch.«

Der Prinz ging erleichtert davon, und Hagen war sogleich wieder an der Seite seines Königs. »Ein kluger Schachzug. Wäre ich selbst nicht dabei gewesen – ich hätte Euch die weisen Worte geglaubt.«

Gunther nickte. »Wenn es so gewesen sein könnte, so hätte gewesen sein sollen – wer vermag dann noch zu sagen, ob es nicht genau so war?«

Er beschloss in diesem Moment, seine eigene Seele nicht mehr als beschmutzt zu betrachten und im Rückblick seine Taten in edlem Licht zu sehen. Er war Gunther von Burgund, der immer das Beste für sein Land getan hatte. Und mit erhobenem Haupt konnte er nach Gran reisen.

Nur wenige Hunnen waren gekommen, der Verabschiedung von Mundzuks Leib beizuwohnen, und Kriemhild war überrascht, wie völlig anders dieses fremde Volk mit dem Tod eines geliebten Herrschers umging. Im Glauben an verschiedene Götter fanden die Völker am Rhein zumeist verschiedene Rituale, aber doch war die Beerdigung bei allen gleichermaßen wichtig und die Teilnahme daran der mindeste Respekt, der zu erweisen war.

Nicht so bei den Hunnen. Zwanzig, vielleicht dreißig Männer, Frauen und Kinder standen auf einem Hügel östlich von Gran, kaum dass die Sonnenscheibe aufgegangen war. Kriemhild und ihr Mann Etzel waren darunter, erneut ohne die Insignien der Macht, die jeder König, den sie kannte, sonst zu tragen pflegte.

»Du sagst, dass Trauer kein Bestandteil des Abschieds in deinem Volk ist«, flüsterte die Königin. »Doch wer sind diese Menschen, die dem Toten die letzte Ehre erweisen wollen?«

»Seine treuesten Reiter, seine liebsten Frauen, seine stärksten Kinder«, antwortete Etzel, und auf Kriemhilds verwunderten Blick fügte er hinzu: »Mein Vater zeugte Nachwuchs, wo Schönheit seinen Gefallen fand. An die zwanzig Söhne hat er anerkannt, und viele weitere sind ohne sein Wissen auf die Welt gekommen.«

»Kann ich hoffen, dass mein Gatte etwas weniger nach fremden Schößen blicken wird?«, fragte Kriemhild halb im Scherz.

Ihr König wusste recht zu antworten. »Ich hätte nicht um dich geworben, wenn ich deinen Anspruch nicht hätte erfüllen wollen.«

Ein Soldat führte nun ein Pferd herbei. Darauf saß, mit Seilen festgeschnürt, Mundzuks Leichnam. Lehm überdeckte die faulenden Stellen in seinem Gesicht, und ein Holz hielt seinen Rücken gerade.

»Du wolltest meinen Vater kennen lernen«, sagte Etzel trocken. »Hier ist deine Gelegenheit. Es steht allerdings zu bezweifeln, dass er noch viel Eindruck macht.«

Kriemhild unterdrückte leichte Übelkeit. Nirgendwo in Burgund wäre man auf die Idee gekommen, eine Leiche so zu handhaben, noch dazu die eines Königs. Aber Etzels Umgang mit dem Tod des Vaters hatte auch etwas erfrischend Unbelastetes, eine ungetrübte Freude loszulassen.

Der Soldat, der das Pferd am Zaumzeug hielt, zog nun ein kleines hölzernes Brett hervor, aus dem spitze Nägel ragten. Er band es an den rechten Fuß des toten Königs. Dann sah er Etzel an. »Es ist Euer Recht, den Vater die Reise antreten zu lassen.«

Etzel nickte und löste sich von Kriemhilds Seite. Er ging zum Pferd, hob das Bein des Toten mit dem Nagelbrett und ließ es wieder los.

Der tote Fuß trieb die Nägel in die Seite des Pferdes, und mit einem lauten Brüllen rannte das Tier dem eigenen Schmerz davon. Seine abrupten Bewegungen pendelten Mundzuks Bein immer wieder in die frischen Wunden, und schnell jagte das Pferd auf den Horizont zu.

Die Hunnen, Frauen wie Männer, grölten zufrieden, bis der Leichnam außer Sicht war. Dann gesellte sich Etzel wieder zu seiner Königin. »Ich hoffe, der Anblick war dir nicht zuwider.«

Trotz ihrer Verwunderung schüttelte Kriemhild den Kopf. »Es ist nicht weniger barbarisch als vieles, das die Burgunder tun. Doch ich verstehe es nicht ganz.«

»Es ist der letzte Ritt des Kriegers«, erklärte Etzel. »Auf die Sonnenscheibe zu, in Richtung Heimat. Er wird reiten, bis das Pferd unter ihm tot zusammenbricht. An diesem Ort ist ihm der ewige Frieden bestimmt.«

»Willst du ebenso gewürdigt werden, wenn deine Zeit kommt?«

Er lachte. »Bereitest du dich schon darauf vor?«

»Nein«, versicherte Kriemhild schnell. »Nie wieder will ich einen Gatten sterben sehen. Diese Art der Verabschiedung scheint mir nur ... unpassend für das Leben in den Städten.«

»Ich denke, mein Vater war der letzte Hunnenkönig, der ein Grab in der Steppe gesucht hat«, bestätigte Etzel. »Ich bin begierig zu lernen, wie andere Völker ihre Toten ehren. Vielleicht findet sich ein Ritual, das die Hunnen auch in ihren neuen Städten feiern können. Doch nun ist es Zeit – meine Späher berichteten mir von einem Heer kurz vor Gran. Entweder heißt das Krieg – oder Familie.«

Als das Schiff des Königs von Burgund vor Gran ans Ufer setzte, stand sein Heer schon bereit, um ihn mit Schwert und Schild gegen jeden Angriff zu verteidigen. Tropfenförmig sich vom Fluss zur Stadt ausbreitend, hielten die Soldaten die Reihen eng, und nur widerwillig öffneten sie einen Durchgang zwischen ihren Leibern, um Etzel, Kriemhild und einigen Wachen die Begrüßung der Gäste zu erlauben.

Gunther und Gernot sprangen vom Schiff in das flache Wasser und stapften dann an Land. Hagen war direkt hinter ihnen, doch kein Wasser spritzte unter seinen Stiefeln, kein Kiesel knirschte.

Der König von Burgund war beeindruckt, dass Etzel sich mit kaum zehn Mann als Leibwache in den Pulk aus tausend burgundischen Soldaten traute und dass er ihn persönlich abholte, statt darauf zu warten, dass Gunther im Palast erschien. Es hatte sich schon herumgesprochen, dass der neue Anführer der Hunnen weit mehr von höfischer Etikette verstand als sein rauer Vater.

Kriemhilds Anblick überraschte die Brüder nicht weniger. Ihr Kleid war aus rauem Stoff, dem kargen Land mehr angepasst als das feine Tuch, in das sie bei Hofe gehüllt worden war. Ihre Haare waren streng zurückgekämmt und mit einem Lederriemen verknotet. Doch die größte Veränderung war ihr Gesicht – das Mädchen war nun endgültig verloren, und die starke Frau trug stolz ihren Rang im Blick, der nur leicht flackerte, als sie Gernot sah.

Es war Gunther, der sie zuerst umarmte. »Endlich ein Wiedersehen ohne betrüblichen Anlass.«

Sie drückte ihn, sah aber unverwandt ihren jüngeren Bruder an. »So, wie es sein soll.«

Als sie sich Gernot zuwandte, stand etwas Unsichtbares zwischen ihnen, das kaum die herzliche Berührung zuließ. »Ich hatte nicht erwartet, dass du kommen würdest.«

Der junge Prinz war enttäuscht. Lehnte Kriemhild Elsa so sehr ab, dass nun auch ihr eigen Fleisch und Blut dafür zahlen sollte?

»Ich wollte deine neue Hochzeit in Freude feiern, wie einst die erste. Und deinen Sohn – ist er nicht auch mein Neffe?«

Nun erst schien die Königin seine Gedanken zu erahnen und warf sich ihm umso heftiger in die Arme. »Ich freue mich, dir so viel Mühe wert zu sein. Bitte verzeih meine Zögerlichkeit.«

Als ihre Lippen nah bei seinem Ohr waren, flüsterte sie weiter: »Du wirst verstehen – schon bald.«

Nun trat auch Etzel vor und reichte Gunther den Arm der Krieger. »Zum zweiten Mal stehen wir uns gegenüber, zum zweiten Mal bleiben die Klingen ungezogen. Ein gutes Zeichen.«

Gunther grinste. »Und zum zweiten Mal willst du meine

Schwester zur Braut. Ich bin froh, sie diesmal geben zu können.«

Nur wenig runzelte der Hunnenkönig die Stirn. »Du hast sie damals nicht verweigern können, und heute ist es nicht in deiner Macht, sie zu vergeben. Mein Stolz ist ungleich größer, weil sie selbst den Schritt getan hat.«

Dabei legte er den Arm um Kriemhild, und Gunther fühlte sich leicht schwindelig, als Hagen ihm zuraunte: »Er ist ein hochmütiger Herrscher, und hier ist sein Reich. Wir sollten vorsichtig sprechen und ebenso handeln.«

Statt zu den Ehrengästen drehte sich Etzel nun zuerst zu den Soldaten von Burgund. »Viele Schweine sind für euch geschlachtet worden! Viel Bier wurde gebraut! Und willige Weiber hat das Volk der Hunnen wahrlich auch genug! Für drei Tage seid ihr unsere Brüder – und Gran ist eure Heimat!«

Ein zufriedenes und vorfreudiges Raunen ging durch die Ränge, und als Gunther zur Stadt zeigte, rannten tausend Soldaten begeistert los, um in Rausch und Tändelei die Strapazen der Reise zu vergessen. Nur zwanzig Mann, die persönliche Garde, blieb an seiner Seite. Der König war überzeugt, dass kaum Gefahr von dieser Seite drohte. Im Gegenteil – es war Gran, das Burgund zu fürchten hatte.

Im Chaos, das Gran war, stach das Zelt des Königs heraus wie eine Insel aus dem Meer. Aus einer Unzahl von Stangen und Stäben hatten die geschicktesten von Etzels Anhängern eine Kuppel fast geflochten, das Holz mit nur wenigen Seilen verknüpft. Wie ein Gewirr aus Leitern hakten sich die Streben unter, um in sanfter Wölbung einen Platz zu überdachen, der leicht alle Burgunder Krieger hätte aufnehmen können. Die wunderliche Konstruktion war mit so vielen Fellen bespannt, dass Gunther daran zweifelte, jemals in diesem Landstrich einem Ochsen zu begegnen, der seine Haut noch selber trug. Ohne Stein und Ziegel wirkte das Königszelt doch stark und majestätisch, Ehrfurcht gebietend wie eine Kirche. Eine Rauchfahne drängte von der höchsten Stelle in den Himmel, und der König fühlte sich an die seltsamen Helme mit den Schweifen an der Spitze erinnert, die die Hunnen in der Schlacht zu tragen pflegten.

Gernot und Gunther blieben unwillkürlich stehen, als sie den einzigartigen Bau sahen. Etzel lächelte nicht ohne Stolz. »Sicher kein Palast, aber doch der Ort für einen König.«

Sechs Wachen standen vor dem Eingang, dessen Türflügel aus Holzstämmen grob zusammengeschnürt waren. Dahinter tat sich ein Reich auf, das Hölle oder Paradies war, je nachdem, was man sich von beidem erwartete. In dem riesigen Zelt roch es nach gebratenem Fleisch, nach Schweiß und nach den Ausdünstungen hunderter Felle, die hier alles waren – Schlafstätten, Sichtschutz, Bodenbelag. In Messingschalen brannten kleine Feuer, und ihr warmes Licht drang nicht einmal bis zur Spitze der Kuppel, in der das Loch die Hitze und den Rauch abziehen ließ. Hölzerne Estraden und Podeste grenzten Räume ab, die keine Wände brauchten, und überall herrschte Betriebsamkeit. Es wurde gekocht, gebraten, gelacht und geküsst. Hunnen wie Xantener schienen sich prächtig zu amüsieren, und ihr König wurde mit beiläufigem Jubel begrüßt, nicht mit unterwürfigem Respekt.

»Ich habe so etwas noch nie gesehen«, flüsterte Gernot.

Kriemhild lächelte. »Die Hunnen mögen Krieger der Steppe sein und gänzlich unserer Kultur fremd, aber das heißt nicht, dass ihnen das Talent zu Schönheit und Gestaltung fehlt.«

»Wenn Ihr einen weiteren Beweis gebraucht habt, wie gefährlich diese Barbaren sind«, zischte Hagen, »dann ist er wohl erbracht. Diese Macht muss in unsere Hände kommen, bevor sie gegen uns gerichtet wird.«

»Nehmt Platz, wo es euch beliebt«, verkündete Etzel nun. »Was ihr euch wünscht, ihr sollt es bekommen. Wenn euch unsere Gastfreundschaft gefällt, wünsche ich, dass nach den drei Tagen Fest ihr noch drei Tage braucht, um auszuruhen.«

Höfliches Gelächter begleitete die freundlichen Worte, und Gunther wandte sich wieder an seine Schwester. »Ein Festmahl *vor* der Trauung? Das scheint mir seltsam.«

Kriemhild antwortete, ohne ihn wirklich anzusehen. »Die Ehe, so, wie wir sie kennen, ist den Hunnen fremd. Heute um Mitternacht wird Etzel verkünden, dass ich nun seine Königin bin. Mehr ist nicht nötig.«

»Ich hatte gehofft, dass du den Segen des Herrn suchen würdest«, sagte Gunther vorsichtig.

Die Königin von Xanten und Dänemark blieb ruhig. »Meiner ersten Ehe hat der Segen wenig Glück gebracht. So, wie sich Siegfried meinem Glauben beugte, so beuge ich mich dem des Etzel.«

Während des Gesprächs hatte sich Gernot neugierig umgesehen und an der Seite einer jungen Frau, in Fellen eingepackt, einen Säugling entdeckt, dessen große helle Augen sichtlich nicht hunnischen Ursprungs waren. »Ist er das?«

Kriemhild trat an seine Seite, und mit Liebe im Blick nahm sie den kleinen Jungen hoch. »Das ist er. Euer Neffe, mein Sohn – Siegfrieds Sohn.«

Gunther besah sich den Knaben, heitere Freude heuchelnd, auch wenn er einen Knüppel sich herbeisehnte. »Wie ist sein Name?«

»Er trägt den einzigen Namen, den er tragen kann – Siegfried«, erklärte Kriemhild.

Der Herrscher von Burgund erbleichte und legte seine Hand auf den kleinen Körper, damit auch auf die Hand seiner Schwester. Es war ein Moment des familiären Friedens, wie er ihn sich erhofft hatte. Eher beiläufig fiel ihm der Ring auf, den Kriemhild trug. »Du trägst das Gold der Nibelungen noch am Leib? Nach allem Unglück, das es uns gebracht hat?«

Sie sah ihn an, fast schon überrascht. »Das Gold? Gunther, die Gier brachte das Gold, nicht umgekehrt. Und heute ist der Ring nicht mehr als eine Erinnerung an vergangenes Glück.«

Ein drittes Gesicht beugte sich über den Knaben – Hagen. »Kind wie Ring sind verflucht durch Siegfrieds Blut und Namen. Beidem werden wir uns widmen müssen.«

»Vielleicht wäre es ratsam, wenn ich den Ring mit nach Burgund zurücknehme«, schlug Gunther mit gepresster Stimme vor.

Seine Schwester zog ihre Hand zurück. »Ich nahm ihn mit Absicht von dort fort, und meine Meinung hat sich nicht geändert.«

Der König wollte etwas sagen, doch bevor ihm die Worte über die Lippen kamen, verzog er das Gesicht im Schmerz. Der kleine Siegfried hatte seinen Daumen gepackt, und seine winzigen Hände pressten Gunthers Finger so stark, dass dieser meinte, der Knochen würde ihm brechen. Mühsam wand sich Gunther aus dem Griff des Kindes, das aus schierer Neugier zu handeln schien und dabei lächelte.

Etzel klatschte in die Hände. »Es ist Zeit, die Vergangenheit ruhen zu lassen. Um Mitternacht, wenn Kriemhild Königin meines Reiches und meines Herzens wird, soll alles vergessen sein, was war. Und dann werden wir den Beginn eines neuen Zeitalters feiern.«

Es war ein Fest, das so ausgelassen wie ruhig war. Die Hunnen hatten keinen Sinn für Musik, und so war die Melodie des Abends ein gleichmäßiges Murmeln der ungefähr zweihundert Männer und Frauen, die sich in dem riesigen Zelt verteilten. Während Wein und Bier in gleichmäßigem Strom flossen, kamen Fleisch und Brot schubweise, wann immer man danach rief. Die Wärme der Fackeln fing sich an den Fellen, und bald trugen die Männer nur noch Hosen und leichte Hemden. Stiefel und Jacken landeten auf großen Stapeln, und mit zunehmender Freundschaft auch die Waffen. Irgendwann wurde das hölzerne Tor geöffnet und einige Felle von der Außenwand genommen, um eine erträgliche Brise durch das Zelt wehen zu lassen.

Trotz ihrer anfänglichen Verstimmung verstanden sich Etzel und Gunther so gut, dass Kriemhild ebenso wie Hagen immer wieder einen finsteren Blick in Richtung der Könige warfen. Der Herrscher von Burgund fand im Steppenkrieger endlich wieder einen gleichen Geist, und mehrfach winkte er unauffällig seinen Ratgeber weg, wenn dieser sich mit warnenden Worten nähern wollte.

Als Kriemhild ihrem Sohn wieder die Brust gab, gesellte sich Gernot zu ihr auf das Fell. »Ich bin froh, dich unter Freunden zu sehen, geliebte Schwester. Xanten muss sehr einsam für dich gewesen sein.«

Sie schüttelte den Kopf. »Es gab so viel zu tun, da blieb für trübe Gedanken kaum Zeit. Aber Xanten ist das Erbe Siegfrieds, nicht das meine. Und es konnte kein Werkzeug für mich sein.«

»Werkzeug?«

Kriemhild lächelte ihren Sohn an, als sie weitersprach. »Es ist nicht wichtig. Was kommt, das kommt.«

Die vagen Worte beunruhigten Gernot. »Frieden wird kommen, und die wiedergefundene Liebe der Familie. Wir alle wollen nichts anderes mehr – auch Gunther.«

Als das Kind gestillt war, strich Kriemhild Gernot über die Wange. »Mach dir keine Sorgen, geliebter Bruder.«

Er hielt ihre Hand fest, die den Ring der Nibelungen trug. »Auch Elsa sprach vom Fluch des Golds, das zu Unrecht aus dem Wald genommen wurde.«

Kriemhilds Blick wurde eisig. »Sprich nicht von ihr, noch von dem Gold.«

Gernot schlug die Augen nieder. »Verzeih.«

Sie lächelte schnell wieder, um seine Sorgen zu zerstreuen. »Lieber Bruder, es gibt nichts zu verzeihen. Doch einen Gefallen könntest du mir tun.«

»Jeden.«

Sie schaukelte das Kind in ihrem Arm. »Ich möchte, dass Siegfried heute Nacht unter dem Zeichen Burgunds schläft. Kannst du mir die Flagge unserer Heimat bringen?«

Es war ein nicht ungewöhnlicher Wunsch, nur zu ungewöhnlicher Stunde geäußert, und entsprechend reagierte Gernot. »Das einzige Tuch mit dem Zeichen Burgunds liegt gefaltet in unserem Schiff ...«

Kriemhild sah ihn an, die Augen eine einzige Bitte. Der Prinz wand sich um die Erfüllung. »Noch heute? Es ist schon tiefe Nacht, und die Verkündigung deiner Hochzeit mit Etzel wird bald sein. Was, wenn ich den Moment verpasse?«

Sie küsste ihn leicht – auf die Lippen, wie sie es nicht mehr getan hatte, seit sie Kinder gewesen waren. »Du wirst nichts verpassen, was von Belang ist, das verspreche ich dir. Niemand wird fort sein, wenn du wiederkehrst.«

Unsicher stand Gernot auf. »Wenn es dein Wunsch ist, soll es mein Geschenk zur Hochzeit sein.«

Als er das Zelt verließ und sich dabei mehrfach umsah, hob Kriemhild ihr Baby zu sich hoch. »Seine edle Seele soll verschont sein.«

Nach einem ganzen Tag und einem ganzen Abend der Sinnesfreuden waren die Burgunder am Hunnentisch reichlich berauscht und träge gesättigt. Irgendwann hatte Gunther auch den Leibwachen erlaubt, sich zu bedienen, was diese nicht nur bei Fleisch und Wein taten, sondern auch bei kichernden Hunnenfrauen. Als die Mitternacht herandrängte, herrschte ausgelassene Stimmung und Bruderschaft. Nur Hagen, weder von Wein noch fetten Speisen abgestumpft, ging wütend zwischen den unsteten Leibern her. »Mein König, wir suchen nicht den Bund im Rausch mit den Hunnen! Unsere Sinne müssen scharf und unsere Pläne klug sein.«

Gunthers Stimme lallte ein wenig bei der Antwort. »Schweig still, du Narr! Für einmal nur, schweig still!«

Etzel stützte sich auf eines der großen Kissen, die den Boden zur weichen Lagerstatt machten. »Narr? Du nennst mich Narr?« Sein amüsierter Gesichtsausdruck machte deutlich, dass er nicht wirklich empört zu sein beabsichtigte.

Der König von Burgund machte eine wegwerfende Handbewegung. »Ach was, mein lieber Etzel, nichts läge mir ferner! Es ist nur ... manchmal ...«

»... spricht das Gewissen so laut, dass kaum der Wein reicht, um es zum Schweigen zu bringen«, vollendete der Hunne und lachte wieder dröhnend. »Das ist der Fluch der Christen. Wir Steppenkrieger wälzen uns nicht in Schuld.«

Sie stießen mit goldenen Kelchen an, die Etzel aus dem

Tribut, den das byzantinische Reich ihm jährlich zahlte, hatte anfertigen lassen.

Kriemhild kam dazu und setzte sich neben ihren Gatten. »Ist mein Erwählter schon zu trunken, um noch mein König zu werden?«

Etzels Blick wurde gleich wieder klar, und sein Kriegerblut verdrängte leicht den Rausch. »Nein, natürlich nicht. Und wenn du immer noch überzeugt bist, eine Hunnenseele an deiner Seite zu wollen, wird die Verkündigung hier und jetzt vonstatten gehen.«

Sie nickte nur, und Etzel rappelte sich auf.

Gunther drehte sich zu seiner Schwester. »Ich sehe Gernot nicht. Sollte er den feierlichen Moment nicht auch erleben?«

Kriemhild lächelte. »Er wird irgendwo im Zelt streunen, von wo er sieht, was es zu sehen gibt.« Sie erhob sich und stellte sich neben ihren Mann, der mit starker Stimme rief: »Hört zu, ihr Hunde – und Gäste aus den Reichen Burgund und Xanten!«

Es gab amüsiertes Gelächter, und der König hatte das Ohr jedes Mannes und jeder Frau. Er hob seinen Kelch. »Ihr wisst, wer wir sind, und ihr wisst, warum wir hier sind. Damit ist eigentlich alles gesagt. Doch in den letzten Jahren haben die Hunnen ein neues Leben gekostet, das aus mehr besteht als hartem Ritt und kaltem Fleisch. Einiges davon hat sich bewährt, denn es macht die Seele stark, ohne die Arme schwach zu machen. Mein Vater nahm sich jede Frau, die ihm gefiel, und es war sein stolzes Recht. Doch ich merkte schnell, dass Liebe süßer schmeckt, wenn sie aus freien Stücken gegeben wird.«

Er sah Kriemhild mit dem Ausdruck ehrlicher Verbundenheit an, und sie legte den Arm um seine Hüfte.

»Als Kriemhild mein Werben verschmähte«, fuhr Etzel

fort, »blutete mein Herz. Weder Weib noch Heiler konnte die Wunde verschließen. Heute weiß ich, dass der Dolch, dem ich den Schmerz verdanke, auch die Salbe ist, die ihn lindert. Und weil ich ohne diese Linderung sterben werde, rufe ich heute allen Hunnen zu: Hört, Kriemhild ist nun meine Frau – und eure Königin!«

Der Jubel pflanzte sich in Wellen fort – von den Umstehenden ergriff er alle Menschen im Zelt, und durch die lüftenden Öffnungen der Außenwand gelangte er nach draußen, wo die feiernden Soldaten ihn mit lauter Stimme und klappernden Bechern weitertrugen.

Gernot hörte den Jubel leise im Wind wehen, als er sich auf dem Schiff des Königs das Tuch mit dem Zeichen Burgunds unter den Arm steckte.

Seltsam. Es gab kaum eine andere Erklärung für die Fröhlichkeit als Etzels und Kriemhilds Vermählung. Aber hatte seine Schwester nicht versprochen, dass er bei den heiligen Worten anwesend sein würde?

Der Prinz sprang vom Schiff und eilte auf Gran zu, das eine halbe Stunde Fußmarsch vom Ufer der Donau entfernt war. Er war verirrt und verängstigt. Und es verwirrte ihn noch mehr, dass er nicht sagen konnte, was ihn ängstigte. Es war ein Schatten, der sich über seine Seele gelegt hatte und dessen Klauen sein Herz umklammerten. Er dachte an Elsa und daran, dass sie oft von diesem Gefühl sprach, wenn sie die Ränke am Hof von Burgund beobachtete. Erstmals konnte Gernot nachvollziehen, was sie damit meinte.

Wie konnte die Begeisterung ihn so schrecken? War jetzt nicht alles besser und sicherer? War nicht endlich ein neues Kapitel aufgeschlagen, mit jungfräulich weißen Seiten, noch nicht vom Blut befleckt?

Er lief noch schneller.

Es dauerte einige Zeit, bis die Menge in und um das Häuptlingszelt sich wieder beruhigte und die Namen von Etzel und Kriemhild nicht mehr aus hunderten von Kehlen tönten. Zufrieden sah der Herrscher der Hunnen, wie seine Männer mit den Gästen sich verbrüderten und wie die Hochzeit neue Bande schloss. Auch Kriemhild sah sich lächelnd um, doch seltsam gespannt war ihr Blick. Immer wieder huschte ihr Blick zu mehreren Xantener Soldaten, die mit steinernen Mienen überall im Zelt verteilt waren.

Als endlich wieder Ruhe einkehrte, stand Gunther auf und hob die Arme. »Fürwahr, ein großer Tag. Die dritte Hochzeit mit Burgunder Blut vor Jahresfrist. Die Hunnen können sich keine bessere Königin wünschen – und Burgund keinen besseren Schwager. Auf die Reiche! Auf den Frieden!«

Wieder wurde geklatscht und gejubelt, selbst Hagen zollte den Worten seines Königs ungesehen Tribut.

Kriemhild nickte ihren sorgsam verteilten Männern zu, die sich wie beiläufig daranmachten, die lüftenden Löcher in der Zeltwand zu verschließen und das Haupttor zuzuziehen. Alles geschah zur Überraschung, aber nicht gegen den Widerstand der Hunnen. Die burgundischen Krieger, vielfach schon im trunkenen Delirium, merkten nichts davon.

Nur Hagen von Tronje sah aus den Augenwinkeln die seltsamen Aktivitäten und stellte sich neben Gunther. »Mein König, es liegt Unbill in der Luft. Die Wege ins Freie sind soeben verschlossen worden.«

Gunther hörte kaum hin, er genoss den Zuspruch der Männer im Zelt. »Wer sollte auch den gastlichen Ort verlassen wollen?«

In seine letzten Worte mischte sich der erste Todesschrei

eines burgundischen Soldaten, erstickt von scharfem Eisen. Kaum war röchelnd ein Leben ausgehaucht, folgte ein zweites, drittes, fünf, dann zehn.

Xantener Soldaten zogen gut versteckte Klingen und stachen die Burgunder, eben noch in Freundschaft vereint, ab wie Schweine, die es zu einem Festmahl auszunehmen galt. Manche zogen sie von Frauen, deren nackte Haut in Blut aus sprudelnden Kehlen gebadet wurde.

»Mein König, wir wurden in eine Falle gelockt!«, rief Hagen, sofort den Platz vor seinem Herrn einnehmend.

Kaum hatte sich das blutige Schauspiel durch die vom Wein getrübten Gedanken der anwesenden Könige gedrängt, schrie Gunther: »Burgunder! Zu den Waffen!«

Doch es war kein Kampf, den es zu gewinnen gab. Es war ein Massaker, bei dem nüchterne und sorgfältig ausgewählte Garden vom Xantener Hof die schreiend torkelnden Soldaten Gunthers von links nach rechts und von oben nach unten zerteilten.

Die Hunnenkrieger sprangen auf und hatten schnell eigene Klingen ergriffen. Sie blickten zu ihrem Herrscher, den Befehl zum Eingreifen erwartend. Doch als Etzel mit feurigem Blick der Schlachterei ein Ende bereiten wollte, spürte er die Hand seiner Frau am Arm. »Es geschieht nun, was geschehen musste. Altes Unrecht wird in neuem Blut gewaschen. Noch sind die Hunnen unbeteiligt, und wenn dein Befehl unterbleibt, wird heute nur Burgunder Tod gefeiert. Wenn du versuchst, mich aufzuhalten, nehme ich mir selbst das Leben, bevor die Sonnenscheibe Gran findet.«

Kriemhilds Stimme war vollkommen ruhig und ohne jeden Zweifel. Etzel sah seine Frau an, als sei sie keine Frau, sondern ein Dämon der Steppe, giftig und im Leid sich suhlend. »Du kannst doch nicht zulassen ...«

»Zulassen, was ich selbst geplant habe?«, hielt sie ihm entgegen. »Ich muss es, wenn endlich enden soll, was schon zu lange schwelte.«

Gunther hatte die Worte gehört, und mühsam schwankend drehte er sich zu seiner Schwester. »Kriemhild – du ... du hast mich hergelockt, um Rache an Burgund zu nehmen?«

»Vergesst die Gründe«, zischte Hagen. »Wir müssen fliehen, um in der Heimat die Kräfte neu zu sammeln!«

Die Königin der Hunnen sah Gunther fast mitleidig an. »Nicht Burgund ist das Leid zugedacht – nur dir und den Soldaten, von denen ich wusste, dass du sie bringen würdest. Nach dem heutigen Tag wird das Reich nie mehr gegen fremde Grenzen reiten. Hörst du es fallen?«

Tatsächlich wurden die Todesschreie im Zelt, die langsam mangels Opfer verebbten, ersetzt durch ebensolch grausame Sterbensklänge von den Plätzen überall in Gran. Zum Widerstand unfähig, fielen die Burgunder schnell und zahlreich, bis von zwanzig vielleicht einer es flüchtend in die Steppe schaffte.

»Raus hier, nichts als raus!«, schrie Hagen nun.

Gunther stolperte rückwärts von Etzel und Kriemhild weg, hektisch in alle Richtungen blickend, da er fürchtete, eine Klinge zwischen die Schulterblätter zu bekommen. Doch keiner der Xantener Soldaten tastete ihn an.

Etzel, bleich in Empörung und Entsetzen, packte seine Frau am Arm. »Wie kannst du es wagen, hinter meinem Rücken dieses Morden zu planen? Du stürzt die Reiche ins Unglück!«

Sie sah ihn an, doch ihr Blick ging durch ihn hindurch. »Ich erwarte nicht, dass du verstehst, mein Gatte. Und glaube mir, dass ich deinen Edelmut bewundere, obwohl ich ihn missbrauchen musste.«

Der junge Hunnenkönig mühte sich, noch Worte zu finden. »Du hast nicht nur Burgund verraten, deine eigene Familie, sondern auch mich. Was bin ich nunmehr als der willige Helfer dieser üblen Tat?«

»Ein guter Mensch«, sagte sie leise, als wäre es genug. »Der letzte in diesem Zelt. Und nun entschuldige mich – denn das Buch der Rache muss noch zugeschlagen werden.«

Schrecken erfasste Gernot, als er die Schreie hörte und sein Fuß in eine Pfütze aus warmem Blut trat. Den ersten burgundischen Soldaten, der an einer Xantener Klinge hing, hatte er noch zu retten versucht, doch dann war ihm klar geworden, dass hier keine trunkene Tat zu verhindern war. Das Gemetzel geschah auf Befehl, und keine Seele aus dem Rheintal sollte Gran lebend mehr verlassen.

Der Prinz rannte auf das große Zelt zu, die eigene Sicherheit missachtend, als plötzlich ein Krieger in Xantener Kluft vor ihm auf den Weg stolperte, das blutige Schwert gezückt. Gernot hielt inne, Auge in Auge mit dem Meuchler. Sie sahen einander schweigend an. Dann nickte der Soldat in Kriemhilds Dienst knapp und trat zur Seite.

So glücklich Gernot für sein Leben war, so entsetzt war er doch, als er die Rettung auf Kriemhild zurückführen musste. Wer außer ihr konnte befohlen haben, die Burgunder abzuschlachten, ihn selbst aber zu verschonen? Wer hätte Interesse daran gehabt, wenn nicht die Prinzessin, die nun Königin war?

Je schneller er rannte, desto langsamer schlug sein Herz, desto schwerer wurde seine Seele. Seine Füße trugen ihn zu einem Ort, zu dem er sich mit jedem Schritt weniger gezogen fühlte.

Mit gemessenen Schritten, wie zur Hochzeit oder Krönung, ging Kriemhild durch die Reihen der treuen Xantener Soldaten, der entgeisterten Hunnen und der toten Burgunder. Sie hatte keinen Blick für das Leid, das auf ihren Befehl hin geschehen war, und das letzte Stöhnen einiger Landsmänner drang nicht in ihr Ohr. Ihre Augen fixierten Gunther, kalt und überlegen, der rückwärts zum Ausgang taumelte, dabei immer wieder über die Leichen seiner Männer stolpernd. Er jaulte jedes Mal wie ein getretener Hund, und obwohl er nicht schluchzte, rannen Tränen seine Wangen hinunter. In seiner letzten Stunde war der König Burgunds nur ein Bündel aus Feigheit und Erbärmlichkeit. »Kriemhild – meine Schwester! Was immer du zu wissen glaubst ...«

Sie hob langsam die linke Hand wie zum Schwur, damit Gunther den Ring sehen konnte. »Siegfried trug den Ring, als die Klinge ihn durchbohrte, von Hagen geführt. Doch wer führte den Hagen, der niemals eigenmächtig zu handeln wusste? Der Ring hat es gesehen.«

Hagen selbst, der keine Anstrengung machte, seinen König zu stützen, höhnte nur für Gunthers Ohren. »Dann weiß sie eben von unserem Plan. Ist er nicht dennoch aufgegangen? Wird das Schicksal nicht dennoch auf unserer Seite sein, wenn wir erst sicher wieder am Rhein sind?«

»Du kanntest Siegfried nicht wie ich«, stotterte Gunther nun. »Du kanntest nicht seinen Ehrgeiz. Er wäre der Untergang des Reiches gewesen, und als guter König musste ich ...«

»Schweig!«, schrie Kriemhild, nicht in Raserei, sondern in herrischer Arroganz. »Siegfried war mehr König, als der Burgunder Hof in fünf Generationen zusammengebracht hat. Und das, bevor er noch die Krone trug.«

Hektisch sah sich Gunther um und suchte das Portal.

Doch er sah ein gutes Dutzend Xantener Getreue, die in geschlossener Linie dort wachten.

»Zieh deinen Dolch«, sagte Kriemhild nun. »Du trägst ihn zum Zeichen deiner Ehre. Ich weiß es.«

»Zieht Ihr den Dolch«, knurrte Hagen. »Und meine Klinge wird Euch beistehen.«

Er hob in Zuversicht sein großes Breitschwert, und Gunther blinzelte, als die Klinge das Licht der Fackeln reflektierte.

Nun holte der König der Burgunder seinen Königsdolch aus dem Gürtel, und Kriemhild hatte gleichzeitig ein silbernes Messer in der Hand. »Mein Bruder, nun wirst du selbst Blut fordern müssen, um dein Leben zu retten. Kein Hagen und kein Siegfried mehr stehen dir zur Seite, um deine Hände sauber zu halten. Wie aufrecht bist du, wenn du niemandem sonst die üble Tat unterschieben kannst?«

»Keine Sorge«, versicherte Hagen. »Mein Leib wird Euch schützen, und mein Schwert wird Kriemhild niederstrecken.«

Gunther, der Hagen sicher an seiner Seite wähnte, lächelte. »Dann sei es.«

Kriemhild sprang vor, und Gunther wich nicht aus. Er streckte nur den Arm mit dem Dolch aus, falls es Hagen wider Erwarten nicht gelingen sollte, die wahnsinnige Königin der Hunnen zu erschlagen.

Er spürte die feine Klinge nicht, die sich in seinen Leib bohrte, und die eigene Waffe, die unter Kriemhilds Brust ins Fleisch drang, tat es sanft und ohne Druck. Alles, was Gunther spürte, war der Körper seiner Schwester, der ihn wie zur Umarmung traf. Ihre Haare berührten sein Gesicht, als sie den Kopf auf seine linke Schulter legte, und aus feinen Lippen hörte er sie sprechen: »Dann sei es.«

Ihre Hände ließen die Dolche los und umklammerten

sich im stillen Tanz aneinander. Bruder und Schwester gaben sich Halt, während dunkles Blut die Kleider zwischen ihnen nässte.

Zum ersten Mal seit Monaten fragte Gunther nicht, wo Hagen war. Schon der Gedanke schien ihm absurd. Der Wahnsinn zog sich leise zurück, er hatte seinen Dienst getan. Hagen war tot – gestorben durch seine eigene Hand. Wo anders sollte der alte Ratgeber sein als auf dem Grund des Rheins?

Kriemhild lächelte, und es war ein Lächeln ohne Berechnung. Der Hass, den sie gespürt hatte, machte wieder jener Liebe Platz, die sie von klein auf für ihren Bruder empfunden hatte. Für den guten, gerechten Gunther, der in ihrem Arm starb.

Als Etzel zu der traurigen Umarmung trat, sackten die beiden Körper auf einem Bärenfell zusammen, die Hände auch auf dem Weg ins Totenreich verschränkt. Der König der Hunnen kniete neben seiner Königin nieder, ihren Sohn auf dem Arm. Kriemhild sah das Kind und flüsterte mit Blut auf den Lippen: »Siegfried ...«

Es sah aus, als wolle sie sich zu dem Kind erheben, aber ihr Körper war dem Geist im Sterben schon voraus. Etzel sah sie an, in Trauer unfähig, seine Wut zu zeigen. »War es das, was du wolltest? Bist du deshalb meinem Werben gefolgt? Ohne Liebe, beseelt nur vom Gedanken an Rache und Tod?«

Sie lächelte dünn und zitternd. »Mein Etzel ... guter Mann ... schöner König. Viel mehr hätte ich ... für dich ... gewollt ...«

Ihre Augen brachen, und ihre letzten Gedanken blieben unausgesprochen. Nur noch zwei burgundische Herzen schlugen jetzt in Gran.

Die Stille, die Gernot empfing, als er zu Etzels großem Zelt kam, war schlimmer als der Jubel oder die Todesschreie, die ihn hierher begleitet hatten. Sie kündeten vom Ende, von der Vollstreckung übler Taten.

Vier Xantener Soldaten wachten am Eingang, im Schatten neben ihnen die Hunnen, die sie niedergeschlagen hatten. Ihre Gesichter waren ruhig und leer, aber bestimmt.

Doch bevor der Prinz von Burgund Einlass begehren konnte, öffnete sich das Tor von innen, und im flackernd warmen Licht der Fackeln trat eine Gestalt aus dem Zelt.

Es war der Hunnenkönig. Etzel, grau im Gesicht und mit schwankenden Schritten, die Augen rot und starr. Im Arm trug er den kleinen Siegfried.

Gernot wagte nicht zu fragen, was geschehen war, denn was in Etzels Gesicht zu lesen stand, war an Antwort wahrlich genug. So standen sie einander gegenüber, schweigend, nur vom fröhlichen Glucksen des Kindes abgelenkt. Zwei Männer, so unterschiedlich in den Seelen, aber um dieselben Lieben weinend.

Schließlich reichte Etzel seinen Stiefsohn Siegfried an dessen Onkel. »Nimm das Kind, und bring es fort. Burgunder haben mein Reich heute geschändet, und würde ich im Geist meiner Väter handeln – ich müsste dich und den Knaben töten, nur um dieses faule Blut auf alle Zeiten aus der Welt zu bannen.«

Vorsichtig fasste der Prinz den Säugling, und in der kleinen Hand sah er etwas funkeln. Es war der Ring, den Siegfried wie ein Spielzeug hielt.

»Ich habe die Legenden über das Gold gehört«, erklärte Etzel. »Und wenngleich ich nicht an sie glaube, bin ich doch nicht bereit, das Schicksal herauszufordern.«

»Der Ring ist die Wurzel allen Übels«, flüsterte Gernot

und entwand dem Kind das Gold, worauf es gleich zu schreien begann.

Etzel schüttelte den Kopf. »Glaubt das, wenn Ihr hofft, dadurch den Blick auf all die Toten ertragen zu können.«

Es waren alle Worte gesprochen, und keine Verabschiedung wäre weniger als Heuchelei gewesen, also drehte sich Gernot um und machte sich mit der Flagge, dem Ring und dem Kind zurück auf den Weg zum Schiff.

14

Gernot und das Herz der Gerechtigkeit

In den frühen Morgenstunden, als Worms noch schlief, ritt Gernot in die Stadt ein. Die Kapuze seines Mantels hatte er tief ins Gesicht gezogen, und nur die Bäcker, die schon unterwegs waren, sahen ihn mit einem Bündel durch die Straßen auf die Burg zureiten, ohne ihn jedoch zu erkennen. Die Wachen am Tor hielten ihm Speere entgegen, die er mit leisem Wort zur Seite wandte.

Die Burg lag wie im Schlaf, als warte sie auf die Rückkehr ihres Königs, um ihn ausgeruht begrüßen zu können. Gernot war schnell geritten, um der schrecklichen Nachricht voraus zu sein, und er vermied es, sich mit irgendjemandem auf ein Gespräch einzulassen, während er mit dem Kind im Arm den Weg zu Elsas Zimmer einschlug.

Er fand auch sie noch schlafend vor, und fast hatte er Skrupel, sie zu wecken. Er gönnte sich ein paar Augenblicke, ihr liebliches Gesicht zu bewundern, das von Sorgen unbehelligt selig entspannt war. Dann küsste er sie auf die Wange, und ohne die Augen zu öffnen, lächelte Elsa.

»Ich habe gerade von dir geträumt – wie jede Nacht.«

Als er sie nicht glücklich in die Arme schloss, setzte sie sich auf. Es genügte der Blick in seine müden Augen und auf das Kind in seinem Arm, um genügend Antworten zu bekommen, die sie tief erschreckten.

»Der Traum ist vorbei«, flüsterte Gernot heiser, den der lange Ritt ausgezehrt hatte.

Sie sprang aus ihrem Bett und umarmte ihn vorsichtig, um das Baby nicht zu fest zu drücken. »Mein Liebster, sprich, bevor die Angst mich frisst.«

Er legte den rechten Arm um sie, und schwere Tränen befeuchteten ihr Nachthemd. »Alles ist vorbei. Vier Reiche erleben die Sonnenscheibe heute ohne König, und auch Burgund ist darunter.«

Sie sah ihn an, leise verzweifelnd. »Gunther?«

Er nickte schwer. »Und meine geliebte Schwester. Und jeder Soldat, der mit uns marschierte.«

Elsa runzelte die Stirn. »Aber wie konnte Etzel ...«

»Nicht Etzel«, unterbrach Gernot. »Burgund suchte Burgunder Blut in der Hochzeitsnacht in Gran. Kriemhild und Gunther fanden den Tod aneinander.«

Der kleine Junge in seinem Arm regte sich, müde die Augen öffnend. Elsa nahm ihn und drückte ihn behutsam an die Brust. »Dann ist die Frage, wessen Kind dies ist, leicht zu beantworten.«

Von der Verantwortung für den winzigen Körper befreit, konnte Gernot sich endlich in einen Stuhl fallen lassen. »Kein anderes Kind hätte den Ritt hierher überlebt. Siegfried ist sein Name. Und sein wird die Rache werden, kaum dass er laufen kann.«

Entsetzt schüttelte Elsa den Kopf. »Nein, das darf nicht sein. Die Gier, der Wahn, das Gold – es endet heute, hier!«

Der Prinz, den die letzten Tage um Jahre hatten altern lassen, zog ein Schmuckstück aus seiner Tasche. Es war der Ring. »Sein Erbe.«

Er wollte ihn ihr geben, doch sie hob abwehrend die

Hand. »Lass das verfluchte Geschmeide nicht in seine Nähe.«

Unsicher steckte Gernot den Ring wieder ein. »Ich weiß nicht, was nun zu tun ist. Ich hatte gehofft, Burgund würde mir die Antwort geben, aber stattdessen steht nun alles still.«

Elsa hielt dem Baby ihren kleinen Finger hin, an dem es sofort begierig zu saugen begann. »Er ist durstig. Ich werde in der Küche etwas Milch für ihn aufwärmen.«

Gernot ging ihr hinterher. »Aber was sollen wir tun?«

Ihre Aufmerksamkeit schien mehr dem Jungen zu gelten als den Fragen nach dem, was das Schicksal für sie vorgesehen hatte. »Erinnerst du dich, als wir einander versprachen, weder Rang noch Blut zwischen uns kommen zu lassen?«

»Wie gestern«, bekräftigte der Prinz.

Sie hielt auf dem Gang kurz inne, um in ihren Blick all jene Liebe zu legen, die ihren Worten vielleicht fehlte. »Dann sollst du eines wissen, Gernot von Burgund – ich werde fortgehen, und wenn du nicht deine Waffe ziehst, um mich zu hindern, nehme ich den Jungen mit.«

Der Prinz war unfähig, dem Gedanken seiner Geliebten zu folgen. »Fort von Burgund – aber wohin? Und was soll aus mir werden?«

Sie lächelte, als sie in die Küche kamen. »Gernot wird König von Burgund – oder Mann und Vater.«

Es nieselte leicht, und düstere Wolken versprachen noch mehr schlechtes Wetter, als zwei Pferde den Hof von Burgund verließen und nordöstlich in den Wald der Nibelungen ritten.

Elsa hatte sich ein Tuch um den schlanken Körper gewickelt, in dem der kleine Siegfried sicher schlief. Gernot hatte zwei Taschen hinter sich über den Pferderücken gehängt, die ein paar Kleidungsstücke und Proviant enthielten. Nichts davon wies auf seine Herkunft hin, nichts hatte Wert, mit dem er sich Respekt hätte erkaufen können. So hatten sie entschieden.

»Solltest du es bereuen, werde ich dir die Umkehr nicht vorwerfen«, sagte Elsa.

Gernot sah sie an. »Hättest du es nicht so vorgeschlagen – ich wäre bald selber darauf gekommen. König Gernot von Burgund? Ich bitte dich.«

Sie lachte. »Du wärst ein wunderbarer König geworden.«

»Wie Giselher, Gunther, Kriemhild gar? Mir scheint viel eher, dass der Thron auch aus guten Menschen Böses kitzelt.«

»Der Thron – oder das Gold«, murmelte Elsa.

»Beides hat für mich keinen Wert mehr«, erklärte Gernot. »Und wenn im Verzicht die Aussicht besteht, mit dir glücklich zu werden, ist es kein Preis, der zu zahlen war, sondern einer, der gewonnen wurde.«

Sie ritten schweigend und in Einigkeit für eine Stunde, während das Licht des Tages trüb durch die Wolken drang. Dann und wann gab Elsa dem Kind Milch aus einem Lederschlauch, den sie immer unter der Achsel trug.

Irgendwann erstarb das Lied der Vögel, und ein modriger Geruch kroch aus den Bäumen, zusammen mit einem Ton, der so fein war, dass man meinen konnte, er wäre gar nicht vorhanden. Die Luft schien stillzustehen, und jeder Ast und jeder Stein schien zu vibrieren.

Gernot rieb sich die Schläfen. »Spürst du das?«

Gernooot ... Elsaa ...

Sie hielt ihr Pferd an. Obwohl ihr Kopf pochte, als wolle der Geist darin sich aus dem Staub machen, galt ihre Sorge dem Kind, das an ihrer Brust schlief. Doch Siegfried schien vom Druck des Unsichtbaren unbekümmert.

Die Frucht ... des Dieeebes ...

Sie ritten weiter, doch das Flirren in der Luft verstärkte sich, und der Schmerz wurde wie eine Wand, die nicht einzureißen war.

Burgunder Blut ... und Nibelungen Gold ...

Immer wieder drehte sich Gernot hastig um, wenn er meinte, einen Schatten in unnatürlicher Bewegung gesehen zu haben oder ein Gesicht in den Moosflechten auf den Findlingen.

Das Spiel beginnt ... erneut ...

Als das junge Paar nicht mehr reiten konnte, weil die unsichtbaren Klingen ihre Leiber förmlich zu zerteilen drohten, hob Gernot die Hand. »Hier muss es sein, denn weiter können wir nicht.«

Er zog den Ring aus seiner Jacke, den die Nibelungen schon gerochen hatten, als Gernot am Morgen über den Rhein gesetzt hatte.

Der Ring! Ringringring! Unser! Mein! Unser!

Nur kurz dachte der Prinz daran, was er aufgab, wenn der Ring zu dem fähig war, was man ihm zuschrieb. Dann sah er Elsas Blick, ihr leichtes Nicken, und mit kräftigem Ruck warf er das goldene Schmuckstück von sich.

Ringringringringringringringring ...

Das Flüstern der Nibelungen wurde zu einem Kreischen, und Hunderte von ungesehenen Händen griffen nach dem Ring, der in der Luft verharrte, als müsse er sich noch entscheiden, wohin er fallen wolle.

Ein einziger Sonnenstrahl fand den Weg durch die Wolken, und im Ring fing er sich so gleißend, dass Elsa und Gernot ihre Augen schützen mussten. Als sie wieder klar sehen konnten, war der Ring der Nibelungen verschwunden und der von ihnen verursachte Schmerz ebenso.

Hätte es die Sprache des Waldes verstanden, das junge

Paar hätte noch die letzten Worte der Nibelungen hören können, die vielstimmig verebbten: *Mit viel Blut bezahlt die Schuld ... doch bezahlt trotz alledem ...*

Gernot sah Elsa an und dann den Knaben, der immer noch selig schlief. »Es ist getan. Was nun kommt, liegt hoffentlich wieder in unserer Hand.«

Sie sah ihn glücklich an. »Kein grausames Schicksal mehr, kein Spielball für die Götter. Suchen wir den Weg gemeinsam. Wohin sollen wir die Pferde lenken?«

Gernot dachte nach. »Ich sagte einst, dass Island mir zuwider ist. Aber es schien mir auch ein Ort, an dem du glücklich wärst – und der weitab von allem liegt. Der Statthalter, der nun wohl König wird, heißt Eolind. Eine gute Seele.«

Elsa nickte. »Island also. Nach Norden.«

»Wochenlang nach Norden«, bestätigte Gernot. »Aber wir haben alle Zeit der Welt.«

»Was wird aus den Reichen – aus Burgund und Xanten, aus Dänemark?«

Der Prinz, der alle diese Länder hätte regieren können, zuckte mit den Schultern. »Die Reiche werden fallen. Das Land ist das, was bleibt. Neue Könige werden sich dafür finden. So ist es immer gewesen.«

»Und dann wird wieder Krieg sein.«

»Und dann Frieden. Den ewigen Kreis werden wir nicht brechen.«

Es donnerte in der Ferne.

Sie ritten in den Regen.